TOTEM

Sarai Walker est l'autrice du roman *Dietland*, publié dans une douzaine de pays, dont en France, sous le titre *(In)visible*, et adapté en série télé. Elle a notamment publié dans le *New York Times*, le *Washington Post*, le *Guardian*. Diplômée en *creative writing* et en anglais, elle donne des conférences sur le féminisme et l'image du corps.

LES VOLEURS D'INNOCENCE

Sarai Walker ripoline le roman gothique aux couleurs de la sororité actuelle.

Elle

Un roman envoûtant et mystérieux.

France Dimanche

Le suspense monte au fil des pages. Un roman au message clairement féministe, qui emporte le lecteur dans une ambiance sombre et envoûtante.

La Voix du Nord

Poignant, parfois drôle et souvent terrifiant, ce pavé impossible à lâcher secoue durablement les espris.

L'Alsace

Riche et profond, ce récit fascinant se dévore.

Télé-Loisirs

Une histoire gothique sombre à souhait et nimbée de mystère.

L'Actualité

Un page-turner gothique captivant, qui recrée le tempo et la langueur décadente de cette tour d'ivoire où les sœurs sont piégées.

The New York Times

Sarai Walker

LES VOLEURS D'INNOCENCE

Roman

Traduit de l'américain
par Janique Jouin-de Laurens

TOTEM

TOTEM n°290

Titre original : THE CHERRY ROBBERS

ISBN 978-2-404-08062-8
ISSN 2105-4681

Illustration de couverture © Riki Blanco
Conception graphique de la couverture : Valérie Renaud

À ma sœur Michelle
et à toutes les femmes qui,
tout au long de ma vie,
ont été des sœurs de cœur.

L'enfer doit se fissurer avant que je sois
perdue ;

avant que je sois perdue,
l'enfer doit s'ouvrir comme une rose
pour laisser passer les morts.

HD, *Eurydice*

LES CHAPEL

Belinda Holland Chapel (née en 1900)
Henry Chapel (né en 1893)

Aster Chapel (née en 1930)
Rosalind Chapel (née en 1931)
Calla Chapel (née en 1933)
Daphne Chapel (née en 1935)
Iris Chapel (née en 1937)
Hazel "Zelie" Chapel (née en 1939)

LE CARNET VIOLET

3 août 2017, Abiquiú, Nouveau-Mexique

Lorsque Lola est allée à San Francisco l'année dernière, elle m'a rapporté ce qu'elle croyait être un carnet de croquis, assez petit pour que je puisse le glisser dans ma poche et l'emporter lors de mes promenades du soir quotidiennes dans les collines qui entourent le village, au cas où je verrais des roses trémières que je voudrais dessiner, ou un lapin d'Audubon, ou n'importe quoi d'autre. Je ne sais jamais où mes pas me conduiront ou ce que je verrai. L'important n'est pas la destination, mais la lumière, plus belle en fin d'après-midi. Les peintres courent après la lumière.

Le carnet est relié en similicuir, d'un bleu vif éclatant, presque turquoise, une des raisons pour lesquelles Lola l'a choisi pour moi. Le temps avait été gris et maussade durant tout son séjour à San Francisco et lorsqu'elle a vu ce bleu il lui a rappelé le ciel de chez nous, et le ciel lui a fait penser à moi. Lola a un jour décrit ainsi notre vie commune : imaginez qu'on s'envole en avion d'une ville où le climat est trop glacial pour être supportable. L'avion grimpe, grimpe et finit par transpercer les nuages, là où il n'y a rien d'autre que la lumière et le ciel bleu. Voilà ce qu'est ma vie avec Sylvia, a-t-elle dit. Elle ressemble à ça, dans tous les sens du terme. À une altitude de plus de mille huit cents mètres, le ciel est plus bleu que la mer.

Lola me rapporte toujours des cadeaux de ses périples. Ça fait partie de notre rituel, de ce petit jeu de séduction entre nous qui remonte à plusieurs décennies. Elle voyage parfois pour son travail, deux grands déplacements par an. Je reste à la maison, intéressée seulement par ce qui m'entoure. Le monde, pour moi, n'est pas *ailleurs*. Mais Lola, comme beaucoup de gens, ne voit pas les choses ainsi ; elle s'aventure au loin, puis revient avec de petits cadeaux, preuve qu'elle a pensé à moi pendant son absence. J'ai adoré le carnet bleu dès qu'elle me l'a donné ; je l'imaginais l'acheter dans la librairie d'une de ces rues vertigineuses de San Francisco, vêtue d'un ensemble jupe et veste ordinaire, ses cheveux d'un noir argenté ramenés en un chignon bas, une chaîne toute simple autour du cou. Pas de rouge à lèvres, rien de tout ça. Lola n'a nul besoin d'embellissement.

Le carnet bleu était entouré d'un plastique et lorsque je l'ai déballé le lendemain matin après que Lola s'était éclipsée dans son bureau, j'ai découvert que ce n'était pas un carnet de croquis, mais un journal aux pages lignées. J'ai décidé de ne pas lui parler de son erreur, de ne pas lui dire que j'avais horreur de ces lignes semblables aux barreaux d'une cage. Je vois en instantanés et en images, en couleurs et en lumière, pas en mots serpentant en long et en large sur une page, cette sombre caverne qu'est l'écriture, dans laquelle je choisis rarement de pénétrer.

J'ai rangé le journal dans la bibliothèque de mon bureau en espérant que Lola n'y ferait pas allusion, sans me douter qu'un jour je ressentirais le besoin impérieux d'écrire à l'intérieur.

Je ne suis pas en train d'écrire dans ce beau, mais décevant carnet bleu. Je vais le faire – dans les prochains jours, c'est une certitude –, mais je dois d'abord m'entraîner à la rédaction d'un journal.

J'écris actuellement dans un carnet Moleskine que j'ai acheté il y a des années dans une librairie de Taos. Il est d'un violet lumineux et entouré d'un élastique vertical, violet lui aussi. Ces Moleskine rangés sur l'étagère de la boutique se déclinaient en une très large palette de couleurs. J'en ai choisi un, sortant d'instinct le violet en pensant à Wordsworth. "Violette près d'une pierre moussue, presque dérobée à la vue." J'ai tendance à voir les couleurs comme des fleurs. J'ai acheté le carnet en me disant que je m'en servirais pour les listes de courses, de tâches à accomplir, ce genre de choses prosaïques pour lesquelles je ne suis pas très douée, mais, fidèle à moi-même, je ne l'ai jamais utilisé, sinon pour presser un brin de lavande à l'intérieur de la couverture, un brin maintenant aplati, mais dégageant toujours une puissante odeur.

J'imagine que je pourrais qualifier ce carnet de journal, mais je ne vais pas le faire. Ça soulève trop d'attentes.

Je me suis tournée vers lui parce que Lola n'est pas là et que j'ai besoin de parler à quelqu'un. La vérité est que je n'ai personne d'autre.

Je n'ai jamais voulu laisser de traces. Ce qui peut sembler étrange pour quelqu'un dans ma position – une artiste, et plutôt célèbre. J'ai bien sûr laissé une piste de tableaux derrière moi, depuis des dizaines d'années, terriblement personnels par de nombreux aspects, mais qui, en réalité, ne sont que des miettes de pain. On connaît mon œuvre, mais on ne me connaît pas moi, et j'ai toujours fait en sorte que ça ne change pas.

Mais, aujourd'hui, une chose s'est produite. J'aimerais affirmer que je la craignais depuis longtemps, mais ce serait faux. J'ai été prise, comme on dit, par surprise. C'est peut-être l'inconvénient de ne pas écrire de journal, de ne pas laisser de traces. Le problème n'est pas tant le journal que ce que son absence révèle. J'ai trop désiré oublier.

Aujourd'hui, après le déjeuner, je suis allée à la poste par ma route habituelle, en empruntant le chemin de terre qui contourne le village (j'ai toujours préféré la périphérie), coiffée du chapeau de soleil à large bord qui dissimule mon visage. Lola est au Brésil pour environ un mois, où elle donne un cours sur l'art de la parfumerie dans un institut prestigieux dont le nom m'échappe. Lorsqu'elle est à la maison, nous faisons ensemble cette promenade d'après-déjeuner et discutons de ce sur quoi nous allons travailler l'après-midi avant de nous retrouver pour le dîner. (Nous ne parlons jamais de nos activités professionnelles pendant les repas, règle du foyer.) Marchant seule, je n'avais à penser qu'à mon après-midi et à la grande toile blanche posée sur le chevalet de mon atelier depuis des semaines, à laquelle je n'ai pas encore touché. Je l'évite, pas encore prête à l'approcher, alors je passe mon temps à faire des esquisses. L'attente est délicieuse.

Il y a toujours des lettres dans ma boîte postale, dont la plupart n'indiquent pas mon adresse. Elles sont simplement envoyées à Sylvia Wren, 87510 Abiquiú, Nouveau-Mexique. Dans un village d'environ deux cents habitants, bien que seule une poignée de personnes connaissent mon adresse complète, elles arrivent à trouver leur chemin jusqu'à moi. C'est gentil de m'écrire, mais le courrier s'entasse vite et demande une réponse, même si les auteurs des lettres n'en réclament pas.

J'emploie une femme de Santa Fe comme assistante, une de ces Blanches New Age qui affluent ici, ruisselantes de bijoux en turquoise et sentant la sauge. Je préfère lui confier toutes les lettres. C'est son boulot de refuser les requêtes, quelle que soit la raison pour laquelle on me sollicite, interview, allocution ou, grands dieux, discours lors de cérémonies de remises de diplôme. Elle est ma secrétaire depuis maintenant plus de dix ans et nous déjeunons parfois ensemble lorsque je vais en ville. Je ne l'ai jamais invitée chez moi, même si je sais qu'elle meurt d'envie de venir. Pour plaisanter, elle se qualifie de madame Refus et elle écrira probablement une biographie sur moi à ma mort, avec un titre horrible du genre *Dans l'ombre de Sylvia Wren*. Chaque fois que nous nous retrouvons dans le restaurant de La Fonda, je la vois prendre mentalement des notes.

Mais je ne lui donne jamais les lettres de fans, car Lola préfère les lire et leur répondre elle-même sur cette carte postale spéciale qu'elle a fait imprimer. Elle a toujours aimé lire mes lettres de fans ; quand nous étions plus jeunes, je crois que ça l'excitait un peu, tous ces gens qui me couraient après alors qu'elle seule avait accès à mon lit.

J'ai récupéré les lettres dans la boîte postale, un passage de quelques secondes dans le bâtiment ; si je reste plus longtemps, ça invite à la conversation. De retour à la maison, j'ai eu du mal à ouvrir le portail, unique point d'entrée dans le muret en stuc qui entoure la propriété. Nous le laissons ouvert durant la journée quand nous sommes là, mais le verrouillons toujours la nuit ou lorsque nous sortons. Aucune quantité d'huile n'a jamais réussi à arranger cette serrure, en ce qui me concerne ; Lola, contrairement à moi, n'a aucun mal à l'ouvrir. Ma théorie est que la maison n'aime pas que je l'abandonne et me punit quand je le fais, m'obligeant à me battre pour y entrer à nouveau. Nous sommes liées, la maison et moi, comme n'importe quel couple d'amoureux. Je vis et je travaille dans ces murs depuis des décennies. Un jour, j'y mourrai.

La pièce où se trouve mon bureau est située à l'arrière de la maison et celui-ci est placé devant la fenêtre qui donne sur le jardin d'agrément et les collines, avec le Cerro Pedernal au loin, une mesa qui ressemble à un cou sans tête. Les collines rocheuses derrière chez nous sont rouges, d'une apparence presque martienne ; elles méritent le qualificatif de "surnaturelles", contrairement à beaucoup de choses auxquelles on l'attribue.

J'ai trié les lettres, réfrénant l'envie de les balancer dans un coin. Je dois faire un effort pour les détails pratiques lorsque Lola n'est pas là ; c'est elle qui d'ordinaire s'occupe de cet aspect de notre vie – payer les factures, faire les courses, appeler le plombier. J'ai sorti la facture d'électricité de la pile de courrier, puis séparé celles qui étaient visiblement des lettres de fans, les enveloppes "par avion" provenant du Japon et d'Afrique du Sud et les américaines plus familières, presque toutes portant une écriture féminine. Ce sont principalement des femmes et des jeunes filles qui m'écrivent – je ne suis pas une artiste, après tout, mais une *artiste femme*. Il y avait deux autres lettres à transmettre à ma secrétaire, avec leurs enveloppes d'aspect professionnel, l'adresse tapée à la machine ; une de l'université du Nebraska, la seconde d'une femme de Greenwich, dans le Connecticut, toutes deux me sollicitant pour quelque chose que je refuserai de faire. Mais je jette au moins un coup d'œil à certaines des lettres pour ne pas être totalement coupée du monde. Celle du Connecticut était un choix évident.

Je l'ai ouverte et en ai sorti des feuilles de papier à lettres bleu pâle légèrement granuleux. Sur la première page, imprimé en haut, on pouvait lire : ELIZA L. MORTIMER, JOURNALISTE ET RÉALISATRICE DE DOCUMENTAIRES.

"Chère Madame Wren, commençait la lettre. J'admire énormément votre travail." J'ai grogné. Eliza, tu dois pouvoir trouver mieux que ça.

> J'ai absolument besoin de vous joindre. Je suis journaliste free-lance et réalisatrice de documentaires spécialisée dans le monde de l'art. J'ai appelé votre agent, espérant qu'il me mettrait en contact avec vous, mais il m'a dit que vous ne parliez aux journalistes en aucune circonstance et a même refusé de faire suivre ma lettre. Finalement, après que j'ai mis à contribution de nombreuses relations, un ami d'un ami est parvenu à obtenir votre adresse grâce à un propriétaire de galerie. (Je suis sûre que vous comprendrez que je ne veux pas révéler de qui il s'agit.) J'espère que cette lettre vous est enfin arrivée. Je suis consciente que vous ne souhaitez pas être dérangée, mais…

Elle poursuivait, disant combien elle appréciait mon travail, et qu'elle avait un poster encadré de *L'Iris mauve* accroché dans sa chambre. Je n'aime pas l'idée que mes peintures deviennent des posters, des cartes postales et probablement des sous-bocks, des magnets et des porte-clés. Pourquoi avais-je accepté ça ? L'accessibilité, avait dit mon avocate quand j'avais signé le contrat de licence. "L'art devrait être accessible au plus grand nombre." Elle avait insinué que j'étais snob, ce qui n'est pas le cas. Grâce à mon succès, je pourrais vivre dans une villa dans le sud de la France, entourée de consorts, participant à des soirées mondaines, mais je vis dans une modeste maison en adobe et conduis une voiture vieille de quatorze ans, trouvant mon plaisir non pas dans le monde, mais dans mon travail, commençant chaque journée par la communion rituelle qui en est la source. Je ne pense pas que ce soit trop exiger que ce travail ne soit pas transformé en babioles de mauvais goût destinées à encombrer les décharges.

J'étais sur le point d'abandonner la lettre d'Eliza, dans la mesure où il était évident que ses flatteries allaient mener à une demande d'interview, mais mes yeux se sont posés sur le début du second paragraphe : *Récemment, au cours d'un repas au musée Sandler, j'étais assise à côté d'une femme qui a grandi à Bellflower Village, dans le Connecticut…*

J'ai aussitôt avalé une goulée d'air – une courte respiration paniquée.

> Elle s'appelle Pauline Levasseur et c'est une collectionneuse d'art qui partage son temps entre New York et Paris. Elle est plutôt discrète et pas m'as-tu-vu comme beaucoup de collectionneurs. Son nom de jeune fille est Pauline Popplewell. Lorsque je lui ai appris que j'habitais à Greenwich, elle m'a répondu qu'elle avait grandi tout près, à Bellflower Village. Elle m'a parlé avec tendresse de son enfance là-bas, où elle vivait dans une vaste maison victorienne de St Ronan

Street peinte en turquoise qui, d'après elle, était la plus belle de la ville.

Je me demande si ça vous semble familier ?

J'ai laissé échapper un rire, ou plutôt un ricanement révélant le trouble et l'inquiétude. Pourquoi cela devrait-il m'être familier ? Je suis Sylvia Wren, une artiste qui vit à Abiquiú, au Nouveau-Mexique. Je suis née et j'ai grandi dans l'Illinois et, désormais, je suis résidente du Nouveau-Mexique. Je ne sais rien de la Nouvelle-Angleterre. C'est en tout cas ce que je raconte.

Mais j'ai poursuivi ma lecture parce qu'en réalité Bellflower Village, les Popplewell et la maison turquoise ne me sont pas inconnus – du moins ne le sont pas à la personne que j'étais autrefois.

Je n'ai pas l'intention de tourner autour du pot, madame Wren, alors permettez-moi d'en venir au fait : Mme Levasseur avait bu un peu trop de champagne au déjeuner et a laissé échapper qu'elle connaissait un secret vous concernant.

J'ai replié la lettre et je l'ai remise dans l'enveloppe. Si je faisais semblant de ne pas l'avoir ouverte, peut-être que je pourrais empêcher d'arriver ce qu'elle laissait présager. Il est impossible de rembobiner le temps, mais je voulais essayer. J'ai fourré la lettre au milieu de la pile de courrier, j'ai fermé les yeux et imaginé que je revenais tout juste de la poste, m'étais assise au bureau et n'avais rien décacheté.

La vaisselle avait commencé à s'entasser dans l'évier de la cuisine, alors j'ai entrepris de la laver. Je suis fière d'accomplir les tâches ménagères parce que j'étais nulle pour le travail domestique avant de rencontrer Lola, incapable de cuire un œuf dur avant l'âge de vingt ans. Maintenant que Lola et moi prenons de l'âge, nous payons un jeune couple qui vit à proximité pour les besognes les plus pénibles, nettoyer les sols et récurer, effectuer les divers travaux indispensables, y compris le jardin, désormais, même si je m'occupe toujours de l'arrosage et de l'émondage.

Je me suis consacrée un moment aux corvées, j'ai émincé des légumes pour préparer une salade et coupé de longues tiges de romarin dans mon jardin aromatique pour les mettre dans un vase sur mon bureau. J'ai essayé de m'occuper, mais il s'avère qu'on ne peut vraiment pas rembobiner le temps. La lettre et son secret agaçant étaient plantés dans ma tête, une minuscule graine qui avait germé pour donner de grandes pousses de curiosité. L'ignorer ne la ferait pas disparaître. Je me suis assise au bureau et j'ai poursuivi ma lecture.

Voici la suite de la lettre.

> Quand je l'ai interrogée sur le secret qu'elle affirmait connaître à votre sujet, Mme Levasseur m'a raconté que, comme elle, vous aviez grandi à Bellflower Village. D'après elle, votre vrai nom est Iris Chapel, et non Sylvia Wren, et vous êtes une héritière de la fortune de Chapel Firearms. Vous aviez de nombreuses sœurs qui toutes sont mortes, mais personne n'a réellement compris ce qui leur était arrivé. Apparemment, Iris s'est enfuie à l'âge de vingt ans, à la fin des années 1950, mais on ne l'a pas oubliée. Mme Levasseur m'a dit qu'aucun habitant de Bellflower Village de sa génération ne peut oublier les sœurs Chapel. Dans les années 1970, quelques-uns ont vu une photo de Sylvia Wren dans le magazine *Life* et ils ont su qu'il s'agissait d'Iris Chapel.

Mais ils ont gardé la vérité pour eux, ayant le sentiment de devoir la protéger, elle, une enfant de Bellflower. Elle avait eu une vie si tragique ; qui pouvait la blâmer d'avoir fui pour échapper au destin qui s'était abattu sur ses sœurs et qui aurait pu aussi être le sien ?

J'ai déclaré à Mme Levasseur que j'avais envie de me pencher sur son histoire afin de savoir si elle était véridique. Elle était horrifiée, alors ne lui en voulez pas, je vous en prie – elle n'avait pas compris, quand nous discutions, que j'étais journaliste, bien que je le lui aie dit lorsqu'on nous avait présentées. (Elle est un peu dure d'oreille, à son âge.) J'ai commencé à fouiller et je pense que Mme Levasseur a peut-être raison en ce qui vous concerne, je me tourne donc maintenant vers vous dans l'espoir que vous me parlerez.

Je suis bien consciente que vous êtes une recluse connue dans le monde entier. J'ai lu qu'une biographe avait essayé d'écrire un livre sur vous, mais avait renoncé au bout d'une année frustrante. "Sylvia Wren est un fantôme", avait-elle déclaré avant de reporter son attention sur Edna St Vincent Millay. Une recluse, un fantôme – je suis certaine que vous avez vos raisons, mais je crois que votre histoire mérite d'être racontée. J'ai proposé un article aux rédacteurs en chef de deux ou trois magazines prestigieux. Votre coopération serait inestimable.

Pouvez-vous, s'il vous plaît, répondre à cette lettre, m'envoyer un e-mail ou m'appeler ? J'adorerais m'entretenir avec vous. Je joins ma carte.

Bien à vous,

Eliza L. Mortimer

J'ai posé la lettre sur mon bureau, puis je l'ai balayée d'un geste et je l'ai regardée atterrir au sol comme une petite gamine. Mes roses trémières se balançaient devant la fenêtre, tentant de me réconforter, mais je n'étais pas d'humeur.

La lettre m'a perturbée, sans aucun doute, mais elle ne découvrirait jamais la véritable histoire, impossible à connaître pour quiconque en dehors de la famille Chapel. Et qui reste-t-il des Chapel pour la raconter ? Personne.

Sur une des cartes postales que Lola utilise pour répondre à mes admirateurs, imprimée sur un épais papier cartonné ivoire, avec une photographie du ciel d'Abiquiú d'un côté et une délicate bordure bleue de l'autre, j'ai écrit mon message.

> Chère Madame Mortimer,
>
> J'ai bien reçu votre lettre et, malgré mon admiration pour votre ténacité, j'ai bien peur de devoir vous décevoir. Je ne suis pas Iris Chapel.
>
> Cordialement,
>
> Sylvia Wren

J'ai collé un timbre sur la carte, espérant éprouver le sentiment d'avoir vaincu Mme Mortimer, mais je n'ai pas ressenti une telle satisfaction. Au contraire, j'étais certaine que tout était sur le point d'être révélé.

4 août 2017 – Abiquiú, Nouveau-Mexique

Je suis allée à la poste après le petit déjeuner, sans attendre ma promenade d'après-déjeuner. Sur le trajet, j'ai été incapable de profiter des peupliers noirs ou du ciel sans nuages et j'en ai voulu à Mme Mortimer d'avoir si profondément perturbé mes rituels quotidiens. Ils peuvent sembler absurdes, mais ils me sont nécessaires, surtout lorsque Lola est absente. Je n'ai pas bien dormi la nuit dernière et c'est toujours ainsi que tout commence à aller de travers.

J'ai glissé la carte postale dans la fente "expéditions" avant de découvrir une nouvelle enveloppe de Mme Mortimer dans ma boîte postale. J'ai attendu d'être de retour dans mon bureau pour l'ouvrir. À l'intérieur se trouvait la photocopie d'un article de journal, un Post-it vert collé en haut.

> C'est encore Eliza. La Société historique de Bellflower Village a fini par rouvrir après le retour de vacances de la bénévole qui s'en occupe. En parcourant les archives, j'ai trouvé cet article et je voulais vous en envoyer une photocopie. Il semble qu'Iris Chapel ne s'est pas seulement enfuie à la fin des années 1950, mais qu'elle s'est échappée de façon plutôt spectaculaire. J'aimerais beaucoup en discuter avec vous.

The Greenwich Observer
19 août 1957

LA DISPARITION DE L'HÉRITIÈRE

La police d'État du Connecticut demande l'aide de la population pour localiser Iris Chapel, 20 ans, de Bellflower Village. Mlle Chapel s'est enfuie, hier, du service psychiatrique de l'hôpital Seward. Elle n'avait pas l'autorisation de quitter l'établissement et la police est à sa recherche.

Le médecin de Mlle Chapel, le Dr Raymond Westgate, prévient l'*Observer* qu'il est peu probable que Mlle Chapel représente une menace pour les autres, mais qu'elle peut être dans un état de confusion et risque de se faire du mal.

Henry Chapel, président de la société Chapel Firearms, offre 1 000 $ pour toute information concernant le lieu où se trouve sa fille. Si vous avez le moindre renseignement, s'il vous plaît, contactez le sergent Wilkins au siège de la police du Connecticut.

Ridicule. Je pense rarement à Iris Chapel ; elle est, pour moi, morte. (Pauvre Iris.) Néanmoins, certaines choses sont impossibles à oublier. Oui, autrefois, elle a été brièvement une patiente du service psychiatrique de l'hôpital Seward (aucune honte à ça), mais elle ne s'est pas *enfuie* de l'établissement, poursuivie par la police. Dans un état de confusion et susceptible de se faire du mal ? Extravagant. J'ai relu l'article, abasourdie par les histoires qui avaient circulé après la disparition d'Iris.

J'ai commencé à m'interroger : Eliza Mortimer était-elle vraiment celle qu'elle prétendait être ? Était-ce d'ailleurs un véritable article ? Tout peut être imité de nos jours et, quoi qu'il en soit, je me suis demandé si Mme Mortimer voulait être payée pour se taire. Quelqu'un d'aussi riche et célèbre que moi est indubitablement une cible. Mon avocate m'avait prévenue.

Mes pensées se sont immédiatement tournées vers Lola. Elle aurait su quoi faire. J'avais envie de l'appeler, mais je ne savais pas l'heure qu'il était au Brésil. Elle avait des cours toute la journée et assistait à des événements chaque soir, donc je détestais l'interrompre. Elle avait emporté son ordinateur portable, le seul de la maison, puisque je ne suis pas une fan de technologie. Je n'avais aucun moyen de faire des recherches sur le sujet qui me préoccupait. J'ai pensé téléphoner à mon agent, mais il est odieux. (Lola affirme que je ne le comprends tout simplement pas et, de toute façon, c'est son problème à elle puisque c'est elle qui s'occupe principalement de mes affaires professionnelles.) Comme c'est une question potentiellement légale, j'ai décidé d'appeler mon avocate à New York, la seule de mes représentants qui ne me rend pas complètement chèvre. Je devais être prudente dans la manière de présenter la situation. Rebecca, comme la plupart des gens, sait très peu de choses à mon sujet et j'ai l'intention de ne rien y changer, à moins que ça ne s'envenime avec Mme Mortimer.

Quand je l'ai eue au téléphone, elle a cherché sur Internet et vérifié qu'Eliza Mortimer était bien une journaliste et réalisatrice basée à Greenwich, qui couvrait le monde de l'art.

— Je suis en train de regarder son site, a dit Rebecca. Interview avec Judy Chicago, Johnnie Marquis, Zaha Hadid. Documentaire sur les Glasgow Girls. Elle m'a l'air réglo.

— Je n'en suis pas sûre.

— Sylvia, vous devez recevoir des demandes d'interviews chaque jour. Pourquoi paniquer à cause de celle-ci ?

— Je ne panique pas, ai-je répondu, en couvrant le combiné de la main le temps que ma respiration se calme. Cette prétendue journaliste affirme connaître des secrets à mon sujet. Ce n'est pas du chantage ?

— Elle a réclamé de l'argent ?

— Non, rien de tout ça. Elle veut m'interviewer.

Rebecca a commencé à rire, puis a tenté de le dissimuler par une toux.

— C'est ce que font les journalistes. Ça n'a rien de criminel.

— Je n'aime pas qu'elle fouine.

— D'accord, a dit Rebecca. Vous savez que je suis là pour vous aider. Quels secrets prétend-elle connaître ? Des choses compromettantes ? Je peux toujours lui envoyer une lettre de menace si elle raconte des mensonges à votre sujet. Cette bonne vieille mise en demeure.

Je n'ai pas répondu ; mon esprit vagabondait et je me suis dit : *Sylvia Wren est un fantôme*, répétant la phrase de la lettre d'Eliza. Quelle horrible chose, être un fantôme alors qu'on est encore en vie. Pourtant, cette affirmation n'était pas fausse. Si les femmes possédaient des armoiries familiales, il y aurait certainement un fantôme sur les miennes.

J'étais consciente du silence sur la ligne, du tic-tac des honoraires, non pas que ça m'importe.

— Sylvia ? a demandé Rebecca, comme si elle appelait un chat qui se serait égaré dehors. Vous êtes toujours là ?

— Je suis là, ai-je dit. J'aimerais obtenir une injonction d'éloignement à l'encontre d'Eliza Mortimer.

— Une injonction d'éloignement ? Sylvia, qu'est-ce qui se passe ? Lola est là ?

J'ai raccroché. Quelques secondes plus tard, le téléphone a sonné et je n'ai pas répondu. Il a sonné tout l'après-midi, mais je l'ai ignoré. J'ai jeté l'article de journal et le mot d'Eliza et j'ai passé le reste de la journée à travailler dans le jardin. Lorsque le soleil s'est couché derrière les collines rouges à l'arrière de la maison, je me suis assise avec un verre de limonade, heureuse dans la brise d'août.

Milieu de la nuit

J'ai détesté l'intégralité de la lettre d'Eliza Mortimer, mais être traitée de "recluse connue dans le monde entier" m'a tracassée autant que d'être qualifiée de "fantôme" et je suis restée éveillée dans mon lit, bloquée là-dessus. J'ai si bien réussi à pousser le monde à distance derrière des frontières que j'ai moi-même tracées que l'évocation de ce que je suis devenue et de la façon dont les autres me considèrent m'a fait un choc.

Je n'ai jamais voulu être une recluse. J'aimerais que les gens le sachent. Si je devais répondre sérieusement à Mme Mortimer, je lui dirais que je ne pense pas qu'il soit dans ma nature d'être une recluse. Ayant grandi avec cinq sœurs, j'avais l'impression que nous ne faisions qu'une, comme une déesse hindoue avec des tas de bras et de visages. Me transformer en recluse aurait nécessité un sens de l'individualité que je ne pouvais posséder enfant, et ces premières années de vie ne façonnent-elles pas tout ce qui vient ensuite ?

Il m'a fallu du temps et des efforts pour me métamorphoser en ce que je suis maintenant, ce "fantôme", cette "recluse connue dans le monde entier" – des codes, je le sais, pour dire "bizarre". Ma réclusion, cette chose que je n'ai jamais voulue, est devenue un aspect clé de ma biographie. On suppose depuis longtemps que refuser d'être interviewée, me dérober au regard du public, être représentée seulement par mon art est une sorte de manifeste féministe. Les femmes sont élevées pour être conciliantes, alors j'imagine que le simple fait, pour une femme, de tracer une frontière claire que les autres ne peuvent franchir la rend remarquable.

Ça n'a jamais été facile pour moi, ce numéro de disparition. Il faut s'adapter aux circonstances, quelles qu'elles soient. Les religieuses s'adaptent à leur cloître et les oiseaux à leur cage et j'ai dû m'adapter à ma façon de vivre, prétendre être quelqu'un d'autre et empêcher quiconque de découvrir la vérité. J'ai été obligée d'être évasive, ce qui a fini par devenir une seconde nature. Je ne fais plus semblant d'être Sylvia Wren. Je suis devenue elle.

Pourtant, malgré tout ce que je raconte sur le fait de devenir Sylvia Wren, je sais que l'histoire ne se résume pas à ça – ou alors c'est bien trop simpliste.

Il y a quelques années, j'ai lu un article sur un tigre de cirque à Las Vegas, une créature docile qui exécutait son numéro presque chaque soir depuis plus de dix ans, sautant à travers des cerceaux enflammés pour amuser la foule. Puis, un soir, au milieu du spectacle, sans raison apparente, le fauve s'est retourné contre son dompteur et lui a donné un coup de patte au cou, tranchant une artère d'une de ses énormes griffes. L'homme s'est vidé de son sang avant que les secours arrivent, une flaque écarlate s'élargissant autour de lui devant le public horrifié.

Lorsque l'on vit en se méfiant de soi-même, il est possible de s'adapter aux circonstances, mais des vestiges de ce que vous êtes au plus profond de vous demeurent. Une part de sauvagerie qui ne peut être domptée.

Toc toc.

Ça commence toujours ainsi. Je craignais que ça se produise. Je n'avais pas pensé à Iris depuis longtemps, ou à ses sœurs, ou à l'hôpital, ou à sa fuite ; je ne suis pas surprise que titiller ces souvenirs en sommeil provoque une réaction.

J'ai entendu les petits coups, je me suis assise dans le lit et j'ai allumé la lampe ; j'avais renoncé à dormir, de toute façon. Les rideaux étaient tirés, mais je savais ce qui se trouvait derrière sans avoir besoin de regarder : l'obscurité la plus totale, sa profondeur sans fin, aussi noire que l'espace, aussi vaste et mystérieuse.

L'inconvénient de vivre au milieu de nulle part au Nouveau-Mexique, c'est la nuit. C'est la raison pour laquelle nous gardons un fusil sous le lit : pour mieux dormir. Il est chargé et je sais m'en servir. Je l'ai sorti de sa cachette et je me suis recouchée avec. Le fusil m'apporte la paix, une ironie que seule Lola pourrait comprendre. Dans de tels moments, quand les ténèbres m'étouffent, j'ai besoin de m'agripper à quelque chose de plus puissant que moi.

Je suis restée immobile dans le lit, attendant que les coups reprennent. Le fusil ne serait d'aucune aide, je le savais, mais je m'accrochais à ce que j'avais. Les coups sur la vitre sont toujours le signe de ce qui va se produire. Ça n'arrive jamais quand Lola est à la maison. Ma visiteuse ne vient qu'en son absence lorsque tout ce que j'ai immergé remonte à la surface.

Toc toc.

— La voilà, ai-je dit à voix haute. N'aie pas peur.

l'asphodèle pousse
dans l'abîme
de mon esprit

CALLA CHAPEL

LE CARNET BLEU

VOLUME I

BELLFLOWER

1950

I

Plus tard, après le commencement de cette succession de tragédies, les enfants du village inventèrent une comptine à notre sujet.

Les sœurs Chapel:
D'abord elles sont mariées
Puis elles sont enterrées

Le fait que nous vivions dans une énorme bâtisse victorienne ressemblant à un gâteau de mariage n'aidait pas. Si c'était un roman, ce détail repousserait les limites de la vraisemblance, mais c'était bien l'aspect de notre maison et je ne peux pas modifier la réalité. Notre demeure, dans la partie ouest de Bellflower Village, était un exemple parfait de ce qu'on appelle communément le style architectural "gâteau de mariage". C'était une des résidences privées les plus photographiées du Connecticut; je suis certaine qu'encore aujourd'hui, on peut en trouver un cliché dans certains ouvrages.

La maison, avec ses étages en cascade et ses détails ornementaux, donnait l'impression d'être décorée à la douille avec du glaçage blanc. Le regard se portait en premier lieu sur la tour centrale, dominante et gothique, perchée au-dessus du reste du bâtiment et entourée de lucarnes miniatures. (On pouvait imaginer Raiponce balancer sa tresse par une de ces ouvertures.) Sous la tour, le toit incliné de la mansarde ceignait le haut de la maison, ponctué par les fenêtres du deuxième étage qui, du sol, paraissaient minuscules. Une promenade de la veuve saillant et une balustrade marquaient le premier étage, puis venait le rez-de-chaussée, avec ses baies vitrées et ses portiques, ses fioritures omniprésentes et ses grandes tiges de fleurs encerclant le soubassement.

Elle semblait sortie tout droit d'un conte de fées, c'est ce que tout le monde disait. Si l'on avait pu découper l'extérieur de ce gâteau de mariage avec un couteau, on aurait trouvé à l'intérieur six jeunes filles – Aster, Rosalind, Calla, Daphne, Iris, Hazel – chacune d'elles destinée à se marier un jour. Dans leur vie, c'était l'unique certitude.

Chères amours.

Chères disparues.

2

ASTER partit la première. Étant la plus âgée, elle avait l'habitude de partir la première, j'imagine donc qu'il est pertinent que cette histoire commence par sa marche vers l'autel et ce qui s'est produit ensuite, ce que ma mère appelait "la chose horrible”. Quelqu’un devait partir en premier et, Aster étant toujours la plus gentille et la plus responsable, je suis certaine qu’elle aurait considéré qu’il était de son devoir d’ouvrir la voie pour ses sœurs, même si elle n’avait pas été l’aînée. En tout cas, elle ne savait pas qu’elle écrivait le début d’une histoire. Seules les plus jeunes d’entre nous vivraient assez longtemps pour en voir la fin.

L’été précédant le mariage d’Aster fut le dernier été normal. Celui où elle rencontra Matthew. J’ai beau ne pas avoir envie de penser à lui et à tout ce qu’il a provoqué, il n’y aurait pas eu de mariage sans lui.

Cet été 1949, comme chaque année, nous allâmes à Cape Cod, logeant dans une suite de trois chambres à l’hôtel de Terrapin Cove, situé dans le coude du cap. Ces deux semaines de juillet étaient la seule période de l’année où ma mère, mes sœurs et moi quittions le gâteau de mariage. Nos vacances d’été étaient notre bol d’air annuel, le moment où le dôme au-dessus de nos têtes se levait et que nous – à choisir parmi de nombreuses métaphores – détalions telles des fourmis, voletions dans la brise tels des papillons, nous dispersions dans le vent tels des pétales.

Étant habituées à rester confinées chez nous, nous ne nous aventurions pas très loin et passions généralement la journée sur la plage, étalées sur un assortiment de couvertures. Mon père, peu adepte des loisirs, restait à la maison durant la semaine pour ne pas avoir à manquer son travail. Il nous rejoignait le week-end sans pour autant être vraiment là : il passait la majeure partie de la journée à l’hôtel avec ses papiers et ses registres. Il sortait de temps à autre, l’air déplacé dans son costume brun démodé, plissant les yeux dans le soleil, la main en visière sur le front. Il cherchait sa femme et ses filles, une île sur le sable et, dès qu’il nous avait repérées, il n’agitait pas la main, ne souriait pas, il se contentait de faire demi-tour et de rentrer, rassuré de nous savoir là. Je suppose que c'était programmé sur son agenda : *11 h 00 – famille.*

Mes sœurs et moi restions avec notre mère sur la plage devant l'hôtel chaque jour des vacances, encerclées par des parasols ouverts. Belinda (je vais autant que possible me référer à elle par son prénom ; elle était une personne, après tout, pas seulement notre mère) tenait toujours une ombrelle au-dessus de sa tête, comme lorsqu'elle travaillait au jardin à la maison. Elle portait des robes de lin blanc, ses longs cheveux blancs (ils l'étaient devenus vers quarante-cinq ans) enroulés en chignon comme à l'époque victorienne, avec juste assez de mèches sur le côté pour dissimuler ses lobes d'oreille manquants. Comme le gâteau de mariage, elle semblait vivre dans un autre temps. Elle ressemblait aux femmes austères, mélancoliques des photographies de Julia Margaret Cameron – de grands yeux baissés, un visage ovale aux pommettes saillantes et au nez délicatement aquilin et une peau pâle et ridée comme une feuille de papier de lin qui aurait été légèrement froissée, puis lissée à nouveau.

Elle aimait la plage qui la calmait, alors que la maison en était incapable. Elle ne nageait pas, elle ne participait ni aux bains de soleil ni aux moments de gaieté, mais elle aimait bien marcher. La plupart du temps, elle lisait des livres qu'elle empilait en un tas bien net près de sa chaise en toile, des poèmes d'Emily Dickinson ou un roman d'une des sœurs Brontë. Ses narines se dilataient pendant qu'elle lisait, inhalant la brise salée. Ce qui, pour elle, se rapprochait le plus de "prendre les eaux".

Mes sœurs et moi, la peau blanche comme notre mère, mais les cheveux foncés, avions chacune une couverture et un parasol. Nous nous installions après le petit déjeuner, en maillot de bain pudique, et restions là la majeure partie de la journée, l'hôtel nous livrant un panier pour le déjeuner, généralement un festin assez décadent, avec des pots de foie gras, d'épaisses tranches de jambon et d'emmental, une baguette française et une tarte à l'abricot. J'allais parfois nager avec ma sœur cadette, Hazel – Zelie, comme tout le monde la surnommait. Nous n'étions autorisées à nous baigner que jusqu'à la taille. Si les vagues commençaient à déferler, atteignant notre poitrine inexistante, nous devions revenir au bord, sinon ma mère nous appelait par nos prénoms, ce qui était embarrassant.

— Et si on allait se promener vers la crique ? nous demanda-t-elle, à Zelie et moi, un après-midi, (très probablement un week-end puisque mon père était à l'hôtel).

Étant les deux plus jeunes et les moins cyniques des filles, nous étions les seules susceptibles d'envisager une telle excursion. Zelie s'en servait comme monnaie d'échange.

— Je peux ramener une tortue à l'hôtel ? réclama-t-elle.

— Tu sais bien que non, répondit notre mère.

— Alors on pourra avoir un granité ?

Nous partîmes toutes trois sur le chemin accidenté, Belinda avec son ombrelle, Zelie et moi courant devant, enchantées, à la recherche de tortues d'eau dans la longue étendue d'herbes des marais et de sable, sous le regard de notre mère. Ce jour-là, nous n'en repérâmes que deux, leur dos en forme de diamant et leur peau tachetée régalant nos yeux, justifiant à elles seules la balade.

Belinda, comme toujours, était davantage intéressée par la végétation.

— Ces herbes sont des halophytes, déclara-t-elle en montrant ce qui ressemblait à une vaste pelouse allant jusqu'à la mer. Vous vous souvenez de ce que ça signifie ?

— Des plantes qui poussent dans un sol salé, répondis-je rapidement, sans laisser la moindre chance à Zelie.

— Exact, dit-elle, l'air satisfait.

Elle savait tout sur les plantes.

Au bout d'un moment, nous revînmes à la plage, Zelie et moi aspirant bruyamment des granités à la framboise. Le reste de la famille n'avait pas bougé durant notre absence. Mes deux sœurs les plus âgées, Aster et Rosalind, lisaient des magazines, se faisaient bronzer et papotaient toute la journée. Aster était légèrement grassouillette et Rosalind était grande et mince ; en maillot de bain, le contraste était nettement visible, mais, rondelet ou filiforme, leurs deux corps scintillaient de grains de sable collés à leur crème solaire. C'est mon souvenir le plus précis de leur apparence sur la plage cet été-là, leurs membres couleur de biscuit sablé en train de cuire au four, recouverts d'une pellicule de sucre brun granuleux, faisant de leur peau une gourmandise.

— Ils seront fiancés avant Noël, disait Rosalind à Aster, toutes deux en grande conversation, à propos d'une amie quelconque, tandis que nous approchions. Elle fait une terrible erreur. Tu te rappelles cette affreuse cravate qu'il portait pour sa fête d'anniversaire ?

— On ne peut pas juger du caractère d'un homme par sa façon de choisir ses cravates, dit Aster en frappant le bras de Rosalind avec un exemplaire roulé de *Glamour*.

— Bien sûr que si.

— Sois sérieuse, Roz. Je crois qu'il est gentil.

— Tu aimerais bien le croire, c'est ça ? dit-elle, ne la taquinant qu'à moitié.

Mes sœurs du milieu, Calla et Daphne, étaient assises jambes croisées sur une serviette voisine, plongées dans leurs occupations. Calla écrivait des poèmes dans son carnet, protégée à tout instant du soleil par son parasol et un chapeau. Daphne s'appliquait avec sa boîte de pastels et son carnet de croquis et, comme à son habitude, engloutissait une énorme quantité de nourriture – les heures suivant le déjeuner, elle était capable d'avaler plusieurs hot-dogs de trente centimètres de long et des sachets entiers de pop-corn.

Elles travaillaient sagement côte à côte, ne se disputaient que rarement.

— Tu as fait goutter de la peinture mauve sur mon orteil, dit Calla en repoussant Daphne. On dirait que j'ai la gangrène.

— Tu ne trouves pas la gangrène romantique ? (Daphne secoua son pinceau, projetant encore plus de peinture sur le pied de Calla.) Toute cette chair flétrie. Tennyson a dû écrire là-dessus.

— Whitman, je crois, dit Calla, en mâchouillant son crayon.

Méditer sur le sujet sembla la calmer.

Belinda réintégra le tableau à contrecœur, s'assit sur sa chaise avec un soupir et attrapa son livre.

— Bon sang, qu'est-ce qui vous est arrivé, vous deux ? demanda Rosalind en nous regardant, moi et Zelie, consternée.

— Vous avez la bouche rouge vif, dit Aster.

— On a mangé des granités au retour, expliqua Zelie, alors que je m'essuyai avec ma serviette de plage.

— On dirait que vous avez arraché la tête d'une mouette, lança Calla. C'est dégoûtant.

À partir de ce moment-là, la conversation se transforma en chamaillerie, je ne me rappelle plus à quel propos, jusqu'à ce qu'un énorme bruit d'éclaboussure l'interrompe. Une créature avait émergé des profondeurs de l'océan, jaillissant à la surface de l'eau tel un sous-marin, c'est du moins le souvenir que j'en ai. Nous ne l'avions pas vu y entrer, mais soudain, là où rien ne se trouvait auparavant, il était là, un homme d'une trentaine d'années torse nu, en maillot de bain moulant rayé, des mèches blondes collées au front.

Je n'avais encore jamais réalisé que les hommes pouvaient être beaux. Je ne ressentais pas nécessairement de l'attirance pour lui, mais j'étais captivée par sa force, la façon dont la vie palpitait en lui, sa peau couleur miel, les muscles qui ondulaient sur son abdomen comme un drapeau de chair. Plus tard, nous découvririons qu'il avait été bombardier durant la guerre, un héros qui à peine quatre ans plus tôt avait fendu les cieux au-dessus du Japon et avait fait pleuvoir le feu sur les gens en dessous. Mer ou air, peu importe ; il était un maître des éléments.

Il tituba dans les vagues, un ami dans son sillage. Ils riaient et se taquinaient sans regarder où ils allaient et, quelques secondes plus tard, la créature des mers faillit trébucher sur notre île. Il s'arrêta brusquement et fixa les sept visages féminins levés vers lui.

— Madame, dit-il à Belinda, soudain sérieux, en la saluant de la tête. Je suis désolé. J'espère qu'on ne vous a pas dérangée.

— Tout va bien, répondit-elle en posant sa poésie, le visage dissimulé dans l'ombre de son parasol.

Elle regardait la mer derrière lui. Il ne signifiait rien pour elle, pas encore.

— Mesdemoiselles, ajouta-t-il, en nous faisant un signe de la tête, à mes sœurs et moi, tandis que nous nous entourions de nos serviettes et essayions d'y fourrer nos bras et nos jambes.

— Je suis Matthew Maybrick.

Je n'arrivais pas à détourner les yeux de la symétrie de ses mamelons rouges.

Maman le regarda, clairement ennuyée qu'il soit toujours là.

— Mme Belinda Chapel, dit-elle.

— Chapel ? Pas les armes à feu Chapel ?

Elle tressaillit, comme chaque fois qu'on mentionnait les armes. Ses filles se tournèrent d'instinct vers elle et Aster prit la parole avant que quelque chose d'embarrassant se produise.

— Si, les armes à feu Chapel, dit-elle avec amusement, en lançant un coup d'œil à Rosalind.

Et, avec ces quelques mots, Matthew sembla remarquer Aster, qui venait tout juste de fêter son dix-neuvième anniversaire. Il sourit à ma sœur, dans son maillot de bain à jupette orange, un papillon monarque brodé sur la poitrine. Elle resserra la serviette autour de son corps, les jambes pudiquement repliées sous elle, et écarta les boucles brunes de ses épaules. Matthew continuait de la fixer et elle finit par lui rendre son regard, le visage rond comme une coquille Saint-Jacques, les yeux pétillants et avides, les lèvres brillantes fermées, en forme de minuscule cœur pincé. Matthew la détaillait de façon plutôt impudente, observant ce qui était visible, imaginant probablement ce qui ne l'était pas, laissant son regard s'attarder selon son bon vouloir, puis il se tourna vers son ami, resté quelques mètres en arrière.

— Hé, Arnie, c'est la famille Chapel.

Il fit un pistolet de sa main et tira. Arnie nous salua timidement.

— Je suis un des Maybrick, nous dit Matthew, son nom déployé sur nous comme une couverture.

Il était évident que son patronyme était censé nous dire quelque chose, comme le nôtre signifiait quelque chose pour lui. La famille de Matthew possédait Maybrick Steel, dont Belinda avait certainement entendu parler ; en Amérique, la plupart des trains roulaient sur de l'acier Maybrick et il avait servi à la construction de presque tous les gratte-ciel de New York. L'entreprise avait été fondée par Augustus Maybrick, le plus impitoyable des requins de l'industrie du XIXe siècle.

Mais si Belinda reconnut le nom, elle n'en montra rien. Elle se fichait des familles éminentes et de leurs descendants. Normalement, une famille telle que la nôtre aurait dû être très sollicitée à Cape Cod, être invitée dans d'immenses propriétés en bord de mer et à de prodigieuses fêtes, mais nous vivions nos vies loin de tous ceux de notre monde, et ma mère le préférait ainsi.

— M. Chapel est-il ici ? demanda Matthew, supposant peut-être qu'il aurait plus de chance avec lui.

— Il travaille à l'hôtel, dit Aster, poussant Rosalind à intervenir.

— Il s'occupe des affaires de son entreprise dans sa chambre, dit-elle. Il n'est pas groom.

Matthew rit et se tourna à nouveau vers son ami.

— Nous adorerions le rencontrer, n'est-ce pas, Arnie ?

— Ce serait un honneur.

— Vraiment ? dit Zelie, et je lui donnai un coup de coude pour la faire taire.

Nous ne faisions pas grand cas de notre père, il nous était donc facile d'oublier ce qu'il représentait pour d'autres. Comme notre mère, il préférait vivre à l'écart de la société et, malgré mon jeune âge, je savais qu'il se souciait peu d'impressionner Matthew Maybrick et son ami. Mon père était un des hommes les plus riches de Nouvelle-Angleterre et notre nom de famille était inscrit sur des fusils vendus dans le monde entier. Il avait de quoi être craint, le nom de

Chapel. Un homme tel que mon père, qui fabriquait un produit servant de passerelle pour l'au-delà, n'avait besoin d'impressionner personne.

Belinda désapprouvait tout ce bavardage sur son mari et les armes, n'ayant jamais éprouvé d'affection ni pour l'un ni pour les autres, et elle se leva en époussetant le devant de sa robe.

— Venez les filles, dit-elle. Votre père va se demander ce qui nous est arrivé.

C'était un mensonge, mais nous nous levâmes néanmoins, sachant qu'elle n'appréciait pas cet intrus.

Matthew Maybrick n'était apparemment pas au courant de la bizarrerie de notre famille. La plupart des habitants de Bellflower Village pensaient que Belinda était folle, mais sa réputation n'avait vraisemblablement pas atteint New York, où vivaient les Maybrick. Matthew, qui n'avait pas conscience de déranger Belinda et ne se voyait pas comme un intrus, nous fit un signe alors que nous faisions mine de partir.

— Je me demandais, cria-t-il. Est-ce que vos deux filles aînées…

— Aster et Rosalind, dis-je, lui adressant la parole pour la première fois.

Il me fit un clin d'œil, comme à une petite gamine.

— Aster et Rosalind aimeraient-elles prendre un verre avec moi et mes amis avant le dîner ? Mes parents et ma sœur seront là aussi, ajouta-t-il à la hâte, avec moins d'assurance devant le regard noir de Belinda.

Elle se détourna sans répondre et se dirigea vers l'hôtel, Daphne, Zelie et moi à sa remorque ; Calla avait déjà rejoint la réception. Seules Aster et Rosalind restèrent avec Matthew et, une demi-heure plus tard, elles nous rejoignirent dans notre suite, surexcitées. Elles expliquèrent à notre père qu'elles avaient été invitées à prendre un verre avec Matthew Maybrick et lui demandèrent la permission d'y aller.

— Le fils de Leland Maybrick ?

Il semblait interloqué et ôta ses lunettes avant de les poser sur son bloc-notes. Les lunettes servaient pour travailler et il s'agissait d'une affaire familiale, ce dont généralement il ne s'occupait pas.

— Qu'est-ce que vous veut Matthew Maybrick ?

— Papa ! cria presque Rosalind. (Elle était la seule d'entre nous à l'appeler par le terme jovial de "papa", comme si le cajoler pouvait l'amener à devenir ce genre d'homme.) Pourquoi n'aurait-il pas envie d'inviter deux charmantes filles comme nous à boire un verre ?

— Je vois, dit notre père, tandis que Calla, Daphne, Zelie et moi observions en coulisse.

Notre mère était partie se coucher.

Aster avait terminé le lycée l'année précédente et elle était sortie avec des jeunes gens dont les familles vivaient au village ou des frères de ses camarades d'école, tous issus de familles riches et respectables, mais un Maybrick appartenait à une autre catégorie.

— S'il te plaît, supplia Aster, enveloppée dans son peignoir, le visage rougi par une journée au soleil.

Aster était majeure et Rosalind l'était presque, mais jamais elles n'auraient imaginé pouvoir faire ce qu'elles voulaient.

— Très bien, dit notre père, en rechaussant ses lunettes et en saisissant son crayon.

Les Maybrick étaient probablement trop clinquants à ses yeux, mais, comme M. Bennet dans *Orgueil et Préjugés*, un roman que notre mère lisait au moins une fois par an, il avait de nombreuses filles à marier et il fallait faire des exceptions.

Tout était arrangé et, ce soir-là, je dînai avec mes parents et trois de mes sœurs au restaurant de l'hôtel tandis qu'Aster et Rosalind se mêlaient aux Maybrick sur la terrasse. Chaque soir, il y avait un buffet au restaurant et je me nourrissais de hors-d'œuvre – cocktail de crevettes, œufs à la diable et soufflés de pommes de terre – et Zelie me copiait, ce que je détestais. Nos parents ne se préoccupant absolument pas de ce que nous choisissions au buffet, Daphne empila de grosses tranches de côtes rôties roses et de pinces de crabe et se resservit plusieurs fois des pommes duchesse, et nous nous assîmes et mangeâmes face à l'océan, si bien que nous n'avions pas besoin de nous regarder.

De notre table, nous pouvions voir la terrasse et l'océan juste derrière et j'observai Aster et Rosalind, leurs verres remplis de notre boisson favorite : de l'eau gazeuse avec un peu de sirop de grenadine et une feuille de menthe, une boisson de petites filles ; au fond, elles étaient encore des petites filles. Elles discutaient avec la créature des mers et ses semblables, lui en chemise habillée et pantalon jaune pastel. Aster et Rosalind portaient les robes à bretelles qu'elles avaient apportées pour le séjour ; leurs couleurs m'échappent, mais je me souviens de leurs ravissantes épaules nues dans le soleil couchant, de la lumière miel du bord de mer qui les baignait. Je chipotais dans mon assiette, trop distraite pour manger. Je savais que c'était le signe d'une rupture dans notre histoire, d'un changement déjà en marche.

Effectivement, Matthew Maybrick, héros de guerre et héritier de la fortune de Maybrick Steel, demanderait Aster en mariage cinq mois plus tard. L'intrus avait franchi le portail.

3

PRESQUE un an après cette première rencontre sur la plage, Aster et Matthew étaient sur le point de se marier. J'essaie de me remémorer cette semaine précédant le mariage afin de vous la décrire (*vous* – qui êtes-vous, exactement ?). Mais j'ai enfoui cette époque dans ce que ma sœur Calla appelait "l'abîme de mon esprit". Imaginez-le : un endroit froid et solitaire, des asphodèles poussant dans les fissures du béton, un bruit d'eau gouttant au loin, une porte qui grince.

Emily Dickinson a écrit qu'il n'y a pas que les maisons qui sont hantées, mais que le "cerveau regorge de corridors". C'est vrai. Et les miens débordent. L'abîme de mon esprit – tous ces corridors hantés, selon la façon dont vous voulez le décrire – contient des éclats de verre brisé éparpillés sur tout le sol. J'attrape un tesson et je dépeins ce que je vois, puis je le repose.

Cette histoire a des arêtes déchiquetées, pourrait infliger de profondes blessures. Ce n'est pas une histoire que je peux raconter avec du fil et une aiguille, cousue à petits points bien nets. Ce sont des tessons ou rien.

4

ALORS, laissez-moi essayer à nouveau. La semaine précédant le mariage.

L'école avait cessé pour l'été. Zelie et moi étions libres de courir comme des folles dans les terres entourant la maison, aussi vastes qu'un jardin public. On comptait de nombreuses familles riches à Bellflower Village, qui n'était qu'à vingt minutes de Greenwich en voiture, qui elle-même n'était qu'à un court trajet en train de New York, mais aucune des autres résidences n'était aussi énorme que la nôtre.

Une grande étendue d'herbe allait de la maison à la rue, en pente douce et ondoyant comme un ruisseau et, à l'arrière du bâtiment, se trouvaient des massifs de fleurs et une terrasse et, encore plus loin, une mare à grenouilles et un pré. Du côté opposé de la route et au nord de la maison, il n'y avait rien d'autre qu'une forêt dense. Au sud, tout près de la bâtisse, se trouvait le cimetière familial, entouré d'une clôture en fer garnie de pointes et surmonté d'une canopée d'érables. Quand j'étais petite, il n'y avait là que trois tombes, mes grands-parents et un enfant mort-né qui avait précédé mon père. Le reste de la parcelle n'avait pas encore été retourné.

Chez nous, durant l'été, Zelie et moi passions généralement la plus grande partie du temps dehors ; nous aimions échapper à la mélancolie sombre de la maison et à nos sœurs aînées bruyantes et tyranniques. Tant que nous restions sur la propriété, personne ne s'occupait de ce que nous faisions. Ils auraient été incapables de nous trouver s'ils nous avaient cherchées, ce qu'ils faisaient rarement, de toute façon. Nos prénoms se fondaient souvent l'un dans l'autre, *IrisetZelie*, comme si nous ne faisions qu'une.

Où sont *IrisetZelie* ? ne cessait-on de demander.

Mais cet été-là, celui du mariage d'Aster, était différent. Je ne me sentais pas d'humeur pour nos escapades habituelles. Il faisait incroyablement chaud durant ce mois de juin, les températures dépassant régulièrement 35 °C. Aussi pénible que ce fût, le pire était qu'à treize ans, je venais d'avoir mes premières menstruations. Aster m'avait montré comment utiliser la ceinture sanitaire et les serviettes, un horrible truc, mais, à l'époque, nous n'avions que ça. Lorsque j'avais commencé à saigner, j'avais su que mes années de totale liberté avaient pris fin. Je ne comprenais pas très bien ce qui m'arrivait, mais je savais que c'était un secret. Nous n'étions pas autorisées à porter de pantalon, alors je vérifiais mes jambes nues toute la journée à l'affût de traces révélatrices.

Je suggérai à Zelie d'aller nous promener dans la nature et de chercher des coccinelles et des papillons. J'emportai un carnet de croquis et des crayons. Nous ne parlâmes pas de mes règles, bien qu'elle fût au courant. On ne parlait pas de ces choses ouvertement, y compris entre sœurs ; je ne l'avais même pas dit à ma mère, alors que ça lui aurait été égal. Mais les saignements et la chaleur assombrirent l'été, dès le tout début. Si je devais mélanger sur ma palette les couleurs de ce mois de juin 1950, je commencerais avec du vermillon, puis j'ajouterais de l'hématite, puis du brun roux, les teintes de ma serviette en coton servant de filtre à ma mémoire.

Je suis certaine que nous allâmes à l'église ce dimanche-là, mon père, mes sœurs et moi. De retour à la maison, j'essayai de dessiner Zelie près de la mare aux grenouilles. Elle dut babiller sans fin au sujet du mariage, de cette voix de petite fille à l'aube de la puberté si lointaine dans mes souvenirs :

— Matthew n'est-il pas divin ? (Elle adorait qualifier ainsi les garçons.) Il me tarde qu'on nous livre nos robes de demoiselles d'honneur.

Elle adorait aussi parler des robes, qu'elle appelait des "robes de princesse". Elles n'étaient pas encore finies, ce qui inquiétait Aster – deux points qu'elle ne pouvait pas rayer sur sa liste.

Elle dut continuer à bavarder et moi à ne pas parvenir à la dessiner. Elle était bien au-delà de mes talents, en ce temps-là, cette préraphaélite aux cheveux noir de jais réduite à la taille d'une fillette de onze ans. Elle et Aster, les deux serre-livres de notre rangée de sœurs, de A à Z, étaient celles qui se ressemblaient le plus. Elles partageaient de belles rondeurs qu'aujourd'hui l'on qualifierait d'embonpoint, avec cette connotation négative qui s'y applique désormais, mais, à l'époque, c'était différent. Aster et Zelie donnaient l'impression que leur peau était incapable de contenir ce qui se trouvait à l'intérieur, comme si je pouvais presser mon doigt contre le bras de Zelie et en faire sortir du jus. Je sais quel goût il aurait : de la pêche acidulée. Je pense à ce poème de Christina Rossetti, aux sœurs et aux gobelins : "Venez acheter, venez acheter." Mes sœurs et moi adorions ce poème ; nous n'avions alors aucune conscience de son érotisme.

Peu après, nous revînmes à la maison pour boire et manger, et aperçûmes Belinda dans son jardin, silhouette mince dans sa longue robe blanche, la tête dissimulée sous une ombrelle rose aussi épanouie qu'un dahlia ; elle passait les fleurs en revue, un massif de mauves, de roses et de jaunes.

Le jardin d'agrément, domaine exclusif de Belinda, jouxtait la terrasse à l'arrière de la maison ; le jardinier assurait la plus grande partie du travail, mais sous sa direction. Son jardin était l'unique chose la concernant qui fût bien entretenue et organisée, avec son treillis de roses entrelacées, ses buissons d'hortensias et ses parterres bien nets de pétunias, de sauge et de zinnias. Bien différentes de son esprit, un taillis enchevêtré de peur et de tristesse enfermé derrière un portail qu'elle seule pouvait ouvrir. Je suis incapable d'imaginer les rayons du soleil le pénétrer de cette splendide lumière qui baignait ses fleurs.

— Maman ! cria Zelie tout excitée, poussant Belinda à se retourner.

Elle nous regarda approcher et je compris à ses lèvres pincées qu'elle ne voulait pas être dérangée, mais elle sourit malgré tout.

Contrairement à nos sœurs, nous étions toujours heureuses de la voir. Nous ne la voyions pas souvent, seulement à l'heure des repas et lors de quelques moments volés. Je n'ai jamais vraiment su comment elle passait ses journées. Elle s'entretenait avec Dovey de la marche de la maison, s'occupait de son jardin, écrivait dans son journal intime, effectuait quelques travaux d'aiguille et dessinait un peu. Dormant toujours mal la nuit, elle faisait la sieste l'après-midi. Il est difficile de comprendre comment ces activités pouvaient remplir une journée entière, mais sa vie se déroulait en grande partie hors de notre vue.

— Regardez-vous, vous deux, dit-elle d'un air inquiet en mettant sa main sous mon menton et en faisant pivoter ma tête d'un côté et de l'autre. Vous êtes rouges comme des pivoines. (Elle enlaça Zelie de son bras libre et la serra contre elle.) Il fait trop chaud pour rester dehors aujourd'hui.

— Tu es bien dehors, dit Zelie.

C'était étonnant, car Belinda ne sortait généralement pas aux heures les plus torrides.

— Hmm, répondit-elle.

Nous restâmes là, nos bras entourant sa taille, son corps frais malgré la température. Elle sentait le Violet Fleur, son parfum favori, une recréation du préféré de l'impératrice Joséphine. Il n'était pas gâché par une odeur de transpiration et le visage de Belinda était fraîchement poudré. Elle n'était pas dehors depuis longtemps.

— Tu vas faire un bouquet pour le mariage d'Aster ? demanda Zelie.

Belinda lui jeta un coup d'œil, mais ne répondit pas. Elle ne s'était pas mêlée du mariage de sa fille aînée, n'avait fait montre d'aucun intérêt pour celui-ci. Avec le recul, ç'aurait dû être un indice des problèmes à venir.

— Je suis sortie voir mes fleurs – elles souffrent avec cette chaleur. Je suis inquiète.

Elle se libéra de notre étreinte, me tendit son ombrelle et se baissa pour passer son pouce sur les pétales d'un pétunia mauve affaissé, puis d'un pois de senteur. Je ne pouvais m'empêcher de ressentir une pointe de jalousie.

Belinda avait une relation intime avec ses fleurs, identique à celle d'un bébé relié à sa mère par le cordon ombilical ; ses fleurs la nourrissaient. Après un long hiver, elle reprenait vie à la vue des pétales qui, dans son jardin, s'épanouissaient comme des lampes allumées après des mois de ténèbres. Mais nous n'étions qu'en juin et elles fanaient déjà.

— Mes fleurs sont en train de mourir, dit-elle, ce qui était faux ; elles se traînaient, comme nous tous, mais, comme nous tous, pour l'instant, elles étaient encore en vie.

— Elles ne meurent pas, elles sont brûlées par le soleil, dit Zelie en posant la main sur le dos de Belinda, penchée au-dessus du massif. Elles vont se remettre.

— J'ai bien peur que non.

Belinda se redressa, nous nous rapprochâmes à l'ombre de son ombrelle et enlaçâmes à nouveau sa taille. Nous levâmes les yeux vers elle, mais elle ne dit rien de plus, ne nous retourna pas un regard rassurant. Ses yeux se déplaçaient le long des massifs de fleurs, embrassant leur chair légèrement flétrie.

— Vous feriez mieux de rentrer, mes pétales, dit-elle en nous lâchant. (Elle était ainsi, insaisissable.) Je vais aller m'étendre un moment. J'ai la migraine. (Elle sortit un mouchoir blanc de sa poche et je pensai qu'elle allait s'essuyer le front, mais elle le porta à sa bouche et à son nez et le respira.) Allez boire de l'eau à la cuisine. Allez.

Congédiées, nous la laissâmes à contrecœur dans le jardin. Nous contournâmes la maison par la pelouse d'un pas pesant, blessées par le dard du rejet maternel. Lorsque je me retournai, espérant l'apercevoir une dernière fois, elle avait disparu par la porte de la cour.

Dovey nous fit asseoir autour de la table et nous bûmes deux verres d'eau chacune.

— Ah, vous, les filles ! dit Dovey en secouant la tête. Vous auriez pu tomber dans les pommes avec ce soleil. Regardez-vous avec cette eau, on dirait deux épagneuls assoiffés.

Elle devait avoir la cinquantaine à l'époque, le même âge que Belinda. Elle était en Amérique depuis un peu plus de vingt ans, ayant trouvé on ne sait comment un chemin entre l'Irlande et un emploi au service de la famille Chapel peu après le mariage de mes parents. Son titre officiel était gouvernante, mais son travail allait bien au-delà.

— Nous avons vu maman dans son jardin, dit Zelie, de l'eau coulant sur son menton, trempant le devant de sa robe.

Dovey fronça légèrement les sourcils sans se soucier qu'on le remarque et remplit à nouveau nos verres à l'aide d'un pichet.

— Le soleil lui fera du bien.

Elle portait une jupe écossaise et un chemisier blanc, ses rares cheveux blonds permanentés couronnaient sa tête de boucles serrées. Son nom complet était Mlle Edna Dove, mais nous l'appelions Dovey et, si ça la gênait, elle ne l'avait jamais dit. Elle vivait au deuxième étage dans les appartements des domestiques, qui étaient vides en dehors d'elle. La cuisinière et la femme de ménage habitaient à l'extérieur.

Sur la table de la cuisine étaient posés des sacs en papier remplis de dragées, des bobines de ruban et de minuscules bourses en tulle doré. Il y avait de jolies choses partout dans la maison, toutes pour le mariage.

— Je peux en avoir une ? demandai-je en tentant d'attraper une des bourses, mais Dovey repoussa ma main.

— Non. J'ai travaillé toute la matinée dessus.

Elle sortit notre déjeuner de la glacière, une assiette de sandwichs de pain blanc jambon-moutarde et un bol de fraises saupoudrées de noix de coco râpée.

— Encore du jambon et de la moutarde ? dis-je, en prenant une moitié de sandwich.

— Si tu n'aimes pas ça, parles-en à Mme O'Connor.

Mme O'Connor était la femme du village voisin qui préparait tous nos repas depuis avant ma naissance. Après la mort de son fils à la guerre, elle n'était pas venue travailler pendant deux mois et, à son retour, notre père nous avait interdit de nous plaindre de la nourriture.

— Non merci, dis-je.

— Elle n'est pas là, de toute façon, dit Dovey. Elle est rentrée chez elle. Aster prépare le dîner ce soir.

— Aster ne sait pas cuisiner, dit Zelie, et nous rîmes toutes les deux.

Imaginer Aster cuisiner était hilarant.

— Elle va s'y mettre. Elle va bientôt gérer son propre foyer et elle devra cuisiner pour son mari, non ?

À cette pensée, Zelie tira la langue et attrapa un demi-sandwich, puis un autre.

— Je ferais mieux de bien manger...

Elle prit une énorme bouchée et de la moutarde s'échappa d'entre ses lèvres.

— Essayez de soutenir votre sœur, dit Dovey. Ce n'est pas facile de gérer une maison. J'en sais quelque chose.

Elle ouvrit à nouveau la glacière et se tint devant, soulevant et abaissant le couvercle comme s'il s'agissait d'un éventail. La sueur auréolait ses aisselles.

— Je ne veux pas que vous retourniez dehors cet après-midi – le journal dit qu'il va faire dangereusement chaud.

Quotidiennement, Dovey intervenait pour s'assurer que Zelie et moi ne mourions pas de faim ou de soif, d'un coup de chaleur ou d'engelures, même si ce n'était pas son travail.

— Allez, ouste, allez retrouver vos sœurs, maintenant, c'est mon après-midi de repos et je sors, dit-elle. Dites-leur que je laisse le déjeuner dans la salle à manger.

Nous avions notre propre aile au premier étage du gâteau de mariage – l'aile des filles, l'appelions-nous, trois chambres et un salon. Malgré l'immensité de la maison, nous avions toujours été confinées dans cette aile, deux filles par chambre. Les murs étaient couverts de fleurs. Notre mère les avait peintes lorsque nous étions petites, inspirée par les dessins d'un livre de botanique français, des volutes de pétales et de feuilles, un jardin dans chaque pièce, tous à l'orée d'une forêt sombre.

La chambre d'Aster et Rosalind était décorée d'asters et de roses, mais il y avait beaucoup plus d'asters. Belinda n'avait jamais aimé les roses et même le nom de Rosalind s'écartait légèrement de son origine, une tentative pour honorer sa mère, Rose, sans céder totalement face à une fleur qu'elle détestait. Mais les asters étaient ses préférées. Elle peignait les asters comme s'il s'agissait d'astres, rappelant ainsi l'origine latine du mot – chaque fleur mauve avec ses rayons pointus et son centre doré. Quand j'étais petite, Aster me prenait sur ses genoux, désignait le mur d'asters/astres et me disait : "Fais un vœu", et, chaque fois, je faisais un vœu différent, encore plus spectaculaire que le précédent. Après qu'Aster nous fut enlevée, je m'asseyais devant le mur d'astres et souhaitais qu'elle revienne. "Je voudrais, je voudrais", disais-je, les paupières serrées. Je faisais le vœu qu'elle s'extirpe de la terre du cimetière familial et retourne avec nous.

Dans la chambre de Calla et Daphne, Belinda avait peint des callas dans un vase près d'une fenêtre ouverte – elle avait peur de la toxicité de ces arums, dont elle affirmait qu'ils pouvaient causer une asphyxie s'ils étaient placés dans une pièce fermée. Pour Daphne, il y avait des fleurs de daphné rose pâle et un laurier isolé. Notre mère nous avait raconté l'histoire de la nymphe Daphné qui avait fait le vœu de ne jamais être touchée par un homme, mais avait été poursuivie à travers la forêt par un Apollon amoureux. Alors qu'elle fuyait Apollon, Daphné demanda à grands cris à son père, un dieu fleuve, de la protéger et il la transforma donc en laurier avant qu'Apollon ne puisse l'attraper. Je ne trouvais pas juste que Daphné dût devenir un arbre. C'était Apollon qui méritait d'avoir ses mains avides statufiées en branches squameuses qui ne connaîtraient jamais l'étreinte d'un véritable amour. Mais, déjà, à cet âge, je comprenais que les femmes subissaient souvent les conséquences des actes des hommes.

Dans la chambre que je partageais avec Zelie, les iris se déployaient comme un tapis mauve semblable à la constellation d'asters, mais ces fleurs-là étaient solidement enracinées dans le sol, s'étendaient très loin, jusqu'à une forêt sombre. Pour Zelie, il y avait un mur d'hamamélis* dont les fleurs jaunes pareilles à des araignées n'étaient pas du tout jolies malgré les efforts de notre mère. C'est peut-être la raison pour laquelle Hazel devint Zelie peu après sa naissance ; le nom d'Hazel ne semblait pas convenir à notre jeune sœur, aussi ronde qu'une pivoine.

Le salon des filles au bout de notre long couloir perpétuait le thème du jardin. Il ressemblait à une serre entourée de fenêtres ; elles étaient flanquées de rideaux verts qui se gonflaient dans la brise comme la gorge d'une grenouille. Tous les tissus étaient verts, les canapés et les fauteuils eau-de-Nil, et des pots en céramique emplis de fougères dans les coins, les murs couverts de lierre grimpant peint à la main. L'unique chose qui jurait était le portrait accroché au-dessus de la cheminée : Annie Oakley, une carabine Chapel en bandoulière. Le tableau était un cadeau d'Annie, qui utilisait des carabines Chapel dans les Wild West Shows de Buffalo Bill. Elle était venue en visite à la maison à de multiples occasions lorsque mon père était enfant. La toile avait été suspendue pendant des années dans son bureau avant qu'il décide que nous devions l'avoir.

Zelie et moi retrouvâmes nos quatre sœurs aînées au salon. À cause de la chaleur, elles étaient plus ou moins

* *Witch hazel* : hamamélis (Toutes les notes sont de la traductrice.)

déshabillées, leurs longs membres blancs étalés sur les canapés et les fauteuils, leurs doigts délicats enroulant des mèches de cheveux foncés. Leurs têtes étaient posées sur les accoudoirs et des coussins en velours, le pâle cylindre de leur cou tendu. L'atmosphère de la chambre était moite, mais l'odeur de leur transpiration ne me gênait pas. Les observer était fascinant, toutes quatre languissantes et superbes, comme des cygnes dans un marais.

Il leur fallut un moment avant de nous remarquer dans l'encadrement de la porte.

— Les petites sont là, dit Rosalind de sa voix rauque, pas très loin de la tonalité d'un bourdonnement d'abeille. (Elle leva un instant la tête pour nous regarder puis la reposa sur un coussin coincé contre l'accoudoir du canapé.) Fermez la porte, mes chéries. Pas besoin qu'on nous voie.

— Grands dieux, vous avez une sale mine, vous deux, dit Aster, consternée par notre apparence. Qu'est-ce que vous avez fait depuis l'église ?

Elle était étendue sur le même canapé que Rosalind, à l'autre bout, leurs chevilles entrelacées au milieu. Un guide Baedeker de Paris était posé au pied du canapé, des pages cornées pour marquer les endroits qu'Aster et la créature des mers visiteraient pendant leur lune de miel.

— Qu'est-ce que vous allez devenir quand je serai partie ? dit-elle, la joue reposant sur l'accoudoir du canapé, en nous dévisageant.

— Tu es là, et regarde dans quel état elles sont, dit Daphne. On dirait des sauvages.

Elle était étendue sur un autre divan, un de ses livres de poche scabreux sur les genoux, *Vixen* ou *Sin on Wheels*.

— Vous devrez vous y coller quand je serai partie, dit Aster à Rosalind, Calla et Daphne. Vous toutes.

Calla, lovée dans un fauteuil près de la cheminée et fixant la fenêtre d'un regard vide, pivota pour nous voir.

— Elles ne sont pas si mal en point que ça, dit-elle en se tournant à nouveau vers la fenêtre.

— C'est bien le problème, dit Aster. Vous ne remarquez rien.

— On remarque, dit Daphne. Mais on s'en fiche.

Rosalind se redressa et me fit signe de m'asseoir près d'elle. J'abandonnai Zelie à la porte et me glissai précautionneusement sur le coussin, craignant de laisser une tache de sang, mais trop gênée pour en parler. Rosalind ôta mon ruban, libérant ma queue-de-cheval. Elle tenta de démêler les cheveux qui m'arrivaient aux épaules, tirailla quelques mèches, tira sur un nœud, puis renonça avec un soupir.

— Ce serait plus simple de les couper, dit-elle, en s'affalant à nouveau.

— Rozzy, qu'est-ce que tu feras quand tu seras mariée ? demanda Aster en se redressant afin que Zelie puisse s'asseoir à côté d'elle. Tu as oublié que tu auras des enfants ?

Rosalind réfléchit.

— J'aurai une fille bien élevée, dit-elle. Une seule. Et s'il s'avère que je ne suis pas du genre maternelle, je la mettrai dans un couffin et je la laisserai devant la porte de quelqu'un.

— C'est horrible, même pour plaisanter, dit Aster. Tu dis de ces trucs, Rozzy.

— J'aurais bien aimé que notre mère fasse ça avec nous, dit Daphne.

— C'est une théorie intéressante, répondit Calla, apparemment séduite par l'idée. D'imaginer quel autre destin on aurait pu avoir.

Cette discussion sur le mariage, les enfants et le destin ne me plaisait pas. C'était déjà assez triste qu'Aster nous abandonne bientôt ; je n'aimais pas penser que Rosalind nous quitterait à son tour.

— Je ne veux pas que toi aussi tu te maries, dis-je à Rosalind, en me nichant dans le creux chaud de son bras, qu'elle passa autour de mes épaules.

Les malles d'Aster, qu'elle remplissait de son "trousseau", comme elle disait, avaient été entreposées pendant des mois dans le couloir. Lorsqu'elle avait enfin terminé, elles avaient été emportées.

— Ne pas me marier ? Et rester dans cette maison pour toujours ? Non merci. (Rosalind attrapa son verre de limonade posé sur un guéridon et le porta à sa joue.) Il n'y a qu'une façon de quitter cet endroit, les filles. Aster part en premier, et je ne vais pas être loin derrière.

— Ah bon ? demanda Daphne. Il s'appelle comment ?

— Je sais pas encore, dit Rosalind en se mordant la lèvre inférieure. Mais je serai partie avant l'été prochain, vous pouvez en être sûres. Je me fiche de qui ce sera. (Elle se tourna vers Daphne.) Et toi, Daph ? Quel genre d'homme tu prévois d'épouser ?

— Peut-être aucun genre d'homme, dit-elle en échangeant un regard avec Rosalind.

— Le mariage, ça a l'air tellement ennuyeux, dit Calla. Si tragique, en un sens. Regardez notre mère.

— Notre mère était tragique avant de se marier, rétorqua Rosalind.

— Oui, mais ça n'a sûrement pas aidé. (Calla attrapa son carnet et son crayon sur la table à côté d'elle.) Son ventre doit être râpé comme un chou, la pauvre chérie. Réfléchissez un instant à la destruction totale du corps féminin au cours de la vie d'une femme, de son âme, et pour quoi ? Pour perpétuer la race humaine qui, il y a quelques années à peine, a failli être anéantie.

Elle secoua la tête d'un air dégoûté et écrivit quelque chose dans son carnet.

— Mon Dieu, dit Aster, tandis que Daphne riait. C'est comme ça que tu imagines ce qui va m'arriver quand je serai mariée, Calla ? Ma destruction totale ?

Calla leva les yeux de son carnet, tapotant un instant son crayon sur l'accoudoir.

— Peut-être, répondit-elle sans la moindre émotion.

Puis elle se remit à écrire.

Aster ayant l'air démoralisée, Rosalind s'interposa pour calmer les choses.

— Ignore-les, Aster, ma chérie. Elles sont malades de jalousie.

Je fis tourner les bagues aux doigts de Rosalind, une topaze à l'un et un camée en corail à un autre. D'abord Aster, puis Rosalind – elles finiraient toutes par partir. J'imaginais les lendemains : Zelie et moi seules dans la maison avec nos parents, le couloir silencieux de l'aile des filles, les chambres vides, les dîners ennuyeux.

— Je déteste être la plus jeune.

— Deuxième plus jeune, me corrigea Zelie, refusant de céder sa place au bout de la file.

Je tirai sur le camée en corail, le faisant glisser sur la phalange de Rosalind avant qu'elle ne retire brusquement son doigt.

— Ce n'est pas si terrible, dit-elle en remettant sa bague. Quand on sera vieilles, toi et Zelie serez encore jeunes – ou du moins plus jeunes.

— Je ne veux pas être plus jeune.

— Allez, tu n'es pas raisonnable, dit Rosalind.

Zelie se leva du canapé et alla à la cheminée, prit une plume de paon dans un vase sur le manteau et, le tenant à bout de bras, l'utilisa pour nous éventer, les yeux bleus et verts se balançant, hypnotisant.

— Elles ont besoin d'une nounou, dit Aster en regardant Zelie dans sa robe humide, ses orteils et ses sandales bruns de poussière.

— Certainement pas, répondit Daphne. Notre père ramènera une nouvelle Irlandaise autoritaire qui croira qu'elle peut me dire, à moi, quoi faire et je n'ai pas besoin qu'on me surveille.

— Moi non plus, renchérit Calla, tandis que Zelie continuait de nous éventer.

Notre dernière nounou avait fui des années plus tôt et n'avait jamais été remplacée.

— D'accord, mais il faut que quelqu'un s'occupe d'elles après mon départ, déclara Aster.

— Elles ont une mère, dit Rosalind, et les autres filles, y compris Aster, se mirent à rire.

5

NOTRE mère croyait que la maison était hantée. C'est une des raisons pour laquelle on la trouvait ridicule. Elle nous avait à maintes reprises raconté que la première fois qu'elle était entrée dans le gâteau de mariage, elle avait été saisie par le froid glacial d'une propriété acquise par la mort. Elle entendait des voix. Elle voyait des choses. Elle avait toujours cru aux fantômes, dès la petite enfance, avant même d'avoir rencontré mon père et de devenir sa femme. D'emblée, elle avait su que le gâteau de mariage était rempli d'esprits qui voulaient lui parler, à elle seule.

Notre maison avait effectivement été payée par la mort, on ne pouvait le nier. Mon père l'avait hérité du sien, dont le propre père l'avait fait construire dans les années 1870 grâce aux bénéfices engrangés pendant la guerre de Sécession. C'est ainsi que notre famille gagnait de l'argent, après tout : guerre, meurtre, suicide, massacre d'animaux. Aussi macabre que ce fût, la carabine Chapel était néanmoins une précieuse icône américaine et mon père possédait des photographies de lui en compagnie du général John J. Pershing et du président Franklin D. Roosevelt. L'usine Chapel, qui comptait des centaines d'employés en période de paix et des milliers en période de guerre, était située juste à la sortie du village. Les ouvriers, qui ne pouvaient se permettre d'habiter dans les environs, étaient amenés en bus, puis rapidement renvoyés par le même moyen, chaque après-midi, à quatre heures.

L'usine Chapel était d'envergure mondiale, ce qui était une source de fierté locale. Pendant la guerre, beaucoup de femmes du village travaillaient à l'usine et les fusils qu'elles contribuaient à fabriquer étaient expédiés aux troupes en Europe et dans le Pacifique où ils étaient utilisés pour abattre des soldats nazis et japonais.

Mais ma mère n'était pas comme tout le monde. Pour elle, un nuage flottait au-dessus de Bellflower Village à cause de l'usine Chapel et des armes et des munitions qu'elle produisait, un nuage de pollution morale. Enfant, je ne comprenais pas pourquoi Belinda haïssait autant les armes à feu ; comme mes sœurs, je pensais qu'elle était seulement étrange – embarrassante, même. Elle n'éprouvait aucune fierté pour les conquêtes des Chapel – les guerres victorieuses, les territoires annexés – dont tout le monde, apparemment, était fier.

Elle ne prenait aucune part à la vie du village et ne passait jamais un après-midi sur Main Street dans les commerces locaux pour acheter des articles ménagers ou manger des éclairs avec les autres épouses de sa caste. Il était possible de vivre au gâteau de mariage comme si l'on était coincé sur une île déserte. C'était peut-être une partie du problème. (Le "problème". S'agissant de maman, nous étions toujours à la recherche de la racine du problème – tentative vaine, je le sais bien, maintenant.) Depuis la maison, on ne pouvait voir aucun autre signe de vie, pas même avec des jumelles. Belinda prétendait détester le gâteau de mariage, pourtant, elle le quittait rarement, restant à l'intérieur, coupée du monde, parcourant les couloirs dans sa longue robe blanche, vivant dans un univers de filles, de fleurs et d'esprits.

Petite, je savais que quelque chose n'allait pas chez ma mère, sans savoir vraiment quoi. Je supposais que les autres mères ne se réveillaient pas comme elle en hurlant au milieu de la nuit, affirmant avoir vu ou entendu un fantôme. J'imaginais qu'elles ne passaient pas la matinée à relater leurs rencontres spectrales dans un journal. Elle écrivait dans un carnet pareil à celui dans lequel j'écris actuellement, parce que sa famille ne croyait pas à ses histoires.

Je me demandais pourquoi elle ne pouvait pas se comporter normalement et nous conduire à l'école comme les autres mères et se tenir devant le portail avec elles quand la classe nous lâchait à la fin de la journée, vêtue d'une robe colorée avec un sac à main et des chaussures assorties, les cheveux parfaitement ondulés. Mais elle ne venait jamais à l'école et elle était bien plus âgée que les mères de mes camarades

– plus grande aussi, au moins un mètre soixante-douze. (Vous l'imaginiez petite ? Elle n'était pas petite.) Elle était cependant plutôt mince, élancée et, avec ses robes blanches et sa touffe de cheveux blancs, de loin, elle devait ressembler à un tampon de ouate.

Aucune d'entre nous ne croyant à ses histoires, nous n'avions pas peur que la maison soit hantée. Nous étions davantage effrayés par Belinda et le pouvoir de son imagination ; mon père, mes sœurs et moi avions pitié d'elle. Pour nous, ce n'était pas la maison qui était hantée, mais Belinda elle-même. J'ai grandi en pensant que notre mère était hantée et, comme mes sœurs et moi avions toutes vécu à l'intérieur d'elle durant neuf mois, je me demandais si nous aussi étions hantées.

6

Sa vie de maîtresse de maison dans la banlieue de New York étant imminente, ce soir-là, Aster entreprit de cuisiner le dîner familial. Mme O'Connor avait été renvoyée chez elle et on ne pouvait espérer que notre mère la supervise. Elle n'avait pris aucune part dans la préparation de sa fille aînée à la vie maritale.

Sans aucune autre aide, Aster reçut celle de son nouveau livre de cuisine Betty Crocker, que Mme O'Connor avait qualifié d'abomination. Ce soir-là, Aster choisit de nous concocter un rôti en cocotte accompagné de purée de pommes de terre et de haricots verts. C'était bien trop pour elle, surtout par un soir d'été étouffant, mais nous étions dimanche et mon père s'attendait à un repas du dimanche.

Aster semblait n'avoir aucune idée de ce qu'elle faisait. Rosalind, qui avait proposé de l'aider, n'était pas dans les parages.

— Quelle catastrophe, dit Aster, en tamponnant son front avec un torchon à vaisselle.

Elle ne parlait à personne en particulier. Zelie et moi la regardions depuis la table de la cuisine, respectant l'ordre strict de ne pas être dans ses pattes.

Après s'être rafraîchie dans sa chambre bien plus longtemps que nécessaire, Rosalind finit par apparaître.

— Je vois que tout est parti à vau-l'eau depuis que je suis montée en vitesse, dit-elle en entrant.

— Tu as disparu des heures.

— Ah bon ? Mea culpa, dit-elle. Pendant mon absence, tu as mis de la purée partout sur ce magnifique diamant.

Rosalind, visiblement choquée par l'apparence échevelée d'Aster et l'état de la cuisine, la guida jusqu'à l'évier pour qu'elle se nettoie.

— Je ne sais pas si le rôti est cuit, dit Aster, en se séchant les mains avec un torchon propre.

— Mon Dieu, ne me demande pas à moi.

Rosalind fit bouffer ses cheveux foncés, la coupe au carré ondulée qu'Aster lui avait faite le soir précédent. Les mèches de devant étaient vaguement tirées en arrière et retenues par des peignes en écaille de tortue, révélant de minuscules anneaux à ses oreilles. Elle s'empara de la bouteille de bière fraîche destinée à notre père et en avala une gorgée. Ceci fait, elle secoua la tête rapidement, comme revigorée.

— Tu veux appeler Mme O ?

— Je dois me débrouiller toute seule. Mme O'Connor ne va pas vivre avec Matthew et moi.

— J'espère bien que non, dit Rosalind. Ça ne serait pas très drôle, pas vrai, les filles ?

Rosalind était la mousse et les bulles de la famille, nous autres ayant, par comparaison, sombré au fond du verre. Elle était la seule à posséder l'étincelle héritée des armes à feu. Je me demande souvent ce qu'elle serait devenue si elle était née dans une autre famille. Je l'imagine femme pilote dans un Luscombe 10, effectuant des tonneaux au-dessus de l'Atlantique, ou dans une montgolfière survolant un champ de coquelicots dans le sud de la France, ou encore escaladant un pic enneigé dans les Andes. Je me la représente rarement les deux pieds sur terre. Vu l'état des choses, elle semblait gâcher sa vie chez nous, toute sa fièvre et son énergie débridée enfermées dans la froideur du gâteau de mariage, n'imaginant comme seule échappatoire que le mariage.

Rosalind ouvrit le four pour jeter un coup d'œil au rôti, puis se tourna vers nous dans le dos d'Aster, mimant un *beurk* silencieux.

— Le pauvre machin a l'air un peu foncé. C'est de la fumée que je vois ?

Rosalind toussa et s'éloigna du four en écartant la fumée de la main. Aster, armée de maniques, sortit la cocotte du four et la posa sur le dessus de la cuisinière.

— Oh, non, gémit-elle. Il est brûlé.

— Je suis sûre qu'il est bien à l'intérieur. (Rosalind gratta de son ongle écarlate la croûte carbonisée.) Du cran, dit-elle en posant la main sur l'épaule d'Aster. Quand tu seras mariée, tu n'as pas envie que Matthew rentre du travail et te trouve dans un tel état, si ?

— Bien sûr que non. Mais il faut que j'apprenne à le nourrir.

— Bonté divine, c'est pas un berger allemand, s'exclama Rosalind. Écoute, il a réussi à rester en vie quoi ? Trente ans ? Il a fait des raids aériens au-dessus de Tokyo, bon sang. Il peut survivre à un rôti cramé, à un poulet cramé ou à tout ce que tu feras brûler à l'avenir.

Aster parcourut des yeux, désemparée, le capharnaüm de la cuisine, les récipients éparpillés partout, les marmites cliquetant sur la cuisinière, crachant de l'eau et de la vapeur.

— Tout ce qui compte, c'est ta réaction, continua Rosalind de sa voix la plus apaisante. Que ferait Katharine Hepburn dans cette situation ? Elle en rirait avec un cocktail à la main.

— Katharine Hepburn ? Rozzy, ça ne m'aide pas. (Aster recommença à écraser sa purée et Rosalind, contrite, essaya d'aider en sortant les petits pains du plat pour les mettre dans la panière.) Ces pains sont magnifiques, dit-elle en en reniflant un. Beau travail.

— C'est Mme O'Connor qui les a faits, dit Aster sans lever les yeux de sa jatte.

— Oh.

Rosalind se tourna vers Zelie et moi, articulant un *oups* muet.

Nous, les filles Chapel, avions peu d'expérience des tâches domestiques. Une maison telle que la nôtre était si grande qu'il fallait du personnel pour la faire fonctionner et on ne pouvait s'attendre à ce qu'une femme ayant le statut social de ma mère s'escrime au-dessus d'une cuisinière ou reprise des vêtements. Pour des femmes de notre rang, apprendre à gérer une maison signifiait apprendre à diriger les femmes qui accomplissaient le travail.

Aster et Matthew voulaient un autre genre de vie. "Moderne", comme le qualifiait Aster. Matthew avait rejeté l'offre de ses parents d'une maison de ville dans l'Upper East

Side, à New York, et avait choisi de verser les arrhes pour l'achat d'une maison de style colonial à Rye, tout près de la ligne de chemin de fer allant à Manhattan, avec son propre argent. Matthew, vice-président de Maybrick Steel, prendrait chaque jour le train pour aller travailler et Aster resterait à la maison, où elle cuisinerait, ferait un peu de ménage (une bonne viendrait deux fois par semaine pour les gros travaux) et, plus tard, s'occuperait des enfants qu'elle et Matthew désiraient ardemment. Elle ne voulait pas vivre dans un château, disait-elle, se référant à notre existence dans le gâteau de mariage, et Matthew ne voulait pas de la vie de ses parents, les soirées que sa mère passait à s'imbiber de martini, les aventures extraconjugales de son père, leurs disputes sans fin.

— Tu as fait ce que tu pouvais, Aster, ma chérie, dit Rosalind. *À table*[*] !

Elle dénoua le tablier d'Aster et tourna les boutons de la cuisinière pour l'éteindre.

Aster nous envoya, Zelie et moi, dans la salle à manger avec les boissons. Rosalind apporta la panière à pain et la jatte de purée. Notre père et Calla étaient déjà à table, des serviettes en lin sur les genoux. Ils ne se parlaient pas, Calla lisant un livre de poésie de Tennyson et l'ignorant.

Pendant que Zelie et moi commencions à servir les boissons, Daphne entra dans la salle à manger en pantalon cigarette et chemisier vichy sans manches noué juste au-dessus de la taille, les cheveux attachés en une courte queue-de-cheval. Notre père leva les yeux à son entrée, puis les baissa à nouveau sans un mot. Il n'approuvait pas les pantalons pour les filles ni les nombrils apparents. N'importe laquelle d'entre

* En français dans le texte.

nous aurait été renvoyée à l'étage pour se changer, mais se disputer avec Daphne était vain.

— Où est le dîner? demanda-t-elle tandis que je remplissais son verre de citronnade.

Nous mangions chaque soir à six heures et demie et le dîner avait déjà dix minutes de retard. Elle était contrariée par chaque minute supplémentaire passée à table avec nos parents.

— Faisons preuve d'indulgence au sujet du repas, dit notre mère en entrant dans la salle à manger et en s'asseyant à sa place habituelle, face à notre père. Je suis sûre qu'Aster a travaillé dur pour le préparer.

Elle avait l'air tendue, comme plus tôt dans le jardin.

Alors que je m'installais comme toujours à côté d'elle, nous entendîmes le bruit d'une catastrophe provenant de la cuisine et la voix d'Aster:

— Oh, non!

Daphne rit en buvant. Rosalind alla voir ce qui s'était passé.

Notre père se servit de la bière. Nous ne l'avions pas aperçu depuis la sortie de l'église. Quand il était à la maison, il travaillait dans son bureau.

— Qu'avez-vous fait, aujourd'hui? demanda-t-il à Zelie et moi.

Il desserra un peu son col, mais, malgré la chaleur, il n'avait pas enlevé la veste de costume marron qu'il portait à l'église.

— Iris m'a dessinée à la mare aux grenouilles, répondit Zelie.

— Vous avez des leçons cette semaine?

— Nous avons nos leçons de piano lundi, dis-je.

— Et j'ai un cours de danse vendredi, renchérit Zelie.

Elle était assise toute droite sur sa chaise, ne se détendant qu'une fois les questions apparemment terminées. Elles pouvaient sembler anodines, mais mieux valait rester sur ses gardes.

— Et toi, Calla ? s'enquit-il. Qu'est-ce que tu lis qui te passionne tant que tu ne peux pas en détacher les yeux, même à table ?

— *La Dame d'Escalot*, dit-elle, et elle commença à lire à voix haute. "Dans son miroir aux reflets clair/Qui gît près d'elle l'année entière/Passent des ombres d'ici-bas… Là, elle a vu la route toute proche/Qui s'effiloche vers Camelot."*

— Oui, merci, dit notre père, en haussant les sourcils et en arrangeant les couverts à côté de son assiette. Je n'ai jamais été friand de poésie.

— Non, dit Calla.

Elle posa le livre, prit son verre d'eau et but délicatement. Elle avait de jolies lèvres charnues, mais qu'elle pinçait d'un air désapprobateur, ce qui en ruinait l'effet.

Aster et Rosalind finirent par arriver avec le rôti et les haricots verts. Les tranches de bœuf, sur un plat blanc, sentaient bon, mais il n'y avait aucune fioriture. Mme O'Connor avait l'habitude d'ajouter de la salade verte, des brins de persil ou des quartiers d'orange pour décorer, mais Aster ne l'avait pas fait. La viande était dressée dans un liquide huileux, comme si on l'avait lâchée dans une flaque d'eau. Chacun d'entre nous dissimula son dégoût au moment de soulever les tranches pour les déposer dans notre assiette.

Daphne entama son repas avant que tout le monde soit servi, tentant de façon théâtrale de couper la viande avec son couteau avant de l'attraper et de la manger avec les doigts.

* Traduction de Joachim Zemmour (2010).

Notre père l'observa, puis détourna la tête avec répugnance. Aster nous regarda tour à tour, attendant notre verdict. Pour le dîner, elle était généralement bien coiffée, mais, ce soir-là, elle avait les joues rouges, les cheveux aussi ébouriffés que ceux d'Einstein et une tache près du col de sa robe blanche, du sang rose très pâle, probablement une éclaboussure de la pièce de bœuf crue qu'elle avait manipulée des heures auparavant.

— Vous ne devinerez jamais qui a répondu à l'invitation aujourd'hui, dit Rosalind, revenant de la cuisine avec la saucière oubliée.

Elle s'assit près de notre père et mit fin au silence insupportable. Il se tourna vers elle en sirotant sa bière, peu désireux de jouer aux devinettes.

— Samuel Colt, dit-elle. Samuel le cinquième ou le sixième du nom, peu importe, je ne sais plus à quel numéro ils en sont. C'est le plus jeune, je crois qu'il a une vingtaine d'années.

Il posa son verre et y réfléchit.

— Qui l'a invité ?

— Nous, bien sûr, dit Rosalind. Papa, tu as approuvé la liste d'invités.

— Ah bon ?

Il semblait souvent être ailleurs, préoccupé de choses plus importantes.

— Tous tes collègues des armes viennent, dit-elle.

— Ce ne sont pas mes collègues, répliqua-t-il.

La plupart des fabricants d'armes étaient installés dans le Connecticut ou le Massachusetts – Colt, Smith & Wesson, Winchester, la Springfield Armory, Mossberg, Ruger, Remington –, mais lui et ses confrères de carnages étaient plus concurrents qu'amis.

Notre père s'attaqua au rôti sous le regard nerveux d'Aster. Il en coupa un morceau, le mit dans sa bouche et, tout en le mâchant, il hocha la tête à son intention.

L'assiette de Belinda contenait une unique tranche de rôti et quelques haricots verts éparpillés, mais il était évident qu'elle n'avait pas l'intention de les manger. Elle beurra un petit pain et le mastiqua d'un air absent, scrutant par la fenêtre située derrière son mari la forêt au nord. Parfois, lorsqu'elle se sentait particulièrement stressée, elle dégageait cette apparence de confusion typique due à certains médicaments, elle fixait le vide, puis revenait d'un coup à la conversation. Mais je ne pense pas qu'elle était sous traitement. Le médecin venait rarement à la maison et lorsque de temps à autre je furetais dans sa chambre ou utilisais sa salle de bains quand celle de l'aile des filles était occupée, je ne voyais jamais aucun comprimé en dehors de l'aspirine. Belinda n'avait apparemment aucun vice – elle ne fumait pas de cigarettes, ne buvait pas de café ni d'alcool ; elle affrontait chaque journée sans défense. Par conséquent, elle semblait se dérober à la vie ; comme si, fixant le soleil, elle ne pouvait s'empêcher de s'en détourner.

— Les Wesson viennent aussi, dit Aster. Elvira Wesson et sa mère.

— On aurait invité Annie Oakley et Buffalo Bill s'ils étaient encore en vie, répliqua Rosalind en plaisantant, et notre père grogna son approbation.

À cause des Maybrick, le mariage était devenu une énorme affaire. Ils avaient convié des centaines de personnes qui avaient presque toutes accepté, si bien que la réception initialement prévue chez nous aurait lieu à Wentworth Hall, une propriété près de Greenwich utilisée pour les mariages de la haute société et autres grands événements. De notre côté, nous avions bien moins d'invités. Notre père était fils unique et ses parents étaient morts. Les parents de notre mère étaient eux aussi décédés. Elle avait un demi-frère qui vivait avec sa famille à Boston, mais elle le détestait ; nous n'avions aucun contact avec lui. Quelques notables de Bellflower Village avaient été conviés, ainsi que certains fabricants d'armes de Nouvelle-Angleterre, mais c'était tout.

— Le truc, c'est… commença Rosalind.

— Je… lâcha soudain Belinda, cet unique mot attirant l'attention générale.

Nous nous tournâmes tous vers elle, mais la suite de la phrase n'arriva pas immédiatement. Elle continuait de fixer la forêt, le regard vide. Nous attendions qu'elle revienne à la réalité et, quand elle le fit, elle poursuivit sa pensée.

— J'ai l'impression que quelque chose d'horrible va se produire.

Et voilà, enfin. Elle avait ouvert la porte à ce qui allait suivre.

— Ce que je veux dire, c'est… (Elle posa son petit pain au bord de l'assiette.) Le mariage va provoquer quelque chose d'horrible. Je ne sais pas quoi exactement, mais je crois qu'il faudrait réfléchir à le repousser.

Le comportement étrange de maman ressemblait à une odeur de peinture fraîche. Au début, on la remarque, puis on s'habitue. Je n'étais pas encore assez âgée pour être certaine que ce qu'elle disait ou faisait était véritablement digne d'être relevé, mais ceci paraissait l'être. Sa déclaration fut rapidement suivie par le bruit de l'argent tintant contre la porcelaine : mon père et mes sœurs aînées avaient posé leurs couverts dans leurs assiettes et s'étaient tournés vers elle, affichant divers degrés d'inquiétude.

Notre père fut le premier à prendre la parole.

— Ma chérie, de quoi parles-tu ?

— Maman ? demanda Aster nerveusement.

Belinda n'avait prononcé que deux phrases d'un ton très doux, mais ils savaient de quoi elle était capable. Sa propension au drame n'avait aucune limite.

— J'ai un horrible pressentiment et je ne vois pas du tout pourquoi il faudrait se précipiter, dit-elle en portant la main à un de ses lobes déchiquetés et en le caressant légèrement.

— Se précipiter ? J'ai vingt ans.

Aster avait l'air paniquée. Elle était si près de partir – moins d'une semaine – et maintenant, ça.

— C'est juste. Tu es encore jeune, dit Belinda. Tu ne comprends pas ce qu'est réellement le mariage. Comment, une fois mariée, tu appartiens à un homme et cesses d'être toi-même.

— Oh, maman, dit Rosalind en levant les yeux au ciel.

— Aucun besoin de s'y précipiter, dit Belinda. Je ne me suis pas mariée avant vingt-neuf ans.

— Oui, mais tu… rétorqua aussitôt Aster, d'une voix forte, plus aiguë qu'à l'ordinaire.

Rosalind lui donna un coup de coude et Aster s'interrompit pour respirer.

— Tu ne voulais pas te marier, maman, dit Rosalind. Aster, si. Alors, tu vois, il y a une différence.

Notre père attrapa la salière et la secoua au-dessus de ses haricots verts, tout en fixant Rosalind, attendant qu'elle reconnaisse avoir fait un faux pas, mais elle n'en avait pas conscience. Que Belinda n'ait pas voulu se marier n'était pas un secret. Inutile de prendre des pincettes.

— La plupart de mes amies sont mariées ou fiancées, dit Aster. C'est ce que je veux, être une épouse et une mère.

— Tu as largement le temps pour ça. J'avais presque quarante ans quand j'ai eu Zelie.

— Quarante ans ! s'écria Rosalind. Maman, ce que tu dis est proprement hallucinant Qui a envie d'attendre d'avoir presque quarante ans pour avoir un bébé ?

— D'après moi, elle devrait rester à l'école pour le moment. Au moins jusqu'à ce que ce mauvais pressentiment disparaisse.

Aster avait suivi des cours à l'université pour femmes de Darlow cette année-là, mais elle n'y retournerait pas à l'automne puisqu'elle se mariait. Rosalind, qui venait juste de terminer le lycée, commencerait en septembre. L'université pour femmes de Darlow était moins une université qu'une école privée pour jeunes filles riches. Celles qui désiraient poursuivre des études plus sérieuses allaient à Wellesley ou Smith en attendant le mariage, les moins fortunées dans des écoles de secrétariat, mais notre père n'aurait rien permis de tout ça. Une fille Chapel n'avait pas besoin de faire des études universitaires, disait-il, puisqu'elle n'aurait jamais besoin de travailler pour gagner sa vie. Il avait autorisé l'université pour femmes de Darlow parce qu'Aster ne pouvait pas vraiment rester à la maison toute la journée entre la fin du lycée et son futur mariage. Elle avait besoin de s'améliorer, d'apprendre les bonnes manières et la façon de gérer son foyer.

— J'ai l'intention de continuer l'université aussi longtemps que possible, dit Daphne. Je veux aller dans une école d'art en Europe.

— Je ne paierai pas pour une école d'art, dit notre père. Sors-toi ça de la tête.

— Je paierai moi-même, répliqua-t-elle, et l'idée était trop ridicule pour déclencher une dispute.

— Pourquoi je devrais rester à l'université ? demanda Aster. Pour étudier et devenir institutrice ou infirmière ?

Elle avait prononcé "institutrice ou infirmière" sur le ton qu'elle aurait employé pour "clocharde ou prostituée". Elle regarda notre père afin qu'il la rassure. Il hocha la tête.

— Rien n'est repoussé, dit-il.

— Matthew ne l'attendrait certainement pas, dit Rosalind. Un homme comme Matthew n'attend pas.

Maman se rassit droit sur sa chaise, vaincue. Elle avait été folle de croire qu'elle pourrait retarder le mariage. Elle n'avait jamais vraiment guidé ses filles, n'avait jamais essayé de nous pousser dans aucune direction, la plus grande part de son énergie étant dépensée pour sa propre survie, jour après jour. Ses filles avaient franchi les étapes normales de la vie et, maintenant que l'une d'entre elles arrivait à celle du mariage, il était trop tard pour lui tracer une autre route.

— Quelque chose d'horrible va se produire, répéta-t-elle, surtout pour elle-même.

Mes sœurs échangèrent des coups d'œil. Mon père regarda son assiette. Belinda avait des tas d'idées étranges, mais je ne me souvenais pas l'avoir jamais entendue nous confier une prémonition.

— Elle veut que je finisse comme Millie Stevens, dit Aster.

Millie était le personnage le plus tragique de notre village. À vingt-huit ans, elle n'était pas mariée, car elle avait obtenu un diplôme de droit à Columbia, où elle était allée uniquement parce que Yale n'acceptait pas les femmes dans cette discipline et, après son diplôme, toutes les portes des cabinets juridiques de Nouvelle-Angleterre s'étaient fermées devant elle. Vaincue sur quasiment tous les plans, elle vivait chez ses parents dans Birch Street et donnait des leçons de piano pour gagner de l'argent. Son autre travail à temps partiel – inspirer l'horreur aux femmes de Bellflower Village – n'était pas rémunéré.

— J'ai toujours bien aimé Millie, dit Belinda, et c'était vrai.

Millie venait une fois par semaine chez nous pour nos leçons de piano, à Zelie et moi, et notre mère discutait parfois avec elle, ce qu'elle faisait rarement avec quiconque.

— J'imagine que tu préférerais avoir Millie comme fille ? demanda Aster, versant dans le mélodrame.

Face à l'absence de réponse de Belinda, Aster se leva et jeta sa serviette sur son assiette. Elle repoussa sa chaise sous la table, avant de calmer ses mains tremblantes en agrippant le dossier.

— Je n'ai rien dit pendant tous ces mois, maman, mais…

Notre père tenta de l'interrompre.

— S'il te plaît, non, ma chérie.

— Je suis désolée, mais il le faut. J'ai gardé ça à l'intérieur de moi et je dois exprimer ce que je ressens. (Aster se tourna vers notre mère.) Tu n'as montré aucun intérêt envers mon mariage. Pour les mères de mes amies, le mariage de leur fille est le point d'orgue de leur vie, mais pas pour toi. Il ne pourrait être plus évident que ça t'est complètement égal.

Je regardais mes genoux pendant qu'Aster parlait et j'aurais voulu disparaître. Mes sœurs et moi discutions de notre mère sans arrêt dans son dos, mais aucune de nous ne l'avait jamais affrontée ainsi.

— Je ne sais pas ce qui ne va pas chez toi, maman, je ne l'ai jamais su. (Les mots d'Aster semblait dégager une sorte de chaleur brûlante qui nous faisait suffoquer.) Mais je ne vais pas te laisser gâcher mon mariage.

— Je n'ai pas l'habitude de gâcher quoi que ce soit, répondit calmement Belinda, même si je savais qu'à l'intérieur elle était tout sauf calme.

Daphne souffla.

— Tu ne fais quasiment que ça.

— Ça suffit, dit notre père.

Il ordonna à Daphne d'aller dans sa chambre, ce à quoi elle répliqua :

— Alléluia.

Aster suivit Daphne hors de la salle à manger, préparer le dîner n'allant apparemment pas jusqu'à nettoyer derrière elle. Rosalind tamponna ses lèvres avec sa serviette, puis la coinça sous le bord de son assiette et partit à son tour.

Mes parents, Calla, Zelie et moi restâmes à table. À un moment de la discussion, Calla avait repris son livre de poésie et elle lisait après avoir repoussé son assiette où il ne restait plus ni pommes de terre ni haricots verts, seulement l'unique tranche de viande grisâtre, comme un petit cadavre de souris, posée sur la porcelaine blanche.

Dans le silence, elle se mit à lire à voix haute, sans raison, mais saisissant l'humeur de la pièce :

— "À côté des jardins et des galeries, flottait cette ombre diaphane..."

— Ça suffit, dit notre père.

— "Morte au milieu des maisons, si pâle/Et silencieuse dans Camelot."*

— Stop, dit-il, et Calla quitta la table, emportant son Tennyson.

Le regard de Zelie alla de maman à papa, ses yeux s'emplissant de larmes. Jamais une telle guerre ouverte n'avait

* Traduction de Joachim Zemmour (2010).

encore éclaté à la table du dîner. Les différends s'exprimaient généralement derrière des portes closes, à voix basse.

— Je ne veux pas qu'une chose horrible arrive, dit-elle, attendant que quelqu'un agisse ou parle afin que tout rentre dans l'ordre.

— Ne crois pas ta mère, dit notre père à Zelie. Rien d'horrible ne va arriver à personne. (Il repoussa son assiette, son repas à demi terminé, et fixa sa femme.) J'espère que tu es contente de toi.

— Ce devait être dit.

— Vraiment ?

Il finit son verre de bière, puis nous envoya à l'étage, Zelie et moi.

J'hésitai à laisser notre mère seule. Zelie, comme à son habitude, attendait de voir ce que j'allais faire. Je n'avais pas peur que mon père frappe ma mère ou lui crie dessus. Il n'était en aucune façon violent, ne hurlait même jamais. Il dirigeait une maisonnée de femmes sans jamais élever la voix. Malgré tout, je ne voulais pas la laisser. Elle avait besoin d'une alliée. Elle en avait rarement.

— Vous m'avez entendu ? dit-il.

Je me levai, lâche, et entraînai Zelie. Belinda baissa les yeux, apparemment trop honteuse pour croiser mon regard, alors je me penchai et murmurai à son oreille :

— Je te crois, maman.

À ce moment-là, je ne savais pas si je la croyais vraiment. Mais, finalement, elle avait raison, bien sûr. Quelque chose d'horrible allait bien se produire, et, plus tard, une fois que ce serait arrivé, je me demanderai comment il était possible qu'elle l'ait prévu.

LA MARIÉE SANS TÊTE

1950

I

Les semaines précédant le mariage d'Aster, ma mère se mit à sentir des roses. Belinda sentait des roses quand il n'y avait pas de roses à sentir, lorsque les fenêtres fermées empêchaient toute odeur du jardin d'entrer, et quand personne alentour n'utilisait de savon ou de parfum à la rose. Les fragrances de rose n'étant pas autorisées dans la maison, il n'y avait aucune chance que l'odeur puisse provenir de l'intérieur.

Lorsqu'elle commença à sentir les roses dans la période précédant le mariage d'Aster, Belinda sut qu'il était inutile de s'embêter à en chercher la source. La première fois que ce mystérieux parfum de roses s'était manifesté, c'était vingt ans auparavant, lorsqu'elle était enceinte d'Aster. Elle ne savait pas encore qu'elle l'était ; elle et mon père rentraient juste de leur voyage de noces d'un mois en Europe et elle venait de pénétrer dans la maison pour la première fois. Au début, ce n'était qu'un léger effluve, probablement une composition florale ou un sachet parfumé, se disait-elle, et, bien qu'elle n'eût jamais aimé les roses, elle ne s'en inquiéta pas avant de s'apercevoir qu'elle les sentait partout, y compris dans son bain et dans son propre lit. Elle demanda à son mari ce qu'il en pensait et il répondit qu'il ne sentait rien et ne sembla pas s'en soucier. Elle chercha dans chaque recoin l'origine de l'odeur sans pouvoir la localiser. Le médecin lui dit que l'odeur fantôme était un effet secondaire de la grossesse, comme les fringales de cornichons ou de sardines. Il lui assura qu'il n'y avait pas lieu de s'inquiéter. Elle se bouchait le nez pour bloquer l'odeur et respirait par la bouche, mais ça ne faisait aucune différence. Le parfum de rose, réalisa-t-elle bientôt, venait de l'intérieur d'elle-même.

Chaque matin, à son réveil, l'effluve de rose embaumait son haleine, il était devenu si intense qu'il lui donnait des haut-le-cœur et la faisait vomir. Le médecin déclara qu'il s'agissait de nausées matinales, mais Belinda savait que ce n'était pas ça. Elle s'agenouillait devant les toilettes et elles se remplissaient d'une odeur florale qui flottait dans toute la salle de bains. Le médecin affirma que ça disparaîtrait au bout d'environ trois mois, mais cela continua, mois après mois ; il ne lui était d'aucune aide, alors elle cessa de l'appeler, acceptant d'être livrée à elle-même.

Son tourment quotidien devint si insupportable et constant qu'elle hurlait, s'empoignait la tête à deux mains et la cognait contre les murs, essayant de faire sortir l'odeur de force. Elle criait si fort qu'elle avait mal à la gorge et des migraines lancinantes. La douleur atténuait quelque peu le parfum, ou détournait son attention, mais il ne voulait pas disparaître. Le docteur revint et l'attacha à son lit, et c'est à ce moment-là que son mari commença à se demander si elle était folle.

La mère de Belinda se prénommait Rose, et Rose était morte en donnant naissance à Belinda en 1900.

La mère de Rose, qui s'appelait Dollie, était morte en donnant naissance à Rose en 1873.

La mère de Dollie, qui s'appelait Alma, était morte en donnant naissance à Dollie en 1857.

Belinda, orpheline de mère, et dont la mère était elle aussi orpheline, comme la mère de sa mère, avait, en naissant, tué la personne qui l'aurait aimée le plus au monde. Elle n'avait jamais connu sa mère, mais avait vécu à l'intérieur d'elle de façon très intime ; Belinda et l'ombre de sa mère étaient entremêlées dans une relation compliquée.

Lorsque Belinda avait commencé à sentir les roses, elle s'était demandé si sa mère Rose tentait de l'avertir, mais cette pensée était si effrayante qu'elle l'avait rejetée. Pourtant, tandis que l'odeur la rongeait, elle eut la certitude que l'héritage maternel la rattrapait – elle était sur le point de mourir.

Elle ne voulait pas passer les derniers jours de sa vie ligotée à un lit comme la patiente d'un asile ; elle avait déjà perdu la majeure partie de sa dignité – le mariage en lui-même s'était révélé être la plus grande des indignités, à la façon qu'avait eu son mari de se servir de son corps pour son propre plaisir et de la tuer à petit feu avec cette grossesse. Elle était certaine qu'il lui restait peu de temps et elle voulait préserver autant que possible sa liberté. Alors elle cessa de crier et supporta l'odeur en silence. Elle fut libérée de ses liens et, durant quelques jours, elle prétendit que tout était normal, se levant de bonne heure pour prendre son petit déjeuner avec son mari avant qu'il parte au bureau et bavardant gentiment avec lui lorsqu'il rentrait à la fin de la journée, des travaux d'aiguille en équilibre sur son ventre, discutant tous deux pendant qu'elle cousait quelque chose pour la chambre du bébé. L'odeur lui donnait la nausée, mais elle dissimulait sa réaction ; elle était douée pour la dissimulation. Une fois qu'elle eut convaincu tout le monde qu'elle allait bien, non seulement son époux, mais ses beaux-parents et la gouvernante vigilante, ils cessèrent de suivre chacun de ses mouvements et, un matin, elle put quitter la maison avec une chaise et une corde et s'enfoncer dans les bois au nord de la propriété. Elle posa la chaise sur le sol de la forêt et se reposa un moment en caressant son ventre enceint de huit mois avant de faire ce qu'elle savait devoir faire.

Elle monta sur la chaise et lança la corde autour d'une branche, consciente que beaucoup considéreraient son geste comme un grave péché, se tuer elle, et son enfant. Mais le père de Belinda, un scientifique, lui avait toujours dit que Dieu n'existait pas et elle n'avait jamais mis sa parole en doute. Quel genre de dieu l'aurait laissée tuer sa mère ? Et s'il n'y avait pas de dieu, alors aucun châtiment ne l'attendait. Elle et son enfant vivraient dans un monde d'esprits, telles les lucioles dans un pré par une nuit au cœur de l'été – Belinda aimait cette pensée.

En passant la corde autour de son cou, elle réfléchit à la possibilité de se laisser mourir naturellement en couches afin que son bébé puisse vivre. Elle aurait accepté de succomber à une mort atroce pour son enfant; elle ne l'avait jamais désiré, mais il avait commencé à grandir à l'intérieur d'elle et elle était devenue protectrice à son égard. Mais elle savait que laisser vivre le bébé signifiait l'abandonner à son mari et ses parents dans ce sordide gâteau de mariage qui leur servait de maison. Si elle avait du mal à endurer cette vie, comment un enfant le pourrait-il ?

Belinda ne se montrant pas pour le déjeuner, Dovey partit à sa recherche. L'immigrante irlandaise, vieillie prématurément, vêtue de ses habituels cardigan et jupe écossaise, d'épais collants crème couvrant ses jambes, avança péniblement dans la forêt et aperçut Mme Chapel debout sur une chaise, une corde accrochée à une branche, le nœud autour du cou.

— Jésus, Marie, Joseph ! cria-t-elle, en empoignant la croix en or qui se balançait au bout de sa chaîne.

Dès que les mots s'échappèrent de sa bouche, elle dut comprendre que ce n'était pas une bonne idée de faire sursauter Mme Chapel, étant donné sa position précaire.

Belinda, soudain effrayée, faillit perdre l'équilibre. Elle fut surprise que son instinct de survie prenne le dessus et, tandis que la chaise vacillait sous ses pieds, elle se cramponna à la corde autour de son cou. Durant quelques secondes, sa vie ne tint qu'à un fil, la porte vers l'au-delà s'ouvrant et se refermant devant elle comme celle d'un saloon aux charnières branlantes. Ouverte, fermée. Ouverte, fermée. Elle aperçut des bribes d'éternité en continuant de chanceler sur la chaise, attendant son destin, cramponnée à son cou. Elle raconta plus tard qu'elle ne s'était jamais sentie aussi vivante qu'à cet instant.

Deux jours plus tard, Belinda donna naissance à Aster sans le moindre incident. Le bébé était né à l'aube, et Belinda le berçait dans ses bras lorsque le jour se leva, les illuminant par la fenêtre de la chambre. Durant des mois, elle avait été certaine de mourir, mais elle avait survécu. Elle s'en reput, de ce sentiment d'être vivante. Elle l'inhala, comme les parfums de son jardin, les lis et les œillets – mais pas les roses. L'odeur de rose, ainsi que le bébé, avait été expulsé.

Elle était la première mère de sa lignée maternelle à survivre à la naissance d'un enfant en quatre-vingt-neuf ans. Elle s'émerveillait du miracle qu'était Aster, de ses ongles et ses cils minuscules. Belinda avait défié la mort dont sa mère l'avait prévenue et, désormais, face à son bébé vulnérable, elle devint surprotectrice. Elle la gardait toujours avec elle, ne laissait pas l'infirmière la prendre et fit apporter le berceau dans sa chambre. Elle et son mari dormant dans des chambres séparées, il ne protesta pas, et semblait même ravi du lien étroit unissant Belinda et son bébé, sachant comment s'était déroulée sa grossesse. Lorsque lui et ses parents voulaient rendre visite à Aster, Belinda les faisait entrer dans son boudoir où elle pouvait les surveiller, tous maladroits avec le bébé, faisant des efforts pour l'aimer comme ils en faisaient pour aimer n'importe quoi, berçant Aster comme s'ils tenaient un jambon. Belinda prenait ses repas dans son boudoir, le bébé dans ses bras – elle le gardait même en prenant son bain. Les rares fois où son mari venait la nuit dans sa chambre, cherchant à nouveau à prendre du plaisir avec son corps, Belinda laissait Aster dans son berceau près du lit.

Trois mois durant, Belinda garda Aster tout près d'elle, puis, un jour, les roses revinrent. Le parfum était aussi fort qu'à la fin de sa grossesse précédente, mais, désormais, elle avait de surcroît leur goût dans sa bouche, entendait leurs pétales bruisser dans ses oreilles.

Elle était enceinte de son deuxième enfant, voilà ce que lui disaient les roses. Elle fut malade dès le début, cette fois-ci, les roses provoquant des haut-le-cœur et la faisant vomir presque sans arrêt, l'affaiblissant tellement qu'elle rampait souvent entre les toilettes et la chambre. Dans son état, elle était inapte à s'occuper d'Aster et elle la confia à une nurse, le cœur brisé quand son bébé l'appelait en pleurant et qu'elle était incapable de la tenir ou la nourrir. Mais elle se demandait, dans les sombres heures de la nuit, tandis que les roses continuaient de l'assaillir, si Aster devait s'habituer à être orpheline. Le deuxième bébé pourrait être celui qui la tuerait.

Mais Belinda survécut une fois de plus et, après la naissance, elle s'épanouit. Elle décida de prénommer sa seconde fille d'après sa mère : Rosalind, une offrande dont elle espérait qu'elle calmerait l'inquiétude de sa génitrice et le lourd tribut qui l'accompagnait.

Il y eut une pause après Rosalind, et Belinda espérait avoir atteint les limites de sa fertilité. Elle avait beau le supplier, lui dire qu'elle ne survivrait pas à une nouvelle grossesse, son mari continuait de venir lui rendre visite ; il lui répondait qu'il n'était pas normal qu'elle se refuse à lui. Pourtant, six mois passèrent, puis un an. Elle avait eu peur de trop s'attacher à Rosalind, mais, avec le temps, en l'absence des roses, elle se détendit.

Une autre année s'écoula et Belinda prit de l'assurance jusqu'à ce qu'un matin le parfum revint l'envelopper, annonçant le tourment d'une nouvelle grossesse. Calla naquit en 1933, puis Daphne en 1935. À chaque enfant ce fut pire, une torture plus grande que la fois précédente, et il lui fut impossible de récupérer après la naissance des bébés. Les quatre premiers avaient laissé un poids dans son corps ;

elle avait l'impression que ses entrailles se tassaient vers le bas, que si elle ne gardait pas les jambes serrées l'une contre l'autre, une partie d'elle-même tomberait. Elle se tenait donc raide.

Pourtant, son mari venait la voir. En 1937, elle me donna naissance et, deux ans plus tard, Zelie suivit alors que Belinda avait presque quarante ans. Elle resta alitée durant toute sa dernière grossesse. Zelie était un bébé hérissé d'épines, disait Belinda, et elle les sentit transpercer son placenta et déchirer ses organes internes en sortant.

Ses autres filles venaient lui rendre visite dans sa chambre chaque jour après le déjeuner, s'étant habituées à la voir toujours malade. Ça ne les gênait pas, ce qui inquiétait Belinda. Durant leurs visites, elles bavardaient continuellement et couraient dans la chambre en se taquinant, se tirant les cheveux et criant : "Maman, regarde-moi !", mais Belinda n'avait pas la force de regarder. Elle en avait fabriqué six et elles s'accrochaient toutes à elle, attendaient d'elle des choses qu'elle était incapable de leur offrir. Elles avaient en grande partie été confiées aux soins d'une nounou.

Lorsque Belinda eut Zelie, elle était plus faible que jamais, mais contente de savoir qu'elle n'aurait plus jamais d'enfant. Elle savait que c'était impossible. Elle connaissait un vieux conte de bonne femme qui racontait que les filles volaient la beauté de leur mère ; elle n'avait jamais été d'une grande beauté, mais chacune de ses filles lui en avait volé une part ; elles et son mari l'avaient épuisée, lui avaient enlevé sa santé et sa vitalité, sa vie. Elle avait donné six perles parfaites et n'était plus qu'une coquille ; elle était vide.

Belinda se demandait si c'était de ça que sa mère avait tenté de l'avertir. Peut-être avait-elle essayé de la prévenir non pas qu'elle allait mourir, mais qu'elle allait vivre une vie dont elle n'avait jamais voulu, une vie qu'elle ne pourrait supporter.

2

ENFANTS, nous étions au courant des roses qui avaient assailli notre mère durant ses grossesses. Nous les voyions comme une autre forme de fantômes – notre grand-mère, Rose, hantant notre mère enceinte, une période toujours dangereuse pour les femmes de notre famille. Nous avions l'habitude d'entendre parler des fantômes de notre mère, quelle que soit la forme qu'ils prenaient, et ce n'était donc pour nous ni étonnant ni effrayant. Nous avions entendu notre père qualifier toutes les histoires de notre mère de travail de son imagination.

Un jour, alors que j'étais encore très jeune, nous jouions toutes dehors lorsque Daphne cueillit une rose dans le jardin de Belinda, respira à fond son parfum et s'exclama : "Au secours, je vais avoir un bébé !" Nous trouvâmes toutes ça hilarant. Après ça, les roses ne furent rien de plus qu'une blague.

C'est peut-être pour cette raison que Belinda ne nous dit pas qu'elle avait recommencé à sentir les roses durant les semaines précédant le mariage d'Aster. Nous ne la vîmes pas le lundi suivant le désastreux dîner. Comme il était évident que son avertissement allait être ignoré, elle se referma sur elle-même, comme une fleur la nuit. Dovey montait un plateau dans sa chambre aux heures des repas, mais, le reste du temps, la porte de son boudoir dans l'aile que mes parents partageaient demeurait close.

Ce jour-là, chaque fois que j'empruntais le couloir sombre, j'avais envie de lui poser des questions sur cette horrible chose qui, d'après elle, allait se produire si Aster et Matthew se mariaient. Aster et mes sœurs avaient totalement méprisé l'avertissement, en tirant diverses conclusions – elle voulait attirer l'attention, elle détestait le mariage et désirait anéantir l'espoir d'Aster de se marier –, mais la théorie de Rosalind était plus catégorique : "Elle est folle."

J'acceptais que mes sœurs aînées connaissent Belinda mieux que moi, mais je craignais que quelque chose ait changé – Belinda ne nous avait jamais mis en garde contre quoi que ce soit. Nous n'avions jamais eu l'impression que les esprits qu'elle voyait, les visions qui la hantaient, pouvaient aussi nous faire du mal d'une façon ou d'une autre. Si elle m'avait dit : "Iris, ne va pas dans le pré demain, quelque chose d'horrible va se produire", je serais restée à l'intérieur, effrayée. Je me demandais si ne pas avoir peur était une erreur. Mais je savais comment mes sœurs réagiraient si je leur parlais de mes sentiments, alors je me taisais.

L'avertissement de Belinda me poursuivait néanmoins. Le lundi après-midi, Zelie et moi avions notre leçon de piano. Voir Millie Stevens me rappela ce qui s'était passé la veille au soir. Zelie, bien sûr, fut incapable de garder le silence.

— On a parlé de vous au dîner, hier soir, dit-elle à Millie, pendant que toutes trois nous dirigions vers la salle de musique à l'arrière de la maison. Du fait que vous n'êtes pas mariée.

J'empoignai le bras de Zelie et enfonçai mes ongles dans sa chair ; elle me jeta un regard furieux. Millie, ses cheveux bruns relevés en queue-de-cheval, vêtue d'une robe écossaise, sourit pour dissimuler son embarras et continua d'avancer, nous précéda dans la pièce et installa ses partitions sur le piano.

— Notre père nous a posé des questions sur nos leçons, c'est tout, dis-je à Millie en m'asseyant sur la banquette à côté d'elle ; elle sentait les gardénias. Nous lui avons dit à quel point nous les aimions.

Zelie, qui se prélassait dans un fauteuil près de la fenêtre, n'intervint pas pour me contredire.

— Je suis flattée que vous m'ayez mentionnée devant votre père, dit tranquillement Millie.

Je pensais avoir apaisé les choses en mentant, mais j'éprouvai une gêne à l'égard de Millie jusqu'à la fin de la leçon en me souvenant combien Aster avait été cruelle à son sujet. La vie de Millie ne me semblait pas si affreuse – enseigner, jouer de la musique toute la journée. Pour elle, c'était peut-être mieux que d'être une femme au foyer et de s'occuper de bébés.

À la fin de mes trente minutes, je fus contente de laisser Zelie, l'apprentie musicienne la plus sérieuse de nous deux, prendre ma place. Je montai dans l'aile des filles déserte, traversant à nouveau le couloir sombre de Belinda. Dans le salon des filles, je m'assis sur le rebord de la fenêtre et travaillai un moment à une esquisse de merle d'Amérique entamée plus tôt dans la journée. Au bout d'un moment, j'entendis Aster m'appeler.

— Iris, dit-elle.

Sa voix semblait lointaine, comme si elle était dans sa chambre.

Je ne levai pas les yeux de mon dessin, agacée d'être interrompue, de ne jamais pouvoir être seule.

— Qu'est-ce qu'il y a ? répondis-je.

— Iris, j'ai besoin de toi.

Cette fois-ci, sa voix ressemblait à une vibration que je pouvais sentir dans le plancher. Je pouvais aussi la humer – la lavande, son parfum caractéristique. Je posai mon crayon et allai dans sa chambre. Mais il n'y avait personne.

— Aster ?

J'allai voir dans les autres chambres, mais elles étaient vides. Je restai plantée au milieu du couloir, déroutée. J'avais très clairement entendu sa voix et senti son parfum.

Zelie arriva quelques instants plus tard, sortant tout droit de sa leçon et me trouva, l'air perdu, au milieu du couloir.

— Où est Aster ? demandai-je.

Zelie la fouineuse connaissait mieux que moi les allées et venues de tout le monde dans la maison.

— Elle est partie acheter des meubles avec Matthew.

— Non… impossible. Je viens de l'entendre m'appeler.

— Depuis New York ? Tu as l'oreille aussi fine que Wonder Woman, dit-elle avant d'éclater de rire.

— Arrête, dis-je, gênée d'avoir été surprise à imaginer des choses.

Je secouai la tête. Aster et l'avertissement de Belinda avaient trop marqué mon esprit.

Aster était censée cuisiner à nouveau pour nous ce soir-là, mais elle resta avec Matthew, craignant peut-être de devoir affronter Belinda. Mme O'Connor prépara le plat de macaroni à la tomate accompagné de salade verte qu'Aster avait prévu. Il s'avéra qu'Aster n'avait aucune raison de s'inquiéter de voir notre mère ce soir-là – la place de Belinda à table demeura vide et, si j'avais cru que l'atmosphère serait plus légère sans elle, ce ne fut pas le cas. Le dîner de la veille et l'avertissement concernant l'horrible chose mystérieuse continuaient de projeter leur ombre.

Bien que nous ne vîmes pas Belinda de toute la journée du lundi, cette nuit-là, nous l'entendîmes, son cri solitaire déchirant les ténèbres, perçant soudain la couche protectrice de silence et de sommeil qui nous enveloppait. J'ouvris brièvement les yeux, puis me retournai et me rendormis facilement. Nous avions l'habitude des cris de notre mère ; ils ne se produisaient pas chaque nuit, mais je les entendais assez souvent pour ne pas être alarmée. Les terreurs de ma mère étaient notre berceuse. Mes sœurs m'avaient toujours dit de les ignorer.

Le mardi, j'aperçus des traces de Belinda dans la cuisine, les restes sur le plateau du déjeuner que Dovey était allée récupérer : une aile de poulet à la chair grignotée et un bol vide de quelque chose de sucré – du riz au lait, peut-être.

Je m'emparai de l'aile sur l'assiette en porcelaine blanche, l'enfonçai à moitié dans ma bouche et la suçai. Zelie entra dans la cuisine et passa son doigt à l'intérieur du bol vide pour lécher le sucré. Étant les deux plus jeunes filles Chapel, nous étions habituées aux reliefs de notre mère.

— Allons dans sa chambre, dis-je, en posant l'aile de poulet.

Zelie me suivit à l'étage dans les appartements de nos parents. Notre mère avait deux pièces à elle, sa chambre et un boudoir. La porte de la chambre était ouverte et je jetai un coup d'œil à l'intérieur. Je ne pouvais jamais résister. Elle était ascétique, peinte de blanc, sans tableaux ou décorations murales. La couverture sur son lit était faite de simple lin belge d'un ton isabelle et les meubles en châtaigner étaient de style massif, sans guère d'ornements. Sur une des tables de nuit étaient posées plusieurs bougies dans des pots ; Belinda disait que la lumière vive des lampes lui faisait mal aux yeux, la nuit. Sur l'autre table de nuit, il y avait un minuscule troglodyte* empaillé, ses pattes collées à un morceau de bois verni. Sa chambre n'aurait pu être plus différente des tableaux floraux colorés qu'elle avait peints dans l'aile des filles. Belinda, un prénom ancien, signifie "serpent". Un jour où Zelie et moi jouions dans sa chambre – Belinda était sortie pour un des rares rendez-vous qui l'éloignaient de la maison et de Bellflower Village –, j'avais remarqué un serpent peint sur le mur derrière sa penderie juste au-dessus des plinthes. Un serpent lové d'un vert-de-gris foncé, avec des taches et des yeux ronds marron. Son serpent secret, pour représenter son nom ; contrairement à ses filles, elle n'était pas une fleur.

Qu'elle ne soit pas dans sa chambre n'était pas surprenant. Elle ne faisait qu'y dormir. Je frappai à la porte du boudoir.

— Entrez, dit Belinda, et Zelie et moi la trouvâmes assise sur le divan, une tasse de thé à la main.

— Oh, dit-elle en nous voyant. Je croyais que c'était Dovey.

Elle posa la tasse et la soucoupe sur le guéridon près du vase en verre goutte d'eau rempli de callas jaunes. Seul un des rideaux était ouvert, révélant une mince bande de lumière. Son boudoir était davantage décoré que sa chambre et, même dans la semi-pénombre, je pouvais distinguer les chrysanthèmes japonais couleur crème sur la tapisserie, son bureau et la vitrine pleine de curiosités collectionnées au fil des ans, la plupart provenant de voyages avec son père lorsqu'elle était jeune. Malgré les rideaux tirés, la chaleur y était étouffante.

* Le troglodyte, un petit oiseau, se dit *wren* en anglais, d'où le nom de Sylvia Wren que la narratrice s'est choisi.

— Ferme la porte, Iris, dit-elle.
— Mais…
Je montrai les callas.
— Dovey me les a achetées en ville ce matin, elles ne sont pas jolies ?
— Mais tu disais qu'il ne fallait jamais mettre d'arums dans une pièce close. Qu'ils empoisonnaient l'air et…
— Et quoi ?
Elle avait un ton étrange, empreint d'une contrariété agressive.
— Tu es ici avec eux toute la journée.
— Ferme la porte.
Je fis ce qu'elle demandait et fermait délicatement la porte. Zelie s'assit sur le divan près d'elle, bien droite au bord du coussin, prenant garde de ne pas s'affaler comme à son habitude.
— Où sont vos sœurs ?
Belinda porta son mouchoir à ses lèvres.
— En bas, dit Zelie en se penchant vers Belinda pour mieux voir son visage. Pourquoi tu te couvres la bouche ?
— Je ne me sens pas bien.
Elle se leva du canapé avec peine, apparemment pour échapper au regard inquisiteur de Zelie. Elle alla à son bureau face à la fenêtre, attrapa un crayon et se mit à dessiner.
— Maman ? dis-je.
Elle nous tournait toujours le dos.
— Qu'est-ce qu'il y a ?
— Qu'est-ce que tu voulais dire quand tu as dit que quelque chose d'horrible allait se produire si Aster se mariait ?
— J'ai un mauvais pressentiment. Je ne veux pas en parler.
— Mais ça va aller pour Aster ?

Elle continua de dessiner, éludant ma question, ce qui, supposai-je, signifiait que la réponse était inquiétante. Je fronçai les sourcils à l'intention de Zelie et lui fis signe de se lever pour que l'on puisse partir. C'était mon idée d'aller voir notre mère et je le regrettais.

En attendant que Zelie se dirige vers moi sur la pointe des pieds après avoir été distraite par une babiole sur la table basse, je remarquai le journal intime sur le guéridon avec la tasse de thé et les callas. Je l'attrapai, l'ouvris et le feuilletai subrepticement. Peut-être découvrirai-je un indice dans son journal. Je tournai les pages jusqu'à l'entrée la plus récente, datée du matin même.

> 2 h 40 petite fille indienne, partie droite de la tête manquante, ensanglantée, debout au pied de mon lit, pleurant et appelant sa mère

Je ne m'attendais pas à lire ce genre de choses et je fus secouée par la description macabre. J'aurais dû poser le journal, mais je recommençai à le feuilleter, attirée par cette fenêtre laissant entrevoir ce qui se passait dans la tête de ma mère. J'avais toujours songé à ses fantômes comme à des créatures aux contours flous flottant, aussi translucides que des méduses, d'un blanc chatoyant. Dans mon esprit, ils étaient presque romantiques, pareils aux personnages des poèmes de Calla, le couple d'amoureux perdu qui hante la lande. Non pas couverts de sang et souffrant.

> 3 h 22 la petite Indienne continue de gémir. Où est sa mère ? J'aimerais qu'elle me laisse tranquille
>
> 4 h 04 une voix d'homme cogne à la porte : "Je dois vous voir, laissez-moi entrer."

Je reposai le journal sur la table. *Je dois vous voir.* Ces mots me firent frissonner. Cette rencontre et les autres étaient si précises qu'il était difficile de croire qu'elle avait tout inventé.

Belinda disait que les esprits qui la visitaient avaient été tués par des armes à feu Chapel. Elle avait le sentiment que notre famille était en quelque sorte responsable de leur mort, que les esprits nous cherchaient, nous, les Chapel, puisque notre nom était écrit sur les armes qui les avaient tués et ils étaient attirés par Belinda en particulier parce qu'elle était la seule à pouvoir les voir et les entendre. Je me demandais pourquoi les fantômes nous cherchaient, nous, et pas ceux qui les avaient tués, mais je n'avais jamais posé la question à Belinda. Comme toujours, mes sœurs aînées m'avaient dit de l'ignorer. Même Calla, celle dont le tempérament était le plus proche de celui de notre mère, tordait le nez de dégoût devant les simagrées de Belinda, qui pour elle étaient une manifestation embarrassante "d'hystérie féminine". Calla avait choisi de canaliser ses pensées concernant les esprits dans la poésie, un médium bien plus approprié, disait-elle, que les journaux intimes et les cris.

Belinda se leva, je me dirigeai vers la porte.

— Qu'est-ce qui se passe ? demanda-t-elle, me regardant tandis qu'elle regagnait le divan d'une démarche grippée, comme une femme bien plus âgée.

— Tu as eu des visions d'Aster ?

Belinda s'assit et prit sa tasse et sa soucoupe.

— Quelle étrange question, dit-elle. Qu'est-ce que tu veux dire ?

— Comme celles que tu as des morts.

Belinda but, grimaçant légèrement, probablement à cause de l'amertume des feuilles de thé.

— Ce ne sont pas des visions. Les esprits sont avec nous dans cette maison.

— Les esprits t'ont-ils dit que quelque chose allait arriver à Aster ?

— Je te l'ai dit, c'est une impression. Je ne sais pas exactement ce que ça signifie.

Elle me regarda quelques secondes avant de poser sa tête sur le dossier du canapé et de fermer les yeux. En la voyant, je sus qu'elle cachait quelque chose.

— Je suis fatiguée, dit-elle en commençant à s'assoupir. Allez jouer dehors, les filles.

— Maman ? murmurai-je plusieurs secondes plus tard, en espérant que les fleurs ne l'intoxiquaient pas.

Il n'y eut aucune réponse.

J'ouvris la porte et fis signe à Zelie de me suivre. Je la refermai derrière moi, puis l'entrebâillai pour laisser s'échapper l'air empoisonné.

3

Après notre départ, Zelie voulut aller rejoindre nos sœurs au rez-de-chaussée, mais je lui dis que j'allais dans l'aile des filles. Elle me suivit, bien que je ne le lui aie pas demandé.

— Il fait chaud, ici, se plaignit-elle quand nous entrâmes dans notre salon, lumineux et accueillant comparé à celui de notre mère.

— Descends, alors, lui dis-je en m'asseyant sur un des canapés verts.

J'aurais préféré. Nous allions toutes deux par deux – c'était bien ma chance d'être appariée à la sœur qui n'arrêtait jamais de parler.

— Iris, chantonna Zelie. Qu'est-ce que tu fais ?

Elle virevoltait devant la rangée de fenêtres qui donnaient sur les arbres derrière la maison.

— Zelie, reste tranquille.

Je grognai et m'allongeai, fermant les yeux, voulant pour une fois réfléchir en silence. J'entendais les bruissements de Zelie se déplaçant dans la pièce et, quand il devint évident qu'elle n'avait nulle intention de me laisser en paix, j'ouvris les yeux et la vis assise sur le rebord de la fenêtre ouverte afin de permettre au peu de brise qui pourrait souffler d'entrer. Elle lisait un de ses *Alice détective*, mais levait les yeux toutes les cinq secondes pour me regarder.

— Tu crois que notre mère est folle ? demandai-je.

Zelie, pressée d'abandonner son livre, le posa sur l'appui de la fenêtre sans même prendre la peine de marquer la page.

— Tout le monde le pense.

— Ce n'est pas ce que je t'ai demandé. (Ça, je le savais déjà.) Et si tous les autres avaient tort ?

— Qu'est-ce que tu veux dire ?

— Si maman avait raison et que quelque chose d'horrible était vraiment sur le point d'arriver ? On ne devrait pas faire quelque chose, juste au cas où ?

— Qu'est-ce qu'on pourrait faire ?

— Si on obligeait Aster à repousser le mariage ? Au moins jusqu'à ce que le pressentiment de maman disparaisse et qu'on puisse être sûres qu'elle ira bien.

C'était de toute évidence trop pour Zelie ; elle avait l'air interloquée. Si je voulais agir, j'allais devoir prendre les devants.

— Viens, dis-je.

Les affaires du mariage étaient entreposées dans la bibliothèque des filles, juste à la sortie de notre aile. De jolies boîtes blanches étaient empilées le long d'un mur, prêtes à être chargées dans la voiture la veille du mariage. Certaines contenaient les petits cadeaux pour les invités, un chacun, dont les bourses de dragées, des briquets gravés des initiales *A & M* et des sachets de graines d'aster peints à la main par Daphne. Il y avait aussi de minuscules boîtes de truffes au champagne, mais elles étaient rangées à la cave pour ne pas fondre.

D'autres étaient remplies de marque-places pour les tables de la réception, écrites par un calligraphe professionnel, et du plan de table sur lequel Aster avait travaillé des mois avec la famille de Matthew. L'une d'entre elles contenait des cadeaux pour les amies d'Aster qui l'avaient aidée d'une façon ou d'une autre dans la préparation du mariage. Elle n'aurait que ses sœurs comme demoiselles d'honneur ; nous étions tellement nombreuses, il n'y avait plus de place pour d'autres. Mais elle avait voulu que ses amies participent et elles avaient aidé ici où là. Pour elles et nous, elle avait acheté des miroirs de poche en perle baroque et des flacons de parfum White Shoulders.

Le long de deux autres murs se trouvaient de longues tables pliantes couvertes de nappes ivoire où étaient exposés les cadeaux de mariage. Des paquets arrivaient quotidiennement et Aster les déballait et plaçait les objets sur les tables, les bougeoirs et les vases en cristal, les services en porcelaine qu'elle et Matthew avaient choisis, l'argenterie, les œuvres encadrées et les plats en étain qui n'entreraient certainement pas dans la modeste maison de style colonial où Aster et Matthew allaient s'installer. Il leur aurait fallu un autre logement uniquement pour les emmagasiner.

Aussi charmants qu'ils aient pu être, ce qui était exposé au milieu de la pièce leur faisait de l'ombre : la robe de mariée d'Aster, debout, ressemblant exactement à la façon dont j'imaginais les fantômes de Belinda – une silhouette blanche désincarnée flottant dans la pièce. Elle avait été fabriquée dans la plus luxueuse des soies, des mètres et des mètres pour les longues manches et le col haut, le corset à basques et la jupe cloche. Elle avait presque un air médiéval, un modèle d'élégance et de grâce. La traîne majestueuse était étalée sur le sol, encerclant totalement la robe, comme la coquille Saint-Jacques de Vénus, la robe s'élevant au-dessus.

La robe ne flottait pas vraiment, naturellement ; elle était enfilée sur un mannequin de couture sans tête. Il était presque entièrement dissimulé sous le volume de tissu ; seul le mince cou blanc dépassant du col de trois ou quatre centimètres était visible. Au-dessus, il n'y avait rien, comme si la mariée avait connu le même sort que Marie-Antoinette. Le voile, dont cette silhouette n'avait aucun besoin, était déployé sur sa propre table pliante au fond de la pièce. Il était taillé dans de la dentelle importée de France cousue de fleurs d'oranger.

Zelie et moi, bien qu'âgées de onze et treize ans, n'avions pas le droit d'entrer dans la pièce abritant la mariée sans tête. Nous serions toujours les petites sœurs, toujours des enfants, quel que soit notre âge. Aster avait peur que nous cassions quelque chose ou abîmions la robe avec des mains sales ou du chewing-gum. Nous ne pouvions pas aller plus loin que le seuil de la bibliothèque où Zelie se tenait plusieurs fois par jour, bouche bée devant la robe, son rêve de princesse devenu réalité.

Je quittai le salon des filles, Zelie sur mes talons, et me rendis dans notre ancienne salle de jeu près de la bibliothèque. Désormais vidée de ses jouets, elle servait de débarras et j'y trouvai les bagages que nous n'utilisions que lors de nos vacances d'été à Cape Code. Je pris deux grands sacs de voyage en toile pour moi et tendis une petite valise à Zelie. Elle me suivit jusqu'à la bibliothèque, mais resta sur le seuil tandis que je m'aventurai à l'intérieur.

— Iris ! murmura-t-elle. Qu'est-ce que tu fais ? Et si Aster montait ?

— Arrête de faire le bébé, dis-je en ouvrant une des boîtes blanches rangées contre le mur.

J'attrapai de pleines poignées de bourses de dragées et les lâchai dans un de mes sacs de voyage, puis passai aux briquets. Zelie m'observait vider le contenu des boîtes dans mes sacs, les parfums, les sachets de graines, tout.

— Va à la cave, dis-je. Mets les boîtes de truffes au champagne dans la valise et rejoins-moi dehors à côté de la remise.

— Pourquoi ?

— Contente-toi de le faire, Zelie ! lui ordonnai-je à voix basse.

Elle fila. Elle avait parfois peur de moi et, sur le moment, j'en profitai. Je ne lui avais jamais fait de mal – c'était Daphne qui infligeait les punitions, nous tirait les cheveux ou nous pinçait quand nous la contrariions –, mais je suppose que pour Zelie, toutes les grandes sœurs possédaient le même potentiel de menace.

Je bourrai mes sacs de tous les petits cadeaux pour les invités, des marque-places, du plan de table. Comme il restait de la place dans un des sacs pour quelques objets supplémentaires, j'attrapai les bougeoirs en cristal et un des vases, arrivai à tout tasser et refermai le sac. En sortant, je saisis une assiette en porcelaine et la coinçai sous mon bras. Je descendis l'escalier sur la pointe des pieds afin que mes sœurs et Dovey ne m'entendent pas, tout en m'efforçant de ne pas lâcher les sacs, qui étaient très lourds. Je me glissai dans la cour et retrouvai Zelie qui m'attendait près de la remise du jardinier avec sa valise. M. Warner n'était pas là, mais il n'avait pas fermé la remise à clé. Je laissai tomber mes sacs par terre près de Zelie, puis posai l'assiette en porcelaine par-dessus ; à la vue de l'assiette, elle écarquilla les yeux. Ignorant son regard terrifié, j'entrai dans la remise et y pris deux pelles.

Nous transportâmes nos sacs, les pelles et l'unique assiette en porcelaine dans la forêt.

— Qu'est-ce qu'on fait ? n'arrêtait pas de demander Zelie qui se traînait derrière moi. Iris, on va avoir des ennuis.

Je continuai de l'ignorer, fonçant, pleine d'assurance. Même si je n'avais pas vraiment réfléchi à tout, je ne voulais pas que Zelie le sache.

Il faisait un peu plus frais dans la forêt, les érables rouges et les bouleaux nous protégeant de la chaleur torride du soleil de l'après-midi. En levant les yeux, on pouvait voir l'éclat du ciel dont le bleu lumineux dessinait de la dentelle à travers la cime des arbres. Lorsque nous étions plus jeunes, notre mère nous amenait parfois nous promener dans les bois, quand elle n'était pas trop fatiguée ; elle nous parlait des mousses et des fougères – notre grand-père était botaniste et elle avait tout appris de lui. Nous revenions de nos balades avec des feuilles et des fleurs qu'elle nous aidait à presser dans de vieux livres.

Mais en avançant avec mes sacs, je piétinais les feuilles sans me préoccuper de leur nom. Je me retournai pour m'assurer que Zelie me suivait toujours, qu'elle n'était pas repartie en courant à la maison pour me dénoncer. Elle ne l'avait pas fait, mais elle était à la traîne, loin derrière moi.

Nous devions avoir marché dix minutes, haletantes, et lorsque nous atteignîmes une petite clairière suffisamment éloignée de la maison, je m'arrêtai et posai tout ce que je transportais par terre, incapable de continuer.

— On peut creuser ici, déclarai-je. Il faut qu'on creuse chacune un très grand trou.

— Mais pourquoi ? (Zelie lâcha sa valise et tapa des pieds, me faisant regretter de l'avoir amenée.) Je ne creuse pas avant que tu m'aies dit pourquoi, déclara-t-elle tandis que j'entamai le sol avec ma pelle, n'ayant que mon petit pied chaussé de sandales pour en enfoncer la tête dans la terre.

Ça allait être plus difficile que je l'avais cru.

Je creusai quelques minutes sous le regard de Zelie sans rien obtenir qui ressemblât à un trou, seulement une faible quantité de terre retournée au milieu des brindilles, des branches et des feuilles éparpillées.

— Il faut qu'on enterre tout ce qu'il y a dans ces sacs. Vas-y.

Je me reposai un instant et vérifiai qu'il n'y avait pas de traces de sang sur mes jambes. Zelie n'avait toujours pas bougé. En voyant le regard noir qu'elle me lança quand je jetai un coup d'œil vers elle, je sus qu'elle était de plus en plus en colère.

— Zelie, allez. Tu as entendu ce que maman a dit – quelque chose d'horrible va arriver à Aster. Il faut qu'on repousse le mariage.

Je voyais Zelie lutter intérieurement avec l'idée qui avait toujours été la nôtre concernant les rapports difficiles de

Belinda à la réalité, sa peur de bouleverser Aster et de gâcher son mariage, mais aussi la possibilité que notre mère ait raison – il semble que ce fût finalement ce qui la poussa à l'action. Elle attrapa la pelle et essaya de m'aider bien qu'elle arrivât à peine à entamer le sol. Ses efforts étaient vains et je lui dis de plutôt m'aider à creuser mon trou. Nous travaillâmes un moment en silence et nous obtînmes rapidement une cavité assez profonde pour enterrer un petit objet, un paquet de farine ou un chaton. Nous faisions des progrès, mais il nous restait un long chemin à parcourir. L'épuisement, la chaleur et mes crampes menstruelles me laissaient vaguement nauséeuse. Je mourais de soif, mais je n'avais pas pensé à apporter de l'eau. J'avais besoin de récupérer et je m'appuyai au manche de la pelle pour garder l'équilibre. Ma douleur, que Zelie voyait parfaitement, offrait à ses doutes une ouverture par laquelle se glisser.

— C'est idiot. Rien ne va arriver à Aster. Rentrons à la maison et remettons tout en place. Ce n'est pas trop tard.

— Mais si quelque chose arrive, on se sentira coupables de n'avoir rien fait pour la sauver.

— La sauver de quoi ?

— Maman ne veut pas le dire.

Je recommençai à creuser avec une énergie toute neuve. J'avais fini par comprendre la méthode, la terre devenant plus meuble en profondeur, plus noire et plus odorante.

Tout en creusant, nous entendions les pépiements et les croassements des oiseaux, ponctués de nos coups de pelle et de nos grognements. Zelie était d'un rose malsain, les spirales sombres de ses boucles brunes collées en paquets trempés de sueur sur son cou. Nous n'avions jamais travaillé aussi dur. Nos explorations de la forêt étaient d'ordinaire plus tranquilles et en cours d'éducation physique, à l'école, nous jouions au tennis ou marchions autour du gymnase, mais ne faisions jamais rien de trop épuisant. Nous étions comme deux poupées en porcelaine protégées dans leur boîte, conservées pour un usage futur. Je trouvais agréable de creuser, de grogner comme un animal, de sentir mes muscles brûler. Nous progressions et j'acceptais le défi, désireuse de voir à quelle profondeur je pouvais aller, mais quelque chose me fit sursauter, un flash, une vision et je criai en jetant ma pelle.

— Quoi ? demanda Zelie, terrorisée, alors que je m'écartai du trou. Qu'est-ce qu'il y a ?

J'avais aperçu quelque chose dans le trou. Je continuai de reculer, titubant légèrement, jusqu'à ce que je heurte un tronc d'arbre. Je retrouvai l'équilibre en m'y adossant et tentai de reprendre ma respiration. Le trou devant moi était vide, mais, l'espace d'un instant, j'avais cru voir la mariée sans tête étendue au fond.

— Iris ?

— J'ai cru voir quelque chose. (Je secouai la tête.) C'est rien.

— Qu'est-ce que tu as cru voir ?

— Un serpent, dis-je sans réfléchir.

Zelie prit peur et je dus lui promettre qu'il n'y avait pas de serpent dans le trou.

Je savais que j'avais imaginé la mariée sans tête, mais ça me préoccupait qu'elle ait eu l'air d'être vraiment là, dans une tombe. C'était la faute de ma mère. Elle m'avait mis des idées morbides en tête. Je posai ma main sur ma poitrine, attendant que mon cœur ralentisse. Il revint doucement à la normale et je me glissai à nouveau dans le rôle de grande sœur, ne voulant pas m'appesantir sur ce que j'avais vu.

— Je vais bien, dis-je à Zelie et, quoiqu'elle me connût assez bien pour ne pas me croire, nous recommençâmes à creuser jusqu'à ce que j'annonce que nous avions terminé.

— C'est assez profond. Enterrons tout.

Elle ouvrit sa valise et moi mes sacs. Je retournai le premier, et les dragées, les briquets et les flacons de parfum basculèrent et atterrirent dans le trou.

— Je peux en manger une ? demanda Zelie en se penchant pour s'emparer d'une bourse de dragées. J'ai faim.

— Vas-y, dis-je.

Elle croqua les friandises pastel pendant que je déversais mon second sac dans le trou, puis prenais les boîtes de truffes roses dans sa valise et les jetais elle aussi. Enfin, je balançai l'assiette en porcelaine sur le tas.

— Pauvre Aster, dit Zelie, tandis que nous regardions les débris, l'enchevêtrement de couleurs printanières et d'or et d'argent scintillant et les flacons cassés de parfum White Shoulders répandant leurs effluves de bergamote et de pêche jusqu'à nous.

Voir les dégâts que j'avais causés m'ôta de l'esprit la vision que j'avais eue plus tôt, celle de la mariée sans tête dans une tombe. Elle avait été remplacée par ces jolies choses.

— Je ne vois pas comment ça va empêcher le mariage, dit Zelie tandis que je commençais à combler le trou.

Si je voulais être honnête avec moi-même, je ne le voyais pas non plus. Tout ce que je savais, c'était qu'on devait essayer.

4

CETTE nuit-là, les crampes me réveillèrent. J'étais lovée autour de la bouillotte que Dovey avait préparée pour moi, mais la douleur qui transperçait mon abdomen ne cessait pas ; la bouillotte m'empêchait d'autant plus de dormir que la chambre était étouffante.

Je me levai et clopinai dans le couloir, ne voulant pas réveiller mes sœurs. Dans la salle de bains, je refermai la porte sans allumer et fonçai dans une énorme toile d'araignée en soie. J'actionnai l'interrupteur et, un instant, la lumière crue de l'ampoule enveloppa tout de blanc, puis je fus en mesure de voir – j'étais au milieu des bas et des soutiens-gorge que mes sœurs avaient rincés et étendus avant d'aller se coucher pour qu'ils sèchent sur les minces cordes à linge fixées à chaque extrémité de la salle de bains. Je les écartai, tentant de parvenir jusqu'au lavabo à travers les toiles d'araignées et les branches pendantes, une forêt tropicale humide féminine. Je pris deux cachets d'aspirine dans l'armoire à pharmacie et les avalai en buvant dans mes mains en coupe, puis je m'agrippai aux bords froids de la vasque en attendant qu'ils fassent effet.

Je ne voulais pas aller aux toilettes, ne voulais pas voir le tourbillon de sang dans l'eau. À cette époque de ma vie, je ne comprenais pas le mécanisme qui agissait à l'intérieur de mon corps et j'avais peur que le sang ruisselle d'une blessure invisible comme ces animaux morts pendus la tête en bas jusqu'à ce que tout leur sang se soit écoulé. Je serrais mes jambes l'une contre l'autre, espérant endiguer le flot.

Toujours agrippée à la vasque, je crus entendre des pas dans le couloir, le léger craquement des lattes du parquet. J'éteignis la lumière et ouvris la porte, mais des taches dansaient devant mes yeux.

— Il y a quelqu'un ? murmurai-je, espérant voir une de mes sœurs attendre pour utiliser la salle de bains.

Il n'y avait personne.

Lorsque mes yeux commencèrent à s'adapter à l'obscurité, je crus voir une silhouette blanche s'éloigner de moi en direction de la bibliothèque des filles à l'avant de la maison.

Être dérangée au milieu de la nuit n'était pas inhabituel dans le gâteau de mariage ; de temps à autre, Belinda déambulait jusqu'à l'aile des filles, confuse et effrayée, et l'une d'entre nous devait la reconduire au lit. Je supposai que c'était elle, mais qu'elle fût silencieuse était étrange. J'hésitai sur le seuil de la salle de bains, repensant à l'après-midi, à la forêt et à la mariée sans tête dans le trou. Le silence me perturbait.

Je décidai de suivre la silhouette blanche. Mes sœurs aînées m'avaient toujours dit que les fantômes de Belinda n'étaient pas réels et que j'étais idiote d'avoir peur. Elle s'était arrêtée devant la porte menant à la bibliothèque et regardait à l'intérieur. En approchant, je la reconnus, mais mon corps ne s'en raidit que davantage.

— Maman, murmurai-je. Qu'est-ce que tu fais ?

Elle sembla ne pas m'entendre. Elle n'était pas elle-même. Je ne savais pas qu'elle était somnambule, mais avec Belinda, tout était possible.

— Maman, chuchotai-je à nouveau.

Je tendis la main pour toucher son épaule, mais je la retirai aussitôt, ayant peur qu'elle crie si je la touchais. Elle était captivée par la mariée sans tête légèrement éclairée par le clair de lune. Belinda fixait la robe, les yeux écarquillés, sans ciller. Je laissai échapper un faible gémissement. La voir ainsi m'effrayait.

— Maman, qu'est-ce que tu vois ?

Elle continuait de scruter l'intérieur de la bibliothèque, apeurée, telle que je l'imaginais lorsqu'elle rencontrait un de ses fantômes.

— Tout va bien. C'est seulement la robe d'Aster.

Aucune réaction. Comme si elle ne m'avait ni vue ni entendue.

— Maman ?

Elle finit par me regarder, ses yeux semblables à ceux d'une poupée, des perles noires sans la moindre étincelle de vie.

— Ils viennent nous chercher, Iris. *Fuis !*

5

Je fis ce qu'elle m'ordonnait, je filai dans ma chambre et me précipitai au lit. Je tirai les couvertures sur ma tête et ne me rendormis pas de la nuit, guettant des pas dans le couloir, celui qui viendrait nous chercher, qui qu'il fût. Mais il n'y avait rien.

Je me levai avant l'aube et enfilai une de mes robes bain de soleil. Dans la bibliothèque des filles, je fus accueillie par la mariée sans tête, calme et réservée dans la lumière bleue matinale, nullement troublée, comme moi, par les événements de la nuit. J'avais apporté un nouveau sac de voyage et parcourus la pièce des yeux pour décider quoi prendre ensuite. Si Aster était entrée dans la bibliothèque, elle n'aurait probablement pas remarqué que quelque chose clochait. Les boîtes blanches qui avaient contenu les petits cadeaux étaient toujours soigneusement empilées contre le mur. La robe et le voile étaient encore à leur place et seuls quelques rares cadeaux de mariage manquaient sur les tables.

Je n'osais pas toucher à la robe ou au voile. Même moi je savais que dans une pièce où tout m'était interdit, ces objets-là l'étaient plus que tout. Je m'imaginai un instant ôter la robe du mannequin, mais je n'allai pas plus loin dans mon fantasme. Rien que l'idée de la toucher me rendait malade. Je devais empêcher le mariage sans l'abîmer.

Je regardai les tables et me décidai pour le service en porcelaine. Comment faire autrement ? La porcelaine d'un blanc crème était décorée de fleurs de pommiers roses. Pas de roses, naturellement ; Aster n'était pas idiote. Il n'avait pas dû être simple de trouver de la porcelaine aux motifs fleuris sans roses. Il y avait des piles de vaisselle Wedgwood – assiettes, bols, tasses et sous-tasses, un service complet pour huit. Je commençai par remplir avec précaution le sac avec les assiettes plates, regrettant de ne pouvoir filer dans ma chambre récupérer des vêtements pour les envelopper afin d'étouffer le bruit qu'elles faisaient en s'entrechoquant, mais je ne pouvais prendre le risque d'être vue par une de mes sœurs. Une fois toutes les assiettes fourrées dans le sac, il était plein et presque trop lourd pour que je le soulève. Le reste de la porcelaine devrait rester là.

J'avais du mal à porter le sac, surtout sans faire de bruit, et en passant doucement devant l'aile de mes parents et en descendant l'escalier, je pris conscience qu'escamoter la porcelaine avait peu de chances d'arrêter le mariage, mais rien d'autre ne m'était venu à l'esprit. Je m'y attaquerai par petits bouts par tous les moyens. Peut-être qu'en s'additionnant, ça finirait par être efficace.

Aucune odeur de café ne m'accueillit au bas des marches comme d'ordinaire. Dovey n'était pas levée et Mme O'Connor pas encore arrivée, la cuisine était donc vide et à peine éclairée par un rai de soleil à travers les fenêtres. Je me glissai dehors par la porte que je refermai doucement derrière moi.

Il faisait déjà chaud ; le peu de fraîcheur de la nuit n'avait pas réussi à prendre le dessus sur la chaleur résiduelle de la veille. Parvenue à l'orée du bois, je posai le sac et le traînai derrière moi par une des anses, sur les branches tombées et les racines des arbres, faisant un épouvantable vacarme qui résonnait et effrayait les oiseaux. Sur tout le trajet, j'entendis la voix de ma mère : "Ils viennent nous chercher, Iris. Fuis !"

Que voulait-elle dire ? Je ne savais pas qui venait nous chercher, mais je traînais le sac, espérant arriver rapidement à la clairière où nous avions enterré les autres objets. Soudain, savoir que mes sœurs se prélassaient dans leur lit, pendant que j'œuvrais seule pour stopper la tragédie qui attendait Aster et par conséquent nous toutes, m'ennuya. Même ma mère dormait ou faisait autre chose dans sa chambre, oublieuse de ses apparitions.

Aujourd'hui, je ne peux m'empêcher de penser, tant de décennies plus tard, que si j'avais été plus clairvoyante, j'aurais lâché les sacs et continué de crapahuter dans la forêt, traversé le Massachusetts, le Vermont et la frontière canadienne et poursuivi au-delà, loin du gâteau de mariage et de Bellflower Village. J'aurais pu vivre dans une grotte et m'épargner le traumatisme qui m'attendait. Mais c'est facile de juger après coup, comme on dit, et qui aurait pu imaginer ce qui allait effectivement se produire. Pas même Edgar Allan Poe, d'après moi.

En arrivant dans la clairière, les bras douloureux et cuisants, je décidai de ne pas creuser un nouveau trou. Je m'assis sur un tronc d'arbre à l'orée de la forêt, le sac à mes pieds, et regardai le précédent, ou du moins son sommet recouvert de terre, la tombe des rêves de mariage d'Aster. Les deux pelles que Zelie et moi avions laissées étaient posées en croix dessus.

Après m'être reposée un instant, je sortis les assiettes du sac et les lâchai une à une par terre autour du premier trou. Certaines atterrirent à l'endroit, d'autres à l'envers, mais aucune ne se brisa. Elles avaient l'air fragile, mais elles étaient solides et auraient duré des dizaines d'années dans la cuisine d'Aster. Je ressentis une pointe de nostalgie pour un avenir imaginaire (il y a un mot pour ça ?), mais insuffisante pour m'arrêter.

Je finis d'éparpiller les assiettes, les cercles blancs posés sur le sol sombre semblables à une sorte d'offrande aux dieux ou à des traces laissées par les atterrissages d'extraterrestres. De la tête de ma pelle, je frappai une des assiettes plates au centre, trouvant son point le plus tendre et la cassant en deux. Je continuai de la poignarder, la brisant en morceaux comme s'il s'agissait d'un agrume pâle et délicat.

Je poursuivis avec le reste des assiettes, laissant échapper un gloussement de joie, un petit cri de guerre à chaque attaque. C'était agréable de détruire les assiettes. J'étais transportée, comme la veille en creusant, par un sentiment d'ivresse. Je sentais la terre et le sang entre mes jambes et continuai de pousser des piaillements de joie en fracassant la porcelaine, puis je pleurai et ce fut terminé. Par endroits, le sol était couvert d'éclats blancs, une fine poudre crayeuse semblable à de la neige d'été. J'espérais, d'une façon ou d'une autre, que ce serait suffisant.

6

Je m'endormis dans la forêt, sur le sac de voyage vide. Je me réveillai au son de la voix de Belinda : "Fuis !"

Il faisait trop chaud pour courir. Je ne savais pas l'heure qu'il était, mais nous étions en pleine journée, une de ces journées de juin 1950 qui donnaient l'impression que la terre s'était rapprochée du soleil.

En me levant, je remarquai une traînée de sang qui avait coulé à l'intérieur de ma jambe droite, jusque dans ma sandale. J'essayai de l'essuyer avec ma main, mais je ne fis que l'étaler partout sur mon mollet. Cette vue me rappela les égratignures de mon enfance, lorsque je boitillais vers la maison après une blessure bénigne que Dovey nettoyait avec un coton et tamponnait d'antiseptique.

Je quittai la clairière et rentrai, abandonnant le sac sale, mais emportant une des pelles. Il faudrait les remettre toutes deux dans la remise avant que quelqu'un remarque leur absence, mais j'en avais laissé une au cas où j'aurais le temps de revenir.

M. Warner, le jardinier, rit en me voyant clopiner vers la remise, en nage, assoiffée et sa pelle à la main.

— On creuse toujours pour trouver un trésor enterré, je vois.

Quelques étés auparavant, inspirées par une série de romans pour enfant sur des pirates, Zelie et moi avions emprunté des truelles à M. Warner et passé nos journées à creuser dans toute la propriété pour découvrir des trésors, laissant des parcelles de terre retournée qui semblaient être l'œuvre de rongeurs errants.

Je tendis à M. Warner sa pelle et souris sans un mot, en priant pour qu'il ne remarque pas le sang sur ma jambe. En le quittant pour me diriger vers la maison, je vis Aster dans l'embrasure de la porte ouverte de la cuisine qui m'attendait.

— Iris ? dit-elle.

Au ton de sa voix – empreinte d'une curiosité plate –, je n'aurais su dire si elle savait ce que j'avais fait. Je ne répondis pas, mais traversai le jardin potager de Mme O'Connor, les rangs de carottes, de laitue et de basilic, en prenant garde de ne rien piétiner, n'ayant plus la liberté de détruire ce que j'avais envie. Aster me scruta de la tête aux pieds, l'air perplexe. Elle ne semblait pas sur le point de me sauter dessus. Peut-être qu'elle ne savait pas.

— Qu'est-ce que tu faisais ? demanda-t-elle.

Zelie apparut derrière elle et, me voyant, elle fit demi-tour, sachant très bien ce que j'avais fait.

— J'ai été me promener, dis-je en me faufilant devant Aster pour entrer sans la regarder dans les yeux.

— Tu as raté le petit déjeuner et aussi le déjeuner, dit-elle à mon dos, tandis que je quittais la cuisine et commençais à monter dans l'aile des filles. Va te laver, cria-t-elle encore. On sort.

Je me rinçai dans la baignoire, la poussière et le sang disparurent par la bonde. Baignée et habillée de propre, je partis à la recherche de mes sœurs, supposant qu'elles m'avaient attendue. Les portes de l'aile de mes parents étaient fermées, le couloir sombre et je songeai à ma mère marinant dans l'air empoisonné de son salon. Je m'arrêtai un instant, me demandant si je devais lui dire ce que j'étais en train de faire ; ça aurait pu la rassurer.

— Iris ? cria Aster d'en bas. Tu es où ?

J'avançai ; je n'avais pas le temps de m'occuper de Belinda. Je descendis l'escalier central et vis mes sœurs attroupées dans l'entrée. Elles levèrent les yeux à l'unisson pour me regarder descendre, comme si je faisais mon entrée dans un bal de débutantes. Leur attention me mettait mal à l'aise, une sensation désagréable due à la culpabilité. Je n'avais pas réalisé que je me sentais coupable avant de descendre ces marches. Je tirai sur l'ourlet de ma robe au cas où la ceinture et la serviette se verraient. Elles semblaient toutes un peu agacées. Peut-être que Zelie avait cafardé et qu'elles savaient ce que j'avais fait. Je descendis bravement les dernières marches, me mêlant à elles, au chic de leurs robes en coton acidulées, au nuage de parfums de lilas et de chèvrefeuille. Elles se poussèrent pour me faire de la place, glissant en silence sur le carrelage de l'entrée, sans me quitter de leurs yeux allant du bleu profond au vert vif.

— Enfin, dit Aster, cet unique mot si lourd de sens que je sus qu'elle ferait une excellente mère.

Après tout, elle m'avait maternée toute ma vie.

Elle ouvrit la porte et un mur de chaleur fonça sur nous. Mes sœurs la suivirent à la voiture ; étant la dernière, je refermai la porte. Rosalind et Calla s'assirent à l'avant près d'Aster, et Daphne, Zelie et moi sur la banquette arrière. Zelie et moi étions côte à côte, l'ourlet de nos robes se touchant, mais nous n'échangeâmes ni un regard ni une parole.

Aster nous amenait au village. Nous comptions sur elle pour toutes nos sorties et je ne savais pas trop ce que nous ferions quand elle serait partie. J'imaginais que Rosalind prendrait sa place ; elle avait raté son permis, mais était prête à le repasser. Aster était la seule utilisatrice de la voiture que notre père avait achetée pour notre mère, une Hudson Commodore lambrissée de bois que Belinda ne conduisait jamais. Je ne sais même pas si elle avait le permis.

Bien que traitée en paria, je pris plaisir au trajet vers le village. Elles étaient toutes fâchées contre moi, même si aucune à l'exception de Zelie ne connaissait la véritable raison pour laquelle elles auraient dû être fâchées. Pour l'instant, elles étaient seulement irritées – j'étais partie vagabonder sans explication, et sans Zelie, et j'étais revenue boudeuse. Je baissai la vitre et passai partiellement la tête par la fenêtre, laissant la brise jouer à sa guise avec moi et étudiant la campagne, les canyons émeraude et péridot que j'adorais. J'apprenais les couleurs en cours de dessin. Une teinte que j'appelle vert Connecticut trouve encore aujourd'hui sa place sur ma palette et, oh, comme j'aimerais la voir à nouveau en vrai.

— Iris, dit Rosalind en se tournant pour me regarder. Si tu fonces tête la première dans un poteau télégraphique, tu vas gâcher les photos de mariage avec tes bandages ensanglantés.

Je rentrai la tête. Des nuages d'orage tournoyaient déjà dans la voiture ; inutile d'aggraver les choses en étant bêtement rebelle.

Au village, Main Street était quasiment déserte. La plupart des enfants et leurs mères étaient partis nager : piscine, océan, lac, peu importe. Tous les plans d'eau faisaient l'affaire. Aster se gara devant le glacier et nous défilâmes dans nos robes d'été éclatantes. Nous nous assîmes dans un box près de la vitrine. Aster et Rosalind commandèrent des Cherry Coke, Zelie et moi nos habituelles glaces en tête de clown. Daphne choisit le plus gros banana split du menu et le dévora en quelques minutes tandis que Calla ne prit rien, puis toutes deux s'excusèrent, Daphne pour passer l'après-midi avec son amie Veronica Cream et Calla à la bibliothèque.

Aster était visiblement agacée qu'elles veuillent partir.

— Nous ne ferons plus guère de sorties ensemble, dit-elle d'un ton sentimental.

— Alors, n'épouse pas Matthew et reste avec nous, lança Daphne.

C'était censé être une plaisanterie, mais ce ne fut pas perçu ainsi. Je suis certaine que ces mots rappelèrent une fois de plus à Aster les avertissements de Belinda.

— Allez-y, dans ce cas, dit Aster.

Après leur départ, elle me jeta un coup d'œil. Je sus qu'il était désormais impossible de demander à partir.

La glace à la fraise était la première nourriture que j'avalais de la journée et elle me pesait sur l'estomac. Aster et Rosalind étalèrent des magazines de mariage sur la table et deux de leurs amies nous rejoignirent, des filles du village. Je ne me rappelle pas exactement qui, mais je crois que Pauline Popplewell était là. (Oui, cette Pauline Popplewell-là. Rétrospectivement, je la déteste, alors qu'à l'époque, elle m'était indifférente.) Aster et Rosalind avaient prévu chaque détail du mariage et presque tout était prêt, mais elles continuaient de feuilleter des magazines, cherchant encore d'autres façons d'en faire une journée parfaite, qu'importe que le mariage fût le samedi suivant. Je n'arrivais pas à comprendre comment elles ne pouvaient pas être lasses d'y penser. Il nous avait empoisonné la vie pendant tant de mois, comme la varicelle que j'avais eue quelques années plus tôt, bien que celle-ci se fût fort heureusement terminée bien plus vite.

Les filles parlèrent un moment du voyage de noces, s'émerveillant qu'à cette heure-là, dans une semaine, Aster et Matthew vogueraient vers l'Europe sur un bateau de la compagnie Cunard Line. Ils visiteraient Londres, Paris, Rome, Athènes et pour finir la Terre sainte, un mois entier à voyager. Aster avait déjà fait ses bagages pour le périple, ses valises remplies de robes, de sacs à main et chaussures assorties, emportées dans la maison qu'elle et Matthew partageraient après le mariage. On avait promis à Zelie et moi des cartes postales à chaque étape du voyage.

La coiffure d'Aster pour le mariage fut le sujet suivant, étant donné qu'elle avait si souvent changé d'avis. Relevés ou lâchés ? C'était une question brûlante et elles en discutèrent comme si elles se trouvaient à un sommet des Nations unies. Zelie participait avec enthousiasme et suggéra qu'elles votent pour savoir quelle coiffure des magazines était la meilleure. Je regardais la rue déserte en grignotant le chapeau pointu en sucre du clown. Les campanules dans les jardinières étaient fanées et flétries. Les rares personnes dans le jardin public étaient étendues sur l'herbe, paraissant frappées par une contagion galopante. Un homme en costume faisait la sieste, son couvre-chef sur le visage pour se protéger du soleil. Un bébé rampait sur la pelouse et sur sa mère léthargique. Aussi terrible que ce fût dans le village, c'était pire dans les grandes villes. Dovey était allée à New York pendant son jour de congé et disait que la ville cuisait, le bitume et le béton bouillant, envahie de hordes suantes de gens au visage rouge semblant tous travailler dans une blanchisserie.

— Quelle coiffure te plaît, Iris ?

Aster poussa deux magazines devant moi, ouverts à la page désirée. Pendant que je regardais par la vitre, elles avaient voté et les deux photos qu'Aster avait fait glisser dans ma direction étaient les finalistes. Une des mariées était une brune aux joues rouges, les légères boucles de sa chevelure drapant ses épaules nues tandis que l'autre était une blonde à l'air glacial les cheveux ramenés en un chignon banane.

— On s'en fiche, dis-je en repoussant les magazines vers Aster.

— Qu'est-ce qui ne va pas chez toi, aujourd'hui ? dit-elle.

— Ignore le petit diable, c'est ses hormones, dit Rosalind.

Elle referma les magazines et le demi-cercle de visages féminins tournés vers moi se renfrognèrent.

Je détestais voir Aster blessée. Lui faire du mal à elle me peinait davantage qu'en faire à mes autres sœurs, y compris Zelie. Mais c'était pour son bien. J'essayais de la sauver.

7

— RETOUR au manoir ? demanda Rosalind après que nous étions remontées dans la voiture, sans Daphne et Calla.

Zelie, seule avec moi sur la banquette arrière, refusait de me regarder.

Aster réfléchit à la question de Rosalind, les mains serrées sur le volant, le moteur ronronnant doucement.

— Non, dit-elle en passant une vitesse. Allons à la maison. *Ma* maison.

Rosalind et Zelie bondirent pour approuver et Aster me jeta un coup d'œil dans le rétroviseur ; je lui rendis un regard vide. Elle s'éloigna du trottoir, s'engagea sur Main Street et nous prîmes la route du domicile des futurs M. et Mme Matthew Maybrick de Rye, État de New York. Aucune de nous ne l'avait encore vu, pas même Rosalind, à son grand désarroi. Matthew n'avait conclu la vente que la semaine précédente et Aster voulait que nous la visitions une fois qu'ils l'auraient aménagée. Mais, apparemment, elle avait changé d'avis.

Nous quittâmes Bellflower en empruntant une nouvelle fois les canyons verts jusqu'à Greenwich, puis tournâmes sur l'autoroute en direction de Rye. Nous passâmes devant des panneaux publicitaires et des enseignes au néon, ternes à la lumière du jour, des stations-service, des stands de hamburgers qui arboraient tous des couleurs artificielles saturées

– un court trajet, quoique bien loin des tons de pierres précieuses de Bellflower Village et de la majesté du gâteau de mariage.

J'avais à nouveau baissé ma vitre, mais sans sortir la tête. Aster, Rosalind et Zelie parlaient du mariage, passant de la coiffure aux fleurs et à la déception d'Aster de ne pouvoir utiliser aucune de celles du jardin de notre mère pour son bouquet, trop flétries par la chaleur, si bien qu'elles seraient toutes apportées par un fleuriste de New York.

C'était la première fois de la journée que Belinda était mentionnée. Depuis le fameux dîner, la vie avait continué sans notre mère, comme toujours, et mes sœurs ne semblaient ni le remarquer ni s'en soucier. Je supposais que l'inverse était aussi vrai ; Belinda ne savait probablement pas que nous étions sorties.

Sur Boston Post Road, après avoir quitté l'autoroute, nous fûmes à nouveau enveloppées par des arbres. Aster nous fit passer par la gare afin de nous montrer d'où Matthew prendrait le train chaque matin pour aller en ville.

— Il profite de ses derniers jours de vie urbaine, dit Aster en s'arrêtant pour laisser une jeune femme poussant un landau traverser la route.

Aster et Matthew ne s'étaient pas vus depuis plus d'une semaine. Il travaillait de longues heures avant le mariage et la lune de miel et, le soir, il avait eu droit non pas à un, mais à deux enterrements de vie de garçon.

— Derniers jours de liberté, plutôt, dit Rosalind.

J'attendis la réaction d'Aster, mais elle se contenta de se joindre aux rires. Chaque fois qu'on évoquait le mariage, on en parlait comme le début de quelque chose d'excitant pour Aster, mais d'une fin pour Matthew. Je ne comprenais pas pourquoi, puisque c'était Matthew qui avait fait la cour à

Aster et l'avait demandée en mariage. Matthew avait posé la question et Aster n'avait eu qu'à dire oui.

Rosalind se pencha et donna un coup de coude à Aster.

— Je plaisante, petite sœur chérie. Même si je pense que je préférerais vivre en ville qu'ici, dit-elle alors que nous étions arrêtées devant une blanchisserie et une banque. Bienvenue à Rye, temple de la grisaille. Nouvelle devise de la ville.

— Rozzy! répliqua Aster, je la trouve charmante. Et tu sais que je n'aime pas la vie urbaine. Chaque fois que je vais à New York, j'ai une terrible migraine.

— Gardez au moins un petit pied-à-terre près de Central Park. Tu pourrais en avoir besoin.

— Besoin pour quoi?

— Pour éviter de devenir complètement folle, voilà pourquoi. Regarde maman. On a ça dans le sang, tu sais.

— Rozzy! répéta Aster.

Elle jeta un coup d'œil dans le rétroviseur pour voir si Zelie et moi avions prêté attention à ce qu'elles disaient.

— On a quoi dans le sang? demanda Zelie.

— Rien, répondit Aster. Il n'y a rien dans notre sang.

Lorsque la femme au landau fut en sécurité sur le trottoir, Aster avança, nous conduisant jusqu'au bout de la rue principale, puis tourna dans le quartier résidentiel. Elle se trompa de direction à plusieurs reprises, n'étant venue que deux fois voir la maison. Jusque-là, Matthew s'était occupé de tout ce qui la concernait, mais, dès qu'ils auraient aménagé, Aster prendrait le relais.

— Il a dit que je pouvais choisir le reste des meubles moi-même, dit-elle, tout excitée, tandis que nous roulions toujours. Et je peux aussi choisir le papier peint. J'aurai un budget, mais, connaissant Matthew, il sera généreux.

— Il a conscience d'épouser une femme de bon goût, dit Rosalind. Peut-être que quand tu en auras terminé avec ta maison, tu deviendras décoratrice professionnelle.

— Tu sais bien qu'il ne le permettrait jamais.

— Je plaisantais. Je suis au courant des "principes" de Matthew.

— Rien que je n'approuve volontiers. Je n'ai jamais voulu faire carrière.

Nous finîmes par passer devant un panneau indiquant APPLESEED ESTATES, le lotissement dans lequel Aster et Matthew allaient vivre, composé uniquement de résidences neuves ; peu après, nous arrivâmes à Grouse Court, un petit cul-de-sac avec, au centre, la maison de style colonial que Matthew avait achetée.

Avant de tourner dans Grouse Court, Aster voulait que nous prenions le temps de l'admirer depuis l'autre côté de la rue.

— Matthew dit que ça s'appelle une "quatre sur quatre". Quatre pièces au rez-de-chaussée et quatre à l'étage. Totalement symétriques.

C'était une maison blanche carrée avec un toit très pentu et une cheminée en brique rouge. Il y avait quatre fenêtres au rez-de-chaussée et quatre à l'étage, parfaitement alignées, pourvues de volets noirs ornementaux. Elle aurait tout entière tenue sur la pelouse de devant du gâteau de mariage et il y aurait encore eu beaucoup de place autour.

— Vous l'aimez ? nous demanda Aster.

— Oh oui ! s'exclama Rosalind.

— C'est divin ! dit Zelie.

Elle se glissa près de moi pour avoir une meilleure vue.

— Oublie ce que j'ai dit, il m'en faut une, c'est tout simplement adorable, dit Rosalind.

— Ce n'est pas un porte-monnaie, Roz.

— Je sais, mais j'en veux une et je veux l'homme qui va avec. Assortis.

Il y avait deux autres maisons dans Grouse Court, de chaque côté de celle d'Aster et Matthew, une de style colonial, jaune celle-ci, et une brunâtre ressemblant à une grange. Devant la maison coloniale jaune, une petite fille qui ne devait pas avoir plus d'un an se tenait sur le trottoir, nue à l'exception d'une couche, son biberon pendant de sa bouche. Son petit ventre passait par-dessus le haut de sa couche qui semblait épinglée trop serrée à sa taille.

— Regardez cette horrible petite créature, dit Rosalind, et nous tendîmes toutes le cou pour mieux voir. On dirait une gargouille de la cathédrale Notre-Dame. Où est sa mère ?

À ce moment précis, une jeune femme à l'air soucieux sortit d'un pas lourd de la maison, une lycéenne, à première vue. Elle attrapa la petite fille et la ramena à l'intérieur.

— Une baby-sitter, dit Aster.

— Ne demande pas son numéro de téléphone, répliqua Rosalind.

8

Je me souviens de chaque centimètre carré de la maison d'Aster, comme si ma visite datait d'hier. Elle est, comme on dit, gravée dans ma mémoire. Elle repose là, dans l'abîme de mon esprit où ce jour de juin s'est niché dans le tissu mou, ciselé et imprimé (d'où la gravure). La maison blanche de style colonial au 64 Grouse Court (vous voyez, je me rappelle l'adresse) et peut-être le lotissement Appleseed Estates tout entier est là avec ses massifs de fleurs soignés et ses haies, ses appliques sur le porche pour me guider quand je vagabonde dans mes rêves et ne sais pas où je suis.

L'intérieur de la maison sentait la peinture fraîche et le pin, bien loin des bouffées de renfermé du XIXe siècle émanant du gâteau de mariage. Les murs étaient blancs et nus et les meubles encore rares. Face à la porte d'entrée se trouvait un escalier. À gauche, deux marches menaient au salon en contrebas, avec un canapé, une bergère à oreilles et une table basse, tous enveloppés dans du plastique. Dans la salle à manger, à droite, il y avait une longue table en acajou et six chaises, ainsi qu'un vaisselier, eux aussi entourés de plastique.

Je n'étais encore jamais entrée dans une maison neuve. Ce côté vierge et vide était saisissant de possibilités. Zelie avait couru dans le jardin à l'arrière, délimité par une pelouse et un cercle de jeunes arbres. Je restai à l'intérieur tandis qu'Aster emmenait Rosalind visiter. Elles allaient de pièce en pièce et je traînais derrière, Aster désignant diverses choses devant lesquelles Rosalind, comme on pouvait s'y attendre, s'extasiait. Aster mentionna plusieurs cadeaux de mariage, montrant l'emplacement futur d'un certain vase ou de la paire de chandeliers en cristal, des objets dont je savais qu'ils étaient morts et enterrés dans la forêt. Elle espérait qu'en Europe ils trouveraient le tableau parfait à accrocher au-dessus de la cheminée.

— Peut-être que si tu demandes gentiment, papa te laissera prendre le portrait d'Annie Oakley, plaisanta Rosalind.

— Pas d'armes dans cette maison, s'il te plaît.

— Pas même un pistolet planqué dans la table de nuit ? Ça pourrait être utile au cas où tu devrais tirer sur un cambrioleur.

— Il n'y a pas de crimes ici, lui assura Aster. C'est un quartier sélect.

Elles montèrent à l'étage et je restai dans le salon où je m'assis sur le canapé blanc piqueté de fleurs bleues enveloppé de plastique. Toujours des fleurs. Tandis qu'elles exploraient les chambres, passant rapidement de l'une à l'autre, j'entendais leurs pas au-dessus de moi. Elles étaient vides ; il n'y avait pas grand-chose à voir. Elles parlèrent d'aménager la chambre d'enfant et Rosalind dit qu'elle était prête à parier qu'ils en auraient besoin dès l'été suivant, et je songeai au bébé gargouille avec son biberon pendouillant de sa bouche.

— Tu es sûre de vouloir passer ta nuit de noces ici ? chuchota Rosalind, mais sa voix résonnait jusqu'en bas par la cage d'escalier – Rosalind n'avait jamais compris à quel point elle parlait fort.

Même de loin, je perçus le parfum de scandale exagéré dans sa voix quand elle prononça les mots “nuit de noces”.

J'avais une vague idée de ce qu'était une nuit de noces. Daphne nous avait expliqué, à Zelie et moi, les rudiments du sexe. Elle nous avait dit qu'après qu'une femme avait fait l'amour pour la première fois, il y avait du sang sur les draps et que tous les hommes voulaient le voir afin d'être sûrs que leur épouse était vierge. Lorsque Zelie avait demandé à Daphne d'où venait le sang, elle n'avait pas su répondre. Elle avait tout décrit de façon très superficielle, n'y comprenant probablement pas grand-chose elle-même.

En attendant qu'Aster et Rosalind redescendent, je m'interrogeai sur ce que Daphne aurait fait de la nouvelle maison. Peut-être qu'Aster nous avait amenées la voir précisément parce que Daphne n'était pas là pour la salir. Daphne était la seule d'entre nous à parler vulgairement, à lire des romans scabreux et à ramener à la maison des obscénités, comme la photo d'une femme nue qu'elle avait découpée dans un magazine et une vieille photo de l'époque victorienne d'un homme nu sur une femme nue. Nous n'avons jamais su où elle les prenait ; je soupçonnais qu'elles provenaient de son amie Veronica, celle avec qui elle passait l'après-midi pendant que je devais subir cette visite de Grouse Court.

— Tu ne trouves pas ça romantique ? demanda Aster à l'étage. De passer notre première nuit ensemble dans notre propre maison ?

— Je trouve le Plaza bien plus romantique.

— Oh, Roz, dit Aster.

Elle devait prononcer "Roz" ou "Rozzy" cent fois par jour sur le même ton joyeusement réprobateur. Je l'imaginais seule dans la maison toute la journée lorsque Matthew serait au travail. "Oh, Roz !"s'exclamerait-elle, mais personne ne serait là pour l'entendre.

— Nous ne passerons que deux jours ici avant la lune de miel. Il m'a dit que la maison était interdite d'accès vendredi, alors je pense qu'il a prévu que tout soit installé, tu vois, pour après le mariage.

Rosalind soupira bruyamment, théâtralement.

— Garde une pensée pour moi qui serai à la maison, dans la boutique de fleurs, tu veux bien ? Pendant ton voyage de noces, peut-être que je demanderai à Daphne d'entrer ici par effraction et de peindre les murs exactement comme chez nous. Imagine : un paysage désertique avec des virevoltants dans le salon, une dionée attrape-mouche dans ta chambre…

— Arrête !

— Des algues dans la salle de bains, un chêne hanté dans la chambre du bébé.

— Tu n'as pas intérêt !

Lorsqu'elles redescendirent, je me levai du canapé et les suivis dans la cuisine, l'étape suivante de la visite. Son infinité de jaunes était aveuglante, les placards et les appareils ménagers jaune citron, les plans de travail émaillés d'or. Devant les portes-fenêtres qui menaient au jardin, un espace vide était destiné à accueillir une table où les enfants d'Aster mangeraient des céréales et des tartines avant d'aller à l'école et où Matthew lirait le journal et boirait du café, le tout servi par Aster puisqu'elle n'aurait pas de cuisinière. Aster sortit plusieurs objets des placards pour les montrer à Rosalind – un paquet de farine, une bouteille d'huile de friture, des boîtes de mélange pour gâteaux, des petits pois en conserve.

— Quand je suis venue la dernière fois, j'ai demandé à Matthew de m'emmener au supermarché pour acheter quelques trucs, que ça ait l'air plus accueillant.

— S'il te plaît, dis-moi que tu ne vas pas te remettre à cuisiner, dit Rosalind.

— Je vais bientôt être une femme mariée. Et c'est ce que veut Matthew.

En prononçant le nom de Matthew, elle tendit sa main gauche parée de bijoux et l'admira, aussi instinctivement qu'une femme enceinte se frotte le ventre.

— Quel est l'intérêt d'épouser un homme riche si tu n'en as pas les avantages ? Même notre père, pourtant économe, paie une cuisinière. Autant emménager dans une grotte et t'habiller avec des sacs en toile de jute.

— C'est une autre époque, dit Aster. On est en 1950.

— Pfff, souffla Rosalind avant de se tourner vers moi. Tu es horriblement silencieuse, méchante créature. Tu n'es pas impressionnée par la Casa Maybrick ?

Je haussai les épaules, debout devant la porte-fenêtre, regardant Zelie dans le jardin. Elle courait après un chat blanc qui avait dû passer par-dessus la clôture. La petite cour incarnait ce que je ressentais dans cette maison – l'impression d'être emprisonnée. J'enviais Aster de quitter le gâteau de mariage, mais cette maison ne représentait pas la liberté pour moi, avec ses plafonds bas et ses fines cloisons, sa symétrie parfaite, sa minuscule pelouse collée à celles des voisins. Il n'y avait quasiment aucun espace pour bouger, respirer, être seule, garder des secrets. Le gâteau de mariage était rempli de secrets.

— Iris, tu es perturbée par ce que maman a dit au dîner l'autre soir ? demanda Aster. Je ne vois aucune autre explication à ton attitude.

Je me détournai de la fenêtre pour la regarder ; elle était debout devant le four.

— Je ne veux pas que quelque chose d'horrible t'arrive. (Dans la maison exiguë, je paniquais, suffoquais. Je m'éventai de la main.) Pourquoi est-ce que tu dois venir habiter ici ? demandai-je. Pourquoi ne pas rester à l'université et te marier plus tard ?

Aster jeta un coup d'œil à son annulaire, en plein désarroi. Je l'avais encore blessée et je ne le voulais pas.

Rosalind se dirigea vers moi, ses talons claquant doucement sur le linoléum. Elle m'agrippa aux épaules et m'obligea à la regarder dans les yeux.

— Maman essaie de nous effrayer avec toutes sortes d'idées noires, mais rien de tout ça n'est réel. (Elle s'interrompit, désirant visiblement ajouter quelque chose, mais se retenant.) Comment dire ça avec délicatesse ? (Elle se mordit la lèvre inférieure, un geste habituel lorsqu'elle réfléchissait.) Tu sais que quand notre mère est née, sa mère à elle est morte ?

Je hochai la tête. À l'époque, j'ignorais presque tout du passé de notre mère, mais je savais que sa mère s'appelait

Rose, que Rose était morte en lui donnant la vie et que Belinda détestait les roses.

— Ça a été un énorme traumatisme pour notre pauvre mère d'avoir tué sa propre mère, et c'est la cause de tous ses problèmes. (Vous voyez, nous essayions tous, sans arrêt, de trouver la source du problème.) Pour aggraver les choses, elle ne sait pas ce que signifie être mère parce qu'elle n'en a jamais eu. Tu vois ? Elle gâche toujours tout, mais ce n'est pas sa faute. Imagine une louve de la forêt capturée et ramenée pour élever six bébés humains.

— Rozzy, dit Aster.

— On n'en est pas loin. Tous ces hurlements. Grands dieux.

Une idée me vint alors, à laquelle je n'avais encore jamais songé. Je voulais y réfléchir un instant, me mordre la lèvre comme Rosalind, mais elles attendaient ma réponse.

— Peut-être que ce qui est arrivé à grand-maman Rose va t'arriver, dis-je à Aster. Tu vas avoir un bébé et mourir.

Aster tressaillit. Comme une trace de pas boueuse, le mot "mourir" n'avait rien à faire dans sa maison neuve toute propre.

— C'est de ça que tu t'inquiètes ? demanda-t-elle. Que je meure en couches ?

— Il n'y a pas de mort ici, dit Rosalind. C'est un quartier sélect.

Aster fronça les sourcils en regardant Rosalind, puis se tourna vers moi.

— Je te promets que rien de tout ça ne va m'arriver. Les femmes ne meurent plus en couches.

— Iris a raison sur un point, malgré tout, dit Rosalind. Dans l'esprit tordu de notre mère, mariage égale sexe…

— Rosalind !

D'abord la mort, maintenant le sexe. Aster était horrifiée.

— Mon chou, calme-toi, dit Rosalind. Iris est une grande fille maintenant. Comme je disais, dans l'esprit de notre mère, mariage égale sexe, sexe égale bébé, bébé égale mort. Ça a été comme ça pour sa mère et la mère de sa mère et ainsi de suite.

— Mais notre mère n'est pas morte, dit Aster, de plus en plus exaspérée. Elle a eu six bébés et elle a survécu. Tout ça n'a aucun sens.

— Elle porte l'horreur du passé en elle. Elle est le produit de son passé et même si je déteste y penser, nous aussi. (Rosalind haussa les épaules.) Et pire encore, elle hait notre père et n'a jamais voulu se marier. Elle ne nous a jamais voulues non plus.

— C'est affreux de dire ça, déclara Aster.

— Bien sûr que c'est affreux. Il se trouve aussi que c'est vrai. La vie qu'elle mène depuis qu'elle a rencontré notre père – eh bien, ça a été une sorte de mort pour elle, non ? C'est peut-être cette horrible chose-là qu'elle veut que tu évites.

Aster s'avança vers nous, ayant probablement peur de ce que Rosalind pourrait ajouter. Elles semblaient avoir prévu ce petit discours qui, naturellement, s'était égaré.

— Tout ça pour dire que rien d'horrible ne va se produire, on te le promet. C'est censé être un moment de bonheur et je voudrais que tu puisses en profiter.

J'acquiesçai, mais uniquement pour l'apaiser. Je savais qu'il était inutile de me chamailler avec elles. Mais si je ne pouvais être certaine que Belinda avait raison, je ne pouvais pas non plus être certaine qu'elle avait tort. J'avais vu la mariée sans tête dans le trou de la forêt, j'avais même entendu la voix d'Aster m'appeler.

— Je peux aller faire un tour en haut avant qu'on parte ? demandai-je, pressée de m'éloigner.

Aster sembla soulagée et me dit d'explorer les chambres pendant qu'elle montrait à Rosalind la buanderie.

— Oh, c'est chouette, dit Rosalind.

En haut des escaliers, je m'arrêtai sur le palier. Le second étage de la maison d'Aster était plus petit que l'aile des filles chez nous. Il y avait deux chambres de chaque côté du palier et une salle de bains beige rosé face à lui. Au fond du couloir, la chambre parentale abritait déjà un lit à baldaquin, le matelas et le sommier enveloppés dans du plastique.

Je m'assis au bord du lit, puis me laissai glisser en arrière et m'allongeai. Le blanc infini des murs était aveuglant comparé à nos chambres. J'entendais Aster et Rosalind discuter en bas, leur voix, une phrase de temps à autre.

— Des œufs pochés, ce serait magnifique, dit Rosalind.

J'écartai les bras et les bougeai d'avant en arrière sur le plastique. Je songeai à la nuit de noces. Aster serait dans ce lit avec Matthew sur elle, tous deux nus comme le couple sur la photo.

— Oh, Roz ! entendis-je dire Aster au rez-de-chaussée, et je me demandai pourquoi il y aurait du sang.

9

À LA maison, des cadeaux de mariage enveloppés dans du papier ivoire, argent et or avec des rubans et des nœuds sophistiqués, livrés l'après-midi, s'entassaient dans l'entrée. Nous en attrapâmes chacune deux ou trois et suivîmes Aster à l'étage dans la bibliothèque des filles où j'avais peur que mes crimes soient sur le point d'être découverts. Zelie me lançait des regards nerveux tandis qu'Aster et Rosalind nous devançaient dans le long couloir. Je les laissai partir devant, attendant les inévitables cris et hurlements.

Mais non, Aster ne s'aperçut pas de ce que j'avais fait, elle nous fit signe de poser les paquets à l'entrée et jeta à peine un coup d'œil à l'intérieur de la bibliothèque avant d'aller dans sa chambre, toujours en grande conversation avec Rosalind. Je posai mes paquets et regardai les tables où les cadeaux encore emballés étaient exposés et vis les trous là où auraient dû se trouver la porcelaine et le cristal.

Puis j'entendis une exclamation de plaisir provenant de la chambre d'Aster et Rosalind, puis une autre, et encore une autre ; elles semblaient se propager. En arrivant, je vis que Dovey avait apporté les robes de demoiselles d'honneur pour Zelie et moi, livrées l'après-midi. C'étaient des versions plus petites de celles de Rosalind, Calla et Daphne qui l'avaient été des semaines plus tôt. Leur couleur vert écume de mer, un ton clair, était parfaite, me disais-je, pour le mariage d'Aster avec la créature des mers. Elle ne savait pas que je l'appelais ainsi en secret, et elle ne le saurait jamais, mais elle disait que Cape Cod, l'endroit où elle et Matthew s'étaient rencontrés, où notre famille avait toujours été la plus heureuse, avait inspiré le choix de la couleur.

— Ces robes ne pourraient pas être plus adorables, avait dit Dovey affichant son expression de joie habituelle, un sourire si léger que par comparaison celui de Mona Lisa paraîtrait extatique.

Aster tenait les robes par leurs cintres en bois pour nous les montrer et, chaque fois que Zelie tentait de saisir la sienne, Aster la retirait, expliquant que nous ne pourrions les essayer que le lendemain après un bain. Nous savions qu'elles nous allaient, puisque nous les avions passées au magasin de robes de mariées dans Meadow Street avant qu'Aster les renvoie afin que des perles colorées en forme de minuscules coquillages soient cousues le long de l'encolure.

— Qu'est-ce qu'il y a de si excitant? demanda Daphne, en entrant dans la pièce vêtue d'un short (nous n'avions pas le droit de porter de short), les genoux égratignés, les jambes pas rasées.

Calla n'était pas loin derrière, clignant des yeux comme si elle sortait juste d'une sieste.

— Les robes des demoiselles d'honneur sont arrivées, dit Zelie, ce à quoi Daphne répondit par un grommellement en s'affalant sur le lit de Rosalind.

Les robes disparurent dans la penderie d'Aster, mais nous n'étions pas au bout de nos surprises.

— Votre père est parti à Boston pour la journée et ne rentrera que tard ce soir, dit Dovey. Il y aura un dîner froid, à l'heure que vous voulez.

Dovey s'éclipsa et Rosalind s'exclama avec enthousiasme:

— Vous savez à quoi je pense? dit-elle en tapant dans ses mains. Si on organisait une soirée filles?

— Oh, j'adorerais!

Aster mit ses mains sur son cœur. Nous lui manquions déjà.

Le projet nous excitait toutes, même les moins promptes à s'exciter – Calla et Daphne, inévitablement, bien que je les aie récemment rejointes. Une "soirée filles" signifiait un pique-nique dehors quand il faisait chaud ou dans le salon des filles lorsqu'il faisait plus froid. Notre père insistait pour que nous prenions un repas chaud le soir, y compris par grosse chaleur, et nous étions survoltées à l'idée d'être libérées de la solennité et de l'atmosphère étouffante de la salle à manger où la place de notre mère serait encore vide et où nous nous sentirions mal à l'aise.

Nous nous détendîmes dans le salon des filles jusqu'à l'heure du dîner, paressant sur les tissus verdoyants, la pièce entière couleur de bourgeon éclatant au printemps. Aster avait apporté une boîte de rouges à lèvres, ceux auxquels elle songeait pour le mariage, et Rosalind les essaya afin qu'Aster puisse voir à quoi ils ressemblaient sur quelqu'un d'autre. Rosalind appliquait un des rouges à lèvres, souriait, pinçait les lèvres et envoyait des baisers dans les airs avant de l'essuyer avec un mouchoir en papier et de passer à un autre. Ils étaient tous dans des tons roses et rouges. Après que Rosalind eut servi de modèle pour sept tons différents, du fuchsia à l'amarante en passant par le rose ballerine et l'incarnat, Aster choisit son préféré : Fleur de cerisier, un rose pâle printanier. C'était son préféré depuis le début et Rosalind – qui avait défendu le Rouge corail – avait le sentiment qu'elle avait joué les modèles pour rien. Calla nous lut ensuite des extraits de son Tennyson ; j'étais la seule à écouter. Zelie prit la boîte de rouges à lèvres écartés et les essaya tous sans les essuyer, étalant un cocktail de roses sur ses lèvres. Aster et Rosalind se limaient les ongles et bavardaient pendant que Daphne dessinait.

Calla continuait de lire bien qu'elle fût interrompue par des plaisanteries et des éclats de rire jusqu'à ce que Rosalind trouve le bruit insupportable et déclare :

— J'ai faim, allons-y !

Nous récupérâmes la nourriture dans la cuisine et nous dirigeâmes vers le pré avec des couvertures, des paniers de pique-nique et des bougies dans des lanternes pour plus tard. Nous passâmes par l'arrière de la maison et le plus petit des jardins de Belinda, son "jardin de lune", comme elle l'appelait, qui ne contenait que des fleurs qui s'épanouissaient la nuit, celles qui libèrent leur fragrance une fois le soleil couché – des héliotropes blancs, des tubéreuses, des onagres bisannuelles, des belles de nuit et des lianes sinueuses d'ipomées blanches brillant dans l'obscurité. L'air était parfumé d'orange, de citron et de vanille ; je l'inhalai avec bonheur, puis levai les yeux et fus surprise de voir Belinda debout devant la fenêtre de sa chambre. Vêtue de sa chemise de nuit immaculée, ses longs cheveux blancs relâchés, elle tenait un de ses pots renfermant une bougie.

Je m'arrêtai et l'appelai :

— Maman !

Mes sœurs, sursautant en entendant ma voix, stoppèrent net et foncèrent les unes dans les autres. Belinda regardait la propriété, pas nous. Peut-être nous avait-elle entendues parler. Même de loin, je lui trouvais l'air effrayé, comme si elle se préparait à la nuit. Elle avait dû craindre la vue du soleil couchant, l'heure où les fantômes étaient libérés dans la maison.

Rosalind marmonna quelque chose et elle et mes sœurs avancèrent, me laissant seule.

— Maman, je suis juste là ! criai-je, espérant qu'elle baisserait les yeux et me verrait.

Je voulais la faire sourire, briser l'emprise qu'avait la nuit sur elle. Mais elle se contenta de souffler la bougie et, dans un nuage de fumée, disparut.

10

L'ÉTÉ, le pré étincelait littéralement de fleurs sauvages – coquelicots, monardes citron, bleuets des champs, lupins, marguerites et rudbeckies hérissées. Certaines des plus hautes herbes nous arrivaient à la taille. L'endroit était isolé. Du pré, la maison était invisible ; il était entouré d'arbres comme Central Park est entouré de gratte-ciel.

Nous ôtâmes nos chaussures et étendîmes nos couvertures, deux sœurs sur chacune. Exaltées par la faim, nous ouvrîmes les paniers de pique-nique et en sortîmes les assiettes de nourriture préparées par Mme O'Connor. Nous n'avions apporté ni serviettes ni couverts ; nous étalâmes tout simplement les assiettes à l'intersection de nos couvertures et mangeâmes avec les doigts, piochant des tranches de filets de saumon froid luisantes et nous les fourrant dans la bouche, avalant des œufs durs en deux bouchées, arrachant la chair des cuisses de poulet avec nos incisives et jetant les os. Parfois, nous ressemblions à une meute d'animaux. Nous engloutîmes d'abord toute la viande, puis mîmes en pièce la miche de pain bis ronde pour finir de nettoyer les assiettes. Nous dévorâmes les crackers au froment et les morceaux de cheddar et vidâmes le bocal d'olives vertes, crachant les noyaux dans l'herbe. Puis nous passâmes aux légumes, les haricots verts blanchis et les radis avec du beurre. Pour le dessert, des étoiles à la cannelle et de la citronnade ; et quand nous eûmes enfin terminé, nous nous allongeâmes sur nos couvertures pour reprendre notre souffle.

Le silence régna un instant tandis que le ciel se striait de rose, puis d'orange. Personne ne dit à voix haute ce que nous pensions toutes. C'était notre dernière véritable soirée ensemble. Le lendemain soir, Aster assistait à un barbecue avec la famille de Matthew et, le surlendemain, c'était la veille du mariage et la répétition ; elle serait bien trop occupée et nerveuse pour lézarder avec nous. Pour nous toutes, l'atmosphère était pesante et, pour moi, il y avait quelque chose de plus, un sentiment d'urgence. Je n'en avais pas fait assez.

Calla enrôla Zelie dans la fabrication de colliers de marguerites et elles s'assirent tranquillement au bout de nos couvertures, tressant les tiges. Daphne sortit une pochette d'allumettes et un paquet de cigarettes de sa poche.

— Tu as vraiment besoin de faire ça ? demanda Aster, en se redressant et en faisant bouffer sa queue-de-cheval.

— Oui, en fait.

— Oh, j'en veux une, dit Rosalind en se laissant glisser vers Daphne, toutes deux jambes croisées, penchées sur l'allumette enflammée tels deux insectes.

Daphne alluma les bougies des deux lanternes et je rejoignis Calla et Zelie dans la fabrication de colliers de marguerites.

— Allons quelque part, dit Rosalind en soufflant un nuage de fumée et en toussant. On pourrait aller danser à New York.

— Et comment tu proposes qu'on y aille ? demanda Aster, entrant dans le jeu.

— Tu nous conduis à la gare de Greenwich et on prend le train, répondit Daphne.

— Toi, Daph ? dit Aster. Toi, tu veux aller danser avec des garçons à New York ?

— Il n'y a pas que des garçons à New York, rétorqua Daphne qui fumait avec bien plus d'aisance que Rosalind.

— On s'en fiche des garçons, dit Rosalind. Il me faut un homme.

— Rozzy ! dit Aster.

— Je veux être fiancée à Noël et mariée en juin prochain. Ce juin-là, c'est ton tour, Aster chérie. Le prochain, c'est le mien. Encore deux ans et ce sera au tour de Calla, puis…

— Arrête-toi là, dit Daphne.

— Oh, c'est vrai, tu vas faire une école d'art en Europe, lança Rosalind, en prenant de grands airs.

— Toi et ton benêt de mari pourrez me rendre visite, dit Daphne à Rosalind. Paris, je pense, ou Amsterdam.

Rosalind fronça les sourcils.

— Qu'est-ce qui te fait dire que mon mari sera un benêt ?

— Il y a quelques jours, tu nous as dit que tu te fichais de qui ce serait, pourvu que tu sois partie d'ici l'été prochain. Ce laps de temps ne suggère pas une recherche sérieuse de l'homme parfait.

— Pfff, répliqua Rosalind. Peut-être que nous n'irons pas du tout te rendre visite en Europe. Bon, j'en étais où ? (Rosalind regarda tour à tour ses sœurs éparpillées sur les couvertures, comme si elle avait perdu le fil de ce qu'elle disait.) C'est ça. Calla part après moi, puis on saute Daphne et on passe à Iris, mais pour ça, il va falloir attendre quelques années.

— Oui, c'est sûr, dit Aster.

— Et enfin, Zelie, poursuivit Rosalind.

— Pourquoi je suis toujours la dernière ? demanda Zelie.

— Parce que tu es la dernière, Zelie, ma petite chérie. Bon, écoutez, en juin prochain, c'est mon tour, expliqua Rosalind. Je dois trouver un homme et ils ne poussent pas sur les arbres, vous le savez. Ce soir, ce pourrait être le jour le plus important de ma vie.

— Arrête avec ça, dit Daphne.

— Pensez à tous ces hommes si on descend en ville, les fêtes étincelantes, la vie nocturne, dit Rosalind en bougeant les épaules sur un rythme silencieux. (Elle disait toujours "descendre à New York", comme si toute la métropole était conservée dans notre cave.) Ils sont tous là-bas et on est ici, quasiment dans la forêt, comme des créatures sauvages, sales et non civil…

— Ça suffit, l'interrompit Aster. On n'est pas sales, merci.

Sur le moment, nous nous sentîmes toutes insultées par Rosalind, mais d'une certaine façon, elle avait raison, je m'en aperçois maintenant en y réfléchissant. Nous n'étions pas sales ou sauvages, mais nous n'étions pas très cultivées non plus, considérant l'argent et le statut social de notre famille. Et malgré la proximité de New York, nous avions quelque chose de légèrement rural, six morceaux de quartz rose fraîchement arrachés à la terre, mais pas encore polis. Heureusement qu'Aster avait voulu vivre en banlieue, elle aurait été une agnelle encerclée par des loups dans la société new-yorkaise. Nous n'étions même jamais allées en Europe – il est vrai que la guerre avait réduit les occasions de s'y rendre. Mais nous n'avions jamais quitté le Nord-Est non plus. Nous vivions peut-être comme des princesses comparées à la jeune fille américaine moyenne, mais contrairement à d'autres filles de notre rang, nous n'avions ni vu ni vécu grand-chose.

— Nous devons descendre à New York ce soir, c'est l'événement qui mettra tout en branle, déclara Rosalind. Et pour toi, ma chère Aster, ce sera la dernière fois que tu pourras faire la bombe avant la vie maritale.

— Quand est-ce qu'on a déjà fait la bombe ? dit Calla, sans quitter des yeux ses marguerites.

— Exactement ! Quand est-ce qu'on s'est déjà amusées ? dit Rosalind.

— Vous vous amuserez samedi à mon mariage, tu te souviens ?

— On en a vaguement entendu parler, dit Daphne. Chaque minute de chaque jour, en fait.

— Quand tu seras mariée, ce sera trop tard pour aller danser, déclara Rosalind, envahie par la déception.

— Trop tard pour aller danser ? dit Aster. Juste ciel, on ne m'envoie pas dans un camp de prisonniers.

— Tu sais bien ce que je veux dire, dit Rosalind. Tu ne pourras pas sortir avec moi pour rencontrer des hommes quand tu seras mariée.

— Maintenant non plus, répliqua Aster, exaspérée par Rosalind, mais essayant de l'ignorer. Ne t'inquiète pas. Je ne serai pas loin et on aura encore des tas d'occasions de nous amuser.

— Super, dit Rosalind, renonçant facilement ; elle savait que c'était une blague.

Il n'y avait aucune chance que nous partions à New York sans la permission de notre père, qu'il ne nous aurait jamais donnée. Nous avions toujours été de bonnes filles. Même Daphne, la plus turbulente d'entre nous, était plutôt bien élevée. Nous avions grandi ensemble sans guère être surveillées, mais nous ne vagabondions pas. Comme s'il y avait une de ces clôtures électriques autour de la maison, du genre qui envoie une petite décharge si un chien tente de sortir de la propriété. Son maître peut plus tard couper l'électricité parce que le chien n'osera plus s'éloigner. C'était comme ça chez nous. Ayant fait silence, nous écoutions la mélodie des bois, les grillons, les sauterelles et les grenouilles. Les bougies scintillaient à l'intérieur des lanternes et se reflétaient sur le verre, créant des lustres de lumière sur les couvertures.

La lune, jusqu'alors dissimulée par le bleu, avait fini par se manifester dans le ciel qui s'assombrissait et c'est ce qui donna à Calla le signal de se lever.

— "Cette noire chauve-souris, la nuit"*, dit-elle.

* Et citations suivantes : Alfred Tennyson, *Maud*, traduction de Henri Fauvel, 1892.

Elle se tenait derrière Aster, une couronne de marguerites dans les mains. Elle lui ordonna de défaire sa queue-de-cheval et de laisser retomber ses cheveux. Aster fit ce qu'on lui demandait, faisant bouffer ses boucles brunes autour de ses épaules. La couronne était composée de trois tresses de marguerites enroulées et Calla la tenait toujours au-dessus de la tête d'Aster.

— "Et l'âme de la rose pénétrait tout mon sang", récita-t-elle de sa voix sonore de poétesse.

— C'est superbe, dit Aster. Qui a écrit ça ?

— Tennyson ! nous nous exclamâmes toutes en chœur.

— Vous savez que Matthew déteste la poésie, dit Aster.

— Alors tu ne devrais pas l'épouser, dit Calla.

— Je dois l'épouser, le mariage est samedi.

Et Aster se mit à rire, d'un rire nerveux, libérateur.

— À cette heure-là, la semaine prochaine, tu auras été déflorée, dit Daphne.

— Daph ! s'écria Aster, en nous regardant, Zelie et moi, et, aussitôt, Zelie demanda :

— C'est quoi déflorée ?

Aster mit la main devant sa bouche pour étouffer ses gloussements et appela du regard Rosalind à la rescousse.

— C'est le contraire d'être "en fleur", expliqua Rosalind.

Avec une grande solennité qui ne semblait pas feinte, Calla posa la couronne de marguerites sur le sommet de la tête d'Aster.

— Je te couronne "Ô ma rose, reine du parterre fleuri des jeunes filles", dit-elle. "Viens briller avec ta fine tête, couronnée de boucles d'or, viens et sois le soleil des fleurs."

Rosalind déplaça une des lanternes et la posa devant Aster, un soleil de fortune. Aster était assise bien droite sur la couverture, les jambes repliées sous elle, posant telle une reine. La lueur de la lanterne éclairait sa robe d'été rose et son visage souriant et rosissant ; les pétales blancs des marguerites dans la cascade de boucles châtains attrapaient la lumière et chatoyaient au sommet de sa tête. Elle resta là, s'abreuvant de notre admiration, une image si belle, à vous briser le cœur, qu'elle semblait irréelle. Nous nous prîmes la main, un cercle de six sœurs. Nous humions l'atmosphère florale, les insectes chantants et les lucioles scintillantes s'enroulant autour de nous tel un collier.

Cet instant fugace est une image immortelle. Elle m'apparaît parfois, aussi éphémère que le crépitement du flash d'un appareil photo : Aster, à cette minute, notre reine du parterre fleuri des jeunes filles, sa peau resplendissante et les marguerites étincelantes. J'aperçois quelquefois cette image fugitive d'Aster lorsque je suis sur la route ou que je fais les courses au supermarché, aux moments les plus anodins. Ce moment unique n'est pas aussi soigneusement enterré que mes autres souvenirs et il se manifeste de temps à autre avant de rapidement disparaître à nouveau. Le dernier moment heureux de mon enfance.

II

ASTER avait fait de son mieux pour tenir Matthew et sa famille éloignés de nous tout le temps qu'ils s'étaient fréquentés et les mois suivants leurs fiançailles. Lorsque Matthew venait la chercher pour sortir, elle l'attendait dehors, y compris en hiver, ne voulant pas qu'il entre dans notre imposante demeure, où il aurait pu tomber sur Belinda, être en contact avec les bizarreries de Calla et

Daphne ou soumis au flot sans fin de questions de la bavarde Zelie. Rien de tout ça n'aurait réellement précipité Matthew dans l'allée, fuyant pour sauver sa peau (à part peut-être Belinda), mais je soupçonne – et, bien sûr, je ne saurai jamais précisément ce qui se passait dans la tête de ma sœur – qu'elle avait peur de le perdre au profit de quelqu'un de plus terre à terre et glamour, peut-être quelqu'un de moins compliqué, une jeune femme issue d'une famille ayant à son actif quelques adultères çà et là, ou des contrats financiers peu scrupuleux, ce genre de scandales ordinaires qui empoisonnent les riches, mais à des lieues de l'état de la famille Chapel, avec nos visites surnaturelles et notre réclusion, et ce chapelet interminable de filles aux doux parfums de fleurs, sans un seul héritier mâle en vue.

Aster et Matthew passaient leur temps avec la famille et les amis de Matthew : réunions dans des propriétés le long de la côte du Connecticut et à Long Island, dîners et concerts à New York et séjours dans la maison de vacances des Maybrick dans la vallée de l'Hudson. Parfois, Rosalind les accompagnait, en chasse pour se trouver un homme à elle. Ils formaient un trio et quand Matthew les ramenait chez nous, Aster ne l'invitait jamais à venir prendre un verre. Peut-être n'en était-elle que plus attirante.

Mais deux jours avant le mariage, Aster ne pouvait plus les tenir à l'écart. Matthew, ses parents et sa sœur cadette allaient de New York à New Haven où vivaient le frère de Mme Maybrick et sa famille ; il était doyen à Yale et ils organisaient un barbecue dans leur jardin pour une quelconque célébration. Mme Maybrick avait suggéré qu'ils s'arrêtent sur le trajet pour prendre un verre avec nous puis emmènent Aster et Rosalind avec eux. D'après Aster, c'était une combine de Mme Maybrick pour entrer dans notre maison (ce n'était pas sa première tentative). Elle voulait nous voir dans notre habitat naturel. Aster déclara qu'elle se serait même demandé s'il y avait réellement un barbecue à New Haven si elle n'avait pas été invitée.

Nous avions passé la journée entière à préparer l'arrivée des Maybrick à quatre heures, aidant Aster à déplacer les meubles pour réarranger le salon de devant, et recommencer encore et encore. Cette pièce ressemblait encore plus à une salle de musée que les autres et la décoration y datait d'avant guerre – d'avant la Première Guerre mondiale, je veux dire. Comme dans la majeure partie de la maison, elle avait été réalisée par notre grand-mère, la mère de notre père. Belinda n'avait pas changé grand-chose lorsque, jeune mariée, elle s'y était installée ; les objets morts qu'étaient les meubles et les tableaux ne l'intéressaient pas.

Nous essayâmes plusieurs dispositions pour les fauteuils de style Eastlake et les deux divans, un en soie couleur champagne brodée de fleurs et un en velours vert émeraude au dossier serpentin. Nous déplaçâmes les guéridons avec les lampes en verre et les délicates décorations en porcelaine. Quelques portraits sévères de nos ancêtres Chapel, le visage pincé et réprobateur, étaient accrochés aux murs, ainsi que plusieurs carabines Chapel anciennes, mais nous ne pouvions rien y faire. Les carabines perturbaient Aster, qui trouvait qu'elles donnaient à notre maison l'apparence d'un lodge de chasse. Elle disait que la demeure familiale de Matthew, une maison de ville dans l'Upper East Side, était élégamment décorée, dans des tons beurre et crème, avec aux murs des peintures de bon goût représentant des voiliers et des paysages d'océan.

— Le plus important, c'est comment tu décores ta propre maison de Goose Court, tenta de la rassurer Rosalind.

— Grouse Court.

— Ce que je veux dire, c'est que la mère de Matthew ne va pas te tenir responsable de ce tas de reliques. Nos parents, peut-être, mais pas toi.

Cela calma Aster, à supposer qu'il fût possible de la calmer, ses nerfs étant probablement autant en pelote que le cordon d'une vieille lampe. Elle alla à la cuisine vérifier la nourriture et les boissons avant de monter s'habiller, nous demandant de la suivre et d'être prêtes à 3 h 45 au cas où les Maybrick seraient en avance. Nous montâmes, suivant Aster comme une procession de canetons. Elle s'arrêta devant l'aile de nos parents où la porte du boudoir de notre mère était fermée.

— Iris, dépêche-toi de t'habiller, tu veux ? Et après, va voir maman. Dovey lui a rappelé la visite des Maybrick, mais je veux être sûre qu'elle est prête.

— Tu es certaine de vouloir qu'elle descende ? demanda Daphne.

Aster soupira.

— Non, mais Mme Maybrick va insister pour la voir.

Je ne savais pas trop pourquoi j'avais été choisie pour cette tâche, mais j'acceptai. Après avoir enfilé ma robe du soir, une tenue éclatante que bien sûr Aster avait choisie pour moi, j'allai au salon de Belinda et frappai à la porte.

— Dovey ? s'enquit-elle.

— Non, maman, c'est moi, dis-je, la main sur le loquet, attendant d'être invitée à entrer.

Elle ne répondit pas.

— C'est Iris, précisai-je.

Elle ouvrit la porte, me faisant sursauter, le loquet que j'agrippai arraché à ma main. Elle se tenait devant moi, vêtue d'un chemisier blanc, d'une jupe lavande qui lui arrivait juste en dessous du genou et d'escarpins noirs. Il était surprenant de voir de la couleur sur elle. La jupe lavande signifiait qu'elle faisait un effort, ou du moins voulait montrer qu'elle en faisait.

J'entrai dans le boudoir insupportablement étouffant comme la dernière fois que j'étais venue. Les rideaux étaient partiellement ouverts et le vase de callas et son journal intime étaient toujours sur la table près du divan. Elle avait passé toute la semaine dans cette chambre, respirant l'air empoisonné par les fleurs, ce qui, j'en étais sûre, n'avait fait qu'aggraver ses craintes concernant le mariage.

Après m'avoir laissée entrer et refermer la porte, elle s'était dirigée vers le miroir où elle épinglait une broche sur son chemisier.

— Je suis bien ? demanda-t-elle en se tournant vers moi.

Ses mains tremblaient et elle les referma en poings.

Je trouvais ses vêtements jolis, mais son chignon était trop serré et révélait ses lobes manquants. Elle s'assit sur le divan pour que je puisse l'arranger. Je relâchai quelques mèches sur les côtés afin qu'elles tombent un peu plus bas et dissimulent sa difformité.

— Parfait, dis-je, et elle sembla soulagée, mais elle ne paraissait pas aller très bien.

Elle sortit un mouchoir blanc de sa poche et le respira. Je ne savais pas qu'elle sentait à nouveau les roses, mais il était évident qu'elle était malade.

— Tu veux que je les prévienne que tu ne te sens pas bien ?

— Non, non, dit-elle, la voix légèrement assourdie par le mouchoir. Ça ferait des histoires.

Je m'assis près d'elle puisqu'elle ne semblait pas avoir l'intention de quitter la pièce de suite, même si nous avions entendu la sonnette. Elle continuait de respirer à travers le mouchoir, regardant dans le vide droit devant elle, et je ne savais pas quoi dire. Je recherchais souvent l'attention de ma mère, mais quand je l'obtenais, je ne savais pas quoi en faire. Elle me rendait nerveuse.

Elle écarta le mouchoir et l'étala sur ses genoux, inspira plusieurs fois à fond, puis eut des haut-le-cœur. J'essayai de lui tendre un verre d'eau qui se trouvait sur la table basse, mais elle le repoussa.

— J'ai échoué, dit-elle en lissant le mouchoir sur ses genoux.

Il était brodé de minuscules abeilles. Quand elle était petite, son père la surnommait "bee*".

— Pourquoi est-ce que personne ne m'écoute jamais ?

— Je t'ai écoutée, dis-je, hésitant à confesser ce que j'avais fait, pas très sûre de sa réaction.

Mais elle semblait si bouleversée que j'avais désespérément envie de la réconforter.

— J'essaie d'arrêter le mariage. Je sais que ce n'est pas suffisant, mais j'ai déjà cassé le service en porcelaine d'Aster et d'autres bricoles. Je les ai enterrés dans la forêt. Je voulais en faire plus ce soir pendant qu'elle serait sortie.

Elle me regarda, troublée.

— Je me suis dit que si suffisamment d'objets du mariage disparaissaient, peut-être qu'elle devrait le repousser. Je ne savais pas trop quoi faire d'autre.

Belinda me tapota gentiment le genou et, avec ce geste, je sus qu'elle me comprenait.

— Je sais ce qu'est cet horrible pressentiment, ajoutai-je, en prenant dans la mienne sa main toujours posée sur mon

* *Bee* est une abeille en anglais, c'est aussi ainsi que l'on prononce la lettre "b", l'initiale de Belinda.

genou. Tu crois qu'Aster va avoir un bébé et mourir comme grand-mère Rose.

À l'évocation de Rose, son regard s'éveilla ; elle semblait surprise. Elle retroussa les lèvres en une sorte de faible sourire, reconnaissant mes efforts pour la comprendre. Puis elle prit un air sérieux et serra fort ma main, disant :

— Aster n'aura jamais d'enfant.

Elle ramassa son mouchoir et le pressa à nouveau contre sa bouche, les yeux fermés. Je songeai à la maison de style colonial et aux chambres vides attendant de se remplir de bébés. Les mots de ma mère me donnèrent la nausée. Je ne comprenais pas comment elle pouvait en savoir autant, mais j'avais senti que quelque chose clochait à Grouse Court. Rosalind m'avait mise en garde contre les idées noires de maman, mais j'étais devenue incapable de faire la différence entre les siennes et les miennes.

— Je crois que tu devrais descendre et leur dire que je serai là dans un moment, dit-elle. Je dois me reprendre.

J'avais le sentiment qu'il fallait qu'elle reste dans son boudoir, que dans son état actuel, la lâcher dans le salon avec les Maybrick revenait à jeter une allumette enflammée dans un réservoir d'essence. Mais je ne savais pas comment le lui dire et je savais que si elle ne descendait pas, Aster serait fâchée contre nous deux.

— D'accord, dis-je, et je la laissai.

12

Je m'assis discrètement dans l'escalier central et observai l'assemblée dans le salon. Le père de Matthew se tenait devant la cheminée et Rosalind lui racontait une histoire, faisant de grands gestes et riant, charmant M. Maybrick comme elle charmait tout le monde. Mon père était dans un coin avec la mère de Matthew et sa sœur, discutant bien plus calmement. Calla et Daphne étaient côte à côte sur deux chaises Eastlake et respiraient l'ennui tandis que Zelie papillonnait dans la pièce, tendant l'oreille aux différentes conversations sans être incluse dans aucune.

Je me demandai pourquoi Matthew et Aster n'étaient pas là, puis j'entendis la porte menant à la cour s'ouvrir et les vis bientôt traverser l'entrée sans me remarquer sur les marches au-dessus d'eux.

— Tu es affreusement cruel, murmura Aster à Matthew tandis qu'ils se dirigeaient vers le salon, en pleine discussion. Je n'aime pas quand tu es cruel.

Il marchait derrière elle et lui pinça les hanches, serrant un bourrelet de graisse.

— Tu sais que ça me plaît que tu sois bien en chair, dit-il en riant. Tout ce que je voulais dire, c'est que je ne veux pas que tu le sois davantage. Tu es assez grosse. Qu'y a-t-il de mal à ça ?

Aster s'arrêta et se tourna face à lui. Je vis qu'elle était au bord des larmes.

— Allez, inutile d'être bouleversée à ce point, dit-il en l'attirant à lui et en enlaçant sa taille. Tu es celle que j'ai choisie. Je ne le regrette pas.

— Tu le penses vraiment ?

Il ne répondit pas et se pencha pour l'embrasser.

Ils entrèrent ensemble dans le salon, le bras de Matthew toujours autour de sa taille. Un instant, je me demandai si Belinda et moi avions tort de nous inquiéter, si Aster n'allait pas elle-même annuler le mariage. Elle n'avait jamais mentionné que Matthew pouvait être cruel. Mais dès qu'ils eurent rejoint les autres, rien ne laissa soupçonner la tension dont je venais d'être témoin et la pièce se remplit rapidement de gaieté, de rires et de sourires, de verres dans les mains. Je pouvais sentir cette gaieté se propager jusqu'à moi comme la chaleur d'un feu.

Je ne bougeai pas de l'escalier et observai. Dans une pièce où toutes les têtes étaient brunes, mon regard était attiré par les cheveux blonds de Matthew. Il était vêtu de façon décontractée, en pantalon vert gazon et chemise en madras rayée. Dans ma tête, je voyais l'indélébile version originale, la créature des mers émergeant de l'eau au milieu d'éclaboussures. Il avait l'air bizarre complètement habillé, peu naturel, en quelque sorte, comme un mince singe blond déguisé pour une fête.

Le reste de sa famille paraissait terne en comparaison, son grand ours de père en gris ardoise avec une moustache broussailleuse assortie et sa mère en robe sans manches blanc cassé, couleur de stalactite, avec une délicate ceinture dorée autour de la taille. Ses cheveux, relevés en un chignon banane bien serré, étaient d'un noir de jais, une teinte sans aucun doute améliorée par une coloration, et le vif contraste entre sa peau pâle et ses cheveux foncés évoquait une moufette. La sœur de Matthew, qui devait avoir à peu près l'âge d'Aster, était totalement insignifiante.

Une main froide sur mon épaule me fit sursauter.

— Tu viens nous rejoindre ? demanda ma mère en me doublant dans l'escalier.

Je répondis que j'arrivais dans une minute. Elle avança, l'allumette sur le point de pénétrer dans la pièce où je craignais que des vapeurs invisibles ne tourbillonnent déjà. À son entrée, toutes les têtes se tournèrent vers elle et la pièce se réorganisa comme si un dignitaire venait d'arriver. Mon père alla la rejoindre pour se tenir aux côtés de sa femme. Elle serra la main de la mère de Matthew, puis celle de son père, puis celle de Matthew qui se pencha et l'embrassa sur la joue.

Mon père conduisit ma mère sur un des divans. Mieux valait qu'elle soit assise ; elle serait plus dangereuse si elle se déplaçait. La mère de Matthew s'installa sur le divan face à elle et les hommes à côté de leurs femmes. Matthew et Aster restèrent debout, enlacés par la taille, collés l'un à l'autre.

Nous parlions sans arrêt de Matthew, mais personne de notre famille, excepté Aster et Rosalind, ne l'avait vu depuis des mois. Ni mes parents ni mes sœurs, pas plus que moi, n'arrivaient à le quitter des yeux, maintenant qu'il était parmi nous avec son visage enfantin et son cœur battant, palpitant. Aster changeait en sa présence, et sous le regard des autres, c'était comme si elle jouait un rôle – passant sans effort de la fille qu'elle était avec nous à la moitié de ce dirigeant de l'acier, ce héros de guerre.

Matthew parlait, maintenant, et Belinda sortit de sa poche son mouchoir qu'elle posa sur sa bouche. J'agrippai la rampe, sachant que c'était mauvais signe. Elle n'aimait pas Matthew et je crois que tout le monde dans la pièce le savait, sans savoir pourquoi. J'étais incapable de lire dans la tête de ma mère, mais je connaissais sa façon de penser, et même si à l'époque je n'aurais pas su l'énoncer clairement, avec le recul, c'est évident. Là où tout le monde voyait un héros de guerre, ma mère voyait autre chose, une autre version de son mari – un homme qui avait été impliqué dans le commerce de la mort. Elle ne pensait pas en termes de héros et de méchants, seulement de violence. Son mari n'avait tué personne de façon directe – il n'avait pas assez de courage pour ça – mais, à ses yeux, il n'était jamais très loin lorsqu'on pressait la détente d'une carabine Chapel. Matthew, de son côté, avait tué lui-même de nombreuses personnes, y compris des femmes et des enfants, ayant pris part à un raid aérien au-dessus de Tokyo qui avait fait cent mille morts. Je savais ce que ma mère pensait : bientôt, les mains qui avaient largué ces bombes caresseraient le corps nu de sa fille.

Matthew se tut et Belinda dit quelque chose, je ne sais pas quoi – sa voix était trop basse et j'étais trop loin pour entendre –, mais il y eut de l'agitation dans le salon, je le voyais, les bouches s'ouvrant et les têtes se tournant vers elle tandis que ses paroles ondoyaient à travers la pièce comme une vague sur la mer.

— Maman, comment as-tu pu faire ça ? cria Aster.

Dovey accourut de la cuisine, les oreilles hautement sensibles à ce genre de turbulences, et elle et mon père aidèrent Belinda à se lever du divan. Dovey l'entraîna hors du salon et la conduisit dehors, dans son jardin d'agrément. Le remède de Dovey, pour tout, était de prendre l'air.

Dans l'agitation, maman avait laissé tomber son mouchoir sur le carrelage de l'entrée et je descendis les dernières marches pour le ramasser. Je ne regardai pas dans le salon, évitant la tension que le drame avait créée, et je remontai dans ma chambre, les abeilles brodées sur la bouche. Je ne voulais pas être témoin de la suite. C'était assez horrible, mais pas non plus une déflagration. Celle-ci viendrait plus tard.

13

JE restai un moment assise à mon bureau, dessinant une calla solitaire au milieu de la page. Zelie finit par entrer, apportant nos deux robes de demoiselles d'honneur sur leurs cintres.

— Iris, tu ne croiras jamais ce qui s'est passé, dit-elle. Aster est complètement bouleversée. Maman a dit aux Maybrick qu'il fallait annuler le mariage. Elle a répété la même chose qu'avant, que quelque chose d'horrible allait se produire si on ne le faisait pas.

Je n'étais pas surprise. Le comportement de Belinda n'était pas vraiment imprévisible.

— Pourquoi tu as nos robes ? demandai-je.

Zelie dit que nous devions les essayer, qu'Aster conduisait Mme Maybrick et la sœur de Matthew à l'étage pour voir sa robe de mariée et qu'Aster voulait que l'on défile dans nos robes pour elles. Je devins nerveuse, je ne m'étais pas attendue à ce qu'elles montent. Je croyais qu'ils devaient tous aller au barbecue à New Haven.

Je me changeai à contrecœur, me débarrassant de ma robe de soirée avant de faire glisser le tissu écume de mer pardessus ma tête. Zelie avait filé hors de la pièce dans sa robe, tout excitée d'enfin la porter. Je ne la suivis pas et revins à mon bureau et à mon dessin, attendant qu'on m'appelle. Il était certain qu'Aster allait découvrir ce que j'avais fait ; ce n'était qu'une question de temps – de minutes, en fait. Inutile de me précipiter avant d'y être obligée.

Je dessinai encore un peu, puis entendis l'écho de mes sœurs et des femmes Maybrick qui montaient. Je continuai de dessiner, travaillant une des délicates courbes de la fleur tubulaire, écoutant la conversation animée par la porte ouverte de ma chambre. Aster s'était remise des agissements de Belinda, ou du moins le prétendait devant les Maybrick. Je supposai qu'elles étaient arrivées à la bibliothèque des filles quand j'entendis la mère et la sœur de Matthew s'exclamer à la vue de la mariée sans tête :

— Elle est magnifique. C'est adorable, un vrai rêve.

— Je suis tellement contente que vous l'aimiez, dit Aster.

Sa voix n'était pas douce et suave comme à son habitude, mais légèrement amère. La famille de Matthew ne la connaissait probablement pas assez bien pour le remarquer.

Les bavardages se poursuivirent, puis ce que j'attendais se produisit :

— Où est mon service en porcelaine ? Où sont le vase et les chandeliers en cristal ?

Quelques minutes s'écoulèrent durant lesquelles elles durent fouiller la bibliothèque, puis j'entendis la voix de Rosalind :

— Ces boîtes sont vides. Où sont les marques-place, les cadeaux ? Zelie, cours chercher Dovey.

Je posai mon crayon. Zelie savait où se trouvait la coupable, mais elle n'avait rien dû dire, craignant que je l'implique elle aussi. Je l'entendis courir dans le couloir et l'escalier. Elle revint peu après avec Dovey, tout autant déconcertée que les autres.

— Les femmes de ménage n'ont pas le droit d'entrer dans cette pièce, dit-elle. Je fais la poussière et je passe l'aspirateur moi-même.

— Ces objets ne sont pas partis tout seuls, dit Aster, affolée. Je me demande si… (Elle semblait prête à émettre une théorie quelconque, mais sa voix changea et devint plus profonde, plus assurée.) Maman. C'est elle qui a fait ça.

— J'ai du mal à imaginer maman… commença Rosalind, sûre d'elle au début, puis de moins en moins, avant d'abandonner son idée.

— Je ne crois pas que Mme Chapel ferait ce genre de choses, dit Dovey, prouvant qu'elle était la seule dans la bibliothèque à vraiment connaître Belinda.

Notre mère opérait dans le monde de la psychologie – les rêves, les fantômes, les idées étranges – pas dans le chaos physique.

— On va vite le découvrir, dit Aster.

La mère et la sœur de Matthew n'avaient pas prononcé un mot depuis qu'elles s'étaient extasiées sur la robe et je me demandai si elles étaient toujours dans la pièce et si oui, ce qu'elles pensaient du numéro auquel elles assistaient dans la demeure des Chapel. Si Mme Maybrick s'était réellement invitée au gâteau de mariage pour s'ébaubir devant nous, le spectacle dépassait très certainement tout ce qu'elle aurait pu espérer avec, en prime, une visite des coulisses.

J'entendis des pas lourds dans le couloir en direction de l'aile de mes parents.

— Maman ! cria Aster. (D'autres voix chuchotaient, tout le monde l'ayant suivie.) Sors de là s'il te plaît.

J'avais beau vouloir rester dans ma chambre et prétendre que rien de tout ça n'arrivait, je ne pouvais laisser Belinda être accusée de ce que j'avais fait. Je me ruai hors de ma chambre et courus dans le couloir de l'aile des filles, puis tournai à droite en direction de celui de mes parents où toutes les femmes étaient rassemblées.

— Attendez ! criai-je, et toutes pivotèrent pour me regarder.

Mme Maybrick et sa fille étaient toujours là et, malgré mon jeune âge, je savais que les bonnes manières auraient dû les pousser à descendre pour laisser ce drame familial se dérouler en privé. Mais elles se tenaient à la limite du cercle formé par mes sœurs et Dovey, juste en haut de l'escalier, et m'observaient comme toutes les autres.

— C'est moi, dis-je. C'est à moi qu'il faut s'en prendre.

— Qu'est-ce que tu as fait ? demanda Aster.

Elle essayait de rester posée devant sa future belle-famille et, contre toute attente, je leur fus reconnaissante d'être mal élevées.

— J'ai bousillé la porcelaine et le cristal. J'ai tout bousillé.

— Bousillé ? Qu'est-ce que tu veux dire ?

— Je les ai détruits.

Le groupe eut du mal à encaisser la nouvelle.

— Mais pourquoi ? demanda Aster.

Je jetai un coup d'œil aux Maybrick, tâchant de trouver un moyen de m'esquiver, mais c'était impossible.

— Je voulais stopper le mariage.

Comme plus tôt au salon, une vague parcourut le groupe et elles se regardèrent, incrédules. Puis Mme Maybrick prit les devants d'un air assuré.

— Y a-t-il une raison pour laquelle toi et ta mère ne voulez pas qu'Aster épouse mon Matthew ? Vous pensez qu'il n'est pas assez bien pour cette famille-là ? (Tout en parlant, elle pointait un doigt dans ma direction, trois bracelets en or cliquetant sur son bras.) Parce que je peux t'assurer que…

Elle s'interrompit, éclatant d'un rire amer, le visage déformé par une fureur à peine dissimulée. Je me préparai à entendre quelque chose de cruel, mais Aster intervint avant qu'elle puisse terminer.

— Delyth, dit-elle en entourant les épaules de sa future belle-mère. La situation est difficile à expliquer, mais ça n'a rien à voir avec Matthew.

— J'espère bien que non.

Dovey tenta d'escorter Mme Maybrick et sa fille au rez-de-chaussée, mais elles n'étaient pas aussi faciles à entraîner que ma mère. Aucune des deux ne bougea. Quoiqu'on puisse dire de Belinda et des défis qu'elle posait, il était aisé de la garder planquée dans une pièce, hors de vue.

— Iris, dit Aster, le peu de fierté qui lui restait l'aidant à conserver la tête haute. Va dans ta chambre et nous parlerons de ça plus tard.

Les autres semblèrent disparaître, tandis que nous nous regardions droit dans les yeux. Les siens, habituellement si clairs et amicaux étaient las, les paupières lourdes. L'Aster de la soirée précédente, la magnifique rose, reine du parterre fleuri des jeunes filles se fanait déjà, une aquarelle détrempée par la pluie.

— Aster, dis-je, détestant devoir la blesser encore davantage par cette journée particulièrement difficile. J'essayais de t'aider. Il n'y a pas que maman qui a un mauvais pressentiment. Je crois que moi aussi.

— Ça suffit, dit-elle en enfouissant un instant son visage dans ses mains, s'efforçant de ne pas crier. Va dans ta chambre.

Je savais que je n'avais rien à ajouter. Je tournai les talons et partis. Je n'étais cependant qu'à quelques pas lorsqu'Aster cria :

— Iris, regarde ce que tu as fait !

Elle arriva dans mon dos et releva l'arrière de ma robe. Je me retournai et vis du sang rouge vif imprégner le tissu écume de mer. La tache était corail, irrégulière et énorme.

— Oh, non, m'écriai-je, choquée par le rouge.

Calla, de sa voix de poétesse, déclama :

— "Me voici perdue, gémit-elle, la Dame d'Escalot."

Aster lui dit de se taire.

J'avais réussi à contenir mes émotions, mais mes yeux s'emplirent de larmes, une humiliation chaude et salée. Je saignais par période depuis des mois et je l'avais gardée pour moi jusqu'à cet instant où elle fut révélée à toutes : ma honte écarlate. J'arrachai le dos de ma robe des mains d'Aster, voulant désespérément me cacher. Huit paires d'yeux étaient posées sur moi, et ils ne faisaient montre d'aucune sympathie, d'aucune compassion, n'avaient pas même la gentillesse de se détourner. Le sentiment, je le sentais, que je n'avais que ce que je méritais prédominait. Mais le karma fonctionne rarement si rapidement.

Aster m'agrippa par le bras, ses ongles pénétrant dans ma peau.

— Aïe, dis-je pendant qu'elle me traînait dans le couloir et tournait vers l'aile des filles. Dovey et Rosalind nous suivaient de près. Dovey tentait de calmer Aster, mais celle-ci ne voulait pas me lâcher le bras, la colère de la journée trouvant enfin une échappatoire. Nous parvînmes à la chambre, elle me poussa à l'intérieur et je titubai jusqu'au lit. Elle arriva par-derrière et essaya de m'enlever la robe de force.

— Tu l'as bousillée, cria-t-elle. Et je parierais que tu l'as fait exprès.

Elle essayait de faire passer la robe par-dessus ma tête, mais je ne coopérais pas, gardant les bras collés au corps, pleurant maintenant à chaudes larmes. Mon manque de coopération exacerba sa colère et elle continua de tirer sur la robe jusqu'à ce que j'entende le tissu se déchirer.

Dovey et Rosalind tentèrent de l'écarter de moi, mais elle les repoussa à coups de coude.

— Nous devons la laver, dit-elle, les dents serrées.

— Aster, ma chérie, dit Dovey en réussissant finalement à lui arracher le tissu des mains. La robe est fichue. La laver ne servira à rien.

Il y eut un moment de silence, de respirations retenues. Je me retournai pour faire face à Aster en baissant ma robe et en dégageant mes cheveux de mon visage humide.

— Prends la robe et brûle-la, pour ce que ça me fait, dit Aster. Tu ne seras pas demoiselle d'honneur. Zelie suffira. En fait, poursuivit-elle, déterminée, je ne veux pas que tu viennes au mariage du tout.

— C'était pas sa faute, dit Rosalind.

— Ah bon ? Et tout ce qu'elle a fait d'autre ?

— Pourquoi ne pas en parler plus tard ?

Rosalind, d'ordinaire si sûre d'elle, semblait intimidée par l'explosion de colère d'Aster.

— Je ne veux pas non plus de maman au mariage. Dovey, tu le lui diras ? De toute façon, ça lui est égal. Elle sera certainement soulagée.

— Aster, dit Dovey en avançant la main. Ta propre mère ?

Aster s'écarta et quitta la pièce. Rosalind et Dovey s'empressèrent de la suivre.

De nouveau seule, je posai les mains au bord du lit pour me calmer, le reste de mon corps aussi rigide qu'une pince à linge. J'entendais des babillages consolateurs et des pas dans le couloir menant à l'escalier. Puis tout devint silencieux.

Après quelques instants durant lesquels je fus incapable de trouver la volonté de bouger, j'eus envie de savoir si les Maybrick étaient partis. J'allai à la bibliothèque des filles où une fenêtre donnait sur le devant de la maison. Le père de Matthew avait ouvert la portière de sa berline gris métallisé pour sa femme et sa fille qui montèrent toutes deux à l'avant, puis il fit le tour côté conducteur et y grimpa à son tour. Pendant ce temps, Matthew, Aster et Rosalind sortirent, Rosalind légèrement devant pour laisser au couple son intimité. Comme au salon, Matthew avait le bras autour de la taille d'Aster, mais il lui frottait maintenant gentiment la hanche.

J'aurais dû être désolée pour Aster ; la journée avait été désastreuse, dépassant ses pires craintes. Mais je ne l'étais pas. Tandis que la voiture des Maybrick s'éloignait, mes larmes jaillirent à nouveau, ainsi que ma colère. J'avais agi par amour, désirant protéger ma sœur, et elle m'avait mise dans l'embarras devant tout le monde.

Je voulais prendre un bain et laver le sang et les larmes. Je fis demi-tour pour quitter la bibliothèque et me retrouvai face à la mariée sans tête. Je l'avais vue si souvent au cours des derniers mois que je n'y prêtais pas toujours attention. Mais à ce moment-là, sa beauté m'arrêta, la soie crème et la silhouette féminine, les courbes du corps d'Aster autour desquelles la robe avait été ajustée.

Ma colère enfla à nouveau, accompagnée d'un grain de folie, celle de ma mère qui courait dans mes veines. Je remontai ma robe de demoiselle d'honneur écume de mer et plongeai ma main droite dans ma culotte, puis la gauche, jusqu'à ce qu'elles soient toutes deux collantes de sang, puis je les frottai l'une contre l'autre.

La soie crème de la robe était aussi voluptueuse que je l'avais imaginé. Je pressai mes mains sur le corset, les laissant glisser sur le devant, le tachant de sang. Ma rage fondit, remplacée par des vagues de plaisir.

14

CETTE nuit-là, il y eut un orage, avec de féroces rafales de pluie et des veines d'éclairs blancs se déployant dans le ciel. De temps à autre, j'entrouvrais les yeux et apercevais des éclats de lumière par la fenêtre. J'avais vaguement conscience que la vague de chaleur s'était brisée, que les éclairs l'avaient anéantie, fracassée comme du verre.

L'orage sembla durer des heures avant de passer. Le matin, alors que je dormais après une nuit hachée, une clameur au loin me réveilla, une cacophonie distante qui commençait à se rapprocher. Je resserrai les draps autour de moi, me terrant dans la petite crevasse au centre du lit. La clameur se poursuivit, bientôt accompagnée par un vent strident, le gémissement d'une banshee. Je n'avais jamais entendu le vent hurler ainsi et j'étais reconnaissante d'être en sécurité dans mon lit, ma joue nichée dans l'oreiller.

Un choc tonitruant me fit à nouveau sursauter. Il y avait davantage de vent, grondant plus fort, à l'intérieur de ma chambre. Je relevai la tête, troublée, et sentis des mains chaudes me tirer par les épaules et les hanches. La pièce tournoya lorsque je tombai du lit sur le sol avec un bruit sourd, ma tête ayant heurté le plancher. J'étais sonnée, mais, à travers le brouillard, je vis Aster penchée au-dessus de moi, me martelant de coups de poing.

15

JE passai le reste de la journée avec ma mère dans son boudoir, étendue sur le divan, une compresse sur la tête. Dovey m'administrait de temps à autre des doses d'aspirine et de bouillon chaud. Elle s'occupait de moi, mais ne pouvait cacher sa déception devant mon comportement. La douleur de mon corps et le choc encore vivace que j'avais ressenti après l'attaque d'Aster m'empêchaient d'être rongée par la culpabilité. Je n'arrivais pas à croire à ce que j'avais fait à la robe d'Aster. Je n'étais pas moi-même. Ou devenais-je quelqu'un de différent ? Mais si c'était mon nouveau moi, je ne l'aimais pas. Étendue sur le canapé, je n'avais conscience que de ma tête migraineuse et de mon cœur lourd ; je n'étais qu'un ensemble de morceaux disparates, pas même une personne.

Dovey avait obligé ma mère à ouvrir la fenêtre du boudoir pour laisser entrer l'air frais, et j'étais d'accord, c'était ce dont nous avions besoin – nous aérer. Belinda savait ce que j'avais fait, mais elle ne m'avait pas réprimandée, elle avait à peine réagi. Le mariage l'avait contrainte à se retirer au fond d'elle-même, puisque agir n'avait pas fonctionné. Elle ressemblait à un de ses fantômes, une silhouette spectrale, présente sans vraiment être là. Elle dessinait en silence et j'entendais le léger grattement de ses crayons sur le papier texturisé.

Plus tard dans la journée, j'appris de Dovey que mes sœurs avaient passé cette dernière journée avant le mariage dans un Manhattan pluvieux, courant de grands magasins en boutiques de robes de mariée. Elles étaient trempées jusqu'aux os, mais prêtes à tout pour trouver une nouvelle robe qui s'ajusterait sans retouches aux courbes et à la taille haute d'Aster. Après la ruée nuptiale du mois de juin, les stocks étaient au plus bas, mais Aster dénicha quelque chose à la dernière minute : une robe de confection pleine de fanfreluches en satin synthétique du nom de *Rêve de Lune* que personne d'autre n'avait voulue. Elle la détestait.

Je verrais brièvement la robe l'après-midi suivant, quand Aster et mes sœurs partiraient pour le mariage. J'avais passé la nuit sur le canapé dans le boudoir de ma mère, sachant que je n'étais pas la bienvenue dans l'aile des filles : même Zelie n'était pas venue me voir. En entendant le froufroutement des robes et les pas dans le couloir, j'avais glissé ma tête dans l'entrebâillement de la porte et murmuré à ma mère de me rejoindre, mais elle fixait son jardin d'agrément, agrippant si fort les bords de son bureau que je pouvais voir la tension dans ses doigts.

Aster se tenait en haut de l'escalier, me tournant le dos. La nouvelle robe était énorme, sa construction aussi grandiose et élaborée que celle d'une cathédrale, avec des couches de ruchés qui pouffaient partout, bien loin de l'élégance épurée de la robe que j'avais détruite. Elle avait toujours le voile d'origine en dentelle importée de France avec les fleurs d'oranger cousues à l'intérieur. Je ne pouvais distinguer ni sa tête ni ses cheveux ni aucune partie son corps – elle était intégralement enveloppée, une colonne blanche. Je la voyais, mais en même temps, comme ma mère, elle n'était pas vraiment là.

Mes sœurs l'entouraient dans leurs robes écume de mer, des brins de gypsophile dans les cheveux. Rosalind, à côté d'Aster, me vit. Elle se pencha et repoussa le voile pour parler à l'oreille d'Aster, mais ce qu'elle lui susurra ne provoqua aucune réaction apparente.

Rosalind dit aux filles de passer devant dans les escaliers afin de guider Aster. Après qu'elles se furent dispersées, Aster resta un instant seule en haut des marches et j'espérais qu'elle se retourne, mais elle refusa de m'offrir ça, et je savais que je ne le méritais pas. Je la regardai entamer la descente ; la partie inférieure de son corps disparut, puis le milieu, jusqu'à ce que seul le sommet de sa tête soit visible. Je voulais tendre la main vers elle, un sanglot coincé dans la gorge, mais elle s'effaça rapidement, entrant dans l'eau profonde et glissant sous la surface.

16

UNE fois tout le monde parti, je retournai dans ma chambre. Rester plus longtemps dans le boudoir de ma mère m'était insupportable. Elle et moi étions seules dans la maison, le personnel ayant été invité au mariage.

Mme O'Connor avait laissé des sandwichs dans la glacière, au thon et au sempiternel jambon moutarde. J'en mangeai deux à mon bureau en dessinant, puis je fis une longue sieste avant de reprendre mon dessin, terminant la calla que j'avais commencée deux jours plus tôt. J'y intégrais des gypsophiles, des digitales, des dauphinelles, des ipomées tricolores et des aconits – toutes toxiques, un bouquet de mariée empoisonné.

Il faisait nuit quand je l'achevai et, tout en ajoutant quelques détails, je pensais à la réception qui se déroulait sans moi, au bal, au gâteau et aux verres s'entrechoquant. Je me demandais si l'horrible chose était sur le point de se produire, mais, à ce moment-là, je savais que ça arriverait ou pas, et que je ne pouvais rien faire de plus.

Vers minuit, j'étais toujours en train de dessiner à mon bureau lorsque j'entendis mes sœurs faire irruption dans la maison, leurs talons claquant sur le plancher, leurs voix joyeuses parlant toutes en même temps. Zelie entra dans notre chambre. Elle tenait un petit paquet blanc dans chaque main ; elle les posa sur le dessus de sa coiffeuse sans expliquer de quoi il s'agissait.

— Oh, Iris, murmura-t-elle, trop excitée pour continuer à m'éviter. Quelle soirée !

Elle parlait si vite qu'elle arrivait à peine à se suivre elle-même, les détails s'échappant de sa bouche comme les bulles pétillantes d'une bouteille d'eau gazeuse sur le point d'exploser. Elle commença par le début avec la cérémonie à l'église, puis passa à Wentworth Hall et la réception, mais son récit était embrouillé et difficile à suivre. Je ne réussis à en saisir que des bribes.

Aster était la plus jolie des mariées, dit-elle, malgré la robe *Rêve de Lune* vulgaire – en la mentionnant, Zelie ne s'interrompit même pas pour me réprimander, il y avait tant à raconter.

— J'ai éparpillé les pétales de fleurs dans l'allée de l'église, dit-elle. Des pétales de roses puisque maman n'était pas là.

Rosalind avait "l'air d'une princesse" debout près d'Aster à l'autel ; Daphne et Calla ne souriaient pas assez, mais elles étaient malgré tout adorables. Zelie décrivit le moment où notre père donna Aster – "il l'a donnée" ; elle le dit de façon si prosaïque que j'imaginai un sac de vieux vêtements offerts dans une collecte de charité.

L'église débordait d'invités et des gens faisaient la queue dehors pour apercevoir la mariée, la première des sœurs Chapel à aller à l'autel ; sous tous ces regards, Zelie se sentait comme une star de cinéma. Après la cérémonie, il y eut la séance de photographies. On fit poser Aster entourée de ses sœurs – “sauf toi” – puis seule avec notre père, un portrait de mariée sans sa mère. Ceci dit, il n’y avait là rien de nouveau ; Belinda avait toujours été largement absente. Ils allèrent ensuite à la réception en Rolls-Royce. La salle ressemblait à une “forêt enchantée”, dit Zelie, faisant appel aux contes de fées qui façonnaient son paysage mental. (Je me disais qu’il y aurait dû y avoir des sorcières, mais peut-être que ma mère et moi tenions déjà ce rôle-là.) Elle expliqua que l’intérieur de la salle était drapé de guirlandes de roses couleur crème, un changement de dernière minute, une fois ma mère désinvitée.

— Aster a dit qu’il ne pouvait pas y avoir de mariage sans roses, précisa-t-elle.

J’imaginai donc qu’il était commode que maman ne soit pas venue.

Sur chaque table était posé un vase d’asters et de jasmin, du lierre entourait le dossier des chaises et il y avait des bougies allumées partout. Des lanternes en papier blanc étaient suspendues au plafond comme de minuscules lunes.

Matthew était divin, bien sûr. Fringant. Élégant. Tous les adjectifs issus du lexique de Cendrillon. Elle avait même dansé avec lui sur *It’s magic* de Doris Day ; Zelie fit une petite pirouette en le disant. Elle avait dansé avec notre père sur une vieille valse, et avec Daphne et Calla. Daphne avait mangé plus de viande rouge et de pommes de terre qu’aucun des hommes.

À la fin de la soirée, Matthew avait emmené Aster dans sa décapotable. Les invités avaient jeté des confettis et des pétales de roses, avaient applaudi et acclamé les nouveaux mariés jusqu’à ce qu’ils soient hors de vue. J’imaginai la décapotable entrer dans Grouse Court, le bébé gargouille attendant pour les accueillir.

— Le gâteau était à la crème de citron, dit Zelie en se frottant le ventre. J'en ai eu deux parts.

Elle se dirigea vers sa coiffeuse et attrapa un des paquets blancs.

— Regarde, dit-elle, en le posant au bord de mon bureau et en retirant le linge pour révéler une minuscule part de gâteau pas plus grande qu'un des peignes en écaille de tortue de Rosalind.

— J'ai pas faim, dis-je, les premiers mots que je prononçai depuis qu'elle était rentrée.

Le gâteau était écrasé, le glaçage avait fondu ; Zelie l'avait tenu dans ses mains chaudes tout le long du trajet.

— Ce n'est pas pour le manger, idiote. C'est pour mettre sous ton oreiller, comme ça tu rêveras de ton futur mari.

J'avais dû faire la grimace, parce qu'elle finit par s'éloigner et recommença à m'éviter. Je retournai à mon dessin, ajoutant quelques fleurs de laurier des montagnes, la tête bourdonnant des détails de la cérémonie et de la réception. Je ne m'étais jamais sentie autant exclue, même si ça n'avait pas été aussi important pour moi que pour Zelie. Même si j'avais essayé de tout gâcher.

Zelie revint de la salle de bains en chemise de nuit. Elle prit le paquet contenant le gâteau sur sa coiffeuse et le plaça sous son oreiller.

— Le plus grand soir de notre vie, dit-elle en se mettant au lit, la gypsophile toujours dans ses cheveux, de la rancune dans la voix.

Je restai à mon bureau jusqu'à ce que le bruit de sa respiration m'apprenne qu'elle s'était endormie. J'avais terminé le bouquet et je le punaisai à mon tableau en liège, puis j'ôtai ma robe et m'assis au bord de mon lit, prête à éteindre la lumière et à m'allonger, prête à ce que cette journée ne soit plus qu'un souvenir – le plus grand jour de leur vie était jusque-là le pire pour moi. Mais je remarquai le gâteau de mariage emballé, toujours sur mon bureau. C'était une idée idiote, et sale, de placer une part de gâteau sous un oreiller, mais je ne pus résister. Je n'avais jamais vraiment pensé à mon futur mari. Tout ce que je savais, c'est que j'en aurai un, que je le veuille ou non. Peut-être que si je l'apercevais dans un rêve, je saurais quel homme chercher plus tard.

Je posai délicatement la tête sur mon oreiller et attendit que le gâteau m'envoie un message. J'eus du mal à m'endormir ; nous étions cinq filles dans l'aile cette nuit-là, la première sans Aster, et tout semblait bancal.

17

Un hurlement dans la nuit.

Je rêvais, mais je ne le savais pas. Je pensais que ce qui arrivait était réel et qui sait si ça ne l'était pas.

Au début, je crus le hurlement poussé par Belinda, mais il était différent, comme la plainte d'un animal blessé. Puis vinrent des pas, bruyants et retentissants, qui firent trembler le sol et vibrer les vitres des fenêtres en approchant.

Était-ce mon futur mari ?

J'agrippai les bords de mon lit, terrifiée. Les pas, de plus en plus forts, finirent par parvenir à ma porte, puis des coups furent frappés. Je voulais m'enfuir, me cacher, mais mes membres semblaient trop lourds, impossibles à lever. Je ne pouvais que fermer les yeux, ma seule défense, le pouvoir de choisir de ne pas regarder.

Lorsque la porte s'ouvrit brusquement, grinçant sur ses gonds, je sus que ce n'était pas mon futur mari qui venait me chercher. Quelque chose de féminin était là, la pièce s'emplissant d'une senteur de roses. Ma respiration devint saccadée. C'était insupportable, l'air si humide de parfum qu'il était soudain difficile de le respirer pénétrait mes poumons. Ce qui se tenait sur le seuil entra, d'un pas désormais normal, presque délicat. Il y eut un bruissement contre le pied de mon lit; je finis par ouvrir les yeux et vis la mariée sans tête.

Elle était toujours aussi belle, avec ses longues manches et son corset à basques et des mètres de traîne qui se répandaient dans le couloir telle une nuée d'étoiles. Il faisait sombre dans la chambre, mais elle était éclairée par la lune, la soie d'une couleur crème fluorescente. La robe n'était tachée que par le sang. Mon sang. Mais en dehors de ça, elle rayonnait comme toutes les mariées devraient rayonner le jour de leur mariage.

La mariée sans tête s'avança à mon chevet, puis se baissa vers moi, qui tremblais de peur. Elle plaça l'espace vide où auraient dû se trouver sa tête et sa bouche juste à côté de mon oreille et murmura tout doucement:

Pourquoi ne m'as-tu pas sauvée ?

LE CARNET BLEU

VOLUME II

ASTER

1950

I

Le matin suivant le mariage d'Aster, je pris mon petit déjeuner seule dans la cuisine, sachant que mes sœurs ne voudraient pas me voir. Mme O'Connor me servit une assiette d'œufs brouillés et dit en me versant un verre de jus de pomme :

— J'ai bien envie de ne pas te nourrir du tout.

J'entendais mon père et mes sœurs dans la salle à manger adjacente, qui parlaient doucement, tous fatigués par la soirée de la veille. Mme O'Connor apporta des œufs à mon père, mais mes sœurs, y compris Daphne, n'avaient demandé que du thé et des toasts, leur estomac n'ayant pas encore récupéré du faste de la réception du mariage. Après les avoir servis, Mme O'Connor revint à la cuisine et s'assit à la table face à moi, mangeant ce qui restait des œufs directement dans la poêle en fonte.

Dovey ne tarda pas à nous rejoindre, rapportant le plateau du petit déjeuner que Belinda n'avait pas touché.

— Elle dit qu'elle n'a pas faim, déclara Dovey et je sus que si je n'avais pas été là, elle en aurait dit bien davantage.

Elles finirent les restes du plateau renvoyé, Mme O'Connor s'octroyant l'assiette de toasts et le petit pot de confiture de framboises et Dovey l'œuf dans son coquetier et la tasse de thé au lait.

Je mangeai en silence, voulant terminer mon petit déjeuner au plus vite afin de pouvoir remonter avant que mes sœurs aient fini le leur. Je ne savais pas combien de temps je devrais demeurer séquestrée dans ma chambre. Voilà mon sort, songeai-je sur le moment, prendre mes repas à la cuisine avec les domestiques, vivre comme une souris qui détale sur le plancher en espérant ne pas être vue.

Puis le téléphone sonna et le sort prit un autre tour.

Rosalind décrocha dans l'entrée.

— Résidence Chapel. (Sa voix transperçait le silence.) Matthew, qu'est-ce qui se passe ? demanda-t-elle une seconde plus tard, d'un ton visiblement inquiet.

Mme O'Connor, Dovey et moi nous regardâmes. Nous posâmes fourchettes, tasses et serviettes et dirigeâmes notre attention vers la porte ouverte de la cuisine.

— Malade ? dit Rosalind. Oh mon Dieu. Je peux lui parler ?

Rosalind écouta la réponse de Matthew et tout ce que nous pûmes entendre fut des "hmm-hmm" jusqu'à ce qu'elle déclare :

— D'accord alors. Conduis prudemment.

Dès qu'elle eut raccroché, mes sœurs crièrent toutes en même temps "Qu'est-ce qui se passe ?" sur des tons variés. J'allai dans l'entrée et m'approchai de la salle à manger, hors de vue, mais assez près pour mieux distinguer ce qui se disait.

— Aster est malade, elle a un peu de fièvre, expliqua Rosalind à mon père et mes sœurs. Elle a demandé à Matthew de la ramener à la maison.

— Pourquoi ferait-il ça ? dit notre père. Ce n'est plus sa maison.

Ses mots frisaient la cruauté, mais j'avoue avoir trouvé bizarre qu'Aster veuille que Matthew la ramène au gâteau de mariage. Elle n'était plus une petite fille qui avait besoin de sa mère pour que tout s'arrange. De toute façon, nous n'avions jamais eu ce genre de mère.

Rosalind avait l'air franchement soucieuse et ne fustigea pas mon père pour ses paroles maladroites comme elle l'aurait fait d'ordinaire.

— Je ne sais pas, préféra-t-elle répondre.

— Elle a peur, dit Calla.

— Qu'est-ce que tu veux dire ? demanda Daphne.

— Aster a peur à cause de ce que maman a dit. Que quelque chose d'horrible allait se produire. Vous vous en souvenez ?

— On s'en souvient tous, dit notre père. Inutile de raviver ce moment.

— Mais peut-être que Calla a raison, renchérit Rosalind. Aster ne s'est pas sentie très bien en se réveillant ce matin, ce qui est compréhensible après la semaine qu'elle a passée. Le stress d'un mariage, c'est bien suffisant pour n'importe quelle femme, mais en plus de ça, elle a eu à gérer des tas d'autres choses à cause de… (elle s'interrompit pour s'éclaircir la voix, puis poursuivit plus bas)… à cause de ces affreuses histoires avec maman et Iris. La pauvre doit certainement se demander avec angoisse si ce petit rhume n'est pas une maladie mortelle.

— Tu as peut-être raison, dit notre père.

— Bien sûr que j'ai raison. Matthew va l'amener ici et nous allons lui offrir notre amour de sœurs, et à l'heure du dîner, tout sera au poil. Elle et Matthew rentreront dans cette charmante petite maison et Aster cuis… (Rosalind s'interrompit.) Bon, peut-être qu'ils peuvent aller au restaurant.

Rosalind semblait avoir dissipé l'inquiétude que l'appel de Matthew avait suscitée, mais comme je ne pouvais voir aucun visage, je ne savais pas s'ils la croyaient vraiment et si elle-même y croyait. Je ne retournai pas finir mon petit déjeuner et montai avant qu'elles se dispersent, petite souris filant devant l'aile sombre de mes parents. Belinda était enfermée dans son boudoir, ignorant totalement ce qui se passait, mais je n'allais certainement pas le lui raconter.

2

Lorsque Aster arriva une demi-heure plus tard, elle longea lentement le couloir de l'aile des filles. La colonne blanche flamboyante qui nous avait quittés moins de vingt-quatre heures plus tôt était de retour et, bien que nous soyons alignées dans le couloir, lui souriant pour l'encourager, il nous paraissait clair que ça n'allait vraiment pas.

Matthew la soutenait d'un côté, mon père de l'autre. Elle n'avait pas l'air d'avoir un petit rhume. Elle était en peignoir, des mules aux pieds, et se traînait dans le couloir. Ses yeux n'étaient qu'à demi ouverts et ils regardaient droit devant comme si elle ne nous voyait pas. Par endroits, ses cheveux étaient encore fixés avec des épingles et raides de laque. Il était évident qu'elle n'avait pas pris de bain. Ses lèvres portaient toujours de faibles traces de Fleur de cerisier et une ombre grisâtre d'eye-liner et de mascara maculait la peau autour de ses yeux. C'est ainsi qu'elle nous revint, dans un état liminal entre jeune mariée et épouse.

Matthew et mon père la mirent au lit et lui ôtèrent son peignoir, révélant une nuisette lilas vaporeuse et dos nu, aux manches papillon ; elle était en dentelle et aguichante, les demi-lunes de ses aréoles sombres visibles, ce que notre père n'aurait pas dû voir. Dès qu'Aster fut bordée dans son ancien lit, il partit. Il venait rarement dans l'aile des filles et cet épisode en confirma la raison. En sortant, il demanda à Dovey d'appeler le médecin.

Mes sœurs et moi étions toutes rassemblées autour du lit d'Aster, dans notre formation habituelle. Notre peur commune m'avait ramenée au bercail. Rosalind était assise sur une chaise près du lit et tamponnait le front et le cou d'Aster avec un linge qu'elle humidifiait toutes les deux ou trois minutes dans un bol d'eau froide que Calla tenait. Au bout du lit, Daphne avait posé une main rassurante sur un des pieds d'Aster, caressant ses orteils à travers la couverture au crochet. Zelie me tenait la main, toutes deux sur le côté, immobiles.

Matthew, dans le couloir, était en costume d'été beige. Il agitait nerveusement ses clés et ses pièces dans ses poches.

— On prend le bateau demain, dit-il. Elle va aller mieux ?

Nous l'ignorâmes. Si Aster n'allait pas bien, c'était sa faute ; je le savais, nous le savions toutes. Elle avait passé toute sa vie avec nous et après une nuit avec lui, regardez dans quel état elle était. Il tendit le cou pour voir depuis l'endroit où il se tenait, près de la porte, mais ne s'approcha pas. Nous avions encerclé le lit à une place – il n'y avait pas d'espace pour lui.

Aster n'avait pas dit un mot depuis son arrivée ; nous ne savions pas vraiment si elle était capable de parler. Il n'y avait plus aucune flamme en elle, comme une lampe venant tout juste d'être éteinte, encore chaude, mais n'éclairant plus. Je la regardais attentivement, attendant qu'elle s'illumine à nouveau. Malgré tout ce qui s'était passé, la prémonition de Belinda et ma rencontre avec la mariée sans tête, il semblait impossible qu'elle ne le fasse pas.

Je tendis la main et touchai son bras.

— Dis quelque chose, murmurai-je, l'implorant.

J'aurais accueilli avec bonheur un soupçon de rose enflammant ses joues à ma vue, un accès de colère après ma trahison. Tout ce qui d'un coup la ramènerait à la réalité. J'aurais été contente de la voir ouvrir la bouche pour me bannir de la chambre si c'était un signe qu'elle revenait parmi nous.

Rosalind prit tendrement le visage d'Aster entre ses mains.

— Aster ? dit-elle doucement. Tu m'entends, ma chérie ?

Je voulais qu'Aster ouvre les yeux et rouspète d'un air espiègle : “Rozzy, enlève ce linge humide”, mais rien ne se passa. Aucun signe de reconnaissance, aucun mouvement, aucune lueur de conscience. Elle semblait au contraire s'enfoncer plus profondément dans ce dont elle était la proie.

— Aster, réveille-toi, dis-je plus fort en la prenant par l'épaule et en la secouant.

Elle ne tressaillit pas, ne cligna pas des yeux.

— Qu'est-ce qu'il lui arrive ? demanda Zelie en ravalant un sanglot.

Elle leva les yeux vers moi comme si j'avais la réponse, puis tour à tour vers mes sœurs. Rosalind, Calla et Daphne faisaient corps, fixant Aster d'un regard presque aussi vide que celui qu'elle gardait rivé droit devant elle et je savais ce qu'elles pensaient ; je le pensais aussi – c'était *l'horrible chose*.

Il y avait des voix au loin, un homme quelque part.

— C'est enfin le médecin ? demanda Matthew.

J'avais oublié qu'il était là.

Le Dr Green, qui sortait probablement tout juste de l'église dans son costume en velours côtelé, arriva, accompagné de Dovey. Il avait à peu près le même âge que notre père – petit, corpulent, avec une barbe grise et des lunettes à monture d'acier. Il était notre médecin de famille depuis avant ma naissance.

Lui et Matthew discutèrent quelques instants. ("Elle allait bien hier soir", entendis-je Matthew dire. "Ce matin, elle avait l'air un peu patraque et puis… et puis ça a empiré.") Le Dr Green, ayant été mis au courant, entra dans la chambre, sa trousse médicale noire à la main.

— Ce n'est certainement que de l'épuisement, dit-il, en écartant Rosalind et Calla pour pouvoir se tenir près du lit.

Il observa Aster dans son déshabillé lilas, les traces de maquillage nuptial sur son visage, ses boucles châtains raides comme de la paille. Elle ressemblait à un vieux mannequin de grand magasin mis au rebut et jeté dans une benne à ordures. Personne ne devrait la voir ainsi, songeai-je, de plus en plus préoccupée par sa dignité. Je voulais remonter les couvertures jusqu'à son menton, prendre le linge humide et essuyer son visage.

Elle avait encore les yeux ouverts, mais à peine. Le Dr Green l'examina et fronça brièvement les sourcils, l'air inquiet, mais lorsqu'il remarqua que je le fixais, il laissa un sourire se dessiner sur sa large face à bajoues.

— Oui, c'est bien ce que je pensais : l'épuisement.

Il souleva le bras d'Aster et tâta le dessous de son poignet pour lui prendre le pouls.

— Nous partons en bateau demain, cria Matthew depuis le couloir.

— Ça ne devrait pas être un problème, monsieur Maybrick, répondit le Dr Green. (Il reposa le bras d'Aster et tâta son front.) Le pouls est un peu faible et elle est chaude. Laissons-la se reposer aujourd'hui et ça ira mieux demain. (Il nous regarda tour à tour.) Vous devriez lui laisser de l'air, mesdemoiselles.

Mais aucune de nous ne bougea.

Il haussa les épaules comme pour dire : "Faites comme vous voulez", recula et récupéra la sacoche noire qu'il n'avait même pas ouverte.

— C'est tout ce que vous allez faire ? demanda Rosalind.

— Elle est épuisée, dit le médecin. C'est l'excitation du mariage, c'est tout. Pas de quoi s'inquiéter.

— Mais vous ne l'avez même pas examinée.

— Ma chère…

— Peut-être qu'il faudrait l'amener à l'hôpital ? proposa Calla.

— L'hôpital ? dit le Dr Green. Vous êtes entassées autour d'elle, ça n'aide sûrement pas. Mesdemoiselles, je vous suggère de sortir prendre l'air et de la laisser se reposer un moment. Revenez dans une heure et elle sera rétablie.

— Vous ne savez pas de quoi vous parlez, dit Daphne.

Le Dr Green rit, surpris par son assurance.

— Ma chère, je sais que c'est dur de voir votre sœur dans cet état, mais je ne pense pas avoir besoin de vous rappeler lequel de nous deux a fait ses études de médecine à Yale.

Son ton enjoué semblait forcé. Il était probable qu'être les filles d'Henry Chapel nous autorisait un certain degré d'insubordination.

— Détendez-vous. Elle va bien. Vraiment.

— Mais elle ne peut pas bouger, dit Rosalind. Elle ne peut pas parler. Elle ne sait même pas qu'on est là.

— Peut-être que l'air de la mer lui fera du bien, dit Matthew depuis le seuil. Nous partons en bateau demain, répéta-t-il.

Daphne grommela.

— Ce sera parfait, dit le Dr Green en fronçant les sourcils et en lançant un regard désapprobateur à Daphne. De New York à Southampton, c'est ça ? demanda-t-il à Matthew.

— Exact, répondit Matthew. Londres, puis Paris, et ainsi de suite.

— Fantastique. Se détendre à bord, c'est exactement ce dont cette jeune fille a besoin. Ordre du médecin.

J'avais du mal à imaginer Aster embarquer sur un navire. Il aurait fallu lui faire grimper la passerelle sur une civière, mais le Dr Green n'avait pas l'air inquiet. Il quitta le chevet d'Aster et rejoignit Matthew et Dovey dans le couloir, pressant l'épaule de Matthew de sa main libre.

— J'ai trois filles. Elles peuvent être fragiles.

— Oui, dit Matthew. Je suis en train de l'apprendre.

— Il est préférable d'y aller doucement avec elles, au début de la vie conjugale.

Il donna une tape dans le dos de Matthew et les deux hommes échangèrent un regard et un gloussement que je ne compris pas. Je me dis que ça avait peut-être un rapport avec la nuit de noces, quand l'homme faisait saigner la femme. Je me demandais pourquoi Matthew et le Dr Green riraient d'une telle chose. Là où il y avait du sang, il y avait de la douleur, c'est du moins ce que j'avais toujours pensé.

— Appelez-moi si l'état de Mme Maybrick évolue, dit le Dr Green, et Dovey le raccompagna.

Matthew dit qu'il avait un coup de téléphone à passer en bas et partit lui aussi. Le diagnostic d'"épuisement" du Dr Green semblait lui suffire.

— Qu'est-ce qu'on fait maintenant ? demanda Rosalind, lorsque nous fûmes de nouveau seules.

Son impuissance m'effrayait. Aster et Rosalind avaient toujours pris en charge tous les problèmes ; j'avais peur que nous soyons perdues comme jamais auparavant. Je voulais à nouveau poser une couronne de marguerites sur la tête d'Aster, faire d'elle une rose, la reine du parterre fleuri des jeunes filles une fois de plus, la voir rayonner comme ce soir-là dans le pré. Au lieu de quoi, je levai les yeux sur le mur d'asters étoilés derrière son lit. *Je voudrais, je voudrais.*

3

— Du nouveau ?

Rosalind s'était tournée vers Zelie qui entrait dans le salon des filles, pressée d'entendre le dernier rapport.

— Elle est toujours là-bas, dit Zelie. Elle dit rien.

Belinda était au chevet d'Aster depuis des heures. Elle était tranquillement entrée dans la pièce, vêtue de son habituelle robe en lin, ses cheveux comme toujours relevés en chignon, aussi blanche qu'une phalène de la tête aux pieds ; elle avait les yeux rivés à Aster, comme si nous n'étions pas là. Elle nous avait demandé de les laisser seules, ce que nous avions fait et, depuis, elle était assise, silencieuse, au chevet de sa fille, lui tenant la main, lui tamponnant de temps à autre le front avec le linge humide.

Dovey nous apporta au salon un plateau de sandwichs coupés en triangle, jambon et moutarde, et un pichet de citronnade avec des feuilles de menthe flétries dansant à la surface, les glaçons déjà fondus.

Zelie prit un demi-sandwich et se percha sur le rebord de la fenêtre.

— Matthew est dans le jardin, dit-elle en regardant dehors et en mordillant sans enthousiasme un coin de pain.

— Qu'est-ce qu'il fait ? demanda Rosalind.

— Il fume une cigarette et fait les cent pas.

Rosalind avait supplié son père et Matthew d'ignorer le Dr Green et d'amener Aster à l'hôpital, mais les hommes s'en étaient tenus au diagnostic d'épuisement et ne voulaient pas en démordre.

— Je ne comprends pas pourquoi personne ne fait rien, dit Rosalind. Notre sœur est au lit, l'ombre d'elle-même et on ne voit personne éprouver le moindre sentiment d'urgence dans cette maison. Matthew fume dehors, notre père est Dieu sait où et notre mère – notre mère folle ! –, qui toute la semaine a prédit la fin du monde, se contente de rester au chevet d'Aster, totalement silencieuse.

Rosalind finit par craquer, un bref instant ; elle essuya rapidement ses larmes de quelques gestes brusques, clairement ennuyée qu'elles osent interférer avec sa fureur légitime. Calla, assise près d'elle, tendit la main pour lui tapoter l'épaule, mais Rosalind fit un bond quand elle la toucha.

— Non, dit-elle. Ce n'est pas possible. Nous connaissons Aster mieux que personne. Elle ne va pas bien.

Elle respira à fond pour s'armer de courage. Toute la matinée, j'avais attendu de voir cette Rosalind-là.

— Nous pourrions amener Aster à l'hôpital nous-mêmes, dit Daphne.

— Oui, approuva Rosalind avant même que Daphne ait terminé sa phrase. Matthew est dehors et papa se terre probablement dans son bureau. Ils n'en sauront rien avant qu'on soit déjà parties.

— Pourquoi ne pas appeler une ambulance ? proposa Calla.

— Papa la renverrait sûrement, dit Rosalind. Nous ne pouvons plus nous permettre de perdre davantage de temps, vous ne comprenez pas ?

— Mais comment on amène Aster à la voiture ? demanda Calla.

— Facile, dit Daphne. Deux d'entre nous prendront ses jambes, deux autres ses bras, et la dernière nous guide.

— Je ne pense pas qu'on va y arriver, dit Calla.

— Bien sûr que si, répliqua Rosalind. Et je peux conduire.

— Mais les médecins de l'hôpital ne risquent-ils pas de se comporter comme le Dr Green ? Ils vont nous renvoyer, dit Calla.

— On ne les laissera pas faire.

Je n'avais pas prononcé un mot depuis que nous avions quitté la chambre d'Aster. Je savais que je n'étais pas vraiment la bienvenue, même si aucune n'avait particulièrement fait attention à moi, mais je ne pouvais me taire plus longtemps. Je savais que Rosalind avait raison, que quelque chose d'horrible allait arriver à Aster si nous n'agissions pas rapidement. Belinda avait su toute la semaine que ça allait se produire et, enfin, quelqu'un d'autre que moi était d'accord.

— Nous refuserons de quitter l'hôpital jusqu'à ce qu'ils la soignent, dis-je. S'ils essaient de nous faire partir, on fera une scène. Ils devront appeler la police pour nous déloger.

— Tu as raison, approuva Rosalind. Nous devons faire vite. Zelie, pars devant. Récupère les clés de la voiture et attends-nous à la porte d'entrée.

Nous nous levâmes toutes et nous alignâmes derrière Rosalind, qui se tenait sur le seuil du salon. Elle scruta le couloir vide. Aucun bruit, personne en vue. Elle nous fit un signe de la tête.

Nous nous déversâmes dans le couloir, nous dirigeant d'un pas rapide vers la chambre d'Aster et Rosalind, prêtes à embarquer notre sœur et à l'emmener. Nous fûmes un bref instant exaltées. Rien ne pouvait nous arrêter. Nous allions la sauver.

Et puis…

Un cri. Ce n'était pas Belinda ; les siens, nous les connaissions. C'était quelque chose de différent, plus proche d'un hurlement. Mes sœurs se précipitèrent vers la chambre, mais je m'arrêtai au milieu du couloir, incapable de bouger. J'avais entendu ce hurlement la nuit précédente.

Nous arrivions trop tard.

4

Je ne pouvais pas voir Aster – mes sœurs, dans leur panique, se pressaient autour d'elle –, mais je vis ma mère, dos au mur près de la fenêtre, les mains sur la bouche, les yeux écarquillés et terrifiés. Elle jeta un coup d'œil vers moi et nos regards se croisèrent brièvement. Nous savions toutes deux.

Aster, encore dans son lit, continuait de hurler. En parvenant à son chevet, je vis ses mains enserrant la base de son cou ; ses yeux étaient ouverts, mais toujours vides, morts. Son hurlement était ininterrompu, sans même une pause pour respirer. Notre père se rua dans la chambre, suivi par Matthew et Dovey.

— Qu'est-ce qui se passe ? demanda Matthew. Qu'y a-t-il ?

Il ne traînait plus dehors ou dans le couloir, il forçait maintenant le passage pour s'approcher du lit d'Aster, le guerrier entrant en action.

— J'ai appelé le médecin, dit Dovey.

Elle était hors d'haleine après avoir couru et s'agrippait à la commode en guise de soutien.

Notre père tenta de retirer les mains d'Aster de son cou, mais elle serrait si fort sa chair qu'il n'arrivait pas à les arracher. Matthew l'aida jusqu'à ce qu'ils parviennent à les décrocher, révélant son cou rose vif portant des marques de griffures. Elle ne lutta pas. Elle cessa de hurler et devint toute flasque.

Elle était étendue dans son lit comme auparavant, les yeux ouverts, le regard vide. Mes sœurs tremblaient, en larmes. Personne ne savait quoi faire.

Mais le silence ne fut qu'un bref sursis. Aster s'assit dans son lit, ce dont elle avait semblé jusqu'alors incapable, ouvrit la bouche et recommença à hurler. Au lieu de porter ses mains à sa gorge, elle tendit les bras droit devant elle, aussi rigides que des planches.

— Oh mon Dieu, s'exclama Rosalind en s'écartant du lit.

Dovey fonça et poussa Zelie dans le couloir.

— Aster, mon cœur, supplia Matthew, s'il te plaît, dis-nous ce qui ne va pas.

Il ravala un sanglot. Je n'avais jamais vu un homme pleurer ; il essayait de toutes ses forces de les contenir, mais ils continuaient de l'étouffer.

— Je t'aime, réussit-il à dire.

Devant cette déclaration d'amour, Aster arrêta de hurler et se mit à rire, un caquètement bruyant et dérangé. Elle baissa les bras et s'en servit pour se stabiliser lorsqu'elle balança les jambes hors du lit, sans cesser de rire.

Nous distinguions ses mamelons à travers la nuisette lilas. Si elle avait été dans son état normal, elle aurait été mortifiée. Elle attrapa la lampe Tiffany sur la table de nuit, avec ses vitraux verts assortis à la forêt peinte sur le mur et elle se leva, arrachant le cordon à la prise. Matthew s'approcha, tentant de lui enlever la lampe des mains, et elle cessa de rire pour le fixer.

— Mon cœur, dit-il en essayant de la forcer à regagner son lit.

Elle balança la lampe vers lui, le frappa violemment sur le côté du visage et l'envoya au tapis, criant de douleur. Une fois Matthew à terre, elle laissa tomber la lampe à côté de lui et se précipita vers la fenêtre. Elle passa le poing à travers la vitre et le ressortit dégoulinant de sang. Elle était sérieusement blessée, mais elle n'avait ni crié ni cillé sous la douleur; elle se contentait de regarder sa main ensanglantée sans la moindre émotion.

Personne ne dit rien, personne ne bougea quand elle tira sur la nuisette lilas, révélant un sein nu et y étalant le sang de sa main mutilée avec de tendres et douces caresses. Elle baissa l'autre côté et la chemise de nuit glissa au sol. Elle barbouilla de sang son cou et ses seins, son torse, son ventre et ses hanches. Puis elle leva les bras au-dessus de la tête, presque joyeusement, et hurla encore plus fort qu'auparavant. Son corps vibrait et bourdonnait à chaque cri, se tordant et se contorsionnant. Elle ressemblait à une femme en état d'extase, la tête dressée comme celle d'un loup, lâchant un son purement animal.

À la fin, elle s'effondra sur le sol et mourut.

5

Le Dr Green débarqua au milieu d'une scène d'horreur. Je ne sais pas quelles explications lui avait données mon père. Il proposa de faire une autopsie, mais mon père refusa, il ne voulait pas que sa fille soit découpée. Matthew, qu'on avait conduit à l'hôpital pour lui faire des points, ne fut pas consulté. Aster était revenue dans la maison de son père et il en avait à nouveau la responsabilité. Il avait donné Aster à l'autel et, dans la mort, il l'avait reprise.

Belinda était sonnée, comme nous toutes. Elle était pareille à une figurine en céramique au bord d'une table, prête à tomber à tout instant et à se briser en mille morceaux, irréparable. Le Dr Green la força à prendre du Véronal, puis il distribua d'autres comprimés à mes sœurs plus âgées, mais dit que Zelie et moi étions trop jeunes. Une heure après la tragédie, Belinda dormait dans sa chambre, mes sœurs aînées sur les canapés du salon des filles, toutes béates dans la chaleur laiteuse de l'amnésie.

Dovey consolait Zelie dans notre chambre et Mme O'Connor me conduisit au rez-de-chaussée. Elle m'assit à la table de la cuisine et me donna une tasse d'Ovomaltine. J'étais de retour à l'endroit où avait débuté la matinée, sans avoir la moindre idée de l'heure qu'il était ou du temps qui s'était écoulé depuis le petit déjeuner.

Mon père et le Dr Green étaient dans la salle à manger voisine, un verre de whiskey à la main. Le Dr Green avait déclaré la grippe comme cause de la mort.

— Elle avait de la fièvre quand je l'ai examinée ce matin, dit le Dr Green à mon père. Ce qui révèle la présence d'un virus. J'ai soupçonné une grippe, mais je ne voulais inquiéter personne. Je sais que M. Maybrick se faisait du souci pour le voyage en bateau demain.

Il expliqua que dans de rares cas, la grippe pouvait provoquer des hallucinations.

— Je comprends, dit tranquillement mon père, acceptant cette explication comme il avait plus tôt accepté le diagnostic d'épuisement.

Le Dr Green aurait parlé de malaria ou de maladie du rein, j'étais sûre que, malgré ce dont il venait d'être témoin, mon père aurait répondu : "Je comprends."

On frappa à la porte. Je jetai un coup d'œil dans l'entrée et vis mon père et le Dr Green accueillir deux hommes en costume noir, l'un d'entre eux portant une civière. Ils montèrent tous les quatre à l'étage.

Le salon de devant permettait de voir distinctement l'entrée, c'est donc là que j'allai pour savoir ce qui allait se passer. Ils ressemblaient à des médecins, mais pourquoi Aster aurait-elle besoin d'un médecin maintenant ?

Lorsque les hommes en costume redescendirent un peu plus tard, ils transportaient la civière ; un long sac noir était posé dessus, fermé par une fermeture éclair. Ils la firent rouler dehors, mon père et le Dr Green à sa suite, laissant dans leur sillage un silence vide qui menaçait de m'engloutir.

Je courus à la cuisine, sortis par la porte latérale et traversai le jardin potager à l'arrière de la maison. Je continuai de courir – je ne savais pas quoi faire d'autre –, je dépassai le jardin d'agrément de maman et la mare aux grenouilles avant de parvenir au pré. Mes pieds nus se heurtaient aux branches pointues et aux pierres, mais la douleur ne m'arrêtait pas. Je filai à travers le pré, le hurlement hypnotique d'Aster ruisselant dans mes oreilles ; et, durant un bref instant, je crus que je pourrais semer ce qui me poursuivait. Mais mes jambes finirent par céder et je m'effondrai. Au bout d'une minute à plat ventre dans l'herbe et les fleurs, je me sentis malade et me mis à quatre pattes, étouffée par des haut-le-cœur, j'essayai de vomir, mais rien ne vint. Je compris rapidement que ce n'étaient pas des nausées, mais des sanglots. Ils emplissaient ma poitrine et ma gorge, créant une pression presque insupportable. Le chagrin m'avait rattrapée. J'avais beau tenter de toutes mes forces de ravaler mes sanglots, ils éclataient.

6

Deux jours séparèrent la mort d'Aster de son enterrement. Au lieu de faire corps, mes sœurs et moi nous fracturâmes dans notre chagrin, prises au piège dans sa gueule, devant seules trouver le moyen d'y échapper.

J'errais de pièce en pièce, de conversation en conversation, incapable de me concentrer sur ce qui se passait. Vivre dans le gâteau de mariage avait toujours donné l'impression de vivre dans un aquarium, mais jamais autant que durant cette période. Nous nagions toutes dans cette eau trouble, incapables de voir au-delà du verre. Ce dont je me souviens le plus de ces deux jours, en dehors de ma propre douleur, c'est de ce mélange étourdissant de morbide et d'ordinaire. Un matin, je vis les femmes de ménage frotter le plancher de la chambre d'Aster et Rosalind pour ôter le sang tandis qu'en bas Mme O'Connor préparait de délicieux éclairs pour la réception prévue après les funérailles. Des éclaboussures de sang et des pâtisseries, voilà ce dont je me souviens.

Je n'arrêtais pas d'entendre le mot “enterrée”. C'était un mot que jusqu'alors je n'avais rencontré que dans les livres d'histoires – "trésor enterré", "secrets enterrés", tombes de pharaons et butin de pirates. Mais là, c'était différent. Ça commença par une dispute que je surpris entre Rosalind et Delyth, la mère de Matthew, qui voulait qu'Aster porte sa robe de mariée, cette robe *Rêve de Lune* vulgaire. On avait tout enlevé aux Maybrick, non seulement Aster, mais les dispositions pour les obsèques, que mon père avait organisées sans les consulter et, sur ce point, Delyth avait son opinion.

— Ma sœur ne sera pas *enterrée* dans cette affreuse robe, dit Rosalind d'une voix rauque, un mouchoir serré dans la main.

Le voilà, prononcé à voix haute pour la première fois : enterrée.

— Votre sœur est morte alors qu'elle venait d'épouser Matthew. Elle restera cette jeune mariée à jamais.

— Elle a passé une nuit mariée à Matthew et ça ne s'est pas très bien terminé pour elle, dit Rosalind. J'aurais tendance à penser qu'être la femme de Matthew n'est pas vraiment ce que nous voulons commémorer.

— Comment osez-vous dire une chose aussi cruelle ? dit Mme Maybrick.

— Rosalind, ça suffit, s'interposa notre père.

La conversation lui faisait clairement perdre patience.

— Papa, tu ne vas pas permettre qu'Aster soit enterrée dans ce truc, si ?

Et voilà, encore : enterrée.

— Ce n'est pas à lui de décider, dit Mme Maybrick. Aster était la femme de mon fils.

— Elle l'a été très brièvement, rétorqua Rosalind.

— Matthew veut qu'elle soit enterrée dans cette robe, poursuivit Mme Maybrick. Fin de la discussion.

Après l'avoir remarqué, je n'arrêtais plus : "enterrée". Vingt-quatre heures seulement après la mort d'Aster, des mots autrefois inimaginables faisaient maintenant partie de notre vocabulaire.

Matthew, qui avait patienté dans la voiture pendant que sa mère se disputait avec Rosalind, ouvrit la porte et entra, chancelant, dans la maison, s'accrochant au loquet pour ne pas s'effondrer.

— Je t'avais dit de m'attendre dehors, dit Delyth, et je compris pourquoi.

Matthew était une épave, le visage pansé là où Aster l'avait frappé. Il portait ses vêtements de la veille, le costume beige froissé et humide, sentant l'alcool et la sueur. Sa cravate pendouillait autour de son cou tel un nœud coulant, comme s'il avait échappé au bourreau et se saoulait depuis.

— La dernière chose dont j'ai envie c'est de revenir dans cette putain de prison, mais il faut que je pisse.

C'était horrible à voir, la splendide créature des mers de l'été précédent désormais réduite à un débris rejeté sur la côte. L'histoire du héros de guerre avait pris un tour tragique ; il avait été attaqué par surprise.

Dovey conduisit Matthew aux toilettes, agrippé à son bras pour qu'elle le soutienne. Durant son absence, Delyth et Rosalind continuèrent de se quereller, cette fois-ci au sujet des bijoux, des boucles d'oreilles aux colliers pour finir par les bagues. Delyth dit à Rosalind qu'Aster ne pourrait pas être enterrée avec sa bague de fiançailles en diamant.

— Matthew voudrait la garder en souvenir.

— Garder quoi en souvenir ? demanda Matthew en revenant, en train de refermer sa braguette.

Delyth se raidit lorsque son fils réapparut et leva une main pâle pour tapoter sa chevelure noire de moufette.

— Va m'attendre dans la voiture.

— Je veux parler à Mme Chapel, dit-il en s'appuyant à la table de l'entrée.

— Elle dort, rétorqua mon père.

Il jeta un coup d'œil à Delyth, attendant qu'elle fasse quelque chose au sujet de son fils. Il avait un sens très développé quand il s'agissait de voir venir les ennuis, il les sentait comme un chien sent la pluie.

— Alors, allez la réveiller, dit Matthew d'un ton agressif.

— Elle est souffrante.

— Non, vous voyez, dit Matthew en abattant son poing sur la table. Je ne pense pas qu'elle soit souffrante. Je crois qu'elle est la seule ici qui sache vraiment ce qui se passe et je veux lui parler.

Delyth s'approcha de lui et tenta de le prendre par le bras, mais il la repoussa.

— Est-ce qu'on va tous faire comme si Mme Chapel n'avait pas tout prédit ?

— Viens, mon chéri, dit Delyth en tentant à nouveau de lui prendre le bras.

— Madame Chapel ! cria Matthew, sa voix résonnant dans l'entrée.

Il s'avança vers l'escalier, mais il n'était pas assez solide pour les grimper en bondissant. Il s'effondra à mi-chemin et resta étendu là, le front posé au bord d'une marche. Il était immobile. Je crus qu'il s'était endormi, puis je compris qu'il pleurait.

Bouleversée, j'allai dans le jardin d'agrément de ma mère et arrachai tout ce qui était à ma portée, une poignée de sauge et une fleur d'hortensia. Belinda n'avait pas la moindre idée de ce qui se passait ; mon père avait engagé une infirmière pour qu'elle la maintienne sous sédatif.

Est-ce qu'on va tous faire comme si Mme Chapel n'avait pas tout prédit ?

Oui, Matthew. C'est ce qu'on fait.

Ce soir-là, Dovey nous envoya à l'étage, Zelie et moi, choisir nos robes pour l'enterrement. Zelie sortit presque toutes les robes de son armoire et les entassa sur son lit.

— Zelie, tu es censée en choisir une seule. On ne fait pas nos valises pour partir en vacances.

— Je veux toutes les regarder, dit-elle, les yeux baissés, sa petite bouche charnue grimaçante.

J'avais perdu sa trace ce jour-là, cherchant dans ma douleur une solitude qui ne l'incluait pas. Je me demandai qui s'était occupé d'elle, mais à voir sa robe tachée et ses cheveux en bataille, j'imaginai que la réponse était personne.

— Où tu crois qu'est Aster en ce moment ? demanda-t-elle en posant ses dernières robes sur le lit.

C'était une autre des raisons pour lesquelles j'avais évité Zelie : ses questions sans fin auxquelles je ne pouvais répondre.

— Elle est au ciel, répondis-je platement, comme j'aurais dit : "Elle est au drugstore."

J'avais déjà choisi ma robe pour l'enterrement, une marron foncé que je portais souvent à l'église.

— À quoi ça ressemble, le paradis ?

— Zelie, répondis-je, exaspérée. Comment je le saurais ? Tu crois que j'y suis allée ?

Je commençai à examiner sa pile de robes, raccrochant celles d'été aux couleurs vives clairement inappropriées. Il en restait deux bleu marine et rien de noir. Aucune de nous n'avait jamais eu besoin de noir.

— Tu crois qu'Aster va devenir un ange et nous surveiller ? Zelie s'était approchée de la fenêtre et regardait dehors.

— Peut-être, dis-je.

Nous allions à la messe tous les dimanches, mon père, mes sœurs et moi, mais ce dont on y parlait – Dieu, les anges et le reste – n'était jamais mentionné à la maison. Nous n'étions pas une famille religieuse, même si nous allions à l'église. Notre père gagnait sa vie en concevant et en vendant des armes, alors peut-être ne voulait-il pas consacrer trop de temps à penser à l'endroit où allaient les gens quand une détonation les faisait passer de vie à trépas et au rôle qu'il y avait joué. Belinda avait sa propre vision de la vie après la mort, mais elle n'en partageait pas les détails avec nous et ses cris n'étaient pas très rassurants. Je ne connaissais pas sa position sur les anges et sur le fait que sa fille aînée puisse en devenir un.

— Peut-être que maman nous le dira quand elle se réveillera, dis-je en choisissant pour Zelie une robe assortie à la mienne, par le style sinon par la couleur.

Je rangeai les autres et m'éclipsai, me dirigeant vers la bibliothèque des filles, une pièce dans laquelle je n'étais pas entrée depuis avant le mariage. La mariée sans tête était toujours là, le tissu de satin blanc taché de mon sang. Je m'approchai, me demandant s'il était possible que le sang ait pâli et qu'Aster puisse la porter dans son cercueil plutôt que sa remplaçante. Je ne pouvais supporter l'idée qu'elle soit vêtue pour l'éternité de cette affreuse robe qu'elle détestait. Mais la tache n'avait pas pâli ; elle était devenue marron foncé.

— Iris, tu es où ? appela Zelie.

Je repris le couloir, passant devant la chambre d'Aster et Rosalind ; la porte était fermée. Zelie me fit signe de venir à la fenêtre de notre chambre et montra l'extérieur.

— Regarde.

Notre père, une pelle à la main, creusait un trou dans le cimetière familial. Il portait un pantalon sombre avec des bretelles et sa chemise blanche, les manches roulées. Je le soupçonnais de ne pas posséder de vêtements confortables ; je ne l'avais jamais vu jardiner ou faire de l'exercice. Sa place était à son bureau.

Je lâchai un bruit – pas un mot, seulement un son guttural, horrifié. Je me tournai vers Zelie, son visage tordu, sans la moindre larme. Elle semblait trop abasourdie pour pleurer.

Instinctivement, je passai mon bras autour d'elle et la serrai contre moi. Nous restâmes ainsi probablement plusieurs minutes, à observer notre père sauter dans le trou de plus en plus profond et balancer des pelletées de terre à la surface.

Rosalind finit par entrer.

— Qu'est-ce que vous regardez, toutes les deux ? Vous êtes complètement hypnotisées.

Nous ne répondîmes pas. Nous n'avions pas de mots pour le formuler.

Elle s'avança à la fenêtre et jeta un œil dehors.

— Qu'est-ce qu'il fait ? demanda-t-elle en apercevant la silhouette de notre père dans le ciel qui s'assombrissait.

Je fus incapable de répondre.

Elle posa la main sur la fenêtre en scrutant l'extérieur, l'anneau en or de son camée en corail tintant contre la vitre. Elle tendait le cou pour mieux voir. Il lui fallut un moment pour comprendre et, à ce moment-là, elle ouvrit grand la bouche. Elle resta ainsi figée une seconde, puis elle porta la main à sa bouche pour étouffer ses sanglots.

7

Le matin de l'enterrement d'Aster, nous allâmes ramasser des fleurs dans le pré, chacune de nous courbée comme une travailleuse des champs, arrachant des tiges, le bruit de nos pleurs discrets emportés par la brise qui nous enveloppait tel le plus triste des chants d'oiseaux.

Une voiture avec chauffeur nous conduisit à l'église de Bellflower Village où Aster nous attendait. Mes sœurs et moi étions seules sur la banquette arrière ; nos parents faisaient route à part avec Dovey et l'infirmière. Nous restâmes toutes les cinq silencieuses durant le court trajet, des tas de fleurs sur nos genoux ; Calla tressait une couronne de marguerites. Nous n'étions plus que cinq, mais pas pour la raison prévue. Nous ne savions pas encore que cinq deviendrait quatre, puis trois et ainsi de suite. À ce moment-là, en partant à l'église avec nos fleurs, nous pensions que rien de pire ne nous arriverait jamais.

Nous avions l'air ternes, vêtues des couleurs sourdes de l'hiver, celles du deuil. Rosalind et Calla avaient vaguement tenté d'arranger leurs cheveux, mais les boucles retombaient, flasques, sur leurs épaules. Leurs visages étaient nus – le maquillage aurait été de mauvais goût.

Lorsque la voiture tourna dans Main Street, nous vîmes que la rue était bordée d'ouvriers de l'usine Chapel. Ils étaient venus en uniformes, les hommes en salopette, les femmes en robe avec des tabliers en jean.

— Ces braves gens, dit Rosalind.

Ils devaient être des centaines de travailleurs à incliner la tête sur notre passage.

La voiture s'arrêta à l'église de Bellflower, semblable à une petite cathédrale, et nous entrâmes par une porte latérale dans une des pièces de la chapelle où Aster nous attendait. Nous ne l'avions pas vue depuis qu'elle s'était effondrée sur le sol de sa chambre. Personne en dehors de notre famille et de celle de Matthew ne verrait Aster dans son cercueil ; notre père ne voulait pas qu'elle soit exposée aux autres. Elle s'était trouvée dans cette église pour son mariage seulement quelques jours plus tôt, et c'est ainsi qu'ils devraient se souvenir d'elle. À jamais une jeune mariée, comme avait dit Delyth.

L'antichambre était construite avec les mêmes pierres grises que le reste de l'église, d'épaisses dalles sur le sol et les murs, et un vitrail qui mouchetait le sol de taches de lumière rouge, jaune et bleue pareilles à des pétales. Nous apercevions le cercueil en pin lustré, mais nos parents, arrivés avant nous, nous dissimulaient Aster. Ils étaient côte à côte, regardant une dernière fois leur première-née. Le bras de mon père entourait les épaules de ma mère dans un geste apparemment tendre, mais je suppose qu'il essayait seulement de la soutenir. Les médicaments l'avaient affaiblie ; elle pouvait à peine marcher.

Mes sœurs et moi restâmes agglutinées dans l'entrée, reconnaissantes d'avoir un moment pour nous préparer. Lorsque mes parents quittèrent la pièce, le visage de Belinda était vide, ses yeux aussi troubles que des cailloux dans une rivière. Elle avait vu Aster, mais pas vraiment ; je me demandai même si elle se souviendrait plus tard de cette journée. Pour son propre bien, j'espérais que non.

C'était notre tour et, au début, aucune de nous ne bougea.

— On peut y arriver, finit par dire Daphne avec conviction.

Elle y alla en premier et Rosalind et Calla suivirent, puis Zelie et moi.

Aster avait la même apparence que le matin où Matthew nous l'avait ramenée, vidée de toute vie. La robe *Rêve de*

Lune entrait à peine dans le cercueil, ses mètres et ses mètres de tissu blanc brillant fourrés à l'intérieur, autour de son corps. Elle semblait engluée dedans, une mèche prise dans de la cire de bougie fondue. À partir du cou, son corps se perdait dans le tissu, la dentelle, le satin et les paillettes bon marché. Seules ses mains étaient visibles, soigneusement croisées au niveau de la taille, la main gauche sur la droite pour exhiber son alliance en or.

Celui ou celle qui l'avait maquillée avait eu la main bien plus lourde qu'Aster, ses lèvres d'un rouge éclatant, ses joues aussi roses que celles d'une poupée. Mais ses cheveux étaient une splendide crinière, une cascade de boucles brunes qui encadraient son visage et descendaient bien en dessous de ses épaules. Rosalind cassa la tige d'un coquelicot rouge et piqua la fleur dans les cheveux d'Aster, juste au-dessus de l'oreille, puis ajouta peu à peu les autres, les soucis et les marguerites, les arrangeant au milieu de ses boucles jusqu'à ce qu'elle resplendisse de couleurs.

Nous l'imitâmes. Nous œuvrions en silence, brisant les têtes des fleurs et les posant doucement dans ses cheveux, sur sa poitrine, les nichant contre ses flancs. Je plaçai un unique iris près de son épaule ; la saison tirait à sa fin et la fleur était un peu fanée, mais elle était encore d'un mauve assez éclatant.

— Je suis désolée, murmurai-je en espérant qu'elle était suffisamment proche pour m'entendre.

Rosalind déposa une rose rouge près de mon iris et nous finîmes par des héliotropes au parfum de vanille et un bouquet de violettes bleues que nous glissâmes entre ses mains. Il ne restait plus à Calla qu'à poser les marguerites, une demi-couronne qu'elle plaça tendrement au sommet du crâne d'Aster en récitant :

— “Viens briller avec ta fine tête, couronnée de boucles d’or, viens et sois le soleil des fleurs.”

Peu après, l’entrepreneur des pompes funèbres ferma le cercueil, scellant Aster, notre soleil, seule dans le noir.

aster d'albâtre
une vision en Rêve de Lune…
paillettes d'astres et
… satin crème

puis
une fièvre nuptiale,

et une mère,
debout dans l'obscurité…
une fille trépassée
un hurlement de lune

Désormais, nous sommes cinq

CALLA CHAPEL

LA MÈRE HANTÉE

1950

1

LORSQUE Belinda était bébé, elle criait. Elle criait si fort que ses hurlements emplissaient toute la maison et qu'on les entendait de la rue. Elle n'arrêtait de crier que pour manger et dormir, et elle ne s'endormait qu'absolument épuisée, la gorge rouge et irritée.

Elle est hantée, avait dit la gouvernante avant de démissionner, les nerfs à bout. Un bébé hanté par le fantôme de sa mère.

Le père de Belinda, Levi Holland, était professeur de botanique en premier cycle à l'université de Harvard, un prodige qui avait obtenu un poste de professeur à l'âge de vingt-quatre ans. Sa première femme, avec qui il avait eu un fils, avait succombé à une pneumonie et, plusieurs années après sa mort, il s'était remarié à une vieille fille de vingt-sept ans du nom de Rose Harrison. Au bout de quelques mois, Rose était tombée enceinte, pour mourir aussitôt en couches en janvier 1900.

Toutes les gouvernantes que Levi engageait pour s'occuper de ses enfants démissionnaient, aucune n'étant capable de supporter les cris du bébé. La femme de ménage démissionna, la cuisinière démissionna et même le pasteur de l'église locale demanda à Levi et sa famille de se tenir à l'écart. Ayant désespérément besoin d'aide, il se rendit à l'école des sourds et engagea une jeune immigrante hollandaise prénommée Johanna pour prendre soin de sa fille. Elle serrait Belinda contre sa poitrine et la berçait, sentait son minuscule corps vibrer, mais n'entendait aucun son. Deux amies de Johanna, venant elles aussi de l'école, rejoignirent le foyer, deux sœurs joviales qui occupaient les postes de femme de ménage et de cuisinière. Johanna était contente que ses amies travaillent dans la même maison, et Levi aurait fait n'importe quoi pour préserver son bonheur, puisqu'elle était la seule personne capable de veiller sur sa fille. Les trois femmes dorlotaient le bébé et faisaient tout leur possible pour lui rendre la vie confortable, sinon heureuse.

Le demi-frère de Belinda, James, âgé de sept ans, fut envoyé vivre chez des parents, puis en pensionnat, si bien qu'il n'aima jamais beaucoup cette sœur dont il avait l'impression qu'elle l'avait évincé de son foyer. Mais Levi ne voyait pas d'autre solution. Lui-même avait du mal à supporter la vie quotidienne avec Belinda. Il passait de longues heures au travail et, chez lui, il enfonçait du coton dans ses oreilles, mais il était impossible d'empêcher totalement le bruit de filtrer. La maison n'était silencieuse que lorsque Belinda dormait, mais il lui arrivait, même en pleine nuit, de se réveiller et de pousser un hurlement. Il conduisit Belinda chez des médecins dans tout Cambridge, Boston et New York, mais aucun ne parvenait à comprendre ce qui n'allait pas chez elle.

Malgré les hurlements, Belinda se développait normalement. Elle apprit à ramper, puis à marcher et aussi à parler, mais elle criait le peu de mots qu'elle prononçait. "Papa !" braillait-elle. "Faim !" beuglait-elle. "Maman !" gémissait-elle dès qu'elle voyait la photo encadrée de Rose sur la table près du canapé.

En grandissant, elle commença à se cogner la tête contre les murs, à tirer sur ses oreilles et à crier : "Dehors ! Dehors !" Personne ne savait pourquoi ; tant de choses étaient mystérieuses chez Belinda. Elle devait être surveillée en permanence depuis qu'elle avait pris l'habitude de se cogner la tête sur toutes les surfaces dures, les pieds de table et les sols. Un jour que Levi était à l'université et que Johanna, qui souffrait d'un rhume, s'était endormie, Belinda sortit par la porte de derrière et pénétra dans la serre où son père conservait les spécimens nécessaires à son travail. Lorsqu'il rentra après ses cours, il trouva les femmes cherchant frénétiquement Belinda qui avait disparu ; comme elles ne pouvaient pas entendre ses cris, elles n'avaient aucun moyen de la localiser.

Lorsque Levi la retrouva dans la serre, il tomba sur une scène horrible. Belinda, armée d'une paire de sécateurs, essayait de se couper les oreilles. À quatre ans, elle n'était pas assez forte ou coordonnée pour y parvenir, mais elle avait utilisé les lames aiguisées comme des rasoirs pour entamer ses lobes d'oreilles et hurlait de douleur. Les médecins furent incapables de réparer les dégâts, mais ils pratiquèrent des incisions nettes afin que les lobes soient plus présentables.

Belinda resta à l'hôpital dans un petit lit, la tête bandée, pour une fois silencieuse, dans un état de stupeur provoqué par les calmants. Les médecins dirent qu'elle était perturbée et devrait être envoyée dans une institution.

Levi ne le voulait pas. Sa femme était morte en donnant naissance à Belinda ; elle était l'héritage de sa mère. Au chevet de sa fille, à l'hôpital, il lui posa des questions dont il espérait qu'elle pourrait enfin les comprendre.

— Belinda, pourquoi tu cries ?

— Cri, dit Belinda en montrant ses oreilles. Maman.

— Tu entends ta mère crier ?

Belinda hocha la tête.

Il savait de quel cri Belinda voulait parler. Les hurlements de sa femme alors qu'elle accouchait et mourait simultanément avaient empli la maison et ce son déchirant avait vrillé ses oreilles pendant des jours. Il n'avait encore jamais fait la relation entre les cris de sa femme mourante et ceux de sa fille.

— Quand entends-tu ta mère crier ? demanda Levi.

— Toujours, dit Belinda en posant ses mains sur ses oreilles bandées.

Au cours de longues heures de conversations étalées sur plusieurs journées, les médecins apprirent que Belinda entendait les cris d'agonie de sa mère résonner dans ses oreilles depuis sa naissance. En réaction, elle avait crié de peur et, en grandissant, elle avait tenté de faire taire les hurlements en se cognant la tête. Finalement, elle avait essayé de se couper les oreilles.

Après que l'effet des sédatifs se fut dissipé, Belinda dit qu'elle entendait toujours les cris, mais qu'ils étaient plus distants. Sa violente tentative pour faire taire sa mère avait en quelque sorte fonctionné, du moins jusqu'à un certain point – quand elle serait plus âgée, elle comparerait les cris de sa mère au bruit de l'océan dans un coquillage, un lointain mugissement.

Lorsque Belinda quitta l'hôpital, elle ne criait plus. Levi prit une année sabbatique pour s'occuper d'elle à plein temps. Chaque jour, ils travaillaient dans la serre. Il lui avait donné un petit coin à elle où elle jouait avec la terre et les graines, et elle commença à cultiver ses propres plantes. Elle était trop jeune pour comprendre la botanique, mais elle aimait regarder les plantes pousser et plonger les mains dans la terre. Par-dessus tout, elle aimait les fleurs. Chaque fois que Belinda nous racontait l'histoire de ses lobes manquants, de sa mère et des hurlements, elle terminait de la même manière : les fleurs, disait-elle, l'avaient guérie.

Les vingt-cinq années suivantes, elle connut une vie harmonieuse en compagnie de son père. Elle était scolarisée à domicile et s'intéressait aux sciences, en particulier la botanique. En grandissant, elle se mit à s'occuper du foyer, allant jusqu'à aider son père à noter des copies et, le soir, ils travaillaient ensemble dans la serre. Par bien des aspects, elle jouait le rôle d'une épouse, comme de nombreuses vieilles filles à l'égard de leur père veuf et, l'été, ils voyageaient. Ils visitèrent divers endroits, le Japon, le Portugal, les îles Galápagos, recueillant et examinant des spécimens. Belinda espérait que son père vive vieux ; ni le mariage ni les enfants ne l'intéressaient et elle voulait que sa vie continue ainsi aussi longtemps que possible. Lorsque son père finirait par mourir, un jour qui pour elle se situait très loin dans le futur, elle s'imaginait rester dans leur maison et passer ses dernières années dans la solitude de la serre.

Son père, cependant, n'atteignit jamais la vieillesse. Un soir, en rentrant de Harvard, il s'effondra au milieu de Brattle Street en agrippant sa poitrine et mourut d'une crise cardiaque à cinquante-huit ans. Le demi-frère de Belinda, accompagné de sa femme et de ses deux jeunes enfants, vint régler les affaires de Levi et découvrit rapidement qu'il était lourdement endetté. Il n'y avait d'autre solution que de vendre la maison et son contenu pour rembourser la banque. Belinda n'avait plus d'endroit où vivre et aucun moyen de subsistance.

Deux mois seulement après le décès de son père, elle éprouvait encore un profond chagrin lorsqu'elle partit vivre avec James et sa famille à Boston. Son demi-frère était chirurgien et la famille vivait dans une maison de ville dans Back Bay, mais, malgré la taille de sa demeure et ses revenus élevés, il dit à Belinda qu'elle ne pourrait rester que pour une courte période, qu'il lui faudrait se débrouiller seule. Elle avait besoin qu'un homme s'occupe d'elle et c'était le rôle d'un mari, pas celui d'un demi-frère.

Belinda ne voulait pas se marier ; les hommes ne l'intéressaient pas. Pour ses aïeules, le mariage avait toujours été une condamnation à mort – mariage, grossesse, puis la tombe. Elle ne permettrait pas que ça lui arrive, alors James lui dit de se trouver un emploi.

Elle fut quelque temps la dame de compagnie d'une vieille dame qui vivait à Brookline. Celle-ci voulait quelqu'un pour lui faire la lecture, rester avec elle à tricoter, lui préparer de temps à autre une tasse de thé. Mais au bout de seulement un mois, elle se lassa du chagrin de Belinda, de la voir pleurer sur son père et la vie qu'elle avait perdue. La vieille dame renvoya Belinda chez James et il lui procura un poste de gouvernante dans une famille riche, des cousins de sa femme. Ils avaient trois jeunes enfants et Belinda était débordée ; elle était si distraite qu'un après-midi le fils aîné s'enfuit de la maison et faillit être renversé par un tramway.

Belinda n'étant pas faite pour être domestique, James lui loua une chambre dans une pension de Lowell et lui trouva un emploi dans une usine de boutons qui venait d'ouvrir du côté opposé de la rue. Elle n'arrivait pas à suivre le rythme des autres femmes, plutôt gentilles, mais dures, majoritairement des immigrées du sud de l'Europe. Elles essayèrent d'aider Belinda, mais elle était toujours en retard dans son travail et finit par être licenciée.

James la força à rester à la pension et il tenait le compte des loyers qu'il versait afin qu'elle puisse le rembourser plus tard. Elle passait ses journées en entretiens d'embauche, mais elle n'avait ni référence ni expérience. Elle postula pour un emploi dans un grand magasin, mais elle n'était pas assez à la mode. Elle postula dans une boulangerie, mais elle ne savait pas faire le pain et ils ne voulaient pas lui apprendre. Elle tenta de travailler chez un fleuriste ou comme secrétaire, mais personne n'était intéressé.

Une fois par semaine, elle allait dîner chez James. Elle ne l'aimait pas et elle savait qu'il se vengeait d'elle de façon perverse parce qu'elle l'avait évincé de chez lui durant toutes ses années et lui avait volé son père. Elle se rendait malgré tout aux dîners hebdomadaires, cherchant par tous les moyens à s'échapper de la pension miteuse où elle partageait une chambre avec deux femmes et une salle de bains avec six autres. Elle menait une existence misérable et elle prenait grand plaisir à cette heure ou deux chez James, à manger dans de la porcelaine et à boire du vin dans des verres en cristal.

Un soir, ils eurent un invité, Henry Chapel, qui avait été à Harvard avec James. Il avait trente-six ans, comme James, et était vice-président de l'entreprise Chapel Firearms, dans le Connecticut. Son père était quasiment à la retraite, si bien qu'il dirigeait la société et venait souvent à Boston pour affaires. À la fin de la soirée, il demanda à Belinda si elle aimerait assister à un concert la semaine suivante, mais elle répondit que non. Elle était bien consciente de ce qui se passait, savait que James avait arrangé la rencontre avec M. Chapel. Elle ne comprenait pas ce qu'un homme comme lui attendait d'elle, âgée de presque trente ans et réduite à vivre dans la pauvreté. La pension miteuse l'avait elle aussi rendue miteuse et elle ne supportait pas de se voir dans le miroir de l'entrée de la maison de James.

À la fin de la soirée, après qu'elle eut éconduit M. Chapel, James lui dit qu'il arrêterait de payer la pension dans deux mois.

— Et ensuite ? s'enquit Belinda.

— Ensuite, tu devras te débrouiller pour survivre seule.

Belinda ne savait pas ce que ça signifiait. Survivre comment, exactement ? Si elle ne pouvait trouver d'emploi pour régler la pension, devrait-elle vivre dans la rue ? Elle demanda si elle pouvait s'inscrire dans une université pour femmes afin de devenir professeur de sciences, mais James lui dit qu'il ne paierait pas, car il devait se préoccuper de l'avenir de ses enfants. De plus, ajouta-t-il, elle était trop âgée pour l'université.

Elle finit par consentir à sortir avec Henry Chapel. Si elle paraissait faire un effort, peut-être que James accepterait de payer la pension au-delà de la limite qu'il avait fixée. Henry Chapel était un homme ennuyeux qui parlait peu, mais il l'éloignait de sa chambre pour l'amener à des concerts ou des dîners au restaurant. Lors de leur troisième rendez-vous, il lui expliqua qu'il s'était toujours consacré au travail, mais que ses parents le pressaient de se marier et d'avoir un fils qui pourrait un jour lui succéder à la tête de l'entreprise. Elle ne comprit que plus tard qu'il lui faisait une demande en mariage de façon détournée, qu'il devait se marier, mais n'avait pas envie de se tracasser à chercher une femme. Elle était devant lui, était la sœur de son ami, venait d'une famille respectable et il se disait que c'était suffisant. Il semblait ne rien savoir de son passé et ne prit pas la peine de poser des questions.

Les semaines passèrent et James annonça qu'il ne repousserait pas la date butoir. Belinda se demanda s'il la laisserait vraiment vivre dans la rue. Elle en doutait, sans pouvoir en être sûre. Il paraissait suffisamment cruel pour en être capable, mais elle avait malgré tout du mal à l'imaginer. Dans le pire scénario, s'il l'abandonnait à elle-même sans un sou, elle craignait de mourir de faim ou de froid sous un pont. Serait-ce pire que d'épouser Henry Chapel et de probablement mourir en donnant naissance à son enfant ? Elle décida que oui.

Et donc, ils se marièrent.

Voilà les histoires que nous racontait notre mère quand nous étions enfants. Nous savions qu'elle avait passé ses premières années à hurler et qu'elle n'avait jamais voulu épouser notre père. Mais le récit de sa vie s'arrêtait inévitablement le jour de son mariage, comme la majorité des contes de fées. La plupart des enfants n'imaginent pas que leur mère a eu une vie avant eux, mais, pour mes sœurs et moi, c'était l'inverse. Le mariage était toujours la fin de l'histoire. Nous étions l'épilogue.

2

BELINDA avait passé les quatre premières années de sa vie à crier, mais elle avait cessé alors et n'avait plus crié avant d'épouser mon père et d'emménager dans sa maison.

Elle avait toujours ressenti un lien avec le monde des esprits à cause des circonstances qui avaient entouré sa naissance. Lorsque Belinda avait émergé dans le monde, sa mère l'avait quitté ; elles étaient deux esprits entrelacés, l'un entrant et l'autre sortant. Cependant, elle n'avait jamais réellement vu d'esprit avant de venir habiter dans le gâteau de mariage. La maison avait été payée avec le sang et elle voyait les esprits qui la hantaient, nuit après nuit.

Mais au cours des semaines suivant la mort d'Aster, Belinda, pour une fois, demeura silencieuse. L'infirmière resta à la maison, et Belinda sous sédatif. Comme si elle avait bu l'eau du fleuve Léthé et avait oublié Aster. Elle demeurait dans sa chambre et son boudoir nuit et jour, et l'infirmière s'occupait d'elle, lui administrait ses médicaments et lui apportait ses repas sur un plateau qu'elle allait chercher à la cuisine.

Belinda était plus à l'écart de la famille que jamais. Elle s'était toujours tenue à la périphérie de nos vies, mais, désormais, sa chaise dans la salle à manger était perpétuellement vide et les nuits, calmes, sans cris pour nous réveiller, sans hurlements devant la procession des esprits, les cow-boys et les Indiens, les femmes de pionniers, les esclaves en fuite et les soldats.

Je n'aurais pas cru que les médicaments puissent agir ainsi sur elle, débarrasser les corridors hantés de son cerveau dérangé, allumer les lumières et ôter les toiles d'araignée, ouvrir une porte pour laisser entrer un peu d'air frais.

Les médicaments agissaient de façon magique, mais au bout de deux semaines, l'infirmière déclara que Belinda allait devoir s'en sevrer sous peine de risquer d'en devenir dépendante. Notre père avait déjà assez de problèmes comme ça avec Belinda, qu'elle soit hantée ou souffre d'une maladie mentale. Il ne voulait certainement pas qu'elle devienne de surcroît dépendante de médicaments, mais songer à Belinda sans traitement dans le sillage de la mort d'Aster était effrayant. Je l'imaginais incontrôlable, poussant des cris aigus dans toute la maison tel un chien enragé, même s'il n'y avait pas eu de précédent. Les crises de Belinda étaient largement circonscrites à l'espace confiné de sa chambre, mais nous nous attendions tous à ce que sa santé mentale se soit détériorée après ce qui s'était produit. Lorsque notre père, avec le Dr Green, prit des dispositions pour que Belinda soit envoyée à Fern Hollow, une clinique psychiatrique privée près de Greenwich afin qu'elle puisse se passer de calmants et se reposer deux ou trois mois, personne n'essaya de l'en empêcher.

— Ç'aurait dû être fait depuis longtemps, dit le Dr Green à Dovey le jour où Belinda fut emmenée. (J'avais surpris leur conversation dans la cuisine.) Depuis des années, ajouta-t-il tandis que Belinda était escortée à l'extérieur sans avoir la moindre idée de l'endroit où on l'embarquait. Pauvre femme.

Mes sœurs et moi, sans être, contrairement à notre mère, sous médicament, étions paralysées par une profonde tristesse qui s'était emparée de nous durant ce que Calla, citant Tennyson, avait qualifié de "juin sans joie". Nous errions de pièce en pièce, prenions nos repas et passions nos journées bien plus lentement que d'ordinaire, nos sens engourdis. Notre maison biscornue avait toujours été une île, mais après la mort d'Aster, on aurait dit que notre parcelle de terrain avait fini par se détacher du reste du Connecticut pour flotter vers la mer.

Nous tombâmes bientôt dans une routine morose. Après le petit déjeuner, nous nous installions dans le salon de devant, Calla sur une chaise près de la fenêtre avec un livre (cet été-là, elle s'était prise de passion pour les romans victoriens) ; Daphne dans un coin, dessinant en silence ; et Rosalind sur un des divans avec ses magazines de mode, même si, la plupart du temps, elle ne faisait rien d'autre que rester là à fixer le sol. Zelie et moi jouions aux cartes ou à d'autres jeux, ou assemblions des puzzles. Si nous faisions trop de bruit, Rosalind nous demandait de nous taire, prétendant que nous lui donnions des maux de tête et, les plus mauvais jours, elle criait : "Pourquoi est-ce que vous n'allez pas dehors ?" en se massant les tempes de façon théâtrale. Un jour, elle attrapa notre jeu de société et balança les pions dans la cheminée, poussant Daphne – qui prenait rarement la défense de quiconque – à la réprimander.

Si Aster avait été vivante, nous aurions compté les jours jusqu'à son retour de voyage de noces, puis nous aurions passé le reste de l'été à Grouse Court pour l'aider à aménager la maison. C'était ce qui était prévu. Je me demandais ce qui allait advenir de la maison coloniale, si Matthew allait y vivre seul ou la vendre. J'imaginais la cabine vide d'Aster et Matthew sur le bateau, toutes les chambres d'hôtel qu'ils avaient réservées en Europe, tous les lits dans lesquels personne ne dormirait sur la Rive gauche de Paris, les canaux de Venise, dans les Alpes. Un chapelet de chambres désertes où Aster aurait dû être.

Les appartements de Belinda étaient eux aussi vides et j'allais parfois m'asseoir sur son lit, jeter un coup d'œil au serpent secret peint sur le mur derrière l'armoire, faire courir mes doigts sur les plumes douces du troglodyte empaillé. ("Ça porte malheur de tuer un troglodyte", m'avait-elle dit un jour, et je m'étais demandé qui avait tué le sien et ce qui était arrivé à cette personne.) J'allais dans son boudoir et regardais ses souvenirs dans la vitrine, m'asseyais à son bureau qui donnait sur son jardin d'agrément. M. Warner s'occupait des massifs débordants de fleurs d'été et j'aurais voulu lui en apporter un bouquet, mais nous n'étions pas autorisées à lui rendre visite. Notre père nous disait de lui écrire des lettres, qui restaient sans réponse.

Je voulais lui demander si elle se sentait coupable de ce que nous avions fait à Aster. Dans ma tête, je continuais de revoir avec force détails des scènes de la semaine précédant le mariage : Aster essayant de m'arracher la robe de demoiselle d'honneur ; les cadeaux de mariage détruits ; la mariée sans tête maculée de mon sang ; et Aster descendant l'escalier dans sa Robe-de-Lune. Heureusement, toutes les preuves matérielles de cette semaine-là avaient disparu. Dovey et la femme de ménage avaient vidé la bibliothèque des filles dans les jours suivant l'enterrement d'Aster et, Matthew n'en voulant pas, les cadeaux de mariage restants avaient été distribués aux pauvres ; M. Warner avait brûlé la robe de mariée et ma robe de demoiselle d'honneur. Seule ma culpabilité demeurait et je me demandais si Belinda éprouvait le même sentiment. Qu'importe que nous ayons eu raison concernant l'horrible chose ; Aster n'avait pas écouté et elle était morte, et tout ce que nous avions réussi à faire avait été de gâcher la dernière semaine de sa vie.

3

JUILLET passa, puis août. Début septembre, quelques jours seulement avant la rentrée scolaire, le sujet de Belinda revint sur le tapis. C'était un samedi soir et Mme O'Connor avait organisé un barbecue de fin d'été sur la terrasse derrière la maison. Elle lui avait donné un air de fête, avait couvert les tables de nappes à carreaux rouges et blancs, attaché des ballons au dossier des chaises et disposé un bouquet de tournesols au centre de la table. Cet été-là, elle avait tenté de nous apporter un peu de gaieté. Nous n'avions pas pris nos vacances à Cape Cod, personne n'était d'humeur à ça, alors Mme O'Connor nous offrait des voyages culinaires à sa façon. Je suppose qu'elle n'avait pas demandé la permission à notre père quand elle s'était écartée de notre menu habituel et avait imaginé une soirée polynésienne (demi-avocat garni de fruits de mer en salade, boissons servies dans des ananas évidés avec des ombrelles en papier) et une soirée française (canard à l'orange, crêpes Suzette). Parfois, elle nous donnait des donuts au petit déjeuner, de la *root beer* au déjeuner et des bols de pop-corn au beurre à emporter dans notre salon pour grignoter après le dîner. Dovey n'était pas en reste. Chaque fois qu'elle allait faire des courses en ville, elle rapportait des piles de magazines, des flacons de vernis à ongles ou des bandes dessinées.

Ce soir-là, Mme O'Connor nous fit griller des steaks hachés et des saucisses de Francfort sur un barbecue à charbon portable. La table était couverte de plats en pyrex colorés garnis de tranches d'épis de maïs, de salade de pommes de terre, de bols de Fritos et de cornichons. Nous eûmes toutes droit à une bouteille de 7Up. Mes sœurs et moi, à l'exception de Calla, remplissions nos assiettes, vêtues pour la dernière fois de nos robes bain de soleil avant qu'elles soient rangées. Cette année-là, nous étions pressées que l'été se termine. Notre père, assis en bout de table, ses bras de chemises roulés, unique concession faite à la belle saison, semblait accablé devant tant d'ingrédients et par le chaos d'un dîner où l'on se servait soi-même ; il tenait un pain à burger dans une main et une tranche de maïs dans l'autre, complètement perdu. Il se décida finalement pour un steak haché sans petit pain, qu'il mangea avec un couteau et une fourchette. Une fois le dîner entamé, il fit une déclaration, d'une voix assez forte pour couvrir les multiples conversations.

— Je veux vous parler de votre mère, dit-il.

— Je ne veux pas qu'elle rentre à la maison, lança Rosalind, se doutant où allait mener la discussion.

Des semaines étaient passées sans que ne soit jamais abordée la question du retour de Belinda.

— Rosalind, ne sois pas si dure, dit Calla.

Elle attrapa sa saucisse et en mordilla l'extrémité ; il n'y avait rien dans son assiette, ni chips ni cornichon. Voir Calla, qui préférait la salade verte, manger ce type de nourriture semblait totalement incongru, comme un personnage d'un tableau de Boticelli lâché au milieu de la fête d'anniversaire d'un enfant.

— Ne me dis pas que tu es désolée pour elle ? rétorqua Rosalind.

Elle était la seule à porter des lunettes de soleil. Ses bracelets en or glissèrent le long de ses bras lorsqu'elle posa les coudes sur la table et, malgré son anxiété flagrante, elle était toujours aussi glamour qu'une star de cinéma.

— Notre mère est enfermée dans un asile. Tu ne peux pas faire preuve d'un peu de compassion ?

— C'est une clinique, intervint notre père. Elle n'est pas dans un asile.

— C'est quoi la différence ? demanda Zelie.

— L'argent, répondit Calla en posant sa saucisse et en essuyant la graisse sur ses doigts, la mine renfrognée.

— Ce n'est pas un personnage d'un de tes romans, répliqua Rosalind.

— Joan Eyre, la femme au foyer malheureuse dans le Connecticut résidentiel, plaisanta Daphne.

Rosalind l'ignora.

— Je sais que c'est tentant de faire de notre mère un personnage de roman. Comme ça, pas besoin de réfléchir au fait qu'elle est complètement folle.

Elle s'avachit sur sa chaise, l'air maussade. Nous avions toujours fonctionné par paires – Aster et Rosalind, Calla et Daphne, Zelie et moi – et, sans sa moitié, Rosalind semblait perdue. Son esprit mordant avait besoin d'une comparse pour fonctionner. Sans Aster, sans les "Oh, Roz", elle n'était qu'une demi-personne, et ses piques devenaient cruelles.

— Je vais vous dire ce que je pense, déclara-t-elle en remontant ses lunettes de soleil sur sa tête et en plissant les yeux. Maman ne s'est pas contentée de prédire ce qui est arrivé à Aster. Elle en est la cause. Et si on la laisse revenir, qui sait ce qui va arriver ensuite.

— Comment elle aurait pu le provoquer ? demanda Zelie, les mains maculées de ketchup.

— Rosalind, dit notre père que le visage bouleversé de sa plus jeune fille avait sans doute poussé à intervenir.

— C'est un poison, voilà comment, dit Rosalind. (Il n'était pas si facile que ça de lui serrer la bride.) Elle nous a infectées avec son poison toute notre vie et ça a fini par tuer Aster.

— Tu sais bien qu'Aster est morte de la grippe, dit notre père.

— La grippe ! (Rosalind eut un rire méchant.) Elle est devenue folle. Nous l'avons toutes vue et nous savons qui a provoqué ça.

— Votre mère n'a rien à voir avec ça, répondit-il, pas spécialement convaincant. Bon, ce que je voulais vous dire (il essayait désespérément de ramener la conversation prévue du bord de la falaise où elle se balançait), ce que je voulais vous dire, c'est que votre mère rentre à la maison lundi. Tout est déjà arrangé.

Rosalind remit ses lunettes de soleil, mais elles n'arrivaient pas à dissimuler sa colère.

— Je croyais qu'elle ne rentrerait pas tant qu'elle n'irait pas mieux ?

— Les médecins disent qu'elle va mieux. Nous avons décidé qu'elle pouvait essayer de revenir à la maison.

— Comment ça, essayer ? demanda Rosalind.

— Ça signifie que Goody Proctor* doit prouver qu'elle n'est pas une sorcière.

— Calla, dit notre père d'un ton sévère en caressant sa barbe auburn. Essayer signifie seulement qu'on verra comment elle s'en sort une fois à la maison.

— Et si elle ne s'en sort pas ? s'enquit Rosalind. Parce que, bien sûr, elle en est incapable.

— Nous lui donnerons à nouveau des sédatifs, répondit notre père. Et si ça ne marche pas…

* Elizabeth Proctor, née en 1652, a été condamnée pour sorcellerie lors du procès des sorcières de Salem, mais la sentence n'a jamais été exécutée.

— Le gibet, lança Daphne.

Notre père lâcha un profond soupir. Il semblait submergé par les attaques de ses filles, comme un homme assailli par des abeilles.

— Nous la renverrons à la clinique. Mais j'espère que vous l'aiderez toutes à se réadapter quand elle rentrera.

— Pas moi, dit Rosalind en se levant, sa chaise grinçant sur les carreaux en ardoise, le ballon orange attaché au dossier rebondissant sur l'arrière de sa tête. J'ai dix-huit ans et je quitterai cette maison dès que j'aurai un endroit où aller.

— Doucement, mon chou, dit Daphne. Tu n'iras nulle part.

— Attends de voir, répliqua Rosalind.

Elle quitta la table et traversa la pelouse en direction du pré avant de disparaître dans les larges rayons de soleil qui filtraient à travers les arbres.

4

UNE fois rentrée de la maison de repos, deux jours plus tard, Belinda se comporta comme à son habitude – séquestrée dans son boudoir la majeure partie de la journée, silencieuse lorsqu'elle prenait parfois ses repas avec nous, criant la nuit. Pour n'importe quelle autre femme, ç'aurait été le signe qu'elle n'arrivait pas à surmonter sa douleur, comme elle devait le faire selon les termes de l'essai. Mais, à notre grande surprise, il s'avéra que la Belinda normale et la Belinda en deuil étaient exactement la même personne.

Mes sœurs, plutôt que d'être soulagées qu'elle se comporte normalement, semblaient contrariées par ce calme relatif, qu'elles trouvèrent rapidement choquant.

— Je ne comprends pas, dit Rosalind un soir où nous discutions dans notre salon. Je ne l'ai pas vue pleurer une seule fois sur Aster. Elle reste assise, impassible, au dîner. Quand je passe devant ses appartements, elle est silencieuse. Elle est capable de s'époumoner pour ces misérables victimes des Chapel qui viennent la visiter chaque nuit, mais elle n'a pas de larmes pour sa fille.

— Peut-être qu'elle pleure Aster dans l'intimité ? suggéra Calla.

— En silence, pour elle-même ? demanda Rosalind, incrédule.

— Maman aime se donner en spectacle, dit Daphne. Si elle sanglotait sur Aster, on le saurait.

Avec mes sœurs, Belinda ne pouvait pas gagner. Qu'importe la façon dont elle se comportait, elle avait tort. Mais je ne pouvais nier que mon soulagement devant l'attitude réservée de ma mère m'avait peut-être empêchée de voir son absence d'émotion manifeste concernant Aster. On aurait pu penser que revenir au gâteau de mariage, là où Aster était née et si récemment morte, aurait provoqué une réaction visible. Je me disais pourtant que nous aurions dû être contentes de son calme, quelle qu'en fût la raison. Je ne savais pas que la raison en serait bientôt évidente.

Vers la mi-septembre, alors que Belinda était de retour depuis presque deux semaines, Calla, Daphne, Zelie et moi rentrâmes de l'école un après-midi et, comme toujours, mes sœurs se précipitèrent à l'intérieur, pressées de se débarrasser de leur uniforme, une jupe écossaise bleu et vert et un chemisier blanc. Quant à moi, je contournai la maison pour me rendre au cimetière familial. Je restai au portail, n'ayant pas le courage d'entrer. Il n'y avait toujours pas de dalle sur la tombe d'Aster, seulement un monticule de terre sur lequel quelqu'un avait posé un bouquet de fleurs d'automne, des crocus violets et des dahlias jaune d'or.

Je restai quelques minutes, puis revins à la maison. Zelie était assise à la table de la cuisine et prenait son goûter, un sandwich au beurre de cacahuètes toasté et un verre de lait. Elle leva les yeux quand j'entrai, sachant d'où je venais.

— Eh bien, ça t'en a pris du temps, dit Mme O'Connor en posant mon sandwich et mon lait sur la table.

Zelie et moi mangeâmes en silence tandis que Mme O'Connor poursuivait la préparation du dîner, abaissant au rouleau de la pâte pour ce qui semblait être une tourte. À cause de ma gorge toujours serrée, j'avais du mal à avaler le beurre de cacahuètes et j'y renonçai.

Après le goûter, nous montâmes faire nos devoirs. Sur le chemin de notre aile, je voulus m'arrêter au boudoir de notre mère et fis signe à Zelie de me suivre. Chaque jour après l'école, j'allais voir si ma mère était encore là et Zelie, curieuse, ne pouvait s'empêcher de vérifier par elle-même. Notre père avait dit que si elle ne réussissait pas l'essai, elle serait mise sous sédatif avant d'être emmenée, mais je n'avais aucun moyen de savoir s'il avait changé d'avis.

Je m'approchai de la porte du boudoir, Zelie sur mes talons, et jetai un coup d'œil à l'intérieur. Belinda était assise sur le divan, une tasse de thé à la main. Elle ne le buvait pas ; elle ne faisait rien, en fait. Je me tournai vers Zelie et hochai la tête pour qu'elle sache que Belinda était là.

Mais au moment où Zelie et moi allions partir, Belinda nous arrêta.

— Vous pouvez entrer, mes petites fleurs.

Zelie et moi retournâmes au boudoir à contrecœur. Nous craignions toutes deux que la retenue de Belinda ne dure pas. Zelie s'assit précautionneusement à l'autre bout du canapé tandis que je m'installai sur une chaise bien rembourrée face à elle, du côté opposé de la table basse.

Belinda, en voyant mon cartable sur la table, demanda :

— Comment s'est passée l'école ?

Venant d'elle, les bavardages maternels n'avaient jamais l'air naturels.

— Je déteste l'école, dit Zelie en fixant Belinda avec curiosité.

Elle était égale à elle-même – robe blanche, cheveux tirés en chignon, quelques mèches s'échappant sur les côtés pour dissimuler ses lobes manquants.

— Et je déteste aussi être à la maison.

— Il doit bien y avoir quelque chose qui te plaît ?

— J'aime jouer du piano.

— J'adorerais que tu joues pour moi de temps en temps, dit Belinda en posant sa tasse sur le guéridon. Et toi, Iris ?

Je lui parlai de ce que j'avais étudié ce jour-là à l'école – français, *Roméo et Juliette*, astronomie. Belinda m'écouta avec un intérêt apparent, mais sans me bombarder de questions. Elle se contenta de hocher la tête.

J'avais envie de l'interroger sur la maison de repos, mais je n'osai pas. Zelie, comme toujours, fut plus hardie, ou du moins plus indiscrète.

— Pourquoi tu te tiens bien ? C'est parce que tu ne veux pas qu'on te renvoie là-bas ?

— Je ne comprends pas de quoi tu parles, ma chérie, dit Belinda.

— On pensait que tu allais pleurer toute la journée. Tu n'as pas l'air d'être très triste pour Aster.

— Bien sûr que je le suis, répondit Belinda. Comme c'est étrange de dire ça.

Le côté droit de la bouche de Zelie se pinça.

— Alors pourquoi tu es si calme ?

— Tu confonds patience et calme, dit Belinda. Aster viendra à moi quand elle sera prête. En attendant, je suis contente de patienter.

Et voilà. Elle pensait qu'Aster lui rendrait visite, se mêlant aux esprits qui venaient chaque nuit dans sa chambre.

— Tu attends le fantôme d'Aster ? demanda Zelie, clairement effrayée.

— Son esprit, la reprit Belinda. J'attends sa visite depuis que je suis rentrée à la maison. Ta sœur est peut-être décédée, mais elle est encore avec nous. J'attends qu'elle me dise qu'elle va bien.

— Pourquoi est-ce qu'elle n'irait pas bien ? la questionnai-je.

— Nous ne savons pas où elle est, dit doucement Belinda. Je déteste ne pas savoir.

Penser à Aster hantant nos corridors avec les autres esprits de Belinda me fit frissonner. Je me levai et me penchai sur la table basse pour récupérer mon cartable.

— Nous ferions mieux d'y aller, maman. Nous devons toutes les deux réviser pour notre devoir d'orthographe.

À peine m'étais-je levée que Zelie s'était dirigée vers la porte et était partie sans un au revoir. J'attrapai mes livres et Belinda s'inclina et saisit mon bras.

— Elle pourrait aussi venir te voir.

Sa main était chaude, presque fiévreuse. Je me dis qu'elle était peut-être au courant de ma rencontre avec la mariée sans tête, mais c'était impossible.

— Tu as essayé de la sauver. On a essayé toutes les deux. Elle le comprendra, maintenant, même si elle ne l'a pas compris avant.

Belinda me fixait de ses yeux d'un bleu hortensia éclatant.

— Tu crois vraiment qu'elle nous rendra visite ?

— Je l'espère.

Zelie me précédait dans le couloir et nous étions toutes deux secouées par la conversation avec notre mère. Puis nous entendîmes les voix de nos sœurs provenant du salon des filles.

— On y a passé tout l'après-midi, dit Rosalind. Pourquoi je devrais apprendre à faire un *apple brown Betty* ? Je n'ai jamais aimé les pommes. Je ne daignerais même pas épouser un homme qui se contenterait de seulement bien les aimer.

Alors que Zelie approchait de la porte, je lui murmurai :

— Ne leur dis pas ce que maman a dit. Elle pourrait avoir des problèmes.

Mais elle ne se retourna pas, ne répondit pas et entra dans la pièce.

Rosalind et Daphne étaient assises sur le rebord de la fenêtre ouverte et fumaient une cigarette. Calla, allongée sur un des canapés, avait les yeux fermés, un linge sur le front. Les robes d'été aux tons vifs avaient été remplacées par des jupes, des chemisiers et des cardigans aux couleurs sombres de pierres précieuses – saphir, grenat, émeraude.

Je m'assis sur le canapé face à Calla, là où l'oreiller et les draps de Rosalind étaient empilés sur un des coussins. Elle dormait désormais là, refusant d'utiliser le lit dans la chambre qu'elle avait partagée avec Aster. Elle n'y allait que pour y chercher des vêtements ou ce dont elle avait besoin pour sa toilette ; le reste du temps, la porte demeurait close.

— Vous étiez où, mécréantes ? demanda-t-elle.

— On est allées voir maman, dit Zelie, s'asseyant par terre aux pieds de Rosalind et Daphne.

— Oh, grommela Rosalind. Comment elle va ?

Zelie hésita un instant et me jeta un coup d'œil avant de se lancer.

— Elle dit qu'elle attend que le fantôme d'Aster lui rende visite. C'est pour ça qu'elle ne pleure pas.

— Zelie ! dis-je.

Rosalind et Daphne se regardèrent, bouche bée ; Calla ôta le linge de son front et s'assit. Je soufflai pour signifier ma désapprobation, mais Zelie était trop occupée à retenir l'attention pour le remarquer.

— Je le savais ! s'écria Rosalind.

Elle écrasa sa cigarette et la jeta par la fenêtre ouverte.

— C'était évident qu'elle tramait quelque chose, dit Daphne.

— Elle ne trame rien, protestai-je. Elle espère qu'Aster viendra lui rendre visite, c'est tout.

Je ne voulais pas avoir l'air de m'empresser de prendre la défense de Belinda, mais elle avait eu raison auparavant – quelque chose d'horrible était arrivé à Aster. Je ne comprenais pas pourquoi elles continuaient à la mépriser.

— Inutile d'en parler à quiconque, ajoutai-je en espérant que mon père ne découvrirait pas ce qu'elle avait dit. Ce n'est rien. Zelie exagère.

— Mais non !

— Bien sûr que non, mon pétale, dit Rosalind en se penchant pour lui tapoter la tête. C'est du maman tout craché.

Zelie se tourna vers moi, d'un air satisfait et suffisant. Elle était assise aux pieds de Rosalind ; elle avait besoin d'une reine des abeilles et, Aster n'étant plus là, c'était Rosalind.

— Je croyais que tous les fantômes qui visitaient maman avaient été tués par des carabines Chapel, dit Zelie. Alors pourquoi est-ce qu'elle s'attend à ce qu'Aster lui rende visite ?

— Ma petite Zelie, dit Rosalind. Ne cherche pas de logique dans les divagations d'une folle.

— Elle n'est pas folle, la coupai-je.

— Elle est folle à lier, reprit Rosalind. Mais vous avez des points communs, alors tu ne t'en rends pas compte. (Elle me fixa, me mettant au défi de la contredire.) Vous avez œuvré de concert en juin, ça ne fait aucun doute, ou tu as oublié ? Je peux t'assurer que nous, on n'a pas oublié.

Elle prit une nouvelle cigarette dans le paquet de Lucky Strike de Daphne et l'alluma.

— Ça ne s'est pas passé comme ça.

— Ah bon ?

— Elle avait raison pour Aster.

— Alors je suppose qu'elle a encore raison. Vous pouvez accueillir le fantôme d'Aster toutes les deux cette nuit et vous rappeler le bon vieux temps.

Calla se prit la tête dans les mains et commença à se balancer d'avant en arrière au bout du canapé, semblant au bord d'une crise. Elle émettait des sons gutturaux qui finirent par prendre la forme de mots.

— Non, dit-elle doucement, puis plus fort : Non, non. Arrêtez !

— Calla, bon sang, qu'est-ce qui se passe ? demanda Rosalind, agrippant à deux mains le rebord de la fenêtre où elle était assise, se préparant à de nouvelles horreurs.

— Notre sœur n'est pas un fantôme, souffla Calla dans un sanglot.

— Bien sûr que non, dit Rosalind tandis que Calla se ruait hors de la pièce.

— Ça pourrait faire un poème, déclara Daphne. Notre sœur n'est pas un fantôme/Notre mère est une folle de médium. Vous voyez, tout le monde peut être poète. (Daphne prit la cigarette des mains de Rosalind.) Heureusement, on ne manque pas de sources d'inspiration ici. Si Keats vivait avec nous, il s'en donnerait à cœur joie.

— Une bonne chose que Keats soit mort, alors, dis-je en sortant à la suite de Calla.

5

Ce soir-là, après avoir mangé la tourte au dîner – Calla était absente et personne ne parla à notre père de la révélation de Belinda –, j'attendis que Zelie soit endormie avant d'installer ma chaise de bureau près de la fenêtre de notre chambre. Je calai un oreiller dans mon dos et drapai une couverture sur mes genoux. Ce n'était pas confortable, mais ça ferait l'affaire.

L'obscurité était totale au-dehors, aucune lumière ne provenait de nulle part. Je regardai en direction du cimetière familial, mais je ne vis rien. Belinda espérait qu'Aster lui rendrait visite et mes sœurs trouvaient l'idée risible – comme toujours, j'étais coincée quelque part au milieu. Mais si Aster venait, je ne voulais pas être endormie. La mariée sans tête m'avait terrifiée et je n'avais pas envie de ce genre de rencontre avec Aster, qu'elle s'approche de moi et me surprenne en pleine nuit.

Je restai sur la chaise jusqu'au matin, le bois dur n'offrant aucun confort, à observer l'extérieur, guettant le moindre signe d'activité. Malgré mes efforts pour rester éveillée, je m'assoupissais de temps à autre, la joue reposant sur la vitre. Mais rien ne se produisit.

La seconde nuit, démoralisée à l'idée d'affronter à nouveau d'interminables heures sur la chaise, je pris une lampe de poche dans la cuisine et l'utilisai pour lire sous ma couverture un des *Alice détective* de Zelie.

Je restai éveillée deux nuits d'affilée et toutes deux se terminèrent de la même façon, l'aube éclairant le ciel à travers les feuilles jaunissantes des arbres, la brume d'un matin d'automne descendant. Il n'y eut pas de visite d'Aster et je ne savais pas si je devais être déçue ou soulagée.

Je m'habillais pour l'école avant que Zelie ne se réveille ; elle avait un sommeil de plomb et je savais qu'elle ne se douterait pas un instant que je ne dormais pas dans mon lit. En descendant prendre mon petit déjeuner, je m'arrêtais voir ma mère, qui était habituellement assise dans son lit, caressant du doigt le dos de son troglodyte, la douceur des plumes l'apaisant.

— Elle t'a rendu visite ? demandais-je, l'enviant de pouvoir rester au lit quand moi, mon lourd cartable à la main, je devais partir à l'école après avoir très peu dormi.

— Non, disait Belinda, ses cheveux blancs relâchés tombant plus bas que ses épaules. Et toi ? me demandait-elle, et je secouais la tête avant de descendre manger mes cornflakes, les yeux larmoyants.

Je restai éveillée chaque nuit pendant une semaine, puis deux, ayant une nouvelle fois succombé aux sortilèges de

Belinda. C'était vraiment le sentiment que j'avais, celui de succomber, comme si ma mère avait placé un chiffon trempé de chloroforme sur mon visage, m'expédiant non pas dans le sommeil, mais dans un autre monde, son monde, où je commençais à considérer les choses à sa manière.

Les nuits se suivaient, et Aster ne venait pas. Mais je ne voulais pas renoncer ; d'une certaine façon, j'étais de plus en plus convaincue de son arrivée imminente. Il y avait des signes encourageants. Une nuit, je m'endormis et me réveillai en sursaut, persuadée que quelque chose m'avait frôlée, me faisant frissonner ; une autre, j'entendis le bruissement d'une jupe dans le couloir. Certaines nuits, je me réveillais soudainement, non pas à cause d'une sensation physique ou auditive, mais d'une odeur dans mon nez, celle du parfum à la lavande d'Aster. Le matin, j'avais parfois le sentiment d'avoir été avec elle, d'avoir pris plaisir à sa compagnie chaleureuse, même si je ne l'avais pas vraiment vue.

La nuit, je vivais dans le monde de Belinda, celui des morts, mais, durant la journée, à cause du manque de sommeil, tout autour de moi semblait flou. La clarté du soleil et les lumières de l'école me faisaient mal aux yeux ; je suivais à peine ce que mes professeurs disaient en classe et ils étaient gentils avec moi, la fillette frappée par le deuil. Tandis qu'ils écrivaient au tableau des équations mathématiques, des mots de vocabulaire et d'importantes dates historiques, je mourais d'envie de dormir. Le sommeil ressemblait au grattement d'une souris derrière un mur, excepté que les murs étaient dans ma tête. *Scratch, scratch*. Je l'entendais toute la journée, mais n'arrivais pas à l'atteindre.

Un jour, en cours de géographie, j'entendis ma professeur m'appeler par mon nom :

— Iris Chapel ? (Sa voix provenait de l'extrémité d'un tunnel sombre.) Mademoiselle Chapel, vous allez bien ?

Des rires de filles me parvenaient. Ce n'est qu'en ouvrant les yeux que je compris que je m'étais endormie sur mon bureau. Ma professeur m'envoya dans le bureau de la principale, non pas pour me punir, mais parce qu'elle s'inquiétait.

La principale, Mlle Hawkins, avait été professeur d'histoire avant sa récente promotion.

— Vos professeurs me disent que vous vous endormez en cours, dit-elle.

Elle ne devait pas avoir plus de quarante ans, ses cheveux blonds mi-longs enroulés vers l'intérieur, vêtue d'une robe moulante couleur rouille agrémentée d'une ceinture léopard. Je me demandai si elle était mariée et regardai son annulaire, qui était nu. Elle était comme Millie Stevens, ma professeur de piano, qui avait choisi de faire autre chose de sa vie que d'avoir une famille, le genre de femme que ma mère aurait voulu que soit Aster. Si Aster avait choisi cette voie, elle ne serait peut-être pas morte.

— Iris ? dit Mlle Hawkins.

— Oui, répondis-je, oubliant un instant où je me trouvais.

— On me dit que vous n'êtes pas attentive en classe et semblez distraite. C'est vrai ?

— J'imagine, répondis-je avec l'envie de me glisser dans l'espace sombre sous son bureau et de m'y endormir.

— J'ai connu votre sœur quand elle était élève ici. Une fille tellement charmante, gentille et intelligente. Je suis terriblement désolée. Ça va, vous tenez le coup ?

Je haussai les épaules.

Mlle Hawkins prit une chemise marron et feuilleta les quelques pages qu'elle contenait. Ce devait être mon dossier, mais je m'étais assez peu distinguée à l'école de filles Seward, en bien ou en mal.

— Voulez-vous voir la conseillère scolaire ?

— J'ai du mal à dormir, c'est tout, affirmai-je pour essayer de dissiper ses inquiétudes. J'ai eu des insomnies toute ma vie. Demandez à n'importe qui.

En général, je n'étais pas du genre à mentir, mais elle m'avait acculée.

— Je vois, dit-elle, en refermant le dossier. Iris, je veux bien être compréhensive, mais si ce comportement persiste, je vais devoir appeler votre mère.

Je ris à cette pensée. Allez-y, songeai-je, en essayant de ne pas rire à nouveau. Ce serait probablement plus facile d'avoir le président Truman au téléphone.

Mlle Hawkins me fixait par-dessus son bureau, prête à rendre son jugement.

— Et si je vous emmenais à l'infirmerie pour que vous vous étendiez un moment ? dit-elle, provoquant chez moi une vague de bonheur.

Elle me conduisit dans la petite pièce sans fenêtre au bout du couloir. Une table d'examen blanche était poussée contre un mur et, sur le mur opposé, des étagères étaient garnies de pansements, de flacons d'aspirine et de boîtes de serviettes périodiques. L'infirmière me fit signe de m'allonger sur la table puis tira une couverture sur moi et me dit de dormir. Elle referma la porte et je l'entendis parler à Mlle Hawkins dans le couloir.

— C'est une des filles Chapel, dit Mlle Hawkins.

— Pauvre petit agneau, répondit l'infirmière.

— Vous avez su ce qui a tué la fille aînée ?

— L'amie d'une amie travaille au cabinet du Dr Green à Bellflower Village. Apparemment, ils ne savent pas. C'est assez mystérieux.

Les talons des femmes s'éloignèrent en claquant dans le couloir. C'est assez mystérieux, me répétais-je, comprenant que c'était ainsi que l'on parlait de nous dans notre dos. Tout le monde semblait savoir qu'Aster n'était pas vraiment morte de la grippe.

Je fermai les yeux et tombai rapidement dans un profond sommeil – ni rêve ni fantôme. Je nageais dans le noir, me sentant réconfortée par cette obscurité, jusqu'à ce qu'une voix m'appelle :

— Iris ?

Pour toute réponse, je criai. Pas un sursaut, pas un tressaillement, mais un cri à pleine gorge, comme un enfant pour Halloween. J'avais cru que j'étais dans ma chambre et qu'Aster m'appelait. Mais ce n'était que l'infirmière m'informant que la journée était terminée et qu'il était temps de rentrer à la maison.

Une file de véhicules stationnait devant le portail et j'étais certaine que chacun d'eux était conduit par une mère, excepté le nôtre.

— Dépêche-toi, me dit Dovey, vu que j'étais la dernière à monter dans la voiture. J'ai des courses dans le coffre.

— Alors on ne peut pas aller manger une glace ? demanda Zelie, comme si ça avait pu être une option.

Aster avait été la seule à nous sortir ; sans elle, nous avions cessé d'aller manger des glaces ou voir des films au cinéma. Zelie regrettait amèrement cette époque, mais ce n'était pas le rôle de Dovey de prendre la place d'Aster et de nous divertir. Avoir perdu Aster était comme avoir perdu une mère, et il était clair que Rosalind était incapable de la remplacer.

Comme je n'avais aucun cours avec mes sœurs, elles n'étaient pas au courant de ma sieste à l'infirmerie. Sur le trajet, elles parlèrent, tout excitées, d'une fille qui, apparemment, avait amené un garçon au réfectoire et avait été exclue temporairement. Cette fille était le scandale du jour ; que j'aie été envoyée dans le bureau de la principale n'avait même pas fait l'objet d'une rumeur.

Nous tournâmes dans le chemin qui menait chez nous, roulant sous une marquise de branches d'arbres ; pour y voir, Dovey devait faire marcher les essuie-glace afin de débarrasser le pare-brise des feuilles. Juste après le virage au bout de l'allée, je sentis ma gorge se serrer à la vue de la maison, ce tas que formait le gâteau de mariage dans sa splendeur délabrée.

Lorsque la voiture s'arrêta, mes sœurs, comme toujours, se précipitèrent dans la maison et, quand elles furent à l'intérieur, je fis le tour jusqu'au cimetière familial et ouvris le portail. Je posai mon cartable sur le sol et m'assis jambes croisées sur le monticule de terre qui recouvrait Aster. Un morceau de papier était glissé sous une pierre, un vers tiré d'une pièce, de la main de Calla.

pressés dans mon cœur, comme des fleurs dans un livre
henry wadsworth longfellow

Je remis le papier à sa place sous la pierre, heureuse de savoir que je n'étais pas la seule à lui rendre visite. Les crocus et les dahlias avaient disparu du monticule, remplacés par un bouquet d'asters d'automne rose foncé.

— J'aimerais que tu rendes visite à maman, dis-je à Aster en décrivant des cercles dans la terre avec un bâton. Elle a peur que tu n'ailles pas bien.

Au fond de mon cœur, je savais que si Aster ne venait pas bientôt, la santé mentale de Belinda allait à nouveau s'effilocher. Ça avait déjà commencé, les premiers fils avaient lâché.

Je m'allongeai sur la terre, mon cartable servant d'oreiller, et fixai les arbres au-dessus, écoutant les feuilles tomber avec un léger bruit. Je croisai mes mains sur mon ventre pour être dans la même position qu'Aster, six pieds en dessous.

— Bon sang, qu'est-ce que tu fais ?

La voix de Rosalind me tira du sommeil. En ouvrant les yeux, je fus surprise de constater qu'il faisait presque nuit.

Elle me prit la main, m'arracha à la terre et m'escorta jusqu'à la maison, puis à la salle à manger où le reste de la famille, y compris Belinda, était réuni pour le dîner.

— Je l'ai retrouvée dehors. Elle dormait sur la tombe d'Aster.

— Tu es toute sale, dit Zelie en fronçant le nez.

— Iris, dit mon père. Mais qu'est-ce qui t'a pris ?

J'étalai ma serviette sur mes genoux, éludant sa question, n'ayant aucune réponse à y apporter. Je jetai un coup d'œil à Belinda en piquant ma côtelette de porc avec une fourchette. Elle tendit la main et ôta une brindille de mes cheveux emmêlés.

— Tu sais qu'elle n'est pas là-bas, me dit Belinda et, bien qu'elle l'eût dit doucement, Rosalind, à l'autre bout de la table, avait entendu.

— Éclaire-nous, maman, dit-elle. Si Aster n'est pas dans sa tombe, alors où est-elle ?

— Son corps est enterré, dit Belinda. Mais pas elle.

En entendant parler d'Aster enterrée, tout le monde avait cessé de manger. Ils regardaient tristement leur assiette ou ma mère et moi au coin de la table. Belinda ne s'était pas coiffée ; ses cheveux relâchés n'étaient pas brossés et, comme le matin, la peau sous ses yeux était terreuse.

— Tu sais, maman, dit Rosalind. Tu devrais installer un stand au bord de la route. Tu t'appellerais *Madame Belinda, la médium.* Je suis sûre que les gens te paieraient grassement pour tes visions dans l'au-delà.

Elle rit, imitée par Daphne.

— Et n'oublie pas son assistante, ajouta celle-ci en me regardant.

Mon père et mes autres sœurs me regardaient aussi et je me détournai, gênée.

Je passai une soirée interminable dans le salon des filles, jouant silencieusement à un jeu avec Zelie pour ne pas attirer l'attention sur moi. Rosalind se peignit les ongles avec Touche de Rose de Revlon, puis lut le dernier numéro de *Mademoiselle*, gardant tout le temps un œil sur moi jusqu'à ce qu'elle se mette enfin à bâiller, ce qui signifiait que nous devions quitter le salon afin qu'elle puisse dormir.

Malgré mes problèmes à l'école, je poursuivis ma veillée nocturne : couverture, oreiller, lampe de poche, *Alice détective.* Zelie se réveilla inopinément tôt le lendemain matin ; je m'étais endormie sur ma chaise et elle me secoua pour me tirer du sommeil, me toisant. Je sursautai en la voyant dans sa chemise de nuit bleue avec ses longs cheveux châtains.

— Tu as dormi là toute la nuit ? demanda-t-elle, en regardant par la fenêtre la direction vers laquelle était tournée ma chaise pour savoir ce qu'on voyait de là. Maman dit qu'elle n'y est pas, ajouta-t-elle en retournant se coucher.

La nuit de la pleine lune, je terminai le dernier roman des étagères de Zelie – *Alice et l'ombre chinoise* – et éteignis ma lampe de poche. Je ne me souvenais pas de la moitié de ce que j'avais lu, mais tourner les pages m'occupait. Je fermai les yeux quelques instants pour qu'ils s'habituent à l'obscurité et, lorsque je les ouvris, je vis quelque chose dehors.

Une silhouette blanche, éclairée par la lune, marchait dans le cimetière familial. La chair de poule hérissa ma peau comme une éruption cutanée. Je me levai, faisant tomber la lampe et le livre.

— Qu'est-ce qui se passe ? marmonna Zelie avant de se retourner et de se rendormir.

Mon instinct me soufflait de me cacher dans mon lit, mais c'était impossible. Je n'étais pas certaine de ce qui se trouvait dehors, mais ça aurait pu être Aster. J'ouvris la porte de la chambre aussi doucement que je pus. J'entendis le léger ronflement de Rosalind provenant du salon en longeant le couloir à pas feutrés vers l'escalier.

L'aile de mes parents était plongée dans le noir et j'avais beau être tentée de réveiller ma mère, je ne voulais pas lui donner de faux espoirs avant d'être sûre. Je m'arrêtai en haut des marches, guettant le grincement de la porte d'entrée. Si elle s'ouvrait, je courrais me mettre à l'abri dans la chambre de Belinda.

Au bout de plusieurs minutes passées à écouter le tic-tac de la pendule de l'entrée sans percevoir le moindre grincement, je décidai de descendre, fermement agrippée à la rampe de peur de trébucher. Je ne voyais rien, mais je finis par trouver mon chemin à tâtons jusqu'à la porte d'entrée, la trouvant déverrouillée et légèrement entrouverte. Je la poussai, laissant pénétrer l'air frais automnal, et je réalisai que je n'avais ni pull ni manteau, pas même un peignoir par-dessus ma chemise de nuit rose pâle et que je ne portais pas de chaussures. Ne voulant pas perdre de temps à remonter, je dévalai les marches du porche et fis le tour de la maison en courant, mes pieds s'écrasant avec un bruit mou dans la froide humidité de l'herbe.

La silhouette était toujours dans le cimetière familial, une forme floue au clair de lune. Je fis un pas en avant, puis un autre, jusqu'à atteindre le portail. Quand il s'ouvrit en couinant, la silhouette se retourna et dit :

— Aster ?

Je vis alors que c'était ma mère. C'était elle, le fantôme.

— Maman, sifflai-je en me tournant vers la maison. Qu'est-ce que tu fais là ? Tu vas avoir des problèmes.

— Aster ? répéta-t-elle d'une voix frêle et pleine d'espoir.

— Non, c'est Iris.

Elle se rapprocha de moi, empoigna le haut de mes bras. Ses yeux débordaient de terreur. J'avais vu ce regard la nuit précédant le mariage. *Ils viennent nous chercher, Iris. Fuis !* C'était la même terreur que j'avais lue dans les yeux d'Aster à l'instant de sa mort.

— C'est Iris, dis-je, désireuse de la ramener à la réalité, incapable de supporter son regard. C'est Iris, répétai-je. C'est Iris !

Lentement, elle se mit à me fixer, une de ses filles, mais pas celle qu'elle voulait voir.

— Je sais qu'elle n'est pas là, finit par dire Belinda, d'une voix lasse. Mais je devais en être sûre. Je sentais son parfum la nuit dans la maison, mais c'est fini maintenant.

— Son parfum ? demandai-je, et Belinda hocha la tête.

Elle aussi l'avait senti. Je ne pouvais pas l'avoir imaginé. Aster s'était trouvée dans la maison.

Elle me lâcha et manqua s'effondrer. Je tendis la main et la retins.

— Tout va bien, maman.

— Non, ça ne va pas. Je suis à la maison depuis presque un mois et toujours aucun signe d'elle. J'ai besoin de savoir, dit Belinda, sa voix se fêlant.

Elle n'avait pas pleuré durant toutes ces semaines et ça venait enfin. Je me détournai, sachant que c'était mauvais signe.

— J'ai besoin de savoir qu'elle va bien, gémit-elle.

Je persuadai Belinda de rentrer à la maison avec moi ; aucune de nous ne portait de chaussures ou de veste. J'allumai dans l'entrée et nous laissâmes une traînée de terre de la porte au haut de l'escalier. Je la guidai dans le couloir jusqu'à sa chambre.

— Je vais chercher une serviette, murmurai-je, mais elle se mit au lit les pieds sales et tira la couverture sous son menton.

Elle ne m'y invita pas, mais je me glissai près d'elle. Je me nichai contre son corps, essayant de me réchauffer. Je n'étais jamais allée dans sa chambre au milieu de la nuit et je me demandai si les esprits des morts des Chapel nous encerclaient. Si c'était le cas, elle ne montrait aucun signe qu'elle les voyait. Les yeux grand ouverts, elle fixait le plafond.

— Maman ? dis-je, mais elle ne répondit pas.

Je fourrai ma tête dans le creux de son bras et m'endormis.

Au matin, m'abandonnant avec délice à la sensation d'un lit avec des oreillers et des draps qui me changeait de ma chaise en bois dur, je m'enroulai dans les couvertures, respirant leur chaleur. J'avais vaguement conscience du corps de ma mère près du mien, mais j'étais encore dans un demi-sommeil confus, les événements de la nuit précédente loin de mes pensées.

Les yeux toujours fermés, je tentai de me rendormir, mais le lit se mit à vibrer légèrement. J'ouvris un œil et vis Belinda, les mains sur le visage. Elle pleurait en silence.

— Ma fille adorée, dit-elle.

Je parvins à m'extirper des draps emmêlés et à m'asseoir.

— Aster était là ? demandai-je en posant la main sur le bras de Belinda et en parcourant la pièce des yeux.

En dehors de nous, elle était vide, mais j'étais emplie d'espoir ; la seule chose à laquelle j'arrivais à penser, c'était qu'Aster était venue visiter Belinda durant la nuit et qu'au moins, notre calvaire serait terminé.

— Non, elle n'était pas là, dit Belinda. Elle ne viendra pas.

— Elle viendra, ajoutai-je, le désirant vraiment.

Belinda se découvrit le visage et s'essuya les yeux du dos de la main, ayant cessé de pleurer.

— Elle est loin maintenant. Je ne la sens plus.

— Peut-être qu'elle était en colère après nous à cause de ce qu'on a fait ?

— Non, ma petite fleur. Je sais que quand elle est morte elle a compris pourquoi nous l'avions fait. Elle ne nous en a aimées que davantage.

— Comment tu le sais ?

— J'ai ce qu'on pourrait appeler un don. Je l'ai toujours eu. Ma mère me l'a transmis en mourant. Je ne sais pas si elle l'avait elle-même, mais grâce à elle, j'ai toujours su des choses, senti des choses dont les autres ne sont pas conscients. Dans cette maison, par exemple, je vois chaque nuit des esprits que personne d'autre ne voit.

— Les victimes des Chapel.

— Ils sont attirés par cette maison, par les ténèbres qui l'habitent. Mais j'ai fini par me dire qu'ils ne nous veulent aucun mal. Je crois qu'ils désirent seulement être vus. Je devrais être heureuse qu'Aster ne soit pas ici, qu'elle soit partie pour un lieu de lumière et pourtant…

Quelque chose à l'intérieur d'elle-même se brisa, je le vis. La terreur scintilla dans son regard et je sus que le moment était venu. Elle était sur le point de devenir enragée.

— Tout va bien maman, dis-je de ma voix la plus apaisante, essayant de la ramener.

— Je ne peux pas supporter la douleur de ne plus jamais la revoir, dit-elle, et un immense nœud de souffrance s'échappa d'elle.

Jamais je n'avais entendu un cri aussi puissant. Elle se tenait la tête à deux mains, les veines du cou et du front gonflées, le visage rouge, la bouche ouverte si grande qu'une volée d'oiseaux aurait pu en sortir ; ce son était infernal et il se prolongea, son corps contracté par la force de cet énorme cri à la Edvard Munch, absolument terrifiant.

Je basculai hors du lit et me réfugiai dans un coin de la chambre, les mains sur les oreilles.

— Arrête ! criai-je, mais elle ne s'arrêta pas. Maman, calme-toi !

Son cri avait dû pénétrer chaque recoin de la maison et j'étais certaine que la porte était sur le point de s'ouvrir. Mon instinct me dictait de me précipiter pour la fermer à clé afin de protéger ma mère, mais, avant que j'en aie le temps, elle s'ouvrit à la volée et mon père entra, vêtu pour la journée de son costume marron. Il m'agrippa par le poignet et me guida jusqu'à la porte où Rosalind se tenait sur le seuil. Elle aussi était habillée, coiffée et tirée à quatre épingles, et elle prit mon bras des mains de mon père comme si j'étais un témoin qu'on se transmettait. Quand je fus hors de la chambre, il referma la porte, étouffant les cris, et Rosalind dit :

— Viens, Iris, c'est la fin.

6

UNE nouvelle infirmière vint vivre avec nous. Elle travaillait sous la supervision du Dr Green et semblait parfaitement disposée à garder Belinda sous véronal pour une période indéterminée. Belinda prenait un sédatif le soir et dormait paisiblement jusqu'au matin. Elle n'attendait plus Aster, n'avait plus de visites des victimes des Chapel, ne hurlait plus. Notre père ne voulait plus qu'elle fasse de cauchemars, comme il les appelait. Il voulait qu'elle soit assommée, perdue dans un endroit où les rêves étaient impossibles.

Elle ne prenait pas de calmants durant la journée, à moins qu'il soit nécessaire qu'elle reste tranquille, mais il y avait des effets secondaires, et par conséquent elle n'était généralement lucide que pour de courts laps de temps, et même dans ces moments-là, elle n'était pas elle-même. Elle devint comme un fantôme, là sans être là, qui nous hantait.

L'infirmière, qui avait une chambre au deuxième étage à côté de celle de Dovey, surveillait Belinda tout le temps qu'elle restait éveillée et Rosalind me surveillait. Je n'avais plus le droit d'aller sur la tombe d'Aster et, la nuit, je devais laisser la porte de ma chambre ouverte afin qu'elle puisse vérifier que je dormais dans mon lit. D'une manière ou d'une autre, les adultes de ma famille savaient ce que j'avais fait :

rester éveillée toute la nuit, m'endormir en classe, conspirer avec Belinda.

Rosalind eut son permis de conduire (le nombre de fois où elle l'avait passé n'inspirait pas une grande confiance dans ses compétences de conductrice) et elle commença à nous sortir. Nous allâmes visiter une plantation de potirons, ramasser des pommes et voir un match de football américain à Yale. Nous nous éloignions lentement du rêve fiévreux de ces quelques semaines durant lesquelles j'avais été ensorcelée par Belinda, mais bien que personne ne le mentionnât, je savais qu'elles n'avaient pas oublié.

Un jour, après l'école, Rosalind nous emmena manger une glace au village malgré la fraîcheur, au grand ravissement de Zelie. Avant de m'autoriser à rejoindre mes sœurs, Rosalind m'accompagna quelques portes plus loin chez le Dr Green.

— Je ne suis pas malade, dis-je.

Rosalind ouvrit la porte et la tint pour moi.

— Ça ne prendra que quelques minutes, dit-elle et, comme je ne bougeais pas, elle ajouta : C'est papa qui a pris le rendez-vous et je ne crois pas qu'il sera très content si tu refuses d'entrer.

Elle m'attendit dans la salle d'attente pendant que la secrétaire me conduisait au cabinet du médecin et refermait la porte, me laissant seule avec lui. La pièce était sombre, lambrissée de bois, avec une unique petite fenêtre, et une lampe était allumée en plein milieu de la journée. Quand j'entrai, le Dr Green se leva de derrière son bureau et désigna une chaise en face de lui. Son bureau était couvert de livres et de papiers et, près de son téléphone, sur un carré de papier paraffiné, se trouvait un sandwich au corned-beef entamé.

— Comment te sens-tu ? demanda-t-il et, en le regardant, je ne pus m'empêcher de me rappeler le jour de la mort d'Aster, quand il avait serré l'épaule de Matthew en disant : "J'ai trois filles. Elles peuvent être fragiles."

— Très bien, dis-je d'un ton revêche.

— Bien, dit-il en se reculant légèrement sur sa chaise et en joignant le bout de ses doigts devant son visage.

— Pourquoi je suis là ?

— Ton père m'a demandé de te parler. Il s'inquiète de l'influence que ta mère pourrait exercer sur toi. Il m'a appris que tes sœurs avaient tendance à l'ignorer, mais pas toi. Il pense que tu pourrais toi aussi commencer à croire aux fantômes.

— Je n'en suis pas sûre, dis-je, refusant de m'engager dans un sens ou dans l'autre. Elle avait raison en disant que quelque chose allait arriver à Aster. Je ne comprends pas pourquoi personne ne l'écoute jamais.

Il me scrutait depuis l'autre côté de son bureau avec une expression qui disait : "Et voilà, on y est." Il regarda son sandwich au corned-beef, réalisant qu'il ne pourrait pas le terminer aussi vite qu'il l'avait espéré.

— Tu penses donc que ta mère est une source d'informations fiable ?

— Aster est morte. Elle l'avait prédit.

Il se pencha en avant, posant ses coudes sur le bureau, le visage grimaçant.

— Elle n'a rien prédit du tout. Je veux que tu comprennes que ta mère est malade. Elle est malade dans sa tête.

— Mais elle a averti tout le monde…

— Mademoiselle Chapel, que fait-on quand quelqu'un est malade ?

Je détestais la façon dont il me parlait, comme si j'étais une enfant.

— On lui donne des médicaments.

— Exact. Si quelqu'un a une infection, je lui prescris de la pénicilline. Il n'existe aucun remède pour ce qui ne va pas chez elle, mais je peux faire en sorte qu'elle se sente mieux. Je peux faire disparaître ses souffrances. Je suis devenu médecin pour que les gens arrêtent de souffrir, tu comprends ? Elle n'a plus peur. Elle n'a plus à s'inquiéter que ta sœur erre dans les couloirs à sa recherche.

— Ça ne l'inquiétait pas. Elle voulait qu'Aster lui rende visite. Elle…

— Arrête ça tout de suite. Les fantômes n'existent pas. Je suis médecin et je me suis souvent trouvé au chevet de gens au moment de leur mort. Quand j'étais dans l'armée, je pratiquais des autopsies. Tu sais ce que c'est ?

— Oui.

— Quand quelqu'un est mort, il est mort. Il est au ciel, œuvrant pour le Seigneur. Les morts ne sont pas ici à Bellflower Village à errer au milieu de la nuit pour nous filer une trouille bleue. Ils sont dans un autre endroit, un endroit bien meilleur où nous finirons tous par aller. Tu comprends ? Parce que sinon…

— Je comprends, dis-je, ne voulant pas qu'il finisse sa phrase.

Je n'avais pas envie de savoir quel sort serait le mien si je m'aventurais plus avant sur le chemin que j'avais emprunté.

Il se redressa, m'examinant de son regard de médecin, pas très certain de devoir me croire. J'avais acquiescé affreusement vite, ce qui me faisait honte, mais je ne voulais pas qu'on me drogue ou qu'on m'envoie à Fern Hollow comme Belinda. Me disputer avec lui, qu'importe qu'il ait tort, qu'importe que je le déteste, ne ferait qu'aggraver ma situation.

— Je comprends, répétai-je, pour m'assurer qu'il avait entendu.

— Bien. (Il lorgna son sandwich.) Si tu as des pensées inquiétantes, tu peux venir m'en parler. Tu comprends ?

— Oui.

Il se leva et fit le tour du bureau.

— Tu es une bonne fille, dit-il en me tapotant doucement le dos.

Il me renvoya dans la salle d'attente et ferma la porte de son cabinet ; il était probablement en train de manger son sandwich et d'appeler mon père pour lui faire un compte rendu ; la santé mentale des femmes Chapel, c'était comme la météo, ça changeait tout le temps.

— Tout va bien ? dit Rosalind par-dessus le dernier numéro de *Glamour*.

Je hochai la tête et souris, sachant que c'était ce qu'on attendait de moi. On ne pouvait pas faire confiance à Rosalind, elle l'avait prouvé.

— Bien, dit-elle, et nous sortîmes. J'espère que tu as compris la leçon, ajouta-t-elle alors que nous partions rejoindre nos sœurs.

— Quelle leçon ?

— Que notre mère est folle et que si tu ne fais pas attention, tu vas finir comme elle.

Rosalind me devança chez le glacier, me laissant seule sur le trottoir, piquée au vif par ses paroles. À travers la vitrine, je vis Zelie à une table avec Daphne et Calla, une énorme coupe de crème glacée recouverte de sauce au chocolat devant elle. Elle s'enfournait la glace dans la bouche et riait à quelque chose que Daphne avait dit. Pour la première fois depuis longtemps, elle avait l'air heureuse.

ROSALIND

1951

1

Fin octobre 1950, Paramount sortit *La Chapel 1870 : l'arme qui a conquis l'Ouest.* Avec Jimmy Stewart et Janet Leigh dans les rôles principaux, le film racontait l'histoire de la légendaire carabine à répétition Chapel, produite pour la première fois en 1870 et utilisée dans le génocide des Amérindiens au cours des dernières années de la prétendue conquête de l'Ouest américain.

Deux autres fabricants d'armes du Connecticut affirmaient que c'était les leurs qui avaient conquis l'Ouest, en particulier la Winchester modèle 1873 et le Colt Peacemaker, mais la Chapel 1870 était arrivée en premier. Mon père était très fier d'avoir été distingué par Hollywood et, pour marquer la sortie du film, il loua le cinéma de Bellflower pour toute une semaine. Les ouvriers de l'usine Chapel furent autorisés à prendre un après-midi de congé cette semaine-là pour aller voir le film et les habitants du village et les cadres de l'entreprise étaient invités à le voir le soir. L'entrée était gratuite, ainsi que les friandises et les boissons, une extravagance notable pour mon père si économe qui généralement n'aimait pas attirer l'attention sur lui ou sa famille.

À peine quatre mois après la mort d'Aster, mes sœurs et moi n'étions pas aussi enthousiastes que nous l'aurions normalement été à propos d'un film célébrant notre nom de famille, mais la perspective de le voir était malgré tout excitante, inutile de le nier. Le soir de la première, notre père nous amena avec lui au cinéma afin que nous puissions accueillir les cadres de chez Chapel et leur famille à leur arrivée. Belinda n'était pas là, heureusement – un film à la gloire des carabines Chapel aurait sans aucun doute provoqué chez elle un arrêt cardiaque.

Sa femme étant absente pour la première, il était important pour notre père d'avoir ses filles à ses côtés afin de donner l'image du chef de famille exemplaire à la vie domestique pleine d'amour. Sur l'insistance de Calla, nous portions des robes noires achetées la veille dans une boutique de Greenwich. Toujours très victorienne, Calla affirmait qu'il serait de mauvais goût d'apparaître vêtues de couleurs si tôt après la mort d'Aster. Le résultat des conseils vestimentaires de Calla ne fut pas de nous faire apparaître toutes les cinq unies dans le deuil, mais chacune très élégante dans nos robes noires et nos chaussures assorties.

C'est l'allure qu'avait Rosalind dans sa robe noire arrivant aux genoux, un collier de perles autour du cou, une touche de rose sur les lèvres, qui attira probablement le regard de l'homme qu'elle épousa cinq mois plus tard.

Peter Tollman était le vice-président haut placé d'un quelconque service chez Chapel Firearms et travaillait pour mon père depuis plus de vingt ans. Il amena sa femme, Adele, à la première du film et Adele amena son cousin. Je le vis avant même qu'il nous soit présenté, car il était plus grand que tous les hommes dans le hall du cinéma de Bellflower. Même tête et pieds nus, il aurait été plus grand que tout le monde, mais il se trouve qu'il portait des bottes et un chapeau de cow-boy et qu'il dominait l'assistance.

Le hall était bondé de cadres accompagnés de leurs femmes et de leurs enfants, tous discutant avant le film, les adultes dégustant du vin, les enfants du Coca-Cola. L'homme au chapeau de cow-boy en fit le tour ; il lui fallut un moment pour atteindre mon père, mes sœurs et moi qui étions du côté opposé de l'entrée, Zelie et moi perchées sur les marches qui menaient au balcon. De mon poste légèrement en hauteur, je pus voir le chapeau fendre la foule tel l'aileron d'un requin jusqu'à ce qu'il se tienne enfin devant nous en compagnie de Peter et Adele.

— J'aimerais vous présenter mon cousin, Roderick Whiteley, dit Adele, avec sa coupe au carré blonde lissée et ses fines rides qui dessinaient sur son visage une carte des plus délicates. Il vient du Texas.

— Mais je suis né dans le Connecticut, Adele. Tu l'oublies toujours, dit chaleureusement Roderick en serrant la main de mon père.

Roderick n'était pas spécialement beau, mais il était saisissant, avec ses lèvres pleines constamment ouvertes qui révélaient deux grandes incisives qui, bien qu'elles ne pointent pas en avant, me rappelaient Bugs Bunny. Et il avait des muscles saillants, son pantalon en toile moulant ses cuisses et ses mollets ronds, son blazer marron foncé bien ajusté sur ses épaules et ses biceps. Il portait ce qui était, je l'apprendrai plus tard, une cravate bolo et ressemblait plus à un collier qu'à une cravate, un médaillon en argent en forme de bison attaché à une cordelette marron foncé. À l'époque, je ne savais pas s'il s'habillait toujours ainsi ou si sa tenue était censée s'accorder au thème de la soirée. Dans le hall, on le regardait comme s'il était un personnage du film venu en faire la promotion.

— C'est un tel honneur de vous rencontrer, monsieur, dit-il à notre père, et Zelie et moi échangeâmes un regard, sachant ce qui allait suivre, comme chaque fois qu'un jeune homme qui avait fait la guerre se trouvait en présence de notre père.

Nous avions l'habitude d'entendre des histoires de batailles, des plages d'Europe aux îles du Pacifique. Pour Zelie et moi, elles ressemblaient toujours à des contes de fées, la carabine Chapel tel un dragon envoyé pour tuer l'ennemi dans des pays lointains. Ces jeunes gens parlaient de la façon dont ils avaient tenu la carabine dans leurs mains calleuses, jour après jour, mois après mois, année après année, l'arme étant l'unique objet entre eux et la mort, et ils disaient que rencontrer l'homme derrière cette arme, c'était comme rencontrer son ange gardien ou même Dieu. Roderick ne fit pas exception.

— J'étais dans la 82e aéroportée, dit Roderick à mon père, sans que rien ne lui ait été demandé, comme s'il apportait un témoignage. Je me suis accroché à ma carabine Chapel comme à un chapelet, je l'avais à la main quand je priais, sur les genoux quand je mangeais, j'ai tué quelques Italiens avec. (Il se tourna vers mes sœurs et moi.) Pardonnez-moi, mesdemoiselles, mais c'est ça, la guerre.

Mon père, profitant de cette interruption dans l'histoire, se tourna pour nous présenter, en commençant par Rosalind.

— Voici ma fille aîn… (Puis il se reprit.) Voici ma fille Rosalind.

Roderick souleva son chapeau, révélant des cheveux bruns épais et ondulés.

— Mademoiselle Rosalind Chapel, dit Roderick en prenant sa main dans la sienne et en secouant la tête d'un air stupéfait. J'ai du mal à m'en remettre. Une autre Chapel en vrai, et celle-ci d'une telle beauté.

Il lui sourit, dévoilant le reste de ses dents de mammouth.

Rosalind fit bouffer ses cheveux de sa main libre. Les hommes qui venaient voir mon père avaient tendance à se confondre, comme des soldats de plomb sur une étagère ; l'histoire de Roderick n'était pas très différente et il est probable que Rosalind ne l'avait pas remarqué avant qu'il lui prenne la main de façon si intime.

— Votre cousin est absolument charmant, dit-elle à Adele.

— N'est-ce pas ? répondit Adele. Beaucoup trop pour son propre bien, parfois, ajouta-t-elle en poussant Roderick vers Calla et Daphne, à qui il serra mécaniquement la main, et enfin à Zelie et moi afin d'en finir avec les présentations.

— Comment va, les filles ? dit-il tandis que nous lui faisions un petit signe de la main depuis les marches.

C'était sérieux, ce "comment va ?", me demandai-je, il y a vraiment des gens qui parlent ainsi ?

— Sans vouloir vous offenser, mademoiselle Chapel, dit Roderick en revenant à Rosalind, votre père fait grand tort au pays en utilisant des GI, des sportifs et des cow-boys dans ses campagnes publicitaires alors qu'il a un groupe de filles si charmantes. Je vous garantis, les filles, que vous feriez vendre ces carabines comme des petits pains.

Le visage de Rosalind s'ouvrit comme une rose ; elle aimait tellement être vénérée.

— Vous êtes trop aimable, dit-elle en se tournant pour sourire à Calla et Daphne qui avaient l'air de s'ennuyer.

Le supposé charme de Roderick ne semblait pas les troubler. Rosalind porta la main à son cou et entortilla sa rangée de perles autour de ses ongles rubis. Elle et Roderick se regardèrent si longtemps que c'en devint gênant, d'autant plus que notre père était juste à côté. Celui-ci, pendant ce temps, essayait d'avancer le long de la file de personnes qui attendaient pour le saluer ; Adele et Peter, remarquant la situtation, entraînèrent Roderick vers le bar pour prendre un verre de vin.

Le compte à rebours démarra ce soir-là. Rosalind avait dit qu'elle serait la prochaine – la prochaine à se marier, c'est-à-dire la prochaine à mourir. Pour les sœurs Chapel, il deviendrait bientôt manifeste qu'il n'y avait pas grande différence.

2

Le film était atroce, pensais-je, bien moins bon qu'*Annie, la reine du cirque*, dans lequel, au moins, il y avait le personnage d'Annie Oakley, des chansons et de la danse. *La Chapel 1870* n'était qu'un ramassis d'hommes avec des armes, qui semblaient n'avoir pas pris de bain depuis des mois et traversaient à cheval des paysages de western en technicolor. Le décor était la seule chose qui retenait mon attention, tous ces safrans et ces ambres que nous n'avions pas chez nous, les mesas, les profonds canyons, Shiprock et le ciel infini. Mais cette splendeur était gâchée par les scènes de bataille et les destructions causées par la Chapel 1870, tous ces corps empilés dans la terre rouge.

La carabine à répétition Chapel était la véritable star de *La Chapel 1870*, comme le suggérait le titre du film. Avant l'invention de la carabine à répétition, les armes n'étaient chargées que pour un seul tir ; la carabine à répétition, elle, permettait de charger plusieurs cartouches dans le magasin et de tirer sans interruption. Avant les armes à feu telles que la Chapel 1870, le genre de massacres montrés dans le film était impossible. Voilà sur quoi reposait la réussite de la famille Chapel : la mort massive. J'étais contente que Belinda ne soit pas là pour voir ça.

Après le film, les coups de feu résonnant toujours dans ma tête, nous nous emmitouflâmes dans nos manteaux et nos écharpes pour parcourir les deux pâtés de maisons jusqu'au Meadow & Main, le grill de Bellflower Village. Mon père et les Tollman rejoignirent des cadres de chez Chapel autour d'une table ronde au centre de la salle à manger. Calla et Daphne réquisitionnèrent une table pour deux dans le coin près du bar tandis que notre père nous força, Zelie et moi, à nous installer avec Roderick et Rosalind, à leur grande consternation. Ils étaient assis l'un en face de l'autre, une bougie dans un pot en verre rouge vacillant entre eux ; la table, à cause de l'énorme appétit de Roderick, était couverte de plats blancs remplis de steaks, de homards et de crabes, et d'assiettes de pommes de terre sous toutes leurs formes – bouillies, en purée, à la lyonnaise.

Il se présenta comme un pétrolier natif du Connecticut ; les origines familiales de ses deux parents étaient profondément ancrées dans cet État. Lorsqu'il avait dix ans, son père avait emmené sa famille – Roderick, ses deux jeunes frères et leur mère – au Texas afin qu'il puisse travailler pour Gulf Oil. Il réussit formidablement bien et créa rapidement sa propre entreprise, Whiteley Petroleum. D'après ce qu'en disait Roderick, sa famille semblait avoir gagné énormément d'argent. Ils avaient conservé une maison à Darien, sur Contentment Island Road, tout près du détroit de Long Island, où ils se rendaient dès qu'ils en avaient l'occasion – durant les vacances d'été, pour Noël et Pâques. Ils sautaient sur la moindre opportunité de quitter Midland, au Texas, dont Roderick disait que la culture du monde civilisé était totalement absente.

Étant inscrit en troisième cycle d'ingénierie à Yale, Roderick vivait à l'année dans le Connecticut, bien que ce fût temporaire. Il habitait sur le campus durant la semaine et passait les week-ends dans la maison de vacances de sa famille. Lorsque nous le rencontrâmes, il était à Yale depuis un an et demi et la date marquant la fin de ses études, en juin, et son retour au Texas, où il reprendrait son emploi dans l'entreprise familiale, dont il prendrait la succession dans quelques années, approchait.

— Vous savez que je rêve de complètement plaquer Midland ? dit Roderick, sa cuillère fendillant la surface d'une crème brûlée. Je vivrais dans le Connecticut et je travaillerais à New York et je ferais quelque chose de totalement différent de ma vie, loin du pétrole.

— Alors pourquoi ne restez-vous pas ici ? demanda effrontément Rosalind.

Elle avait plongé sa cuillère dans la crème brûlée de Roderick, alors qu'elle avait dit ne pas vouloir de dessert. Zelie et moi, pendant ce temps, engloutissions une énorme part de moelleux au chocolat garni de glace à la vanille et d'un coulis de framboises, nous dépêchant de manger avant que quiconque ne remarque la quantité qui nous avait été servie.

— La vérité, c'est que ce serait de la folie d'abandonner ce que mon père a bâti. Là-bas, j'ai de quoi me construire une vie. Changer le plomb en or et tout le tintouin. J'ai acheté une maison, vous voulez la voir ?

Il sortit de son portefeuille une photographie pliée. Il la passa d'abord à Rosalind, puis à Zelie et moi. C'était un ranch avec un énorme chêne devant, entouré de ce qui semblait être des hectares de terre nue. Je pouvais distinguer l'horizon de chaque côté de la maison, une terre plate rejoignant le ciel au loin.

— C'est là que vous vivrez quand vous rentrerez chez vous ? demanda Rosalind.

— Pas encore. Je l'ai achetée avant de venir ici à l'université. Regardez, dit Roderick en montrant l'espace vierge autour de la maison, il y a plein de place pour construire des écuries.

— Pour des chevaux ? dit Zelie, la bouche pleine de gâteau.

L'idée semblait la ravir.

— Oui, madame, pour des chevaux.

— Je ne suis jamais montée à cheval, dit Zelie.

— Alors vous n'avez pas encore vraiment vécu, dit Roderick. Vous pouvez venir me rendre visite quand vous voulez. Considérez ça comme une invitation permanente à Palomino Road.

— Palomino Road, répéta Rosalind d'un air rêveur. Ça a l'air d'un monde à des lieues d'ici.

— Oh, c'est sûr, répliqua Roderick. C'est une autre planète.

Il rangea la photographie dans son portefeuille et, pendant que les tables étaient débarrassées, il demanda à Rosalind si elle voulait l'accompagner à un concert de musique classique le lendemain après-midi. Elle accepta avec enthousiasme, allant jusqu'à dire qu'elle adorait ce genre de musique.

— C'est pas vrai, lança Zelie. Tu nous as dit que la musique classique c'était pour les vieux qui sont durs d'oreille.

Rosalind la foudroya du regard.

— Ça devait être Daphne.

— Donc nous avons un rendez-vous, dit Roderick en adressant un sourire éclatant à Rosalind avant de se pencher vers Zelie et de murmurer d'un air conspirateur : la prochaine fois, ce sera du jazz. Elle aime le jazz ?

Il fit un clin d'œil et remit son chapeau de cow-boy.

3

LE concert de musique classique fut le premier de nombreux rendez-vous au cours des semaines suivantes. Roderick emmenait Rosalind à des fêtes et des repas chez ses cousins où chacun apportait son écot – il avait des cousins dans tout le Connecticut, leurs maisons émaillant le paysage avec la même fréquence que les stations-service. Pour ma part, j'étais contente que Rosalind soit plus souvent loin de la maison. Quand elle n'était pas là, il n'y avait personne pour m'espionner, pour me rappeler par une suite sans fin de regards contrariés qu'elle pensait que j'étais folle et allais de plus en plus mal.

Après ses rendez-vous, elle entrait nonchalamment dans le salon des filles, traînant dans son sillage le froid hivernal, des flocons de neige friables pris dans ses cheveux et son col, une odeur de pin et de fumée (cheminée et cigarette), des relents de vin dans son haleine. Elle parlait de ce qu'ils avaient mangé, de la cuisine italienne à Watertown ou des raviolis chinois à New Haven, et de ce qu'ils avaient fait ensuite, un club de jazz ou un chocolat chaud dans un café douillet. Comparée à ses soirées à l'extérieur avec Roderick, notre vie semblait plus morne encore : nos longues journées à l'école, nos dîners de couleur marron – ragoût de bœuf, pain de viande, hachis parmentier – et nos soirées coincées à la maison, l'obscurité de l'hiver nous enveloppant comme une écharpe serrée autour du cou ; contrairement à celui de Rosalind, notre hiver ne scintillait pas de neige et de lumières chatoyantes ; il n'avait pas l'odeur de feux ronflants et de boissons chaudes ; il traînait une odeur de chagrin, une odeur de renfermé, de moisi qui s'accrochait aux planchers et aux tapis et nous empêchait de respirer.

Il nous fallut endurer notre premier Noël sans Aster et, à l'arrivée de la nouvelle année, nous fûmes soulagées de voir 1950 reléguée dans le passé. Nous saluâmes l'arrivée de 1951 avec du champagne dans le salon des filles ; Roderick nous avait apporté une bouteille de Moët & Chandon, et même Zelie et moi fûmes autorisées à en boire une gorgée.

Au début de cette nouvelle année, Roderick et Rosalind se virent pratiquement tous les jours. Roderick avait offert à Rosalind un ticket de sortie et, fin janvier, ils étaient fiancés. Le mariage serait une autre sorte de ticket, plus permanent, et il avait beau être pour Midland, au Texas, Rosalind en mourait d'envie. Elle était déterminée à s'accrocher au wagon Roderick – même si la métaphore est peut-être un peu trop évidente pour un homme qui donnait toujours l'impression de descendre d'un wagon à bestiaux, voilà l'éternelle image que j'ai de lui.

Ils avaient prévu de se marier le 31 mars, tant que la famille de Roderick était encore dans le Connecticut pour les vacances de Pâques. Un mariage en mars n'était pas follement romantique, mais juin était hors de question – le mois de juin serait à jamais celui d'Aster. Et en avril et mai, Roderick allait être occupé par ses examens. Ce serait donc le dernier jour de mars. Rosalind et Roderick vivraient dans la maison de vacances des Whiteley à Darien jusqu'à ce qu'il obtienne son master à Yale, puis, pour leur voyage de noces différé, ils feraient le trajet du Connecticut au Texas dans la Cadillac de Roderick, dormiraient dans des motels de bord de route aux piscines turquoise chatoyantes et mangeraient des hamburgers dans des drive-in. Lorsqu'ils finiraient par rejoindre les plaines nues de Midland, ils s'installeraient à Palomino Road où ils rempliraient les étables de chevaux et auraient la fille que Rosalind voulait (une seule). Rosalind nous informa que la petite fille serait prénommée Aster Rose.

Tout était arrivé si vite – la cour, les fiançailles, les projets de mariage et l'avenir déployé devant eux tel un banquet sur une table, une table que tout le monde imaginait si longue qu'on ne pouvait en voir le bout. Cela semblait trop tôt, le mariage et la mort d'Aster datant de moins d'un an, mais personne n'osa le mentionner. Rosalind, comme l'un des chevaux de Roderick, galopait droit devant elle avec confiance et nous savions ce qui se produirait si nous osions nous mettre en travers de son chemin.

“Moi et ma fiancée, l'enfant de Nouvelle-Angleterre” chanta Roderick le soir des fiançailles sur un air de honky-tonk; il avait vingt-huit ans, Rosalind dix-neuf. Nous étions réunis dans le salon le soir le plus glacial de janvier, la neige fouettant les fenêtres et le feu peinant à nous réchauffer. Belinda fit une brève apparition, puis s'excusa, prétextant une migraine.

— Oh, Roddy, dit Rosalind, assise avec grâce sur ses genoux. (Elle l'embrassa sur la joue et lui ôta son chapeau.) Tu me rends si heureuse, juste au moment où je pensais ne plus jamais pouvoir l'être.

Elle mit le chapeau sur sa tête et il tomba si bas que la moitié de son visage disparut.

4

Les deux mois précédant le mariage s'écoulèrent sans aucun événement notable, ce qui en soi était remarquable. Ce qui était arrivé à Aster était inimaginable et il était inimaginable que ça se reproduise. Même Belinda avait accepté les fiançailles de sa seconde fille sans faire d'histoire, bien que cela ne comptât pas vraiment, sa capacité à faire des histoires ayant été émoussée par le véronal que lui administrait l'infirmière Marsh. Celle-ci vivait toujours avec nous pour donner des sédatifs à Belinda le soir et la surveiller durant la journée.

Rosalind avait prévu un mariage plus simple que celui d'Aster: pas de demoiselles d'honneur, pas de garçons d'honneur. Seuls la famille et quelques amis proches avaient été invités. Il y aurait une cérémonie à l'église de Bellflower Village suivie d'une réception à l'hôtel Cream. Rosalind avait acheté une robe discrète qu'elle gardait, avec tout ce qui était nécessaire au mariage, dans la maison de vacances des Whiteley, loin de chez nous. Bien que Belinda fût perpétuellement sous sédatif et que je me sois bien tenue, j'imagine qu'elle ne voulait pas prendre de risque. Il n'y avait aucun signe du mariage chez nous, à l'exception de la malle qu'elle avait remplie et qui attendait dans le couloir de notre aile. Rosalind avait abandonné l'université pour filles de Darlow et elle était si occupée par les préparatifs que nous la voyions rarement. On aurait dit qu'elle était déjà partie.

Les vacances de printemps débutèrent environ une semaine avant le mariage. La fin mars fut clémente cette année-là, pointant la tête comme le plus doux des agneaux et nous amenant vers l'époque la plus enivrante de l'année, quand les jours rallongent et les fleurs pâles recouvrent les arbres, quand les tourments des mois d'hiver fondent telle la Méchante sorcière de l'Ouest. Survivre à un hiver en Nouvelle-Angleterre était toujours un exploit ; cette année-là encore davantage que d'habitude, semblait-il.

Lorsque le temps se radoucit, la pierre tombale d'Aster fut posée dans le cimetière familial. Elle ne portait que son prénom et, en dessous, une fleur d'aster en forme d'étoile ciselée dans le granit. Notre père avait refusé de l'abandonner totalement aux Maybrick, mais il ne pouvait évidemment pas non plus la désigner comme Aster Chapel. Dans la mort, elle n'appartenait visiblement à personne.

Les vacances scolaires apportaient comme un air d'été. Rosalind n'était jamais là, Calla s'était installée dans la bibliothèque des filles pour écrire un recueil de poésie et Daphne passait la majeure partie de ses journées avec son amie Veronica Cream, dont la famille possédait l'hôtel où se tiendrait la réception de mariage de Rosalind. Daphne papillonnait entre l'hôtel et la maison, la mère de Veronica les conduisant. Zelie et moi étions donc livrées à nous-mêmes. Nous traînions dans la propriété, observant notre royaume émerger de l'hibernation ; j'apportais mon cahier de croquis et mes crayons et Zelie avait toujours un de ses romans policiers.

Un jour, au début de cette semaine-là, je sortis seule pendant la leçon de piano de Zelie. Pour ma part, j'avais fini par abandonner le piano et décidé de me consacrer aux beaux-arts. Je dessinai un moment près du jardin de Belinda, tout en tulipes et jonquilles, puis j'allai à la mare aux grenouilles où les arbres, avec leurs récents bourgeons verts, se reflétaient à la surface de l'eau. Je tentai de reproduire le miroitement du soleil sur le gris trouble.

Pendant que je dessinai, j'entendis des rires à travers les arbres, un gloussement aigu de petite fille.

— Zelie ? criai-je.

Sa leçon n'était pas censée être terminée, mais ça ne pouvait être personne d'autre. De toutes mes sœurs, seule Calla était à la maison, et elle était en train d'écrire à l'intérieur. De plus, elle riait rarement.

Un écureuil fila près de moi et je commençai à l'ajouter à mon dessin. Mais j'entendis de nouveaux rires.

— Zelie ? Arrête de faire l'idiote.

Pas de réponse. Je posai mon carnet, me levai et contournai la mare en direction du bruit. J'allai vers le pré à travers les arbres qui l'encerclaient et fus soudain inondée de rose en entrant dans un bosquet de cerisiers en fleur, une forêt incarnate.

Les rires provenaient de la droite. J'avançai doucement dans cette direction, ne voulant pas faire de bruit et ne sachant pas qui riait. Au bout de quelques instants, je vis Daphne, que je ne savais pas à la maison, et Veronica qui avaient étalé une couverture entre deux cerisiers. Daphne, me tournant le dos, était assise sur une souche d'arbre tandis que Veronica, que je voyais à peine, était assise sur la couverture face à elle.

Comme je ne voulais pas qu'elles me repèrent, je me glissai derrière le tronc d'un érable tout proche d'où je pouvais voir Veronica. Elle portait une jupe en lin toute simple assortie aux fleurs de cerisier. Au-dessus de la taille, elle ne portait rien, son chemisier et son soutien-gorge abandonnés sur la couverture près d'elle. Elle avait les bras tendus derrière elle, les mains posées sur la couverture, qui la soutenaient comme un chevalet. Le dos arqué, la tête rejetée en arrière, les yeux fermés, elle s'imprégnait du soleil qui filtrait à travers la voûte de fleurs roses au-dessus d'elle, la peau de son torse crémeuse, ses longs cheveux noirs en désordre relevés, ses lèvres couleur corail.

Daphne, son carnet de croquis sur les genoux, dessinait la silhouette presque nue de Veronica. De temps à autre, elle lui disait quelque chose que je ne pouvais pas entendre et elles riaient toutes deux. Puis Daphne marmonna quelque chose et Veronica se redressa, croisant les mains devant elle. Ses seins étaient gros et lourds, avec de larges aréoles assorties à la couleur de sa jupe et aux fleurs des arbres, du rose pâle sur la palette, avec une touche de blanc. Lorsqu'elle s'assit, je pus voir ses épaules osseuses et délicates.

Les mains sur l'écorce de l'arbre, le visage pointant de derrière le tronc, j'avais peur que l'une d'entre elles ne m'aperçoive, mais je n'arrivais pas à partir. Daphne tourna une nouvelle page de son carnet et se mit à dessiner en silence. Veronica, les yeux à nouveau fermés, la tête en arrière, baignait dans la lumière rose. Elle se prélassait sous le regard de Daphne, sans savoir qu'elle avait aussi toute l'attention du mien, que deux paires d'yeux glissaient sur son corps.

Aucune de nous trois ne bougea durant un long moment ; j'aurais pu rester là toute la journée à observer Veronica.

Daphne finit par se lever et je reculai, craignant d'être surprise. Mais elle ne se tourna pas vers moi. Elle posa son carnet de croquis et avança vers Veronica, et toutes deux s'agenouillèrent face à face. Daphne tendit la main et écarta les mèches de cheveux égarées sur le visage de Veronica, puis elle se pencha et l'embrassa sur la bouche. Elle embrassa son cou, puis descendit jusqu'à ses seins ; j'étais incapable de regarder et me détournai, sentant une pointe de jalousie inattendue. Mon visage était brûlant, mon cœur battait si vite que j'avais l'impression d'être sur le point de m'évanouir. Je m'agrippai plus fermement à l'arbre, l'écorce rugueuse bienvenue pour contrebalancer mon vertige. Je voyais les romans scabreux de Daphne depuis des années dans le salon – *Vixen, Sin on Wheels, Women at War** – mais je croyais que ce n'étaient que des histoires d'amour vulgaires. Et c'est bien ce qu'ils étaient, je suppose, mais d'une nature très différente de ce que je pouvais imaginer.

Lorsque je regardai à nouveau dans leur direction, Veronica était couchée sur le dos. Daphne lui ôta sa jupe et la jeta puis, toujours vêtue de son short et de son chemisier, elle rampa sur elle et elles se remirent à rire. Je ne savais pas ce qu'elles faisaient, mais je ne pouvais observer plus longtemps. Je rebroussai chemin et sortis du bosquet de cerisiers, le bruit de leurs rires remplacé par les doux gémissements de Veronica.

5

Après ça, je me promenai un bon moment au cœur de la forêt, là où personne ne pourrait me voir, le visage brûlant si longtemps que j'avais peur qu'il demeure ainsi, à jamais enflammé.

Dans la maison, j'entendis Zelie jouer du piano, ce qu'elle faisait généralement pendant deux heures après sa leçon. Je

* *Vénus, Péché sans retenue, Femmes en lutte.*

savais toujours quelle était son humeur en fonction de ce qu'elle choisissait de jouer. Avant la mort d'Aster, elle adorait les chansons des spectacles de Broadway et des films – *The Surrey with the Fringe on Top*, *When You Wish upon a Star** – mais elle avait pris un virage mélancolique à l'automne, répétant (ou du moins essayant) *La Sonate au clair de lune* de Beethoven et *Consolations* de Liszt.

Tandis que je montais dans l'aile des filles, elle jouait *La Marche nuptiale* de Wagner. Elle était en colère parce que Rosalind ne voulait pas de demoiselles d'honneur pour son mariage et son choix musical était peut-être destiné à la faire culpabiliser, bien qu'elle ne fût pas là pour l'entendre. Je passai devant l'aile de ma mère, m'inquiétant de ce que cette musique pourrait réveiller en elle, et je fus satisfaite de constater que sa porte était fermée pour sa sieste de l'après-midi.

Je glissai la tête par l'ouverture de la bibliothèque des filles où Calla était penchée sur un bureau face à la fenêtre, en train d'écrire. Une bougie vacillait sur une coupelle en étain bien que la pièce soit inondée de soleil.

— Qui est là ? demanda-t-elle sans lever les yeux.

— Iris.

— S'il te plaît, dis à Zelie d'arrêter de jouer cette musique sordide, dit-elle.

Je n'en avais nullement l'intention. Si Calla voulait que Zelie arrête, elle pouvait le lui dire elle-même.

Je longeai le couloir de l'aile des filles en passant devant la porte close de la chambre d'Aster et Rosalind. Derrière moi, quelqu'un bondissait dans le couloir. Je me retournai et vis Daphne tourner au coin, son carnet de croquis et ses crayons

* Tirés respectivement de la comédie musicale *Oklahoma* et de *Pinocchio*.

serrés dans sa main. Cette vision inattendue me fit à nouveau rougir. M'avait-elle vue les espionner, elle et Veronica ? Je ne le pensais pas, mais, face à elle, je paniquai.

— Qu'est-ce qui ne va pas chez toi ? dit-elle en entrant dans sa chambre et en posant ses affaires sur son bureau.

Depuis le seuil, je la regardai enlever son short et enfiler une jupe noire.

— Rien, affirmai-je, acceptant peu à peu qu'elle ait une vie secrète dont je ne savais rien.

Je pensais qu'elle et Veronica passaient leurs après-midi à fumer des cigarettes et à écouter des disques. Je n'aurais jamais pu imaginer la vérité.

Devant le miroir, Daphne peignait ses cheveux, ou ce qu'il en restait. Au premier signe du printemps, elle était allée chez le coiffeur et avait échangé sa coupe au carré banale contre une coupe courte dégradée spectaculaire. Si ses cheveux avaient été rouges plutôt que bruns, elle aurait ressemblé à une allumette. Le jugement de mon père avait été bien moins imaginatif – "On dirait un garçon", avait-il dit, le dégoût perceptible dans sa voix. Je me souvins d'elle couchée sur Veronica et je fermai les yeux comme si ça pouvait faire disparaître l'image. J'avais beau essayer de toutes mes forces, tout ce que je voyais, c'était leurs membres nus entrelacés, leurs ventres collés l'un à l'autre.

J'ouvris les yeux et vis Daphne qui me faisait face, affichant un sourire narquois.

— T'es bizarre, ma petite, dit-elle en passant devant moi pour sortir. Je vais à l'hôtel avec Veronica, lança-t-elle par-dessus son épaule. Si quelqu'un demande (personne ne le ferait), je serai de retour pour le dîner.

Lorsqu'elle fut hors de vue, j'hésitai à aller voir le carnet de croquis qu'elle avait laissé, mais Zelie apparut à ce moment-là, déclarant que ses doigts étaient engourdis à cause du piano. Elle me supplia de jouer à un jeu avec elle, ce que je fis, à contrecœur.

En descendant dîner, ce soir-là, nous nous arrêtâmes au boudoir de maman. Au cours de l'hiver, notre père nous avait assigné ce travail : aller voir Belinda durant la demi-heure précédant le dîner, puis l'accompagner à la salle à manger.

— Votre mère a besoin de compagnie, avait-il dit en nous confiant cette tâche, sachant probablement que Zelie et moi serions les deux seules de ses filles prêtes à le faire.

Lorsque nous arrivâmes, l'infirmière, assise sur sa chaise habituelle près de la fenêtre, posa son travail d'aiguille ; pressée de prendre congé, elle descendit manger à la cuisine avec Dovey et Mme O'Connor.

— Mes petites fleurs, dit Belinda lorsque l'infirmière fut partie, nous invitant à entrer.

Elle referma le livre qu'elle lisait et nous demanda de nous asseoir. Je pris la chaise face au divan sur lequel elle était assise, mais Zelie se mit à explorer les objets exposés sur les diverses étagères, ces souvenirs du passé de notre mère qui pour elle avaient un attrait infini.

Belinda portait son habituelle robe blanche. Elle était devenue plus mince et plus frêle depuis la mort d'Aster, sa peau avait pris une teinte maladive à cause du manque de soleil. Elle ne sortait pratiquement plus.

— Comment s'est passée votre journée ? nous demanda-t-elle comme toujours.

— On a joué au Cluedo, dit Zelie en attrapant une minuscule boîte en porcelaine dont elle souleva le couvercle.

— Vous adorez ce jeu. Il faudra que je joue avec vous un jour.

— Tu n'aimerais pas, dit Zelie. Ça parle de meurtres.

Depuis que le printemps était arrivé, il faisait encore jour à l'heure du dîner. Nous restâmes silencieuses un moment, la conversation ne coulant jamais très naturellement entre mère et filles, même aux meilleures périodes.

— Tu vas bien, Iris ?

En regardant par la fenêtre, je songeai aux fleurs de cerisiers, mais ne dis rien.

— Je pensais à Rosalind, dis-je, ce qui n'était pas vrai. C'est dur à croire qu'elle va se marier dans une semaine.

J'énonçai une évidence, mais je voulais voir sa réaction quand je mentionnerai le mariage. Jusqu'à maintenant, elle n'en avait eu aucune, à moins que le désintérêt ne compte.

— Oui, elle va partir au Texas, non ? dit Belinda platement, sans manifester la moindre émotion.

J'avais envie de savoir ce qu'elle ressentait réellement, mais la mère que j'avais connue avait disparu, soumise par les médicaments. Des années plus tard, je lirais les lettres d'Emily Dickinson et y trouverais une phrase qui me rappellerait ma mère dans les dernières années de sa vie : "Et me voici dehors avec des lanternes, à me chercher moi-même." J'avais beau être très jeune, je soupçonnai qu'une fois l'infirmière venue vivre avec nous, la vraie Belinda avait été piégée à l'intérieur d'elle-même, errant, perdue dans les ténèbres.

— Nous allons dîner ? finit-elle par dire, ayant laissé s'écouler le temps nécessaire.

Zelie reposa un bougeoir en porcelaine de Limoges.

— Tu as vraiment faim, ce soir ?

— Non, pas vraiment, dit Belinda en se levant avec un soupir.

Elle savait que le dîner en famille n'était pas une option; en un sens, elle était toujours à l'essai.

— Mon ange, on va aller voir Mount Vernon, disait Roderick au moment où Zelie, Belinda et moi entrions dans la pièce et prenions place. (Tous les autres étaient déjà assis.) Impossible de passer à côté et de ne pas aller la visiter.

— Roddy, dit Rosalind, avec une lueur espiègle dans le regard. Tu m'as promis qu'on allait s'amuser pendant notre voyage de noces. George Washington ne rentre pas dans cette catégorie.

— Washington est le père de notre nation, s'immisça notre père légèrement horrifié, ne comprenant pas que Rosalind, comme elle adorait le faire, plaisantait. Je suis certain que ça vaut la peine de voir sa résidence.

— D'accord, papa, dit Rosalind alors que Mme O'Connor entrait pour servir. Si toi et Roddy insistez.

Il y avait du pain de viande pour dîner; il était enduit d'une sorte de sauce barbecue, peut-être un clin d'œil à l'État où vivait Roderick. Belinda, à ma droite, picorait le pain de maïs sur son assiette, suivant la conversation avec le sourire absent d'une hôtesse de l'air. Elle et Roderick étaient habitués l'un à l'autre. Alors qu'Aster avait pris soin de tenir Matthew à distance, Rosalind avait adopté une approche différente, pensant que la familiarité rendrait la présence de Roderick dans nos vies moins menaçante.

— Qu'en pensez-vous, madame C. ? demanda Roderick à Belinda, son absence de formalité faisant l'effet du couinement d'un saphir sur un disque.

Il essayait souvent de l'inclure dans la conversation.

Belinda, jamais à l'aise lorsque l'attention se tournait vers elle, écarta son assiette.

— À quel sujet ?

Elle avait les paupières lourdes.

— Mount Vernon, dit Rosalind avec impatience, d'une voix forte, comme si Belinda était une vieille femme.

— La maison de George Washington, ajouta Daphne en se coupant une seconde tranche de pain de viande, semblant affamée.

L'entendre me fit à nouveau penser à Veronica et j'eus peur de rougir, mais personne ne me regardait.

— J'imagine que vous pourriez vous y arrêter si l'histoire américaine vous intéresse, dit Belinda, en tentant de se secouer. Je doute qu'il y ait grand-chose d'intéressant au Texas. Vous risquez de vous y ennuyer.

Daphne et Calla rirent ; Rosalind se tourna vers Roderick et leva les yeux au ciel.

— Nous vous emmènerons au Texas bientôt, madame C., dit Roderick. Comme ça vous verrez par vous-même à quel point c'est ennuyeux.

— Roddy ! murmura Rosalind, visiblement consternée à l'idée de Belinda s'aventurant à l'Ouest.

— Maman ne peut pas aller au Texas, dit Zelie en riant.

Elle avait raison, l'idée était comique ; on ne pouvait imaginer Belinda qu'in situ, au gâteau de mariage ou à Cape Cod. Il semblait impossible qu'elle puisse exister ailleurs.

— J'ai bien peur que l'époque où je voyageais soit derrière moi, dit-elle en se levant et en se retenant à la table.

Elle venait dîner chaque soir, mais restait rarement longtemps.

— Infirmière Marsh, cria mon père.

Il exigeait la présence de Belinda aux repas, mais paraissait toujours soulagé lorsqu'elle partait tôt. L'infirmière arriva et prit Belinda par le bras. Elle dit bonsoir et quitta la pièce, en s'appuyant sur l'infirmière pour ne pas perdre l'équilibre.

— Plus qu'une semaine de tout ça, dit Rosalind à Roddy une fois Belinda partie.

— Plus qu'une semaine pour toi. Nous, on sera encore là, dit Calla.

Il m'était difficile de croire que Calla serait bientôt l'aînée des filles Chapel ; Rosalind n'avait pas fait un très bon boulot, mais avec Calla à la barre, tout était voué à partir à vau-l'eau – l'effondrement total de l'ordre, notre meute de louves retournant à son état ancestral. Je le voyais surgir devant nous : le chaos.

— Mon Dieu, j'ai pitié de vous, dit Rosalind, comme si elle le voyait aussi. Quand j'aurai échappé à cet horrible endroit, vous allez toutes terriblement me manquer, sauf notre mère. Elle a toujours jeté une ombre au tableau.

— Ça suffit, Roz.

J'avais tout d'abord cru que c'était la voix réprobatrice de notre père, mais en levant les yeux de mon assiette, je vis que c'était Roderick qui avait parlé, son attitude joviale envolée.

— Je t'ai déjà avertie. Sois gentille.

— Désolée, dit doucement Rosalind, sans protester, ce qu'elle aurait fait avec n'importe qui d'autre.

— Je vais en voir avec elle, hein, dit Roderick. (Il donna un léger coup de coude à Rosalind, puis se tourna vers notre père.) Elle n'écoute jamais, si ?

— En général, non.

— Ce sale caractère prend toujours le dessus.

— J'ai dit que j'étais désolée, Roddy.

Rosalind semblait assagie, ce qui était rarement le cas et, à côté de la silhouette imposante de Roderick, elle paraissait plus petite, leur différence d'âge et de taille soudain terriblement visible.

Je me détournai d'eux et regardai l'embrasure de la porte vide. Rosalind s'échappait, mais vers quoi ? Si Belinda avait été elle-même, je suis certaine qu'elle aurait essayé d'empêcher Rosalind d'épouser Roderick. Elle l'aurait peut-être avertie que quelque chose d'horrible allait se produire et je compris alors que ça ne signifiait pas forcément la mort. Il y avait des tas de choses horribles.

Après dîner, Roderick conduisit mes sœurs au village pour voir *L'Homme du Missouri*, mais je trouvai une excuse et restai à la maison. J'avais d'autres projets.

Ayant l'aile des filles pour moi toute seule, j'allai dans la chambre de Calla et Daphne et pris le carnet de croquis que Daphne avait avec elle l'après-midi. Je le feuilletai ; il était presque entièrement rempli. Veronica voletait de page en page, tout le carnet lui était consacré.

Je recommençai depuis le début et étudiai plus attentivement les dessins. Dans le premier, Veronica était assise à une table, une tasse de thé devant elle. Elle avait un doigt passé autour de l'anse, des chaînons de son bracelet touchaient la table. Les détails du dessin étaient incroyables. Veronica semblait être dans un café ou peut-être le restaurant de l'hôtel de ses parents. Son corps était de face, une veste en laine légère boutonnée sur sa poitrine, un foulard noué autour de son cou comme un mouchoir. Sa tête était tournée de côté et on imaginait qu'elle regardait par une fenêtre, observait le monde défiler. Son regard était pensif, celui que je voulais toujours qu'ait Zelie quand elle posait pour moi.

Il y avait des dizaines d'autres dessins de Veronica entièrement vêtue, en robe bain de soleil sur la plage, debout dans un pré, allongée sur un lit. Je ne l'avais encore jamais réellement vue avant ce jour-là. Elle vivait au village ; sa famille avait dû s'installer deux ans plus tôt, mais elle ne fréquentait ni notre école ni notre église. Les Cream étaient catholiques et allaient à Notre-Dame-des-Douleurs à Greenwich ; Veronica, fille unique, était élève à l'école rattachée à cette église. Je ne savais pas comment Daphne l'avait rencontrée. Je les avais vues marcher côte à côte dans les rues du village deux ou trois fois, Veronica n'étant rien de plus qu'une ombre floue aux cheveux bruns, mais, à ma connaissance, elle n'était jamais entrée chez nous. Ce n'était pas inhabituel. Nous n'amenions jamais d'amies à la maison, et, de toute façon, aucune de nous n'avait vraiment beaucoup d'amies, préférant la compagnie de nos sœurs.

Je continuai de tourner les pages en tendant l'oreille pour m'assurer que mes sœurs ne rentraient pas plus tôt que prévu. Daphne était une artiste exceptionnelle. Les dessins plus érotiques (je dis "plus", parce que tous, malgré les vêtements, montraient la tension entre Veronica et la personne tenant le crayon) arrivèrent peu à peu, leur caractère aguicheur se révélant page après page. Ça commençait avec Veronica sur la plage baissant d'un doigt son maillot de bain, dévoilant une partie de son sein gauche, un sourire impénétrable sur le visage, avec un soupçon de culot, ce sourire de Mona Lisa que chantait Nat King Cole.

Dans le dessin suivant, le maillot de bain était complètement baissé, affriolant l'artiste autant que le spectateur et, à partir de là, ils devenaient plus explicites : Veronica la jupe relevée, Veronica totalement nue de dos ; Veronica dans une baignoire ; Veronica les jambes écartées, posées sur les accoudoirs d'une chaise longue. Je finis par arriver aux fleurs de cerisiers, mais ce n'était pas ce à quoi je m'attendais. Les autres dessins étaient réalistes, mais là, les fleurs de cerisiers ne servaient pas seulement de décor à Veronica ; elle était devenue l'une d'elles. Agenouillée sur la couverture, les fleurs de cerisiers tombant du ciel autour d'elle, une pluie florale luxuriante, qui laissait des fleurs dans ses cheveux, sur ses épaules et ses genoux. Veronica semblait avoir poussé dans un jardin – une nymphe de jardin.

Je pensais que c'était la fin, mais je tournai la page et en trouvai un dernier qui me choqua plus que tous les autres. Encore une scène sur la couverture que Daphne avait dû dessiner après mon départ. Veronica était étendue, les jambes écartées, et Daphne avait dessiné ce qu'elle voyait.

Je n'avais jamais vu cette partie du corps d'une femme, pas même du mien. J'avais vu des statues grecques nues dans des manuels scolaires, ces femmes avec le V renflé entre les jambes qui cachait ce qu'il y avait à l'intérieur. C'est aussi ce que je voyais dans les rares occasions où j'observais mon corps nu dans le miroir de la salle de bains. Mais le dessin de Daphne rendait compte de toute cette zone dans les moindres détails ; c'était presque floral, les strates et les replis d'une rose ou d'un iris. Je refermai le carnet. Je ne savais pas ce qui clochait chez moi pour que j'aime regarder de telles choses.

6

Cette nuit-là, je naviguai entre sommeil profond et éveil, une série de souvenirs de la journée défilant dans ma tête, un rouleau de film fixe flou et tremblotant fait d'images de forêts et de cerisiers, de crayons dessinant, de lèvres corail, d'épaules délicates et d'aréoles roses. Je m'agitais dans mon lit comme si j'avais la fièvre, me débarrassai de ma couverture d'un coup de pied, ma chemise de nuit s'entortillait autour de moi tandis que je roulais de droite à gauche. Puis je sentis une main sur mon bras.

Après une journée à me languir, c'était bon d'être touchée. Je lâchai un petit ronronnement de plaisir. Je me sentis sourire et ouvris les yeux, perçant le mince vernis de sommeil et m'attendant à ne voir ni personne ni rien sinon la chambre plongée dans le noir. J'avais rêvé, après tout, mais non – une vraie main empoignait mon bras et je m'en arrachai comme s'il s'agissait d'un serpent. Quelqu'un se tenait près de mon lit, courbé au-dessus de moi, me fixant.

— Maman ? dis-je en sursautant. Pourquoi tu n'es pas dans ta chambre ?

— Je me suis faufilée dehors, chuchota-t-elle.

Elle s'assit au bord de mon lit et se pencha vers moi.

— L'infirmière s'est endormie. Elle a oublié de me donner mes médicaments. Écoute. (Elle me prit le visage à deux mains.) Je n'ai pas beaucoup de temps.

J'étais surprise de l'entendre parler avec une telle intensité. Elle me laissa quelques secondes dans l'attente avant de dire ce qu'elle avait à dire, comme pour me laisser le temps de me préparer. Je devins nerveuse, puis je sus.

— Ne dis rien, l'implorai-je en m'écartant. Maman, non.

— Quelque chose d'horrible va se produire si Rosalind épouse cet homme, dit-elle en empoignant avec force mes bras. J'ai encore senti les roses.

— Qu'est-ce que ça signifie ?

— Les roses m'avertissent des problèmes à venir.

Je me tortillai pour échapper à son emprise.

— S'il te plaît, va-t'en, la suppliai-je. (Elle paniquait et je ne voulais pas être à nouveau entraînée là-dedans.) Nous allons encore avoir des ennuis toutes les deux.

— Iris ! cria ma mère dans un murmure.

Je regardai Zelie, qui n'avait pas bougé.

— Rosalind dort dans le salon, dis-je. Va lui parler toi-même.

— Personne ne m'écoute jamais, dit-elle. Tu es la seule à pouvoir la sauver.

— Personne ne m'écoute non plus. (Je me mis à pleurer en pensant à Rosalind enterrée près d'Aster.) Tu dois avoir tort cette fois-ci.

— Je voudrais bien.

Elle se leva et m'embrassa sur la tête, puis se précipita dehors.

J'écoutai le bruit de ses pas s'éteindre et me souvins du sentiment que j'avais éprouvé dans la salle à manger. D'une façon ou d'une autre j'avais su que ça allait arriver.

7

Le lendemain était le dimanche de Pâques. Mes sœurs étaient excitées par leurs nouvelles robes aux tons pastel d'œufs de Pâques : celle de Rosalind rose, celle de Calla lavande, celle de Daphne pistache, la mienne jaune et celle de Zelie bleu clair. Quand j'ouvris les yeux, elles couraient partout dans l'aile des filles pour se préparer – Rosalind et Calla des bigoudis dans les cheveux, des poudriers et des tubes de rouge à lèvres à la main ; Zelie criant pour qu'on vienne l'aider ; et Daphne parcourant le couloir en soutien-gorge et culotte, à la recherche du peigne qu'elle avait perdu.

Je restai au lit pendant qu'elles s'habillaient. J'essayais encore de me libérer de la nuit et de me convaincre que Belinda était seulement effrayée et non pas extralucide comme elle l'avait été avec Aster. La foudre ne tombait jamais deux fois au même endroit, c'est du moins ce qu'on m'avait toujours dit.

Je finis par me lever et allai à la salle de bains. La porte de la chambre d'Aster et Rosalind était ouverte, et Rosalind se mettait du rouge sur les joues devant le miroir. Sa robe rose serrait son torse, mais la jupe était évasée ; ses cheveux étaient parfaitement bouclés, ses lèvres bordeaux, ses talons noirs rehaussaient ses mollets. Elle avait l'air si éclatante, si vivante que j'avais du mal à croire que quelque chose d'horrible puisse lui arriver.

— Dure nuit ? demanda-t-elle, et je haussai les épaules.

— Quelqu'un peut m'aider ? cria Zelie de quelque part dans l'aile des filles, et Rosalind répondit à son appel, me frôla en sortant et me tapota l'épaule.

J'entrai dans sa chambre et me dirigeai vers la fenêtre qui avait dû être réparée après qu'Aster l'avait brisée. Je me penchai et vis le sang entre les lattes du parquet, désormais d'un noir sombre, comme de la moisissure. Les femmes de ménage avaient essayé de le récurer, mais il s'était infiltré dans chaque crevasse.

— Tu ferais mieux de t'habiller, dit tranquillement Rosalind.

Je ne l'avais pas entendue revenir et je me redressai en rougissant, comme une petite fille prise en faute.

Je longeai le couloir d'un pas lourd jusqu'à la salle de bains, puis retournai dans ma chambre. J'enfilai ma robe aussi jaune et douce qu'un poussin. Je ne vais rien dire, pensai-je en mettant le boléro qui constituait un ensemble avec la robe. Un oiseau criailla dehors et je me tournai vers la fenêtre. Il avait disparu ; mes yeux se posèrent alors sur la tombe d'Aster.

Non, me dis-je, ce n'est pas un signe.

Nous étions trop âgées pour les paniers de Pâques, mais sur la table de la salle à manger nous attendaient des lapins en chocolat enveloppés de papier aluminium coloré, des paquets de bonbons jelly beans et des œufs en plastique remplis de babioles. Ils se trouvaient au centre de la table, glissés au milieu de touffes d'herbe artificielle et de deux vases identiques de jonquilles, le tout artistiquement disposé, probablement par Dovey et Mme O'Connor.

Nous prîmes un petit déjeuner tardif composé d'œufs pochés sur des toasts et d'oranges fraîchement pressées. Belinda n'avait fait aucune apparition et j'en fus contente. Après le petit déjeuner, mon père, mes sœurs et moi quittâmes la maison pour nous rendre à l'église. Tout en sortant, mes sœurs et moi mîmes nos chapeaux et nos gants, étudiant notre reflet dans les vitres de la voiture.

À la messe, j'ôtai mes gants et me rongeai les ongles durant les cantiques morbides et les lectures sur la mort et la résurrection. Je dus finir par sortir. Je chuchotai à Rosalind que je devais aller aux toilettes et quittai notre banc. Dehors, il y avait des pères qui s'étaient éclipsés pour fumer une cigarette. Je voyais le cabinet du Dr Green, où je savais que je finirais si j'osais perturber le mariage de Rosalind.

J'éprouvai une flambée de colère à l'égard de Belinda pour ce qu'elle m'avait fait. "Tu es la seule à pouvoir la sauver." Quelle affreuse chose à dire ! C'était le travail d'une mère de sauver son enfant et Belinda s'en était déchargée sur moi – mais je savais que si elle intervenait, mon père l'expédierait au loin. Je n'avais aucunement le pouvoir d'arrêter Rosalind ; la seule raison pour laquelle ma mère m'avait choisie était que contrairement à tout le monde, je l'écoutais.

Je contournai l'église jusqu'à une cour ornée de hauts arbustes et d'un cerisier en fleur dont les pétales roses jonchaient les pavés en pierre. La vision de l'arbre me rappela Veronica et je me demandai s'ils seraient à jamais entrelacés dans mon esprit ; comme le chien de Pavlov, je m'emplirais de désir et rougirais de honte à la vue d'un cerisier. Cependant, la journée de la veille, où seul mon désir déplacé me préoccupait, me semblait désormais à des lieues. Belinda ne pouvait pas me laisser tranquille, avoir les angoisses normales d'une fille de mon âge ; elle devait soumettre ma vie à des rebondissements tordus comme si nous étions dans un *Alice détective* – écrit par Mary Shelley.

Je franchis la porte latérale de l'église et pénétrai dans la pièce en pierre où avait été exposé le cercueil d'Aster. Elle n'abritait plus que des chaises pliantes et une table sur laquelle des bibles et des livres de cantiques étaient empilés. Je dépliai une des chaises et m'assis.

Malgré le boléro, je frissonnai dans la fraîcheur de la pièce et face aux souvenirs si denses à l'intérieur du lieu. Il n'y avait pas que le cercueil d'Aster qui s'était trouvé là, mais ceux de tous les morts de Bellflower Village depuis plus d'un siècle. La pièce était remplie d'esprits ; c'était peut-être ce qui, par-dessus tout, me faisait frissonner.

Assise dans le froid, je me demandai ce que j'allais faire. Après ce qui était arrivé à Aster, j'avais essayé d'avancer ; pour moi, tout ça n'avait aucun sens, mais Belinda avait été muselée et sans elle pour me pousser, je réussissais globalement à me le sortir de l'esprit. Et voilà que son avertissement me replongeait dans une situation intenable, qui, je le craignais, n'aurait que des issues fâcheuses pour tout le monde. Je savais que ce serait une erreur d'ignorer ma mère, puisqu'elle avait eu raison la première fois. Mais le Dr Green m'avait dit que Belinda était malade et Rosalind que j'étais en train de devenir comme elle. Belinda était-elle réellement malade ? Je ne le pensais pas ; c'était plutôt qu'ils ne pouvaient pas la dompter – c'est ce qui ne leur plaisait pas et, puisqu'ils ne pouvaient pas la dompter, ils la mettaient sous sédatif. Mais j'avais peut-être tort. Je ne savais vraiment plus que croire. Voilà ce que ma famille et le médecin m'avaient inculqué l'automne précédent : je ne pouvais pas me faire confiance.

8

Roderick nous attendait à la maison ; il avait été invité au dîner de Pâques. Ses parents et ses frères et sœurs avaient aussi été conviés, mais ils avaient des obligations familiales ailleurs.

Le dîner était prévu de bonne heure – les dîners de fête avaient toujours lieu l'après-midi, une des règles tacites de

Mme O'Connor – et mes sœurs, Roderick et moi, en attendant, jouions au Monopoly sur la terrasse. Mme O'Connor y avait disposé des pichets de citronnade et un plat de sandwichs au concombre pelé et au fromage à tartiner pour que l'on tienne jusqu'au repas, mais tout le monde semblait plus intéressé par les lapins en chocolat et les jelly beans.

Ç'aurait dû être une journée insouciante, un magnifique jour de printemps férié ensoleillé, et je suppose qu'il en était ainsi pour tous les autres, y compris Calla – ils avaient de toute évidence l'air joyeux, assis autour de la table dans leurs parures de Pâques, Roderick monopolisant l'attention du groupe. Il portait son chapeau de cow-boy et une chemise à carreaux bleus et blancs à manches courtes boutonnée jusqu'en haut et sa cravate bolo en forme de bison.

Mes sœurs se firent passer son chapeau et l'essayèrent tour à tour. Elles gloussaient à ses plaisanteries, comme toujours, bien qu'il semblât que l'attrait de la nouveauté due à la présence d'un homme était plus amusante que l'homme lui-même. Notre maison débordait d'énergie féminine et notre père n'était pas assez souvent là pour l'édulcorer ; Roderick était comme un singe sorti du zoo pour nous rendre visite. Au mieux une curiosité, distrayante un moment, mais nous toutes (excepté Rosalind) étions heureuses de le voir partir à la fin de la journée.

Tous bavardaient et riaient, si bien que mon silence se fondait dans l'arrière-plan. Je me demandais si je devais leur parler de l'avertissement de Belinda. Peut-être que je pourrais jouer la légèreté : Rosalind, je pourrais dire, tu ne devineras jamais ce qui s'est passé la nuit dernière. Maman a fait de nouveau des siennes !

Notre mère, répondrait Rosalind avec un soupir amusé. Quelle farceuse !

Mais je savais qu'il était impossible d'en faire quelque chose de drôle ; ce n'était pas drôle.

— Il y en a une qui est dans les nuages, dit Roderick dans un rire en me tendant les dés.

Tout le monde me fixait, Daphne mordant la tête d'un lapin en chocolat, Calla avalant gracieusement des jelly beans un par un et Zelie, la bouche tachée par les bonbons aux colorants artificiels. Rosalind, pour sa part, souriait d'un air contrarié. Elle ne voulait pas que son fiancé s'aperçoive que j'étais bizarre. Déjà qu'il était au courant pour notre mère.

Je tendis la main et lorsqu'elle toucha celle de Roderick au-dessus de la table, je regardai attentivement sa main et son bras, les poils foncés, le dessin de ses muscles, et je sentis sa chaleur. Son bras était différent du mien ou de celui de mes sœurs, nos membres pâles et imberbes, nos muscles et nos os enveloppés d'une couche de graisse invisible, aussi fine et délicate que de la crème de lait. Le bras de Roderick était bestial, sa main si énorme comparée à la mienne qu'il aurait pu la broyer et réduire mes os en poudre.

Il me donna les dés que je lâchai sur le plateau du jeu et Zelie se mit aussitôt à déplacer mon pion, puisque je semblais incapable de le faire.

— Joue pour moi, Zelie, dis-je.

Je devais m'éclaircir les idées et je me levai pour marcher vers la forêt.

— Iris, où vas-tu ? cria Rosalind.

En m'enfonçant dans la forêt au nord de la maison, j'ôtai mon chapeau et m'éventai avec. Je ne savais toujours pas quoi faire de l'avertissement de ma mère. Étais-je même certaine de lui avoir parlé la nuit précédente ? Peut-être que tout ça n'était qu'un cauchemar. J'avançais, me délectant de la forêt verdissant en ce début de printemps et des colonnes sombres des arbres, un Parthénon de nature. Les oiseaux chantaient au-dessus de moi et le soleil filtrait à travers l'entrelacs des branches, me poussant à m'y enfoncer encore davantage. J'eus peur de m'être perdue avant de pénétrer dans une clairière et de voir le cimetière des rêves de mariage d'Aster.

Non, me dis-je. Ce n'est pas un signe.

Les monticules de terre qui recouvrait la porcelaine et les cadeaux d'Aster, ensevelis sous la neige durant tout l'hiver, n'avaient plus l'aspect de trous fraîchement creusés, et les éclats de porcelaine que j'avais laissés sur le dessus étaient à moitié enterrés, les tessons blancs acérés pointant à travers le sol. Je tirai sur un et le libérai. Le dessin des fleurs de pommier attisa ma culpabilité et mon chagrin qui n'étaient jamais loin de la surface.

Marcher m'avait donné chaud, j'ôtai mon boléro et m'assis par terre, appuyée à un tronc d'arbre, les jambes tendues devant moi. J'étais fatiguée, je fermai les yeux et m'endormis rapidement. Je rêvai de Veronica agenouillée sur le monticule à l'endroit où j'avais enterré les affaires d'Aster. Elle avait la même apparence que la veille, dans sa jupe en lin rose et rien d'autre, mais cette fois-ci elle posait pour moi ; c'était ma main qui se déplaçait sur la page.

Dans mon rêve, j'étais une artiste plus accomplie. Je commençai par les genoux et remontai vers le ventre, les seins et les épaules ; en m'attaquant au visage de Veronica, je remarquai que ses lèvres bougeaient, mais, depuis l'autre extrémité de la clairière, je ne pouvais pas entendre ce qu'elle disait.

Je continuai à dessiner et ses lèvres à bouger, forçant la voix comme si elle m'implorait.

— Veronica, criai-je – je n'avais encore jamais prononcé son nom.

Je posai mon carnet et essayai de m'approcher d'elle, mais mon rêve s'évanouit, quelque chose l'avait transpercé, un son provenant de la forêt, des brindilles crissant sous le poids de pas. Il y avait quelqu'un avec moi dans la clairière.

J'ouvris les yeux et regardai autour de moi.

— Ohé, dis-je timidement.

J'entendis à nouveau les brindilles craquer, mais j'étais incapable de dire dans quelle direction.

— Qui est là ? je voulus crier, mais mes mots se fêlèrent.

Je me levai précipitamment et me cachai derrière le tronc d'arbre, l'éclat de porcelaine toujours à la main, suffisamment acéré pour blesser quelqu'un si nécessaire. Je perçus à nouveau le bruit et je risquai un œil, parcourant la clairière du regard, espérant qu'il n'y avait personne. C'était le cas ; pourtant j'avais l'impression de ne pas être seule.

Je mourais d'envie de crier au secours, mais personne ne m'entendrait. À ma droite, je vis le sentier qui menait à la maison. Je m'armai de courage et sprintai dans cette direction.

Tout en courant, j'entendais les bruits de pas derrière moi, aussi rapides que les miens, s'approchant de plus en plus. Je jetai un coup d'œil par-dessus mon épaule dans l'espoir de découvrir qui me poursuivait, mais je ne distinguai rien à travers le flou des arbres et du soleil. Je continuai à courir, me forçant à aller plus vite, regardant en arrière toutes les cinq secondes ; puis un arbre stoppa brutalement ma fuite. Je ne le pris pas en pleine face, mais mon épaule avait violemment cogné le tronc et je me retrouvai à terre. Je criai et me tortillai et finis roulée en boule sur le sol. Les bruits de pas couvraient ma respiration forte. Quelqu'un tournait toujours autour de moi. Je ne savais pas à quelle distance j'étais de la maison ou si quelqu'un m'entendrait crier si j'essayais. Je n'avais pour me protéger qu'un éclat de porcelaine.

Je pleurai un peu, un miaulement de peur ténu ; puis j'entendis une voix me parler avec gravité.

— Ils viennent nous chercher, Iris.

Je connaissais cette voix. Je ne l'avais pas entendue depuis neuf mois. Je m'assis et regardai autour, mais il n'y avait personne.

— Aster ?

C'était elle. Je savais que c'était elle.

9

Je claudiquai jusqu'à la maison, serrant toujours la porcelaine dans ma main. Je n'avais aucune idée de l'heure, mais je supposai que tout le monde s'était rassemblé pour dîner et se demandait où j'étais. Une confrontation menaçait.

Dans la cuisine, Mme O'Connor écarquilla les yeux en me voyant. J'avais laissé mon chapeau et mon boléro dans la forêt et, sans la veste, je ne pouvais cacher mes bras égratignés et couverts de bleus. J'étais sale de m'être allongée par terre et la porcelaine avait entaillé ma main, qui saignait.

— Je vais bien, dis-je, même si elle n'avait rien demandé.

En approchant de la salle à manger, j'entendis Rosalind dire :

— Rosalind Whiteley, ça sonne bien, vous ne trouvez pas ? Et Roddy et moi aurons les mêmes initiales.

— Mais tu ne pourras pas emprunter mes boutons de manchette, dit Roderick, provoquant des rires.

Quand j'arrivai à la salle à manger, Rosalind avait la main tendue devant elle, admirant son diamant. À mon entrée, ils se tournèrent tous vers moi, Belinda comprise, assise à un bout de la table, à l'opposé de mon père. Pour Pâques, l'infirmière lui avait mis une robe jaune de la même couleur que la mienne, lui avait fait un joli chignon et avait épinglé la broche en cornaline et diamant au-dessus de son sein. Elle avait été pomponnée pour fêter la résurrection d'un homme en qui elle ne croyait pas.

— Iris, ça va ? demanda mon père.

Puis Zelie lança d'un ton inquiet :

— Qu'est-ce qui s'est passé ? On n'arrivait pas à te trouver.

— Mais tu saignes, ajouta Calla.

— C'est à ça que je ressemblais quand j'ai été éjecté de mon cheval l'été dernier, ricana Roderick.

— Ne faites pas attention à elle, dit Rosalind, son sourire contrarié réapparaissant. C'est une petite chose bizarre.

Je m'assis, Zelie à ma gauche et ma mère à ma droite. Je posai le morceau de porcelaine ensanglanté à côté de mon assiette, puis attrapai la serviette en lin blanc pour essuyer le plus gros du sang sur ma main avant de l'étaler sur mes genoux.

— Je me suis perdue dans la forêt, dis-je. Et j'ai foncé dans un arbre.

Un rire s'échappa des lèvres de Daphne. Elle se tourna vers Rosalind et elles échangèrent un regard entendu.

— Tu t'es surpassée, cette fois, dit Daphne en montrant l'éclat de porcelaine. C'est un totem que tu as trouvé dans la forêt ?

Mme O'Connor choisit ce moment pour apporter le plat de jambon et l'attention se détourna de moi. Belinda me regarda et, derrière ses yeux éteints, je crus discerner une lueur de celle qu'elle avait été la nuit précédente. Ils me posaient une question. Je hochai la tête.

Mme O'Connor fit le tour de la table, triomphante avec son jambon de Pâques, et en déposa une tranche dans chaque assiette, puis elle les remplit de tout ce qu'elle avait préparé d'autre pour le dîner pascal, petits pois, salade verte et pommes de terre nouvelles avec une sauce au beurre persillé. Elle posa un gâteau à la noix de coco au centre de la table, aussi blanc et duveteux qu'un lapin, bordé de jelly beans colorés, unanimement admiré.

Tout le monde sauf Belinda et moi commença à manger. Je rassemblai mon courage avant de prendre la parole lorsque mon père s'éclaircit la gorge. Nous nous tournâmes vers lui, attendant la nouvelle insipide qu'il était sur le point de partager, mais, pour une fois, il avait quelque chose de notable à dire :

— J'ai reçu une lettre de Matthew, dit-il.

— Ah bon ? dit Rosalind, surprise.

— Qui est Matthew ? demanda Roderick en prenant une tranche de jambon dans le plat.

— Tu sais bien, dit Rosalind. Matthew.

— La veuve d'Aster, dit Zelie.

— Veuf, la corrigea Calla.

— Oui, bon, dit notre père, tentant de reprendre en main la conversation avant qu'elle ne lui échappe. Apparemment, il a revendu la maison de Grouse Street et tout son contenu il y a plusieurs mois. Il va démissionner de son poste dans l'entreprise de son père et s'installer à Charlottesville pour entamer des études de droit à l'université de Virginie.

— Il va devenir homme de loi ? demanda Rosalind, même si la réponse allait de soi.

— On dirait bien, dit notre père. Il veut faire de la politique plus tard. Il appelle ça un nouveau départ.

Rosalind posa son couteau et sa fourchette. Je savais qu'elle mourait d'envie de dire quelque chose de méprisant au sujet de Matthew et de son nouveau départ, mais elle savait qu'elle ne le pouvait pas, étant elle-même à moins d'une semaine de son propre nouveau départ. Heureusement pour elle, Daphne s'interposa.

— Je voudrais bien qu'Aster ait la chance de pouvoir prendre un nouveau départ.

— Très juste, répondit Rosalind, incapable de résister. Ça lui aurait fait du mal de passer voir sa belle-famille ? Nous ne l'avons pas vu depuis l'enterrement et voilà qu'il part pour la Virginie.

— J'imagine que cette maison lui rappelle des souvenirs douloureux qu'il n'a pas envie de revivre, dit notre père.

— Elle nous rappelle à tous de douloureux souvenirs et pourtant, on est là, dit Calla, en saisissant son verre d'eau pour en boire une gorgée.

Parler d'Aster ne fit que me ramener aux événements de la forêt. Quand le silence se fit à table, j'entendis à nouveau la voix d'Aster. "Ils viennent nous chercher." Je savais que je devais agir.

Je me levai et tous se tournèrent vers moi à l'exception de Belinda qui fixait son assiette. J'attrapai mon verre.

— Un toast ? demanda Rosalind avec méfiance.

— Pas un toast, dis-je, en vidant mon verre d'eau comme s'il s'agissait de whiskey. Je voulais juste dire…

Je m'interrompis, saisie par la peur.

— Accouche, ma petite, dit Daphne.

— Je crois que tu devrais annuler le mariage, dis-je à Rosalind.

— Iris !

Elle bondit de sa chaise, Roderick se levant maladroitement pour se tenir debout à ses côtés.

Toutes sauf Belinda prononcèrent mon nom tour à tour, une longue suite “d’Iris” qui ressemblait au sifflement d’un serpent.

— Explique-toi, ordonna Rosalind.

— J’ai peur que (mon pied se balançait au bord de la falaise ; j’aurais dû reculer, mais je savais que c’était impossible), que si tu épouses Roderick, tu meures.

— Affreuse petite créature ! cria Rosalind. (Roderick l’avait saisie par la taille pour l’empêcher de se jeter sur moi.) Tu es méchante, voilà ce que tu es !

Notre père se leva pour aider Roderick à retenir Rosalind, mais elle résistait et continuait de crier et de donner des coups de pied.

— Je sais que ça vient de toi, dit-elle en désignant Belinda.

J’avais évité de regarder ma mère, ne voulant montrer aucun signe de connivence entre nous, mais je jetai un bref coup d’œil dans sa direction. Elle fixait Rosalind, le visage serein. J’imaginai que la vraie Belinda, enterrée sous les tranquillisants, n’était pas si calme.

— Tu as mis cette idée dans la tête d’Iris, dit Rosalind. Comme une méchante vieille sorcière.

— Ça suffit, dit Roderick en lui prenant le bras. Allons dehors.

— Tu ne connais pas la moitié de l’histoire, Roddy, dit Rosalind en s’écartant de lui. C’est du poison.

— Je sais que c’est ce que tu ressens, dit Roderick en tentant de saisir le bras de Rosalind. Mais inutile de faire une scène. On va se marier, point final.

Rosalind lui sourit tendrement et ils s'enlacèrent. Roderick l'avait calmée pour l'instant, mais sa méfiance revint rapidement. Quand ils se séparèrent, elle fixa la table, regarda chacune de nous.

— Ce qui est arrivé à Aster ne va pas m'arriver, dit-elle d'un ton assuré.

— Mais si ça t'arrive ? dit Zelie, fondant en larmes et me tirant par la main, comme si je pouvais empêcher que ça se produise.

Je m'étais attendue à ce que tout le monde s'en prenne à moi comme Rosalind, mais Calla commença à se balancer d'avant en arrière sur sa chaise, la tête entre les mains.

— Pas encore, pleurait-elle. Pas encore.

Daphne, pour sa part, était assise tranquillement, sans faire de commentaires méprisants ou de plaisanteries. Elle regardait droit devant elle, les yeux écarquillés, comme si elle était sur le point d'être renversée par un camion.

J'avais pensé que nous nous étions remises de la mort d'Aster autant qu'on pourrait jamais l'être, mais je constatai à quel point nous étions toutes encore fragiles. Les pleurs s'intensifièrent autour de la table. Nous étions en train de perdre pied.

— Personne ne va mourir, dit notre père avant d'appeler l'infirmière Marsh qui ne tarda pas à apparaître.

Aucun doute qu'elle écoutait aux portes en compagnie de Dovey et de Mme O'Connor.

— S'il vous plaît, raccompagnez Mme Chapel à sa chambre, dit-il, et l'infirmière prit le bras de Belinda et l'aida à se lever.

Notre mère n'avait pas prononcé un mot, mais tout le monde savait qui se cachait derrière mon éclat.

J'essayai de sortir à la suite de Belinda, mais mon père m'arrêta.

— Iris, assieds-toi immédiatement.

J'obéis. J'avais agi ; je n'avais plus qu'à attendre ma punition.

Rosalind se rassit elle aussi, Roderick debout derrière elle, les mains sur ses épaules pour la réconforter, peut-être, ou la retenir. Il semblait abasourdi par les événements qui venaient de se dérouler. Les réunions des Whiteley étaient probablement joyeuses et tapageuses, nourries de travers de porc et de discussions sur les chevaux et le pétrole.

— Mes chéries, s'il vous plaît, arrêtez, dit mon père à Calla et Zelie, toutes deux encore en larmes. Personne ne va mourir.

— C'est ce que tout le monde a dit la dernière fois, répondit Calla. On croyait tous que c'était maman qui se comportait comme une folle, mais elle avait raison. Nous n'avons pas écouté et Aster est morte.

Notre père n'avait aucune bonne réponse à apporter à ça ; il lui suggéra de monter s'étendre, une invitation qu'elle s'empressa d'accepter.

Après son départ, il se tourna vers moi.

— Iris, c'est ta mère qui t'a mis ces idées en tête ?

Rosalind me jetait des regards furieux. Je savais que mentir était inutile – ils connaissaient déjà la réponse –, mais je ne voulais pas l'admettre. Je ne pouvais pas les laisser renvoyer Belinda à la clinique.

— Iris, réponds-moi.

J'étais acculée, épuisée et j'éclatai en sanglots.

— Ne la renvoie pas là-bas, dis-je. Ce n'est pas sa faute.

Roderick se pencha et frotta sa joue contre celle de Rosalind.

— Emmène-moi loin d'ici, Roddy, dit-elle. Si je dois rester une minute de plus dans cette maison, je vais hurler.

10

Roderick et Rosalind partirent et notre père nous envoya toutes à l'étage. Je suivis Daphne et Zelie et nous rejoignîmes Calla dans le salon des filles. Je ne savais pas si mon père conspirait pour renvoyer Belinda là-bas – et peut-être moi aussi. Mais ça m'était désormais égal. J'étais hébétée.

L'humeur dans le salon était aux lamentations. Je m'étais attendue à ce que mes sœurs, comme Rosalind, s'en prennent à moi, mais, non, elles semblaient me croire – ou du moins, elles croyaient Belinda, et moi en tant que messagère. Je n'étais pas sûre de totalement y croire moi-même, mais elles étaient effrayées et j'étais contente de pouvoir m'allonger sur le canapé et poser ma tête sur un oreiller sans avoir l'impression d'être dans une zone de combat ennemie.

Elles durent parler pendant au moins une heure, essayant de donner un sens à ce qui était arrivé au dîner.

— Maman nous a vraiment empoisonnées ? demanda Zelie.

— Bien sûr que non, répondit Daphne. Rosalind ne disait pas ça de façon littérale.

— Qu'est-ce qu'elle voulait dire alors ?

— C'est juste une manière d'expliquer ce que notre mère nous a transmis, dit Calla, assise par terre, les bras enserrant ses genoux ramenés contre sa poitrine. Notre lignée maternelle est un collier enroulé si serré autour de notre cou qu'on ne peut pas respirer.

— Hein ? marmonna Zelie, en pleine confusion.

Je ne participai pas à la conversation, hormis pour confirmer que l'avertissement venait de notre mère ; je n'avais rien d'autre à dire. À un certain moment, je partis prendre un bain pour me débarrasser du sang et de la terre et, douillettement enveloppée dans mon peignoir, je revins me lover sur le canapé tandis que la discussion sur le destin de Rosalind se poursuivait.

Elles auraient pu continuer à discuter toute la nuit.

— Aucune de nous ne peut y échapper, disait Calla, mais la conversation s'interrompit brutalement lorsque Rosalind ouvrit la porte du salon, brûlante de colère.

— J'espère que vous êtes contentes de vous, dit-elle. Surtout toi.

Elle me lança un bref regard puis se détourna, dégoûtée.

— Je suis ravie que tu sois rentrée, dit Calla, soulagée.

— En fait, je ne rentre pas vraiment, répondit Rosalind. J'ai pris une chambre à l'hôtel Cream et j'y resterai jusqu'au mariage. Roddy m'attend dehors.

— Tu ne veux plus vivre avec nous ? demanda Zelie, clairement blessée.

— Non, je ne veux pas.

— Pourquoi l'hôtel ? la questionna Daphne. Pourquoi ne pas aller tout simplement habiter chez Roderick ?

— Je suis tout ce que tu veux, mais pas ce genre de filles. Si je ne faisais que suggérer une telle chose, il n'aurait plus aucun respect pour moi, et il aurait raison.

— Tu ne peux pas l'épouser, supplia Calla. Pourquoi tu ne veux pas comprendre ce qui va arriver ?

Rosalind posa la main sur le dossier du canapé ; je savais qu'elle essayait de garder son calme, que Roderick lui avait probablement fait la leçon – même s'il n'était pas physiquement présent, elle lui obéissait.

— Daphne, tu veux bien la ramener à la raison, s'il te plaît ? Je suis vidée.

— Écoute, dit Daphne à Rosalind. Peut-être que ça ne ferait pas de mal de freiner un peu les choses.

— Daph ! s'écria Rosalind. Tu ne vas pas me dire que tu crois notre mère ?

— Peut-être que tu devrais y réfléchir, ajouta Daphne en haussant les épaules pour se donner un air désinvolte.

— Elle est folle ! déclara Rosalind.

Encore ce mot. Elle adorait le prononcer.

— Elle avait raison la dernière fois, ma vieille. Pourquoi tant de précipitation, de toute façon ? C'est juste un homme avec un drôle de chapeau. Tu ne préfères pas rester ici avec nous ?

— Je préférerais mourir que passer une nuit de plus dans cette maison.

Rosalind sortit, furieuse, dans le couloir et nous pensions qu'elle était partie pour de bon. Mais elle revint dans l'aile des filles quelques minutes plus tard avec une valise et un vanity. Elle alla dans sa chambre et commença à les remplir.

— Un des cousins de Roderick viendra chercher ma malle cette semaine, dit-elle tandis que nous nous rassemblions autour d'elle dans la chambre.

Elle jetait le contenu de sa coiffeuse dans son vanity, abandonnant les parfums et les poudres dont elle ne voulait pas. Puis elle ouvrit la valise sur le lit et y fourra des chemises de nuit et des robes prises apparemment au hasard. Les objets importants étaient déjà rangés dans la malle.

— Roz, implora Daphne, essayant d'attirer son attention, mais Rosalind piétinait dans la chambre, attrapant ce dont elle pourrait avoir besoin.

Elle sortit l'unique pantalon qu'elle possédait d'un tiroir de la commode et le tint à bout de bras pour réfléchir.

— Roddy ne m'aime pas en pantalon, dit-elle en le rejetant.

— Nous voulons juste t'aider, dit Daphne.

— Oh oui, rétorqua Rosalind, vous m'aidez vraiment. J'ai dans l'idée de vous désinviter du mariage, petites saletés, mais je ne peux pas vraiment faire ça, si ? Impossible qu'il y ait Roddy et sa famille d'un côté et seulement un père du mien. Ça aurait l'air de quoi ? C'est déjà assez moche de ne pas vraiment avoir de mère.

Elle jeta quelques bijoux dans le vanity, des chaînes et des colliers de perles fantaisie.

— Maintenant, je vous avertis : si vous faites quoi que ce soit pour me mettre dans l'embarras à mon mariage, je ne vous parlerai plus jamais. C'est compris ? Vous êtes capables de faire semblant d'être normales pendant une journée, non ?

— On a peur pour toi, dit Calla en tirant sur la valise, mais Rosalind repoussa sa main.

Elle referma la valise, les mains tremblantes.

— Roddy m'a aidée à comprendre que tout le monde ici pense de façon tordue. Et quant à notre mère… elle n'est pas extralucide. La vérité, c'est qu'elle déteste les hommes. Elle croit que toutes les femmes mariées sont aussi malheureuses qu'elle, mais c'est tout simplement faux et elle ne va pas m'empêcher d'avoir la vie que je veux.

Elle prit la valise et le vanity sur le lit et leva son regard vers nous, vers la chambre et les murs d'asters et de roses, avec la forêt dans le coin.

— Bon, dit-elle, prenant son courage à deux mains, et elle se faufila au milieu de nous pour sortir.

— Oh non, supplia Calla. (Elle suivit Rosalind dans le couloir, et nous courûmes toutes après elle.) Ne pars pas, cria Calla. S'il te plaît, ne pars pas.

Mais Rosalind n'écoutait pas. Un bagage dans chaque main, ses talons claquant sur le plancher, elle s'éloignait d'un pas rapide comme une femme qui se dépêche pour attraper un train.

II

QUAND nous descendîmes le lendemain matin pour le petit déjeuner, notre père était assis en bout de table, vêtu de son costume marron de travail. Les jours de semaine, il ne prenait généralement pas son petit déjeuner avec nous, il était donc évident que quelque chose n'allait pas. Nous entrâmes avec réticence et nous assîmes à nos places habituelles, Calla, Zelie et moi d'un côté de la table, Daphne désormais seule de l'autre. Nous ne dîmes rien.

— Calla, passe de l'autre côté, lui ordonna notre père.

L'asymétrie, apparemment, le dérangeait.

Une fois Calla à la place de Rosalind, Mme O'Connor entra dans la salle à manger et nous apporta des assiettes contenant des parts de quiche et des quartiers d'orange. Son visage, jamais chaleureux, était à l'évidence tendu. Elle fit le tour de la table mécaniquement, visiblement pressée de retourner à la cuisine.

— Où est maman ? demandai-je, nerveuse.

— Iris, mange, répondit notre père, et nous saisîmes toutes nos fourchettes, ne voulant pas l'irriter davantage.

Nous mangeâmes en silence quelques minutes, puis on frappa à la porte. Depuis nos chaises, nous avions une vue partielle sur l'entrée et nous regardâmes Dovey se précipiter comme si elle attendait quelqu'un.

Un instant plus tard, elle repassa avec deux hommes et ils prirent l'escalier. Je me tournai vers mon père et je vis qu'il m'observait, prêt à prévenir un éclat. Mais je savais que je ne pouvais rien faire pour arrêter ça, je ne pouvais rien faire pour Belinda. Comme Rosalind, elle était à la merci de son destin.

Je revins à ma quiche entamée, faisant comme si rien ne se passait, comme si rien de tout ça n'était réel. C'est à partir de ce jour-là que je commençai à développer ce qui deviendrait une perpétuelle habitude, enfoncer ma douleur au plus profond d'un endroit sombre à l'intérieur de moi. Je le faisais depuis que j'étais toute petite, mais jamais aussi consciemment ou volontairement. À chaque bouchée de quiche, j'engouffrais la réalité de ce qui arrivait à ma mère de plus en plus profondément. Je me disais que ce n'était pas ma faute si on l'envoyait là-bas ; j'avais fait ce qu'elle m'avait demandé de faire, même si je ne l'avais pas bien fait.

Quelques minutes plus tard, Dovey et les hommes, accompagnés de l'infirmière, réapparurent dans l'entrée, l'infirmière agrippant le bras de Belinda et la guidant vers la porte. Notre mère ne nous vit pas l'observer.

— Où allons-nous ? l'entendis-je demander, la voix affaiblie par un brouillard médicamenteux, mais personne ne répondit.

La porte se referma et ce fut terminé. Nous étions silencieuses, attendant que notre père dise quelque chose, qu'il s'exprime sur la raison pour laquelle notre mère devait être renvoyée là-bas. Mais il ne dit rien. Il finit sa quiche et son café, puis prit sa serviette et s'essuya la bouche.

— Maman retourne à Fern Hollow ? demanda Zelie de sa voix la plus aiguë, ses mots réduits à un couinement.

— Non, dit notre père. Elle va à la maison de repos St Aubert, sur la côte. Elle se plaira là-bas.

— Elle revient quand ? poursuivit Zelie.

— Jamais, dit-il.

Et c'est ainsi que nous nous retrouvâmes finalement sans mère pour de bon.

12

Le reste de la semaine – bon, que dire ? Notre mère était partie. Rosalind était partie elle aussi et, quel que soit son destin final, elle ne reviendrait certainement pas chez nous. C'était la deuxième semaine des vacances de printemps, toujours ensoleillée et chaude pour la saison, mais, la plupart du temps, nous nous morfondions à l'intérieur de la maison, étendues sur les canapés du salon, lisant sans enthousiasme des magazines ou des livres. Seule Daphne s'aventura à l'extérieur et passa deux ou trois après-midi avec Veronica. Nous vécûmes dans des sortes de limbes étranges cette semaine-là, des personnages à la fin d'un chapitre dont les phrases étaient écrites affreusement lentement sur une vieille machine à écrire à court de ruban.

Le jour du mariage, notre père nous avertit au petit déjeuner qu'il ne voulait pas “d'inepties”. Nous nous habillâmes l'après-midi, ayant repoussé la tâche redoutée le plus tard possible. Nous portions des robes identiques choisies par Rosalind à une époque plus gaie. Elles étaient longues et roses, du même ton que sa robe de Pâques, et faites de satin recouvert d'un tissu vaporeux. De minuscules strass étaient cousus autour de l'encolure ronde échancrée et nous avions des gants roses qui montaient jusqu'au coude.

Daphne s'habilla rapidement et partit au salon avec son carnet de croquis, ses cheveux courts ne nécessitant qu'un brushing des plus superficiels ; elle ne s'embarrassait jamais de maquillage. Calla, Zelie et moi fîmes mutuellement nos chignons. Aucune de nous ne parla, sinon pour donner de simples instructions concernant la coiffure.

Un véhicule avec chauffeur vint nous chercher toutes les quatre pour nous amener à l'église ; notre père avait pris une autre voiture pour aller récupérer Rosalind à l'hôtel. Je supposai qu'elle avait revêtu sa robe de mariée sans aide, à moins qu'une des parentes de Roderick ne soit venue prendre la place de sa mère et de ses sœurs absentes. Rosalind nous avait-elle abandonnées ou l'avions-nous abandonnée ? Dans un sens ou dans l'autre, je me sentais mal de la savoir seule ce jour-là.

La plupart des invités étaient arrivés à l'église avant nous. C'était une assemblée modeste, ne comptant que certains membres de la famille de Roderick et quelques amis ; la plupart des bancs étaient vides, mais c'est ce que Rosalind avait voulu. Rien d'extravagant. J'avais eu peur que la famille de Roderick vienne habillée comme pour un rodéo, mais ils étaient de vrais habitants de Nouvelle-Angleterre : discrets, ennuyeux, même, dans leurs costumes en tweed ternes et leurs chapeaux de matrone ornés de fleurs artificielles. Je repérai Adele et Peter Tollman, dont l'entremise involontaire à la première du film nous avait menés sur ce chemin potentiellement désastreux, mais je détournai le regard avant qu'ils ne me fassent signe.

Une jeune femme, probablement une des cousines de Roderick, nous conduisit au banc qui nous avait été réservé et nous nous assîmes sans dire bonjour à personne. Roderick, en smoking bleu clair et portant ses habituels chapeau de cow-boy, cravate bolo et bottes, se tenait à l'entrée, attendant sa fiancée. Il se dirigea vers nous et nous lança :

— Mesdemoiselles, on dirait que vous êtes sur le point de subir le supplice de la planche.

Il était au bout du banc et attendit des rires, mais il n'en récolta aucun.

— Allez, pouvez pas être contentes pour votre sœur le plus beau jour de sa vie ?

Il pensait pouvoir nous dérider, nous arracher à notre comportement funèbre comme si ce n'était rien de plus que de la mauvaise humeur. Je présumais que Rosalind lui avait fourni la version édulcorée de ce qui était arrivé à Aster – une grippe soudaine – et avait laissé de côté les hurlements, la vitre brisée, la nudité et le sang barbouillé. Elle lui avait probablement donné l'explication du Dr Green, à laquelle lui-même ne croyait pas.

Tandis que Roderick parlait, Zelie se cramponnait à ma main et fixait le vitrail derrière la chaire, un kaléidoscope coloré d'apôtres. Roderick traînassa au bout du banc comme un moucheron jusqu'à ce que Daphne finisse par lui dire :

— On fera semblant quand elle arrivera, OK, Rod ?

Mais, naturellement, lorsque le moment arriva, nous en fûmes incapables.

Il y eut un frémissement dans l'église, comme si une volée d'oiseaux prenait son essor, et nous nous tournâmes pour voir Rosalind à l'entrée au bras de notre père. Nous nous levâmes avec les autres invités – à l'exception de Calla, qui resta assise, voûtée, la tête dans les mains. Zelie serra plus fort mes doigts. Daphne était stoïque.

L'organiste de l'église entama la marche nuptiale et notre père et Rosalind avancèrent. Nous voyions sa robe pour la première fois. On aurait dit un arum refermé et retourné. Un voile dissimulait son visage et, tandis qu'elle approchait, je ne fis que l'apercevoir. Elle progressa sans se tourner vers nous, ses yeux rivés à Roderick, son ticket de sortie.

Notre père la donna à Roderick, puis s'assit seul au premier rang. La cérémonie se déroula sans que j'en remarque grand-chose si ce n'était Zelie m'étreignant la main et Calla qui pleurait doucement. Daphne donna un coup de coude à Calla et murmura “arrête”, mais elle en était incapable et, rapidement, les parents de Roderick de l'autre côté de l'allée se mirent à tendre le cou pour voir d'où provenaient les pleurs. Il était impossible de confondre ses sanglots avec des larmes de joie et, bientôt, même le pasteur regardait dans notre direction, une attention qui ne fit qu'intensifier les larmes de Calla. Notre père jeta un coup d'œil par-dessus son épaule, ce qui poussa Daphne à se lever et à prendre le bras de Calla, la tirant jusqu'à ce qu'elle se lève. Elles sortirent et la cérémonie se poursuivit. Rosalind ne se retourna pas une seule fois pour voir ce qui se passait.

Calla partie, Zelie prit la relève, mais ses pleurs étaient silencieux. Les larmes s'accumulaient sous ses yeux pendant que nous regardions la cérémonie, les vœux, l'échange d'alliances. Daphne et Calla revinrent sur la pointe des pieds et se rassirent juste au moment où le pasteur demandait s'il y avait des objections à cette union. Certains des membres de la famille de Roderick se tournèrent vers nous, mais nous restâmes muettes. Nous avions déjà fait part de nos objections et elles avaient été ignorées.

— Je vous présente donc M. et Mme Roderick Whiteley, dit le pasteur, et Roderick se pencha pour embrasser sa femme.

Le reste de l'assistance était déchaîné, debout et applaudissant.

— Non ! cria Calla, mais seules mes sœurs et moi l'entendîmes.

13

Le chauffeur qui nous avait amenées à l'église nous conduisit à l'hôtel Cream pour la réception. Sur le trajet, Calla fut inconsolable et il dut s'arrêter juste à la sortie de Bellflower Village afin qu'elle puisse vomir au bord de la route, Daphne lui tenant consciencieusement les cheveux. Zelie et moi restâmes assises en silence, Calla servant de réceptacle à nos émotions réprimées.

Je n'étais jamais allée à l'hôtel Cream où Daphne passait tant de temps, faisant Dieu sait quoi avec Veronica. C'était un hôtel particulier datant du début du siècle reconverti, jaune vif, avec des lucarnes et des colonnes blanches flanquant l'entrée. Il en émanait une impression de grandeur, quoiqu'un peu désuète, et il était situé juste au bord de la mer. La température était toujours chaude, le soleil généreux, le ciel bleu azur, et je m'aperçus qu'en dépit de tout le reste j'étais contente pour Rosalind que le temps soit si splendide.

Il y avait la queue à l'entrée et j'aspirai l'air de la mer avec bonheur ; j'aurais aimé pouvoir rester dehors jusqu'à la fin de la réception, mais je savais que c'était impossible – à la moindre incartade, j'aurais des ennuis.

À la porte, Veronica et ses parents accueillaient les invités du mariage. Sa mère était elle aussi grande et brune, et toutes deux étaient vêtues de robes mauves, dans des tons foncés d'améthyste qui semblaient déplacés au milieu des couleurs printanières des convives. La mère de Veronica portait le prénom improbable de Cerise – Cerise Cream, on aurait dit un dessert dans un restaurant français : *crème de cerise*. Son père, en revanche, était un bon vieux Sidney, un homme petit au nez pointu et aux dents affreusement tordues, affublé de verres épais, qui devait avoir eu beaucoup d'argent et de courage pour séduire une femme telle que Cerise. Il était pris en sandwich entre sa femme et sa fille tandis que les invités arrivaient ; elles le dominaient tels des flamants mauves.

En apercevant Daphne, Veronica lui fit des signes de la main, tout excitée, plus immature qu'elle avait semblé l'être au milieu des fleurs de cerisier. Avec ses parents, elle jouait son rôle de fille ; je remarquai à quel point elle avait l'habitude de porter un masque, ce que j'avais aussi observé dans les dessins de Daphne. Me trouver près d'elle après ce que j'avais vu, après ce que j'avais ressenti pour elle, m'était insupportable ; je fus soulagée lorsque Mme Cream nous dirigea, moi et mes sœurs, vers l'ascenseur. Nous étions censées nous rendre à l'étage pour les photos. Les autres invités étaient envoyés dans la salle à manger pour le cocktail.

Au dernier étage de l'hôtel, nous trouvâmes la porte de la chambre au-dessus de laquelle SUITE NUPTIALE était délicatement peint et nous entrâmes. Roderick et Rosalind étaient déjà en train de poser devant une toile de fond anthracite, Rosalind assise sur une chaise et Roderick debout derrière elle. Elle tenait un délicat bouquet de roses rouges, le symbole de son nom, la fleur interdite.

La suite était immense, avec un balcon qui surplombait l'océan. Mes sœurs y allèrent en attendant leur tour, mais j'explorai les lieux, longeant un long couloir menant à la chambre. La porte était ouverte, dévoilant un lit à baldaquin au cadre en châtaignier foncé et au couvre-lit en dentelle blanche qui semblait avoir été fabriqué dans une vieille robe de mariée abandonnée par une ancienne jeune épouse. Des pétales de roses étaient éparpillés sur le lit.

— Venez, maintenant, dit une femme derrière moi, en avançant pour fermer la porte, comme si le lit et les pétales n'étaient pas faits pour mes yeux.

La femme, qui se révéla être la mère de Roderick, portait un élégant tailleur dans un tissu gris étain légèrement chatoyant. Elle me conduisit dans la pièce principale où mes sœurs avaient remplacé Roderick derrière Rosalind. Je pris place près d'elles et le photographe nous fit nous déplacer plusieurs fois jusqu'à ce qu'il soit satisfait, notre père observant depuis le côté.

— Souriez, dit le photographe et, on ne sait comment, durant ces quelques minutes, nous y parvînmes.

Après avoir été photographiées, mes sœurs et moi fûmes escortées hors de la suite nuptiale. Rosalind ne nous avait ni parlé ni adressé le moindre signe tout en maintenant l'apparence d'une mariée béate – bel exploit.

Au rez-de-chaussée, la salle à manger s'ouvrit – ses fenêtres, qui en faisaient tout le tour, donnaient sur le détroit de Long Island, miroitant et scintillant dans toute sa gloire en ce début de soirée. Les tables étaient disposées le long des murs, laissant de l'espace au centre pour danser. Un quartet jouait tandis que les invités se mêlaient, naviguant de la salle à manger à la terrasse. Chaque table était agrémentée d'une jupe blanche et d'une composition de roses rouges en son centre.

Zelie trouva la nôtre et nous fit signe de l'y rejoindre. J'étais contente qu'il n'y ait de la place que pour nous quatre, nos noms calligraphiés sur de petits cartons. Elle offrait une charmante vue sur l'extérieur, mais Calla s'assit sur la chaise qui tournait le dos à la fenêtre et ne bougea pas de toute la soirée.

Rosalind et Roderick firent leur apparition sous les applaudissements juste au moment où le soleil se couchait, le jeune couple baignant dans les lueurs d'un ciel couleur agrumes et abricot. Ils parcoururent la salle main dans la main, recevant les félicitations du petit nombre d'invités tout en réussissant à soigneusement éviter notre table et, quand ils eurent fini de saluer tous les autres, ils prirent place à la table principale avec notre père et les parents de Roderick.

— Elle nous déteste, dit Daphne en ôtant ses gants roses qu'elle jeta sur la table.

Zelie et moi l'imitâmes, mais Calla resta gantée, le regard noir. La brigade de serveurs commença à apporter la nourriture et, alors qu'on nous servait le premier plat, un cocktail de crevettes, Daphne déclara :

— Autant en profiter, et elle piocha dedans.

Les plats furent apportés les uns après les autres, tous reflétant les goûts raffinés de Rosalind ; le menu comportait une soupe d'asperges blanches, des fettucine à la sauce au citron et des côtelettes d'agneau accompagnées de purée. Calla ne mangea rien, Daphne mangea tout, et Zelie et moi picorâmes.

Après le dîner, le bal commença. Mes sœurs et moi regardions, aucune de nous n'étant d'humeur à participer. Rosalind virevoltait sur la piste de danse – avec Roderick, avec notre père, avec le père de Roderick, puis ses frères. Chaque fois que je parcourais la pièce des yeux à sa recherche, elle était inévitablement dans les bras d'un homme ou d'un autre, entraînée sur le parquet en pin. Elle plongeait sans retenue et avec allégresse dans la vie maritale. Elle avait toujours dit que notre mère était folle et il était évident qu'elle le croyait vraiment.

Ce soir-là, je tâchai de vivre le moment présent, sans penser à ce qui pourrait arriver ensuite. Je refusai de laisser mon esprit s'égarer dans cette direction, n'ayant ni l'énergie ni l'adrénaline nécessaires pour céder à la panique. La torpeur, ça marchait étonnamment bien pour moi ; j'aurais dû essayer depuis longtemps.

À un certain moment, j'allai chercher du gâteau pour nous quatre et frôlai Rosalind qui filait devant moi avec les autres danseurs ; le groupe avait fait une pause et un tourne-disque jouait à tue-tête une chanson texane que Roderick et sa famille aimaient bien. L'assistance devint un peu plus chahuteuse et quelques *yee-haw !* se firent entendre. Quand je passai devant elle, Rosalind ne fit pas attention à moi, sa sœur, le spectre des mariages passés détruits.

Tandis que nous mangions le *sponge cake* à la fleur de sureau et au citron, Adele Tollman s'arrêta à notre table. J'imagine de quoi nous avions l'air aux yeux des autres invités, les sœurs de la mariée blotties autour de la table, n'esquissant pas le moindre sourire. Même pour les Chapel, c'était un comportement étrange.

— Comment allez-vous, mesdemoiselles ? demanda-t-elle, un peu chancelante, un verre de champagne à la main – probablement pas le premier.

— Pas au mieux, Adele, dit Daphne en vidant son propre verre de champagne, qu'elle n'avait pas le droit de boire.

— Les mariages sont difficiles pour vous, je comprends, dit Adele. Mais peut-être que vous devriez voir les choses du point de vue de Rosalind. C'est le plus beau jour de sa vie. Vous ne pouvez pas au moins faire semblant de le fêter avec elle ?

— Elle nous connaît trop bien pour tomber dans le panneau, dit Daphne.

Adele sourit faiblement, les lèvres pincées, et elle hocha la tête avant de repartir chercher du champagne au bar.

Mais nous eûmes bientôt d'autres visiteurs.

Roderick et un ami vinrent, tous deux des bouteilles de bière ambrées à la main.

— Ce sont mes belles-sœurs, dit Roderick en donnant une tape dans le dos de son ami. On dirait qu'elles vont se faire exécuter à l'aube, non ?

L'homme qui accompagnait Roderick rit avec hésitation, ne sachant pas trop si c'était de bon ton.

— Je vous présente Teddy Vandiver, dit Roderick. Un copain à moi de Yale. Jamais entendu parler de lui ?

— On aurait dû ? demanda Daphne, en faisant glisser la part de gâteau intacte de Calla sur sa propre assiette.

— Le capitaine de l'équipe de football de Yale ? C'est une légende locale, dit Roderick, et Daphne haussa les épaules. Elles ne sortent pas beaucoup, Ted, murmura Roderick à l'oreille de son ami, assez fort pour qu'on l'entende.

Teddy était presque aussi grand que Roderick, vêtu d'un costume gris et d'une cravate jaune avec un ballon de football en cuivre en guise d'épingle. Il était costaud, comme s'il portait ses protections sous son costume. Ses cheveux courts, auburn foncé, étaient gominés ; il avait un visage de bouledogue, constellé de taches de rousseur sur le nez et les joues. Un homme imposant, comme Roderick, aussi cuivré et étincelant qu'une pièce d'un penny.

Roderick nous raconta une histoire sur la nuit précédente ; lui, ses cousins, Teddy et quelques autres amis étaient allés au stand de tir avec leurs carabines Chapel.

— En l'honneur de la future mariée et de sa famille, dit Roderick, décrivant la sortie comme un enterrement de vie de garçon impromptu.

Roderick nous expliqua en riant que Teddy avait raté cible après cible.

— Ces jeunes gars sont gâtés, dit-il. Ils n'ont jamais eu à se battre pour leur vie.

Teddy rougit et Roderick s'empressa de se rattraper.

— En tout cas, il sait lancer un ballon ! s'exclama-t-il avant de vider d'un trait le reste de sa bière et de poser la bouteille sur notre table. Déridez-vous, les filles, ajouta-t-il d'un ton à la limite du narquois, et il partit.

Teddy ne le suivit pas. Il prit la place de Zelie lorsque celle-ci alla aux toilettes.

— Dites-moi, vous aimeriez danser ? demanda-t-il à Calla, et Daphne rit.

Rien dans le comportement de Calla ce soir-là n'appelait à l'invitation.

— Non merci, dit-elle, ses premiers mots depuis que nous étions entrées dans la salle à manger.

— Vous vous appelez comment ?

— Elle s'appelle Calla, répondit Daphne.

Teddy eut un instant l'air troublé.

— Vous voulez dire comme la fleur ?

— Vous avez pigé, dit Daphne. Capitaine de l'équipe de football et futé, de surcroît.

— Rosalind, Calla… médita Teddy. Vous avez toutes des noms de fleurs, hein ?

— Gagné, dit Daphne.

— Alors, fleur de Calla, pourquoi vous ne voulez pas danser ? Je ne danse pas trop mal, je vous assure.

— Je n'ai pas envie de danser.

— Et pourquoi ?

Teddy semblait franchement surpris, apparemment peu habitué à être repoussé.

Calla regarda Rosalind passer en tourbillonnant.

— Parce que c'est bientôt la fin du monde, dit-elle, sans spécifier qu'elle voulait parler de *notre* monde, pas *du* monde.

Teddy but une gorgée de bière.

— Vous êtes lugubre, hein ? Ça ne me gêne pas. J'aime bien les filles lugubres. Le genre pom-pom girl, c'est pas mon truc.

— Vous ne voyez pas que ça ne l'intéresse pas ? s'agaça Daphne en léchant le reste de glaçage sur sa fourchette. Fichez le camp.

Teddy tressaillit comme si elle lui avait balancé un verre d'eau glacée à la figure et il se leva et s'éloigna de la table d'un pas mal assuré. Daphne ne tarda pas à nous laisser aussi ; elle prit un verre de champagne sur le plateau d'un serveur et quitta la salle à manger, probablement à la recherche de Veronica. Calla et moi restâmes seules à la table.

Un autre homme s'arrêta à notre table pour inviter Calla à danser, ce qui me surprit. Elle avait toujours été dans l'ombre d'Aster et Rosalind ; les hommes s'intéressaient aux deux sœurs aînées, jamais à elle. Puis je compris qu'elle était une des seules femmes sans lien avec les Whiteley et que, Rosalind étant désormais mariée, Calla se retrouvait en tête de meute, une position qu'à mon avis elle n'appréciait pas – aucun endroit où se cacher.

— Elle ne se sent pas bien, dis-je à l'homme, un des cousins en tweed de Roderick, bien trop âgé pour Calla.

— Désolé, dit-il avant qu'une lueur de reconnaissance ne traverse son visage. Hé, c'est celle qui pleurait pendant la cérémonie ! (On aurait dit qu'il venait de repérer une célébrité.) Je pleurerais aussi si ma sœur épousait Roderick, dit-il avant de s'éloigner en riant.

Teddy Vandiver, qui dansait avec une autre cousine de Roderick, une femme plantureuse en robe verte cintrée, jetait des coups d'œil à Calla chaque fois qu'il en avait l'occasion, apparemment très attiré par elle pour des raisons inconnues. Quand la musique s'arrêta, il revint à notre table, supposant qu'il pouvait le faire en toute sécurité, Daphne étant partie.

— J'ai oublié de vous demander, dit Teddy en prenant un verre à un serveur qui passait. Le Spring Fling est samedi prochain. Vous savez ce que c'est ?

Calla ne répondit pas et je me sentis mal pour Teddy qui se tenait là comme un idiot, attendant une réponse qui ne viendrait pas.

— Non, dis-je, lui lançant une bouée de sauvetage. Nous n'en avons jamais entendu parler.

— C'est un bal, samedi prochain, à Yale, dit-il avant d'ajouter : dans une semaine aujourd'hui, au cas où nous n'aurions pas su quel jour nous étions, comme si le jour du mariage de notre sœur n'avait pas été noté sur le calendrier. Ma petite amie et moi avons rompu, alors bon, si vous aviez envie d'y aller, proposa-t-il à Calla, j'adorerais vous y emmener.

Je ne connaissais pas grand-chose aux manières de faire des hommes, mais Teddy me semblait aimer les défis. Calla avait été totalement indifférente à ses avances, mais il était là, tentant une nouvelle fois sa chance. Le football américain est un sport rude ; peut-être que Teddy aimait la douleur.

— Je sais que vous êtes encore au lycée, dit Teddy en haussant les épaules. Mais je n'ai que vingt et un ans et vous semblez plus intéressante que les filles que je connais.

Je n'étais même pas sûre que Calla l'ait entendu ; elle avait cette façon de regarder à travers les gens et, une fois de plus, elle était concentrée sur Rosalind, maintenant dans les bras de son beau-père.

— Elle vous le fera savoir, dis-je, désirant mettre fin au supplice de cette conversation.

— D'accord, répondit Teddy en me souriant. Je vis à la Robert House. Elle peut appeler là-bas et me demander.

— Pas de problème, conclus-je, déconcertée par son optimisme.

Zelie revint des toilettes et s'assit.

— Encore Teddy ? s'étonna-t-elle en levant les yeux au ciel.

J'avais cru qu'elle se laisserait emporter par la réception, que face aux danses, à la musique et à la nourriture raffinée, aux robes de princesse et aux hommes fringants, elle oublierait le sentiment qu'un destin tragique menaçait, mais elle était submergée par la peur.

— On peut rentrer à la maison ? demanda-t-elle.

— Oui, par pitié, dit Calla. Notre chauffeur est là ?

Je proposai d'aller voir dehors ; j'étais moi aussi pressée de partir – déjà que je n'avais même pas eu envie de venir. Je louvoyai au milieu des danseurs, apercevant mon père en grande conversation avec la mère de Roderick, autour de leur table à l'opposé de la pièce. Nous pourrions nous éclipser sans même qu'il le remarque.

Je n'avais pas réalisé à quel point la salle à manger était étouffante avant de quitter la chaleur corporelle, les odeurs de parfums, de viande grillée et de sueur qui se faisaient concurrence. Dehors, il faisait parfaitement sombre et frais, seul le bruit des vagues trouait le silence.

— Tout va bien, mon petit ? demanda Mme Cream qui était sortie à ma suite.

— Mes sœurs et moi aimerions rentrer. Notre voiture est là ?

Des véhicules s'alignaient dans l'allée circulaire devant l'hôtel, silencieux et immobiles, leurs chauffeurs invisibles.

Mme Cream retourna à l'hôtel pour organiser notre rapatriement et je profitai de l'occasion pour marcher vers la plage, l'eau aussi noire que du pétrole dans l'obscurité. Je laissai mes chaussures à l'endroit où le béton faisait place au sable et me dirigeai vers l'eau. Nous vivions tout près de l'océan, pourtant nous y allions rarement ; j'avais décidé de changer ça dès que je serais assez âgée pour conduire.

Mes pieds couverts de mes collants s'enfonçaient dans le sable mou. Les lumières de la salle à manger éclairaient juste assez l'espace autour de moi pour que je voie où j'allais. À ma gauche, je distinguai deux silhouettes dans l'ombre, sous la terrasse. Je m'arrêtai et, lorsque ma vue s'adapta, je vis une robe mauve et une rose, et je sus qu'il s'agissait de Veronica et Daphne. Veronica était adossée au mur, face à Daphne, toutes deux enlacées, leurs corps pressés l'un contre l'autre. Je n'entendais rien à cause du bruit des vagues, mais je voyais qu'elles s'embrassaient, leurs bouches collées et grandes ouvertes, avides l'une de l'autre. Je les observai un moment, des papillons dans le ventre, puis j'avançai, ne voulant pas risquer d'être vue.

Je me tins au bord de l'eau pour reprendre mon souffle, puis remontai les marches de la terrasse, sachant que Veronica et Daphne étaient en dessous de moi. Par la fenêtre, je pouvais voir la réception. La musique, les rires et les conversations étaient assourdis, s'entremêlant au rugissement de la mer. Rosalind et Roderick étaient sur la piste de danse, seulement eux deux ; tous les autres s'étaient écartés.

Le groupe jouait un morceau de jazz à une vitesse étourdissante. Roderick faisait virevolter Rosalind si rapidement qu'elle disparaissait presque, sa robe de mariée une colonne de blanc pirouettant, comme un de ces tourbillons de poussière qui devaient certainement traverser les prairies du Texas.

À la fin du tourbillon, elle s'effondra dans les bras de Roderick, en sueur, mais rayonnante. Elle posa sa tête sur sa poitrine et il embrassa le dessus de sa tête, son visage noyé dans ses cheveux. Les invités applaudirent et sifflèrent tandis qu'il soutenait sa jeune épouse sur la piste de danse. Je n'oublierai jamais le visage de Rosalind à ce moment-là – les yeux fermés, baignant dans l'amour qu'elle ressentait, l'amour qui l'emplissait de lumière de la tête au bout des orteils. Elle était en plein rêve éveillé ce samedi soir-là, plus heureuse qu'elle ne l'avait jamais été.

Le mardi, elle était en terre.

CALLA ET DAPHNE

1951

I

CALLA m'avait suppliée de l'accompagner à New York. Elle voulait que nous y allions toutes – “toutes” signifiant Daphne, Zelie et moi, les survivantes – mais Daphne était malade et Zelie, larmoyante et fragile – elle passait la majeure partie du temps au lit ou à la cuisine où Mme O'Connor et Dovey s'affairaient autour d'elle, lui préparant du chocolat et des cookies. C'était ce dont Zelie avait besoin, des boissons chaudes, des câlins, être dorlotée. Il n'y avait plus aucune femme adulte dans notre famille, alors elle trouvait une figure maternelle où elle pouvait.

Il ne restait que moi pour accompagner Calla à New York. Elle devait acheter une robe pour le Spring Fling, ayant accepté à la dernière minute l'invitation de Teddy Vandiver pour le bal. Je n'arrivais pas à comprendre pourquoi elle avait accepté. Tout d'abord, Calla n'avait jamais de rendez-vous galants, et consentir à aller danser avec Teddy quelques jours seulement après l'enterrement de Rosalind semblait incompréhensible.

Mais elle n'en démordait pas et insistait pour aller à New York acheter une robe.

— Je veux sentir New York vibrer dans mes os, dit-elle tandis que nous attendions sur le quai de la gare. (Le temps avait changé et nous frissonnions toutes deux.) Je veux sentir le brouhaha de la ville sur ma peau. Être à New York, c'est être vivante.

Même au mieux de sa forme, ce qu'elle disait n'avait généralement pas de sens et je n'avais aucune idée de ce dont elle parlait à ce moment-là. J'étais encore sous le choc de la mort de Rosalind et filer à New York seulement pour se sentir vivante donnait l'impression d'avoir un cœur de pierre. Attendre un train pour Manhattan semblait inconvenant. Après la mort d'Aster, nous étions restées enfermées dans notre cocon pendant des mois et c'est ce que nous aurions dû faire à cet instant ; Rosalind le méritait bien.

Je voulais dire non à Calla, lui dire que je ne l'accompagnerais pas, mais je voyais bien qu'elle avait besoin de moi et qu'elle irait en ville de toute façon. Elle n'était pas elle-même – aucune de nous ne l'était, et nous ne le serions peut-être plus jamais – et je l'imaginais se perdre dans le dédale des rues, descendre du trottoir sur le passage d'un taxi ou tomber dans une bouche d'aération du métro. J'avais donc enfilé mes collants, boutonné mon imperméable et suivi Calla lorsqu'elle avait pris les clés de la voiture pour nous conduire à la gare de Greenwich, bien qu'elle n'eût pas son permis. Quand le train s'arrêta en gare, ceux qui partaient au travail, des hommes pour la plupart, jouèrent des coudes pour monter à bord et Calla et moi fûmes brièvement séparées. Nous finîmes par trouver deux places côte à côte et, quand le train partit, nous regardâmes la pluie cingler les vitres.

J'avais espéré que nous hélerions un taxi à Grand Central, mais Calla insista pour que nous remontions à pied les dix-sept blocs sous le crachin. La cohue des voitures et des piétons devant la gare la revigorait et elle semblait aussi pleine de vie qu'un personnage de comédie musicale, comme Judy Garland dans *Parade de printemps*, que nous avions vu au cinéma de Bellflower.

Elle marchait devant moi, l'ourlet de sa robe lavande pointant sous son imperméable. Elle tenait au-dessus de sa tête l'ombrelle que Belinda utilisait pour jardiner, la rose qui me rappelait toujours un dahlia. Je suivais l'ombrelle, seule tache de couleur sur le trottoir gris. Nous continuâmes, chaque bloc plus exténuant que le précédent, éclaboussées et bousculées, mes oreilles agressées par bien plus de bruit que je n'étais capable d'en supporter dans l'état fragile qui était le mien. Je rêvais d'être dans ma chambre à la maison ou dans la cuisine à boire un chocolat chaud avec Zelie.

Lorsque la façade art déco de Bloomingdale apparut, je fus soulagée. Dans l'entrée, nous nous ébrouâmes pour tenter de nous débarrasser de la pluie, mais elle s'était infiltrée partout. Nous laissâmes nos imperméables et l'ombrelle de Calla au vestiaire, puis, désormais encombrées de notre seul chagrin, nous partîmes à la recherche de ce dont Calla avait besoin pour le bal.

Nous passâmes ce qui me parut une éternité au milieu des cosmétiques au rez-de-chaussée, les îlots de rouges à lèvres, de parfums et de poudres. Je traînais derrière elle comme un enfant désabusé suivrait sa mère. Des vendeuses empressées nous vaporisaient au passage et Calla essaya plusieurs rouges à lèvres, du rose clair au rouge vif en passant par le corail, l'essuyant chaque fois avec un mouchoir en papier et disant: "Ça ne me va pas." Elle fureta chez Helena Rubinstein, Estée Lauder et Lancôme avant d'aller au comptoir Elizabeth Arden où elle fut immédiatement attirée par un coffret du nom de Moonlit Kisses. Tout comme moi. La petite boîte était recouverte de veloutine argentée et se fermait avec un bouton-pression; à l'intérieur, sous du papier nacré, étaient nichés un poudrier en forme d'étoile, un mini-flacon de parfum Evening Eclipse, un tube de rouge à lèvres pailleté rose Arden, un pot en verre de fard à paupières pâle et brillant baptisé Milky Way et une barrette ornée d'une pierre de lune.

— Nous allons en prendre deux, dit Calla en sortant un carnet de chèques de son sac à main.

Il ressemblait à celui que Dovey rangeait dans un tiroir de la cuisine et utilisait pour faire les courses.

Comme nous n'avions pas pris de petit déjeuner, nous allâmes au café du dernier étage et commandâmes du thé Earl Grey et des petits gâteaux. Nous étions assises près d'une fenêtre donnant sur deux gratte-ciel enveloppés de nuages; aux autres tables, des femmes bavardaient et fumaient au-dessus de leurs cafés et de leurs pâtisseries. Calla mangea rapidement, puis regarda par la fenêtre, hypnotisée par les nuages. J'imaginais que la vue devait être identique à celle que l'on avait depuis un avion, même si je n'avais jamais pris l'avion.

— Tu crois que le paradis ressemble à ça? demanda Calla, sans quitter la fenêtre des yeux.

Je voyais les entailles qu'elle s'était faites aux poignets et aux bras les jours suivant l'enterrement de Rosalind. Elle ne s'était pas donné la peine de les dissimuler sous des manches longues ou un bandage.

— Je ne sais pas, répondis-je, feignant de n'avoir pas remarqué qu'elle utilisait sa serviette pour s'essuyer les yeux.

Je ne savais pas comment j'agirais si elle faisait une crise comme elle en avait eu à la maison, mais j'étais contente d'être venue avec elle.

— Je pense que le paradis est probablement très différent de ce qu'on imagine, dit-elle en reposant sa tasse.

Elle ouvrit son sac et en sortit un poudrier en or en forme de coquillage.

— Shelley a écrit un poème du point de vue d'un nuage, poursuivit-elle en commençant à se poudrer le nez. "De la terre et de l'eau, je suis fils ; mais au ciel j'ai fixé ma demeure ; et semblable à l'oiseau dans les couches de l'air, je me baigne à toute heure. Je change à chaque instant et sans mourir pourtant*." (Elle referma le poudrier.) N'est-ce pas charmant ? dit-elle avec un sourire.

— Si.

J'étais soulagée que sa mélancolie semble s'être calmée pour un moment.

— Tu es prête ? demanda-t-elle. J'aimerais aller voir les robes.

Dans le rayon jeunes filles au deuxième étage, un panneau indiquait TENUES DE SOIRÉE ENCHANTERESSES. Tout un coin du magasin était consacré aux tenues de soirée pour jeunes filles et nous pataugeâmes dans un océan de paillettes, de perles et de strass, de taffetas, de tulle et de velours, de

* Percy Bysshe Shelley, *Le Nuage*, traduit par François Chatelain (1860).

couleurs allant du rose pâle au turquoise et au rouge vif. Calla me guida jusqu'aux cabines d'essayage et me montra une chaise, me confia son sac à main et me dit de me détendre. Pendant plus d'une heure, elle essaya des robes avec l'aide d'une vendeuse tandis que j'étais assise devant sa cabine, regardant ses pieds, la voyant enfiler et enlever les tenues, tout en luttant contre mes larmes en pensant à Rosalind. Elle rejeta immédiatement certaines robes ; elle m'en montra d'autres pour avoir mon opinion. Est-ce que j'aimais la robe couleur crème avec la guirlande de fleurs cousue à l'encolure ? Non. Et la saphir avec le corset pailleté et une jupe à rendre jalouse une ballerine ? Non plus. Elle était magnifique, mais trop clinquante pour Calla qui ne s'était jamais distinguée au milieu du quartet de mes sœurs plus âgées. Elle était la plus grande et la plus mince, mais malgré ces différences physiques, elle passait généralement inaperçue. Elle avait un assez joli visage, mais plutôt banal ; ses gestes manquaient de grâce ; sa personnalité était trop bizarre pour être engageante. Des années plus tard, je verrais un portrait des sœurs Brontë, Charlotte, Emily et Anne ; leur frère, Branwell, était à l'origine sur le tableau, mais il s'était effacé, ne laissant qu'une forme floue estompée. Le trio des sœurs Brontë, cheveux sombres, peau pâle, me rappela Aster, Rosalind et Daphne, toutes trois singulièrement sûres d'elles, superbes, imposant le respect. La forme floue était Calla, là sans être là, se laissant disparaître dans l'ombre de ses sœurs.

Je la regardai entrer et sortir de la cabine d'essayage, glissant nerveusement les mèches de sa coupe au carré derrière ses oreilles.

— Qu'est-ce que tu en penses, Iris ? demanda-t-elle en sortant de la cabine vêtue d'une robe sans manche en taffetas rayonne de deux tons de vert irlandais, foncé et clair, qui lui arrivait jusqu'aux genoux.

Depuis la taille, des couches de tulle de couleur claire cascadaient par-dessus le taffetas plus foncé. La robe était une vision de verdure printanière et Calla une fée sortie tout droit de *Songe d'une nuit d'été*.

— Tu es superbe, dis-je, et je le pensais.

La vendeuse mit la robe dans une boîte autour de laquelle elle noua une ficelle. Je portais la boîte et notre sac tandis que Calla explorait les autres étages, achetant des bas en nylon et un soutien-gorge sans bretelle Peter Pan aux "bonnets magiques" qui donneraient à ses petits seins l'apparence d'obus si à la mode à l'époque. Elle acheta un sac de soirée d'une couleur argent miroitante. Elle s'arrêta au comptoir des bijoux où elle essaya une bague en argent ornée d'une pierre de lune assortie à la barrette.

— Cette bague est fabuleuse sur vous, dit la vendeuse en admirant les longs doigts délicats de ma sœur.

Calla acheta la bague en pierre de lune et une paire de boucles d'oreille en argent.

Au rayon chaussures, elle m'installa à nouveau sur une chaise, puis essaya la plupart des articles pour femme exposés avant de finir par se décider pour des mules à talons argentées. Après avoir payé, elle s'assit près de moi, l'air épuisée ; elle n'avait jamais aimé le shopping et je n'arrivais pas à comprendre pourquoi Teddy Vandiver méritait tout ça, ni même pourquoi elle avait accepté son invitation. Rien ne semblait tourner rond.

Nous retournâmes à Grand Central en taxi, mais Calla n'était pas encore prête à prendre le train pour rentrer. Alors que le taxi approchait de la gare, elle repéra quelque chose par la vitre et demanda au chauffeur de s'arrêter. La pluie avait cessé et Calla me précédait sur le trottoir, chacune de nous encombrée de boîtes et de sacs.

— Allons déjeuner, dit-elle en entrant dans un restaurant du nom de Llewellyn, dans Park Avenue.

À l'intérieur, tout était en bois de châtaignier – les murs lambrissés, les box et les tables, le bar tarabiscoté avec ses étagères remplies de bouteilles colorées que j'imaginais dans un paquebot de luxe voguant vers l'Europe. Au lieu de fenêtres classiques, il y avait des vitraux et, malgré les lustres pendant du plafond, il y faisait très sombre, presque comme dans une grotte. Toutes les tables étaient occupées par des hommes en costume qui fumaient, mangeaient des steaks et buvaient du whiskey, le genre d'hommes qui étaient sur le quai de la gare ce matin-là. Voilà ce qu'ils faisaient pendant que leurs femmes étaient à la maison à repasser et changer les couches ; j'avais l'impression d'avoir débarqué dans leur club privé. Alors que nous suivions le serveur dans le coin au fond du restaurant, les hommes nous regardaient fixement, deux jeunes filles qui auraient dû être à l'école.

— On devrait peut-être rentrer à la maison ? murmurai-je à Calla au moment où nous nous glissions dans le box planqué au fond indiqué par le serveur.

— Absurde, dit Calla. Profitons-en pour une fois. En plus, on ne passe jamais de moments ensemble.

Le serveur revint avec les menus et il demanda à Calla si elle voulait la carte des boissons. Il lui était impossible de croire qu'elle était en âge de consommer de l'alcool, mais le beau jeune homme que j'imaginais être un acteur débutant à Broadway semblait amusé de voir Calla jouer le rôle d'une femme bien plus vieille.

Elle parcourut rapidement le menu comme une pro et, quand il revint, elle était prête.

— Je prendrai un cocktail, dit-elle en jetant un dernier regard au menu. Un American Beauty.

Quelques minutes plus tard, il lui apporta un American Beauty accompagné d'un Shirley Temple pour moi, deux boissons rouge vif à cause du sirop de grenadine. Une cerise au marasquin flottait dans mon verre, mais celui de Calla était bien plus élégant, décoré d'un pétale de rose. Elle ne l'ôta pas, le laissant effleurer sa lèvre supérieure tandis qu'elle dégustait son cocktail.

Avec les boissons, le serveur avait apporté une petite baguette sur une planche avec une coupelle en argent de beurre fouetté à côté. Calla rompit un morceau de pain qu'elle tartina de beurre avant de le fourrer dans sa bouche. À la maison, elle avait toujours eu un appétit d'oiseau, comme Belinda. Mais elle n'était pas elle-même ; elle était une femme de la ville. Si nous n'avions pas été en deuil, le jeu aurait été amusant.

Le serveur revint prendre nos commandes et Calla y alla à fond, choisissant une salade au roquefort, une côte de bœuf avec une sauce au raifort, des pommes de terre de l'Idaho au four avec un supplément de beurre et des asperges fraîches.

— C'est pour partager à vous deux ? questionna le serveur ; il suffisait d'un coup d'œil à Calla pour se demander où elle mettrait toute cette nourriture.

— Non, dit Calla en sortant un paquet de Lucky Strike de son sac. Elle peut commander ce qu'elle veut.

J'avais avalé très peu d'aliments au cours de la semaine et ce que j'avais mangé était tout simple. Je n'aurais pas supporté un festin comme Calla ; dans la section "Plats préférés des dames" du menu, je choisis la tomate farcie à la salade de poulet. Le serveur alluma la cigarette de Calla avant de s'éloigner.

— Daphne sera furieuse quand elle découvrira que je les ai prises, dit-elle en soufflant un nuage de fumée dans ma direction.

La voiture, le carnet de chèques, les cigarettes – je ne savais pas comment Calla expliquerait tout ça à notre retour. Je me dis soudain qu'elle prévoyait peut-être de ne pas rentrer à la maison, qu'elle quitterait la table pour aller aux toilettes, puis s'éclipserait pour prendre un taxi qui la conduirait à l'aéroport LaGuardia. Si c'était le cas, je ne pouvais pas lui en vouloir. Il était de plus en plus difficile de vivre à la maison – deux sœurs mortes et une mère à St Aubert.

Lorsque les plats arrivèrent, Calla dévora, mangea comme je ne l'avais jamais vue manger, trempant des fourchetées de viande saignante dans la sauce au raifort et les engloutissant. Elle termina tout son plat de viande, de pommes de terre et d'asperges, puis fit passer le tout avec le reste de son cocktail et alluma une nouvelle cigarette. Je supposai que c'était le deuil qui la poussait à agir de façon si singulière, ça avait dû la faire dévier de son axe. Contrairement à elle, j'eus du mal à finir la moitié de ma tomate ; j'avais l'estomac noué.

Pendant que je mangeais, Calla me dévisageait en fumant. Nous ne parlâmes pas pendant un moment – elle n'avait jamais été très bavarde, préférant observer et écouter, lire et écrire, et je ne savais pas comment lui faire la conversation.

— Qu'est-ce que tu veux faire quand tu seras grande ? finit-elle par demander.

J'étais incapable de répondre à cette question qu'on ne m'avait encore jamais posée. Je ne savais pas que ça pouvait être une question.

— Tu aimerais mieux avoir une famille ou un métier ? insista-t-elle. On ne peut pas avoir les deux.

— Un métier, dis-je, et Calla approuva avec un sourire.

Le mariage était rapidement devenu tabou dans notre famille.

— Bien. Avoir une famille est dangereux.

— Je veux être peintre, affirmai-je, appréciant, contre toute attente, cette conversation.

C'était la première fois que j'avouais mon ambition. La question de Calla me poussait à imaginer un avenir différent de celui auquel je m'étais toujours attendue et si je pouvais être ce que je voulais, je choisirais d'être une artiste. Je n'avais jamais vu de tableau peint par une femme, pas une seule fois dans mes cours de dessin ou de civilisation occidentale, mais j'étais certaine qu'il en existait.

— Toi et Daphne, vous avez ça en commun, dit Calla.

Je me demandai si elle avait vu l'intérieur du carnet de croquis de Daphne.

Le serveur débarrassa nos assiettes et apporta les parts de tartes à la rhubarbe que Calla avait commandées pour nous. Il posa un pichet de crème anglaise chaude au centre de la table. J'en versai une bonne cuillérée sur mon gâteau et Calla noya le sien sous le reste.

— Tu dois me promettre que tu deviendras une artiste, dit-elle en prenant de la tarte et de la crème avec sa cuillère ; elle ferma brièvement les yeux pour en savourer le goût. Tu vas devoir te battre pour ça. Ce ne sera pas facile, mais peut-être que les choses auront un peu changé d'ici à ce que tu grandisses.

J'étais incapable d'imaginer ce qu'était la vie d'un peintre – je me représentais Michel-Ange sur un échafaudage en train de peindre la chapelle Sixtine –, mais je fus happée par cette perspective.

— Tu me le promets ? demanda-t-elle. Je veux t'imaginer vivre cette vie.

J'aurais dû m'apercevoir que c'était une question étrange, qu'il était étrange qu'elle semble si urgente. Mais ça ne me vint pas à l'esprit avant qu'il ne soit trop tard.

— Je te le promets, dis-je.

2

LES jours précédant celui-ci avaient été atroces. Je ne vais pas m'étendre sur les détails de la façon dont nous avions perdu Rosalind, mais il suffit de dire que son dernier jour s'était déroulé presque exactement comme celui d'Aster. Rosalind avait fait le vœu de ne jamais revenir chez nous, mais tout le monde veut sa mère à la fin, et la maison était ce qui s'en rapprochait le plus, le gâteau de mariage un utérus.

Lorsque Roderick la ramena le matin suivant le mariage, il l'aida à sortir de la voiture et elle nous fixa tandis qu'ils montaient les marches du perron. Ce furent ses derniers instants de lucidité et il était évident qu'elle savait ce qui lui arrivait. Nous avions eu raison et elle avait eu tort de ne pas nous écouter, et il était désormais trop tard pour y faire quelque chose. Il ne restait plus qu'à capituler.

La fin survint bien plus vite pour Rosalind que pour Aster. Nous avions à peine eu le temps de monter et de la mettre au lit lorsque ça se produisit : les cris, les rires, les hurlements. Dans ses derniers instants, elle attrapa une chaise et fracassa la fenêtre qu'Aster avait brisée avec son poing puis elle se pencha à l'extérieur, se lacérant le ventre sur les éclats de verre. Il y avait du sang partout, des seaux de sang, bien plus que ce qu'Aster avait perdu – Rosalind avait toujours aimé le spectaculaire.

Roderick s'évanouit devant cette scène. Lorsque le Dr Green arriva, il dut s'occuper de lui avant de se tourner vers Rosalind, que de toute façon il ne pouvait plus aider. Le Dr Green fut aussi inutile que la fois précédente. Notre père refusa à nouveau l'autopsie si bien que la cause de la mort fut officiellement une "grippe". Il me semblait que deux jeunes femmes en bonne santé mourant de la grippe à neuf mois d'intervalle et avec des symptômes aussi étranges auraient dû représenter une bizarrerie statistique, mais nous avions toujours été une famille bizarre, ce qui, apparemment, constituait un élément probant dans le raisonnement du Dr Green. Nous savions qu'il ne croyait pas vraiment qu'elles étaient mortes de ça, mais il ne chercha pas plus loin, supposant peut-être que la cause était inexplicable. Notre mère était "malade dans sa tête", alors il n'y avait qu'un pas à franchir pour penser que quelque chose n'allait pas non plus avec sa descendance, un mal inconnu de la médecine.

— C'est la seconde fois que ça se produit, entendis-je le Dr Green murmurer à l'infirmière qui l'accompagnait. (Elle était nouvelle et ne connaissait pas notre famille.) Ces filles Chapel se marient et elles ne tiennent pas le coup. C'est incroyable.

Je n'obtiendrais jamais d'autre explication médicale pour la mort de mes deux sœurs aînées : elles n'avaient pas tenu le coup.

Belinda n'avait pas été informée de la mort de Rosalind. Lorsque mon père téléphona pour le dire à ses médecins, ils répondirent qu'elle avait eu du mal à s'adapter à la vie à St Aubert et ils ne la pensaient pas capable d'encaisser la nouvelle avant d'être plus stable. Mais je savais que Belinda n'avait pas besoin qu'on le lui dise ; elle avait prédit la mort de Rosalind, comme elle avait prédit celle d'Aster et, une fois de plus, c'était arrivé.

À l'enterrement, en plus de la pitié, nous suscitions désormais l'incrédulité. En moins d'un an, deux filles Chapel s'étaient mariées et toutes deux étaient mortes le lendemain. Je savais que tout le village parlait de nous. Devant l'église, nous entendîmes un groupe d'enfants chanter une comptine en sautant à la corde.

Les sœurs Chapel :
D'abord elles sont mariées
Puis elles sont enterrées

Mon père les fit déguerpir, mais la comptine s'éterniserait des années, résonnant dans mes oreilles.

Au bord de la tombe de Rosalind, après sa mise en terre, Roderick hurla sur Calla, Daphne, Zelie et moi :

— Qu'est-ce que vous lui avez fait ? Vous l'avez empoisonnée, espèces de sorcières, vous et votre mère. Elle disait sans arrêt que vous étiez du poison.

C'est ce jour-là que je pris conscience des préjugés qui s'attachaient à nous, mais ce que cela signifierait pour nos vies était encore inconnu. Nous nous retirâmes dans la maison, comme nous l'avions toujours fait.

Roderick prit l'avion pour le Texas le lendemain des obsèques, loin de la Nouvelle-Angleterre, loin des femmes Chapel. Sa cousine Adele nous dit qu'il avait abandonné sa Cadillac, ainsi que ses cours à Yale. Il ne termina jamais ses études, bien qu'il fût très proche de la fin, et nous ne le revîmes jamais.

Nous nous enfermâmes deux jours entiers dans le salon des filles après les funérailles de Rosalind. Nous n'ôtâmes pas nos robes d'enterrement – cette fois-ci nous portions du noir, les tenues de la première du film. Nous ne quittions la pièce que pour utiliser les toilettes, nous ne prîmes pas de bain et, même si ça commençait à sentir dans le salon, ça nous était égal. De temps à autre, Dovey posait un plateau de nourriture devant la porte, des plats de deuil tout simples que Mme O'Connor avait préparés, le genre de nourriture qui ne perturbe pas l'estomac. Lorsque nous avions faim, nous tirions le plateau dans la chambre et piochions dans son contenu, ne mangeant que pour survivre. Avant que nous nous renfermions, Dovey avait apporté plusieurs vases de roses rouges luxuriantes que les Whiteley nous avaient envoyées – des roses pour Rosalind avaient-ils dû se dire – ce qui prouvait qu'ils ne savaient rien de notre famille. Puisque Belinda était partie, Dovey n'avait certainement vu aucun mal à remplir notre salon de quelque chose de joli et parfumé, mais une fois enfermées dans l'obscurité, les roses eurent l'air plus noires que rouges – et sinistres.

Nous avions éteint la lumière et allumé quelques bougies et, durant plusieurs heures, nous restâmes plongées dans les marécages de notre deuil. Il n'y avait rien à dire, rien qui n'eût déjà été dit après le décès d'Aster. La mort de Rosalind était comme une jumelle apparue neuf mois après sa sœur – cela semblait impossible, un malheur identique nous tombant dessus, et pourtant, il était là.

Il n'y avait aucune façon de gérer ça, alors nous n'en fîmes rien. Nous nous contentâmes de regarder les heures s'écouler, nous éloignant du dernier instant où Rosalind avait été vivante. À chaque minute qui passait, elle était repoussée plus profondément dans notre mémoire, le son de sa voix, son odeur, son rire – au fil du temps, ils s'estomperaient, alors nous restâmes silencieuses tant que ces derniers vestiges continuaient de résonner. Elle était encore si fraîche, nous l'aurions mise en bouteille si nous avions pu – son essence.

Nous dormions et pleurions, et Daphne but toute une série de mignonnettes d'alcool qu'elle avait volées à l'hôtel Cream. À un certain moment, Calla sortit une rose d'un des vases et s'en piqua l'index droit, pressant la goutte de sang sur sa langue. Zelie et moi poussâmes des exclamations d'horreur, demandant à l'unisson :

— Qu'est-ce que tu fais ?

— Ça fait du bien, répondit Calla avec un haussement d'épaules. Douleur et encore douleur. C'est le destin d'une femme.

— Quoi ? demandai-je.

— Le sang. La douleur. Et c'est encore pire pour nous, les filles Chapel.

Elle piqua à nouveau son doigt.

— Regarde notre sœur, Rose d'épine*, marmonna Daphne, la voix pâteuse.

Elle avait ouvert une bouteille de ce qui sentait le rhum, les mignonnettes vides alignées sur le sol près d'elle.

— Rose d'épine se piqua le doigt et s'endormit pour cent ans, récita Zelie.

Calla se piqua les autres doigts avec l'épine de la rose, puis lécha le sang.

— Pour nous, les filles Chapel, c'est différent, dit-elle. Le baiser d'un homme ne nous réveille pas, il nous endort d'un sommeil éternel d'où nous ne nous réveillerons jamais.

* Nom de la Belle au bois dormant dans la version des frères Grimm.

— C'est pas vrai, protesta Zelie.

La seule chose qu'elle désirait vraiment dans le futur était une histoire d'amour ; elle ne renoncerait pas facilement malgré les preuves qui s'accumulaient.

— Ah bon ? Regarde ce qui est arrivé à Aster et Rosalind.

— Elles sont mortes de la grippe, s'entêta Zelie.

Calla commença à se poignarder le poignet, puis le bras, avec l'épine.

— La grippe ! dit-elle, et elle sourit.

— Vous feriez mieux d'écouter sœur Grimm, les filles, dit Daphne. Te frotter à la tige d'une rose ne t'endormira pas, te frotter à celle d'un homme, si.

Daphne eut un rire sombre et s'écroula dans son nid de couvertures. Elle se retourna et sa jambe heurta la rangée de bouteilles, les envoyant s'écraser contre le mur.

— Non que j'aie à m'inquiéter de ça, ajouta-t-elle en lâchant un rire qui se transforma en hoquets.

Je ne comprenais pas ce qui était drôle – comme je n'avais pas vraiment compris ce que Calla avait dit. Elle parlait en codes, en énigmes et en poésie, en légendes arthuriennes et en contes de fées. C'était trop pour moi, même un jour normal, mais elle avait réussi à faire peur à Zelie qui pleurait, le visage enfoui dans un oreiller.

— C'est bon, Zelie, dis-je, tentant de faire appel à l'once de fibre maternelle requise chez une grande sœur.

— Regarde ce que tu as fait, sœur Grimm, bafouilla Daphne au milieu de ses hoquets.

— Ce n'est pas moi qui ai écrit l'histoire, dit Calla en léchant doucement le sang sur son bras. Elle a été écrite avant notre naissance. C'est notre destin ; c'est dans notre sang. Excusez-moi d'être la seule à le voir.

Daphne s'assit et fouilla dans son sac.

— Tiens, tu as besoin de ça, dit-elle en jetant une mignonnette à Calla qui poussa un petit cri de douleur quand elle atterrit sur son coude.

De rage, elle lança la bouteille sur le mur, elle explosa et emplit la pièce d'une odeur de whiskey.

Elles commencèrent à se disputer. Je me traînai hors du canapé et ouvris la porte, me penchai et tirai un des plateaux de Dovey à l'intérieur, refermant rapidement afin d'empêcher la clarté du couloir d'entrer. En me retournant vers la pièce sombre, des taches de lumières dans les yeux, je vis la silhouette de Rosalind, ses bagages à la main, qui s'éloignait de nous en courant dans le couloir. Certaines images resteraient à jamais.

Je pris un pichet d'eau glacé et deux verres sur le plateau, que je remplis avant d'en donner un à Zelie, gardant l'autre pour moi. Calla et Daphne pouvaient se servir toutes seules. Zelie s'assit et s'essuya les yeux, puis but l'eau, visiblement reconnaissante. Je posai l'assiette de sandwichs au fromage sur la table et lui en tendis une moitié, insistant pour qu'elle mange, ce qu'elle fit. Quand elle l'eut fini, je lui donnai un cookie au beurre de cacahuètes et une poignée de raisins. Elle prenait ce que je lui donnais et l'avalait avec obéissance, comme une enfant, ce qu'elle était, bien sûr.

Quand nous eûmes fini de manger, Daphne, désormais complètement ivre, vomit dans une des fougères en pot. Personne ne prit la peine de nettoyer ou d'ouvrir la porte ou une fenêtre. Calla sortit une nouvelle rose du vase et continua de se piquer avec les épines. Elle commença à barbouiller les oreillers de son sang. Lorsqu'elle en eût terminé avec les roses, ses bras couverts de minuscules blessures, elle souleva sa robe et fit couler de la cire de bougie sur ses cuisses, grimaçant tandis qu'elle gouttait sur sa peau.

Quand elle eût fini, elle dit :
— Je suis la prochaine. C'est comme ça que ça marche. Un, deux, trois.
Nous continuâmes ainsi pendant deux jours. De façon perverse, ça faisait du bien de nous noyer dans notre propre saleté, le sang, le vomi et le désespoir. Lorsque Calla nous lut du Rimbaud, ça avait du sens : *Une saison en enfer.*

Rosalind avait été enterrée le mardi et, le jeudi, au milieu de l'après-midi, je m'éveillai d'une sieste et vis la porte du salon ouverte. Calla, tout droit sortie du bain dans son peignoir molletonné blanc, ramassait les détritus. Zelie se réveilla peu après moi tandis que Daphne était toujours par terre, dans les vapes, la bouche ouverte, la salive coulant dans ses cheveux.
Calla semblait être redevenue elle-même, la folie des derniers jours s'être calmée. Elle récupéra les roses qu'elle avait jetées et les mignonnettes d'alcool vides et les balança dans la poubelle.
— Qu'est-ce qui se passe ? demanda tranquillement Zelie, la bouche pâteuse d'avoir dormi.
— Je sais ce que j'ai à faire, dit Calla, résolue, bien que nous ne sachions pas à quoi.
Elle tira les rideaux, inondant la pièce de lumière, puis ouvrit les fenêtres pour laisser entrer la brise printanière. Elle resta là à regarder par l'ouverture, dos à nous, comme une reine sur un balcon.
— Qu'est-ce que tu dois faire ? demandai-je, mais elle continua de fixer l'extérieur en silence.
Après des jours passés dans l'obscurité, la clarté me faisait mal aux yeux.
— Je dois entrer, dit-elle. Le brouillard se lève.

Elle quitta la pièce, et Zelie et moi nous regardâmes en pleine confusion. Il n'y avait pas de brouillard et elle était déjà à l'intérieur, mais je savais que ses mots n'étaient pas censés avoir du sens pour moi. Ils n'étaient destinés qu'à un seul public, elle-même, la maîtresse des énigmes.

Nous nous levâmes et la suivîmes. Ne la trouvant ni dans sa chambre ni dans la salle de bains, nous longeâmes le couloir jusqu'à l'escalier. De là, penchées au-dessus de la rampe, nous la vîmes décrocher le téléphone sur la table de l'entrée. Elle demanda à l'opératrice de lui passer l'université de Yale.

— J'aimerais parler à la Roberts House, dit-elle, puis, à la personne qu'elle eut ensuite : Teddy Vandiver, je vous prie.

— C'est qui, Teddy Vandiver ? murmura Zelie et, tout d'abord, je n'en eus aucune idée, puis ça me revint : l'ami de Roderick, le joueur de football américain de Yale rencontré au mariage.

Calla attendit une minute ou deux.

— Teddy ? C'est Calla Chapel. Si votre invitation pour le Spring Fling tient toujours, j'aimerais accepter. (Elle écouta un moment.) Oui, merci, la semaine a été tragique pour la famille Chapel. (Zelie et moi nous regardâmes, déroutées par son ton désinvolte.) Non, non, ça ira. Je crois que ça me ferait du bien de sortir et de m'amuser.

Elle s'exprimait avec une gaieté feinte. Tous ceux qui la connaissaient savaient qu'elle n'était jamais franchement gaie.

Elle attendit encore quelques instants pendant que Teddy parlait, puis ajouta :

— À six heures, parfait. À samedi alors.

3

Le lendemain, Calla et moi allâmes à New York. En arrivant à la maison au milieu de l'après-midi avec nos paquets de chez Bloomingdale, nous découvrîmes que personne n'avait remarqué notre absence.

— Bloomingdale ? dit Dovey d'un ton amusé avant de retourner à son café.

Dovey et Zelie se trouvaient dans la cuisine où Mme O'Connor préparait de la pâte. Zelie était attablée devant une part de cake au citron et aux graines de pavot et une sorte de beignet qui avait empli la pièce d'une odeur de cannelle.

Calla glissa le carnet de chèques dans le tiroir, puis nous montâmes nous répartir les paquets, un coffret Moonlit Kisses pour moi et tout le reste pour elle. Alors que j'étais assise sur mon lit en train d'ouvrir le coffret au trésor, Calla passa la tête dans l'embrasure de la porte.

— Je vais écrire dans la bibliothèque, dit-elle. Dis-leur que je ne dînerai pas ce soir, je suis repue.

— Hmm-hmm, répondis-je, en fixant la barrette dans mes cheveux.

Le matin, Zelie et moi prîmes notre petit déjeuner avec notre père pendant que Calla se faisait onduler les cheveux chez le coiffeur du village. Daphne était au lit, malade, disant qu'elle s'était "brûlé" l'estomac en buvant tant d'alcool fort ; elle dormit et gémit de douleur la plus grande partie de la journée.

Nous supposions avoir atteint le sommet de la tragédie pour la semaine, l'année, la décennie et au-delà, donc il ne nous vint pas à l'idée de traiter les événements ordinaires de cette journée comme mémorables, le "dernier ceci" et le "dernier cela". Zelie et moi ne pouvant supporter de rester dans le salon des filles après ce qui s'y était passé cette semaine-là et ne voulant pas aller dans notre chambre avec sa vue sur la terre fraîchement retournée dans le cimetière familial, nous nous installâmes dans le salon de devant. C'est ainsi que commença notre départ définitif de l'aile des filles, même si nous ne le savions pas encore.

Nous jouâmes à des jeux – aux petits chevaux, au Cluedo et à la Vieille fille. Mes sœurs et moi avions toujours adoré jouer à la Vieille fille* et notre jeu de cartes était très abîmé. Celle qui restait coincée avec la vieille fille à la fin de la partie poussait systématiquement un petit cri d'horreur théâtral. Mais ce samedi-là, lorsque Zelie et moi jouâmes seules et que je me retrouvai avec la vieille fille, j'étudiai son visage supposé hideux, son double menton et sa peau marbrée, ses yeux globuleux derrière ses verres épais, ses dents en avant. Elle était censée être effrayante ; elle était destinée à faire peur aux petites filles. Mais étant donné ce qui était arrivé à Aster et Rosalind, peut-être que c'était la vieille fille, la chanceuse.

Cet après-midi-là, nous fîmes plusieurs parties et, quand nous en eûmes assez, nous montâmes voir si Calla se préparait pour le bal. Nous étions en début de soirée et Teddy viendrait bientôt la chercher. Nous la trouvâmes devant sa coiffeuse, portant son soutien-gorge Peter Pan aux bonnets magiques, sa gaine porte-jarretelles et des bas. Elle avait les anneaux en argent aux oreilles et au doigt la bague en pierre de lune, et elle avait fixé la barrette assortie dans ses

* Équivalent du mistrigri ou du pouilleux.

cheveux. Elle examinait attentivement son visage dans le miroir, appliquant le rouge à lèvres du coffret Moonlit Kisses.

Daphne dormait dans son lit du côté opposé : si elle avait été réveillée, elle aurait certainement taquiné Calla au sujet de son rendez-vous avec Teddy, mais la chambre était tranquille. Zelie et moi, silencieuses, regardâmes Calla terminer ses lèvres, étaler au pinceau une ombre de fard Milky Way sur ses paupières et se poudrer le nez. Ses mains tremblaient comme celles d'une actrice se préparant à entrer sur scène. Elle enfila sa robe de soirée verte et ses mules à talon argentées, puis elle se tint devant le miroir, se tournant dans un sens et dans l'autre.

— Divine, dit Zelie.

— Adorable, ajouta Dovey, qui venait d'arriver à la porte. Il y a un jeune homme en bas qui t'attend.

Calla posa une main sur sa poitrine et me jeta un coup d'œil ; j'y vis une brève lueur de terreur, qui disparut dans un clignement de paupière. Elle prit son sac à main et, en se dirigeant vers la porte, elle appela Daphne.

— Réveille-toi. Viens me dire au revoir.

Daphne grommela quelque chose sous les couvertures. Calla s'arrêta sur le seuil pour contempler la chambre, les callas et le laurier sur les murs. Elle inspira lentement, comme si elle pouvait les sentir.

Teddy était dans le salon de devant avec notre père, désignant avec excitation la carabine Chapel au mur, comme un gamin visitant un musée.

— Mon frère aîné en a une accrochée au mur de sa maison, dit-il. Il l'a rapportée de la guerre.

Zelie et moi, les observant depuis l'entrée, échangeâmes un regard ; une histoire de guerre de seconde main allait inévitablement suivre.

— Il vit à New Rochelle avec sa femme et ses enfants, dit Teddy. Il est architecte.

— Une profession très intéressante, l'architecture, répondit mon père en regardant lui aussi la carabine.

Je connaissais suffisamment bien mon père pour savoir que ce bavardage imposé lui était pénible.

— Sa femme ne voulait pas d'arme accrochée dans le salon, mais mon frère lui a dit que sans la carabine Chapel, il n'aurait pas survécu à la guerre. Il doit tout ce qu'il a à cette arme.

— Ça me fait chaud au cœur d'entendre ça, dit notre père avec autant de conviction qu'un politicien prenant un bain de foule.

Il trouva enfin une échappatoire ; il montra l'entrée et Teddy se retourna pour voir Calla arriver.

— Mon Dieu, vous êtes splendide, dit Teddy.

Calla s'avança vers lui et sourit timidement. Zelie et moi rôdions près de l'escalier pendant que le baraqué Teddy, bâti comme une barrique, jacassait, et que Calla et notre père hochaient la tête sans enthousiasme. Calla respirait vite, elle tripotait son sac à main. Je me demandais si elle regrettait ce rendez-vous ; je m'attendais presque à ce qu'elle remonte dans sa chambre en courant. C'était davantage dans sa nature que de quitter la maison au bras de Teddy pour aller au Spring Fling.

Teddy, lui, était enjoué, complimentant Calla sur son apparence et décrivant le restaurant chinois où ils allaient dîner avec certains de ses amis de Yale avant le bal.

— Vous avez déjà mangé des pâtés impériaux ? demanda-t-il, et Calla haussa une épaule. J'adore la cuisine chin…

Teddy s'interrompit en voyant Daphne descendre l'escalier d'un pas chancelant en salopette en jean, chemisier vichy froissé et pieds nus.

— Oh, dit Daphne en découvrant Teddy. C'est vous.

— Oui, re-bonjour, dit Teddy laconiquement. Nous partions.

Il posa la main sur la taille de Calla et la fit doucement avancer. Ils se dirigèrent vers la porte, notre père à leur suite.

— Attendez un moment, dit Calla. (Teddy retira sa main et elle se retourna pour nous regarder, Daphne, Zelie et moi.) Mettez-vous côte à côte toutes les trois, dit-elle avec un geste de la main comme un photographe se préparant à prendre une photo.

Et c'est ce qu'elle semblait faire, prendre un cliché mental de nous.

— Mes magnifiques sœurs, dit-elle pour finir, les yeux humides.

Oh, là là ! pensai-je.

— L'amour que j'éprouve pour vous est le plus exquis des amours, poursuivit-elle en essuyant les larmes sur ses joues.

Je ne savais pas pourquoi elle pleurait. Teddy regarda notre père, abasourdi, mais celui-ci ne trahissait aucune émotion. Il était habitué aux scènes étranges ; et il lui en fallait davantage pour être ébranlé. Mais je l'étais. Les paroles de Calla, la terreur que j'avais aperçue dans ses yeux, son comportement insolite les deux derniers jours – tout cela faisait résonner une alarme dans ma tête, mais, à ce moment-là, elle était encore trop lointaine.

Notre père ouvrit la porte pour faire sortir Calla et son cavalier.

— Sois de retour à onze heures, dit-il.

Calla et Teddy avancèrent sur le porche, mais Calla tendit la main pour empêcher notre père de refermer la porte derrière eux. Elle regarda au-delà de lui, vers mes sœurs et moi, et je n'oublierai jamais son allure dans cette robe verte, la princesse de la forêt, ses mules en argent scintillant comme un clair de lune.

— Se quitter est un si doux chagrin, dit-elle avant de nous envoyer un baiser.

Après leur départ, notre père nous précéda dans la salle à manger pour le dîner. Mme O'Connor versa du ragoût de bœuf dans nos bols et nous mangeâmes en silence. Je savais que nous pensions toutes à Calla, tentions de donner du sens à son comportement.

— Si vous voulez mon avis, cette gamine a perdu la boule, finit par dire Daphne.

Plus tard ce soir-là, après avoir joué pendant des heures dans le salon de devant, Zelie et moi montâmes et trouvâmes Daphne assise à son bureau, dessinant et buvant une de ses mignonnettes dont elle semblait avoir des réserves sans fin.

— Je croyais que tu avais l'estomac brûlé, dis-je, mais elle continua à dessiner comme si je n'étais pas là.

Zelie et moi nous brossâmes les dents et nous changeâmes pour aller au lit. J'avais prévu de lire jusqu'au retour de Calla ; après son comportement bizarre, je savais que je serais incapable de dormir tant qu'elle ne serait pas revenue. J'arrangeai mon oreiller avant de me glisser dans le lit et j'entendis un froissement en dessous. Je le soulevai et trouvai une feuille de papier pliée.

iris noctiflore

iridescence argentée dans
la poussière lunaire
scintillante sur la berge d'une rivière
à la frontière de l'Élysée

nous t'attendrons

calla chapel

Je ne comprenais pas le poème. Je n'avais jamais été très douée pour la poésie et ce que Calla avait écrit me troublait.

— Élysée, dis-je à haute voix.

— Les champs Élysées, dit Daphne depuis le couloir.

Elle était en route pour le salon, mais s'était arrêtée à notre porte.

— C'est quoi ? demandai-je.

— Ça vient de la mythologie grecque. L'Élysée est une sorte de… paradis. Pourquoi ?

Je lui tendis le morceau de papier. Elle le lit et me regarda comme pour dire : "Et alors ?"

— Calla l'a déposé sous mon oreiller.

— C'est bien de Calla, dit Daphne. Elle laisse toujours des poèmes partout.

— Je sais, mais celui-ci me semble différent.

— Pourquoi ?

— C'est comme si elle m'adressait un message.

Je lui racontai ce qui s'était passé à New York, comment Calla s'était comportée, comment elle m'avait fait promettre d'avoir un métier, son sentiment d'urgence. Et puis il y avait eu la scène à la porte un peu plus tôt.

— Tu crois qu'elle s'enfuit de la maison ? (Daphne rit.) Si Calla voulait s'enfuir, elle me l'aurait dit.

— Non, dis-je, incapable de formuler la pensée qui avait surgi dans mon esprit : Calla mourant comme l'une de ses héroïnes, comme la Dame d'Escalot ou, encore plus probablement, Ophélie.

— Quoi ? dit Daphne, s'énervant devant mon silence, ma façon de garder pour moi ce que manifestement j'avais envie de dire. Attends, tu crois qu'elle va se suicider ?

— Calla ? demanda Zelie, paniquée. Mais pourquoi ?

— Non, se moqua Daphne. (Elle adressa un signe dédaigneux à Zelie pour la calmer.) Calla ne ferait… elle… elle ne pourrait pas. Tu ne la connais pas comme moi. (Je me demandais quelle quantité d'alcool elle avait bue.) Si c'est ce qu'elle a prévu, pourquoi sortir avec Ricky ?

— Teddy, la corrigeai-je.

— Elle va ordonner à Teddy de l'étrangler avec ses bas ? Non, Calla va bien.

Daphne me rendit le poème et quitta la pièce. Après son départ, je ne bougeai pas, ne dis rien, et Zelie non plus. Un instant plus tard, Daphne revint avec deux mignonnettes dans chaque main.

— C'était vraiment bizarre la façon dont elle a dit au revoir à la porte. (Elle fit légèrement s'entrechoquer les bouteilles.) Descendons l'attendre en bas.

Nous attendîmes dans le salon de devant. Zelie était assise sur une chaise près de la fenêtre, guettant le moindre signe de la voiture de Teddy. Notre père n'était pas allé vérifier si Calla était rentrée, et je me disais qu'elle pourrait rester dehors toute la nuit sans qu'il le sache.

Pendant que Zelie continuait de faire le guet, Daphne était assise sur le canapé face à moi, en salopette, les jambes écartées, pas coiffée.

— Elle va bien, se répétait-elle sans arrêt comme une incantation, comme si son itération pouvait rendre la chose réelle.

Plus elle buvait, plus elle avait tendance à s'assoupir, mais j'étais trop tendue pour seulement fermer les yeux. Mes réserves d'anxiété commençaient à se tarir après les semaines que nous avions passées avant et après le mariage, mais il m'en restait encore assez pour que le retard de Calla me rende malade.

La pendule sonna une heure, puis deux, puis trois. Pas de Calla. Le carillon de quatre heures réveilla Daphne et elle s'assit, posant la mignonnette vide sur la table basse. Elle se tourna vers Zelie qui, comme moi, était réveillée ; elle continuait de surveiller la fenêtre et dit :

— Aucun signe d'elle.

— J'espère que cette gamine n'est pas en train de faire un truc idiot, dit Daphne, en ouvrant la dernière mignonnette qu'elle entama.

— Qu'est-ce que tu crois qu'elle fait ? demandai-je.

J'avais des idées noires. Je songeais à Ophélie peinte par Millais. Calla flottant sur le dos le long d'une rivière, sa robe vert foncé avec le tulle vert clair, sa pâleur à la lueur de la lune. Non, c'était trop romantique. Les peintres imaginent la mort des jeunes filles comme quelque chose de beau, mais je savais qu'il en était autrement.

— Rose d'épine, dit Daphne. La belle au bois dormant. Ou l'opposé. Calla nous l'a dit elle-même, vous vous en souvenez ? Le baiser d'un homme, le sommeil éternel.

Zelie abandonna son poste à la fenêtre et vint s'asseoir sur le canapé près de Daphne. Celle-ci tendit la bouteille à Zelie, qui secoua la tête.

— Qu'est-ce que tu veux dire ? demanda-t-elle.

— Je veux dire qu'elle aurait pu se tirer avec Teddy et si c'est le cas, on sait toutes ce qui arrive ensuite.

— Calla n'est pas une débauchée, dis-je. Et elle se fiche des garçons. Elle ne ferait pas ça.

— Dans des circonstances normales, non. Mais tu l'as dit toi-même. Elle veut mourir.

Daphne se mit à trembler et but une autre mignonnette. Elle se dirigea vers l'entrée et prit les clés de la voiture sur la table.

— Il faut qu'on la trouve.

Dès le départ, l'idée semblait mauvaise – Daphne était clairement ivre – mais, en même temps, c'était notre dernier espoir. Notre père n'aurait pas compris et je me souvenais de son inaction le jour de la mort d'Aster. Il dormait à l'étage, sans savoir que Calla avait dépassé l'heure à laquelle elle devait rentrer.

Zelie et moi étions en pyjama, mais Daphne dit que ce n'était pas le moment de se changer. Nous prîmes nos manteaux dans le placard et, nos chaussures étant à l'étage, nous enfilâmes des caoutchoucs. Nous suivîmes Daphne jusqu'à la Hudson et montâmes toutes deux à l'arrière. Daphne eut du mal à insérer la clé de contact, mais la voiture finit par se mettre à ronronner.

Avant de partir, elle sortit une carte du Connecticut et une petite torche rangée en cas d'urgence dans la boîte à gants, et me les tendit.

— Sois mon Fred Noonan*, dit-elle, ce qui semblait d'emblée vouer l'escapade à l'échec.

* Pionnier de l'aviation, navigateur d'Amelia Earhart avec qui il disparut au-dessus du Pacifique en 1937.

Zelie tenait la lampe pendant que je dépliais la carte.

— On va où ? demandai-je, la vaste étendue du Connecticut étalée sur mes genoux. On ne sait même pas où elle est.

Une aiguille dans une botte de foin, voilà ce que je pensais.

— Commençons par Yale, dit Daphne, très sûre d'elle, comme si elle avait un plan.

Je savais que New Haven était à plus d'une heure de route. Je n'avais pas encore trouvé Bellflower Village sur la carte que Daphne se lançait dans la nuit sans avoir la moindre idée d'où elle allait.

Sur la route devant chez nous, la voiture cahotait et faisait des embardées ; Zelie fit tomber la torche par terre. Je m'inquiétais de ce que nos chances de finir dans un fossé soient plus grandes que celles d'atteindre Yale, Daphne franchissant régulièrement la ligne centrale. Il y avait très peu de réverbères à Bellflower Village, ce qui n'aidait pas. Nous traversâmes à toute vitesse le croisement au bout de la route ; Daphne n'avait pas vu le stop, en dépit de nos avertissements. Je savais que nous devions tourner à gauche pour entrer dans le village et prendre ensuite le chemin de l'autoroute.

Quand je le fis remarquer à Daphne, elle pila au milieu de la route si brusquement que Zelie et moi heurtâmes le siège avant. Elle avança et recula par à-coups en essayant de se remettre dans la bonne direction. Les phares éclairaient la forêt devant nous, les arbres si noirs qu'on ne pouvait les distinguer du ciel nocturne.

Elle réussit enfin à se retrouver dans le bon sens, mais au lieu d'avancer vers le croisement, elle laissa sa tête retomber en arrière sur le siège. La voiture se mit à reculer et je ne compris ce qui se passait qu'en entendant les ronflements de Daphne. Zelie, qui était assise juste derrière elle, lui donna un petit coup sur la tête.

— Réveille-toi, Daphne ! Il faut qu'on se dépêche !

— Hein ? marmonna Daphne en se réveillant en sursaut et en appuyant à fond sur l'accélérateur.

Nous parvînmes à l'intersection, tournâmes à droite et arrivâmes bientôt au bas de Main Street.

— Tourne à droite, dis-je.

Je n'avais toujours pas localisé Bellflower Village sur la carte, mais j'étais certaine qu'il fallait tourner à droite pour rejoindre l'autoroute. Mais Daphne tourna à gauche, vers le centre du village.

— Tu vas dans le mauvais sens, dit Zelie.

— Mais non, rétorqua Daphne.

Main Street était éclairée par des réverbères et, à travers le pare-brise, je les voyais serpenter devant nous comme une rangée d'énormes insectes luisants. Nous avancions au pas, longeant le cinéma, le marchand de glaces, le cabinet du Dr Green et l'église. Alors que nous contournions le jardin public, Daphne vira brusquement et le côté droit de la voiture, où j'étais assise, enjamba le trottoir. La secousse fut telle que Zelie et moi fîmes un bond sur la banquette et je retombai sur elle. Daphne poursuivit son chemin ainsi durant quelques minutes, le côté droit toujours sur le trottoir, Zelie et moi lui criant de revenir sur la route. Un lampadaire érafla les portières, puis un autre, avant que les pneus ne regagnent la chaussée dans un soubresaut. Daphne continua comme si de rien n'était.

— On ferait mieux de rentrer, dis-je avec insistance.

Je ne voulais pas impliquer notre père, mais il était évident que sans lui, nous ne retrouverions jamais Calla.

— Fais demi-tour, demandai-je à Daphne, mais elle m'ignora, alors je criai : On perd du temps !

Elle finit par se garer au bord de la route.

— J'ai besoin d'une sieste, dit-elle en se mettant au point mort. Après, ça ira. Accordez-moi juste une minute.

Avant que je puisse crier à nouveau, elle s'écroula de biais sur la banquette et se mit à ronfler.

Nous étions dans la voiture à l'extrémité nord du village, le moteur tournant et pleins phares, et Daphne dormait. Nous n'étions jamais sorties de la maison à cette heure de la nuit et certainement pas seules dans Main Street, notre sœur ivre au volant. Et le pire était que Calla se trouvait quelque part, loin, et, où qu'elle soit, nous ne nous rapprochions pas d'elle.

— Qu'est-ce qu'on fait ? demanda Zelie, apeurée.

Il était évident que Daphne n'était pas près de se réveiller. Je pensai à Aster et Rosalind et aux paroles de Calla qui commençait à résonner dans ma tête comme de la poésie : "Tu crois que le paradis ressemble à ça ?" avait-elle dit. Et : "Tu dois me promettre de devenir une artiste." Comment avais-je pu être assez stupide pour ne pas avoir compris ce qu'elle me disait ? Et puis il y avait son poème, le dernier vers : "Nous t'attendrons". Elle partait rejoindre Aster et Rosalind.

Ne voulant pas effrayer Zelie, je gardais ma peur pour moi. J'ouvris ma portière, contournai la voiture côté conducteur, ouvris la portière de Daphne et tentai de la repousser sur le côté passager de la banquette.

— Qu'est-ce que tu fais ? s'écria Zelie.

— Il faut qu'on rentre à la maison, dis-je. (Je poussais de toutes mes forces, mais Daphne ne bougeait pas d'un pouce.) Debout ! hurlai-je, en cognant ses hanches de mon poing aussi fort que possible.

Elle marmonna quelque chose et rampa sur la banquette vers la portière passager, me laissant juste assez d'espace pour que je puisse m'asseoir à la place du chauffeur. Je n'avais jamais conduit et je n'avais aucune idée de la façon dont on changeait de vitesse, mais je finis par comprendre que pour y parvenir, je devais appuyer sur la pédale de frein. Nous fîmes un bond en avant et je nous conduisis le long de Main Street, la voiture plus difficile à manœuvrer que je ne l'avais imaginé. Nous roulions dans la mauvaise direction, mais je ne me sentais pas capable de faire demi-tour au milieu de la route. Je tournai à gauche dans une rue résidentielle en espérant pouvoir louvoyer et retrouver mon chemin jusqu'à l'intersection que Daphne avait grillée plus tôt, et que je savais être près de chez nous. Il était cependant compliqué de m'orienter sans les lumières de Main Street et je tournai plusieurs fois, avec l'impression de décrire des cercles, mais c'était difficile à dire.

En conduisant, j'imaginai Calla avec Teddy qui lui enlevait sa robe verte, le soutien-gorge Peter Pan aux bonnets magiques, la gaine porte-jarretelles et les bas. J'appuyai plus fort sur l'accélérateur, voulant désespérément rentrer à la maison.

— Ralentis ! criait Zelie.

Nous arrivâmes à une intersection, mais ce n'était pas celle que je cherchais. Je m'arrêtai pour me calmer. Je voyais la bouche de Teddy sur la bouche de Calla ; je voyais ses lèvres sur ses seins, ses mains explorer son corps, lui écarter les jambes. Je me remis à pleurer, mais pas assez doucement pour le cacher à Zelie.

— Tu me fais peur, dit-elle.

— Je sais, je suis désolée.

Je m'essuyai les yeux et regardai autour de moi à la recherche d'un point de repère.

Le panneau, que je distinguai à peine, indiquait St Ronan Street.

— St Ronan, ce n'est pas la rue qui passe derrière le pré ? demandai-je à Zelie.

Derrière le pré, au-delà d'un petit bois, se trouvait le cul-de-sac d'une route qui partait du village et desservait une zone résidentielle. Nous la prenions avant qu'Aster passe le permis quand nous voulions aller dans le centre-ville et qu'il n'y avait personne pour nous y conduire.

Zelie se pencha au-dessus de mon épaule.

— C'est bien cette rue, dit-elle. Tourne à droite.

— Je crois que c'est à gauche, dis-je. À droite, ça mène à l'impasse. Il faut qu'on revienne sur la route principale.

— Je suis sûre que c'est à droite, dit Zelie.

Alors je suivis ses indications.

St Ronan était une rue large, plus rurale que celles autour de Main Street. Les maisons étaient plus distantes les unes des autres, sur des terrains plus grands. La route était plongée dans une obscurité presque totale, comme toutes les autres, et j'accélérai, soulagée d'être presque à la maison.

Puis quelque chose fila devant nous, un chien, un renard ou un raton laveur. Je vis sa silhouette sombre traverser la route juste au bout de mes phares et je paniquai, braquant à fond vers la droite. Nous quittâmes brusquement la chaussée, la voiture faisant une embardée à l'endroit où le bitume laissait place à l'herbe. Zelie hurla quand les phares éclairèrent un arbre menaçant. J'appuyai de toutes mes forces sur les freins, mais pas assez. Nous fonçâmes dans le tronc.

Quand nous entrâmes en collision avec l'arbre, Daphne roula au sol et Zelie vint heurter le dos de mon siège tandis que ma tête se cognait au volant. L'érable était devant une maison et je vis les lumières s'allumer. Elle était peinte en bleu turquoise. La demeure des Popplewell.

La porte d'entrée s'ouvrit et des silhouettes sombres avancèrent sur le porche. Daphne, qui s'était hissée sur le siège, ouvrit la portière et s'enfuit en courant avant de tomber à genoux et de vomir.

— C'est Daphne Chapel, dit un des Popplewell.

Zelie ouvrit ma portière et me scruta.

— Ça va ? demanda-t-elle en se frottant le bras.

Je m'agrippai à elle pour sortir de la voiture dont le capot était partiellement plié en accordéon contre l'arbre.

— Je crois. Et toi ?

Elle hocha la tête.

Tandis que les Poppelwell entouraient Daphne, je rampai sur la banquette arrière pour récupérer la torche sur le sol. Je la pris d'une main et saisis le bras de Zelie de l'autre, la traînant derrière moi. Le bout de St Ronan Street, l'impasse à la limite de notre propriété, n'était qu'à quelques mètres. J'étais choquée et étourdie, mais je devais rentrer à la maison.

— Et Daphne ? demanda Zelie, tandis que nous courions.

— On s'en fiche.

Qu'elle endosse la responsabilité de l'accident. Qu'elle se fasse arrêter pour conduite en état d'ivresse. C'était ce qu'elle méritait.

Quand nous entrâmes dans la forêt, j'allumai la petite torche. Un chemin de terre allait du bout de la route au pré et la lampe l'éclairait juste assez pour que nous puissions voir où nous mettions les pieds.

Parvenues au pré, nous fîmes une halte pour reprendre notre souffle. Je songeai au poème de Calla, à l'iris noctiflore à la frontière de l'Élysée, le champ des morts. J'espérais qu'il était encore temps de la retrouver dans le monde des vivants.

À l'approche de la maison, Zelie et moi étions épuisées par notre marche et engourdies par le froid. Je remarquai que des lumières étaient allumées au rez-de-chaussée et à l'étage. Je n'étais pas sûre de l'heure qu'il était, mais ça semblait trop tôt pour que quiconque soit debout ; je me demandai si Calla était rentrée.

Quand nous atteignîmes enfin la porte de la cuisine, je vis Dovey en peignoir qui préparait du café. Je cognai à la vitre, lui faisant une frayeur.

— Vous étiez où, les filles ? Calla est avec vous ?

— Elle n'est pas là ?

— Non, et Daphne a eu un accident. Votre père est parti la chercher.

Je ne m'attendais pas à ce que notre père ne soit pas à la maison et je me demandai si je devais partir le rejoindre sur les lieux de l'accident. Mais Dovey m'avait prise par le bras et me conduisait à une chaise à la table de la cuisine.

— Les filles, asseyez-vous et dites-moi ce qui s'est passé.

J'avais mal à la tête à cause du choc et j'avais besoin de me reposer, de réfléchir. Pendant que Dovey nous préparait un chocolat chaud, j'expliquai que Calla n'était pas rentrée de son rendez-vous, que Daphne nous avait emmenées la chercher en voiture, que nous voulions aller à Yale, mais que nous n'étions jamais parvenues à sortir du village, puis qu'on avait foncé dans un arbre. Je ne mentionnai pas que je conduisais.

— Pourquoi vous n'avez pas réveillé votre père ? dit Dovey en posant des tasses devant nous et en s'asseyant avec son café.

— Nous pensions qu'il ne comprendrait pas.

— Les filles, dit Dovey, consternée, des fois vous manquez complètement de bon sens. Buvez ça. Vous auriez pu attraper la mort, dehors.

— Mais Calla a des ennuis, dis-je, ma panique refaisant surface. Il faut qu'on la trouve.

— Elle va avoir de sacrés ennuis quand elle va rentrer. Imaginez, dépasser à ce point l'heure limite. Mais ça ne vous concerne pas.

— Je crois qu'on devrait appeler la police, dis-je en courant vers le téléphone de l'entrée.

Dovey arriva dans mon dos et me prit des mains le combiné, qu'elle reposa sur son support.

— La police ? dit-elle, à la limite de l'exaspération. Pas besoin.

Tandis que je tentais d'expliquer l'urgence de la situation, Zelie s'installa dans le salon de devant pour reprendre sa surveillance. Peu après, elle cria :

— Je vois des phares !

Je courus dans le salon tandis que Zelie scrutait l'extérieur, essayant de mieux voir.

— C'est la voiture de Teddy !

Je n'avais jamais ressenti un tel soulagement. Je me réprimandai d'avoir paniqué. Je n'avais réfléchi à aucune hypothèse innocente pouvant justifier le retard de Calla. Peut-être que Teddy avait eu des problèmes de voiture ; peut-être qu'il était tombé en panne d'essence. Des tas de raisons concevables pouvaient expliquer qu'il ne s'arrête que maintenant devant notre maison, alors que l'aube commençait à crevasser le ciel noir.

Dovey, Zelie et moi descendîmes les marches du perron à la rencontre de la voiture. Teddy, sans sa veste de costume, la cravate dénouée, courut de la porte conducteur à la porte passager, la plus proche de nous. Il avait l'air soucieux et affolé, le lapin blanc agité du Pays des merveilles.

Lorsqu'il ouvrit la portière de Calla, elle faillit tomber de la voiture, le corps tout flasque.

— Sainte Marie mère de Dieu, dit Dovey en se signant.

Dovey savait. Zelie savait. Et moi aussi.

J'ouvris grand la bouche, la gorge palpitante; il me fallut plusieurs secondes avant de comprendre que je hurlais. Dovey m'empoigna. Elle me tourna face à elle et je vis qu'elle répétait mon nom en boucle: "I-ris!" Je n'entendais rien, ni elle ni moi, mais elle continua jusqu'à ce que je ferme la bouche.

— Reste avec ta sœur, dit-elle et je supposai qu'elle me parlait, mais elle s'adressait en réalité à Zelie qui me prit la main.

Dovey courut à la voiture.

— Qu'est-ce que vous avez fait à cette fille? cria-t-elle à Teddy.

— Je n'ai rien fait, j'vous jure! dit Teddy. Je ne sais pas ce qui ne va pas. Je voulais la conduire à l'hôpital, mais elle a insisté pour venir ici.

— Qu'est-ce qui l'a rendue comme ça? demanda Dovey, en prenant le visage de Calla dans ses mains.

De là où je me tenais, j'étais incapable de dire si Calla respirait.

— Après le bal, on est allé dans un motel. C'était son idée, j'vous jure.

J'étais sûre qu'il avait répété ce qu'il dirait.

Teddy n'avait jamais vu ça; il ne savait pas ce que ça signifiait. Il pensait que personne ne le croirait.

— Je lui ai dit que je devais la ramener à onze heures, qu'on n'avait pas le temps d'aller dans un motel, mais elle m'a supplié. Elle n'arrêtait pas de dire des trucs qui n'avaient aucun sens. "Tu dois me séduire, elle disait. C'est mon destin." Quand j'ai refusé, elle m'a ordonné de la laisser au bord de l'autoroute. Elle a essayé d'ouvrir la porte et de sauter! Elle était hystérique. Qu'est-ce que je pouvais faire?

— Alors vous êtes allés dans un motel ? demanda Dovey. Vous l'avez séduite ?

Teddy baissa les yeux.

— Madame, je ne lui ai pas fait de mal, je vous le promets, dit-il, sa voix se fêlant. Je ne sais pas pourquoi elle est comme ça.

— Répondez à ma question, insista Dovey. Qu'avez-vous fait au motel ?

— Seulement ce qu'elle voulait.

Dovey se pencha et passa un bras autour de Calla, dont la tête bascula en avant, son menton reposant sur sa poitrine.

— Zelie, appelle le Dr Green, dit Dovey.

Et Zelie courut dans la maison comme s'il y avait encore quelque chose à faire. Une autre paire de phares apparut dans l'allée, des têtes d'épingle dans la lumière bleutée et, quand ils approchèrent, je vis que c'était la voiture de mon père. Elle s'arrêta derrière celle de Teddy et la portière passager s'ouvrit à la volée. Daphne, qui avait vraisemblablement dessoûlé, se précipita vers Calla. Lorsqu'elle vit son état, elle tomba à genoux et pleura.

Difficile de suivre ce qui se passa ensuite – Daphne effondrée sur le sol ; Zelie en larmes, tirant mon bras pour attirer mon attention alors que j'étais incapable de la lui accorder ; mon père se querellant avec Teddy et soulevant Calla hors du véhicule ; Teddy partant au volant de sa voiture. Dovey et mon père conduisirent Calla à l'intérieur, coincée entre eux deux, ses talons argentés traînant sur le sol.

À l'étage, dans l'aile des filles, ils la mirent au lit. Elle bascula sur le matelas, puis s'étala, une jambe pendant au bout du lit, l'autre au bord, les bras écartés comme les ailes d'un ange. Ses bas avaient disparu, mais elle n'avait pas perdu ses mules. Elle hurlait déjà, sa tête roulant de droite à gauche.

— Tout parsemé d'exquises fleurs, déclamait-elle, qu'ont humectées les constants pleurs des purs amants que nous perdîmes. (Elle se mit à rire, puis prononça les derniers mots qu'elle prononcerait jamais.) Bonsoir, mesdames ; bonsoir charmantes dames. Bonsoir ! Bonsoir ![*]

J'étais incapable de regarder ; j'étais incapable de rester avec elle jusqu'à la fin. Je courus jusqu'à ma chambre et me jetai dans mon lit, tirant les couvertures sur ma tête.

— Calla, s'il te plaît, pardonne-moi, pleurai-je dans mon oreiller.

Puis vint le bruit de verre brisé. Le rideau tomba.

4

Le corps de Calla fut transporté au cabinet du médecin légiste.

— Je dois insister, cette fois-ci, Henry, dit le Dr Green. Je suis terriblement désolé.

Elle nous fut rendue deux jours plus tard par l'intermédiaire des pompes funèbres Hewson, de Greenwich, le médecin légiste n'ayant trouvé aucune cause évidente de sa mort. Sur le certificat de décès de Calla, la cause du décès provisoire était "inconnue", ce qui, dirent-ils, serait corrigé lorsqu'ils recevraient les résultats de plusieurs analyses qu'ils avaient demandées. Mais le certificat ne fut jamais rectifié.

Étant donné la nature louche de son aventure avec Calla – un motel bon marché, le fait qu'ils ne soient pas mariés – Teddy fut interrogé par la police. LE QUARTERBACK DE YALE

* Shakespeare, *Hamlet*, traduction de André Gide.

INTERROGÉ PAR LA POLICE AU SUJET D'UNE MORT MYSTÉRIEUSE titrait le *New Haven Echo*. Malgré tout, au bout du compte, rien ne lui fut reproché.

Nous n'organisâmes pas de véritables funérailles pour Calla. Fini de s'exhiber à l'église de Bellflower Village, dit notre père. L'année précédente, nous avions eu deux mariages suivis de deux enterrements et il refusait qu'il y en ait un troisième. Hors de question que nous devenions une attraction, dit-il, même si je savais qu'il était déjà trop tard.

5

LA mort de Calla était survenue exactement une semaine après celle de Rosalind. Zelie et moi fûmes de nouveau embarquées dans les pics et les vallées du deuil, un voyage hébétant traversé d'épuisement, de violentes crises de larmes et de torpeur. Le jour de l'enterrement, nous étions installées tout au fond de la vallée, mortes à l'intérieur.

Daphne se comporta différemment. Calla et Daphne avaient été une paire mal assortie, mais une paire néanmoins, et elle ne réagit pas comme pour Aster et Rosalind. Ses gémissements se propageaient dans toute l'aile des filles et au-delà et, en y réfléchissant, c'était moins du chagrin que de la douleur, la douleur brutale d'avoir été séparée de celle qu'elle aimait.

Sur le trajet vers le salon funéraire, Daphne pleura et se cogna la tête contre la vitre de la voiture. En voyant Calla dans son cercueil, elle se saisit d'une chaise et la balança contre un mur. Elle se calma assez longtemps pour que le pasteur puisse dire une prière et que Zelie et moi eûmes le temps de placer deux callas entre les mains de Calla, une chacune ; puis Daphne posa une couronne de marguerites sur sa tête. Aster et Rosalind avaient été enterrées dans leur robe de mariée. Calla, qui ne s'était jamais mariée, portait une simple robe blanche, délicate et mise en valeur par des broderies de dentelle, que quelqu'un – je ne savais pas qui – avait sortie de son armoire.

Avant que le cercueil soit refermé, Daphne souleva Calla, suffisamment pour pouvoir l'étreindre. Elle la serrait de toutes ses forces et ne voulait pas la lâcher, sanglotant sur son épaule, le visage enfoui dans ses cheveux. La tête de Calla avait basculé, ses bras pendaient sur le côté. C'était déchirant et horrifiant ; je me détournai, incapable de le supporter. Il fallut l'intervention de mon père, du pasteur et d'un des entrepreneurs des pompes funèbres pour écarter Daphne, et Calla fut rapidement arrangée – sa robe rajustée, ses mèches de cheveux aplaties, la couronne de marguerites remise d'aplomb. Avant que le cercueil ne soit refermé, j'ôtai la bague en pierre de lune de son doigt, voulant garder un souvenir d'elle et de la journée que nous avions passée ensemble en ville.

Une fois à la maison, Daphne courut à l'intérieur et ne voulut pas assister à la cérémonie près de la tombe. Elle ne pouvait supporter de voir Calla descendue en terre, prenant place auprès d'Aster et Rosalind, toutes trois alignées comme les touches d'un piano. Zelie et moi nous tenions la main pour nous réconforter, mais aussi pour nous protéger ; il était difficile de ne pas se dire, en voyant cette rangée de trois tombes, qu'il restait encore beaucoup d'espace pour nous.

C'était un matin d'avril sous un ciel gris perle. Nous serrions nos manteaux autour de nous tandis que le pasteur parlait.

— Tu es poussière et tu retourneras à la poussière, dit-il et je savais que Calla aurait été consternée par ce verset éculé.

Dans la maison, Mme O'Connor disposa un buffet dans le salon de devant, utilisant le service en argent appartenant à l'héritage de la famille Chapel. C'était devenu une routine, les sandwichs au concombre et à la salade d'œuf coupés en triangle, les petits sablés, les tasses de thé – de la nourriture et des boissons délicates pour des estomacs fragiles. Si Mme O'Connor décidait un jour de quitter notre service, elle pourrait monter sa propre entreprise de traiteur : Cuisine pour endeuillés. Elle y excellait.

Zelie et moi étions au salon avec notre père, buvant du thé dans des tasses en porcelaine. Nous n'avions rien dit à Belinda de la mort de Calla, mais je me demandais si elle savait déjà. Lorsqu'elle était entrée à la maison de repos St Aubert, trois semaines plus tôt, elle était la mère de cinq filles ; désormais, elle n'en avait plus que trois. Je ne savais pas quand les médecins allaient le lui annoncer ; mon père avait dit qu'il les laissait décider.

Daphne était à l'étage ; nous pouvions l'entendre pleurer depuis le salon, même si personne ne réagissait. De là, ses pleurs semblaient lointains, comme si Zelie, mon père et moi avions enfermé notre propre chagrin dans une pièce du haut et qu'il cognait contre les murs, essayant de sortir.

Notre père finit par poser sa tasse et dit qu'il avait mal à la tête, que si nous n'avions pas besoin de lui, il allait faire une sieste.

— S'il vous plaît, allez voir votre sœur, dit-il en partant, et je me demandai pourquoi il ne pouvait pas le faire lui-même.

Zelie et moi nous attardâmes encore un peu au salon. Je n'étais pas prête à affronter Daphne et je bus donc une seconde tasse de thé. Zelie grignota un sandwich et un gâteau. La torpeur était un soulagement. C'était un réconfort, la torpeur ; une couverture.

Les gémissements de Daphne cessèrent et je supposai qu'elle s'était écroulée, ivre ; elle n'avait plus de mignonnettes, mais elle avait volé une grande bouteille de scotch dans le bureau de notre père, qu'elle sirotait depuis des jours. Son silence nous apprenant que nous pouvions enfin monter en toute sécurité, nous nous levâmes et nous dirigeâmes vers l'aile des filles. À notre arrivée, je fus surprise de voir que Daphne n'était pas couchée ou assommée ; elle faisait ses bagages, emplissant un sac à dos de vêtements.

— Je pars, dit-elle, le visage si rouge et gonflé qu'on aurait dit qu'elle souffrait d'une réaction allergique. Je suis la prochaine, n'est-ce pas ? C'est comme ça que ça marche, dit Daphne. Aster, Roz, Calla et maintenant moi. (Elle s'interrompit pour s'enfiler une gorgée de scotch.) On ne sait pas ce qui se passe, comment ça fonctionne. Vous savez ce qu'a dit Calla (à la mention de son nom, Daphne ravala un sanglot), Rose d'épine, la belle au bois dormant, vous vous souvenez ? C'est dans notre sang, c'est notre héritage.

Elle attrapa son carnet de croquis et le fourra dans son sac.

— Mais les hommes ne t'intéressent pas, dis-je, ne me souciant plus qu'elle sache ce que j'avais surpris.

— Comment sais-tu que ça me protégera ? (Elle finit son bagage.) Je dois y aller. Je ne peux pas mourir ici.

Elle s'essuya le nez avec son bras et prit le sac à dos. Puis elle parcourut la pièce des yeux, comme Rosalind et Calla l'avaient fait avant elle.

— Au revoir, les filles, dit Daphne en approchant de la porte.

J'aurais dû la rejoindre, la supplier de rester – mais j'en étais incapable. J'étais vidée.

— Vous allez me manquer, ajouta-t-elle, ce qui ne lui ressemblait pas du tout, et elle nous tapota gentiment le dessus du crâne en sortant.

Après son départ, je haussai les épaules en regardant Zelie, qui ne semblait pas trop savoir quelle réaction adopter.

— Elle reviendra, dis-je. Elle est seulement bouleversée.

— Elle n'a pas du tout l'air de vouloir revenir.

— Elle a seize ans. Elle n'a pas d'argent. Elle va aller où ?

Ce fut Zelie qui cette fois-ci haussa les épaules. Elle dit qu'elle allait se changer et faire une sieste. J'étais sur le point de la suivre, mais je m'arrêtai. J'avais vu sur le bureau de Daphne une toile posée à l'envers, aussi petite qu'un livre de poche. Au dos, écrit au crayon, je lus : L'IRIS BLANC, MARS 1951. Je la retournai pour voir la peinture : une fleur blanc crème aux nuances roses et bleues sur un fond vert clair. Je rougis, sans trop savoir pourquoi. Puis je compris ce qu'était en réalité le sujet du tableau. C'était bien un iris, effectivement, mais c'était aussi Veronica. Daphne avait transformé son esquisse de l'espace entre les jambes de Veronica, les courbes et les replis délicats, en une fleur.

Je retournai la toile. À ce moment-là, j'étais certaine que Daphne reviendrait à la maison, mais, comme elle n'était pas là, j'emportai le tableau dans ma chambre et le cachai au fond de mon armoire.

6

Le coup de téléphone arriva pendant le dîner.

Mme O'Connor avait préparé de la soupe de nouilles au poulet et du pain frais, et mon père avait insisté pour que nous le rejoignions et mangions quelque chose. Nous étions assises à nos places habituelles dans la salle à manger, Zelie et moi d'un côté de la table, notre père au bout. Tous les autres sièges étaient vides.

Mon père entama sa soupe. Il portait toujours ses vêtements d'enterrement – les enterrements étaient le seul moment où il échangeait son sempiternel costume marron pour un noir –, mais sans la veste et la cravate ; il avait les yeux vitreux et la peau en dessous gonflée. Je ne l'avais jamais vu pleurer, mais il n'avait pas l'air d'être lui-même, avachi sur sa chaise, la voix fatiguée et à peine audible.

— Où est Daphne ? demanda-t-il.

Je redoutais cette question. Je ne répondis pas, espérant que Zelie le fasse, et avalai une cuillérée de bouillon, qui me réconforta.

— Alors ? insista-t-il, Zelie demeurant silencieuse.

— Je ne sais pas où elle est, dis-je, sans donner plus de détails.

Je supposai qu'elle était partie voir Veronica.

Puis le téléphone sonna. Dovey décrocha et, quelques instants plus tard, elle dit à mon père qu'il devait prendre l'appel. C'était urgent.

Nous partîmes à l'hôtel Cream. Zelie et moi avions insisté pour accompagner notre père qui accepta sans la moindre résistance ; au téléphone, Sidney Cream avait dit qu'il y avait un problème avec Daphne et notre père voulait probablement que nous soyons avec lui, n'ayant jamais été capable de l'affronter seul.

Lorsque nous arrivâmes à l'hôtel, plusieurs voitures de police étaient garées devant et des hommes en imperméable allaient et venaient en courant depuis la plage, hurlant des ordres.

— Qu'a fait Daphne ? demanda Zelie, inquiète. Elle est dans l'eau ?

Elle pressa son visage contre la vitre dégoulinante de pluie tandis qu'un camion tirant un bateau s'arrêtait à côté de nous. J'attendais que mon père fasse quelque chose, qu'il prenne la situation en main, mais il restait au volant, le moteur tournant, le rouge brouillé des lumières de la police autour de nous.

Quelqu'un finit par remarquer que nous étions arrivés. Sidney Cream courut du restaurant à notre voiture, un journal plié sur la tête. Il n'attendit pas que mon père coupe le contact pour ouvrir la portière.

— Je suis désolé de vous faire ça, Henry. Je sais que la journée a été horrible, mais Daphne a disparu.

— Disparu ? dit notre père, la voix toujours faible et lasse comme au dîner.

À ce moment-là, Sidney jeta un coup d'œil à la banquette arrière et nous vit, Zelie et moi.

— Salut, les filles, dit-il, essayant de nous rassurer d'un sourire. Je n'ai rien dit au téléphone, parce que je pensais qu'on l'aurait retrouvée le temps que vous arriviez. Je vous en prie, entrez, poursuivit-il en repartant en courant à l'hôtel.

Sidney nous conduisit à la salle à manger, avec ses fenêtres en arceau familières donnant sur le détroit de Long Island qui, à cette heure nocturne, n'était qu'une masse noire informe. C'était le dernier endroit où je voulais être, le lieu de la réception de Rosalind.

À une grande table ronde au centre de la pièce, Veronica, trempée par la pluie et enveloppée d'une couverture, était assise à côté de sa mère. Mme Cream réconfortait sa fille, lui frottant le dos, écartant des mèches mouillées de son front.

— Là, là, mon cœur, disait-elle, comme j'imaginais que parlerait un chat s'il était doué de parole.

Deux policiers, à une autre table, étudiaient une carte et buvaient du café provenant d'un thermos. À les voir, ils avaient passé un long moment dehors. Je me demandai combien de temps avait attendu le père de Veronica avant de nous appeler.

Mon père suivit Sidney à la table où Veronica était assise avec sa mère. Sidney nous fit signe de nous installer et une serveuse apporta un plateau avec des tasses de café. Mon père en saisit immédiatement une et se mit à boire.

— Veronica, raconte à M. Chapel ce qui s'est passé, dit Sidney.

Mme Cream, le bras gauche entourant les épaules de sa fille, la serra plus fort pour la soutenir. Veronica se moucha dans un mouchoir en papier, le visage brouillé d'avoir pleuré, le mascara noir laissant des traînées sur ses joues.

— Elle est allée nager, murmura-t-elle.

— Avant ça, dit son père. Commence au début.

Veronica se tourna vers sa mère, qui hocha la tête d'un air rassurant.

— Elle est arrivée à l'hôtel je ne sais pas comment. Je ne sais pas comment elle est venue, dit Veronica, et je réalisai que je ne l'avais jamais entendue parler. (Elle avait la même voix que sa mère, basse et douce.) Elle était affreusement triste à cause de Calla. Elle a dit qu'elle ne pouvait plus vivre chez elle.

— On l'a installée dans une chambre, dit Mme Cream. On lui a dit qu'elle pouvait rester quelques jours.

— Nous allions vous appeler, ajouta M. Cream.

Notre père ne pouvait guère se plaindre qu'ils aient enlevé sa fille ; il n'avait même pas remarqué qu'elle avait quitté la maison.

Veronica expliqua que Daphne avait dormi quelques heures, qu'elle et sa mère s'étaient relayées pour la surveiller. Lorsque Daphne s'était réveillée, elle et Veronica avaient dîné de poulet rôti dans la chambre et Veronica avait fourni l'alcool. À ce moment de son récit, Veronica fut incapable d'affronter l'air déçu de ses parents et elle observa par la fenêtre les policiers sur la terrasse qui menait à la plage devant la salle à manger.

D'après Veronica, Daphne fut rapidement ivre et lui dit qu'elle ne pouvait pas vivre sans Calla, sans Aster et Rosalind.

— Elle n'arrêtait pas de dire : "Je suis la prochaine."

Zelie et moi échangeâmes un regard, mais aucune de nous n'osa dire à notre père qu'elle s'était comportée de la même façon à la maison. Il nous avait demandé de la surveiller et nous n'avions pas fait un très bon boulot.

— Elle s'est mise à pleurer. Elle est devenue hystérique, dit Veronica. Elle est sortie de la chambre et a couru sur la plage. Il faisait noir et froid. (Elle frissonna à ce souvenir.) Elle est entrée dans l'eau et je lui ai crié d'arrêter, mais elle a continué d'avancer. Jusqu'aux genoux, puis jusqu'à la taille. Je lui hurlais de revenir, mais elle s'est mise à nager vers le large. Elle est partie si loin que je ne la voyais plus, et puis (Veronica était sur le point de craquer, mais elle réussit à finir son histoire) elle s'est mise à crier à l'aide. Elle disait qu'elle coulait. Je ne savais pas quoi faire, alors j'ai couru chercher ma mère…

C'était trop pour elle, elle ployait sous la douleur.

— On a couru sur la plage, poursuivit Mme Cream, en frottant le dos de sa fille. On a appelé Daphne, mais elle ne répondait pas.

De nouveaux policiers entraient et sortaient de la salle à manger, passant par la terrasse pour atteindre la plage. Mon père, Zelie et moi restâmes silencieux un moment, essayant d'assimiler l'histoire.

— C'est impossible, finit par dire mon père en avalant son reste de café. Pas aujourd'hui. Ce n'est tout simplement pas possible. J'aimerais fouiller l'hôtel et le terrain. Elle doit probablement juste se cacher quelque part.

Mme Cream eut l'air choquée.

— Veronica l'a vue couler.

— Elle n'a pas dit ça, affirma mon père. Elle l'a vue nager trop loin pour pouvoir la distinguer.

— Aujourd'hui, après l'enterrement de Calla, déclarai-je en jetant un coup d'œil à Zelie, Daphne a raconté qu'elle voulait s'enfuir. Elle a fait ses bagages.

— Voilà, insista mon père, irrité.

Mme Cream recommença à défendre la version des événements de sa fille, mais son mari s'interposa.

— Je vais organiser les recherches, dit Sidney, et il sortit avec mon père pour rassembler des employés de l'hôtel.

Zelie et moi fûmes abandonnées à la table avec Veronica et sa mère. Une serveuse apporta du café, du chocolat chaud et une assiette de sablés – d'évidence, les collations requises pour les personnes endeuillées. Mme Cream quitta la table et revint avec une petite bouteille de brandy. Elle en versa dans son café, puis dans celui de Veronica.

— Aucune chance que Daphne soit dans l'hôtel, dit-elle, sans que l'on sache à qui elle s'adressait. Elle ne nous ferait jamais ça.

— Vous ne la connaissez pas comme nous, remarquai-je, et Mme Cream se tourna vers moi, surprise.

Apparemment, elle parlait à Veronica, pas à Zelie et moi.

— Je serais absolument ravie de retrouver Daphne cachée dans un placard quelque part, mon chou, dit-elle avec une sincère gentillesse.

Voilà ce que c'est d'avoir une mère, songeai-je. Avoir quelqu'un qui vous appelle "mon chou".

— Le problème, poursuivit Mme Cream, c'est que Daphne a nagé loin dans le détroit et que l'eau est très froide. L'hypothermie s'installe en quelques minutes. Je ne veux pas être cruelle en disant ça, mais je ne veux pas non plus que votre père vous donne des espoirs insensés.

Je me levai, désirant m'éloigner de la salle à manger et de Veronica, qui me mettait mal à l'aise. Zelie, comme toujours, me suivit et je lui dis que nous pourrions nous rendre utiles en cherchant Daphne.

— Tu crois vraiment qu'elle se cache ? demanda Zelie.

— Je ne sais pas. Peut-être.

Nous parcourûmes le rez-de-chaussée avec ses planchers bosselés qui penchaient d'un côté et craquaient. Nous essayâmes toutes les portes, mais elles étaient fermées à clé. Hors saison, l'hôtel était calme et nous ne vîmes aucun client à l'exception d'un couple âgé qui se dépêcha d'entrer dans sa chambre en nous apercevant. Ils savaient sûrement ce qui se passait ; ça leur ferait une histoire à raconter à leurs petits-enfants, la disparition d'une fille durant leur séjour dans le Connecticut. Pour eux, cette histoire se déroulait à l'arrière-plan.

Nous montâmes au premier étage et essayâmes les portes. L'une d'elles n'était pas fermée à clé. Je frappai pour m'assurer qu'il n'y avait personne, puis ouvrit. Une lampe était allumée dans la chambre qui contenait deux lits une place, l'un d'entre eux défait. Sur le bureau près de la fenêtre se trouvaient des restes de poulet sur un plateau. Ce devait être la chambre de Daphne. Je me demandai ce qui était arrivé au sac à dos.

Zelie m'aida à le chercher; il n'était nulle part en évidence. Nous regardâmes dans la salle de bains, sous le lit, dans les recoins obscurs de la pièce.

— Pourquoi on a besoin du sac à dos? demanda Zelie.

— Si le sac à dos n'est nulle part, alors peut-être qu'elle se cache quelque part. Elle en aura besoin si elle veut s'enfuir.

Soudain, je repris espoir. Nous cherchâmes partout et, l'espace de quelques minutes, cela sembla une question de vie ou de mort. Puis Zelie annonça qu'elle l'avait trouvé; il était fourré sous la commode.

Nous commençâmes à le fouiller, sortant une salopette en jean roulée en boule, un chemisier jaune et une paire de chaussettes blanches. Le carnet de croquis n'y était pas.

— Ça veut dire qu'elle ne s'est pas enfuie? me demanda Zelie.

— Je ne sais pas, dis-je, mais je savais que c'était mauvais signe.

Nous passâmes le reste de la nuit dans la chambre, dormant la plupart du temps, ou allongées en silence à écouter le bruit des vagues. Personne ne vint nous chercher – on nous cherchait rarement. Le matin, nous descendîmes à la salle à manger. Mme Cream et Veronica y étaient apparemment restées toute la nuit, assises à la table ronde au milieu de la pièce, Mme Cream cajolant d'un air sombre sa fille dévastée.

Je conduisis Zelie à une autre table où nous nous installâmes. Le soleil était déjà levé, le ciel un mélange de gris et de blanc éclatant, la pluie crépitant faiblement. Mon père était sur la terrasse, une tasse de café à la main, et parlait au capitaine de la police et à Sidney Cream, tous tournés vers le détroit de Long Island. Ils n'avaient pas retrouvé Daphne cachée dans l'hôtel, c'était une évidence. Une serveuse apparut, celle qui travaillait la veille au soir. Elle nous apporta des verres de jus d'orange, puis, quelques minutes plus tard, du thé et des toasts. Dehors, c'était une scène de chaos, des bateaux et des grappes de policiers sur la plage. Zelie et moi regardions tout ce qui se passait en tartinant nos toasts de beurre et de confiture de framboise, en buvant notre thé, en enfournant le tout. Manger semblait inapproprié, pourtant, nous avions faim. Les lieux continuèrent de grouiller d'activité un certain temps, puis tout s'interrompit brusquement. La pluie s'intensifia, les bateaux revinrent à terre et des policiers regagnèrent leurs voitures.

— Oh mon Dieu, dis-je en reposant ma tasse.

— Quoi ? demanda Zelie.

— Ils ont arrêté de la chercher, tu ne vois pas ?

— Tu veux dire qu'ils l'ont trouvée ?

Mon père entra et je m'agrippai à la table.

— Ça va, les filles ? demanda-t-il en approchant.

Son apparence était encore pire que la veille – pas rasé, les cheveux et les vêtements mouillés, la voix à peine plus qu'un murmure.

Sidney Cream et le capitaine de la police entrèrent à leur tour.

— Des nouvelles ? s'enquit Mme Cream en voyant son mari.

Veronica, sonnée, se redressa et but du café.

— J'ai bien peur que non, dit M. Cream en faisant signe à mon père, qui comprit l'allusion.

— La police a décidé d'interrompre les recherches, annonça-t-il.

J'étais troublée.

— Qu'est-ce que tu veux dire ? Vous l'avez trouvée ?

— Non, nous ne l'avons pas trouvée, dit-il.

— Elle est dehors depuis hier soir, dans la pluie et le froid, ajouta le capitaine de la police. Il n'y a aucune trace d'elle nulle part. Il est impossible pour quiconque de survivre dans ces conditions. Je suis désolé.

Mon père se tourna vers Zelie et moi, attendant notre réaction, attendant de voir comment il faudrait nous gérer. Je crus entendre le capitaine dire :

— Son corps sera probablement rejeté sur le rivage dans quelques jours.

Mais il ne pouvait pas avoir dit ça, si ?

Zelie semblait en état de choc. Elle était pâle, tremblante. Avant qu'aucun de nous n'ait pu faire quoi que ce soit, nous entendîmes un cri d'une extrême violence. Veronica s'était arrachée à sa mère ; elle se tenait au milieu de la pièce, hurlant en direction du ciel. Son père et sa mère tentèrent de la réconforter, mais il était impossible de l'empêcher de hurler sa douleur.

Je ne voulais ni voir ni entendre ce spectacle. Je me levai, bousculai mon père et quittai l'hôtel. Daphne était morte. J'avais de la peine pour Veronica, mais je ne pouvais pas la regarder. J'en avais assez des larmes et des cris – les miens ou ceux des autres.

De la porte de l'hôtel, je courus vers la plage, aspirant la pluie qui tombait autour de moi, me trempait et me lavait de tout. Fuis ! entendis-je ma mère dire. C'est ce que Daphne avait fait ; elle avait fui dans l'eau et nagé jusqu'à être épuisée et gelée ; elle avait nagé jusqu'à l'annihilation. Mais ce n'était certainement pas ce que ma mère voulait dire.

Je regardai les vagues grises. Daphne était là-bas, et Calla, Rosalind et Aster étaient ensevelies, toutes quatre avalées par la terre. Mais pas moi, pas encore. Je serais peut-être la prochaine des sœurs à mourir, mais là, à ce moment-là, du moins, j'étais vivante. Ça devait bien compter.

Je me retournai vers l'hôtel et vis Zelie en sortir, plissant les yeux vers le ciel. Je la regardai errer à ma recherche.

— Iris ? appelait-elle. Tu es où ?

— Je suis là, dis-je, trop doucement pour qu'elle entende, sachant qu'elle finirait de toute façon par me trouver.

Lorsqu'elle m'aperçut sur la plage, elle approcha et me prit la main.

Et il n'en resta plus que deux.

Nous – *IrisetZelie* – nous tenions ensemble au bord de la mer avec l'impression que l'univers entier se déployait devant nous. Je fis le vœu que ce qui était arrivé à nos sœurs ne nous arriverait pas.

Nous finirions par comprendre ce que fuir signifiait et nous fuirions ensemble.

LE CARNET BLEU

VOLUME III

FLEUR CADAVRE

1957

I

C'ÉTAIT le dernier jour du semestre ; l'été s'étirait devant moi comme un chat paresseux sur un tapis baigné de soleil. Les filles de mon cours de dessin m'ayant invitée à déjeuner avec elles pour fêter le début des vacances d'été, je les suivis, les Joan et les Betty, dans un delicatessen en face. Elles m'avaient invitée seulement parce que j'étais à portée d'oreille lorsqu'elles en avaient fait le projet pendant le cours, mais ça m'était égal. J'avais faim.

Dans le restaurant bondé, elles trouvèrent une table près d'une fenêtre donnant sur la rue principale animée. Je m'assurai d'avoir une place près de la vitre. Mes camarades de cours commandèrent des plats délicats : salade du chef, tasses de soupe à la tomate et crackers. Je commandai un sandwich au pastrami et au pain de seigle avec de la moutarde en supplément.

— Un demi ? demanda le serveur débordé en écrivant déjà sur son carnet.

— Entier, dis-je, et, surpris, il haussa un sourcil cotonneux.

Le sourcil m'agaça.

— Et je vais prendre un bouillon de poulet aux boulettes de pain azyme.

Je ne voulais pas de la soupe, mais je voulais le choquer. Je n'avais que vingt ans, mais j'avais compris depuis des années qu'il était très facile pour une femme de choquer un homme.

— Une tasse ?

— Un bol. (Je refermai le menu et le lui rendis.) Et un *cream soda*.

Il prit le menu, haussant une nouvelle fois les sourcils tandis qu'il s'éloignait.

En attendant nos plats, la conversation dériva vers les projets pour l'été. Les aventures des autres filles étaient toutes tracées : camping dans les Adirondacks, long trajet en voiture pour aller rendre visite aux grands-parents dans le Wisconsin, villégiature dans les Catskill, virée aux chutes du Niagara. Je les écoutais parler en regardant la façade en brique rouge de l'université en face. J'avais terminé ma deuxième année à l'école de professorat de Grace Street ; j'avais officiellement parcouru la moitié du chemin jusqu'à mon diplôme. Au bout de deux ans, je m'émerveillais encore que mon père m'ait autorisée à m'y inscrire, qu'il ait convenu qu'avoir une vie professionnelle – une vie professionnelle modeste, certes, convenant à une femme – était une bonne idée pour moi. Aucun de nous n'avait jamais dit que le mariage n'était pas une option, mais uniquement parce que le dire était inutile. Nous le savions tous deux.

— Iris ne va pas beaucoup s'amuser cet été, dit une des Joan et, lorsque je me tournai vers elle, elle me fit un clin d'œil amical, à moi, la potiche invitée par charité.

Je m'étais inscrite à un programme d'été proposé par l'université, un cours de dessin intensif qui se déroulerait du lundi au vendredi, en juin et en juillet, et qui, heureusement, remplirait les deux tiers de mon été. C'était préférable que de passer tout ce temps à la maison avec Zelie.

— Et après le cours intensif, Iris ? J'espère que tu vas faire quelque chose d'amusant le reste de l'été, dit une Betty en touillant du sucre dans son thé glacé.

Elles pensaient toutes que j'étais une ratée. Je suis sûre que je donnais l'impression d'être distante, mais il m'était impossible de me faire de vraies amies. Je ne pouvais m'ouvrir à personne, ne pouvais pas être une de ces filles. J'avais trop de secrets.

— Non, rien, dis-je sans même tenter de dissiper ce qu'elles imaginaient de moi. Je ne fais rien du tout.

Nous avions cessé d'aller à Cape Cod en juillet. Ces voyages s'étaient arrêtés à la mort d'Aster et n'avaient jamais repris. Les deux années suivant l'internement de Belinda, après que Rosalind, Calla et Daphne nous avaient laissés, nous ne fîmes rien durant l'été. ("Nous avaient laissés" – j'employais parfois des euphémismes pour la mort de mes sœurs qui donnaient l'impression qu'elles étaient parties pour des vacances prolongées – et c'était peut-être le cas ; peut-être que c'était ça, le paradis.) Suite à ces étés maussades, notre père décida que Zelie et moi devions voir le monde et il nous emmena en Europe, l'été 1953 et, cédant aux supplications de Zelie, à nouveau en 1955. Après ces splendides séjours, nous recommençâmes à ne rien faire durant les vacances d'été. Lorsque Zelie avait demandé si nous pouvions y retourner cet été-là, il avait répondu qu'il avait trop de soucis en tête avec son entreprise. Passé les années d'essor de la guerre, Chapel Firearms avait connu une baisse d'activité constante. La paix était une bonne chose pour la plupart des Américains, mais pas pour nous.

Le serveur apporta notre déjeuner. Mon sandwich était énorme, ainsi que le bol de soupe que je mis de côté.

— Mince, tu dois avoir faim, dit une des Betty, sa fourchette en suspens au-dessus d'une feuille de laitue iceberg.

Les autres filles parlaient souvent de "mincir", ou de rester svelte pour un fiancé, un petit ami ou à la simple perspective d'un homme, mais je n'aurais jamais à m'inquiéter de ça. J'attaquai mon repas. Les Betty me regardaient essayer d'enfourner le sandwich. Ce n'était pas féminin d'ouvrir grand sa bouche en public. Peut-être même nulle part.

Elles continuaient de discuter des vacances d'été, ce qui me permettait de me concentrer sur mon sandwich et ses riches couches de viande salée et de moutarde piquante. J'avais cette capacité à plonger en moi-même qui oblitérait ce qui se passait autour de moi et, bientôt, je n'entendis plus que ma propre mastication et, de temps à autre, le cri étouffé d'un serveur bourru de l'autre côté de la salle à manger. Je n'entendais pas les trois Betty assises en face de moi, mais je voyais leurs lèvres bouger. J'étais davantage habituée à leur nuque, toutes trois ayant été assises devant moi toute l'année en cours de dessin. Pour mon projet final, je les avais dessinées de dos sous forme de trois oiseaux perchés sur une branche, chacun avec une queue-de-cheval blonde qui se balançait. J'avais intitulé le tableau *Les Oiseaux Betty*. Elles croyaient que mon projet était destiné à me moquer d'elles, mais ce n'était pas le cas. En un sens, je les enviais. Tout le monde savait ce que signifiait être une Betty. Personne ne savait ce que signifiait être une Iris, pas même moi.

Lorsque les cours de l'après-midi prirent fin, un frisson d'excitation parcourut les couloirs. Je jouai le jeu, affichant un sourire éclatant en croisant mes camarades de classe à la sortie, leur souhaitant un heureux été, bien que je fusse tout sauf heureuse.

Je remontai les quelques pâtés de maisons jusqu'à l'endroit où j'avais garé ma voiture, une Citroën DS de 1955 d'un vert jade foncé lustré. Mon père me l'avait offerte lorsque j'avais obtenu mon diplôme à la fin du lycée. Nous nous étions rendus ensemble chez un vendeur de voitures d'occasion, puisqu'il avait d'emblée éliminé un véhicule neuf, disant que ce serait excessif pour quelqu'un de mon âge. J'avais voulu la Citroën dès que je l'avais vue et davantage encore quand le vendeur nous avait dit comment se prononçait et ce que signifiait DS en français : "déesse". Ils me montrèrent des Ford et des Chevrolet, mais ça ne m'intéressait pas.

— Je veux celle-là, avais-je dit à mon père en faisant courir ma main sur le capot vert brillant de la Citroën.

Il avait répondu que cette voiture ne me convenait pas, mais ce n'était pas mon avis. Iris était la déesse de l'arc-en-ciel, Belinda me l'avait dit à maintes reprises lorsque j'étais enfant, avant qu'elle soit envoyée en maison de repos. Je n'avais jamais demandé grand-chose. Je méritais cette voiture-déesse.

Le vendeur nous avait dit qu'elle avait été abandonnée par un professeur de Yale qui avait dû rentrer chez lui, à Lyon, de toute urgence, et que c'était une bonne affaire. J'avais fait valoir à mon père qu'elle était plus performante que les grosses américaines si populaires à l'époque ; c'était une voiture du futur et je la garderais longtemps. Il avait fini par céder.

Je la garais toujours à bonne distance de l'université. La plupart de mes camarades prenaient le bus ou le train pour se rendre en cours et j'avais peur que ma voiture n'en révèle trop sur moi. Pas un seul des étudiants ou des professeurs ne m'avait posé de questions sur mon nom de famille, n'avait demandé : "Chapel, comme les armes à feu ?" Peut-être parce qu'il y avait essentiellement des femmes. Bien que l'université ne fût qu'à une demi-heure de chez moi, mes camarades venaient de partout – New York, le New Jersey et Westchester – et bien que la plupart fussent blanches, toutes les ethnies étaient représentées. J'étais anonyme dans cette foule cosmopolite, ce qui me plaisait. Je n'étais pas une des survivantes comme à Bellflower Village. Si on me demandait si j'avais des frères et sœurs, je répondais : "Oui, j'ai une sœur." J'avais peut-être même déjà commencé à me réinventer.

Quand je montai dans ma voiture, il n'était que trois heures, trop tôt pour rentrer. Habituellement, je récupérais Zelie au lycée. Mon père aimait bien que j'aille la chercher et que je la ramène à la maison ; il ne voulait pas la laisser sans surveillance. Il craignait que, seule, elle s'attire des ennuis, "ennuis" signifiant "garçons". Mais Zelie avait obtenu son diplôme de fin d'études secondaires la semaine précédente, je n'avais donc pas besoin d'aller la récupérer. Elle était déjà à la maison et je n'étais pas pressée de la rejoindre.

Je décidai d'aller me promener. J'adorais conduire ma voiture, chérissant la liberté qu'elle m'offrait. La Citroën était le seul de mes biens qui comptait. Bien sûr, j'avais des robes, des chaussures et des bijoux, mais tout cela pouvait être fourré dans une poubelle ; c'étaient des objets éphémères. Ma voiture était capable – et elle le ferait un jour – de m'emmener n'importe où, jusqu'à San Francisco ou Mexico ou dans le Yukon, et en d'innombrables endroits entre chaque. Parfois, je restais éveillée la nuit, songeant à toutes ces possibilités.

En traversant les rues commerçantes de Rye, je passai devant des boulangeries et des boutiques de robes, des femmes poussant des landaus et de vieilles dames promenant de minuscules chiens. Je me dirigeai vers Appleseed Estates. Je n'y allais pas très souvent, mais assez pour connaître le chemin et savoir où tourner. Je dépassai les maisons de style colonial, Tudor, Cape Code et ranch ; les enfants à vélo, les camionnettes de la poste ; et les mères au volant de breaks – et j'arrivai à Grouse Court.

Je ne pénétrai pas dans l'impasse, mais me garai dans la rue juste avant, là où Aster s'était arrêtée le jour où elle nous avait emmenées, Rosalind, Zelie et moi, admirer la maison coloniale "quatre sur quatre". Je coupai le moteur et baissai la vitre pour mieux l'observer. J'avais déjà vu deux anciens propriétaires – une famille avec un petit garçon qui aimait lire sur le porche était partie au début du printemps, remplacée par une autre. Je n'avais qu'aperçu l'homme rentrer chez lui et ramasser un tricycle ou un ballon de football en se dirigeant vers la porte d'entrée. Je savais qu'à l'intérieur se trouvaient une femme et des enfants, mais je ne les avais jamais vus. Je ne m'attardais jamais trop longtemps. Le spectacle de cet endroit m'était insupportable et, pourtant, je ne pouvais m'empêcher d'y venir de temps à autre.

Sept ans s'étaient écoulés depuis le mariage d'Aster. Si elle avait vécu, le plus âgé de ses enfants serait déjà à l'école. Je pensais souvent aux vies non vécues de mes quatre sœurs aînées. Aster aurait trois enfants, avais-je décidé. Trois filles, puisqu'elle était accoutumée à s'occuper d'une horde de filles. Elle serait active au club de jardinage, une bénévole dévouée à l'école de ses enfants ; et elle programmerait des week-ends amusants au zoo et au Jardin botanique. Son Matthew adoré aurait eu une aventure avec une secrétaire à grosse poitrine qu'il aurait rencontrée lors d'une fête au bureau et il aurait pris l'habitude de rentrer tard à la maison avec des excuses peu convaincantes et une haleine parfumée au gin. Il finirait par mourir en revenant d'un voyage d'affaires à Chicago, son avion s'écrasant dans un champ de maïs.

Rosalind, malgré ses projets d'avoir une fille unique, aurait des jumeaux turbulents qui lui suffiraient largement ("J'en ai terminé avec les grossesses, Roddy !") Elle serait la doyenne des éleveurs de chevaux de Midland, au Texas, et elle rayonnerait au bras de Roddy lorsqu'ils recevraient le haut du panier du monde du pétrole. Roddy finirait lui aussi par mourir dans un accident d'avion en revenant d'un voyage au Venezuela, où il spéculait.

Avec Calla et Daphne, je devais davantage faire appel à mon imagination : leur chemin dans la vie n'avait pas été clairement tracé. Elles auraient réussi à aller en Europe, partageant une mansarde à Paris où Daphne peindrait et Calla écrirait de la poésie. Daphne gagnerait de l'argent en dessinant des caricatures pour les touristes le long de la Seine et Calla serait serveuse dans un café, un minuscule livre de poésie fourré dans la poche de son tablier. Après quelques années à l'étranger, elles seraient rentrées à la maison. Daphne aurait vécu à New York – je la voyais en pull col roulé et pantalon noirs, coupe courte effilée et trait de rouge à lèvres rouge – et elle partagerait un appartement avec une "amie" prénommée Marjorie ou Suzanne. Calla, pour sa part, déménagerait dans un cloître abandonné dans la vallée de l'Hudson et vivrait à la lueur des bougies. Elle ne se nourrirait que de pain et d'eau, donnerait les miettes aux oiseaux et continuerait d'écrire. Elle ne serait publiée qu'après sa mort à un âge très avancé d'une infection pulmonaire causée par une ancienne souche de bactéries tapie dans les pierres froides et humides de son domicile.

Et les vies futures d'Iris et Zelie ? J'y travaillais.

Sur l'autoroute, je profitai de mes derniers instants de liberté avant de tourner près de Greenwich et de me diriger vers le nord-est et la maison par de petites routes de campagne bordées d'arbres touffus, leurs branches lourdes du feuillage de la fin du printemps. L'air était parfumé, comme toujours aux alentours de Bellflower Village, et je remontai la vitre pour l'empêcher d'entrer. La maison était intrusive à ce point – elle se diffusait dans chaque partie de votre corps.

Avant de rentrer, je m'arrêtai à la boulangerie du village. Je l'évitais autant que possible et détestais chaque seconde que j'y passais, mais je voulais acheter une gourmandise pour notre thé, à Zelie et moi, espérant que ça la rende heureuse. Je me garai dans Main Street devant le glacier, récupérai mes affaires et sortis de la voiture. En refermant la portière, je vis le Dr Green et sa femme assis à une table près de la vitrine en compagnie d'un garçonnet et d'une fillette qui devaient être leurs petits-enfants. Le Dr Green avait pris sa retraite deux ou trois ans plus tôt et je n'avais jamais vu son remplaçant ; j'avais tendance à éviter les médecins.

Le Dr Green et sa femme m'observaient, lui avec ses yeux scrutateurs de médecin. Mon regard croisa le leur et j'imitai leur froideur, ne les saluant ni d'un sourire ni d'un signe de la main, comme la politesse l'exigeait. Puis je me détournai brusquement et filai vers la boulangerie du côté opposé de la rue.

À l'intérieur, il y avait la queue et l'idée de devoir patienter m'agaça. Alors que je prenais place au bout de la file, les femmes devant moi se retournèrent pour me dévisager. Certaines sourirent et hochèrent la tête, d'autres me jetèrent un coup d'œil à la dérobée. Je tressaillis sous leur regard collectif, souriant affablement, mon sac à main coincé sous mon bras comme s'il s'agissait d'une baguette, et fixai mes chaussures.

— Mademoiselle Chapel, on ne vous voit pas souvent, dit M. Tuttle quand je m'avançai au comptoir.

J'étudiai les rayonnages de la boulangerie, les pâtisseries, les sandwichs et les pains.

— Je ne viens plus trop au village, lui dis-je, tout le monde tendant l'oreille pour écouter.

Je choisis des coques en meringue garnies de crème au citron et de mûres fraîches, une pâtisserie sophistiquée qui, je l'espérais, plairait à Zelie. M. Tuttle emballa ma commande et me tendit une boîte rose avec un sourire en disant :

— Au plaisir de vous revoir bientôt.

Et je songeai : c'est peu probable.

À l'approche de la maison, je fis une halte au milieu de l'allée, à l'endroit où le gâteau de mariage s'offrait à la vue. J'agrippai le volant devant la vision de cette énorme pâtisserie blanche. Ma déesse aurait pu m'emmener partout où je voulais aller et pourtant, jour après jour, je rentrais à la maison.

Zelie. C'était sa faute.

Je parcourus le reste du trajet et me garai au bout de l'allée, laissant mon sac et le paquet de la boulangerie dans la voiture pour aller faire une promenade avant de rentrer, comme souvent. (Tout ce qui pouvait retarder l'inéluctable.) En contournant la maison par la droite, j'évitai de regarder le cimetière familial qui abritait les corps de mes quatre sœurs aînées. (Le corps de Daphne avait été récupéré par des pêcheurs une semaine après sa disparition.) Pendant des années, j'avais entretenu les tombes de façon compulsive, planté des fleurs autour des pierres tombales, obsédée à l'idée des racines pénétrant la terre où mes sœurs reposaient et les utilisant comme terreau pour pousser. Mais j'avais fini par arrêter ; ça ne faisait que m'éloigner d'elles. J'étais incapable de franchir la frontière entre les vivants et les morts, contrairement à ma mère. J'avais abandonné toutes ces absurdités spectrales.

Je fis le tour de la maison, coupant par le jardin de Belinda dont le jardinier, M. Warner, s'occupait toujours. Je traversai la terrasse, passai devant la mare aux grenouilles et marchai jusqu'au pré. Là, j'ôtai mes chaussures et les posai, me réjouissant de sentir la terre fraîche sous mes pieds recouverts de collants. Je marchai au milieu d'un parterre de marguerites en écoutant les oiseaux chanter, effleurant de la main le sommet des hautes herbes ; je me ravissais des constellations d'étoiles jaunes déployées devant moi, une étendue sans fin de pavots de Californie.

Au milieu du pré, je m'agenouillai. J'avais désormais de nouveaux rituels. Je couvris mon visage de mes mains, inspirai à fond, puis criai.

Je m'époumonai aussi longtemps que je pus, laissant l'horrible son m'écorcher la gorge et tendre mes muscles. C'était un cri digne de ma mère, de mes sœurs dans leurs derniers instants. C'était le cri des femmes Chapel.

À la fin, je restai agenouillée plusieurs minutes, mes mains couvrant toujours mon visage. Je ne bougeai pas avant d'entendre à nouveau les oiseaux chanter.

2

Je me réveillai le lendemain matin Zelie blottie contre moi dans mon lit, ses membres noués aux miens, son visage enfoui dans ma nuque. Je ne pourrais pas remuer avant qu'elle se réveille, alors je refermai les yeux, sentant son cœur battre doucement dans mon dos.

Elle avait l'habitude de venir me rejoindre dans mon lit. Elle le faisait deux ou trois fois par semaine ; il était possible qu'elle ne fût pas complètement réveillée à ce moment-là. Le matin, elle roulait hors de mon lit et retournait dans le sien, sans jamais admettre ses visites. Même si je savais qu'elle était trop grande pour ça, je lui accordais ce plaisir. Zelie était pour moi ce qui se rapprochait le plus de l'enfant que je n'aurais jamais, je le savais déjà, et je dois reconnaître que j'éprouvais de la joie dans ce besoin qu'elle avait de moi, à être enlacée. Je n'avais aucun autre contact physique.

Notre chambre était au rez-de-chaussée, sous l'aile des filles. S'il y avait encore eu des filles là-haut, nous aurions entendu leurs pas, mais il n'y avait plus que le silence. Dans les jours suivant la mort de Calla et Daphne, nous avions déménagé au rez-de-chaussée ; dans la spacieuse chambre aux iris mauves et aux hamamélis peints sur les murs, nous avions rassemblé nos affaires et nous étions descendues nous installer dans un salon inutilisé en bas.

Le salon était celui de notre grand-mère, quelques années avant sa mort. La “pièce aux roses”, comme on l'appelait, avait été rénovée et redécorée dans les années 1920 : papier peint au motif de roses sur les murs, roses sur les rideaux, les divans et les tapis ; abat-jour Tiffany ornés de roses flamboyantes ; même le manteau de la cheminée était sculpté de ces plantes grimpantes épineuses. Comme si notre grand-mère avait anticipé l'arrivée de Belinda et avait conçu cet espace pour la repousser. Après la mort de notre grand-mère, elle avait été fermée et nous ne l'ouvrîmes que parce que nous étions à la recherche d'une nouvelle chambre.

Elle était un peu plus petite que l'ancienne, mais suffisamment grande pour deux lits une place, un de chaque côté de la fenêtre panoramique, et le reste de nos meubles. Ce n'était pas l'idéal, mais il n'était pas question de rester au premier étage et, à l'époque où nous y avions emménagé, pas question non plus d'avoir des chambres séparées. Même notre père s'était réinstallé au rez-de-chaussée, transformant une salle de billard inutilisée en chambre du côté opposé de la cour par rapport à la nôtre. Zelie et moi aurions préféré déménager dans une nouvelle maison, mais notre père s'y refusait, expliquant que le gâteau de mariage était la résidence familiale des Chapel et qu'il y resterait jusqu'à la fin de ses jours.

Je me réveillais toujours avant Zelie qui était à la traîne pour presque tout. Je prenais un bain, m'habillais et lui lisais le journal, assise à mon bureau, pendant qu'elle se préparait.

— Et l'Île-du-Prince-Edward ? Cette petite maison est adorable, dis-je en découpant l'annonce dans la section immobilier pour la ranger dans la vieille boîte à cigares où je conservais les annonces découpées. Nous pourrions vivre comme dans *Anne. La maison aux pignons verts*, ajoutai-je, ce qui semblait plutôt agréable.

Zelie acheva de boutonner sa robe en lin d'une couleur mandarine qui ne la flattait pas.

— Il neige, là-bas ?

— Oui, probablement pas mal.

— Alors non, dit Zelie. J'ai besoin d'un climat chaud.

— La semaine dernière, tu étais intéressée par les montagnes du Colorado.

— Alors pourquoi tu proposes une île, bon sang ?

Zelie était difficile, mais ce n'était qu'un jeu. Nous avions fait le vœu que lorsque j'aurais mon diplôme de l'école de professorat, deux ans plus tard, nous quitterions Bellflower Village et commencerions une nouvelle vie ailleurs. Je décrocherais un poste de professeur et Zelie… bon, cette partie-là n'était pas très claire.

Belinda m'avait dit de fuir et je n'avais rien trouvé de mieux. L'avenir que j'envisageais pour moi et ma sœur était incroyablement ordinaire – un poste d'enseignante, une modeste maison, un couple de vieilles filles et leurs chats. Je prévoyais de faire de la peinture un passe-temps. J'étais parfois déçue par mon manque d'imagination et mon absence d'audace, mais il était plus important de survivre que de mener une vie excitante.

Notre père n'avait aucune idée de ce que Zelie et moi projetions de faire ; c'était notre secret. Il nous allouait chaque semaine une généreuse somme en guise d'argent de poche et j'économisais toujours la moitié de la mienne que je déposais sur mon compte en banque. Zelie était elle aussi censée mettre de côté la moitié de la sienne, ce qu'elle ne faisait jamais, la dépensant en robes et sacs à main dont elle n'avait nul besoin et qui ne rentreraient pas dans la Citroën quand viendrait le moment de partir. C'était mon critère pour chaque achat : pourrions-nous le caser dans la Citroën ?

Je parcourais toujours la section immobilier lorsque Zelie intervint :

— Est-ce qu'on a exclu la Californie ?

— Du Nord ou du Sud ?

— Hmm, dit Zelie, en arrêtant de se poudrer. C'est où qu'il y a le plus de soleil ?

— Au sud, bien sûr.

— Alors j'aimerais aller là et acheter une maison avec des citronniers et des palmiers où on pourrait prendre des bains de soleil toute la journée.

— Tu veux dire où toi, tu pourrais bronzer pendant que je serais au travail.

— Oui, dit-elle, inconsciente de mon ton sarcastique. Le soir, on irait à des fêtes avec des stars de cinéma.

— Et je corrigerais les copies à côté de la piscine.

— C'est une bonne idée.

Je découpai une annonce pour un cottage sur la côte de Floride et la mis dans la boîte.

— Zelie, si tu veux ce mode de vie-là, il va falloir que tu commences à m'aider à économiser. Sinon, on va se retrouver dans le Nebraska ou ce genre d'endroits. Le Montana. L'Arkansas. Loin des stars de cinéma.

— Pfff.

Nous partîmes prendre notre petit déjeuner. En arrivant à la salle à manger, Zelie entra et dit bonjour à notre père et je montai l'escalier. C'était un autre rituel. J'étais presque parvenue au palier lorsque Dovey m'appela :

— Mme O'Connor a déjà servi le petit déjeuner. Il refroidit.

— Je n'en ai que pour une minute, dis-je en la regardant depuis le palier, mais elle ne bougea pas.

Je n'aimais pas qu'elle m'observe. Laisse-moi tranquille, Dovey, avais-je envie de dire. Va-t'en.

Aucun d'entre eux – ni Dovey, ni Zelie, ni mon père – ne savait pourquoi j'allais chaque matin à l'étage avant le petit déjeuner. Aucun n'avait jamais demandé. Autrefois centre névralgique de la maison, on faisait désormais rarement cas de la deuxième strate du gâteau de mariage ; si on l'avait retranchée, personne d'autre n'aurait protesté. Mais pour moi, ç'aurait été inacceptable.

Je grimpai les dernières marches et passai devant l'ancienne aile de mes parents, les portes closes, plongée dans le noir. Et ensuite l'aile des filles.

— Bonjour, frangines, dis-je dans le couloir aux portes fermées.

Bien sûr, elles ne me retournaient jamais mon bonjour. Contrairement à ce qu'auraient pu croire les femmes de ménage, elles n'étaient pas des silhouettes translucides en robes blanches flottantes qui hantaient les couloirs, seulement des fantômes d'absence. Mes sœurs avaient laissé un tel néant derrière elles – des objets et du silence, et une immobilité suffocante à rendre fou n'importe qui.

Pour être honnête, j'aurais préféré des silhouettes translucides en robes blanches flottantes.

Je réfléchis un instant avant de choisir dans quelle chambre entrer. J'avais porté le parfum d'Aster le jour précédent ; Rosalind venait ensuite. J'ouvris la porte et la lumière matinale jaillit, aussi vive et jaune qu'un souci. J'avais demandé aux femmes de ménage de laisser les rideaux ouverts même si elles fermaient toujours les portes. J'aimais penser aux chambres au-dessus de ma tête inondées de clarté, pas enveloppées par l'obscurité. Elles n'étaient pas des tombes.

Tout ce qui restait de mes sœurs, les chères disparues, était ce qu'elles avaient laissé : les flacons de parfum et les brosses à cheveux en argent, les pots de crème de nuit et les armoires encore remplies de leurs robes. Leurs lits étaient soigneusement faits, les dessus de lit au crochet d'un blanc virginal et les édredons proprement pliés au pied. Les fleurs sur les murs avaient commencé à faner, à se craqueler par endroits, unique signe du temps qui passait.

Sur la coiffeuse de Rosalind, je parcourus des yeux ce qu'elle n'avait pas pris en partant et ce que la famille de Roderick nous avait restitué après sa mort. Il y avait une boîte en or pleine de bagues et je choisis celle au camée en corail qui avait toujours été ma préférée. Mais avant de la glisser à mon doigt, j'attrapai sa brosse et tirai un cheveu d'entre les poils, prenant garde de n'en prendre vraiment qu'un. Je l'entourai aussi serré que possible autour de mon annulaire sans le casser. Puis je glissai le camée en corail à mon doigt par-dessus l'anneau brun de cheveu pour le faire tenir.

Je redescendis, sentant la pression des cheveux contre mon doigt, comme si Rosalind en personne me tenait la main. Je tournai la bague pour que seul l'anneau en or soit visible, ne voulant pas que Zelie la remarque. Je l'entendais parler à notre père et je m'arrêtai devant la porte.

— Je ne comprends pas pourquoi je ne peux pas y aller, dit-elle.

Les Helland, nos voisins, donnaient une fête à laquelle Zelie mourait d'envie d'assister.

— Nous avons un invité important à dîner ce soir, répondit notre père. Et j'ai besoin que toi et Iris soyez là.

Je pris ça comme un signal et j'entrai, bien qu'à contrecœur. Notre père était au bout de la table dans son costume marron ; nous étions samedi, mais il allait au bureau. Zelie était assise juste à côté de lui, à l'ancienne place d'Aster. Quand je m'installai en face d'elle, tripotant vaguement ma bague, ils avaient presque terminé leur petit déjeuner. Mon père ne me lança qu'un bref coup d'œil avant de replier son journal et de le poser entre nous au coin de la table.

— C'est injuste, dit Zelie.

Je sus que ses protestations allaient se poursuivre durant tout le petit déjeuner et au-delà, une fois notre père parti travailler, quand il ne resterait que moi, qui n'avais aucun pouvoir en la matière, pour l'écouter.

— J'ai dix-huit ans, tu sais.

C'était sa dernière stratégie en date – une vague menace disant qu'elle était adulte et pouvait faire ce qu'elle voulait. Elle n'insistait cependant jamais trop, connaissant les limites imposées par la dépendance financière.

L'œuf brun dans son coquetier sur mon assiette attendait que je lui ôte son chapeau pour révéler le blanc flasque et la chair jaune en dessous, mais j'hésitai à manger, pas encore prête à ce que la journée démarre. Je songeai aux activités prévues pour la journée, qui ne me faisaient aucunement envie.

Zelie continua de se quereller avec notre père tandis que je beurrais une tartine en espérant que le raclement du couteau sur le pain serait assez fort pour noyer ses supplications. Elle ressemblait tellement à Aster avec sa figure ronde et ses longs cheveux bruns. (J'avais coupé les miens il y avait des années de ça et ils atteignaient à peine mes épaules. Zelie se fichait du travail que représentait l'entretien de cheveux longs et, contrairement à moi, elle passait énormément de temps à s'occuper de son apparence.) Mais Zelie avait beau ressembler à Aster, elle n'agissait en rien comme elle. Aster avait toujours été la plus obéissante et, en tant qu'aînée, la plus responsable. Je n'en voulais pas à Zelie de ses doléances, du moins parfois, mais je ne pouvais rien pour elle pour l'instant. Plus que deux ans, avais-je envie de lui chuchoter. Tiens le coup.

Je finis par ôter le dessus de mon œuf et commençai à manger, prenant une cuillère de jaune que j'étalai sur mon pain.

— Ne discute pas, Zelie.

Et voilà. La journée avait débuté.

Zelie se tourna vers moi, la poudre sur son visage dissimulant ses joues dont j'étais certaine qu'elles étaient empourprées. Je n'étais pas du côté de notre père ; j'espérais qu'elle le savait. J'étais du côté d'une vie paisible et il existait quelques moyens d'y parvenir. Depuis que notre dernière sœur était morte, j'étais devenue l'aînée obéissante, ce qui parfois me surprenait.

— Pourquoi Iris a eu une voiture ? demanda-t-elle à notre père, tout en louchant vers moi. C'est injuste.

— Tu n'as pas ton permis, répondit notre père, et Zelie se tourna vers lui, sa colère à peine réprimée.

— Parce que tu ne veux pas me laisser prendre des leçons de conduite.

— Oui, bon, dit notre père en attrapant sa tasse de café. Peut-être cet été.

— Je m'ennuie tellement, et vous êtes tous les deux cruels.

Zelie était de toute évidence d'humeur à se plaindre. Notre père, qui en avait assez, posa sa tasse avec plus de force que nécessaire et sembla prêt à changer de sujet. Il n'était plus membre d'une paire, assis au bout de la table avec ses filles de chaque côté et sa femme à l'autre bout. Raison pour laquelle il avait besoin de nous au dîner, pour ne pas paraître solitaire.

Il posa des questions sur le menu que j'avais mis au point avec Mme O'Connor plus tôt dans la semaine. Ces tâches m'incombaient désormais. Le rôle de femme la plus âgée dans la famille Chapel était le mien depuis six ans, une sorte de record – seule Belinda avait tenu la barre plus longtemps.

— Du consommé pour commencer, puis steaks grillés avec des champignons et sauce crémeuse au xérès, purée, asperges rôties. Et vin rouge, dis-je, ce qui sembla satisfaire mon père.

M. Colt venait dîner. Je ne savais rien de lui, sinon ce que son nom révélait. C'était l'un des noms habituels qui revenaient dans les conversations à la maison : Colt, Remington, Browning, Smith, Wesson – un nom semblable au nôtre. Il venait de Hartford pour rencontrer mon père à l'usine l'après-midi et il dînerait avec nous. Je ne pensais pas devoir en savoir plus sur lui. Je ne pensais pas que M. Colt comptait, pas à cet instant. La mort s'était retirée de chez nous depuis des années, refluant vers la mer comme une marée sombre. J'avais pris l'habitude de vivre sans son spectre ; j'étais devenue suffisante. Je ne la voyais pas gonfler si près du rivage, attendant de venir une nouvelle fois se fracasser sur nous.

3

— Allez, Zelie. Ce n'est pas si terrible, si ? Souris, dis-je tandis qu'elle montait dans la Citroën et claquait la portière.

Tous les samedis, nous allions rendre visite à Belinda à la maison de repos, et Zelie n'en avait jamais envie.

— Tu sais ce que font les filles normales le samedi après-midi ? demanda-t-elle pendant que je m'installais à la place du chauffeur. (Elle était prête à s'en prendre à moi.) Elles vont faire du shopping, se peignent les ongles et se font coiffer. Elles vont à des fêtes et rencontrent des garçons. Mais nous, on doit aller voir notre mère folle à l'asile.

Je lui tendis le bouquet de fleurs que j'avais cueilli dans le jardin de Belinda et enveloppé de papier marron.

— Ce n'est pas un asile et le jour de visite est le samedi, dis-je en me dirigeant vers la route principale.

— Mais pourquoi est-ce qu'on doit aller la voir, d'abord ?

Le trajet jusqu'à Andover-by-the-Sea prenait environ une heure, mais sembla bien plus long à cause des récriminations de Zelie, plus blessantes et insistantes qu'à l'ordinaire. Une fois sur l'autoroute, elle se referma comme une huître – c'était aussi dans ses habitudes de refuser de me parler. Elle regardait droit devant elle à travers le pare-brise, les ombres passant sur son visage. J'essayais d'être patiente avec elle. Le week-end précédent avait été désastreux, et par ma faute.

Le dimanche, j'avais organisé un pique-nique pour fêter son diplôme et invité quelques-unes de ses amies du village. Je pensais que ce serait agréable, mais Zelie avait brusquement changé après le pique-nique et je ne savais pas trop comment réagir.

Nous avions pique-niqué sur la pelouse du jardin public au centre du village, près du kiosque blanc avec son canon datant de la révolution. Même si je détestais aller au village, je voulais que ce soit pratique pour les amies de Zelie, Florence Helland et deux sœurs, Cathleen et Patricia quelque chose. Tandis que nous étalions nos couvertures, j'avais conscience qu'on nous observait, mais j'avais décidé de l'ignorer.

Mme O'Connor avait préparé un panier avec des thermos de citronnade, des plats de sandwichs, un bol de fraises et une assiette de friandises. Pendant un moment, je réussis à rester assise sur ma couverture et à éprouver un sentiment proche du bonheur, laissant le soleil inonder mon visage, regardant ma voiture garée de l'autre côté de la route près de l'église, la voiture qui un jour me permettrait de fuir. J'étais toujours plus heureuse quand je pouvais échapper à l'instant présent.

L'atmosphère changea brusquement après que j'eus fait passer le bol de fraises et une assiette de biscuits, les étoiles à la cannelle que Mme O'Connor adorait confectionner. Toutes les filles se servirent à l'exception de Florence, qui ôta ses délicats gants blancs pour révéler une énorme bague de fiançailles en diamants et saphirs à la main gauche. Il y eut des petits cris de ravissement lorsque la bague fut dévoilée, Florence tendant la main pour être vénérée comme si elle était une reine.

Florence était la première des amies de Zelie à se fiancer et elle l'avait fait avant même que l'encre sur son diplôme ne soit sèche. Beaucoup de mes camarades de classe s'étaient fiancées tout aussi vite ; la soudaine apparition de diamants avait ressemblé à un feu de broussaille ravageant la classe de 1955. La même chose arrivait à celle de 1957.

La discussion se tourna vers les robes de mariée, les voyages de noces et l'imminence du départ de Florence pour New York où vivaient son fiancé et sa famille, les draps et la vaisselle qu'elle choisirait pour son appartement dans la Cinquième Avenue que ses beaux-parents leur offraient en cadeau de mariage. Je cessai d'écouter avant que la conversation ne dérive sur le bébé qui inévitablement arriverait, et l'éducation du bébé, et son propre diplôme, un jour, et son mariage, ses enfants et sa mort à un âge avancé qui ne surviendrait pas avant le XXIe siècle, dans un futur incommensurablement lointain.

Au lieu d'écouter, j'observais Zelie. Elle gardait les yeux rivés à la bague de Florence quand celle-ci buvait un verre de citronnade, tendait la main pour attraper une étoile à la cannelle et enfin une fraise, dont elle mordit la moitié, laissant du rouge à lèvres rose au bout de ses doigts. Au début, le saphir n'était rien de plus qu'une goutte bleue, une éclaboussure de la mer des Caraïbes capturée et achetée par le fiancé de Florence chez Tiffany. Mais tandis que Florence agitait la main, faisait bouffer ses cheveux blonds ou tendait les doigts vers une nouvelle fraise, il scintillait dans le soleil, semblait grossir, et la goutte se transforma en océan.

Zelie se noyait. Parler de mariage et de bébé, c'était comme enfoncer de minuscules épingles dans son cœur. Ses amies auraient dû le savoir, mais elles étaient insouciantes et égoïstes, et Zelie avait l'air heureuse, assise les jambes repliées sous elle sur la couverture, les lèvres retroussées en un sourire, ses joues prenant la forme et la couleur de petites prunes rougissantes. Elles ne remarquèrent pas sa main droite qui serrait une fraise à demi grignotée, le jus coulant le long de ses doigts sur sa robe couleur crème et s'épanouissant en une tache rouge sur sa cuisse, comme si elle avait été blessée par un objet tranchant, une balle ou une flèche.

Bien qu'invitées, Zelie et moi n'assisterions pas au mariage – nous évitions les mariages – mais je nous imaginais toutes deux partir faire du shopping à New York, acheter un cadeau pour Florence chez Bloomingdale, puis manger quelque chose dans un des salons de thé enfumés près de Grand Central avant de prendre le train pour rentrer à la maison avec la pendule de cheminée ou le plat de service que nous aurions acheté.

J'observais le visage de Zelie en train de regarder Florence et la colère enfla en moi, me submergeant soudain. Je me levai et mis brusquement fin au pique-nique.

— Il est temps de partir, dis-je en essuyant la cannelle sur ma robe.

Les filles levèrent les yeux, troublées, mais Zelie eut l'air reconnaissante. Je tirai un coin de la couverture sur laquelle Florence était toujours assise, elle bascula sur l'herbe et tacha sa robe. Et, agacée par la future virée chez Bloomingdale, je me dis qu'elle le méritait.

Je secouai les dernières couvertures et les fourrai dans le panier avec les verres, les plats et les thermos vides. Ma colère contre les amies de Zelie montait, mais j'essayais de ne pas le montrer. Elle était au milieu de son cercle d'amies, la tache rouge sur sa robe désormais impossible à dissimuler ; je lui pris la fraise des mains et la jetai dans l'herbe.

— Oh, je suis… désolée, dit Florence en voyant la tache et l'air dévasté de Zelie, comprenant enfin que la conversation de l'après-midi était inappropriée. (Florence recouvrit le saphir de sa main droite, Ève dissimulant sa nudité.) Je ne voulais pas… je n'avais pas l'intention de…

— Ce n'est pas ta faute, dis-je, voulant sauver Florence de son *mea culpa* horrifié.

Nous nous dispersâmes, les autres filles soulagées de partir. Je me coltinai le panier jusqu'à la voiture ; Zelie était à la traîne. En hissant le panier sur la banquette arrière de la Citroën, je sus qu'il nous serait impossible de réellement nous enfuir. Zelie et moi pourrions partir à l'autre bout du monde, mais nous ne pourrions jamais échapper à certaines choses.

Presque une semaine s'était écoulée depuis cet atroce pique-nique et Zelie semblait toujours abattue. Le saphir continuait de jeter son ombre.

— On pourrait aller à Boston en juillet, seulement nous deux, dis-je. Les bateaux-cygnes, les fleurs en verre. Ça te plairait.

J'essayais de l'allécher, mais elle hocha à peine la tête. Je sais ce qu'elle pensait : on s'amuserait à Boston et après, quoi ?

Un panneau tarabiscoté annonça que nous étions arrivées à la maison de repos St Aubert, mais, après avoir tourné, il restait encore trois kilomètres sur une route sinueuse jusqu'au bâtiment principal. Propriété caractéristique de l'époque de l'âge doré, elle avait appartenu à une riche famille avant d'être reconvertie en maison de repos pour les femmes aisées de Nouvelle-Angleterre, certaines souffrant de maladie mentale, d'autres seulement malheureuses. La maison principale, construite sur une falaise spectaculaire dominant l'Atlantique, apparut brusquement après un virage, ses tourelles et pignons semblables à ceux d'un château dans le soleil de midi.

Alors que nous roulions sur l'allée circulaire, je m'armai de courage, ne sachant pas quelle version de Belinda nous rencontrerions ce jour-là. La meilleure, j'espérais, la Belinda qui voulait parler de jardinage comme si nous étions dans son boudoir à la maison, mais j'avais peur de la Belinda hantée, celle qui était perdue dans ses souvenirs, obnubilée par le passé. Je craignais encore plus la version triste de ma mère qui, au moment de notre départ la semaine précédente, nous avait suppliées : “Emmenez-moi avec vous, mes petites fleurs.” J'avais pleuré en regagnant la voiture.

Mais ce jour-là, Belinda n'était aucune de celles-ci. Elle flottait sur un nuage médicamenteux, clignant lentement des yeux.

— Bonjour, maman, la saluai-je.

Zelie ne dit rien.

Elle nous attendait à une table dans la véranda, comme toujours les jours de visite où il faisait chaud. Des tables rondes au plateau en verre et des chaises en osier avec des coussins à fleurs y étaient installées. Ç'aurait pu être un hôtel de luxe rempli d'excursionnistes et de vacanciers si ce n'était l'abondance de femmes qui n'allaient pas très bien, des femmes retirées de la société et abandonnées là comme des cheveux gris arrachés à une crinière châtain et jetés.

Les patientes autorisées à fréquenter la véranda se tenaient généralement bien et étaient polies ; les cas graves étaient enfermés à l'étage, privés d'air frais et tenus à l'écart d'armes potentielles comme les couverts ou le thé chaud. Des pleurs éclataient parfois dans la véranda, et même des crises, habituellement dus à la tristesse, pas à la démence. La tristesse était gérable.

Belinda ne se leva pas pour nous accueillir. Elle avait les yeux baissés, le menton posé sur la poitrine. Nous nous assîmes sans la toucher. Notre table pour trois était au bout de la véranda, dans un coin, ce qui offrait plus d'intimité.

Une des femmes de service avait posé un vase en verre transparent à demi plein d'eau au centre de la table, attendant les fleurs que j'apportais toujours. Je débarrassai la lavande et la camomille de l'emballage brun, les mis dans le vase et tentai de déployer les fleurs en éventail, mais elles refusaient de se tenir tranquilles.

— Tu as passé une mauvaise nuit, maman ? demandai-je quand il me fut impossible de continuer à arranger les fleurs indéfiniment. Tu as fait des cauchemars ?

Les esprits des victimes des Chapel ne l'avaient pas suivie depuis le gâteau de mariage, mais elle en faisait toujours.

Elle ne répondit pas. Elle fixait ses chaussures, celles en cuir noir aux boucles en argent qui auraient pu chausser un pèlerin. Sa robe était blanche, comme d'habitude, sa broche représentant un chardon en or et cornaline épinglée au-dessus de son sein droit. La robe était mal boutonnée ; en haut, un unique bouton restait solitaire.

— Peut-être qu'une de ses victimes des Chapel est venue en stop la nuit dernière, dit Zelie en riant.

Elle lisait l'exemplaire de *Photoplay* qu'elle avait pris sur la table à l'entrée.

— Chut, elle peut t'entendre, dis-je, même si en la voyant je n'en étais pas certaine.

Le déjeuner arriva : croquettes de poulet et salade verte, biscuits au gingembre et thé pour le dessert. Une assiette fut posée devant Belinda, mais elle n'avala rien.

Zelie plantait sa fourchette dans les croquettes et les mangeait à toute vitesse, tête baissée, absorbée dans le magazine qu'elle avait posé à côté d'elle sur la table. Je poussai l'assiette de Belinda vers elle. Zelie leva les yeux sur l'assiette qui bougeait, la sauce jaune sur les croquettes qui commençait à se figer.

— On devrait y aller, dit-elle en refermant le magazine, sentant la possibilité de pouvoir nous échapper plus tôt. Elle ne sait pas qu'on est là.

— Pas encore, ça ne fait que quelques minutes.

Belinda recevait une visite de ses filles tous les sept jours ; elle devait être suffisamment substantielle pour lui durer le reste de la semaine. Notre père ne venait pas la voir ; il avait essayé une fois et elle lui avait poignardé le bras avec une épingle à chapeau. Elle n'était généralement pas violente ; la broche en or et cornaline prouvait que le personnel en était certain. Je me disais cependant qu'il était préférable qu'il ne soit jamais revenu.

— Mon semestre s'est achevé hier, dis-je à Belinda, consciente que Zelie m'observait comme une enfant malveillante. Deux ans de passé, encore deux. Ça me plaît beaucoup.

Je coupai une croquette, faisant semblant de prendre un déjeuner normal avec une mère normale.

— Zelie est inscrite à l'université pour femmes de Darlow, dis-je. Elle commencera en septembre.

— Non.

Zelie, qui s'était attaquée aux biscuits au gingembre, les plongeait dans son thé pour les ramollir.

— Qu'est-ce que tu racontes ? chuchotai-je, abandonnant la conversation performative que je menais pour Belinda.

— Je n'ai jamais envoyé le chèque. Je n'y vais pas.

— Ce n'est pas nécessairement une mauvaise chose, dis-je.

J'avais voulu que Zelie s'inscrive dans une école de musique à New Haven, je l'avais poussée à ça. C'était une pianiste assez douée pour pouvoir passer l'audition.

— Tout ce que tu apprends à Darlow, c'est comment cuisiner et perfectionner tes bonnes manières…

— Et pourquoi une future vieille fille comme moi devrait apprendre ces choses-là, c'est ça ?

— Ce n'est pas ce que je voulais dire.

Zelie se leva et jeta sa serviette sur la table.

— Je vais me promener au bord de la falaise, annonça-t-elle.

— Zelie, criai-je, mais elle partit en boudant.

Après le départ de Zelie, Belinda leva la tête pour la première fois. Elle tournait le dos à l'océan et des bouffées de vent faisaient voler des mèches blanches d'avant en arrière, de haut en bas ; on aurait dit les tentacules d'une méduse se déplaçant dans l'eau.

— Nous avons regardé un film hier soir, dit-elle, comme si elle avait attendu que Zelie parte.

Elle me parlait souvent sur le ton de la confidence, comme si j'étais la seule à pouvoir comprendre ce qui la perturbait, une habitude datant de mon enfance. Au fil des ans, lorsque Zelie n'était pas là, elle m'avait raconté des tas de nouvelles histoires concernant sa vie, comblant les vides du passé maintenant que j'étais assez âgée pour comprendre. J'aurais voulu ne pas connaître certaines de ces histoires, comme lorsqu'elle avait tenté de se pendre quand elle était enceinte d'Aster.

— C'est bien. Quel film ?

— Je ne me souviens pas du titre. Ça parlait de la guerre.

— Oh.

La fille de service débarrassa l'assiette de Zelie et essuya les miettes sur la table.

— Ça m'a donné des cauchemars. Les champs de bataille, les armes, le sang – tu sais combien je déteste ça.

— Oui, mais la guerre est terminée, maintenant, maman. Il n'y a plus de guerre.

Elle revivait souvent des événements du passé dans lesquels la carabine Chapel avait joué un rôle – la guerre de Sécession, l'expansion vers l'Ouest, les deux guerres mondiales. Après ce qui s'était passé à Nagasaki et Hiroshima, la carabine Chapel paraissait désuète en comparaison, même si elle avait probablement tué davantage de gens que les deux bombes réunies.

Je pris le pichet d'eau que la fille avait posé sur la table et remplis nos deux verres.

— Chapel Firearms n'a pas vendu d'armes aux méchants pendant la guerre, dis-je.

J'hésitais à défendre l'entreprise devant ma mère, mais je pourrais peut-être l'apaiser.

— C'étaient les Américains qui se servaient de nos armes, et les Britanniques et les Français. Pas les Allemands.

Nos armes. Et elles l'étaient, en un sens. Elles payaient nos vêtements et notre nourriture, le séjour de notre mère à la maison de repos, tout dans nos vies.

— J'ai senti une odeur de sang pendant la nuit.

— Arrête, s'il te plaît, dis-je. Parlons d'autre chose. Tu as dessiné ?

Je m'étais améliorée lorsqu'il s'agissait de faire dévier la conversation des armes et des fantômes.

— Maman ? demandai-je en buvant une gorgée d'eau.

Mais son menton reposait à nouveau sur sa poitrine et elle s'endormit peu après.

Je repoussai mon assiette encore à moitié pleine de croquettes et l'observai un moment. J'aurais dû me lever pour partir, mais je n'avais pas la force d'affronter ma sœur.

— Je m'inquiète pour Zelie, dis-je.

Belinda ne m'entendit pas, ou du moins n'en donna pas l'impression, mais j'avais besoin de le dire à quelqu'un.

4

Les seuls invités que nous recevions à dîner étaient des collègues de mon père – "les gens des armes", les appelions-nous, un assortiment d'hommes à la barbe grise en costume démodé, traînant parfois en remorque des épouses et des filles célibataires. Mais c'était peu fréquent. Les visiteurs étaient rares au gâteau de mariage et nous sortions rarement dans le monde. Non pas par manque d'invitations – nous étions devenues une sorte de spectacle et étions par conséquent conviées à des dîners, des soirées de charité et des pique-niques estivaux, par simple curiosité. (*D'abord elles sont mariées, puis elles sont enterrées.)* Nous déclinions la plupart des invitations sur ordre de mon père, et au grand désarroi de Zelie. Il était trop risqué de nous aventurer loin de la maison, trop d'hommes jeunes – notre père était devenu protecteur à l'égard de sa famille maintenant qu'elle était réduite à si peu ; de surcroît, il savait que les gens étaient curieux à notre sujet et il refusait de leur accorder ce plaisir.

Lorsque les rares invités venaient, je voyais immédiatement l'effet qu'avait sur eux la maison – pas un, aussi âgé soit-il, n'arrivait à surmonter la vision macabre d'une maison hantée. Je les regardais parcourir des yeux la façade, le hall d'entrée et les pièces du rez-de-chaussée, les yeux écarquillés par la fascination, prévoyant déjà ce qu'ils raconteraient à leurs amis : *ils ne sont que trois à errer dans cette maison immense et froide. Je vais te dire, j'aurai pris mes cliques et mes claques après la mort de la première, et certainement après la seconde.*

Par contraste, l'invité et associé en affaires de notre père, Samuel Colt, qui ne devait pas avoir plus de trente ans, ne sembla nullement démonté par tout ça. Ce fut la première chose que je remarquai lorsqu'il arriva et gara sa voiture de sport, une Aston Martin rouge, près de la berline noire ordinaire de mon père. Il n'eut aucune hésitation avant de descendre du véhicule, ne leva pas les yeux sur la façade menaçante dont l'ombre l'enveloppait. Il bondit presque dans la maison aux côtés de notre père.

Après que notre père nous l'eut présenté, M. Colt prit d'abord ma main, puis celle de Zelie.

— Les célèbres sœurs Chapel ! s'exclama-t-il, et Zelie et moi échangeâmes un bref regard incrédule. (Je pensais qu'il s'était montré incroyablement morbide, voire insultant, mais il sourit et poursuivit :) Votre beauté et votre charme vous précèdent, dit-il avec une petite révérence badine.

Je me détendis un peu, décidant d'être généreuse ; il aurait probablement dit la même chose à n'importe quelle paire de jeunes femmes. Il n'avait pas réfléchi à la portée de ses paroles dans ce lieu.

Notre père nous conduisit au salon de devant pour boire un verre avant le dîner. Il était évident que Zelie s'attendait à une soirée morne – elle portait une robe grise trop grande de forme carrée avec de petites perles ternes cousues à l'encolure. On aurait dit une taie d'oreiller et elle ne l'aurait jamais portée si elle avait voulu faire impression. Je voyais maintenant son désespoir en réalisant que notre invité était beau et plutôt jeune. Elle frottait le devant de sa robe, comme si une plus jolie était enterrée dessous.

Notre père dut aller répondre au téléphone dans son bureau, ce qui lui épargna les bavardages anodins. Il n'y avait plus que Zelie et moi pour distraire notre hôte. Nous lui offrîmes du xérès et tentâmes de lui indiquer un divan, mais M. Colt semblait incapable de tenir en place. Il parcourait le salon, Zelie à ses côtés, et il désignait une chose ou une autre en posant des questions. Le salon avait été légèrement redécoré au fil des ans ; les meubles étaient les mêmes, mais Belinda étant partie, il y avait davantage de carabines Chapel accrochées au mur et une affiche de film, de mauvais goût, mais je ne m'en souciais pas suffisamment pour la changer.

— La maison Chapel est aussi charmante que je m'y attendais, dit M. Colt, en admirant la pièce.

Je faillis m'étrangler avec mon xérès au mot “charmante”, mais ne dis rien. Il était notre invité, un invité loquace portant une barbe châtain clair soigneusement taillée et une mèche ondulée auburn sur le front. Il était de taille et de corpulence moyennes, le corps compact – pas de membres s'agitant en tout sens, pas de mèches folles ; par une journée ensoleillée, son ombre aurait dessiné des lignes douces et des angles nets sur le trottoir. Il était vêtu d'un costume gris avec une cravate en soie jaune citron clair qu'il avait dû acheter à New York. Il était élégant, mais il ne m'attirait pas.

— Nous ne l'appelons pas la maison Chapel, dit Zelie, ça ressemble trop à l'usine Chapel à l'autre bout du village.

Elle gloussa et M. Colt rit, pas un petit rire poli, mais un rire de gorge spontané, qu'il aurait été impossible de réprimer.

Je décidai de m'en mêler.

— L'usine Chapel produit des armes et des munitions, dis-je, M. Colt se tournant vers moi d'un air intéressé. Tandis que cette maison, à la grande époque, produisait des filles.

C'était censé être une plaisanterie, mais Zelie fronça les sourcils ; c'était tombé clairement à plat.

Mais M. Colt, nageant toujours en plein bonheur, se tourna à nouveau vers Zelie :

— Il n'y a pas assez de prénoms féminins qui commencent par un Z. C'est merveilleusement théâtral.

— Elle s'appelle Hazel, dis-je avant que Zelie ne puisse dire quoi que ce soit. Avec un banal H.

J'avais l'air d'une maîtresse d'école et me raclai la gorge avant d'aller m'asseoir sur un des divans.

M. Colt se dirigea vers la fenêtre et continua de bavarder avec Zelie d'un ton enjoué en commentant la journée qu'il avait passée avec notre père. M. Colt, descendant de la famille des fabricants d'armes à feu Colt, trafiquait avec la mort, exactement comme ma famille. Nous avions ça en commun, il était l'un d'entre nous, un des "gens des armes", même si j'étais certaine que ses journées étaient très différentes des nôtres. Je l'imaginais dans les salles de réunion des dirigeants et voyageant sur tout le globe pour affaires, passant ses moments de loisir dans de grandes propriétés avec des débutantes, les filles de la haute société de Manhattan. Zelie et moi devions avoir l'air minables en comparaison.

— Monsieur Colt…

— Zelie, je vous en prie, appelez-moi Samuel. En fait, je suis Samuel IV, mais ça donne l'impression que je suis un roi.

Zelie fit une plaisanterie sur le roi Samuel, comme j'étais sûre qu'elle le ferait, et j'avais beau leur tourner le dos, je présumai qu'elle avait fait une révérence. Elle était tellement charmeuse, une raison supplémentaire pour laquelle notre père limitait le nombre de nos sorties. On empêchait Zelie de faire la seule chose pour laquelle elle était vraiment douée.

— En fait, je préfère qu'on m'appelle Sam, répondit-il, amputant encore un peu son prénom.

Il n'en resterait bientôt plus rien.

Il trouva moyen de complimenter la robe de Zelie. Même dans sa terne taie d'oreiller grise, Zelie était une fleur pulpeuse. Je ressemblais davantage à une tige, ni plantureuse comme Zelie, ni mince comme l'avait été Calla, mais entre les deux, solide, difficile à casser, du bambou, peut-être.

— Et vous, Iris, que faites-vous ?

Je sursautai quand Sam s'adressa à moi.

— Ce que je fais ?

J'avalai une gorgée de xérès.

— Comment Iris passe-t-elle ses journées ? demanda-t-il en venant s'asseoir près de moi.

— Oh, dis-je. J'aide à tenir la maison et je suis étudiante à l'école de professorat de Grace Street. Pas grand-chose, en réalité.

Comment croyait-il que je passais mes journées ? En pratiquant la neurochirurgie ? Les options qui s'offraient à moi se comptaient sur les doigts d'une main.

— Et vous, Zelie ?

— Je viens juste de terminer le lycée, dit-elle. (Elle s'interrompit un instant, traversée par un brin de mélancolie, puis poursuivit avec vivacité :) J'adore jouer du piano.

— Magnifique, dit-il. Aurais-je la chance de vous entendre jouer après le dîner ?

J'espérais que non. Je n'avais aucune envie que la soirée s'éternise à cause de Zelie. Je rêvais de thé chaud, de mon lit. Mais avant que Zelie ne puisse répondre, Sam se leva brusquement du divan.

— Regardez-moi ça !

Il venait de remarquer l'affiche encadrée de *La Chapel 1870 : l'arme qui a conquis l'Ouest* accrochée dans un coin derrière la porte ouverte. Elle représentait Jimmy Stewart portant un chapeau de cow-boy, la carabine Chapel à la main.

La vue de l'affiche dans notre salon me révulsait, mais Sam ne le saurait jamais. Le film était censé être un objet de fierté pour notre famille et j'avais toujours joué le jeu. D'après ce que j'en savais, aucune des armes fabriquées par la Colt's Manufacturing Company n'avait jamais fait l'objet d'un grand film hollywoodien et je me réjouissais de l'éventuelle jalousie de Sam. Je ne l'aimais pas, sans trop savoir pourquoi.

— Ça vous a plu, *La Chapel 1870* ? lui demandai-je, en jetant un coup d'œil à Zelie par-dessus le bord de mon verre.

— Savez-vous que je l'ai raté ? J'étais en Europe quand il est sorti.

— Nous sommes allés en Europe, dit Zelie avant de se lancer dans un long récit de nos voyages.

Je cessai d'y prêter attention.

Zelie faisait de temps à autre son numéro de charme, mais elle n'avait pas le droit d'aller plus loin. Personne ne nous avait formellement interdit d'avoir des contacts avec le sexe opposé ou ne nous avait fait asseoir pour nous expliquer que fréquenter un homme ou nous marier n'était pas possible étant donné ce qui était arrivé à Aster, Rosalind et Calla. Notre père évitait totalement de mentionner nos sœurs aînées et il n'avait jamais rien exprimé concernant leur mort qui contredisait les diagnostics absurdes du Dr Green. Pour lui, je le savais, la mort de mes sœurs avait l'aura de quelque chose de strictement féminin et par conséquent honteux. Parler de ce qui s'était passé aurait été comme discuter de sexe ou de menstruations ou de choses que l'on n'abordait pas très souvent en public, ni d'ailleurs en privé, du moins à cette époque. Ce qui était arrivé à mes sœurs était donc devenu un sujet tabou.

Mais bien que notre père ne nous eût jamais fait asseoir pour parler de quoi que ce soit, ses actes nous apprenaient tout ce qu'il y avait à savoir. Nous n'étions pas autorisées à assister aux bals que notre école de filles organisait conjointement avec une école de garçons voisine ou à aucune soirée où des jeunes gens seraient présents à moins que notre père ne le soit aussi. Nous rentrions directement à la maison après l'école ; c'était l'endroit où notre père préférait que nous passions notre temps libre. Les garçons des environs savaient tout des filles Chapel et avaient de toute façon trop peur pour nous approcher, le sentiment général ayant été résumé par Roderick durant son éclat à l'enterrement de Rosalind : *espèces de sorcières*.

Lors de nos voyages en famille en été, nous avions rencontré des tas de jeunes gens qui n'avaient jamais entendu parler de nous – il s'avère que le monde est vaste. Notre père était toujours là pour expédier tous ceux qui nous invitaient à danser ou se promener au clair de lune, que ce fût à bord du bateau qui nous amenait ou nous ramenait d'Europe ou dans les hôtels où nous logions en Suisse ou sur la côte italienne.

— Elles ne sont pas intéressées, disait-il en les repoussant d'un geste de la main.

Malgré la vigilance de notre père, Zelie avait réussi à avoir une histoire d'amour secrète avec un garçon du nom de

Jørgen Gundersen. C'était le cousin de Florence Helland, venu de Norvège pour séjourner dans sa famille durant l'été 1954 lorsque Zelie avait quinze ans. Florence n'avait que des sœurs, raison pour laquelle notre père l'autorisait à passer du temps chez elle, et voilà comment Jørgen était passé à travers les mailles du filet. Il ne ressemblait pas à un Norvégien tels que je les imaginais, un glaçon blond. Sa mère était originaire d'Amérique du Sud (d'Argentine, je crois) et il avait une tignasse noire qui contrastait avec sa peau claire ; à cet âge, il était tout en membres dégingandés et faisait penser à une marionnette.

Je ne le vis qu'une fois, lorsqu'il surgit devant la fenêtre de notre chambre un samedi matin. Nous étions encore au lit quand j'entendis frapper au carreau.

— Iris, non, avait dit Zelie, mais j'avais tout de même tiré les rideaux et Jørgen était apparu dans le soleil matinal, un bouquet de roses à la main.

Il parlait, ses lèvres bougeaient, mais nous n'entendions pas ce qu'il disait. À ce moment-là, je n'étais pas au courant de son existence – Zelie l'avait tenue secrète –, si bien que je hurlai de terreur en le voyant, pensant que je faisais un cauchemar.

En entendant mes hurlements, Dovey et mon père étaient arrivés en courant dans la chambre tandis que Zelie suppliait et essayait de s'expliquer. Jørgen, terrorisé, s'enfuit, abandonnant les roses éparpillées sur l'herbe. Tout finit par sortir ; Zelie, en larmes, confessa leur histoire d'amour estivale clandestine, qui se résumait à quelques milk-shakes partagés chez le glacier de Main Street en se tenant la main sous la table et à une pile de mots d'amour que Zelie avait caché sous son matelas et que mon père confisqua avant de les brûler dans le poêle.

On interdit à Zelie de revoir Jørgen et il repartit en Norvège sans avoir pu lui faire ses adieux. Il y eut des larmes, bien sûr, mais finalement, une fois passée la blessure initiale, Zelie fut simplement contente d'avoir eu une histoire d'amour ; elle n'était pas sûre que ça arriverait un jour.

Il n'y avait eu personne depuis – du moins à ma connaissance –, mais elle avait parfois le béguin pour les hommes qui croisaient notre orbite et les couvrait d'attentions. Ce soir-là, c'était au tour de Sam.

Pour ma part, sur bien des points, je considérais nos restrictions sociales comme un soulagement ; les règles strictes de mon père m'évitaient de devoir démêler mes sentiments à l'égard des hommes. J'étais certaine qu'ils ne m'intéressaient pas et je soupçonnais que ce n'était pas seulement à cause de mes sœurs, même si ce qui leur était arrivé n'aidait pas. Comme un allergique au lait fuit les boutiques des glaciers, je fuyais le sujet des hommes. Ce qui serait la grande tragédie de la vie de Zelie était plus facile à accepter pour moi. Je savais que j'avais de la chance comparée à elle, bien que ça n'ait pas sauvé Daphne.

Zelie parlait toujours de l'Europe (elle en était à notre randonnée dans les Alpes, qu'elle qualifiait d'"affreusement ennuyeuse"), et il restait de nombreux pays. La France vint ensuite, et elle se lança dans une discussion sur le Louvre, expliquant à Sam ce que c'était. Il la coupa.

— Je suis allé au Louvre, ma petite.

Il se moqua d'elle avec ce qui ressemblait à de la pitié.

Zelie fut incapable de dissimuler son embarras.

— Bien sûr. Que je suis idiote.

— Oh, il n'y a pas de mal, lui dit-il, et le moment de gêne passa. Vous êtes plutôt drôle, en fait.

Ils reprirent leur numéro de charme et je maugréais mentalement. J'attendais avec impatience le dîner et mon lit, mais surtout l'instant où j'entendrais le bruit de la voiture de Sam démarrer et descendre l'allée. D'ici là, il faudrait que je supporte la soirée.

La salle à manger était éclairée aux bougies. Les hommes se trouvaient aux deux extrémités de la table et Zelie et moi de chaque côté, pareilles à deux appliques. On nous demandait généralement peu durant ces dîners et je m'abandonnai avec délice à l'odeur de steak et de champignon provenant de la cuisine. Un bon repas faisait toujours passer le temps plus rapidement.

Nous avions presque terminé le consommé lorsqu'on nous adressa finalement la parole, à Zelie et moi. Sam nous apprit que sa sœur habitait à Greenwich avec son mari et ses enfants et qu'il pensait séjourner chez eux durant l'été. À cette nouvelle, je posai ma cuillère et regardai Zelie qui supposait manifestement que son plaisir n'était pas visible à la lumière des bougies.

— Pourquoi rester ? Vous devez être terriblement occupé avec votre travail, lançai-je d'un ton si peu charitable que j'aurais pu aussi bien lui proposer de le ramener moi-même à Hartford.

— Ma sœur a trois petits garçons et son mari sera absent à cause de ses affaires la plus grande partie de l'été. J'imagine que les garçons ont besoin d'un homme dans leur vie.

— Je trouve que c'est une bonne idée, dit notre père. Et ça nous permettra d'avoir plus de temps pour discuter.

— Discuter de quoi ? demanda Zelie.

— Ça concerne l'entreprise, dit notre père, puisque “chut” aurait été impoli.

Dovey entra dans la salle à manger avec le plat principal et posa une assiette devant chacun de nous.

— Si vous voulez savoir, poursuivit Sam sur le ton de la conspiration une fois Dovey partie, votre père et moi parlons de fusionner nos deux sociétés.

Zelie et moi nous tournâmes vers notre père, qui fronçait légèrement les sourcils devant l'indiscrétion de Sam.

— Nous en avons discuté, c'est tout, dit notre père en coupant son steak. Les années d'après-guerre ont été difficiles pour nous tous, expliqua-t-il, n'étant pas encore au courant des fortunes qu'allait rapporter le Vietnam.

— Oui, nous n'en sommes encore qu'au début. Le paternel n'en sait toujours rien, dit Sam, avant de préciser : *mon* paternel.

Je savais que Zelie débordait de questions, et moi aussi, mais elle me jeta un coup d'œil par-dessus la table et je lui fis signe de laisser tomber. Notre père n'aimait pas être questionné, en particulier devant des invités.

La conversation se poursuivit en terrain plus sûr, Zelie et Sam en assurant la plus grande partie, mais il ne fallut pas longtemps à Zelie pour revenir au sujet précédent.

— Je sais, dit-elle. Pourquoi pas Cholt ?

Sam, qui dévorait son repas, cessa de mâcher et s'essuya la bouche.

— Pardon ?

— Cholt, répéta Zelie. Chapel plus Colt égale Cholt.

En réponse, Sam se tapa sur les cuisses et éclata à nouveau de son rire de gorge.

Oh, Zelie, me dis-je. Il n'en vaut pas la peine.

Plus tard ce soir-là, après le départ de Sam, Zelie se retrouva abattue comme après le pique-nique. Elle se mit au lit toujours vêtue de sa taie d'oreiller et se pelotonna sur le côté, me tournant le dos. Je me déplaçai en silence dans la chambre, enfilai ma chemise de nuit et finis ma tasse de camomille à mon bureau en regardant les petites annonces immobilières dans un magazine.

— Zelie ? dis-je, en en découpant une pour une maison à Martha's Vineyard.

J'aurais préféré quitter la Nouvelle-Angleterre, mais Martha's Vineyard, étant une île, m'attirait. La maison de l'annonce, comme toutes les autres, serait vendue bien avant que Zelie et moi soyons prêtes à acheter quoi que ce soit. En tant que femme célibataire, je ne pourrais peut-être même pas avoir droit à un prêt bancaire. Mais je rangeai malgré tout la coupure de presse dans ma boîte à cigares avec les autres, considérant qu'il s'agissait de recherches.

— Je sais que tu ne dors pas, dis-je en refermant le magazine et en allant m'asseoir au bord de mon lit. Zelie ?

— Quoi ?

Elle était contrariée en pensant à Sam. Ce n'était pas Sam en soi – pour ce qu'on en savait, il aurait pu être fiancé, mais j'en doutais. C'était plutôt ce qu'il représentait, ce que pouvait être la promesse d'un jeune homme – le mariage, des enfants, une maison comme celle du 64 Grouse Court, tout ce que Zelie savait qu'elle ne posséderait jamais.

— Dans une autre vie, dis-je, et j'éteignis la lampe.

— Dans une autre vie, je serais peut-être heureuse.

J'écoutai un moment en silence sa respiration qui se fit lentement plus profonde alors qu'elle glissait dans le sommeil. Je remontai la couverture sous mon menton, redoutant les jours à venir. Notre invité serait à Greenwich chez sa sœur, mais son souvenir serait plus difficile à chasser, comme une odeur d'herbe âcre ou la fleur cadavre d'Indonésie qui ne fleurit que tous les sept ans et sent la mort. Je supposai que Zelie bouderait un moment puis passerait à autre chose.

J'avais tort. Au début de l'été 1957, je croyais contrôler ma vie ; j'étais à la moitié de mes études d'enseignante et je faisais des projets pour l'avenir. Mais cet été-là, j'étais assise sur une bombe à retardement. Sans le savoir.

ENFANT DE LA BALLE

1957

I

ZELIE fit la tête durant toute la première semaine de mes cours de dessin. Chaque matin, en me préparant pour l'université, j'essayais de la persuader de m'accompagner.

— Ce serait agréable de sortir, tu ne crois pas ? lui demandai-je le premier jour en boutonnant la nouvelle robe-chemisier en jersey crème à pois marron que j'avais achetée chez Bonwit. Tu pourrais jouer du piano dans la salle de musique ou te baigner dans la piscine, ajoutai-je en enfilant mes escarpins, mais elle ne prit pas la peine de répondre.

Je m'étais inscrite aux cours intensifs d'été en partie pour m'éloigner d'elle, mais ça me faisait de la peine de la savoir en train de se morfondre chez nous.

— Zelie ? Il faut que tu sortes de la maison.

— Je ne veux pas y aller, dit-elle depuis son lit.

Chaque jour, je me faisais du mauvais sang pour elle et chaque jour se déroulait de façon identique, avec ses refus grognons. Le vendredi, je me préparai pour passer la journée à New York avec ma classe – nous y allions tous les vendredis, dans des musées et des galeries – et j'essayai de la convaincre de se joindre à nous, pensant que ça ne gênerait pas mon professeur, mais m'accompagner ne l'intéressait pas. Je partis donc seule en voiture jusqu'à Rye pour prendre le train de New York. La gare de Greenwich était plus proche, mais je voulais écourter le temps passé dans le train. Je ne raffolai pas des trains, des métros et des bus. Je n'aimais pas que tant d'inconnus se pressent contre moi et je détestais leur façon de me bousculer et de frotter leurs jambes contre les miennes en s'asseyant. Les autres filles semblaient l'ignorer ; pour elles, c'était apparemment une contrariété mineure, le prix à payer pour s'aventurer dans le monde des hommes. Mais j'étais trop consciente du danger potentiel.

Mes tentatives de convaincre Zelie m'avaient retardée et j'arrivai en retard au musée Sandler, près de Gramercy Park. Ma classe était déjà plongée dans l'exposition de peintres expressionnistes abstraits. Une vaste salle était consacrée aux artistes femmes, à ma grande surprise, et c'est là que je retrouvai ma classe.

— Tu n'as pas raté grand-chose, dit Susan, une de mes camarades de cours, alors que je m'excusai.

Elle et les autres filles se tenaient derrière notre professeur, assis sur un banc devant *Montagnes et mer* d'Helen Frankenthaler.

— Tu ne trouves pas qu'on dirait de la peinture au doigt ? dit Susan. Un enfant pourrait le faire.

Les filles rirent.

Notre professeur ne réagit pas. Il s'appelait Nello – je ne savais pas si c'était son nom ou son prénom ; il insistait pour qu'on l'appelle seulement Nello. “Pas de cette absurdité bourgeoise de 'professeur'", disait-il. Chaque année, ils faisaient appel à un professeur invité pour diriger les cours intensifs d'été ; Nello était le deuxième Français d'affilée, mais il n'était pas fringant comme le précédent. Il n'avait pas livré grand-chose de lui, sinon qu'il avait quitté la France pendant la guerre ; il avait dit avoir bénéficié de bourses et cité les endroits où ses œuvres avaient été exposées, le tout débité à toute vitesse comme si avoir obtenu un certain succès l'embarrassait.

— Gardez l'esprit ouvert, mesdemoiselles, finit-il par dire, sans se détourner du tableau.

Aucun des visiteurs n'aurait pu deviner qu'il était notre professeur. Il donnait l'impression d'avoir dormi sur un banc dans un parc. Il portait un pantalon gris bouffant et une chemise blanche froissée dont ni les boutons du haut ni ceux du bas n'étaient fermés. Pas de cravate, pas de veste. Ses cheveux d'un ton sépia banal étaient clairsemés, posés sur le dessus de sa tête comme un nid d'oiseau. Je lui donnais la cinquantaine, mais il aurait pu avoir la trentaine.

Afin de nous préparer à l'exposition, il nous avait fait un cours sur l'expressionnisme abstrait la veille, nous expliquant son caractère non représentatif. Il avait expliqué que nous ne verrions pas les traditionnels paysages et portraits dans cette exposition – la plupart des choses ne seraient absolument pas reconnaissables. Ces peintres ne tentaient pas de reproduire les trois dimensions sur la toile mais épousaient plutôt sa planéité. Il avait précisé certaines des techniques utilisées, nous donnant l'exemple de Jackson Pollock, qui posait sa toile au sol et l'éclaboussait de peinture. Il nous avait appris que l'expressionnisme abstrait venait de l'inconscient – comme le surréalisme –, qu'il s'agissait d'exprimer des émotions et ce qui est souvent inexprimable. Après les dévastations de la guerre, les artistes avaient besoin de trouver de nouvelles façons de représenter le chaos de nos esprits et de notre monde à l'âge atomique.

Mais au musée, entourées de telles œuvres, la plupart d'entre nous ne saisissaient toujours pas.

— Je ne comprends pas, murmura une des filles.

— Il n'y a rien à comprendre, lui répondit en chuchotant Susan. C'est juste des taches de peinture.

Elle tripotait machinalement une broche représentant un bourdon agrafée à son chemisier cintré, essayant de donner du sens à ce qu'elle voyait.

— C'est improvisé, comme le jazz, dit Nello, sans quitter des yeux le tableau. C'est magnifique.

— Je n'aime pas le jazz, dit Susan. Je préfère Buddy Holly.

— Buddy qui ? répliqua Nello.

— Laissez tomber.

Susan et les autres profitèrent de la distraction de Nello pour se disperser, me laissant seule avec lui, les yeux rivés à *Montagnes et mer*. Ses longues jambes étaient tendues ; ses pieds, chaussés de mocassins en cuir usés, étaient croisés au niveau des chevilles, empêchant quiconque de passer aisément devant lui. Il voulait la peinture pour lui seul.

Montagnes et mer ne ressemblait pas à de la peinture au doigt, mais je n'arrivais pas à comprendre en quoi c'était un paysage. Sur fond beige, des taches de rose, de bleu et de vert délicats semblaient être disposées au hasard. C'était une jolie gamme de couleurs, bien qu'un peu douces, mais ça avait plus l'air d'un accident que d'une œuvre d'art.

Nello leva les yeux vers moi.

— Qu'éprouvez-vous devant ce tableau ?

— De la confusion, répondis-je trop rapidement, regrettant ma réponse facile.

— N'essayez pas de chercher une solution. Ce n'est pas un casse-tête. Trouvez une œuvre qui vous plaît et installez-vous devant.

Je fis le tour de la salle des tableaux réalisés par des femmes. La seule artiste dont j'avais entendu parler était Mary Cassatt. Notre professeur d'art habituel, M. Richardson, nous avait expliqué que les hommes avaient tendance à créer des œuvres tandis que les femmes les inspiraient. Je m'étais dit que ça expliquait pourquoi tant de femmes dans les tableaux que nous étudiions étaient nues : les nymphes aquatiques au milieu des feuilles de nénuphar de Waterhouse ; les nus voluptueux de Renoir ; et l'étrange tableau de Manet avec deux hommes entièrement vêtus et une femme qui devait avoir perdu sa robe – ça ne ressemblait en rien aux pique-niques auxquels j'avais assisté.

Mais dans cette exposition, les femmes étaient les peintres – Lee Krasner, Elaine de Kooning, Helen Frankenthaler et ainsi de suite –, pas les modèles. Ce qu'elles avaient peint n'était pas ce à quoi je me serais attendue de la part de femmes – pas de jardins fleuris, pas de mamans avec des bébés, pas de scènes domestiques intimes. Les œuvres exposées ne montraient rien de reconnaissable, mais plutôt tout un ensemble de couleurs dans une infinité de formes. Je me souvins de ce que Nello avait expliqué : les tableaux représentaient l'inconscient. Je me dis donc que c'était ce que j'observais autour de moi dans cette salle – des femmes exprimant l'indicible. Je ne savais pas vraiment ce que je devais y voir.

La plupart des toiles étaient immenses. Je repérai un banc vide et m'assis face à une toile plutôt sombre qui m'intriguait. Ce n'est qu'après m'être assise que je remarquai le cartel près de l'œuvre : *Memory of my mother*, de Ruth Davidson Abrams. La toile était recouverte de grands coups de pinceau rouge orangé, bleu-noir, vert, jaune d'or et blanc, et les couleurs avaient du mouvement, cascadant le long de la toile telles des chutes d'eau. Je vis comme la suggestion d'un visage dans le coin en haut à droite, ou peut-être l'imaginai-je. Le tableau était écrit dans un langage que je ne savais pas lire, et pourtant, d'une certaine façon, il me parlait, ce souvenir de la mère de l'artiste. J'essayai de comprendre pourquoi.

Après avoir fixé le tableau, je compris que si je devais peindre mes souvenirs de Belinda, ce devrait être identiquement abstrait. J'étais capable de peindre son apparence physique, mais peindre les sentiments qu'elle suscitait en moi, l'essence de ce qu'elle était – c'était une autre histoire ; ce serait comme un parfumeur essayant d'emprisonner un parfum dans une bouteille. Tandis que je songeais à ma propre mère et me demandais si je pourrais un jour véritablement la représenter sur une toile, ce que je voyais autour de moi commença à prendre sens. J'imaginais ma palette de couleurs pour Belinda – blanc pour ses robes, ses cheveux et le gâteau de mariage ; violet pour son parfum préféré ; rouge foncé pour les roses ; noir pour ce que je voyais quand elle me réveillait avec ses cris ; et bleu outremer pour le fragment de mer visible depuis sa fenêtre à la maison de repos. Les couleurs étaient assez faciles à trouver, mais, en pratique, je ne savais pas comment je pourrais les utiliser comme l'avaient fait ces femmes.

Nous allâmes ensuite dans un snack tout proche. Nello et mes camarades de classe discutaient de l'exposition, mais je m'aperçus que je n'avais pas de mots pour en parler. Je me sentais un peu étourdie.

— Je vais vous donner un travail pour votre portfolio basé sur ce que nous venons de voir, dit Nello alors qu'on nous apportait nos plats.

Son assiette était remplie de saucisses couvertes de sauce à la viande et d'oignons émincés.

— C'est facile, dit Susan en entortillant une mèche de cheveux bruns entre ses doigts aux ongles rouge vif assortis à ses lèvres. Je vais demander à mon petit frère de le faire pour moi.

— À mon avis, vous allez vous rendre compte que ce n'est pas facile du tout, dit Nello tandis que nous sortions nos calepins pour noter le devoir. Je veux que vous pensiez à quelqu'un d'important dans votre vie, poursuivit-il. Pensez à ce que vous éprouvez pour cette personne. Concentrez-vous sur une seule émotion, celle qui domine.

— Je peux choisir Rock Hudson ? demanda Susan.

— Quelqu'un dans votre vie, dit Nello.

Ce à quoi notre camarade Lois ajouta :

— Pas dans tes rêves.

Susan, assise à côté de moi, fronça les sourcils ostensiblement. Je regardai son profil, le minuscule grain de beauté au-dessus de ses lèvres et je m'imaginai me pencher et le lécher pour le faire disparaître.

J'avais bien peur que l'exposition ne m'ait mise d'humeur sensuelle. Je lissai mes cheveux, les glissai derrière mes oreilles et coupai une portion de mon avocat fourré au crabe et à la mayonnaise. Mon bras gauche effleura Susan ; je déplaçai ma chaise.

— Après avoir choisi la personne et décidé de l'émotion prédominante, je veux que vous réfléchissiez à la couleur de cette émotion, dit Nemo.

— Les émotions n'ont pas de couleur, dit Lois, en adressant un sourire satisfait à Susan.

— Bien sûr que si, dit Nello. Le devoir consiste à peindre cette émotion en utilisant une seule couleur.

Je parcourus les consignes sur mon calepin afin de m'assurer que j'avais noté tout ce qui était crucial. Mes camarades firent de même et nous mangeâmes, toutes plongées dans nos pensées. Pour la personne importante dans ma vie, j'avais trois choix: ma mère, mon père ou Zelie. Je craignais de ne pas être encore prête pour les complexités de Belinda et mon père m'ennuyait, le choix était donc évident.

Zelie.

Quelle était la première émotion qu'elle suscitait en moi?

L'exaspération. La peur. L'amour.

C'était quelle couleur?

Je refermai mon calepin sans avoir la moindre idée de la façon d'aborder ce projet. Avant ce jour-là, je ne savais pas qu'il était possible de peindre des sentiments. Je ne savais pas à quoi ressemblaient les miens et je n'étais pas certaine de vouloir le découvrir.

2

Les vendredis que je passais avec ma classe à New York se terminaient toujours avec un mal de tête, un sentiment de surabondance artistique. Le lendemain, je n'avais qu'une envie, faire la grasse matinée puis occuper le reste de ma journée à peindre, mais les samedis ne m'appartenaient jamais. Le samedi était synonyme de Belinda.

— Allons-y plus tôt aujourd'hui, dis-je en m'asseyant dans mon lit, essayant de dissimuler ma lassitude à Zelie, ne voulant pas lui laisser d'ouverture – elle cherchait toujours une excuse pour éviter le jour de visite.

Je me disais qu'en partant tôt, nous pourrions faire une courte visite et rentrer suffisamment tôt à la maison pour sauver l'après-midi.

Zelie, qui lisait *Peyton Place* au lit, commença par m'ignorer. Elle tourna une page et poursuivit sa lecture.

— Allez, dis-je en me levant et m'étirant. On prendra le petit déjeuner en route.

— Je ne viens pas.

— Zelie ! insistai-je sur un léger ton de remontrance, l'équivalent du "Rozzy !" d'Aster.

— J'ai dix-huit ans. Je n'ai pas à faire ce que tu me dis de faire.

Et voilà, encore la rengaine du "j'ai dix-huit ans". Elle tourna une autre page, mais je savais qu'elle attendait que je me dispute avec elle, que je lui offre l'occasion de se plaindre de sa vie. Je n'étais pas d'humeur à lui faire plaisir. Je m'habillai rapidement, allai dans l'aile des filles, choisis un des livres de Daphne, coupai quelques fleurs dans le jardin de Belinda puis je partis, mon matériel de peinture sur la banquette arrière.

Ce fut un soulagement de ne pas avoir à écouter les récriminations de Zelie durant le trajet. Je m'arrêtai dans un café sur la côte pour prendre un sandwich aux œufs frits et un café et je m'assis à une des tables balayées par le vent à l'extérieur pour manger, lire et nourrir les mouettes avec mes miettes de pain. Je fus rapidement plongée dans le livre de Daphne qui parlait d'un groupe de soldates vivant ensemble dans une caserne. C'était à la limite du sordide, sans aucun doute, et mal écrit, mais l'histoire était prenante, comme peut l'être un feuilleton. Les femmes transpiraient beaucoup (elles luisaient, elles étaient humides, moites), elles fumaient et juraient. Rien d'explicitement inconvenant ne se passait entre elles, mais tout était suggéré, laissant au lecteur le choix d'imaginer. Et j'imaginais, bien plus que je ne l'aurais dû.

Les livres de Daphne me faisaient inévitablement penser à Veronica, que je n'avais pas vue depuis l'enterrement. Je ne plongeais pas souvent dans mes souvenirs d'elle – ils étaient comme le flacon presque vide d'un parfum que l'on aime, qui doit être vaporisé très légèrement et avec parcimonie. Je ne me languissais pas d'elle ; je n'avais même pas envie de la revoir. Mais depuis cette journée au milieu des fleurs de cerisiers, je n'avais rien vécu de similaire, rien qui m'ait procuré des émotions aussi intenses, raison pour laquelle elle était toujours présente.

Je lus le livre de Daphne bien plus longtemps que j'aurais dû, appréciant tellement l'histoire et l'air de la mer que je me demandai si je n'allais pas être aussi égoïste que Zelie et rater la visite à notre mère. Mais le devoir me poussa à y aller.

Lorsque j'arrivai, il était trop tôt pour le déjeuner sur la galerie, je suggérai donc qu'on aille s'asseoir dehors. Un promontoire avançait depuis la maison, une langue de falaise rocailleuse fermée aux patientes à moins qu'elles soient accompagnées par un invité. Belinda accepta avec enthousiasme, ayant de tout temps aimé l'air de la mer. Un aide-soignant nous escorta, portant deux chaises pliantes et une couverture pour Belinda qui avait toujours froid. La couverture, d'un joli grenat, avait été tricotée par Dovey, la seule personne, outre Zelie et moi, à lui rendre visite.

— Comme c'est agréable, dit-elle, une fois confortablement installée sur sa chaise, la couverture bordée sur ses jambes.

Elle avait fermé les yeux, laissant la lumière du soleil l'envelopper, souriant au doux murmure de la mer comme un bébé écoutant une berceuse. L'aide-soignant partit dès que je lui eus promis que je pouvais me débrouiller. Belinda était lucide et calme, je n'aurais pu la trouver en de meilleures dispositions.

Je la laissai se reposer, sortis mon carnet et commençai à dessiner les falaises et l'océan au-delà, les cumulus au ventre plat, l'eau bleue écailleuse qui s'étendait jusqu'à l'horizon. Dans mon dessin, j'espérais rendre l'infini de la mer, sa façon d'aller et venir ; si seulement je pouvais nager, songeai-je, et sentir les coutures qui comprimaient ma vie se dissoudre dans l'eau salée.

Belinda me posa des questions sur mes cours de dessin et je lui parlai de l'exposition des femmes expressionnistes abstraites. Les yeux toujours clos, elle hochait la tête et souriait tandis que je parlais, m'imaginant dans cet autre monde si loin du sien.

— Où est Zelie aujourd'hui ?

— Elle voulait rester à la maison, dis-je, pas d'humeur à mentir pour ma sœur.

— La semaine dernière, tu m'as dit que tu t'inquiétais pour elle.

Je levai les yeux de mon dessin et vit que Belinda me regardait fixement.

— Je pensais que tu ne m'avais pas entendue.

— Si. Pourquoi est-ce que tu t'inquiètes ?

Elle tendit la main vers sa broche, la tapotant légèrement, un de ses tics.

— Elle semble à la dérive depuis son diplôme. Elle ira mieux quand elle aura trouvé sa voie.

— Ça ne va pas être facile pour elle.

— Je sais.
— Quelque chose de préoccupant s'est produit ?

Belinda était calme pour le moment, mais je savais à quelle vitesse ça pouvait évoluer. Je voulais changer de sujet.

— Un homme est venu dîner, un des Colt. Zelie a eu le béguin pour lui, mais nous ne l'avons pas revu depuis, dis-je d'un ton rassurant en reprenant mon dessin. Rien ne s'est passé entre eux, mais elle n'est plus la même.

— Ça lui rappelle ce qu'elle ne pourra jamais avoir.

— Je pensais que ça lui serait sorti de la tête, mais ça fait une semaine.

— Il t'est impossible de la comprendre, voilà le problème.

J'interrompis mon dessin.

— Je suis la seule femme sur terre qui puisse la comprendre.

— Tu ne sais pas ce que c'est d'être une jeune femme qui rêve de se marier et d'avoir des enfants et qui ne peut pas.

Je regardai ma mère, troublée.

— Mais moi non plus, je ne peux pas.

— Tu ne veux pas. Tu es différente, dit-elle, et je fus piquée au vif ; ma peau s'enflamma, devint brûlante.

Belinda observait ma réaction, alors je détournai la tête, essayant de la dissimuler.

— Nous sommes pareilles, dit-elle, en tendant la main pour toucher la mienne comme si une telle comparaison pouvait m'apaiser. On m'a forcée à avoir cette vie et je suis soulagée que ça ne t'arrive pas. Tes sœurs t'ont libérée.

Je me concentrai sur la mer, sur les voiliers semblables à des papillons de nuit et les larges rayons de soleil. Belinda parlait rarement ainsi, de façon si claire et assurée. C'était bouleversant de l'entendre, ses paroles autant que sa manière de les prononcer.

— Tu ne réalises pas le cadeau qui t'a été fait.

Un cadeau ? Il était difficile de songer à ce qui était arrivé à mes sœurs comme à un cadeau.

— Tu sais que je n'ai jamais voulu épouser ton père.

— Je sais. (Je posai mon carnet de croquis et tendis la main pour rajuster sa couverture.) Maman, ne te tracasse pas.

— Il y a des choses que tu ne sais pas au sujet de ma vie.

— Bien sûr, dis-je, reconnaissante de ne pas les connaître.

Je ne voulais pas savoir.

— Je n'ai jamais aimé ton père, pas même bien aimé. Je n'aimais pas son visage, ou sa façon de parler, ou son odeur, je n'aimais rien chez lui. J'ai pleuré pendant des jours avant le mariage.

Je le savais déjà et j'espérais qu'elle en avait terminé.

— Tu veux que j'aille voir si on peut avoir des sandwichs ? Tu dois avoir faim.

Mais elle ne voulait pas s'interrompre.

— La nuit de noces, la lune de miel, chaque nuit où il venait me voir, c'était l'enfer. Quand je lui demandais d'arrêter, quand je pleurais, quand je lui disais qu'il me faisait mal, il répondait que je m'habituerais, que j'étais sa femme et ne pouvais me refuser à lui. Il me déshabillait, posait ses mains et sa bouche partout sur moi, et je détestais cette sensation, sa langue, l'odeur de son haleine. Ce qu'il me faisait – il disait qu'au bout d'un moment ça ne me ferait plus mal et que la seule façon pour que ça ne me fasse plus mal, c'était qu'il continue à le faire. Il disait que bientôt je ne sentirais plus rien et que je ne le haïrais plus.

Je lui demandai une fois de plus d'arrêter. Ses plaintes au sujet de mon père n'avaient rien de nouveau, mais ce niveau de détails intimes était différent. Je ne pouvais pas supporter de l'entendre.

— Pendant notre voyage de noces, je n'avais plus l'impression d'être moi. J'avais le sentiment d'être une ombre ambulante. J'étais surprise que les autres me voient.

— Je n'ai vraiment pas envie d'entendre ça.

Elle me regarda avec l'intensité farouche qu'elle affichait autrefois.

— Qui reste-t-il pour écouter, à part toi ?

Je craignais qu'elle fasse une crise et jetai un coup d'œil vers le bâtiment à la recherche de l'aide-soignant, mais elle se calma.

— Les femmes ne parlent pas comme ça, je sais. (Elle me tapota la main.) Mais qu'est-ce qu'on pourrait me faire de plus, ma petite fleur ? C'est le terminus.

Un air de soulagement traversa son visage, comme si elle avait dit quelque chose qu'elle voulait dire depuis longtemps. Elle remonta la couverture, s'enfouissant plus profondément dessous. Je songeai à Zelie et moi partant dans deux ans pour un lieu inconnu, à la fin inévitable de ces visites.

— Peut-être qu'on pourrait partir, dis-je. Toi, moi et Zelie.

— C'est ce que je veux pour toi et ta sœur. Je sais que je ne quitterai jamais cet endroit.

— Tu n'en sais rien.

Je pensai à notre visite deux semaines auparavant – "Emmenez-moi avec vous, mes petites fleurs" – et combien j'avais eu le cœur brisé. Mais ceci, cette acceptation de son destin, c'était presque pire.

— C'est Zelie qui sera désormais ton fardeau, pas moi. Tu devras l'empêcher de faire des choses imprudentes ou elle connaîtra le même destin que tes sœurs. Tu ne peux pas laisser ça se produire.

Nous restâmes de longues minutes sans parler même si je ne cessais de penser à ce qu'elle m'avait dit. Je portais le fardeau de son malheur, que je le veuille ou non. Je n'avais pas demandé à naître, mais d'une certaine façon, j'étais complice de ce qu'avait été sa vie.

Je dessinai encore un moment, puis je vis un aide-soignant se diriger vers nous.

— Il arrive, dis-je.

— Pas de problème ; je suis fatiguée. Ça ne t'embête pas, si ?

Elle ramassa sa couverture et s'étira les jambes. Je lui répondis que non, mais à ma grande surprise, c'était faux. Sans Zelie traînant autour de nous, bouillant d'impatience, ça ne me gênait pas d'être avec ma mère ; elle appuyait peut-être sur une douleur que je préférais souvent ne pas explorer, mais, malgré tout, cela s'était révélé instructif.

— Je ne veux pas vous revoir pendant un moment, dit-elle tandis que l'aide-soignant l'aidait à se lever. Toi et Zelie devez interrompre vos visites quelque temps. Je veux que vous vous occupiez de vous cet été. Zelie a besoin de toi – et tu sais que je ne fais que l'énerver.

— Tu es sûre ? Ce n'est pas un problème pour moi, dis-je, sachant que Zelie serait ravie.

— J'en suis sûre.

Elle m'enlaça et me serra contre elle, murmurant dans mon oreille avec insistance :

— Tu dois t'occuper de Zelie.

À l'entendre, c'était comme si elle savait que nous ne nous reverrions jamais.

3

En arrivant à la maison, je pensais trouver Zelie en train de jouer un air lugubre au piano ; *Gnossiennes* de Satie était en rotation constante depuis son diplôme. Mais je fus accueillie par le silence. J'allai voir dans la chambre et l'appelai, mais elle était sortie. Je supposai que Florence était venue la chercher pour l'emmener au cinéma de Bellflower.

— Sois bénie, Florence, me dis-je en me faisant couler un bain.

Je m'y trempai un long moment, puis mangeai un sandwich seule dans la cuisine. La maison était étrangement silencieuse. Mon père participait toute la journée à un quelconque événement de golf, suivi d'un banquet le soir ; il avait donné congé à Mme O'Connor et à Dovey.

J'allai dans le pré avec ma boîte d'aquarelles et m'assis dans l'herbe, coiffée d'un chapeau pour me protéger du soleil, et je peignis ce que je voyais autour de moi, les coquelicots et les monardes, des images apaisantes que mon professeur n'aurait probablement pas aimées. Je ne voulais penser à rien d'autre, et surtout pas à mon inquiétude pour Zelie, que j'avais transmise à ma mère. Je passai ainsi un agréable après-midi entrecoupé d'une sieste et, en revenant à la maison, j'aperçus Zelie qui remontait l'allée.

— Iris, cria-t-elle d'un ton chantonnant et joyeux auquel je ne m'attendais pas.

— Tu étais où ? dis-je par-dessus mon épaule en ouvrant la porte de la cuisine.

J'espérais qu'elle en avait fini de bouder, mais je ne voulais pas me montrer trop impatiente.

— J'ai été faire du bateau, lança-t-elle en courant vers la maison pour me rejoindre à l'intérieur.

— Faire du bateau ?

Je posai mon carnet et ma boîte de peinture sur la table de la cuisine.

— Avec Florence et Edwin. Il a acheté un voilier.

Elle remplit un verre d'eau au robinet et l'avala d'un trait.

Ça ne ressemblait pas à Zelie de garder pour elle une telle sortie. Dès qu'elle recevait une invitation pour n'importe où, elle me demandait conseil pour ses vêtements et sa coiffure.

— Tu n'as pas parlé d'aller faire du bateau ce matin.

— Ça s'est décidé à la dernière minute. (Elle haussa les épaules.) Florence a appelé juste après ton départ.

J'ôtai mon chapeau et aplatis mes cheveux humides.

— Depuis quand Edwin a un voilier ?

Le fiancé de Florence travaillait dans une banque et affichait la pâleur d'une pâte à pain attendant d'être façonnée. Il n'était pas du genre à aimer les activités de plein air.

Elle haussa à nouveau les épaules.

— Il y a quoi pour dîner ?

Je m'assis face à elle, perplexe. J'étais perturbée par le récit de sa journée, mais elle était enfin de bonne humeur et je ne voulais pas qu'elle retombe dans sa mélancolie.

— Voyons, dis-je en ouvrant la glacière, marchant sur des œufs.

Comme je ne savais quasiment rien cuisiner, je nous préparai un plateau avec les restes laissés par Mme O'Connor : saumon grillé et salade, pain et beurre, Jell-O au raisin pour le dessert. Nous emportâmes le plateau dans la bibliothèque jouxtant le bureau de notre père, où était installé le téléviseur, et passâmes une agréable soirée ensemble, captivée par des programmes variés, de *The Honeymooners* à *Police des plaines.*

4

La semaine suivante, Zelie vit Florence tous les jours. Le soir, en rentrant de l'université, je ne la trouvais plus en train de bouder dans la maison. Elle était sortie et elle entrait plus tard en coup de vent dans notre chambre, me racontant sa journée, qui incluait toujours Florence et son mariage – elle aidait Florence à faire la liste des invités ou passait l'après-midi avec elle à explorer les salles de réception potentielles. Chaque jour, une nouvelle activité liée au mariage les occupait ; c'était comme si Florence épousait Zelie au lieu d'Edwin. J'avais beau être contente qu'elle se soit débarrassée de la morosité qui l'enveloppait depuis son diplôme, je trouvais son comportement étrange. Quelques semaines auparavant, la nouvelle du mariage de Florence l'avait plongée en pleine dépression et, désormais, elle ne vivait plus que pour ça et, de surcroît, elle semblait follement s'amuser.

Le week-end, notre père serait à Boston pour affaires. Mme O'Connor et Dovey étaient en congé jusqu'au lundi et Dovey était allée à Brooklyn rendre visite à une cousine, ce qui signifiait que Zelie et moi aurions la maison pour nous toutes seules. Je me réjouissais de la promesse de ce week-end et j'avais vaguement parlé à Zelie de la possibilité qu'on fasse quelque chose ensemble le samedi, puisque nous n'avions pas à aller voir notre mère. Elle avait paru intéressée, mais lorsque je me réveillai ce matin-là, elle était partie. Je trouvai un mot sur mon bureau.

I.

Je vais faire de la voile avec Florence et Edwin aujourd'hui. S'il te plaît, ne m'en veux pas !

Je rentrerai tard. Inutile de m'attendre.

Bisous, Z.

Elle n'avait pas parlé d'aller faire du bateau la veille au soir, mais, apparemment, elle avait déjà tout organisé avec Florence et Edwin. Je n'arrivais pas à imaginer pourquoi elle ne l'avait pas mentionné. Elle n'avait aucune raison d'être si évasive. Notre père n'aimait pas que nous fréquentions trop de gens, mais Florence faisait exception – Zelie pouvait passer autant de temps qu'elle voulait avec les Helland.

J'étais soupçonneuse et troublée, mais je décidai de ne pas laisser la situation gâcher ma journée. Je passai la matinée à regarder les annonces immobilières dans les journaux en écoutant *Lady sings the blues* de Billie Holiday, que Zelie m'avait offert pour Noël. C'était dans les journaux du week-end qu'il y avait le plus d'annonces, y compris pour des endroits éloignés, il me fallut donc un bon moment pour découper toutes celles qui m'intéressaient, notamment une spectaculaire maison de style néo-grec à Louisville.

Je gardai le *New York Times* pour la fin. Quand j'en eus terminé avec la rubrique immobilière – et ses nombreuses annonces tentantes en Europe, bien que, même dans mes fantasmes, nous installer là-bas semblait peu probable –, je parcourus rapidement le reste du journal à la recherche de nouvelles intéressantes. Je finis par tomber sur les faire-part de mariage. Généralement, je les sautais, et, au moment de tourner la page, pressée de passer l'étalage de futures mariées en noir et blanc qui me fixaient comme des robots de l'espace – je ne pouvais nier que le mariage n'était pour moi qu'une source d'effroi –, je vis un visage que je reconnus dans le coin en haut à droite, un portrait portant la légende : MME CLYDE H. BASSETT.

Je savais qui elle était avant que le titre de l'avis ne me le confirme.

MLLE V. A. CREAM ÉPOUSE CLYDE BASSETT

J'avais pensé à Veronica pas plus tard que la veille et elle était à nouveau là. Cette nouvelle me fit l'effet d'un soufflet. Je m'effondrai sur ma chaise comme une fille qui vient de découvrir que son ancien amoureux s'est marié, ce qui était idiot. Je n'avais aucune relation avec Veronica et par conséquent aucune raison d'être bouleversée, néanmoins, je l'étais. Je me souvins de ses pleurs en apprenant que Daphne était morte et ils étaient la preuve, j'en étais certaine, de son amour sincère pour ma sœur. Pourtant, voilà que Veronica avait épousé un homme.

Je rouvris le journal, incapable de résister au désir de voir quel homme avait choisi Veronica, stupéfiée qu'elle ait choisi un homme, quel qu'il soit. Je savais que la relation qu'elle avait eue avec Daphne était interdite, mais il ne m'était pas venu à l'esprit que la plupart des femmes comme Veronica finissaient par se marier. Daphne ne l'aurait pas fait, mais je constatais que Veronica était différente. Elle acceptait plus facilement de porter un masque.

Le mariage avait eu lieu la veille dans une église de Greenwich, suivi d'une réception à l'hôtel Cream.

Veronica, d'après le journal, portait une robe en soie ivoire et dentelle de Chantilly avec une jupe bouffante et un décolleté en V découvrant ses épaules ; elle avait traversé l'église un petit livre de prières et un bouquet de muguet à la main. En dehors des commentaires vestimentaires, il y avait peu d'informations sur Veronica elle-même, bien que l'article donnât des tas de détails sur son père, son beau-père et son mari. Lire tout ça était perturbant, surtout le dernier paragraphe.

> Après leur voyage de noces à Londres et Paris, le Dr et Mme Bassett s'installeront à Waterbury, dans le Connecticut, où le Dr Bassett possède un cabinet privé de dermatologie.

Je songeai à découper l'article dans l'unique but d'avoir une photo de Veronica, en souvenir du passé, mais je décidai que je ferais mieux d'oublier. La Veronica que je me rappelais était sur le point de devenir une femme au foyer dans une demeure de style colonial. Elle avait été une déesse ; elle n'était pas faite pour repasser, laver les sols et changer les couches de bébés – pour moi, cette idée était inacceptable. Et même, je le vivais comme une trahison, c'est probablement ce qui m'affectait le plus. Je savais qui était la vraie Veronica – je l'avais vue avec Daphne. Sa nouvelle vie inattendue me faisait penser à Godzilla. Il avait été transformé pendant la guerre par des radiations nucléaires – Zelie et moi avions vu le film l'année précédente. De la même façon, Veronica avait muté, mais en une monstruosité parfaitement féminine d'après-guerre : Mme Clyde H. Bassett.

Je déchirai l'annonce du journal et en fis une boulette que je jetai à la poubelle. J'y aurais mis le feu si j'avais pu.

Une fois calmée, j'allai à mon armoire, écartai mes vêtements et plongeai la main au fond. Je sentis un mince sac en papier posé à la verticale. Je le sortis et m'assis sur mon lit pour l'ouvrir, extrayant lentement la toile qui se trouvait à l'intérieur, que je n'avais pas contemplée depuis deux ou trois ans. C'était le tableau de Daphne. *L'Iris blanc*.

Au lycée, un professeur nous avait montré un dessin qui ressemblait à une jeune fille sous un angle et à une vieille femme sous un autre angle, selon la façon dont on le regardait. *L'Iris blanc* parvenait à créer quelque chose de similaire : la fleur portant mon nom et aussi un corps de femme – le corps de Veronica. Mais la juxtaposition de l'*Iris blanc* et de mon image mentale de Veronica en jeune mariée, son nom effacé, me perturbait. Je ne parvenais pas à aligner ces deux visions.

Je bannis la photo de la mariée de mon esprit et fis courir mes doigts sur la peinture blanche, le rose de la toile. Je la posai sur mon bureau, appuyée au mur, et l'observai un moment. Mon corps brûlait. Ça n'arrivait pas souvent et, lorsque ça se produisait, j'essayais de l'ignorer. Habituellement, je me raidissais et me réfrénais. J'avais peur, sinon, de déborder.

Mais, cette fois-ci, je me levai et fermai la porte de la chambre à clé, bien que je fus seule dans la maison. Je commençai à me déshabiller devant le miroir qui se trouvait à l'intérieur de la porte de l'armoire, déboutonnant mon chemisier et le jetant, puis laissant glisser ma jupe au sol. J'ôtai méthodiquement mes dessous, révélant un sein, puis l'autre. Je baissai ma culotte, sentis le satin effleurer ma peau et je fus enfin nue. Je caressai doucement mon corps qui se réveillait sous mon toucher, excitée à l'idée de ce que verrait quelqu'un qui m'espionnerait comme j'avais espionné Veronica tant d'années auparavant.

Je décrochai le miroir et le posai au sol, m'accroupissant au-dessus afin de m'observer. Je m'explorai quelques minutes, ouvrant les différentes lèvres, puis j'attrapai mon carnet de croquis et un crayon sur le bureau et j'entrepris de dessiner ce que je voyais dans tous les détails, voulant créer une carte de mon corps, ce territoire inexploré. Je dessinai un moment, réalisant plusieurs esquisses et réfléchissant à la manière dont je pourrais les utiliser comme modèle pour mes propres peintures florales, pour un iris, comme l'avait fait Daphne.

Le temps que j'avais passé à dessiner n'avait pas atténué le désir en moi, alors je posai le carnet de croquis et me mis au lit, adorant la sensation de ma peau contre le coton frais. Je roulais doucement d'un côté et de l'autre, faisant courir mes mains sur tout mon corps, sensible au moindre toucher comme si j'étais parcourue d'impulsions électriques. Je jetai un coup d'œil à *L'Iris blanc* sur mon bureau et imaginai Veronica, convoquant mes souvenirs de son corps presque nu. Je pensais à elle et elle me regardait ; elle aimait voir le plaisir qu'elle me procurait. Puis elle se glissa dans le lit avec moi, ainsi que la Susan de ma classe. Je ne savais pas comment Susan était entrée dans mes fantasmes, mais elle était là, dégrafant sa broche en forme de bourdon et ôtant son chemisier, grimpant sur moi. Au bout d'un moment, je lâchai le plus délicieux des cris.

Je pris ensuite un bain, me sentant momentanément – pour emprunter le mot de Zelie – divine, l'eau du bain parfumée pareille aux douces vagues d'un printemps torride. Mais bientôt, tout ça fut remplacé par des vagues de dégoût. Je ne savais pas pourquoi j'éprouvais ces désirs. Je me sentais honteuse de ce que je désirais, de la façon dont je m'étais touchée. J'avais jugé Veronica, mais je savais qu'une partie de moi était jalouse qu'elle tente de vivre une vie normale. Dans mon cas, ce serait impossible, pour diverses raisons.

Dans mon bain, je songeais à Clyde et Veronica ensemble – il n'y avait pas de photo de Clyde dans le journal, j'étais donc libre de l'imaginer. À ce moment-là, Sam Colt surgit dans ma tête comme une mince volute de fumée. J'avais évité de penser à lui depuis le dîner, mais je savais qu'il était idiot de l'écarter – ainsi que le danger qu'il représentait – de mon esprit.

Comme ma mère, parfois, je savais des choses. Et des soupçons grandissaient en moi que je ne pouvais ignorer.

Je sortis du bain, m'habillai et allai me préparer à déjeuner. Dans l'entrée, sur le chemin de la cuisine, je décrochai le téléphone et appelai chez Florence. Lorsque celle-ci décrocha, je raccrochai.

Après le déjeuner, je sortis sur la terrasse pour travailler au devoir que Nello nous avait donné, et que je ne cessais de repousser. Mes attentes étant minces, je décidai d'utiliser une petite toile que j'avais préalablement abîmée avec une tache de peinture verte involontaire. Je posai la toile sur le chevalet et nouai mon tablier à ma taille. Mon choix s'était porté sur Zelie, et étant donné mes sentiments à son égard, j'optai pour la peur comme émotion dominante. Je fouillai ma boîte de peintures afin de trouver la bonne couleur. Le noir était un choix évident pour représenter la hantise qui me nouait l'estomac, mais ayant peur de ne pas y arriver, je jetai mon dévolu sur un tube de rouge violacé, un rouge foncé couleur meurtrissure, du genre qui hante. Je ne m'encombrai pas d'une palette et pressai directement le tube sur une vieille brosse puis attaquai la toile à coups de pinceau agressifs. Qu'est la peur, de toute façon, sinon une bouffée, une attaque ? J'étalai la peinture, attendant qu'elle corresponde à ce que je ressentais intérieurement, la peur à propos de l'endroit où se trouvait Zelie et de la personne avec qui elle était, puisque de toute évidence ce n'était pas Florence.

Je ne savais pas du tout comment représenter ma peur de façon abstraite. Ç'aurait été plus facile avec une peinture figurative, ce dont j'avais l'habitude ; j'avais peint Aster dans sa robe de mariée, Rosalind sur la piste de danse avec Roderick, Calla se préparant à son rendez-vous avec Teddy. Des instants de peur emplissaient mon passé et jalonnaient le présent, mais une représentation abstraite était difficile à réaliser, ce sentiment de malaise, la terreur devant l'inconnu.

Je peignis en travers de la toile une grande estafilade de rouge violacé qui ressemblait à une blessure, puis une autre. Je me rappelai les œuvres du musée, *Montagnes et mer* et *Memory of my mother*, l'impression de mouvement qui s'en dégageait, leur aspect et leur mystère, l'émotion du second tableau en particulier. Je canalisai ma peur sur ma toile, posant celle-ci par terre et laissant goutter la peinture dessus comme Nello avait dit que faisait Jackson Pollock. J'avais utilisé presque tout le tube de rouge violacé, mais, selon moi, ça ne ressemblait toujours pas à la peur.

Je poursuivis pendant plus d'une heure, voulant me perdre dans ce projet – généralement, je n'éprouvais pas de plus grand plaisir qu'à être immergée dans ma peinture. Mais ce projet était différent. Il me mettait mal à l'aise et il faisait remonter des émotions indésirables. Mon malaise grandissait à chaque coup de pinceau, sachant que ma sœur me mentait, jusqu'à ce que ma peur et la peinture rouge ne fassent plus qu'un.

Le mot de Zelie disait de ne pas l'attendre, alors je ne l'attendis pas. Je m'endormis avant qu'elle rentre et, le matin, elle était déjà prête à partir lorsque j'ouvris les yeux. Je ne savais pas ce qu'elle faisait, mais elle était devenue un animal nocturne. Elle allait et venait à la lisière de mes journées, ne voulant pas être vue.

— Désolée de t'avoir réveillée, dit-elle en laissant tomber son poudrier dans son sac. Je sors pour la journée.

Elle portait une robe à bretelles que je n'avais encore jamais vue, ses épaules nues et bronzées exposées de façon éclatante.

Je ne pris pas la peine de lui demander où elle allait, mais elle me fournit néanmoins une explication :

— Je vais refaire de la voile avec Florence et Edwin. C'est tellement amusant.

Je m'assis, observant son allure. J'avais l'impression d'être un raisin sec en comparaison, ratatinée et flétrie.

— Tu m'entends ? demanda-t-elle avec impatience.

— Tu vas faire de la voile, dis-je en reposant ma tête sur l'oreiller.

L'après-midi, sans personne pour m'embêter, je sortis quelques dessins que j'avais faits de moi-même et m'amusai à les transformer en fleurs. Mais c'était plus difficile que je l'avais cru et, après deux heures de travail intensif à mon bureau, il me sembla que réaliser ce que Daphne avait si magnifiquement accompli avec son tableau de l'iris nécessitait une bien plus grande familiarité avec l'anatomie féminine, comme un ornithologue amateur connaît chaque pouce d'une crécerelle ou d'une paruline des ruisseaux. Je ne savais pas comment je pourrais me procurer une telle expérience et simplement y songer frisait l'indécence.

Je fourrai mes dessins dans l'armoire, ne voulant pas que quiconque les vît. Je me disais que j'allais peut-être aller faire un tour en voiture lorsque j'entendis la porte d'entrée s'ouvrir. À ma grande surprise, je trouvai Zelie dans la cuisine en train de fouiller les placards.

— Je ne m'attendais pas à te voir, dis-je en l'observant attentivement, essayant de déterminer si elle avait vraiment fait du bateau.

Elle semblait avoir pris de légers coups de soleil.

— On a passé des heures sur le détroit, dit-elle en ouvrant une boîte de crackers. C'était agréable, mais il était temps de rentrer.

— Si tu as faim, on peut dîner de bonne heure, dis-je, désireuse que l'on passe du temps ensemble dans l'espoir qu'elle se confie à moi. J'ai entendu parler d'un nouveau restaurant chinois à Greenwich. Tu veux l'essayer ?

— Pas ce soir, dit-elle. Je suis juste revenue prendre un bain et me changer. Je vais dîner chez Florence avec elle et Edwin. Elle cuisine les palourdes qu'on a ramassées aujourd'hui.

— Les trois mousquetaires, dis-je d'un ton amusé. Peut-être qu'ils devraient t'emmener pour leur voyage de noces.

Elle mastiquait un cracker et s'interrompit, se forçant à sourire faiblement. J'avais envie de lui dire que je savais qu'elle mentait, que j'avais appelé chez les Helland la veille et que Florence était à la maison, pas sur un bateau avec elle comme elle le prétendait. Mais elle aurait su que je la surveillais et je ne voulais pas qu'elle me voie ainsi – comme si j'essayais de la contrôler. Ça n'aurait fait qu'aggraver les choses.

— Je vais te conduire chez Florence quand tu seras prête, dis-je. Je pensais sortir de toute façon.

— C'est bon, je vais marcher.

Elle prit quelques crackers supplémentaires et se dirigea vers notre chambre.

Un peu plus tard, elle partit, toute propre et vêtue d'une magnifique robe bordeaux au col orné d'un nœud, bien trop élégante pour un simple dîner chez Florence.

En son absence, je ne savais que faire de moi et mon angoisse. Je décidai d'aller tout de même à Greenwich manger chinois, mais lorsque j'arrivai au restaurant et ouvris la porte, accueillie par une délicieuse bouffée de vapeur parfumée à l'ail et au gingembre, je ne me sentis pas à ma place. Toutes les tables étaient occupées par des couples et des familles qui bavardaient et riaient, essayant de manger avec des baguettes et aspirant bruyamment des nouilles. Ils me faisaient me sentir seule.

Je commandai deux pâtés impériaux à emporter. Ils me furent apportés enveloppés de papier paraffiné comme un cadeau, entourés d'une fine cordelette rouge. Je retournai au village et décidai de passer devant la maison de Florence. Ma voiture était reconnaissable, mais la nuit tombait et j'espérais que la semi-obscurité me dissimulerait.

Toutes les lumières étaient éteintes chez les Helland ; il était évident que Zelie n'était pas à l'intérieur en train de déguster des palourdes avec Florence et Edwin. Je restai garée un moment et mangeai mes pâtés impériaux, puis j'empruntai les routes résidentielles arborées qui rejoignaient Main Street. Je m'arrêtai pour tourner à droite près de l'église et une voiture fila à toute vitesse du côté opposé, aussi luisante et rouge qu'une pomme d'amour. C'était une Aston Martin, un modèle identique à celui que conduisait Sam Colt.

Je m'immobilisai à moitié du virage et regardai ses feux arrière descendre la rue et contourner le jardin public avec son kiosque et son canon datant de la révolution ; elle roulait beaucoup trop vite. Une voiture klaxonna derrière moi, mais je n'avançai pas, me demandant si je devais suivre l'Aston Martin. Je n'avais pas vu le conducteur ou un éventuel passager et je n'étais pas vraiment sûre de la direction qu'elle avait prise. La voiture derrière moi klaxonnant à nouveau, je tournai à droite et rentrai à la maison.

Une fois arrivée, je n'allumai pas dans le salon de devant et tirai une chaise près de la fenêtre pour surveiller le retour de Zelie en mangeant un bol de glace à la fraise. Si elle était avec Sam, il allait devoir la laisser à la porte. Il faisait nuit ; elle ne pouvait pas rentrer à pied seule. Mais une heure passa, puis deux, et mon comportement commença à me mettre mal à l'aise – appeler chez Florence, me garer devant chez elle, attendre qu'une voiture arrive. Je ne pouvais pas redevenir celle que j'avais été quelques années plus tôt, une jeune fille qui manigançait en douce et se faufilait dans l'obscurité – bien que mes intentions aient toujours été louables. Il y avait déjà des tensions entre moi et Zelie. Notre relation pourrait facilement s'envenimer. Je savais à quel point elle pouvait être têtue.

J'étais certaine que Zelie voyait un homme en cachette – je n'imaginais pas d'autre raison de me mentir – et il semblait probable que cet homme soit Sam Colt. Qui d'autre cela aurait-il pu être ? Mais si j'avais bien appris quelque chose, c'était que je ne pouvais pas changer l'état d'esprit de ma sœur à sa place. Il faudrait que la décision de rompre vienne d'elle. Elle avait été témoin de ce qui était arrivé à nos sœurs autant que moi. Elle n'était pas toujours parfaitement rationnelle – elle était immature sur bien des points et malheureuse de son sort –, mais ça ne signifiait pas qu'elle voulait mourir.

5

DURANT plus d'un mois, Zelie continua ainsi. Elle prétendait passer ses journées avec Florence, préparant le mariage, faisant de la voile le week-end. Il y avait des barbecues sur la plage, des feux d'artifice, et même une régate. Je ne la croyais pas, mais je ne savais toujours pas comment intervenir de façon efficace. Notre père était souvent absent pour affaires et il serait sur la côte Ouest la deuxième moitié de juillet, il ne savait donc pas le temps que passait Zelie loin de la maison. Mais même lorsqu'il était là, il ne se plaignait pas quand elle ratait le dîner ; elle avait été si difficile après son diplôme qu'il semblait content qu'elle soit occupée.

Je restais tard à l'université la plupart des soirs, travaillant à l'atelier jusqu'à la fermeture à huit heures, me concentrant sur les projets de mon portfolio. Je m'étais essayée à une nouvelle toile expressionniste abstraite – une tentative de représenter l'océan le matin suivant la mort de Daphne intitulée *Le Détroit de Long Island* – mais, au bout du compte, elle ressemblait davantage à une peinture figurative ; je n'arrivais pas à représenter l'océan comme un sentiment. Et quand il n'y avait personne d'autre à l'atelier, je travaillais à mes dessins et à mes peintures de fleurs qui finissaient généralement à la poubelle.

Zelie et moi ne nous voyions que fugitivement, ce qui était un soulagement – je détestais qu'elle me mente et je souffrais d'être en sa compagnie sachant qu'un fossé s'était creusé entre nous. J'étais certaine qu'elle mettrait fin à sa relation avec Sam, mais ça prenait plus longtemps que je l'aurais souhaité.

Quand nous nous voyions, habituellement au petit déjeuner ou au moment d'aller nous coucher, nous échangions des banalités.

— J'ai encore travaillé tard à l'université, dis-je un soir alors que nous discutions brièvement, à quoi elle répondit :

— J'ai passé toute la journée chez Florence. Elle réfléchit encore au menu.

Je faisais semblant de croire ses histoires et elle était assez naïve pour imaginer que je pensais que son bonheur, pétillant et débordant, résultait de l'aide qu'elle apportait à Florence afin de choisir entre les côtes de bœuf ou le saumon en croûte.

— Il y a tant à faire, dit-elle. Tu sais ce que sont les mariages.

— Oui, je me souviens.

J'avais envie d'ajouter : pas toi ?

La fin juillet arriva rapidement, et avec elle la fin des cours intensifs de dessin. Août se profilait à l'horizon et j'étais affligée à l'idée de le passer à la maison où il serait plus difficile de m'occuper et de tenir à distance mon inquiétude pour Zelie.

La veille de la fin des cours, nous devions voir Nello individuellement afin qu'il évalue notre portfolio. Les cours étaient terminés, mais, le lendemain, nous passerions la journée à New York, comme les vendredis précédents, et nous irions visiter ensemble un musée et une galerie pour la dernière fois. J'étais la dernière étudiante à rencontrer Nello ce jeudi et, lorsque Susan sortit de l'atelier, j'y entrai. Nello me demanda de fermer la porte, mais je lui dis que je préférais qu'elle reste ouverte, prétextant que la pièce était étouffante. J'aimais bien Nello et il ne me mettait pas mal à l'aise – Susan disait qu'il était "de la jaquette" –, mais c'était malgré tout un homme.

Nous passâmes en revue les œuvres de mon portfolio, plus de vingt. Il les examina une à une lentement en sirotant son café, admirant mon aquarelle représentant un coucher de soleil, mon dessin au fusain d'une vieille dame qui était venue poser pour la classe, ma nature morte de marguerites dans un vase et *Le Détroit de Long Island*. Il étudia soigneusement la toile rouge, ma représentation abstraite de la peur. Il ne nous avait pas autorisées à dire quoi que ce soit sur ce travail, voulant se forger sa propre impression.

Sous les lumières de l'atelier, elle semblait encore plus brouillon qu'à la maison et j'en détestais la vue – chaque coup de pinceau symbolisant ma peur pour Zelie. Nello la regardait attentivement et j'étais gênée.

— Quand je l'observe, je me figure de la rage, dit-il. Un brouillard rouge.

— Vraiment ? demandai-je, essayant de la voir à travers ses yeux.

Comme je le soupçonnais, j'avais échoué à exprimer ce que je désirais.

— Oh oui. Je perçois une fureur incontrôlable, Iris. (Avec son accent français, il prononçait "Iris" "Irize".) C'est plutôt saisissant.

Soudain, je me sentis exposée et souris faiblement.

— Ce n'est pas la fureur que vous vouliez exprimer ?

Je secouai la tête.

— La peur.

— Eh bien, parfois, l'artiste pense exprimer une chose et, finalement, elle exprime tout autre chose. C'est ce que j'aime dans l'art. Tant de choses proviennent d'un endroit caché de votre esprit.

— Comme les tableaux de l'exposition.

— Exactement.

Il posa la toile rouge sur la table devant nous. Je profitai qu'il se soit levé pour aller chercher son briquet dans son bureau pour placer mon aquarelle du coucher de soleil par-dessus.

— Si vous voulez que je vous donne franchement mon avis, dit-il en se rasseyant près de moi une Gitane à la bouche, je crois que vous perdez votre temps dans cette école.

— Qu'est-ce que vous voulez dire ? Mon travail n'est pas assez bon ?

Il rit et tira sur sa cigarette.

— Cet endroit n'est pas sérieux, si ?

— Je… je ne sais pas. Je veux dire, ce n'est pas Yale.

— Qui a besoin de Yale ? dit-il en agitant la main, éloignant la fumée. La plupart des filles passent le temps ici en attendant de trouver un mari. Mais vous avez un réel talent. Vous devriez être aux Beaux-Arts.

J'étais flattée et momentanément à court de mots. Mon professeur de dessin habituel, M. Richardson, qui enseignait aussi la natation, ne m'avait jamais complimentée pour mon travail. J'expliquai à Nello qu'avant de terminer le lycée j'avais voulu postuler à l'école d'arts appliqués de Rhode Island, mais que mon père avait dit que c'était irréaliste.

— Qu'est-ce que ça peut faire ce qu'il pense ? demanda Nello. Vous êtes adulte. Vous n'avez pas besoin de sa permission, si ?

— C'est lui qui paie mes études.

Nello haussa les épaules.

— Trouvez un travail.

— C'est la raison pour laquelle je me destine à être professeur. Pour nous faire vivre, moi et ma sœur.

— C'est ce que vous voulez, être enseignante ? Ou vous enseigneriez seulement pour gagner de l'argent, comme moi ?

Il m'adressa un sourire entendu et jeta sa cigarette dans sa tasse à café vide.

— J'imagine que je ne sais pas quoi faire d'autre.

Il hocha la tête, comme s'il comprenait.

— La vie n'est pas complaisante avec les artistes. Il faut se battre pour ça.

Il s'empara à nouveau de mon aquarelle du coucher de soleil et de la toile rouge. Les deux images offraient un contraste assez saisissant.

— Iris, je peux vous donner un conseil ?

— D'accord, répondis-je, mal à l'aise.

— Vous avez un don, et je le dis rarement à mes étudiants, d'accord ? Mais vous êtes capable de faire mieux. Je crois que vous devez vous pousser davantage et arrêter (il s'interrompit un instant pour réfléchir à ses mots), arrêter d'être si timide.

Je me sentis offensée et tentai de le dissimuler.

— Qu'est-ce que vous voulez dire ?

Il se leva et étala toutes mes œuvres sur la table, en terminant par la toile rouge.

— Celle-ci était un exercice, je sais, mais il s'en dégage une énergie, une vitalité qui est absente de vos autres œuvres.

Il y a du mystère là-dedans ; vous devriez utiliser votre peinture pour l'explorer.

— Mais...

Je n'étais pas sûre de vouloir dévoiler ce que je pensais.

— Allez-y, dit-il.

— Je n'ai pas aimé travailler sur celle-ci.

— Pourquoi ?

— Ça m'a mise mal à l'aise.

— Ah, dit-il, vous voyez, c'est précisément la raison pour laquelle c'est la meilleure.

6

Le lendemain, mon dernier jour de cours, Zelie me surprit en me demandant si elle pouvait m'accompagner à New York. Elle avait fait tant d'efforts pour m'éviter que cette requête inattendue me rendit immédiatement soupçonneuse.

— Pourquoi ? demandai-je, me préparant à un nouveau conte.

— Je veux aller chez Bloomingdale. J'ai besoin de trucs.

— Quoi ?

— Oh, juste des bricoles.

— D'accord, dis-je, surprise de la simplicité de ses projets pour la journée – peut-être que cette fois elle ne mentait pas. En général, je rentre avec le train de 4 h 15. Tu es sûre de pouvoir t'occuper tout ce temps ?

— Qui ne trouve pas à s'occuper à New York ? dit-elle en sortant une tenue de son armoire, une robe trapèze en vichy rose.

Nous étions en retard, alors j'enfilai une jupe bleu marine et un chemisier blanc et courus dans l'aile des filles, glissant un des mouchoirs brodés d'Aster dans ma poche, mon compagnon pour la journée. Nous n'avions pas le temps de prendre un petit déjeuner, mais j'allai à la cuisine chercher un fruit pour le manger dans la voiture. Quand je traversai l'entrée, le téléphone sur la table sonna.

— Mademoiselle Chapel ? demanda une femme lorsque je décrochai.

— Oui, dis-je en espérant que, qui que ce fût, elle serait rapide.

— Je suis Mme Greenberg de l'agence de voyages Brandwin. Je voulais m'assurer que vous aviez bien retrouvé votre passeport.

Je n'avais pas la moindre idée de qui était cette femme ou de quoi elle parlait.

— Excusez-moi, qui êtes-vous ?

— Etta Greenberg, votre agente de voyages. Vous n'êtes pas Hazel Chapel ?

J'eus un mauvais pressentiment.

— Si, c'est moi.

— Vous avez réussi à retrouver votre passeport ? Sinon, nous devrons changer votre vol, et il ne reste plus beaucoup de temps.

Je regardai par-dessus mon épaule pour m'assurer que Zelie n'arrivait pas dans mon dos.

— Je l'ai retrouvé, dis-je. Vous pourriez me rappeler les horaires du vol, s'il vous plaît ?

— Naturellement. Ne quittez pas. (Je l'entendis remuer des papiers et, durant l'attente, des tas de scénarios traversèrent mon esprit, tous désastreux.) Voilà, nous y sommes. Je vous ai réservé un vol, à vous et M. Colt, sur Pan Am, comme nous en avions discuté. Votre avion décolle de l'aéroport Idlewild lundi à six heures du soir. Vous atterrirez à Rome le lendemain matin.

Zelie cria depuis la chambre qu'elle n'en avait que pour une minute ; je ne voulais pas qu'elle me voie parler au téléphone.

— Je vous rappellerai, dis-je à l'agente de voyages avant de raccrocher.

Je me précipitai à la cuisine et pris une pomme dans la coupe en cuivre sur la table.

— On n'est pas en retard, si ? demanda-t-elle en sautillant dans la cuisine, une seule chaussure aux pieds.

Elle attendait une réponse, mais j'étais sans voix.

— Qu'est-ce qui ne va pas ? demanda-t-elle en enfilant l'autre chaussure.

— Rien.

Je me tournai vers l'évier pour laver ma pomme, contente d'avoir une bonne raison de ne pas la regarder.

— Je vais à la voiture, dépêche-toi, dit-elle.

Je savais que je n'avais qu'une minute ou deux pour me reprendre – je n'étais pas sûre que ce soit possible. Je ressentais la fureur rouge de mon tableau. Nello avait raison – elle avait toujours été là.

J'avais fait confiance à Zelie pour rompre avec Sam. J'avais eu peur, mais je n'avais pas paniqué, parce que je savais que même si elle ne rompait pas, ce qui venait ensuite – des fiançailles, un mariage – prenait du temps et que j'aurais fait tout ce qui était en mon pouvoir pour l'arrêter. Mais ça – un voyage à Rome alors qu'elle ne le connaissait que depuis deux mois ? Je ne savais pas ce que c'était.

Je devais d'abord me calmer. Je n'étais pas en état de l'affronter. Lui crier dessus, la menacer – je savais que ça ne la ferait pas changer d'avis. J'avais besoin de temps pour réfléchir à une façon d'agir, décider si je devais impliquer mon père, bien qu'il soit encore en Californie. Le vol de Zelie n'était pas avant le lundi, à supposer qu'elle ait retrouvé son passeport. J'avais quelques jours et je m'accrochai à cette promesse.

En montant dans la voiture, je m'aperçus que j'avais toujours la pomme à la main et je n'en voulais plus. Je la tendis à Zelie et elle la prit, croquant dedans comme si elle n'avait pas le moindre souci.

— Qu'est-ce qui t'a pris si longtemps ? demanda-t-elle.

Je démarrai la voiture et fixai le pare-brise droit devant, désireuse d'éviter la confrontation. Elle était heureuse ; elle devait croire qu'elle était amoureuse. Rome l'attendait et elle s'était convaincue qu'il y avait un avenir ensuite. Je devais la forcer à regarder la réalité en face, mais je devais le faire doucement.

— Tu veux qu'on dîne, plus tard ? demandai-je. On pourrait se retrouver à Grand Central, prendre le train pour récupérer la voiture et aller sur la côte dans ce restaurant de fruits de mer où on est allées l'été dernier.

— Celui avec les palourdes farcies ? Et le *chiffon cake* au citron ? J'aimerais bien.

Elle me sourit gentiment et j'essayai de lui retourner son sourire pour dissiper ses doutes, mais j'en fus incapable. Elle semblait sincèrement contente de notre projet de dîner. Elle y pensait certainement comme à un adieu. La question était de savoir si elle prendrait la peine de me dire qu'on se disait au revoir.

MA DAME, NE M'ABANDONNEZ PAS

1957

I

JE passai la matinée avec ma classe au Museum of Modern Art, à regarder les tournesols de Van Gogh, tout un mur de jaunes et d'ors éclatants en rien fanés par le temps. L'exposition avait fait le tour du monde et il n'y avait pas que les tournesols, mais ce furent eux qui me fascinèrent. Les tableaux de Van Gogh n'étaient pas totalement réalistes, mais pas non plus comme les œuvres des expressionnistes abstraits ; ils se situaient entre les deux ; une réalité reconnaissable, mais légèrement détraquée. C'était ainsi que je me sentais depuis le coup de téléphone de l'agente de voyages – je ne voyais pas distinctement. Ce matin-là, je me trouvai donc des affinités avec Van Gogh et sa vision déformée de la réalité. Je voulais me perdre dans ses tournesols, ses iris, ses marguerites et ses coquelicots. Les fleurs m'avaient toujours réconfortée.

Après la visite au MOMA, j'allai déjeuner avec ma classe dans une pizzeria. Tout le monde s'amusait, parlant de ses projets pour le mois d'août, tandis que je me demandais si Zelie était vraiment chez Bloomingdale. Ma fureur s'était transformée en surprise – elle était tellement plus sournoise que je ne l'avais cru –, puis en peur, le sentiment que j'avais constamment en réserve. Je n'allais pas me disputer avec elle au dîner, je ne crierais pas et elle ne pourrait pas m'éviter. Nous allions simplement discuter et je pourrais essayer de comprendre pourquoi elle pensait pouvoir s'enfuir avec Sam Colt, ou n'importe quel homme. Je pourrais alors décider de la façon de l'en dissuader.

Après le déjeuner, nous nous rendîmes au sud de Manhattan dans une galerie appartenant à un ami parisien de Nello. Elle occupait le rez-de-chaussée d'une maison de ville en brique rouge sur la Neuvième Rue, près de Washington Square. Elle était totalement déserte cet après-midi-là, ce qui était parfait, car j'aurais été gênée que d'autres entendent les commentaires de mes camarades.

Les tableaux exposés dans la salle principale étaient à des lieues de ceux de Van Gogh. Ils étaient tous de la même artiste, une peintre française pleine d'avenir du nom de Lucette Toussaint qui deviendrait plus tard assez célèbre. Tous les tableaux semblaient identiques, dans des tons de noir, blanc et gris ; son travail était dépouillé, manquait de l'éclat et de la couleur de celui de Van Gogh. L'esprit de Lucette, dans lequel nous venions de pénétrer, était un endroit lugubre et terrifiant. Chaque tableau était centré sur le visage d'une vieille femme qui émergeait, fantomatique, d'un néant noir se déployant comme les ailes d'une chauve-souris. Les yeux écarquillés de la vieille femme paraissaient lire dans l'avenir, hypnotisés par quelque chose que le spectateur ne pouvait voir, qui semblait littéralement la faire mourir de frayeur. Elle avait l'air à la fois monstrueuse et vulnérable, comme un personnage d'une des Peintures noires de Goya, *Saturne dévorant un de ses fils*. Je ne pus réfréner un mouvement de recul. Il était évident que Lucette n'avait pas peur de s'aventurer dans des endroits extrêmement déplaisants.

J'avançai de tableau en tableau, voyant la même peau d'un blanc crayeux et les mêmes yeux emplis de terreur de la femme. Je ne pouvais m'empêcher de penser à Belinda s'éveillant au milieu de la nuit pour affronter les victimes des Chapel. Je n'avais pas entendu les cris de ma mère depuis des années, pourtant, à cet instant-là, ils résonnaient dans mes oreilles, la berceuse de mon enfance.

— Peut-être que je ne pourrais plus jamais dormir, dit Susan, vêtue d'un nouveau chemisier cintré où une broche était agrafée, un papillon cette fois-ci. Lois est sortie fumer une cigarette. Elle a dit que ça la rendait malade de regarder ça.

— Je trouve ça fascinant, dit Nello en s'approchant de nous.

— Qu'est-ce que ça a de fascinant ? demanda Susan. C'est un vrai cauchemar.

— Et alors ? Le boulot d'un peintre, c'est de nous réconforter ?

— *Pas du tout*[*].

Une voix d'homme résonna dans la galerie. Susan, Nello et moi nous retournâmes et Nello poussa une exclamation en voyant son ami. Ils s'étreignirent, puis l'homme se présenta sous le nom de Félix Toussaint, le frère de l'artiste. C'était un petit homme rond aux boucles souples grisonnantes.

* En français dans le texte.

Susan, visiblement gênée, s'enfuit rejoindre Lois et sa cigarette.

— Mes étudiantes étaient en train d'admirer le travail de Lucette, dit Nello.

— Ce n'est pas l'impression que ça donnait, répondit Félix, et lui et Nello rirent.

— Ces tableaux sont saisissants, dis-je, espérant faire preuve d'une certaine perspicacité ; je voulais me distinguer des autres.

Félix hocha la tête avec reconnaissance.

— Je suis très honoré de faire partager le travail de ma sœur, dit-il. La femme que vous voyez sur ces tableaux est notre mère. Elle est morte pendant la guerre.

Je n'étais pas surprise. Je n'avais aucun mal à repérer une mère hantée.

Félix tendit la main.

— Et vous êtes ?

— Iris Chapel.

— Ah, Chapel ! (Il fit un pistolet de sa main.) Bang bang !

— Non, dis-je en secouant la tête de façon peut-être trop catégorique.

— Comme c'est intéressant, dit Nello. Je n'avais encore jamais fait le rapprochement. Chaque fois que je vois son nom, je pense à une église. Elle est si calme, si solennelle. Ça s'accorde bien.

— Ah, je vois, Chapel… *comme une église* ? demanda Félix en joignant les mains, comme en prière.

— C'est juste Chapel, dis-je, agacée.

J'avais réussi à passer deux ans à l'école de professorat de Grace Street sans que personne ne me parle d'armes à feu.

Nello changea de sujet, entraînant Félix devant un des tableaux à l'opposé de la salle et lui posant des questions ;

Félix était ravi d'y répondre. Je ne les suivis pas. Il y avait d'autres salles à explorer dans la galerie et, mes camarades de classe étant sorties fumer, je serais seule.

Je distinguai une pièce pleine de couleurs au bout du couloir – ce qui correspondait davantage à mes goûts. Je m'y rendis et lus le panonceau au-dessus de la porte.

ŒUVRES DU SUD-OUEST DE L'AMÉRIQUE
PROVENANT DE LA PALACE SCHOOL OF ART AND DESIGN
SANTA FE, NOUVEAU-MEXIQUE

Mon seul point de référence concernant le Sud-Ouest était le paysage tape-à-l'œil en technicolor de *La Chapel 1870* qui servait de toile de fond à des hommes à cheval. Mais les œuvres accrochées au mur n'avaient rien de commun avec lui.

Je vis une autoroute déserte s'étirant au loin sous un sublime ciel empli de nuages ressemblant à des billes blanches sur un tapis bleu ; des pins et des rochers nus couleur terre de Sienne dans un lieu nommé Frijoles Canyon ; un bosquet de trembles dans le Sangre de Cristo embrasé des ors de l'automne ; la mesa orange à Zuni Pueblo enflammée par le coucher du soleil ; et des fleurs jaunes de bigelovie sur une falaise dominant le Rio Chama. Les paysages étaient remplis d'espace et de lumière, aérés et baignés de soleil ; ils étaient plus éclatants et colorés que le monde dans lequel je vivais, plus dégagés et vastes ; la Nouvelle-Angleterre était si étriquée.

Il y avait aussi des paysages urbains et des gens : la plaza de Santa Fe, avec ses bâtiments en adobe et ses portes turquoise ; un vieil Indien assis dans un pick-up Ford entouré de roses trémières roses et jaunes; une femme à la longue tresse noire en train de balayer devant un café de bord de route. Ce n'étaient pas les personnages caricaturaux de *La Chapel 1870*; ils ne posaient pas pour des étrangers, ne jouaient pas un rôle.

Le dernier tableau était différent. Quand j'arrivai devant, je m'empourprai avant même de m'en apercevoir. Il représentait une rose, ou une partie de rose. Sur fond rouge moyen intense, deux pétales en gros plan, d'un ton légèrement plus foncé. Ça n'avait rien à voir avec la toile rouge que j'avais peinte; c'était délicat et discret, plein d'assurance. Je songeai immédiatement au tableau de Daphne, *L'Iris blanc*, et à toutes mes tentatives pour le copier; j'avais devant moi une rose et aussi ce qu'il y a de plus intime chez une femme.

La toile était relativement petite. Je me penchai pour lire le cartel accroché au mur à côté: *La Terre d'enchantement*, Anonyme.

— C'est quoi tous ces trucs de cow-boy? dit Susan en pointant la tête dans la pièce.

Elle était énervante, mais séduisante malgré elle. La voir près du tableau de la rose me fit repenser à l'après-midi où je m'étais retrouvée au lit, fantasmant sur elle. Je rougis à nouveau.

— Pas de cow-boy, ici, dis-je en me ressaisissant, ne sachant pas trop si j'étais empourprée.

Si c'était le cas, Susan ne fit aucune remarque. Elle entra dans la salle et passa à toute vitesse devant la plupart des tableaux avant de me rejoindre.

— Celui-là ne cadre pas, si? dit-elle en faisant claquer son chewing-gum, exhalant une odeur de menthe verte. Qu'est-ce qu'il y a de génial? demanda-t-elle en voyant que je m'y intéressais. C'est juste deux pétales de rose. (Elle plissa les yeux en regardant attentivement la toile.) Du moins, je crois. C'est ça ?

Elle se tourna vers moi avec l'expression de quelqu'un qui tente de se souvenir d'un mot qui lui échappe, mais je n'allais pas le lui expliquer.

— Nello voulait que je te dise qu'il est prêt à partir. On va tous dans un café boire un verre.

— Je ne peux pas venir, dis-je. Je dois retrouver ma sœur.

Susan partit, mais je notai à peine son départ, aussi fascinée par les pétales de roses que je l'avais été plus tôt par les tournesols.

Ayant peur pour une de mes sœurs, j'en imaginai une autre ; je vis Daphne dans les paysages radieux du Sud-Ouest, étudiante à la Palace School of Art and Design. Je prétendis brièvement que le tableau était d'elle, qu'un avenir prometteur l'attendait. Et, l'espace d'un instant, j'eus le sentiment que ce pourrait être vrai.

2

ZELIE m'attendait à Grand Central lorsque j'arrivai. Je la repérai debout sous le panneau des départs, un petit sac Bloomingdale à la main. Elle ne me vit pas avancer vers elle au milieu de la foule qui précédait l'heure de pointe. En l'observant de loin, dans sa robe trapèze rose, ses talons blancs et ses gants, il fallait reconnaître qu'elle était devenue une femme. C'était difficile de s'en rendre compte à la maison. Là-bas, elle avait été un bébé, elle était toujours le bébé de la famille.

Elle fit un signe en me voyant, mais ne bougea pas. En lui rendant son geste, je respirai profondément afin de me débarrasser des peurs enchevêtrées en moi.

— Tu n'as pas acheté grand-chose. Shopping infructueux ? dis-je en l'enlaçant.

— Je n'ai pas eu le temps de faire du shopping, dit-elle, son visage s'éclairant. Tu ne croiras jamais ce qui est arrivé. Je suis tombée sur Florence et sa mère chez Bloomingdale. On a passé toute la journée ensemble. Il y avait un problème avec la liste de mariage de Florence et elles devaient venir en ville régler ça.

Elle jouait la décontraction, mais elle gigotait en parlant, posant les yeux sur divers passants plutôt que sur moi. C'est ce qui la trahit.

— Je vois, fut tout ce que je réussis à dire.

Elle me raconta son après-midi, qu'elle affirmait avoir passé dans un salon de thé avec Florence et Mme Helland, suivi d'une promenade dans Central Park. Je détestais être témoin de ses mensonges.

— C'était une tellement belle journée, dit-elle en regardant un homme balayer les détritus. Je devrais venir à New York plus souvent.

Je la quittai des yeux et les levai sur l'énorme horloge de la gare, aussi ronde et blanche que la lune.

— Notre train part bientôt. On ferait mieux d'y aller.

— Je ne peux pas. (Elle me tendit son sac de chez Bloomingdale, que je pris sans y réfléchir.) Tu peux les ramener à la maison ? Ce ne sont que des boucles d'oreille.

Le sac était si léger qu'il avait l'air vide. J'imagine qu'elle avait couru chez Bloomingdale et pris le premier article qui lui était tombé sous les yeux – puis elle était allée où ? Je me demandai si Sam était dans les parages, nous observant, se disant que j'étais idiote.

— Je suis vraiment désolée, dit-elle, mais je ne peux pas dîner avec toi ce soir. Je retrouve Florence et Mme Helland. On va manger tôt, puis aller au théâtre. Elles ont un billet en trop.

— Mais tu m'avais promis de dîner avec moi.

— Je ne l'ai jamais promis. On peut dîner demain soir.

Je ne voulais pas la mettre face à ses mensonges à Grand Central. J'avais tout prévu. Je lui saisis le poignet et tentai de l'entraîner.

— On ferait mieux de se dépêcher, dis-je, mais elle se libéra d'une secousse.

— Je t'ai dit que je ne venais pas.

Nous nous regardâmes dans les yeux, nous mesurant. Elle dut comprendre à ce moment-là que je ne la croyais pas ; elle se raidit, prit un air de défi.

— Pourquoi est-ce que les Helland ont des billets de théâtre ? Tu m'as dit qu'elles n'avaient pas prévu de venir.

— Je ne sais pas, répondit-elle, troublée.

Je l'avais prise sur le fait en train de mentir, ce qui n'était pas difficile.

— Très bien, dis-je. Je vais venir. J'aimerais bien dîner et aller voir une pièce.

— Elles n'ont que trois billets.

— J'en achèterai un au guichet.

— Tu n'es pas invitée ! dit-elle, prenant la mouche. On dînera ensemble demain. À plus tard.

Alors qu'elle faisait demi-tour, j'empoignai son bras gauche, le serrant fort au-dessus du coude, et l'attirai à moi.

— Je sais que tu mens, murmurai-je à son oreille.

— Lâche-moi.

Elle essaya de s'arracher à moi, mais je raffermis ma prise.

J'avais l'air en colère, mais, par-dessus tout, j'étais effrayée et blessée.

— S'il te plaît, ne m'abandonne pas.

— Iris, lâche-moi ! cria-t-elle, en se libérant et en titubant en arrière.

On nous regardait, je le savais.

— Qu'est-ce qui ne va pas chez toi ? dit-elle en frottant la marque rose sur son bras, là où je l'avais empoignée.

Si je recommençais, elle ferait une scène. Alors je la laissai partir.

3

Lorsque le train de Grand Central arriva à Rye, je sautai au bas du marche-pied, courus le long du quai puis fonçai deux rues plus loin jusqu'à ma voiture. En sécurité dans la Citroën, je me laissai aller, versant les larmes que j'avais retenues.

Je me calmai et m'essuyai les yeux avec le mouchoir d'Aster, puis le posai sur le tableau de bord pour qu'il sèche, voulant préserver les lettres A.C. délicatement brodées. Lorsque je me sentis suffisamment apaisée pour conduire, je démarrai, les yeux rouges et vitreux. Je décidai d'aller faire un tour pour m'éclaircir les idées ; ma confrontation avec Zelie aurait lieu plus tard, à la maison. D'ici là, je devais rester calme.

Je me dirigeai vers le country club, un immense espace vert à cheval sur deux autres localités du comté de Westchester. Après une journée en ville, je rêvais de verdure et parcourus donc le périmètre du terrain de golf la vitre baissée – une fois, deux fois, inhalant l'odeur de la pluie imminente, la brise fraîche sur mon visage gonflé.

J'aurais dû rentrer à la maison. Je n'étais vraiment pas en état de conduire – la peur et la colère m'enveloppaient, m'étouffant sous leur étreinte, et tout semblait déformé, comme un tournesol de Van Gogh. Mais je n'avais pas envie de rentrer; j'en avais rarement envie. Je tournai donc dans la rue qui selon moi me ramènerait au centre de Rye et à l'autoroute, réfléchissant à l'endroit où j'irais ensuite, sur la côte comme je l'avais prévu à l'origine ou dans la campagne. Au bout de quelques minutes, je réalisai que je m'étais trompée de chemin quelque part. La route sur laquelle je roulais m'était totalement inconnue. Je songeai à faire demi-tour, mais Rye était une petite ville et je me dis que même en faisant un détour, je finirais bien par rejoindre l'endroit voulu.

Les premières maisons le long de la route étaient de grandes demeures victoriennes, mais, plus j'avançais, plus elles étaient neuves et modestes et j'en vis soudain une que je reconnus. Puis une autre. Je compris alors. Je savais où j'étais. Quelques instants plus tard, je m'arrêtai sur le bas-côté et vis à ma gauche l'impasse de Grouse Court.

Apparemment, on pouvait entrer dans Appleseed Estates par-derrière. Je regardai le mouchoir d'Aster sur le tableau de bord et tentai de me convaincre qu'avoir atterri là n'était pas un mauvais présage.

J'étais sur le point de partir lorsqu'une femme et trois enfants en bas âge sortirent par la porte d'entrée de l'ancienne maison d'Aster. Ma vitre tachetée par la pluie qui tombait ne fournissant pas une vue assez nette, je la baissais. Les enfants coururent partout dans la cour pour ramasser leurs jouets, avant de les mettre à l'abri dans le garage ouvert. La mère, les mains sur les hanches, portait une robe verte plissée, évasée comme un de ces parasols colorés qui décorent les cocktails. Elle leur donnait des ordres, mais je n'entendais pas ce qu'elle disait. C'était une jeune femme brune, aussi plantureuse que l'avait été Aster et, en la regardant, je fis comme si c'était ma sœur. Daphne, avais-je rêvé l'après-midi, était au Nouveau-Mexique et Aster était ici avec trois jeunes enfants.

Ils finirent de ranger et grimpèrent dans le break garé dans l'allée, quittant la maison sans fermer le garage. Je remontai ma vitre et me baissai pour qu'ils ne me voient pas en passant devant moi.

Une minute plus tard, je me rassis. Je pris le mouchoir toujours humide d'Aster sur le tableau de bord et le mis dans ma poche. Puis j'ouvris la portière et traversai la route en direction de Grouse Court, décidant de marcher un peu, même si je n'avais pas de parapluie. Il n'y avait aucun signe de vie nulle part. Je passai devant la maison de style colonial jaune, celle où vivait le bébé gargouille ("Regarde cette horrible petite créature", entendis-je Rosalind dire), même si elle ne devait plus être un bébé. Alors que j'approchai de la "quatre sur quatre" blanche d'Aster, la maison au centre des trois que comptait l'impasse, la pluie fine se fit plus drue. J'hésitai à courir à la voiture ; les averses estivales pouvaient éclater brusquement, presque violemment, et je ne voulais pas être trempée. Mais le garage d'Aster était plus près et, sur un coup de tête, je courus m'y abriter.

Ce n'était pas une bonne idée, mais je le fis malgré tout. Le garage était rempli de boîtes et de bric-à-brac ne laissant aucune place pour des voitures. Je me tenais en haut de l'allée sous l'avancée, au sec. Si la mère et les enfants arrivaient, je pourrais dire que je me promenais et m'étais mise à l'abri quand il avait commencé à pleuvoir. Ils comprendraient sûrement. Je n'avais pas l'air suspecte avec mon chemisier bien propre et ma jupe en coton.

Je sortis le mouchoir d'Aster de ma poche et m'essuyai le visage. Le mouchoir d'Aster, la maison d'Aster, la sœur d'Aster.

La pluie devint plus forte et plus bruyante, pareille à des crépitements dans une poêle. Je distinguais à peine ma Citroën verte de l'autre côté de la route. Je me retournai pour regarder le garage ; il y avait des boîtes étiquetées NOËL et CAMPING et derrière celles-ci, des skis et des cannes à pêche. Et, à côté, la porte blanche qui menait à la maison.

Je vais juste jeter un coup d'œil.

Je tournai la poignée en cuivre et m'aperçus qu'elle n'était pas fermée à clé. Elle donnait sur un petit vestibule attenant à une buanderie sur la droite. Des vêtements d'enfants colorés étaient empilés sur une des machines à laver, quelques minuscules chaussettes éparpillées sur le sol. À gauche, il y avait un petit couloir que j'empruntai sur la pointe des pieds.

La cuisine, toujours aussi jaune et lumineuse que des bonbons au citron, était extrêmement ordonnée, comme si personne n'y vivait, et certainement pas une famille avec trois jeunes enfants. Les plans de travail étaient propres et tout était rangé ; deux petits torchons assortis, au motif de tournesol, pendaient à la porte du four. Un unique œillet rose dans un soliflore trônait à côté de l'évier. Je perçus une odeur, un soupçon de beurre de cacahuètes et de sucre. Je touchai la porte du four, encore un peu chaude. La mère avait confectionné des biscuits au beurre de cacahuètes.

Sept ans s'étaient écoulés depuis que je m'étais trouvée dans cette cuisine avec Aster et Rosalind tandis que Zelie jouait dehors avec le chat blanc, mais ça me semblait bien plus ancien ; le passé était lointain et aussi plus ténu, d'une certaine façon. Je me sentais désorientée, la pluie battant contre les vitres, les murs de la cuisine trop jaunes.

J'avais fait une erreur en entrant dans la maison. Je revins rapidement à la porte qui menait au garage, en m'appuyant sur les murs pour me soutenir.

Dehors, je courus jusqu'à ma voiture garée à la moitié de l'impasse, ne faisant plus semblant d'être une femme en promenade. J'étais pressée de partir de là. Une fois à l'intérieur, étourdie, je fermai les yeux et appuyai ma tête au dossier. Ce serait ma dernière visite à Grouse Court et à Appleseed Estates. Je devais regarder devant moi, pas derrière. Le passé ne voulait pas de moi.

J'ouvris les yeux, les rafales de pluie avaient fait place à un crachin. En tendant la main vers mes clés, je vis dans le rétroviseur une voiture de patrouille arrêtée derrière moi. Un policier ouvrit la portière et sortit et je me dis tout d'abord qu'il devait habiter la maison devant laquelle j'étais garée, mais il s'avança et tapota à ma vitre. Je la baissai.

— Mademoiselle, voulez-vous descendre du véhicule ? J'ai quelques questions à vous poser.

— Moi ? demandai-je bêtement.

Il semblait impossible qu'un policier veuille me parler.

— Descendez et montrez-moi vos papiers, s'il vous plaît.

— Mais pourquoi ?

Il me regarda fixement, l'ombre de sa casquette dissimulant partiellement son visage.

— Je ne veux pas avoir à vous le demander une troisième fois.

J'attrapai mon sac à main et sortis de la voiture. De près, le policier dont le badge disait SGT QUINN, se révéla être jeune, peut-être à peine plus âgé que moi. Je lui tendis mon permis.

— Iris Chapel ? dit-il, et je hochai la tête. Mademoiselle Chapel, pouvez-vous me dire pourquoi vous être entrée dans cette maison sans y être invitée ?

Il se tourna et désigna la maison d'Aster.

— Je n'ai pas fait ça, dis-je en tapotant mes cheveux mouillés.

Mes mots étaient tremblants et pas vraiment convaincants. Je m'éclaircis la gorge.

— Je suis seulement entrée dans le garage pour échapper à la pluie.

— Une voisine vous a vue dans la maison. Elle a appelé le poste et a dit qu'elle vous avait souvent vue garée ici.

— Oh.

Je regardai la maison du bébé gargouille ; sa mère était à la boîte aux lettres, nous jetait des coups d'œil furtifs.

— Eh bien ? dit-il.

Je me tortillais sous le regard du policier qui me dominait ; il faisait au moins quinze centimètres de plus que moi et était plus costaud qu'il n'avait paru à première vue, épais et musclé, le cou bronzé et des touffes de poils blonds sur le cou.

— La vérité, c'est que ma sœur vivait dans cette maison. Elle est morte et je… je ne sais pas, je suppose que la maison me rapproche d'elle.

J'espérais que ça mettrait fin à tout ça.

— Vous avez volé quelque chose dans la maison ?

— Quoi ? Non.

— Je peux regarder dans votre sac ?

J'hésitai un instant, ne sachant pas trop si je pouvais refuser. Mais, dans ce cas, j'aurais l'air coupable. Je le lui tendis, espérant qu'il me laisserait partir une fois qu'il aurait constaté qu'il n'y avait rien de suspect à l'intérieur, pas d'argenterie, pas de bijoux onéreux emmêlés. Il le fouilla et me le rendit, puis il fit le tour de la voiture et ouvrit les portières, puis le coffre. Les banquettes avant et arrière, totalement vides, me rappelèrent que j'avais oublié le sac Bloomingdale de Zelie dans le train. Bien fait pour elle, songeai-je. Si elle était venue avec moi, je ne serais pas dans un tel pétrin.

— Je peux rentrer chez moi, s'il vous plaît ?

Le sergent Quinn claqua toutes les portières avant de me rejoindre.

— J'ai bien peur que non. La violation de domicile est un délit grave. Je dois vous amener au poste. Nous contacterons M. Wheeler. C'est à lui qu'appartient la maison et il décidera s'il veut porter plainte.

Je laissai échapper un petit rire incrédule.

— Vous êtes sérieux ? Tout ça n'est qu'un malentendu, je vous assure…

Je m'interrompis, le sergent Quinn étant retourné à sa voiture, ne voulant pas discuter avec moi. Il aboyait des ordres que j'étais censée suivre avec obéissance.

— Sergent, je vous assure que c'était une erreur innocente.

Je me demandai si je devais mentionner mon père, mais je ne voulais pas déjà l'embarquer dans cette histoire ; je pensais toujours pouvoir m'en dépêtrer.

Le policier ouvrit la porte arrière de sa voiture de patrouille et me fit signe d'avancer.

— Nous pourrons en parler au poste.

— Je préférerais en parler ici.

Je me tenais près de ma voiture, mon sac pendant à mon bras, les mains poliment jointes devant moi.

— Vous avez commis un crime, mademoiselle Chapel.

— Un crime ?

— Vous ne pouvez pas entrer par effraction dans la maison d'un inconnu. C'est illégal.

— Je ne suis pas entrée par effraction.

— Si vous refusez de venir avec moi maintenant, je vais devoir vous arrêter.

Je n'avais d'autre choix que d'obéir à ses ordres. Je montai à l'arrière de la voiture de patrouille et il m'emmena loin d'Appleseed Estates comme si j'étais une criminelle ordinaire. Je perdis un peu de ma contenance tandis que nous nous dirigions vers le centre-ville, mon aplomb de façade s'effritant sous la peur, celle d'être arrêtée, de ce que ferait mon père lorsqu'il l'apprendrait, d'être à la merci totale d'un inconnu. Je tendis la main vers la poignée de la porte, seulement pour la poser dessus.

Le sergent Quinn me conduisit à l'intérieur du poste de police, un bâtiment terne fait de pierres irrégulières d'un gris étain, un drapeau américain sur la façade, détrempé par la pluie. Il était juste à côté de la gare et un train s'éloignait du quai, si bien que je courbai la tête au cas où une de mes camarades de cours reviendrait juste de New York. À l'intérieur, il n'y avait personne dans la petite salle d'attente et l'homme à l'accueil ne leva pas les yeux lorsque nous passâmes devant lui. Je m'enfonçais aux côtés du sergent dans les entrailles de l'édifice où seulement deux hommes étaient assis aux bureaux regroupés au milieu de la pièce principale.

Au bout d'un couloir, une série de portes en acier étaient fermées ; le sergent Quinn en ouvrit une et me fit signe de le suivre à l'intérieur. La pièce ressemblait à une salle d'interrogatoire, comme j'en avais vu dans *Badge 714*, avec une simple table en bois au milieu et une chaise de chaque côté.

— Tout ça est une erreur, dis-je.

Quelqu'un comme moi n'avait rien à faire dans un tel endroit.

— Asseyez-vous, dit-il en refermant la porte derrière lui.

La pièce sans fenêtre était miteuse, les murs en parpaings recouverts de peinture blanche qui s'écaillait, le plancher sale. Il y faisait aussi froid que dans une cave.

— Vous allez m'arrêter ? demandai-je en m'asseyant sur la chaise glacée.

Je posai mon sac sur la table et sortis le mouchoir d'Aster de ma poche, le tenant serré dans ma main.

— Pas encore, dit-il en attrapant la chaise de son côté pour l'installer près de moi.

Je ne savais pas pourquoi il avait fait ça. Il ôta son chapeau et le posa près de mon sac, puis il s'assit, sa jambe heurtant la mienne. Je l'écartai brusquement et involontairement. Il sourit.

— Vous êtes nerveuse ?

Ses cheveux blond clair étaient rasés sur les côtés, plus épais sur le dessus et ébouriffés à cause de son chapeau. Il était rasé de près, ses sourcils blonds assortis à ses cheveux.

— La police, ça rend nerveux, dit-il. Je comprends.

Ôter son chapeau avait été comme retirer son armure. Il prit une attitude plus détendue. Il se tourna vers moi, posant un bras sur le dossier de sa chaise, comme si nous étions dans un bar.

— Sergent Quinn, je veux appeler mon père.

Je ne savais pas où il était, mais je pensais que Dovey pourrait le localiser.

— Chuckie, dit-il.

— Je veux bien signer une confession ou faire ce qui est nécessaire, mais j'ai vraiment besoin de parler à mon père avant.

— Iris… je peux vous appeler comme ça ?

— Oui.

— Vous n'avez pas besoin de votre père. Je peux contacter M. Wheeler et je pourrais probablement l'amener à comprendre la situation, vu que vous avez l'air d'être une gentille fille. Mais si vous voulez vraiment impliquer votre père, je vais devoir vous mettre en cellule en attendant. (Il laissa le mot “cellule” en suspens quelques secondes.) Vous savez quel genre de “dames” on a là-bas ? Des putains. Des alcooliques. Personne de classe comme vous. Mais si vous voulez y être enfermée avec ces déchets humains, on peut le faire.

— Non, le suppliai-je.

— Bien. C’est un choix judicieux. Vous avez fait quelque chose de mal. Je ne veux pas que cela vous cause des problèmes, mais je ne peux pas simplement vous laisser partir.

Il avait des lèvres charnues pour un homme, celle du bas légèrement saillante.

— Je sais que ce que j’ai fait est mal, mais j’étais bouleversée à cause de ma sœur, je n’avais pas les idées claires.

Il y avait une empreinte sur un des parpaings, brunâtre, comme une tache de café en forme de main humaine.

— Je suis désolée pour votre sœur, dit-il en posant la main sur mon genou.

Au début, je me dis, plutôt bêtement, que sa main était une façon maladroite de me réconforter.

— J’ai une grande sœur, dit-il, la main toujours sur mon genou. Elle vit avec son mari et ses enfants à Yonkers. Son mari possède une boucherie. Ils vivent au-dessus et ça sent, vous savez ? Cette odeur de sang métallique.

— Chuckie, dis-je, sur le point de redemander si je pouvais appeler mon père.

J’avais envie d’enlever sa main, mais je m’inquiétais de sa réaction. Attendre dans une cellule serait préférable à ça. Mais avant que je puisse dire quoi que ce soit, je sentis ses doigts glisser jusqu’au milieu de ma cuisse. Je ne bougeai pas, les yeux fixés sur le tissu bleu foncé de ma jupe, retroussée derrière sa main. Il m’observait, je le sentais, attendant de voir ce que j’allais faire. Comme je ne fis rien, il se mit à frotter son pouce d'avant en arrière sur mes collants, ses doigts agrippant l'intérieur de ma jambe.

— Peut-être que je ne vais même pas appeler M. Wheeler, dit-il. Je parie que vous et moi pouvons nous arranger.

Un instant, je me figeai. Puis je le regardai dans les yeux et serrai le mouchoir d'Aster. Ses yeux étaient d'un bleu piscine pâle, translucides. Au-delà se trouvait un abîme d'où je ne m'échapperais jamais si j'y tombais. Je disparaîtrais au même endroit que mes sœurs. Je devais sortir. Je bondis et courus vers la porte, appelant au secours.

— Hé, hé, cria Chuckie, tandis que je courais dans la salle principale.

Un policier plus âgé qui se tenait devant le coin café me barra le passage.

— Qu'est-ce qui se passe, mademoiselle ?

Il tendit la main vers moi, mais je reculai, titubant en arrière et tombant sur une chaise devant un des bureaux. Je n'arrivais pas à reprendre mon souffle et portai la main à ma poitrine, essayant de me calmer.

— Chef, dit Chuckie. Je l'ai amenée ici pour une violation de propriété et elle est devenue cinglée.

— Il ment, dis-je en pointant vers lui un doigt accusateur. (J'étais encore hors d'haleine, prise de vertiges, en proie à la peur.) Mon père est Henry Chapel. Chapel Firearms ? Quand il découvrira ce que vous m'avez fait…

— On vous a rien fait, dit Chuckie.

— Chuck, dit le chef, lui faisant signe de partir d'un geste de la tête.

Chuckie commença par résister, rougissant, mais il fit ce que son supérieur lui indiquait.

Je me baissai pour ramasser mon mouchoir qui était tombé et le mis dans ma poche.

— Vous voulez un verre d'eau ? me demanda le chef de la police.

Je secouai la tête.

— Je veux seulement rentrer à la maison.

Il proposa de me raccompagner à ma voiture, mais je refusai. Il ne fut plus question de poursuites pour violation de domicile. J'étais libre de partir.

Je descendis Main Street sous la pluie et sans parapluie, et je devais avoir l'air pitoyable. Une femme au volant d'un break s'arrêta et offrit de m'emmener ; depuis la banquette arrière, deux enfants curieux me dévisageaient à travers la vitre embuée. Je montai, la remerciant chaudement, et elle me conduisit à ma voiture.

Zelie n'était pas à la maison. Dovey fut affligée en me voyant, trempée et secouée par ce qui s'était passé au poste de police.

— Problème de voiture, expliquai-je poliment. Je vais bien.

Elle m'apporta un plateau dans ma chambre : un verre d'eau et deux aspirines, un bol de soupe, une tasse de thé au lait.

— Ça te réchauffera, dit-elle avant de me laisser seule pour que je mange à mon bureau.

Je n'arrêtais pas de penser aux yeux bleus de Chuckie, dont le souvenir me balayait comme un vent glacial. Je ressentais de façon plus aiguë le danger qui menaçait Zelie ; il semblait se rapprocher. Mais je savais que je ne pouvais pas me déliter comme lorsque ma mère vivait avec nous. J'avais fait trop d'effort pour me maîtriser et, pendant six ans, j'y étais parvenue. Je devais rester vigilante afin de pouvoir raisonner Zelie à son retour.

Mais elle ne rentra pas. Minuit passa, puis une heure. L'épuisement prit le dessus et je m'endormis sans savoir où elle était.

4

Au matin, je m'éveillai avec Zelie dans mon lit, blottie dans mon dos. Je soupirai de soulagement en sentant la chaleur de son corps et ses mains sur ma taille.

Elle était vivante. Elle était revenue à la maison.

Depuis que Sam était entré dans nos vies, ça n'allait plus de soi.

Je me retournai face à elle. Elle dormait toujours, le maquillage de la veille encore visible, mais à demi effacé – l'eye-liner noir devenu gris, une touche de rose sur les pommettes. Je me rappelai son comportement à la gare sous l'énorme horloge blanche, sa façon de me mentir et de s'arracher à moi, ses mensonges depuis presque deux mois. Je songeai à la soirée que j'avais passée après notre querelle.

Au bout d'un moment, elle se réveilla et me lança un regard froid, posé, que j'imitai. Elle semblait désagréablement surprise de s'être glissée dans mon lit; elle n'avait en général aucun souvenir de l'avoir fait. Nous étions sur le point de nous disputer; je le voyais à son expression. J'attendis qu'elle parle.

— Voilà à quoi va ressembler notre avenir, dit-elle de sa voix fatiguée du matin. Ce n'est pas normal.

— Qu’est-ce qui n’est pas normal ?

— Deux sœurs partageant la même maison, la même chambre, jusqu’au même lit.

Elle me regarda d’un air dégoûté, puis roula sur elle-même et se leva. Elle s’assit au bord de son lit, me regardant toujours, un espace désormais plus grand entre nous. Elle avait fait comprendre de tant de façons qu’elle mourait d’envie d’avoir de l’espace.

— C’est mieux que l’autre option, dis-je en me redressant et en repoussant les couvertures.

— Vraiment ? (Elle avait maintenant la voix claire, à pleine puissance.) Qu’est-ce qu’il y a de génial à seulement vivre ? Je préfère être vivante.

— Tu te sens vivante avec Sam ? (Je ne pouvais plus éviter de le mentionner.) Je sais que tu le vois.

— Oh, très bien, détective Alice, dit-elle avant de sembler le regretter. Je suis désolée de t’avoir menti, franchement, mais je savais que tu réagirais mal.

Elle parlait comme si elle m’avait emprunté une paire de chaussures sans demander, totalement ignorante du danger qu’elle courait.

— On ne fait que se voir, ajouta-t-elle.

— Vraiment ? J’ai parlé à ton agente de voyages, hier. Elle voulait savoir si tu avais retrouvé ton passeport. Tu devrais le chercher si tu ne veux pas rater ton vol pour Rome lundi.

Je l’avais sidérée, son visage trahissait le choc. Pour une fois, elle était incapable de trouver une réponse acerbe, mais je ne comptais pas m’arrêter là.

— Qu’est-ce qui ne va pas chez toi ?

Je me levai et me mis à arpenter la chambre avec colère. Je tempêtai contre elle un moment, l’accusant d’être irresponsable, d’être idiote.

— Tu es si malheureuse que tu préfères mourir ?

Elle était encore trop interloquée pour répondre, trop abasourdie que j'aie découvert son projet secret. Elle se contentait de me regarder fixement.

— Eh bien ? dis-je, mais elle ne fit que baisser les yeux au sol.

Elle allait peut-être se mettre à pleurer, mais ça ne me ferait pas reculer.

— C'est quoi la vie, sans amour ? finit-elle par dire, à peine plus qu'un murmure, sans lever les yeux.

Je sursautai. Je pensais qu'elle allait se déchaîner et m'insulter. J'étais incapable de répondre à sa question, n'avais aucun moyen de la consoler. Je n'avais jamais été amoureuse et ne m'attendais pas à l'être un jour.

— Nous nous épanouirons autrement.

Je ne trouvai rien à ajouter.

— Tu ne comprends pas parce que tu ne veux pas ce que les femmes normales veulent. C'est facile pour toi.

— Qu'est-ce que ça signifie ? Je suis normale, dis-je, tout en sachant que je ne l'étais pas.

— Tu n'as pas l'air de t'intéresser du tout aux hommes. (Elle regarda par la fenêtre.) Tu es peut-être comme Daphne. Elle non plus ne s'intéressait pas aux hommes.

— Je ne suis pas comme elle, dis-je, trop sur la défensive. Je ne me suis tout simplement pas autorisée à vouloir ce que je ne peux pas avoir.

Je savais, bien sûr, que ce n'était pas tout à fait vrai. Mais c'était ce que je me disais.

— La normalité nous est fatale, poursuivis-je. Tu le sais.

Elle retomba dans le silence, ce qui était plus agaçant que si elle m'avait crié dessus. J'enfilai mon peignoir, nouant le cordon autour de ma taille. J'aimais cette sensation, celle d'être comprimée, de me cuirasser. En réalité, je me sentais aussi tremblante que de la gélatine.

— Ça doit prendre fin. Tu en es bien consciente.

— Tu n'as jamais eu l'impression que ce n'était qu'un rêve ? Que nos sœurs n'avaient peut-être jamais existé et qu'il n'y avait toujours eu que nous deux ?

— Ne sois pas ridicule, dis-je, bien qu'en un sens je comprenais ce qu'elle voulait dire.

— Je sais que ce n'était pas un rêve, mais ça y ressemble. C'était il y a si longtemps – une autre époque. Peut-être que ce qui leur est arrivé ne nous arrivera pas. Maman est partie. C'est elle qui causait tous ces problèmes.

— Elle ne partira jamais. Elle est dans notre sang.

Zelie lâcha un soupir irrité, théâtral.

— Pourquoi tu agis comme si tu étais toujours si sûre de tout ? Tu ne sais pas si ce qui leur est arrivé nous arrivera. On ne sait même pas pourquoi elles sont mortes. Tu t'attends toujours au pire. Tu es la personne la plus déprimante que je connaisse. (Elle rit, son humeur solennelle envolée, remplacée par la hargne.) J'ai dit à Sam que si j'étais peintre comme toi je te représenterais en gros nuage d'orage gris dissimulant toute la lumière du soleil.

Elle rit encore un peu, et je les imaginai tous deux en train de se moquer de moi. Je voyais Sam l'embrasser, l'emportant comme Orphée – et elle tombant dans les ténèbres.

— Si c'est ce que tu ressens, amuse-toi bien pendant tes vacances. Ce sera comme *Vacances romaines*, à part la fin tragique.

Ma fureur se transformait en ce rouge violacé, du genre qui hante. Ça m'effrayait et je devais m'éloigner d'elle. J'allai à mon armoire, enfilai une jupe et un chemisier, puis cherchai un petit sac de voyage.

— On ne part pas en vacances à Rome, dit Zelie. On s'y installe.

Cette fois-ci, je ris.

— Tu es vraiment folle, dis-je, en fourrant une robe dans le sac. Pour ne pas dire indécente. Tu veux t'enfuir avec un homme que tu connais depuis deux mois ? Quel genre d'homme te demanderait de faire ça ? Tu lui as dit ce qui est arrivé à nos sœurs, au moins, ou ça fait partie du côté excitant pour lui ?

— Tu l'aimerais bien si tu le connaissais.

— Certainement. Il m'a l'air d'avoir une haute moralité.

— Il en a assez du Connecticut et des armes. Il veut aller en Europe pour s'offrir un nouveau départ. Tu peux le comprendre ? demanda-t-elle pendant que je continuais de faire mes bagages, trop en colère pour parler. J'y ai beaucoup réfléchi et je sais que je serai en sécurité avec lui loin d'ici. C'est cette maison, cet endroit, c'est ça le danger pour nous. Tu verras. Quand on sera installés à Rome, tu pourras nous rendre visite.

J'étais effrayée de l'entendre parler ainsi. Elle s'était convaincue d'avoir trouvé une faille pour échapper à son destin.

— Peu importe l'endroit où tu iras, dis-je, ça te poursuivra.

— Non, dit Zelie, d'un ton suppliant. Et toi, tu vas où ?

— En haut, dans l'aile des filles.

Je refermai le sac et sortis.

— Iris, cria-t-elle, contrariée. Tu n'es pas ma mère !

Dans l'entrée, alors que je me dirigeai vers l'escalier, la porte m'appela. Vas-y, me dit une voix. Pars maintenant.

5

Il me fallut un moment pour me calmer après ma dispute avec Zelie. Je passai deux heures dans le salon des filles à pester contre elle, la fenêtre grande ouverte. Toute notre vie, j'avais pris soin d'elle. N'importe quelle fille sensée se serait enfuie à la seconde où elle aurait obtenu son diplôme à la fin du lycée. Mais j'étais restée pour Zelie, j'avais fait des projets d'avenir pour nous, j'avais travaillé dans le but d'exercer une profession qui nous permettrait de vivre toutes deux pendant qu'elle faisait ce qu'elle voulait. Mon unique souci avait été sa sécurité ; je n'avais jamais donné la priorité à mon propre bonheur.

Je me demandais désormais si elle avait vraiment prévu de venir avec moi ou si elle m'avait seulement laissée prendre les devants pour me calmer. J'avais plongé dans le chaos à cause d'elle et je n'aimais pas cette sensation. Je ne pouvais plus la contrôler, je devais voir la réalité en face, mais je n'avais pas à être à sa merci, à rester là à attendre qu'elle décide de son destin – et par conséquent du mien.

Je refusais d'être la dernière sœur dans cette maison.

La bibliothèque sous le tableau d'Annie Oakley débordait toujours des livres appartenant à mes sœurs, de dossiers et autres bricoles. Je voyais la carte routière d'Amérique de Rosalind qui dépassait de sous un dictionnaire, pliée n'importe comment ; elle n'avait jamais été patiente.

Je l'étalai sur la table basse comme Rosalind l'avait fait quand elle passait tout son temps à organiser son voyage de noces. Elle avait tracé le chemin au crayon rouge ; le trait suivait la côte Est jusqu'en Caroline du Nord, puis traversait le Tennessee, le fleuve Mississippi puis l'Arkansas avant d'arriver au Texas. Midland était entourée d'un cercle rouge.

Elle avait tant de grands projets, même s'il ne s'agissait que d'un mariage, ne pouvant imaginer rien d'autre. Au lieu de quoi elle était dehors dans le cimetière familial.

Daphne avait de grands projets de fuite, mais elle s'était noyée en mer.

Ma mère avait voulu un genre de vie différent – une existence tranquille avec sa serre et ses plantes adorées. Mais elle avait fini dans cette maison, mariée à mon père et avec six filles.

Pourquoi était-ce si difficile de fuir ? J'avais promis à Calla de devenir peintre, pourtant, j'avais choisi une route plus fiable en devenant enseignante – une profession sûre, respectée – la peinture se réduisant à un passe-temps. Nello avait dit que je devais me battre pour mon art, mais ce n'était pas ce que je faisais. Je n'avais toujours pas tenté de m'enfuir, mais j'avais déjà laissé mon rêve rétrécir.

Mes yeux parcoururent le vaste continent, de droite à gauche, du nord au sud. Je ne connaissais personne en dehors de la Nouvelle-Angleterre, personne pour m'accueillir ou me tendre la main. C'était terrifiant. Faire le vœu de fuir était facile, mais qu'il se réalise était une autre histoire.

Je songeai à fermer les yeux et laisser le sort dicter mon choix, comme lorsqu'on ouvre la Bible au hasard et qu'on y cherche un message. Mais mes yeux furent à nouveau attirés par le cercle rouge au Texas et, à la gauche du cercle, j'aperçus le Nouveau-Mexique. Je pensai aux tableaux que j'avais vus dans la galerie la veille, ces paysages éclatants irradiés de lumière. Je pensai au tableau des pétales de roses qui ressemblait tant à celui de Daphne. Le peintre “anonyme” mentionné sur le cartel était incontestablement une femme, et le fantasme selon lequel ce peintre était en fait Daphne revint ; je souris pour la première fois de la journée. J’adorais l’imaginer vivre cette vie.

Si une seule de mes sœurs avait dû survivre, ç’aurait été Daphne, qui ne s’intéressait ni au mariage ni aux bébés, tous deux fatals pour les femmes de ma famille. Elle et Veronica étaient les deux seules femmes de mon entourage ayant mené une vie différente – le mot exact était subversive, même si à l’époque je ne connaissais pas ce terme. Mais Daphne était morte et Veronica était devenue Mme Clyde H. Bassett – en un sens, elle aussi était morte.

Le futur que j’avais prévu pour moi – modeste, étriqué, à occuper un emploi d’enseignante et à vivre comme une vieille fille avec ma sœur, qui serait perpétuellement malheureuse, mais vivante – s’éloignait lui aussi. Mais je ne savais pas s’il allait me manquer. Zelie tentait de m’éliminer de sa vie et peut-être avait-elle raison – il était peut-être préférable que chacune trace son chemin. Mais je n’avais jamais vraiment réfléchi à d’autres possibilités. En tant que fille Chapel, je ne pourrais jamais mener une vie normale, pourtant, j’aspirais à une existence aussi proche de la normalité que possible. Plus j’y songeais, plus je commençais à me demander pourquoi. Pourquoi ne pas avoir d’audace ? Nello avait vu quelque chose dans mon travail. Et si je croyais en moi comme lui semblait croire en moi ?

Daphne était morte, mais peut-être, seulement peut-être, que la vie que j’avais imaginée pour elle pourrait être la mienne.

L'idée était trop énorme, trop exaltante pour y réfléchir dans l'aile des filles. Je roulais jusqu'à la plage, rêvant de l'infinité de la mer, qui, en un sens, était semblable à une autoroute menant n'importe où dans le monde. Je me mêlai aux foules estivales, mes chaussures à la main, marchant sur le sable, louvoyant au milieu des couvertures et des parasols à rayures colorés. J'essayai de me comporter comme quelqu'un d'autre, l'"anonyme" qui avait peint les pétales de roses. C'était peut-être le secret pour s'enfuir, pour la liberté – devenir quelqu'un d'autre.

À l'ombre d'un phare, une très haute tour rouge, je mangeai un sandwich aux palourdes grillées et bus une citronnade tout en réfléchissant à charger la voiture et à partir pour le Nouveau-Mexique. Je devrais payer moi-même pour mon éducation et tout le reste, ce dont je n'avais jamais eu à me soucier auparavant, mais j'étais désireuse de relever le défi. Il me semblait désormais que toute ma vie avait convergé vers cet instant – cela paraissait inévitable. Le simple fait de songer à partir m'avait libérée d'un fardeau, comme si le gâteau de mariage et tous ceux qu'il abritait, y compris les fantômes de Belinda, avaient été empilés au sommet de ma vie et que, miraculeusement, j'avais creusé un tunnel pour m'en extirper. Je pouvais respirer.

Lorsque je revins à la maison, je ne pus supporter l'idée d'entrer directement, d'être à nouveau enfermée. Comme toujours. Il faisait encore jour, alors je me dirigeai vers le pré, les bonbons au caramel que j'avais achetés à la plage fourrés dans la poche de ma jupe. Je m'assis un moment dans l'herbe après avoir enlevé mes chaussures, dépapillotai les bonbons les uns après les autres et les mangeai jusqu'à ce qu'il n'en reste aucun.

Comme je n'arrivais pas à rester tranquille, je me mis à cueillir des marguerites et à tresser ensemble leurs tiges.

Je finis par rentrer à la maison, la guirlande de marguerites à la main. La chambre que je partageais avec Zelie était vide. Je savais qu'elle était sortie avec Sam, mais je n'avais pas perdu l'espoir qu'elle change d'avis et s'enfuie avec moi plutôt qu'avec lui. Je fis une couronne de la guirlande de marguerites et la posai sur son oreiller. Puis je montai à l'étage.

6

CETTE nuit-là, étendue dans mon ancien lit dans la chambre aux iris et aux hamamélis peints sur les murs, je me souvins combien être dans l'aile des filles était difficile. Zelie et moi avions eu de bonnes raisons de la quitter des années plus tôt. Après ce qui était arrivé à nos sœurs, il était impossible d'y rester. J'y faisais certes une brève visite chaque matin, mais mes visites restaient précisément cela : brèves.

En essayant de dormir ce soir-là, j'avais l'impression d'être dans un musée, en partie à cause de cette vague odeur de renfermé. Et dans la chambre, il y avait partout des artefacts, des traces de celles qui les avaient laissés derrière elles. Et aussi des traces de celle que j'avais été – se trouver dans l'aile des filles convoquait tous ces sentiments, ces souvenirs. Je sentais les ténèbres m'entourer, un oiseau noir m'envelopper de ses ailes. Quelque chose me tiraillait, essayant de me ramener à la fille hantée que j'étais alors. Et y parvint.

J'entendis des pas dans le couloir et un rire s'échapper du salon des filles. J'aurais juré sentir le parfum d'Aster, la lavande, puis, encore plus troublant, une fragrance de roses.

Je voulais m'enfuir, retourner en bas, dans la chambre que je partageais avec Zelie, mais je n'allais pas lui offrir cette satisfaction. Et donc, je supportai, heure après heure, ne m'endormant que pour être réveillée en sursaut par une sensation saisissante. Je crus entendre quelqu'un m'appeler : "Iris."

Mais il n'y avait personne.

Aux aurores, après avoir enfin succombé à un sommeil plus profond sans être réparateur – j'avais l'impression de me cramponner à une falaise rocailleuse au bord d'une chute d'eau et, dans ma tête, je ne cessai de répéter : "ne tombe pas, ne tombe pas dedans !" –, je me réveillai.

— Hé ho ? dis-je, certaine qu'il y avait quelqu'un.

L'aile des filles était parfaitement silencieuse, pénétrée seulement par la faible lumière de l'aube à travers les rideaux, pourtant, je sentais une présence.

— Hé ho ? répétai-je, mais il n'y avait personne.

Je reposai ma tête sur l'oreiller et fermai les yeux.

Puis je l'entendis, une voix qui murmurait à mon oreille.

"Quelque chose d'horrible va se produire."

7

Je courus dans les couloirs obscurs du premier étage, atteignis l'escalier que je descendis quatre à quatre. La porte d'entrée était grande ouverte et j'accueillis avec joie la lumière après mon atroce nuit – le soleil éclatant, éblouissant.

— Zelie ! criai-je, espérant qu'il n'était pas trop tard pour la sauver.

Dehors, vêtue de ma seule chemise de nuit, pieds nus, je tournai à droite et la vis. Elle chargeait des valises dans le coffre de la vieille Hudson. Elle était fraîchement coiffée et parfumée, les cheveux attachés avec des frisettes retombant artistiquement sur ses épaules. Elle portait une robe avec des marguerites brodées le long de l'ourlet, un collier de perles vertes autour du cou.

— Je voulais être partie avant que tu te réveilles, dit-elle en me voyant, visiblement contrariée que je sois là. Ç'aurait été plus facile.

Elle avait posé les clés sur le toit de la voiture et j'allai les récupérer pendant qu'elle était occupée avec ses bagages.

— Ton prince ne peut pas venir te chercher ?

— Je lui ai dit de ne pas venir ici. La sœur de Sam fera ramener la voiture plus tard.

— Tu ne sais même pas conduire.

— Je conduis assez bien comme ça. Donne-moi les clés.

Je refusai de les lui donner, les serrant fermement contre ma poitrine.

— Pourquoi fais-tu ça ?

— Je l'aime.

— Tu l'aimes comme Rosalind aimait Roderick. C'est seulement une excuse pour partir. Mais en fait, tu n'iras nulle part.

— Je pars, Iris.

Elle avait refermé le coffre et tendait la main pour que je lui donne les clés.

— Tu n'as jamais eu l'intention de t'enfuir avec moi, si ?

Ses traits généralement expressifs étaient tendus comme tirés par un cordon.

— Tu es impossible. Tu me dis toujours quoi faire, tu m'espionnes. Je sais que tu crois bien faire, mais je ne peux pas vivre comme ça.

— Sans moi, tu ne vivras pas du tout. (Je m'accrochais.) S'il te plaît. J'ai dit à maman que je prendrais soin de toi.

— Avec Sam, je serai en sécurité. Ce qui est arrivé à nos sœurs ne va pas m'arriver.

— Ne me dis pas que tu le crois vraiment, insistai-je, mais elle paraissait en être convaincue.

C'était le moment que j'avais toujours redouté et maintenant qu'il était arrivé, il semblait irréel. Elle avait dit que j'étais la personne la plus déprimante qu'elle connaissait, mais, au fond de moi, j'étais une optimiste. Elle s'était visiblement abandonnée à son sort, mais pas moi.

— Zelie, non, la suppliai-je.

— Rien de ce que tu pourras dire ne me fera changer d'avis.

Ça semblait toujours irréel. C'était impossible.

— Tu veux que ça se termine ainsi entre nous – par une dispute au sujet d'un homme ? Il n'en vaut pas la peine. Autant te coller un revolver sur la tempe et appuyer sur la détente. Il n'y a aucune différence.

Elle ne montra aucune émotion. Le rêve d'un homme, sa représentation de l'avenir auquel elle aspirait, la tenait sous emprise. J'aurais pu rester là à me quereller avec elle. J'aurais pu me jeter devant la voiture ou essayer de la traîner dans la maison et l'enfermer. Mais je savais qu'au bout du compte ça ne servirait à rien. Malgré l'avertissement que j'avais entendu ce matin-là, la lassitude s'empara de moi. Si elle restait, je voyais à quoi ressemblerait notre avenir. Je devrais lui courir après sans relâche, tel un chasseur ; nous nous disputerions sans arrêt, devenant de plus en plus amères et pleines de rancœur ; et j'aurais toujours peur de la perdre. Chaque jour, j'avalerais des bouffées d'angoisse comme autant de goulées d'air.

— Tu veux mourir pour lui, alors vas-y, dis-je. (Ça me fit mal de le dire.) De toute façon, il est temps qu'on prenne des chemins différents. Voyons comment tu te débrouilles sans moi.

Je laissai tomber les clés dans sa main.

— Je me débrouillerai très bien.

— Si tu reviens, je ne serai plus là. Je pars aujourd'hui.

À la fin de la semaine, je serais au Nouveau-Mexique, dans les paysages éclatants que j'avais vus à la galerie.

Elle pinça les lèvres, réprimant ce qu'elle voulait dire. Et ce fut terminé.

Je me souviens de l'instant suivant de façon si précise qu'on dirait que je regarde un film – l'allée bordée d'hémérocalles et de zinnias, d'un grand parterre de verveine mauve ; le chant des parulines dans les arbres ; la silhouette de papillons et d'oiseaux qui filaient ; et, au-dessus de nous, une teinte azur sans le moindre nuage.

Et je me vois de l'extérieur, debout devant la maison, regardant la voiture de Zelie descendre l'allée et disparaître.

8

Dans la chambre que nous partagions, je m'habillai rapidement, puis j'ouvris l'armoire et sortis plusieurs vêtements. Il n'y aurait pas beaucoup de place dans la Citroën, même sans Zelie. Je remplis deux bagages, y entassant autant de choses que possible ; il me faudrait acheter ce dont j'aurais besoin au Nouveau-Mexique. Ce qui me rappela que je devais m'arrêter à la banque en chemin pour vider mon compte.

Mon départ était devenu une urgence absolue. Je rangeai *L'Iris blanc* dans la poche de devant de mon plus grand sac à main, un truc en cuir marron de la taille d'un bateau que j'avais acheté en solde chez Bonwit. Je l'emportai dans le bureau de mon père et pris une photo encadrée de notre famille sur son bureau. Nous étions debout devant l'hôtel de Terrapin Cove en juillet 1949, quelques jours avant qu'Aster ne rencontre Matthew. C'était une des rares photos où nous étions tous les huit, et je la déposai précautionneusement dans le sac.

Mon arrêt suivant fut la chambre de Belinda. Son plus précieux trésor, la broche, était avec elle à la maison de repos, mais je pris le troglodyte empaillé sur sa table de nuit et l'enveloppai dans un de ses mouchoirs brodés d'une petite abeille. Dans son boudoir, je choisis au hasard un de ses journaux intimes sur l'étagère.

En entrant dans l'aile des filles, je me souvins de la voix de ma mère, plus tôt ce matin-là, m'avertissant de "l'horrible chose".

— J'ai essayé, dis-je, en parcourant des yeux la coiffeuse d'Aster. Franchement, j'ai essayé.

Je pris un petit flacon du parfum à la lavande d'Aster et sa brosse à cheveux où des mèches lui appartenant étaient toujours coincées entre les poils. De Rosalind, la bague avec le camée en corail et les peignes en écaille de tortue. Dans la chambre de Calla et Daphne, je pris le carnet dans lequel Calla avait écrit ses poèmes ainsi que la bague en pierre de lune que nous avions achetée ensemble chez Bloomingdale et qu'elle portait le jour de sa mort. J'avais déjà le tableau de Daphne, mais j'attrapai un de ses romans scabreux sur son étagère : *Ma dame, ne m'abandonnez pas*. Ça semblait de circonstance.

Je fis demi-tour au bout du couloir avant de redescendre. Ne regarde pas en arrière, disait l'adage, mais je savais que cet endroit ne serait jamais véritablement derrière moi.

C'était notre Élysée, comme avait dit Calla, ou peut-être l'endroit où on allait juste avant.

Nous t'attendrons.

Je traversai l'entrée à pas de loup avec ma valise et mon sac à main. Dovey et Mme O'Connor avaient entamé leur journée et je les entendais bavarder dans la cuisine. Je ne voulais pas qu'elles remarquent que je partais. Je refermai doucement la porte d'entrée derrière moi, sans regarder en arrière, cette fois-ci.

Je démarrai, les yeux humides de larmes. Je posai la main sur mon sac, sentant mes sœurs, tentant de me calmer. Je ne les abandonnais pas, elles venaient avec moi.

J'arrivai au bout de l'allée et ralentis juste avant de déboucher sur la route principale, mais sans m'arrêter complètement. Personne n'arrivait à gauche ; la vue à droite était gênée par les arbres et un léger virage. D'habitude, nous avancions doucement avant de tourner, mais ce matin-là, dans ma hâte, je ne le fis pas. J'accélérai, pied au plancher, désireuse de laisser le gâteau de mariage derrière moi. "Fuis !" avait dit ma mère, et c'est finalement ce que je faisais ; je ne voulais pas ralentir maintenant.

J'étais si pressée que je ne vis le camion qu'au moment où il allait m'emboutir.

Des suites de l'accident, je ne me souviens que d'une chose : des hommes parlant et criant au-dessus de moi. Je songeai que la dernière chose que j'entendrais dans ce monde serait le son de leurs voix, et je trouvai injuste de devoir finir ainsi.

IRIS NOCTIFLORE

1957

I

Il est facile de perdre la notion du temps dans un hôpital lorsque l'on a la tête bandée, le cou dans une minerve et les veines gorgées de narcotiques – tout devient confus et flou –, mais il s'était écoulé au moins vingt-quatre heures depuis mon accident et Zelie n'était pas venue me voir.

— Où est-elle ? demandai-je à mon père, lorsqu'il finit par arriver, tout droit descendu de l'avion en provenance de San Francisco.

Il s'assit à mon chevet et me tapota gentiment la main, un geste inattendu de sa part, lui qui était rarement démonstratif, que ce soit physiquement ou d'une autre manière.

— Zelie va venir ?

Mes pensées n'étaient pas claires et certains aspects de l'accident et de ce qui s'était passé ensuite demeuraient vagues, mais je me souvenais de tout ce qui s'était déroulé avant. Malheureusement, je me le rappelais très précisément.

— Tu l'as retrouvée ? lui demandai-je. Dis-lui de venir me voir.

— Tu n'as pas le droit de recevoir de visites en dehors de moi. Repose-toi, maintenant.

Il resta jusqu'à ce que je m'endorme et ne revint pas pendant plusieurs jours.

Vu ce que sont les accidents de voiture, ç'aurait pu être pire. Je souffrais d'une commotion cérébrale, de contusions sur tout le corps, mais pas de fractures, et d'une entaille au bras gauche qui m'avait fait perdre tellement de sang que j'avais eu besoin d'une transfusion. Les médecins disaient que j'avais eu de la chance, car étant donné la vitesse et la taille du camion, j'aurais pu être tuée. Au début, ils n'avaient aucune idée de la gravité de ma blessure à la tête et me gardèrent constamment en observation.

Quand je ne dormais pas, je regardais la porte. Chaque fois que quelqu'un entrait, j'étais déçue que ce ne soit pas elle. J'étais désorientée à cause des médicaments, mais lorsqu'on m'examinait et me piquait, je m'en rendais compte ; je restais étendue, passive, tandis que mon sang emplissait des tubes en verre. Une bénévole d'une œuvre de bienfaisance m'apporta un vase de tournesols un matin, ce qui me rappela l'exposition Van Gogh. Une carte accompagnait les fleurs.

Chère Iris,
Nous te souhaitons un prompt rétablissement !
Amitiés,
Tes amis de l'école de professorat de Grace Street

La bénévole posa les fleurs sur la table de nuit ; tourner la tête pour les regarder était douloureux, mais savoir qu'elles étaient là apportait de la luminosité à la chambre. J'étais contente que mes camarades de classe et mes professeurs se soucient de moi, mais je me sentais abandonnée par ma famille. Mon père n'était pas revenu et Zelie n'avait donné aucune nouvelle, pas même une carte. Si quelque chose lui était arrivé, j'étais certaine que mon père me l'aurait dit. Je supposais qu'elle m'en voulait toujours, ce qui semblait mesquin étant donné mon accident. Mais Zelie pouvait être mesquine.

— Vous savez où est mon père ? demandai-je à une infirmière deux jours plus tard. Vous avez vu ma sœur ?

— Je suis sûre que vous aurez bientôt des visites, dit-elle, souriant avec pitié.

Aux heures de visite, je voyais des gens marcher dans le couloir avec des fleurs, des ours en peluche, des paquets enveloppés de papier coloré.

— J'aimerais téléphoner.

— Peut-être plus tard, dit l'infirmière. Le médecin veut que vous vous reposiez, maintenant.

Je dormis un moment et, à mon réveil, une bénévole me donna un sac en toile qu'on avait laissé pour moi. À l'intérieur, je trouvai des vêtements de rechange, une boîte en fer blanc contenant les étoiles à la cannelle de Mme O'Connor, quelques magazines, un pot de ma crème pour le visage et un exemplaire usé de *Jane Eyre*. Je savais que c'était Dovey qui avait laissé le sac, mais j'aurais aimé qu'elle reste pour me voir. J'ouvris le livre et vis le nom Calla Chapel écrit à l'intérieur de la couverture. Ça me rappela la vieille plaisanterie de Daphne au sujet de Joan Eyre, la maîtresse de maison malheureuse du Connecticut. Je ris, mon premier vrai rire depuis des semaines.

Un après-midi – j'avais totalement perdu la notion du temps à ce moment-là – un policier vint me voir. Il voulait me poser des questions sur mon accident. Je n'aimais pas me retrouver seule avec lui dans la chambre, même s'il était vieux, jovial et paraissait lent. Je gardai la main sur le bouton d'appel tout le temps de sa visite, juste au cas où.

— Vous vous souvenez de l'accident, mademoiselle Chapel ?

Il avait un bloc de papier et un minuscule crayon à la main, prêt à noter ce que je dirais.

— Je me souviens de la collision avec le camion. Après, j'ai dû tomber dans les pommes.

— Le chauffeur du camion dit que vous avez tourné devant lui sans même regarder. Vous vous en souvenez ?

Je m'en souvenais, mais ne le dis pas. Je ne voulais pas qu'on me retire mon permis.

— Non, j'ai une blessure à la tête.

— Oui, votre père me l'a dit, dit le policier en écrivant quelque chose sur son bloc. Il y avait un homme à moto derrière le camion. Il était auxiliaire médical pendant la guerre, heureusement pour vous. Il a confirmé la version des événements du chauffeur.

Je n'avais pas vu l'homme à moto, mais ce devait être une des voix que j'avais entendues.

— Je suis une conductrice très prudente.

— Ah bon ? dit le policier d'un ton sarcastique en refermant son bloc et en le rangeant dans sa poche. Je vais rédiger une contravention, mademoiselle Chapel. Vous êtes libre de faire appel.

Il toucha le bord de sa casquette et se dirigea vers la porte.

— Et ma voiture ?

— Irréparable, dit-il. C'est dommage, c'était une jolie voiture. Vous feriez mieux de faire davantage attention à partir de maintenant.

Lorsqu'il partit, je pleurai sur la Citroën, ma déesse d'un vert étincelant. Elle n'avait jamais été qu'une simple voiture pour moi ; elle était mon moyen d'évasion. Je me rappelai cet instant fugace, alors que je descendais l'allée, croyant que j'étais enfin libre – eh bien, il me suffisait de regarder mon bras bandé pour me souvenir de ce qui s'était passé ensuite.

S'enfuir, comme je l'avais soupçonné, n'était pas facile ; sinon, davantage de femmes le feraient. Je me demandais si mon accident était un signe. Dans ce cas, j'avais peur de savoir ce qu'il signifiait.

2

À MIDI, le lendemain, j'attendais que mon père vienne me chercher pour quitter l'hôpital. Mon autorisation de sortie avait été signée, les médecins ayant conclu que j'avais subi une simple commotion et non pas une blessure plus grave à la tête. La bénévole m'avait poussée dans un fauteuil roulant et avait proposé d'attendre avec moi, mais je lui avais assuré que je pouvais très bien rester seule. Je m'étais assise sur un banc en pierre à droite de l'entrée, près d'un massif de pétunias et de soucis et, pour la première fois depuis des jours, je pouvais respirer l'air terreux et nettoyer mes poumons de la stérilité du service de l'hôpital.

Mon père arriva dans sa berline noire avec presque vingt minutes de retard. Il laissa le moteur tourner, sans prendre la peine de descendre pour m'aider. Je m'installai sur le siège à côté de lui, le sac en toile à mes pieds, et nous partîmes en silence. À l'idée de rentrer à la maison, je ne pouvais m'empêcher de me sentir vaincue. Mon projet de fuite avait échoué et je ne savais pas où était Zelie.

L'hôpital se trouvait à Upper Seward, à seulement quelques rues de l'école de filles de Seward, où mes sœurs et moi avions été scolarisées. Nous passâmes devant, avec sa vaste pelouse et son bâtiment en grès rouge, une tour d'horloge dominant l'entrée. Puis nous descendîmes vers Lower Steward, au pied d'une colline abrupte ; mon père n'avait toujours rien dit. Chaque fois qu'il s'arrêtait à un feu, il détournait la tête pour regarder par sa vitre.

— Quelque chose ne va pas ? le questionnai-je, alors que nous étions arrêtés dans Main Street à Lower Seward.

Je me demandais s'il savait que j'étais en train de m'enfuir lorsque j'avais eu l'accident.

— La semaine a été difficile, dit-il, comme si elle ne l'avait pas été pour moi aussi.

Ce fut un trajet bizarre. Il semblait agité et je redoutais de rentrer à la maison. Sur la route devant le gâteau de mariage, je tressaillis en voyant le lieu de l'accident. Il y avait des marques de pneus sur la chaussée et quelques éclats de verre sur la terre du bas-côté.

— C'est là que c'est arrivé, dis-je à mon père, et il hocha la tête.

Il tourna dans l'allée et lorsque la maison fut en vue, j'aspirai l'air à petites goulées rapides.

Mon père m'aida à grimper les marches, à franchir la porte d'entrée et à aller au salon, exactement comme il guidait Belinda.

— Ne t'affole pas, je vais bien, dis-je, en retirant brusquement mon bras.

— Assieds-toi. (Il me montra le divan.) Nous devons discuter de certaines choses.

Il ne me donna aucune explication et sortit de la pièce en me disant de ne pas bouger. Lorsqu'il revint quelques instants plus tard, Dovey le suivait avec le service à thé en argent.

— Merci d'avoir préparé ce sac pour moi, dis-je.

Elle hocha la tête et sourit en posant le plateau sur la table basse, mais sans me regarder. Après son départ, mon père s'assit et nous servit une tasse de thé, posant la mienne sur la table devant moi.

— Zelie est là ? Elle ne peut pas être encore avec Sam ? demandai-je, sentant monter l'angoisse.

— Sam Colt est mort.

J'étais tellement choquée qu'il me fallut un moment avant de pouvoir parler.

— Mort ? C'est impossible. (Je me souvenais de Sam dans le salon, admirant l'affiche de *La Chapel 1870*, flirtant avec Zelie.)

— C'était un homme sans honneur qui a choisi une mort de lâche.

Mon père se référait toujours au suicide comme à une mort de lâche, bien qu'il fabriquât et vendît un instrument grâce auquel il était très facile de se tuer.

— Mais pourquoi ?

— Il n'était pas un homme qu'on pourrait qualifier de responsable. Un bon vivant, d'après sa famille. (Mon père retroussa les lèvres d'un air dégoûté.) Ne nous appesantissons pas sur lui. Il suffit de dire qu'il a décidé de se donner la mort.

— Je n'arrive pas y croire, dis-je. Zelie doit être dévastée. Où est-elle ?

Il regarda fixement son thé et essaya de dire quelque chose, puis s'interrompit. Il paraissait bouleversé et ça ne semblait pas être à cause de Sam.

Je compris alors que quelque chose n'allait pas. Je me levai brusquement en me tenant à l'accoudoir du divan pour ne pas perdre l'équilibre.

— Qu'est-ce qui s'est passé ? demandai-je, mais en l'observant, soudain, je sus.

Je me précipitai hors du salon jusqu'à la porte d'entrée, descendis les marches et contournai la maison tandis que mon père me criait de rentrer.

J'atteignis le portail du cimetière familial et me retins aux barreaux en fer. Les quatre pierres blanches alignées étaient là : Aster, Rosalind, Calla, Daphne. À côté de la pierre de Daphne, il y avait autre chose, un monticule de terre récent. Pas de pierre tombale, seulement un piquet en bois planté dans le sol et entouré d'un tas de fleurs fraîches.

Pour employer les mots d'Emily Dickinson : "L'horreur l'accueille, à nouveau."

3

Je n'ai aucun souvenir de ce qui se passa immédiatement après, mais je dus vociférer et faire une sacrée scène. Une ambulance finit par arriver, ça, je m'en souviens. Je fus attachée à une civière et droguée. Je me réveillai à l'hôpital, mes yeux papillonnant, complètement confuse, ne sachant ni où j'étais ni ce qui s'était passé. Des gens me parlaient – des voix d'hommes –, mais je ne comprenais pas ce qu'ils disaient. Ç'aurait tout aussi bien pu être des oiseaux qui gazouillaient.

Quelque chose finit par émerger.

— Votre sœur est morte, dit un médecin. (Il était penché sur moi ; derrière sa tête, une sphère de lumière incandescente.) Vous comprenez que votre sœur est morte ?

— Laquelle ?

4

Je ne vais pas revivre ce dont je me souviens des quelques jours suivants. Ils débordent de bien trop de chagrin, et j'ai peur que continuer d'en parler ne fasse que le minimiser, comme s'il était possible de décrire cet état, comme s'il pouvait être contenu dans les vingt-six lettres de l'alphabet, être rendu propre à la consommation. Je n'ai jamais raffolé des lettres et écrire dans ce journal n'y change rien. C'est une horrible façon de s'exprimer.

La douleur que je ressentais pour Zelie était pire que celle que j'avais ressentie pour toutes mes autres sœurs réunies. Ça peut sembler injuste – une sœur est une sœur après tout, et j'aimais tendrement chacune des miennes –, mais nous étions *IrisetZelie*. Au moment où nous avions été séparées, je n'en avais rien su, allongée dans un lit d'hôpital, pansée et droguée, inconsciente que la pire chose qui pouvait m'arriver se déroulait loin de ma vue.

Au bout de quelques jours, une fois suffisamment calmée pour être détachée du lit, suffisamment stable pour que l'on diminue les tranquillisants, je fus transférée dans une autre partie de l'hôpital.

Une aide-soignante m'accompagna en fauteuil roulant jusqu'à ma chambre dans le quartier des femmes du service psychiatrique. J'étais parfaitement capable de marcher seule, mais ça ne me gênait pas qu'on me pousse, un acte de capitulation physique. Je ne criai pas, ne protestai pas lorsque nous arrivâmes dans le service fermé; j'éprouvai un sentiment d'acceptation, comme si ça avait toujours été ma destination.

Ma chambre était encore plus spartiate qu'une chambre d'hôpital classique, avec un lit pour une personne, un bureau et une chaise, une commode et un petit canapé deux places près de la fenêtre. Il n'y avait pas de tableau, pas de décoration, seulement des murs blancs, le marron éraflé des meubles en bois usés et le tissu pêche pâlot du canapé. Mon père m'y attendait, assis au bureau, mais je fis comme s'il n'était pas là. Je descendis du fauteuil roulant et grimpai dans le lit, me pelotonnant sur le flanc, loin de lui. Lorsqu'il m'adressa la parole, je l'ignorai et il finit par partir.

J'étais en colère qu'il ne m'ait pas parlé de Zelie dès que c'était arrivé, qu'il n'ait pas attendu que je sois là pour procéder à l'enterrement. Il m'avait privée de la voir une dernière fois, de poser une couronne de marguerites sur sa tête; il n'y avait eu personne pour la pleurer, à part lui, et il n'avait jamais suffisamment pleuré. Il prétendait qu'il n'avait pas voulu me bouleverser pendant que je récupérais de mes blessures et que les médecins avaient approuvé, mais je savais qu'en réalité il ne voulait pas gérer le fardeau de ma peine. Il m'avait remise à plus tard, la facture était arrivée à échéance et je ne voulais pas lui parler.

5

— Et Lorraine ?

Une voix de femme me réveilla. J'ouvris les yeux et vis une infirmière ouvrir les rideaux, inondant la pièce de lumière. Sur mon bureau était posé un plateau garni de café fumant, d'œufs brouillés et de toasts.

— Je ne m'appelle pas Lorraine, dis-je. Je suis Iris.

L'infirmière s'approcha de mon lit. Elle était en fin de grossesse, son ventre tendait le tissu blanc de son uniforme.

— Je pense à Lorraine si c'est une fille, dit-elle en tapotant son ventre. Qu'est-ce que vous en pensez ?

— C'est très bien, Lorraine, répondis-je, me fichant du prénom qu'elle allait donner à son bébé.

— Très bien, ce n'est pas suffisant, soupira-t-elle. On l'appellera ainsi chaque jour de sa vie. J'ai besoin de quelque chose de mieux que seulement “très bien”. (Elle repoussa ma couverture et me fit signe de me lever.) Si c'est un garçon, ce sera Leroy Brewer Jr. Ce n'est pas moi qui l'ai choisi, mais mon mari insiste. Vous connaissez les hommes. Ce qu'ils veulent, c'est un petit clone d'eux-mêmes.

— Hmm-hmm.

— Besoin d'aide ? demanda-t-elle lorsque mes pieds nus touchèrent le linoléum froid.

Je secouai la tête.

Elle attendit pendant que j'allais à la salle de bains. Lorsque je sortis, elle était en train de disposer mon petit déjeuner sur le bureau.

— Dépêchez-vous avant que ça refroidisse, dit-elle avant de s'asseoir sur le canapé pour me regarder manger.

Elle avait le teint olive et des cheveux bruns tirés en un chignon serré. J'étais incapable de me prononcer sur son appartenance ethnique et, tout en mangeant, je lui jetais des regards à la dérobée, essayant de deviner.

— Vous pouvez m'appeler Brewer, dit-elle. Pas infirmière Brewer, je ne suis qu'aide-soignante. Ils disent que je vais devoir arrêter bientôt à cause du bébé. (Elle posa les mains sur son ventre.) Et Elizabeth, comme la reine ? Et il y a des tas de diminutifs : Lizzie, Betty, Betsie, Beth.

— Elizabeth, c'est très bien, dis-je.

Elle fronça les sourcils.

— Vous êtes dure à satisfaire. (Elle vit que j'avais terminé mon petit déjeuner et se leva avec difficulté, s'approcha et empila la vaisselle sur le plateau.) Si je peux me permettre, vous avez l'air de n'avoir rien à faire ici, mon chou. (Elle souleva le plateau et le posa en équilibre sur son ventre.) Si j'étais vous, je serais gentille et ils vous laisseront partir.

Un psychiatre arriva un peu plus tard. Je lisais *Jane Eyre* assise sur le canapé, l'ayant repris là où je l'avais laissé, bien que mon univers ait été totalement chamboulé depuis que je l'avais commencé. Quelqu'un, Dovey ou mon père, avait apporté le sac en toile avec mes livres et mes magazines, une nouvelle boîte de biscuits et du matériel de dessin, supposant visiblement que j'étais là pour un moment.

Le médecin entra sans y être invité et referma la porte derrière lui, un privilège que lui seul possédait – je devais toujours la garder ouverte. Il y avait une vitre au milieu de la porte qui donnait sur le couloir et l'absence d'intimité était rassurante. Je ne voulais pas être enfermée dans une pièce avec cet homme.

— Je suis le Dr Westgate, dit-il, et je posai mon livre à contrecœur avant de le laisser me serrer la main.

Il s'installa à mon bureau, étalant ses dossiers et ses papiers, parcourant divers documents avant de me dire quoi que ce soit d'autre. Je n'avais encore jamais rencontré de psychiatre et il ne ressemblait pas à ce que j'imaginais – plus jeune, tirant sur le blond, l'apparence soignée, vêtu d'un costume en tweed et d'une cravate vert foncé. Il était ce genre de bel homme bien élevé qu'Aster et Rosalind auraient ramené à la maison et fréquenté.

— Alors, mademoiselle Chapel, dit-il en tournant sa chaise vers moi, toujours assise sur le canapé, afin que nous soyons face à face.

Il croisa les jambes, un bloc-notes en équilibre sur les genoux. Il avait une voix grave et douce, différente du ton autoritaire habituel des médecins.

— Iris. Comment vous sentez-vous aujourd'hui ?

J'avais l'impression d'être un poisson vidé de ses tripes, mais je répondis seulement :

— Très bien.

Il hocha la tête et sourit, essayant de me mettre à l'aise, mais ça n'allait pas arriver. Je n'aimais pas les psychiatres, même si je n'en avais jamais rencontré. Les psychiatres m'avaient enlevé ma mère. C'était peut-être mon père qui la leur avait amenée, mais c'était eux qui avaient décidé de la garder enfermée, la condamnant à perpétuité.

— Vous avez eu quelques journées difficiles et j'en suis désolé. Dites-moi, avez-vous songé à vous faire du mal ?

J'aurais pu refuser de répondre à ses questions, mais j'avais en mémoire le conseil de Brewer. Je m'en sortirais mieux si j'essayais de bien m'entendre avec eux.

— Non.

— Je veux que vous soyez totalement honnête avec moi. Tout ce que vous me direz est confidentiel.

— Je ne veux pas me faire de mal, dis-je, ce qui était la vérité.

De toute façon, je n'en avais pas la force.

— Très bien, dit-il, semblant me croire. Votre père était très inquiet de votre réaction à la mort d'Hazel.

J'avais dû crier et hurler comme Belinda et ça l'avait probablement terrifié. Je l'imaginais courir au téléphone, pressé qu'on m'emmène.

— Il m'a menti à son sujet et quand j'ai découvert la vérité, il n'a pas pu me maîtriser. Il déteste ne pas avoir le contrôle.

— Vous pensez que c'est la raison pour laquelle il voulait que vous soyez admise dans le service psychiatrique – pour avoir le contrôle ?

— Je ne sais pas pourquoi je suis là.

— Il s'inquiète que vous n'arriviez pas à affronter cette dernière tragédie. Il a peur que vous deveniez…

— Aussi folle que ma mère ?

— Vous pensez que votre mère est folle ?

— Non, mais tout le monde le pense.

— Je ne pense pas que vous soyez folle, mademoiselle Chapel, et je n'aime pas ce mot. Mais votre père a le sentiment – et je suis d'accord – que vous devriez faire l'objet d'une évaluation. Vous avez subi tragédie sur tragédie et c'est beaucoup trop lourd à porter pour n'importe qui.

— Il semble aller bien.

— Je doute qu'il aille bien, mais, de toute façon, vous êtes une femme. Les femmes vivent les choses différemment. Et étant donné le passé de votre mère, je pense que votre séjour ici vous sera bénéfique. D'accord ?

Je haussai les épaules. Je n'aimais pas être à l'hôpital, mais je savais qu'être à la maison – être la dernière sœur restante à la maison – aurait été pire.

Après qu'il fut parti en me promettant de revenir le lendemain matin, je restai tranquillement dans ma chambre jusqu'à ce que Brewer m'apporte le déjeuner. Cette fois-ci, elle ne s'attarda pas, ayant d'autres tâches à accomplir, et son bavardage incessant me manqua presque. Je mangeai mon sandwich debout devant la fenêtre en regardant la pelouse et le bosquet d'arbres au-delà.

Lorsque Brewer revint chercher mon plateau, elle me convainquit d'aller avec elle rejoindre un groupe de patientes dans la salle de télévision. Nous traversâmes le service jusqu'à un salon abritant des canapés et des chaises. L'intérieur était aussi austère que ma chambre, avec les mêmes meubles usés dépourvus de couleurs, dont quelques imposants canapés fanés ayant viré au gris.

Une dizaine de femmes regardaient la télévision dans la pièce. Beaucoup d'entre elles étaient plus âgées, mais il y avait une fille de mon âge, dont Brewer m'apprendrait plus tard qu'elle avait noyé son bébé dans la cuvette des toilettes. Elles regardaient toutes la télévision en silence et je voyais bien qu'elles étaient perdues dans un brouillard médicamenteux. Brewer me désigna une chaise vide, mais je lui fis signe que non et retournai dans ma chambre.

Si j'avais été chez moi, je me serais promenée dans les bois ou je serais allée dans le pré. Mais, à l'hôpital, j'étais piégée. Je sortis un carnet de croquis et des fusains du sac en toile. Je me remis devant la fenêtre, le crayon à la main, espérant trouver de l'inspiration dans la nature sous mes yeux. Mais avec une vitre entre elle et moi, rien ne vint.

Je me tournai et regardai le mur vide à la gauche du bureau, du côté opposé à mon lit. Une immense toile. Sans vraiment y penser, je commençai à dessiner une branche d'hamamélis en fleur. De mémoire, je copiai celle que Belinda avait peinte sur le mur de la chambre que j'avais partagée avec Zelie, celle que nous avions abandonnée après la mort de Daphne. La branche m'occupa; il était bien plus difficile de dessiner sur le mur que sur une feuille de papier; il fallait appuyer davantage et avoir la patience de repasser plusieurs fois sur chaque trait. Lorsque j'eus terminé la branche d'hamamélis, je dessinai un aster, puis une rose, puis une calla et une fleur de daphné, et enfin un iris. Chaque fleur était environ de la taille de ma tête, au niveau des yeux. J'aimais tellement dessiner que pendant un moment, j'oubliai où j'étais.

— Je ne pense pas qu'ils vont apprécier ce que vous êtes en train de faire, dit Brewer lorsqu'elle entra avec mon dîner.

Je songeai à ce que Belinda avait dit lors de ma dernière visite: "Qu'est-ce qu'on pourrait me faire de plus, ma petite fleur? C'est le terminus." J'avais l'impression qu'ils pouvaient encore me faire des tas de choses – chambre capitonnée, sangles, électrochocs. Mais sur le moment, je m'en fichais.

Le lendemain matin, le Dr Westgate arriva peu après le petit déjeuner. Il fonça au bureau, y laissa tomber ses papiers et ses dossiers; il était si pressé de s'asseoir qu'il ne remarqua pas les fleurs sur le mur. Le bureau faisait face au mur contigu aux dessins et il tourna la chaise de biais, en direction du canapé sur lequel j'étais assise. Il portait à nouveau son costume en tweed et une nouvelle cravate verte, celle-ci un ton plus clair. Il y avait une tache sur son épaule, qui ressemblait à du vomi de bébé. Je le détaillai, curieuse de découvrir d'autres indices qui témoigneraient de sa vie familiale, mais, en dehors de la tache, ses vêtements étaient bien repassés et tout propres. Il devait avoir une femme méticuleuse, une femme de médecin ; comme l'était récemment devenue Veronica.

— Iris, je voudrais vous expliquer ce qui va se passer au cours des prochains jours, dit-il en se penchant légèrement vers moi, les mains sur les genoux, essayant d'avoir l'air décontracté. (Pas de bras croisés ou de regard sévère chez lui.) Nous allons avoir une série de conversations afin que je puisse évaluer votre santé mentale. Lorsque j'aurai les informations requises, je prendrai une décision pour la suite, soit vous rentrerez chez vous, soit vous resterez ici ou serez transférée vers un autre établissement. Vous comprenez ?

Je hochai la tête. Tous mes destins possibles se trouvaient derrière une porte close et je ne savais pas laquelle je voulais ouvrir. La décision ne m'appartenait pas, de toute façon.

— Très bien. (Il se recala dans la chaise et croisa les jambes, attrapa son bloc et son stylo.) La perte de votre sœur Hazel, à elle seule, est un événement sérieusement traumatisant pour vous, comme il le serait pour n'importe qui. Mais c'est la cinquième fois que vous subissez la perte d'une sœur et c'est…

Il secoua la tête, l'air peiné. Peut-être qu'être le père du bébé qui régurgitait l'avait rendu plus sensible à l'idée de perdre un enfant.

— C'est…

Les mots, les lettres, n'étaient pas suffisants à de tels moments.

— Toutes mes condoléances, finit-il par dire.

Je lui fis signe de poursuivre. Des années d'études de médecine et il s'exprimait comme une carte coincée dans un bouquet de fleuriste.

— J'aimerais que l'on parle de ce qui vient de se passer, la mort d'Hazel, en la reliant à ce qui est arrivé à vos autres sœurs. Je pense qu'il est important de commencer par le début. Qui a été la première à mourir ?

J'étais sur le point de dire Aster, ce qui semblait la réponse évidente, mais je me demandai s'il était plus juste de dire que la première avait été ma grand-mère Rose, ou sa mère, ou la mère de sa mère ? Je réalisai que je ne savais pas où l'histoire avait en fait commencé. Je ne savais même pas ce qu'était cette histoire, pas vraiment. Rien de tout ça n'avait jamais eu de sens.

Tandis que j'hésitais à m'ouvrir à lui, le sentiment que j'avais éprouvé la veille revint : je me fichais de ce qui m'arrivait. Peut-être qu'être entièrement honnête avec lui aggraverait ma situation ou peut-être que la vérité me libérerait d'une façon ou d'une autre. En tout cas, j'étais prête à tout dire.

— Aster a été la première de mes sœurs à mourir, dis-je. Mais je ne sais pas si ce qui lui est arrivé était le début.

Je lui dis que ça avait en fait commencé avec Belinda, et Rose avant elle, et Dollie, et Alma.

— J'aimerais entendre toute l'histoire, dit-il.

Alors nous passâmes la journée entière à parler de Belinda et des femmes avant elle, toutes ces filles orphelines de mère. Nous discutâmes des hurlements de sa mère que Belinda avait entendus dès sa naissance et entendait encore – un lointain mugissement qui ne l'avait jamais quittée. Je lui dis qu'elle n'avait jamais voulu se marier et lui parlai du parfum de roses ; je lui expliquai ses visions des victimes des Chapel et sa prédiction de l'horrible chose à laquelle personne ne croyait sauf moi.

— Pourquoi pensez-vous que vous êtiez la seule à la croire ? demanda le Dr Westgate.

— Tout le monde a toujours dit que c'est parce que je suis comme elle, mais je ne le crois pas. Nous ne nous ressemblons pas franchement, du moins s'agissant de nos personnalités. Nous sommes en fait assez différentes.

— Pour quelle raison, alors ?

— Mes sœurs n'ont jamais écouté ce qu'elle avait à dire.

— Mais vous, oui ?

— Oui.

— Et vous la croyiez ?

— J'ai fini par y croire parce que j'ai vu des choses. Vécu des choses. Et puis elle a eu raison, alors pourquoi ne l'aurais-je pas cru après ça ?

— Quel genre de choses avez-vous vues ?

Je lui parlai des voix et de la mariée sans tête.

— Je ne sais pas si c'était réel ou…

Je ne voulais pas dire que je l'avais imaginé. Je ne pensais pas que c'était la vérité.

— Peut-être que voir ou entendre des choses est une forme d'intuition.

— Dites-m'en plus à ce sujet.

— Parfois je sais des choses, comme ma mère, et peut-être que voir ou entendre des choses est la façon qu'a mon cerveau de s'assurer que je ne les ignore pas.

— Est-il arrivé que vos sœurs voient ou entendent des choses ?

— Je ne pense pas. Elles avaient barré la route à cette partie d'elles-mêmes.

Il me demanda d'expliquer ce que je voulais dire par là et je poursuivis donc.

— Je vous l'ai dit, parfois, je sais des choses, comme ma mère. J'ai hérité de ça et peut-être qu'elles aussi, mais elles ne se sont jamais ouvertes à cette expérience. Je le répète, elles ne l'écoutaient jamais.

— Pourquoi ?

— Ma mère est incapable de communiquer de façon normale. Elle ne possède pas le langage pour dire ce qu'elle a à dire. Elle s'exprime donc autrement et elles ne la comprenaient pas.

— Votre mère communique en hurlant devant des esprits et en faisant part de ses prémonitions ?

— Je ne le formulerais pas exactement comme ça. (Je réfléchis un instant à ce que je devrais dire, à la façon de le décrire.) On ne croit pas toujours les femmes.

— C'est vrai.

— Il est plus facile de dire que les femmes comme ma mère sont folles. Dans ce cas, inutile de les écouter. Et alors, peut-être que dans un sens elle est devenue folle. Elle ne pouvait communiquer qu'en hurlant.

Je songeai aux peintures abstraites réalisées par des femmes à l'exposition, les couleurs, les formes et les coups de pinceau censés représenter des émotions, l'inconscient. C'était peut-être ce que ma mère avait essayé de faire – exprimer l'inexprimable en utilisant le seul langage dont elle disposait, un langage plus féminin qu'on forçait les femmes à utiliser. Je tentai de l'expliquer au médecin.

— Je vois, dit-il. Et c'est un langage que vos sœurs ignoraient ?

— Ignoraient et méprisaient. Mon père leur avait dit de ne pas la croire. Tout le monde dans la famille la trouvait embarrassante.

— Mais pas vous ?
— Non, pas quand c'était important.
— Et maintenant vous êtes l'unique sœur restante. Vous y voyez une relation ?
— Oui.
— Dans quel sens ?
— Je l'ai crue quand elle disait que nous étions en danger.

Nous poursuivîmes la discussion pendant le déjeuner et jusqu'au dîner, ce qui me laissa épuisée. Le soir, je continuai de dessiner sur le mur, ajoutant des fleurs que je reliai à la terre par des branches et des racines. Je dessinai un serpent dans l'herbe pour Belinda, comme celui qu'elle avait dessiné sur le mur derrière son armoire. Le lendemain, le Dr Westgate ne remarqua toujours pas mes dessins ; il leur tournait une fois de plus le dos. Nous parlâmes d'Aster, et de Matthew, et de l'avertissement de Belinda. Je lui racontai que j'avais essayé d'arrêter le mariage et avais été privée de la cérémonie, la façon dont Aster était morte, les hurlements et les rires, la vitre brisée. Ce soir-là, je dessinai dix asters de plus sur le mur et quand le médecin vint le lendemain, nous parlâmes de Rosalind. Je lui racontai *La Chapel 1970*, Roderick et son chapeau de cow-boy, Palomino Road, la prédiction renouvelée de Belinda concernant “quelque chose d'horrible”, le désastreux dîner de Pâques. Je soulignai à l'intention du Dr Westgate qu'Aster et Rosalind étaient toutes deux mortes en me détestant.

— Elles considéraient que ma mère était folle, et que, par extension, moi aussi. Mais nous ne faisions que leur dire la vérité.

— Les gens résistent souvent à la vérité, dit-il, et j'acquiesçai, repensant à ma dernière conversation avec Zelie ce terrible matin.

Cette nuit-là, je dessinai des roses sur tout le mur, des guirlandes de roses, la fleur interdite, et le lendemain nous parlâmes de Calla. Je racontai au Dr Westgate ma journée avec elle à New York et notre tentative de la retrouver cette nuit où elle était sortie avec Teddy, sans pouvoir la sauver.

Je n'aurais pas dû être si franche avec le médecin, mais une fois que j'avais commencé à raconter l'histoire, je ne parvenais ni à arrêter ni à me censurer. Mon père ne nous avait pas autorisées à parler de ce qui était arrivé à mes sœurs ; c'était devenu tabou et même si Zelie et moi partagions des souvenirs, nous n'évoquions que vaguement leur mort, et de façon détournée. La vérité était restée enfouie en moi pendant des années et elle s'était envenimée. Parler au médecin revenait à expulser quelque chose, comme on aspire le poison d'une morsure de serpent. Aster et Rosalind n'étaient pas mortes de la grippe, lui dis-je, et la cause de la mort de Calla était inconnue. Nous savions tous comment et pourquoi elles étaient mortes et c'était la raison pour laquelle mon père nous avait tenues, Zelie et moi, à l'écart des jeunes gens – ce qui fut plus difficile avec Zelie qu'avec moi, de toute évidence.

L'histoire de Daphne, naturellement, était différente. Je lui dis qu'elle était morte d'avoir eu le cœur brisé, ivre et nageant vers le large jusqu'à se perdre. Cette nuit-là, je continuai de dessiner des fleurs, debout sur la chaise pour pouvoir atteindre le plafond. Lorsqu'il ne me resta plus qu'un fusain, je dessinai la forêt dans un coin, comme l'avait toujours fait ma mère.

J'avais terminé. Le lendemain, le dernier jour de mon évaluation, nous allions parler de Zelie.

Après le petit déjeuner, je lus *Jane Eyre* jusqu'à l'arrivée du médecin. En entrant, il remarqua enfin les fleurs sur le mur.

— Qu'est-ce que c'est ? demanda-t-il, et j'eus envie de le réprimander pour son manque d'observation.

Je lui parlai des murs dans l'aile des filles sur lesquels Belinda avait peint des fleurs correspondant à nos noms et aux forêts sombres toujours menaçantes dans un coin.

— Votre foyer vous manque ?

Je haussai les épaules. Je ne savais plus très bien ce que signifiait un foyer. Sans mes sœurs, le gâteau de mariage n'était qu'une bâtisse. Je ne pouvais imaginer y retourner.

Il s'installa à nouveau au bureau.

— Ça va être difficile aujourd'hui, dit-il en tournant sa chaise vers moi.

— Chaque jour a été difficile.

— Oui, bien sûr. Ce que je veux dire, c'est que j'aimerais parler de Hazel aujourd'hui. Et vous n'avez pas beaucoup de recul par rapport à elle et à sa mort comme avec vos autres sœurs.

Hazel. L'appeler ainsi montrait qu'il ne la connaissait pas, qu'elle aurait tout aussi bien pu être un personnage historique dans un manuel, comme Jeanne d'Arc ou Cléopâtre.

— J'aimerais parler de sa mort, Iris, si vous en êtes capable.

Nous nous étions frayé un chemin de sœur en sœur, commençant par A et arrivant à Z. Il aurait été injuste de l'exclure malgré le peu d'envie que j'avais de parler d'elle.

— Par où devrais-je commencer ?

— Parlez-moi des mois précédant sa mort.

Je débutai à l'endroit évident.

— Tout a changé lorsqu'elle a eu son diplôme à la fin du lycée.

Je lui parlai du pique-nique où Florence avait annoncé ses fiançailles, de la façon dont Zelie s'était enfoncée dans la dépression face à un avenir qui était à l'opposé de ce qu'elle désirait.

— Partir avec moi, vivre comme deux vieilles filles – je pensais qu'elle avait accepté que ce fût notre sort, mais il s'est avéré que pour elle, c'était un sort pire que la mort.

— Qu'avez-vous ressenti ?

— Je me suis sentie blessée. J'avais travaillé si dur pendant des années pour organiser notre avenir, et elle avait joué le jeu, mais, en réalité, elle n'avait jamais envisagé de partir avec moi.

— Je peux comprendre pourquoi vous vous êtes sentie blessée.

— Ce que je ressens n'est pas important. C'était mon devoir de prendre soin d'elle et j'ai échoué.

— Et c'était le devoir de qui de prendre soin de vous ?

— Après la mort d'Aster, de personne.

— C'est un sacré fardeau.

— J'ai réussi jusqu'à l'accident. Je ne suis pas la personne brisée que vous voyez là.

Il m'assura qu'il ne me considérait pas comme brisée, mais je doutais qu'il soit sincère. Nous fîmes une pause et lorsque nous reprîmes je lui parlai du dîner avec Sam Colt et comment Zelie avait ensuite commencé à mentir et à le voir en cachette. J'expliquai comment j'avais découvert le voyage secret à Rome, ce qui m'avait poussée à bout, tellement j'avais peur. Je lui racontai mon incursion dans la maison d'Aster et ce qui s'était passé avec Chuckie.

— J'étais prête à tout pour l'empêcher de s'enfuir avec Sam, mais je n'ai pas réussi. Elle l'a choisi lui plutôt que moi.

— Et que s'est-il passé après son départ ?

— J'avais déjà décidé de m'installer au Nouveau-Mexique. Il y a une école d'art à Santa Fe qui m'intéresse. Comme je l'ai expliqué, j'avais prévu de partir depuis des années et j'attendais seulement que Zelie ait son diplôme. Après son départ, j'ai voulu fuir au plus vite. (Mon plan avait probablement l'air d'une lubie, et peut-être l'était-il.) J'étais bouleversée et pressée. Je n'ai pas vu le camion. Voilà.

Ce jour-là ce fut la fin – la fin de Zelie. Je regardai mon bras et frottai ma blessure.

De ce qui était arrivé à Zelie, je ne savais que ce que mon père m'avait dit. Après avoir quitté la maison ce matin-là, elle était partie rejoindre Sam chez sa sœur à Greenwich. Zelie et Sam étaient allés dans un hôtel en ville où ils avaient l'intention de passer la nuit avant leur vol. Ils avaient partagé une chambre et un lit, et la fin était survenue rapidement pour Zelie. En début de soirée, elle était morte.

— Sam l'a tuée, dis-je. Et ensuite, il s'est tué.

— C'est ce que vous croyez, Iris ?

— C'est ce que je sais.

— Bon, Sam s'est tué, cette partie est vraie, c'est certain.

Le Dr Westlake se tourna vers le bureau, fouilla au milieu de ses papiers et sortit un journal plié, ouvert sur un article. Il me le tendit. Le journal était daté du jour.

UNE ENQUÊTE EST OUVERTE
APRÈS LA MORT DE COLT

La police de l'État du Connecticut a ouvert une enquête après la mort de Samuel Colt IV, vingt-huit ans, d'Hartford. Les gardes-côtes ont retrouvé son corps mercredi dernier après que sa famille avait signalé sa disparition. M. Colt, découvert dans un voilier dérivant dans le détroit de Long Island, avait succombé à une blessure par balle à la poitrine, qu'il s'était apparemment lui-même infligée. Sa mort est survenue seulement deux jours après celle de sa petite amie, Hazel Chapel, dix-huit ans, de Bellflower Village. On ne soupçonne aucun acte criminel, mais l'enquête se poursuit.

Je le lus, puis jetai le journal sur le bureau.

— Il méritait de mourir après ce qu'il a fait à ma sœur, dis-je sans la moindre émotion.

— Qu'est-ce qu'il a fait à votre sœur ?

— Je vous l'ai déjà dit. Il l'a tuée.

— Comment, précisément ?

— De la même façon que Matthew a tué Aster, et que Roderick a tué Rosalind et que Teddy a tué Calla.

Le Dr Westgate me regarda avec plus d'intensité que d'ordinaire.

— Iris, ça m'inquiète que vous pensiez que ces hommes ont tué vos sœurs.

— C'est ce qu'ils ont fait. Aster était en excellente santé avant sa première nuit avec son mari ; c'est aussi vrai pour Rosalind. Calla allait bien avant de passer la nuit avec

Teddy. Idem pour Zelie et Sam. Quelle autre conclusion en tirez-vous ?

Il secoua la tête.

— Ce que vous me dites est impossible.

— Docteur Westgate, tout ce que je vous ai dit est vrai. (J'eus soudain un désir urgent de m'enfuir, une mauvaise habitude.) Après la mort d'Aster, mes sœurs ont prétendu que notre mère l'avait empoisonnée d'une façon ou d'une autre...

— Empoisonnée ?

— Pas avec du vrai poison, mais juste... (Le Dr Westgate n'aimait pas le mot fou, mais je savais que ça en avait l'air.) Notre mère avait un passé tourmenté, elle et les femmes avant elle. Mariage, enfant... ça les tuait, soit au sens littéral, soit, dans le cas de ma mère, au sens figuré. Mes sœurs pensaient qu'elle nous l'avait transmis d'une façon ou d'une autre. Mais ce n'était pas la faute de ma mère. Ce sont les hommes. Je dois admettre que je ne peux pas expliquer précisément comment ces hommes ont tué mes sœurs, mais ils l'ont fait.

Le Dr Westgate me fixa, incrédule.

— Demandez à mon père, dis-je. Il vous le dira.

Bien que, naturellement, je n'étais pas sûre qu'il le fasse.

— Je lui ai longuement parlé. Il m'a dit qu'Aster et Rosalind étaient mortes de la grippe. La cause de la mort de Calla est inconnue. Les résultats complets de l'autopsie d'Hazel ne sont pas encore disponibles.

— L'autopsie ?

— Je sais que c'est bouleversant. Je suis désolé.

J'étais au bord des larmes, mais je me repris et poursuivis. C'était presque terminé.

— Mon père ne nous a jamais autorisées, Zelie ou moi, à sortir avec des garçons. Vous lui en avez parlé ?

— Non, mais il avait perdu quatre filles, une chose qu'un père ne peut imaginer dans ses pires cauchemars. Je ne suis pas surpris qu'il soit devenu protecteur à l'égard des deux qui lui restaient, étant donné les circonstances.

— Vous ne comprenez pas. Ce n'est pas pour cette raison qu'il l'a fait. (Il déformait mes propos.) Il est contre le fait que les femmes aillent à l'université, mais il m'a autorisée à étudier pour devenir professeur parce qu'il sait que je ne pourrai jamais me marier et avoir des enfants et qu'il faudra bien que je fasse quelque chose de ma vie. Vous ne comprenez pas ?

— Vous interprétez le comportement de votre père de façon déformée.

— C'est vous qui déformez tout. Vous n'étiez pas là quand toutes ces choses sont arrivées. Moi, si.

— Vous êtes une jeune femme profondément traumatisée, non sans raison. Je ne suis pas certain que j'aurais pu supporter ce qui vous est arrivé. Ce que vous avez traversé – c'est comparable à ce qu'un soldat peut traverser dans une guerre.

Je détestais ce qu'il était en train de faire. Prétendre éprouver de l'empathie pour moi tout en ne me croyant pas.

— Vous affirmez que ma version des événements est fausse, pourtant vous n'avez aucune explication concernant la façon dont mes sœurs sont mortes.

— Certaines morts sont inexplicables. La médecine n'a pas toutes les réponses, mais je peux vous assurer que ce que vous croyez qu'il est arrivé à vos sœurs ne s'est pas produit. Je vous le dis en tant que médecin diplômé de Harvard : vous ne pouvez pas faire confiance à la façon dont vous percevez les choses.

J'avais envie de continuer à argumenter, mais je voyais bien que c'était inutile. Quelques jours plus tôt, je lui avais dit que personne ne croyait les femmes et que tout le monde préférait penser qu'elles étaient folles ; et c'était exactement ce qu'il faisait avec moi sans, apparemment, en saisir l'ironie. J'avais été "Belindasée". À ce moment-là, je compris ma mère comme je ne l'avais jamais comprise avant.

— Demain, vous allez être transférée à Fern Hollow. C'est une clinique psychiatrique près de Greenwich.

— Je sais ce que c'est.

C'est là que Belinda était allée la première fois qu'on l'avait expédiée loin de la maison après la mort d'Aster.

— Ils n'ont pas été capables d'aider votre mère, mais je pense qu'ils peuvent vous aider. C'est un établissement de qualité et je viendrai de temps en temps prendre de vos nouvelles. Votre cas m'intéresse beaucoup.

Un cas. Voilà ce que j'étais devenue.

— Vous avez des questions concernant ce qui va vous arriver demain ? (Je secouai la tête, regardant mon mur de fleurs plutôt que lui.) Très bien, alors. Votre père aimerait vous y emmener lui-même et j'ai accepté. Il viendra vous chercher dans la matinée.

Je voyais exactement ce qui allait se passer : je séjournerais à Fern Hollow un moment, puis je finirais par être envoyée à St Aubert. Ma mère et moi resterions assises sur des chaises le long des falaises, nos jambes enveloppées dans des couvertures assorties, regardant fixement la mer.

Mère hantée, fille hantée.

6

BREWER vint dans ma chambre cet après-midi-là et, à ma grande surprise, elle m'annonça que j'avais une visite.

— Mademoiselle Edna Dove aimerait vous voir.

Je m'assis, ne voulant pas que Dovey me voie affalée sur le lit. Ma dernière séance avec le Dr Westgate m'avait laissée épuisée, incapable de bouger.

— Te voilà, ma chère Iris, dit-elle en entrant et en m'embrassant sur la joue. J'avais besoin de revoir ton visage.

Elle me sourit avec mélancolie, à cette impossibilité que je sois fille unique.

Elle portait un chemisier blanc et une jupe beige avec un cardigan, comme toujours, même en été. Sa couronne de boucles blondes avait grisonné au fil des ans et elle me parut plus âgée que seulement quelques jours plus tôt.

Elle s'installa sur le canapé pêche et je m'assis sur la chaise du bureau, tournée de façon à ce que je puisse la voir, dans la même position que le Dr Westgate. Elle portait deux sacs à main qu'elle posa à côté d'elle sur le canapé. Je trouvai ça bizarre, puis je réalisai que l'un des deux était le mien. C'était le sac carré en cuir marron rempli des précieux objets que j'avais emportés lorsque j'avais tenté de m'enfuir.

— Je suis surprise de te voir, dis-je, même si j'étais contente de recevoir une visite.

Tout était bon pour me sortir de l'esprit la dernière séance avec le Dr Westgate.

— Ça a été affreux, et pour ce que ça vaut, je ne crois pas que ton père aurait dû attendre avant de te dire pour Zelie.

— Oui, dis-je, étonnée qu'elle critique mon père devant moi, ce qu'elle n'avait jamais fait ouvertement auparavant.

— Mme O'Connor et moi avons le cœur brisé pour Zelie. Daphne était morte depuis si longtemps et je suppose qu'on pensait (elle s'interrompit pour sortir un mouchoir de son sac et se tamponna les yeux), je suppose qu'on espérait que c'en était fini.

— J'ai raconté au médecin ce qui est arrivé à mes sœurs, la façon dont elles sont mortes, et il ne me croit pas.

Dovey fronça les sourcils.

— Il est venu fouiner l'autre soir. Il a parlé un long moment avec ton père, mais je ne sais pas ce qui s'est dit.

— Mais toi, tu sais ce qui est arrivé à mes sœurs.

J'avais besoin qu'elle le confirme.

— Bien sûr, et ne t'inquiète pas trop. Ma mère disait toujours que les médecins ne savent pas grand-chose de la vie des femmes.

J'aurais aimé que Dovey puisse parler au Dr Westgate en ma faveur, mais, si elle le faisait, il l'expédierait probablement là-bas elle aussi.

— Je vois que tu t'es occupée, dit-elle en montrant le mur derrière moi.

— Ils vont sans doute repeindre par-dessus quand je ne serai plus là.

— Ton père m'a dit que tu étais transférée à Fern Hollow demain. C'est pour ça que je suis là. Je me suis précipitée quand j'ai su. (Elle attrapa mon sac marron et le mit sur ses genoux, les mains posées dessus.) Je suis allée voir ta mère récemment pour lui dire que je partais. J'ai décidé de retourner en Irlande. Ma sœur est devenue veuve l'année dernière. Elle et son mari avaient un restaurant à Galway, alors je rentre pour l'aider. Il me tarde de la retrouver.

Il ne m'était jamais venu à l'idée que Dovey puisse s'en aller. Elle semblait faire partie intégrante du gâteau de mariage.

— Mme O'Connor part aussi ; elle a remis sa démission. Avec Zelie qui n'est plus là et toi…

Elle cherchait une façon polie de parler de ma situation.

— Dans un hôpital psychiatrique.

— Oui, bon, aucune de nous ne veut rester plus longtemps. Ça n'a jamais été facile pour moi de vivre dans cette maison, même à la meilleure époque, et ce temps-là est révolu depuis longtemps.

Je songeai à la maison avec seulement mon père, les tombes à l'extérieur. Les morts étaient en surnombre.

— Quand je suis allée dire à ta mère que je partais, elle m'a demandé un service, c'est pour ça que je suis venue te voir de toute urgence. Ta mère m'a donné sa broche, celle qu'elle porte tout le temps.

— La broche de Rose.

— C'est ça. Elle m'a demandé d'aller chez un bijoutier à New York et de la vendre, ce que j'ai fait la semaine dernière. (Elle se pencha et murmura la suite, la porte étant ouverte.) Il y a une enveloppe dans ce sac qui contient mille dollars en liquide.

— Pour moi ?

— Il y a une lettre de ta mère à l'intérieur qui explique tout.

Elle se leva et me donna le sac, puis elle ramassa le sien. J'étais triste qu'elle parte si vite et voulus la retenir.

Mais elle se pencha et m'enlaça alors que j'étais toujours assise et m'embrassa rapidement sur la joue.

— Je ne fais pas partie de ta famille, dit-elle, alors je ne vais pas prétendre que je t'aime comme ma propre fille. Je dois rester à ma place. (Elle prit mon visage entre ses mains.) Mais je veux que tu saches que pas un jour ne passera sans que je pense à toi et tes sœurs.

Après son départ, je me sentis démunie. Elle avait tout vu. Elle gardait au fond d'elle le savoir de ce qui était arrivé aux filles Chapel, toutes ces petites parties de nous. Personne d'autre ne croirait à cette histoire, pourtant elle emportait ce précieux savoir de l'autre côté de l'Atlantique.

Mes sœurs possédaient en elles la plupart de ces parties de moi, et elles avaient été enterrées avec elles. Une fois Dovey loin d'ici à son tour, j'avais peur qu'il ne reste de moi que des fragments.

Je la voyais clairement pour la première fois : la fin d'Iris Chapel.

La question était : comment finirait Iris ?

7

JE ne lus pas la lettre de Belinda ce soir-là. Je savais qu'elle me disait adieu et après tout ce qui était arrivé, j'étais incapable de la lire. Malgré tout, j'ouvris le sac et en fis l'inventaire. Deux enveloppes, une avec la lettre, l'autre bourrée de billets, et tous les objets pris à mes sœurs – le flacon de parfum lavande, les bijoux, le recueil de poèmes de Calla, *L'Iris blanc*, la photo de famille encadrée et tout le reste. Dans l'une des poches intérieures, je trouvai une enveloppe avec le nom de Zelie écrit dessus, de l'écriture reconnaissable de Dovey, contenant une mèche des cheveux châtains de Zelie, nouée avec un délicat ruban blanc.

Je sortis *L'Iris blanc* et le posai sur le bureau, appuyé au mur afin de pouvoir le voir. Il était petit, mais ajoutait de la couleur à ma chambre par ailleurs aseptisée. Je rêvais de couleur.

Ce soir-là, Brewer s'assit sur le canapé de ma chambre, me distrayant avec son livre de prénoms pour bébé pendant que je dînais.

— Et Donna ? demanda-t-elle. Vous aimez ? Le livre dit que ça veut dire “dame”.

— Oui, dis-je avec indifférence.

Elle me lança un regard exagérément amusé.

— Certaines personnes sont difficiles à satisfaire, dit-elle avant de recommencer à feuilleter son livre.

Je ne savais pas s’il y aurait quelqu’un comme elle à Fern Hollow ; elle me manquerait. Elle continua de débiter des prénoms – Leticia, Rachel, Gertrude – pendant que je mangeais mon dessert : des pêches au sirop en conserve.

— Et Sylvia ? demanda-t-elle.

— C’est joli. J’aime beaucoup.

— Enfin ! (Elle était ravie.) Le livre dit que ça veut dire “de la forêt”. Je me disais bien que ça vous plairait.

Elle désigna ma fresque murale et la forêt dans le coin.

Je me retournai pour regarder mon œuvre d’art. Belinda avait voulu que les forêts sur nos murs soient sombres et mystérieuses, contrastant avec la beauté et la luminosité du jardin. J’en avais peur lorsque j’étais petite, peur de l’inconnu. J’avais passé tant de temps à errer dans la forêt, un lieu d’aventure, mais aussi de fantômes et de perte.

Mais ce soir-là, grâce à Brewer, je compris que je vivais désormais dans le mystère de la forêt. J’avais quitté le jardin et j’étais entourée de toute part par de grands arbres sans avoir la moindre idée de la façon d’en sortir.

8

Mon père arriva à midi et se gara devant l’entrée dans sa berline noire. Brewer m’accompagna dehors et tendit ma valise et mon sac en toile à mon père qui, cette fois, était sorti de la voiture pour m'aider. Il semblait ne pas savoir comment se comporter avec Brewer, avec son ventre protubérant et son origine ethnique inconnue, et il marmonna un merci, me guidant vers la porte passager et me laissant m'installer seule tandis qu'il contournait la voiture.

Je baissai complètement la vitre et saluai Brewer de la main en partant. C'était une journée étouffante de début juillet et mon père avait aussi baissé sa vitre, le front humide de sueur. Il avait enlevé sa veste de costume, roulé les manches de sa chemise jusqu'au coude. Nous débouchâmes sur la route principale devant l'hôpital et, une rue plus loin, les deux files dans notre sens ne progressaient pas d'un pouce.

— Il doit y avoir un accident, dit-il, et effectivement, peu après, les sirènes commencèrent à mugir autour de nous.

Il fronça les sourcils et jeta un coup d'œil à sa montre, mais je n'étais pas pressée.

Nous avancions au pas, ma robe en lin rose collée à ma peau par la sueur. Mon père n'avait pas prononcé un mot depuis sa remarque sur la circulation ; je savais que chaque minute supplémentaire passée dans la voiture avec moi lui était insupportable. Je regardais dans mon sac à main pour vérifier que j'y avais bien mis un mouchoir et c'était le cas, à mon grand soulagement. Il entourait le troglodyte de Belinda. Je touchai les plumes douces de l'oiseau, ce qui était toujours apaisant, puis je me servis du mouchoir pour tamponner mon visage. J'ouvris le flacon de parfum lavande d'Aster et en appliquai une touche sur mes poignets, emplissant la voiture de son odeur.

La lettre de ma mère n'était toujours pas ouverte et, à côté, se trouvait l'enveloppe de billets. Je me demandai s'ils me confisqueraient mes affaires à Fern Hollow. J'avais peur que oui, alors je sortis la lettre et l'ouvris sans bruit.

Chère Iris,

Tu dois souffrir terriblement, considérant ce qui est arrivé à notre Zelie adorée. J'aimerais être là pour te réconforter, mais ils ne veulent pas me laisser te voir. Je ne suis pas en bonne santé depuis que j'ai appris la nouvelle, mais maintenant, je ressens l'urgence de te contacter.

Nous ne nous reverrons jamais dans cette vie. Tu dois l'accepter. Je suis désolée de celle qui a été la tienne – ça me donne de terribles regrets et me hante autant que tous les esprits qui m'ont toujours hantée. J'ai manqué à mon devoir envers tes sœurs, mais les choses peuvent se passer autrement pour toi. Je le vois très clairement, alors, s'il te plaît, fais très attention à ce que je vais te dire : tu ne peux pas laisser ton père te mettre dans une institution et tu ne pourras jamais retourner dans cette maison. L'argent que Dovey t'a donné est le mien, pas celui des Chapel, pas l'argent du sang. Je veux que tu l'utilises pour entamer une nouvelle vie quelque part, loin d'ici. Ça peut sembler impossible, mais ça ne l'est pas, pas pour toi.

Il ne reste plus que toi et tu ne dois pas tenir pour acquise ta survie perpétuelle. À travers moi, tes sœurs susurrent à ton oreille : fuis, notre Iris adorée. Fuis aussi vite que tu peux et ne te retourne jamais.

Avec tout mon amour,

Ta mère

Je remis la lettre dans l'enveloppe, ravalant la symphonie d'émotions qui menaçait de me submerger, ses notes aiguës et intenses. Je savais que je ne pouvais pas réagir à ce que j'avais lu de façon visible, mais c'était difficile. J'appréciais le conseil de ma mère, venu du fond du cœur, mais je n'avais aucune raison de croire qu'une nouvelle tentative de fuite se passerait mieux que la première. Après tout, si fuir était simple, elle l'aurait fait elle-même.

Je ne pouvais pas m'enfuir à nouveau – si ?

— Ça va ? demanda mon père.

Je remis tout dans le sac à main et le refermai.

— Pourquoi tu n'as pas dit au médecin ce qui est réellement arrivé à mes sœurs ?

C'était, du moins en partie, sa faute si je me retrouvais dans cette situation. Je voulais entendre ce qu'il avait à dire pour sa défense.

— Je lui ai dit ce que je sais. Aster et Rosalind sont mortes de la grippe, Daphne est morte dans l'eau et en ce qui concerne Calla et Zelie… on ne sait pas.

— On sait très bien ce qui est arrivé à Calla et Zelie, et ce qui est réellement arrivé à Aster et Rosalind aussi. Pourquoi tu ne veux pas l'admettre ? Grâce à toi, le médecin pense que je délire.

— Iris, ne t'énerve pas.

— Je ne m'énerve pas. C'est toi qui m'énerves.

Il restait concentré sur la route même si nous n'avancions pas.

— Nous serons bientôt à Fern Hollow. Détends-toi.

Il était nerveux. Il devait faire en sorte que je reste calme.

En observant son profil, je songeai à ce que ma mère m'avait dit lors de ma dernière visite : "Je n'ai jamais aimé ton père ; pas même bien aimé. Je n'aimais pas son visage, ou sa façon de parler, ou son odeur, rien chez lui. J'ai pleuré pendant des jours avant le mariage." J'étais le résultat de cette union. C'était la structure qui m'avait fabriquée.

Une certitude revint – celle selon laquelle la vie que j'avais connue était terminée. C'était la fin d'Iris.

Je posai la main sur la poignée de la porte. Il ne le remarqua pas, les yeux toujours rivés à la file de véhicules devant nous. D'un mouvement vif, je sortis de la voiture et claquai la portière derrière moi. Je me penchai pour l'observer par la fenêtre ouverte, la main droite fermement agrippée à mon sac, l'autre bras encore blessé et bandé.

— Remonte immédiatement dans cette voiture, dit-il, prenant enfin la peine de me regarder en face.

Je songeai à lui dire quelque chose, mais quoi ? Il n'y avait plus rien à dire.

Je me mis à courir. Dans les autres véhicules, des gens regardaient d'un air dubitatif la jeune femme en robe rose qui courait pour sauver sa vie. Je courais de plus en plus vite – suivant le conseil de ma mère.

— Iris ! entendis-je mon père crier.

Ce fut la dernière fois qu'on m'appellerait ainsi.

LE CARNET VIOLET

17 août 2017, Abiquiú, Nouveau-Mexique

HABITUELLEMENT, ça ne se produit qu'une ou deux fois par an, mais depuis que j'écris dans le carnet bleu, ça se produit chaque nuit. *Toc toc*. Ça dure des heures, le tapotement sur les fenêtres, le cliquetis des loquets, de plus en plus fort jusqu'à l'aube. Je suis devenue comme Belinda, hantée durant la nuit, hormis que je sais que les petits coups que j'entends ne proviennent pas des victimes par balle des Chapel. Je sais qui tape, qui veut entrer. J'ignore cette femme et continue à écrire.

Oui, cette femme. Est-ce surprenant que mon fantôme soit une femme ?

Comme je n'arrivais pas vraiment à dormir, je suis restée debout et j'ai travaillé avec assiduité ces deux dernières semaines, remplissant les trois carnets bleus sous le couvert de la nuit. Durant la journée, j'erre, hébétée, plus vraiment une personne, mais un conduit pour les souvenirs que je ressens le besoin de consigner de façon compulsive. J'ai enfin terminé, ayant écrit les derniers mots juste avant l'aube ce matin : “Ce fut la dernière fois qu'on m'appellerait ainsi.”

Au cours des soixante années qui se sont écoulées depuis que mon père a crié mon nom – “Iris !”–, plus personne ne m’a jamais appelée ainsi, une réussite remarquable à mettre à mon actif. Ce n’est pas facile de devenir quelqu’un d’autre, mais tout a bien fonctionné pour moi jusqu’à récemment, lorsqu’on m’a forcée à me souvenir du passé et qu’Iris Chapel s’est à nouveau frayé un chemin pour réapparaître.

Ce matin, j’ai terminé de remplir les carnets et l’émotion m’a fait me ruer hors de mon bureau vers la porte de derrière, puis dans les collines rouges, où la lune était encore vaguement visible. Je ne me suis pas précipitée dehors dans le but de hurler comme le faisait Iris, bien que ça m’ait tenté. Ces soudaines bouffées d’émotions ne sont pas inhabituelles chez moi. Lorsqu’une émotion a été trop longtemps enfouie, elle enfle jusqu’à déborder. Imaginez un volcan.

Grimpant à toute vitesse la colline, ce qui à mon âge relève de l’exploit, j’ai ignoré les pierres pointues qui se plantaient dans mes tendres pieds roses et j’ai continué, déterminée pour on ne sait quelle raison à atteindre le sommet. (Le désir de gravir cet avion terrestre ?) Je suis arrivée essoufflée et chancelante, embrassant la vue du village, les escarpements rouges d’un côté et, de l’autre, le flanc des collines basses couvertes du gris-vert pâle des pins à pignons et de l’armoise, entrecoupé seulement de parcelles jaunes de bigelovie. Au bout d’un moment, je suis tombée de tout mon long. Je suis restée par terre, craignant d’avoir causé des dommages irréparables, que plusieurs os soient cassés ou des organes internes abîmés. Il m’a fallu un certain temps avant de trouver la force de rouler sur le dos.

Au-dessus de moi, le ventre du ciel nocturne s'adoucissait pour prendre une teinte d'un bleu délicat émaillée d'étoiles brillant faiblement. Sa beauté me serrait la gorge. Sous le ciel, j'avais l'impression de n'être qu'un minuscule grain dans l'univers ; je finirai par être emportée par le vent, une particule de poussière. J'ai adoré ce sentiment de petitesse. Après ces semaines passées à écrire, le poids que ça représentait et le prix à payer qui, j'avais fini par le comprendre, est la "culpabilité du survivant", l'idée de mon futur anéantissement était bienvenue. Je suis finalement devenue l'iris noctiflore de Calla. Mes retrouvailles avec mes sœurs se rapprochent. Nous sommes séparées depuis si longtemps ; je suis une vieille femme alors qu'elles seront toujours jeunes. J'ai passé des années à écarter mes souvenirs d'elles, l'unique façon de survivre. Si j'avais la chance de pouvoir maintenant leur parler, je leur dirais qu'Iris est morte en 1957 – elle est avec elles depuis tout ce temps.

Je ne sais combien de temps je suis restée allongée dans la terre ce matin. J'ai commencé à me demander avec inquiétude si je serais capable de me relever et de rentrer à la maison, si j'allais périr dans la chaleur d'août et lentement me décomposer, devenir de la nourriture pour des animaux sauvages. Ils me mettraient en lambeaux membre après membre et c'est ainsi que je finirais : une femme en pièces, éparpillée au milieu du paysage.

J'étais tentée de crier au secours, mais ça semblait trop mélodramatique et je ne voulais pas céder à la panique. Puis j'ai entendu la voix des anges, mes jeunes voisins qui m'appelaient.

— Mademoiselle Wren, c'est vous ? a hurlé Diego.

Puis la voix de Jade :

— Mademoiselle Wren ?

J'ai eu envie de pleurer de soulagement.

— Ici, en haut ! ai-je crié.

Diego a atteint le sommet de la colline et s'est précipité à mes côtés, soulevant un nuage de poussière qui a provoqué chez moi une brève quinte de toux.

— Mademoiselle Wren, ça va ?

Je déteste que lui et Jade persistent à m'appeler mademoiselle Wren, comme si j'étais une vieille fille ringarde.

— Pour l'amour du ciel, Diego, appelez-moi Sylvia, ai-je dit, pendant qu'il me relevait.

Je n'ai jamais laissé beaucoup de place aux hommes dans ma vie, mais il est utile d'en avoir dans les parages lorsqu'il faut porter des objets lourds. J'ai passé mes bras autour du cou de Diego et je lui ai abandonné le fardeau de mon corps. Il m'a portée au bas de la colline comme un jeune marié fait franchir le seuil à son épouse. Jade attendait en bas, l'inévitable bébé sanglé contre sa poitrine.

— Vous auriez pu mourir là-haut, mademoiselle Wren, a-t-elle dit de sa voix nasale, sur le ton de la réprimande.

— N'en faisons pas tout un drame, ai-je répondu, alors que le bébé gazouillait.

C'est grâce à lui qu'ils étaient debout si tôt et m'avaient repérée. J'ai tapoté doucement la tête de la petite créature une fois dans la maison. Elle m'avait peut-être sauvé la vie.

Diego et Jade ont été aux petits soins pour moi pendant un moment. En temps normal, je les aurais mis dehors, mais s'occuper des vieux donne aux gens l'impression d'être utile, alors je les ai laissés faire, en guise de récompense pour m'avoir aidée. Jade m'a préparé du thé et Diego est parti chercher la trousse de premiers secours. Il a nettoyé mes blessures – mineures, seulement des égratignures ici et là, même si j'imagine que les bleus apparaîtront plus tard.

— Inutile d'en parler à Lola, ai-je dit, une fois l'agitation retombée.

Ils m'avaient installée dans le fauteuil confortable du salon, et je ne peux m'empêcher de gémir de plaisir chaque fois que je m'y assieds. Lola et moi avons abandonné nos meubles modernistes chics vers nos soixante-quinze ans pour les remplacer par des fauteuils inclinables grotesques et des canapés duveteux qu'on aurait dit taillés dans de la fourrure d'ours en peluche, mais, en secret, je les adore.

Diego et Jade se sont assis sur le canapé en face de moi et m'ont regardée boire mon thé. Ils avaient un air innocent, comme s'ils ne savaient pas de quoi je parlais, mais je sais que Lola les a appelés pour leur demander de garder un œil sur moi pendant son absence. Lola et moi avons le même âge, mais elle n'a aucun scrupule à s'envoler seule pour un autre continent. Ensuite, elle s'inquiète pour moi tout le temps qu'elle est au loin. Pour être honnête, elle a de bonnes raisons de s'inquiéter, mais ça m'agace néanmoins. C'est sa façon de montrer que nous sommes différentes, que je dois être dorlotée et surveillée.

— Vous êtes sûre que vous n'avez pas besoin de voir le médecin ? demanda Jade.

Son chemisier était grand ouvert comme si on était à la plage sur la Riviera, en France. Ça m'était égal, j'observais le bébé.

— Je suis indemne, ai-je dit. Inutile de s'inquiéter.

Ce n'était pas vrai. J'avais mal partout à cause de la chute et chaque fois que je portais la tasse de thé à mes lèvres, je devais dissimuler une grimace.

Jade et Diego se sont regardés et se sont tournés à nouveau vers moi. Ils formaient un couple étrange, dépareillé. Jade est plus blanche que blanche, le teint pas plus hâlé que de la craie, un véritable exploit sous le soleil du Nouveau-Mexique. Elle porte des dreadlocks décolorées en blond, une sorte de bandeau en tissu dans les cheveux et un anneau dans la cloison nasale. Tout dans son apparence a été emprunté à d'autres cultures. Diego, quant à lui, a le teint mat et des cheveux noirs brillants qu'il attache en queue-de-cheval et une barbe broussailleuse qu'il tresse et fixe près du bout avec un élastique vert (toujours vert). Il a les bras couverts de tatouages qui ressemblent aux manches longues d'une chemise colorée.

Les tenues et les coiffures des jeunes sont un mystère pour moi, mais c'est un couple plutôt gentil. Diego est le petit-fils de nos anciens voisins, les Guerrero. M. et Mme Guerrero sont morts à moins de trois mois d'intervalle en début d'année et Diego a hérité de la maison. Avoir un jeune couple à proximité s'est avéré utile même s'ils tournent un peu trop autour de nous.

— Mademoiselle Wren, a proposé Diego, on peut vous conduire chez le médecin. Ce n'est pas compliqué.

J'ai hurlé intérieurement devant sa persistance à m'appeler Mlle Wren. Il a combattu en Afghanistan et je suppose que ça doit être un truc de l'armée, la déférence. Je me demande ce que Belinda ferait de cet ancien soldat. Pour la première fois depuis des décennies, elle a commencé à envahir mon esprit quotidiennement, et elle n'a rien à faire là, dans la vie de Sylvia Wren.

— Je peux conduire moi-même, si je dois y aller, ai-je dit, craignant d'en avoir vraiment besoin. (J'avais terriblement mal.) Vous feriez mieux de partir, tous les deux. Je suis sûre que vous avez des choses à faire.

Diego élève des abeilles et vend du miel sur les marchés ; Jade est potière.

J'ai hoché la tête pour leur assurer que j'allais bien, ils se sont enfin levés et je me suis détendue. À l'exception de Lola, je n'arrive jamais à totalement me détendre en présence d'autres personnes.

— Si vous avez besoin de quoi que ce soit, faites-moi signe, a dit Diego en sortant.

Il dit souvent ça, supposant que je suis rassurée par la protection qu'il m'offre, inhérente à sa masculinité. Je n'ai jamais eu le courage de lui dire que les hommes ne m'ont jamais protégée.

(En dépit de ce matin.)

Après le départ de Diego et Jade, j'ai clopiné jusqu'à la cuisine pour prendre de l'ibuprofène et me resservir du thé, puis j'ai regagné mon bureau ; les preuves de ce qu'avait été ma vie les deux dernières semaines s'y étalaient : trois carnets bleus et la correspondance d'Eliza Mortimer.

Après les premières lettres d'Eliza et ma carte postale lui disant gentiment d'aller au diable, je n'ai pas entendu parler d'elle pendant environ une semaine. Ensuite, elle a rattrapé le temps perdu. La semaine dernière, j'ai reçu chaque jour quelque chose de nouveau de sa part. Elle m'a envoyé des paquets contenant des copies des nécrologies de mes sœurs parues dans le *Greenwich Observer* ; un article du *New York Times* au sujet de la mort de Zelie et Sam ; et une brochure émanant de la mouture moderne de l'ancienne Colt's Manufacturing Company présentant l'endroit où ils organisaient leurs séminaires : la maison dans laquelle j'ai grandi.

Les paquets continuent d'arriver, très certainement de nouvelles coupures de journaux faisant la chronique des traumatismes de ma famille, qu'Eliza photocopie avec désinvolture et m'envoie accompagnées de mots qui disent : "J'adorerais discuter de ça avec vous." Mais je n'ai pas ouvert les plus récents. Comme on dit, chat échaudé…

J'imagine qu'elle veut me faire parler, briser ma résistance. Sans qu'elle le sache, sa stratégie a été très efficace. Je n'avais jamais – et je dis bien jamais – envisagé d'écrire l'histoire de mes sœurs avant le début de son intrusion et je ne parviens toujours pas à décider si je m'en porte mieux ou plus mal. Pourtant, avant même qu'elle me contacte, j'avais entrepris de faire le bilan de ma carrière artistique, on pourrait donc dire que j'étais prête à me tourner vers mon passé. Lola et moi avons parlé de créer un musée consacré à mon travail, un petit, étant donné que tant de mes œuvres sont éparpillées dans des collections privées. Lola a même commencé à chercher des lieux à Santa Fe avec un agent immobilier puisque, naturellement, il se situerait quelque part au Nouveau-Mexique. Mais quand, au printemps, ils m'ont demandé de visiter certains des emplacements potentiels, j'ai hésité. Il s'avère que je n'aime pas imaginer la vie après la mort de Sylvia Wren, finalement, et j'ai dit à Lola que j'avais besoin de davantage de temps pour m'y préparer.

Maintenant que j'ai écrit dans ces carnets, je ne sais pas ce que devrait être leur destin. Après avoir rempli le premier carnet bleu, j'ai demandé à Jade d'aller à la librairie de Santa Fe et elle m'en a acheté deux autres au format identique mais d'un ton de bleu légèrement différent, si bien que les trois carnets, empilés, créent un joli dégradé, un mouvement allant du foncé au clair. Je ne suis pas certaine, cependant, que l'histoire se termine réellement ainsi. J'ai dû chercher la lumière chaque jour durant les soixante dernières années et je ne la trouve que parfois.

À l'heure du déjeuner, je suis partie à Española dans notre vieille Outback, les os et tout le reste douloureux. Conduire m'a toujours aidée à réfléchir. J'avais faim, alors je me suis engagée dans l'allée du drive-in de Lotaburger et j'ai commandé deux doubles cheeseburgers avec des piments verts en supplément et un Coca. J'ai roulé jusqu'à un terrain vague en face pour manger, n'osant pas ramener la nourriture à la maison. À cause de Lola, je suis végétarienne depuis presque soixante ans, excepté lorsqu'elle n'est pas là. Elle ne mange rien de ce qu'elle qualifie de "mort" et ne permet même pas qu'on en apporte à la maison. Elle dit qu'en ingérant la mort, nous l'absorbons et que ses vibrations négatives et sa toxicité nuisent à notre créativité. Je n'adhère pas nécessairement à son point de vue. Cependant, je suis convaincue que Lola et ma mère se seraient bien entendues si elles avaient pu se rencontrer.

En mangeant dans ma voiture – une expérience absolument jouissive, parachevée par la graisse du burger coulant sur mon menton –, j'ai repensé aux carnets. Avant que je les remplisse, le destin qu'avaient connu mes sœurs était enfoui si profondément en moi qu'il s'était fossilisé comme de l'ambre. J'aurais pu les porter – Aster, Rosalind, Calla, Daphne, Zelie – comme des pierres précieuses sur une chaîne. Mais ces carnets sont bien trop lourds pour que je puisse les porter autour du cou et je me demande s'ils ne sont pas bien trop lourds pour que je puisse seule en supporter le poids. Je dois en faire quelque chose.

J'ai réfléchi aux options en mangeant mon second double cheeseburger. Je pourrais les brûler, mais ce projet d'écriture se résumerait alors à un simple exorcisme. Et, quand je mourrai, l'histoire d'Iris Chapel et de ses sœurs mourrait avec moi. C'était bien ce qui était initialement prévu, mais je ne suis plus certaine d'accepter qu'elles soient frappées par ce destin une seconde fois.

Je pourrais laisser les carnets dans mes archives à l'université du Nouveau-Mexique afin que des chercheurs les trouvent après notre mort à Lola et moi (quel jackpot ce serait).

Ou je pourrais les publier maintenant. Je ne sais même pas si mes divagations nocturnes des deux dernières semaines sont assez bonnes pour être éditées ; je ne les ai pas relues et je n'en ai pas l'intention. Je ne suis pas vraiment le Léon Tolstoï du nord du Nouveau-Mexique, mais j'ai fait de mon mieux. Néanmoins, ne serait-ce qu'envisager l'idée de les publier est insensé. J'ai passé des décennies à me cacher et ça n'aurait pas grand sens maintenant, à quatre-vingts ans, de m'ouvrir corps et âme au monde.

Sur le chemin du retour, je me suis arrêtée à la poste, n'étant pas d'humeur à me livrer à ma promenade habituelle pour aller chercher le courrier. Il y avait, sans surprise, une lettre d'Eliza Mortimer – seulement une lettre, pas un paquet boursouflé, rempli de coupures de journaux destinées à me frapper comme les gros titres tournoyants d'un film sur la grande dépression. En revenant à mon bureau, je l'ai jetée dans la bannette où j'ai rangé les autres, puis je me suis assise et j'ai contemplé la vue, les roses trémières, les collines rouges, une vue identique à ce qu'elle était lorsque j'ai visité la maison pour la première fois en 1957. Lola l'avait louée avant de me rencontrer, cherchant pour travailler un endroit tranquille possédant un jardin afin de faire pousser les fleurs et les herbes qu'elle utilisait pour fabriquer ses parfums. Plus tard, nous l'avons achetée et y avons emménagé à plein temps : Lola avait trouvé quelqu'un pour s'occuper de la boutique. La vue n'a pas changé, mais la maison, si. Après que Lola et moi avons gagné un peu d'argent, nous l'avons rénovée et avons ajouté une aile et, au fil des ans, nous l'avons entretenue, ajoutant des touches modernes. Lorsque la maison sera transformée en attraction touristique, ce qu'elle sera certainement après notre mort à toutes les deux, il y aura peu de travaux à réaliser. J'imagine déjà un homme s'ennuyant à mourir assis sur une chaise pliante dans le salon, disant : "S'il vous plaît, ne touchez à rien" lorsque quelqu'un tendra la main vers un des vases navajo de Lola ou la photo encadrée de Taos Pueblo.

C'est vraiment une pensée atroce. Je devrais oublier ça et aller me détendre au lit tout l'après-midi, lire un livre, faire une sieste. Mon corps doit se remettre de ma chute et je ne devrais pas en faire trop. Je continuais cependant à me poser des questions au sujet de la lettre d'Eliza Mortimer. Sa minceur après tous ces paquets. Qu'est-ce qu'elle voulait encore ?

Chère madame Wren,

Vous n'avez répondu à aucune de mes lettres, ce que je peux très bien comprendre, étant donné votre désir de préserver votre vie privée. Mais sachez que même si j'éprouve des sentiments mitigés concernant la poursuite de cette affaire, puisqu'il est évident que mon enquête n'est pas la bienvenue, je suis journaliste et vous êtes un personnage public, une des artistes les plus importantes de l'histoire américaine. Je pense que votre histoire ajouterait un élément précieux à celle des femmes ainsi qu'à notre compréhension de l'art contemporain féministe.

J'ai récemment discuté avec Fredrika Helland Branch, la plus jeune sœur de Florence. Fredrika vit encore à Bellflower Village, mais, malheureusement, Florence est morte l'année dernière. Fredrika m'a raconté que Florence était une amie proche d'Hazel "Zelie" Chapel, et qu'elle et les Helland avaient toujours été convaincus que vous et Iris Chapel étiez la même personne. Une autre des sœurs de la famille, Frances, possède un original de Sylvia Wren dont elle a fait l'acquisition dans une galerie à New York.

Fredrika m'a beaucoup aidée dans mon enquête et m'a fourni des photographies d'Iris Chapel, qui confirment la théorie selon laquelle il s'agit de vous. Elle m'a dit qu'après la mort de M. Chapel, beaucoup des objets appartenant à la famille ont été vendus puisqu'il n'y avait plus personne pour les prendre et elle en a acheté plusieurs (un service à thé en argent, par exemple) qu'elle serait heureuse de vous donner si vous souhaitiez les avoir. Fredrika et moi avons été autorisées à explorer la maison familiale des Chapel un après-midi et j'ai mieux compris Sylvia Wren en voyant les fresques murales représentant des fleurs dans les chambres. (Elles servent maintenant de réserve. Je peux y retourner et prendre des photos si vous voulez.)

Fredrika et d'autres habitants âgés de Bellflower ont beau m'avoir été utiles, il y a des limites à ce qu'ils peuvent me raconter et je ne comprends toujours pas très bien comment Aster, Rosalind, Calla et Zelie sont mortes. Personne ne le comprend.

Comme vous le voyez, même si des questions subsistent, j'ai réuni des preuves incontestables que vous et Iris Chapel êtes une seule et même personne. J'ai signé un contrat avec un rédacteur en chef de *Vanity Fair* pour cet article d'investigation vous concernant. Je serais ravie que vous participiez à son écriture, d'une manière ou d'une autre, à votre convenance. Vous savez comment me joindre et je vous promets que je vous traiterai, vous et votre histoire, avec le plus grand respect.

Cordialement,

Eliza L. Mortimer

J'ai repoussé la lettre. Je ne suis pas surprise que mon histoire ait intéressé une publication très en vue, bien que je ne sois pas sûre d'aimer l'idée qu'elle se retrouve dans *Vanity Fair*, un magazine proposant du journalisme "sérieux", tout en affichant une starlette avec les seins qui pendouillent en couverture.

La lettre d'Eliza ne m'a pas fait paniquer comme celles qu'elle m'avait envoyées auparavant, du moins celles que j'ai pris la peine d'ouvrir. Je suppose que j'ai déjà accepté l'idée d'être mise à nu, mais il y a des limites à ce qu'elle peut découvrir, comme elle le reconnaît elle-même. Elle peut écrire sur les fleurs et les armes à feu, mais elle ne découvrira jamais la véritable histoire de mes sœurs.

Sans être paniquée, je suis en colère à la pensée qu'Eliza et des magazines en papier glacé exhument mes sœurs, métaphoriquement parlant, sans mon consentement. J'ai attrapé la brochure qu'Eliza m'a envoyée concernant le gâteau de mariage, désormais lieu de séminaires pour les cadres des armes (cette horreur est au-delà des mots) et je regarde toutes les photos à la loupe. Je l'ai fait plusieurs fois pour voir si je pouvais repérer les tombes, les sept qui m'importent, dont celles de mes parents, mais si elles sont toujours là, elles sont dissimulées par les arbres.

Avant de vraiment y réfléchir, j'ai décroché le téléphone et composé le numéro de mon avocate à New York puisque je ne connais personne d'autre capable de m'aider. Sans Lola, je perds pied avec ces choses-là.

Comme toujours, Rebecca a immédiatement pris mon appel.

— Je veux acheter une maison, ai-je dit. Vous connaissez quelqu'un qui peut s'occuper de la transaction immobilière pour moi ?

Je lui ai expliqué pour la maison de Bellflower Village, maintenant envahie par des cadres des armes. C'est le mot que j'ai utilisé : "envahie".

— Pourquoi ? a demandé Rebecca, surprise.

— Ce sont mes affaires, ai-je rétorqué, aussi cassante qu'un rameau gelé. (Puis je me suis sentie mal.) Désolée, j'ai eu une journée éprouvante. (J'espère qu'elle a savouré l'unique excuse qu'elle recevrait jamais de ma part.) Ce sont mes grands-parents qui possédaient cette maison à l'origine, ai-je expliqué. (Je ne voyais plus l'intérêt de me cacher. Tout sortirait bientôt dans les pages saturées de starlettes de *Vanity Fair*, de toute façon.) Je suis leur seule descendante encore en vie. On pourrait dire que c'est ma maison et je veux la récupérer.

— Comme c'est fascinant, a-t-elle dit, avide, comme toujours, du moindre potin à mon sujet. Vous allez y vivre ?

— Bien sûr que non. Mais peut-être… (j'ai été étonnée de l'idée qui m'était soudain venue). Peut-être qu'un jour ça pourrait devenir un musée.

— Vous êtes pleine de surprises ces derniers temps, Sylvia, a-t-elle déclaré. J'ai un collègue ici, dans la société, qui s'occupe d'immobilier. Je peux lui en parler pour vous.

— Oui, faites-le, s'il vous plaît.

— Je vais contacter Kenji et voir ce qu'il en pense. Il vous rappellera.

Après avoir raccroché, je suis restée incrédule devant ce que je venais de faire. Eliza Mortimer a le chic pour me faire passer à l'action. Pourquoi m'arrêter, maintenant ? J'ai décroché le téléphone et j'ai appelé Diego pour lui demander de venir faire un travail pour moi.

— Vous êtes sûre, mademoiselle Wren ? a demandé Diego.

Toute ma vie, on a douté de moi.

— Oui, j'en suis sûre, ai-je répondu, me tenant avec lui dans un coin au fond du jardin. Ne vous inquiétez pas pour les buissons. Creusez jusqu'à ce que vous trouviez une boîte en bois. D'accord ?

— Je vais essayer de creuser autour, a-t-il dit en se saisissant de la pelle.

Je l'ai observé un moment, puis je suis revenue en boitillant dans mon bureau (les douleurs de ce matin persistent) ; au moment où je me suis assise, le téléphone a sonné. C'était Rebecca, pour me donner des nouvelles avant de terminer sa journée.

— Mon collègue Kenji a été fasciné par votre requête. Sa fille est une de vos grandes fans, alors il a aussitôt passé quelques coups de fil. On dirait que vous pourriez avoir de la chance. Il se trouve que la société Colt a envie de vendre la vieille maison depuis un moment, même s'ils ne l'ont pas officiellement mise en vente. Ils fabriquent ces affreux AR-15 et laissez-moi vous dire que de nos jours ils ne sont pas très populaires dans le Connecticut.

— Alors elle est à vendre ?

— Pas officiellement, mais ils sont ouverts à une offre. Ça va être cher. Kenji dit de commencer à deux millions…

— Très bien. Dites-lui que je veux que la vente soit rapide, payée comptant.

L'idée de faire des affaires avec Colt est désagréable. La famille Colt ne possède plus l'entreprise, mais rien que le nom m'inspire de l'effroi.

Après mon appel à Rebecca, j'ai regardé Diego creuser un moment. Je me suis demandé ce que Lola allait penser de la tâche que je lui avais confiée. Lola, la pauvre, va subir plusieurs chocs en rentrant du Brésil à la fin du mois. Elle a été clouée au lit par un virus durant plusieurs jours et depuis qu'elle s'est remise, elle est occupée à rattraper les cours avec ses étudiants en parfumerie, si bien que nos conversations téléphoniques ont été brèves et bien moins inquisitrices qu'à l'ordinaire. Mais je suis certaine que Jade et Diego lui ont fait part de mon comportement bizarre. Un matin, Diego est venu et m'a vue par la fenêtre, endormie sur le fauteuil inclinable, le fusil que l'on cache sous le lit dans les mains.

Il n'y avait pas de place pour Lola dans les carnets bleus et j'en suis mécontente. C'est comme un portrait de famille dont l'un des membres se tient juste en dehors du cadre. J'ai vécu vingt ans comme une fille Chapel, mais soixante comme compagne de Lola. Vais-je devoir remplir un nouveau carnet qui lui serait consacré ? Peut-être que maintenant que j'ai commencé à consigner ma vie – ma vie anciennement privée, invisible – je devrais continuer.

Je l'ai rencontrée le jour de mon arrivée à Santa Fe, toujours vêtue de cette robe rose et agrippée à mon énorme sac à main. J'avais pris un bus de New York à Chicago, puis un pour Denver, puis pour Sante Fe, et j'étais devenue Sylvia Wren au cours du voyage. J'avais laissé Iris dans le

Connecticut, Sylvia était née dans l'Illinois. Le bus s'était arrêté dans la station-service d'une petite ville rurale pour une pause-pipi. J'avais acheté un soda au raisin et un sachet de cacahuètes et je m'étais assise dans le champ contigu tandis que les autres passagers faisaient la queue devant l'unique toilette. Je regardais le soleil se lever sur les champs de maïs, le voyant pour la première fois depuis que nous avions quitté la côte Est le soir précédent, comprenant que j'avais réussi à faire ce qu'aucune des autres femmes dans ma vie n'avait fait – je m'étais enfuie. Je savais que je devais me transformer, disparaître ; il ne restait d'Iris que des fragments, mais ces fragments pouvaient me détruire. Cette vie, ce passé, étaient insupportables.

Sylvia Wren, de l'Illinois – voilà qui j'étais devenue et c'est ainsi que je me suis présentée à Lola moins d'une heure après mon arrivée à Santa Fe. Le bus de Denver m'avait déposée près de la Plaza au milieu d'une de leurs moussons d'été ; je ne voyais rien qui ressemblât aux couleurs vives des tableaux de la galerie, je débarquai dans un paysage d'un gris terne. Je courus dans le *diner* le plus proche et commandai des œufs brouillés et des toasts ; des piments verts étaient mêlés aux œufs et je passai beaucoup de temps à essayer de les trier avant de renoncer. Je parcourus les petites annonces du journal local en mangeant et c'est là que je vis l'annonce de Lola pour une chambre à louer. J'apprendrais plus tard qu'elle possédait la parfumerie sur la Plaza, où elle avait succédé à sa tante après la mort de celle-ci. Il y avait un appartement au-dessus ; l'ancienne chambre de sa tante était libre et Lola détestait le vide.

Une fois mon repas terminé, je m'y étais précipitée depuis le *diner* dans les vêtements que je portais depuis des jours, les cheveux trempés par la pluie, mon bras toujours bandé et j'étais gênée de la rencontrer, ma potentielle propriétaire, ainsi. La parfumerie se situait entre un magasin vendant des bijoux indiens et une galerie d'art. Des étagères en bois étaient alignées sur les murs et un comptoir en U, tout en verre, faisait le tour de la boutique, avec juste assez d'espace derrière lui pour qu'une vendeuse s'y tienne. Tous les rayonnages étaient garnis de flacons de parfum, ce que je sentis en ouvrant la porte, un mur âcre au milieu duquel aucune fragrance ne se distinguait particulièrement, de la même façon que trop de peintures de couleurs différentes mélangées se transforment en noir.

Lola était seule, debout derrière un des comptoirs, l'air immaculée dans une robe bleu nuit avec une ceinture dorée, de délicats anneaux en or aux oreilles et des ongles manucurés au vernis transparent. Ses cheveux noirs étaient tirés en arrière en un chignon bas, son visage dépourvu de maquillage. Des lunettes œil-de-chat dissimulaient ses yeux, mais j'ai remarqué ses lèvres pleines à l'arc de Cupidon prononcé et j'ai eu envie de les dessiner. Mon premier élan artistique en arrivant au Nouveau-Mexique a été de m'attaquer à un paysage – les pics et les vallées de sa bouche.

— J'ai l'air d'un épouvantail, lui ai-je dit après m'être présentée, me sentant incroyablement miteuse comparée à elle.

Elle m'a simplement regardée avec un faible sourire ; elle ne pouvait le nier, ce qui rendait ce sourire terriblement gentil. L'expression "démarrer du bon pied" vient immédiatement à l'esprit, puisque le moment de notre rencontre préfigure par bien des aspects ce qu'allait devenir notre relation : Lola la présence solide, apaisante, et moi… toujours en plein chaos.

— Je descends juste d'un bus venant de l'Illinois, ai-je dit. Je suis de là-bas.

— Comme un virevoltant porté par le vent jusqu'ici ? a-t-elle suggéré avec un vrai sourire. La pluie est horrible aujourd'hui. Vous voulez une serviette ?

Elle n'a pas attendu la réponse, mais elle a ouvert une porte au fond et elle est revenue avec un essuie-mains blanc. Je l'ai accepté avec reconnaissance et je me suis essuyé le visage.

— Je n'ai jamais été en Illinois, a-t-elle dit en me regardant tenter de sécher mes cheveux.

J'avais envie de répondre : moi non plus, pas vraiment.

— Vous êtes d'où, de Chicago ?

— Non, de Bellflower Village, ai-je répondu sans réfléchir en repliant la serviette et en la posant sur le comptoir.

Il allait en être ainsi pendant quelques années, les tentacules d'Iris s'accrochant à moi comme elles le pouvaient.

— On ne peut pas utiliser n'importe quelle fleur pour fabriquer du parfum, a déclaré Lola, et j'ai remarqué une pointe d'accent. Les campanules* en font partie.

— D'accord, ai-je répondu d'un ton hésitant ; je ne savais pas trop pourquoi elle m'avait dit ça.

— Mais on peut procéder d'une autre façon. Que sent Bellflower Village ? En d'autres termes, que sent votre chez-vous ?

C'était une question tellement bizarre, posée avec une telle autorité, que j'ai répondu sans lui demander pourquoi elle avait besoin de le savoir. Je n'avais pas encore de nouveau chez-moi, mais j'ai songé à l'ancien.

— L'été, ça sent la verdure. La verdure est une odeur ?

— Oui, bien sûr.

— Ça sent la terre, comme des fleurs sauvages dans un pré, ai-je poursuivi, remarquant en prononçant ces mots que,

* Bellflower en anglais.

de façon assez inattendue, j'avais un peu le mal du pays. Ça sent le parfum à la violette et la lavande.

— Oui, et quoi d'autre ?

Elle me rappelait le Dr Westgate fouillant ma psyché. Je ne savais pas ce qui se passait, mais elle m'intriguait.

— Comme une vieille maison victorienne.

— Hmm. Personne ne m'a encore jamais dit ça. Ça sent quoi ?

J'ai réfléchi un moment.

— Un gâteau de mariage et des secrets.

— Intéressant. Quoi d'autre ?

— Certainement pas les roses.

Elle a haussé les sourcils.

— Pourquoi pas les roses ?

Je n'avais pas dormi depuis quelques jours. Tout ça n'avait aucun sens. Comme je ne répondais pas, elle a insisté :

— Vous pouvez m'expliquer pour les roses, Sylvia ?

C'était la première fois qu'on m'appelait Sylvia et je ressentis une excitation passagère. Je n'avais absolument pas envie de parler de roses, mais je pouvais comprendre sa surprise – la rose, pour un parfumeur, est comme l'ail et l'oignon pour un cuisinier.

— Je suis désolée, mais pourquoi me posez-vous ces questions ?

— Pour votre parfum, a-t-elle répondu en attrapant un petit bloc-notes blanc et un crayon sur le comptoir. Je suppose que c'est pour ça que vous êtes ici.

Elle a pris quelques notes, puis elle a levé les yeux et remarqué mon air perplexe.

— Les gens viennent ici et me parlent de leur vie, a-t-elle poursuivi. Je leur fabrique un parfum sur mesure. Je peux en fabriquer un qui sente comme Bellflower Village, à moins que vous souhaitiez quelque chose d'autre. (Elle a écrit autre chose que j'ai lu à l'envers : PAS DE ROSES.) Mais je pense que celui-ci est très prometteur. Il peut être prêt dans deux jours. Ça vous va ?

Je lui ai expliqué le malentendu, que j'étais là pour la chambre.

— Oh, s'est-elle exclamée, en m'étudiant plus attentivement, imaginant probablement à quoi ça ressemblerait de partager son appartement avec cette étrangère négligée.

— J'ai l'intention de m'inscrire à la Palace School of Art and Design, ai-je dit. Je suis très calme. Je ne vous gênerai pas.

(Non pas que tout se révélerait exact, mais je m'inscrirais à l'école et je suis plutôt calme.)

Elle s'est alors présentée, réalisant qu'elle ne l'avait pas fait, et s'est excusée. Son nom complet était Dolores del Bosque, mais elle se faisait appeler Lola ; ce n'est que des mois plus tard que j'apprendrais que del Bosque signifie "de la forêt", exactement comme Sylvia. À ce moment-là, nous étions déjà entrelacées de multiples façons, physiquement et émotionnellement. Comme moi, Lola était indomptable et, comme moi, elle avait fui, avait quitté sa famille conservatrice de Mexico à l'adolescence pour venir vivre avec sa tante bohème aux États-Unis, qui elle-même s'était enfuie à la veille de son mariage à dix-sept ans.

Je me souviens encore de l'euphorie de ces premières années à Santa Fe, une époque purement magique pour moi, surtout si l'on considère les vingt premières années de ma vie. Même si Lola et moi devions garder secrète la véritable nature de notre relation auprès de quasiment tout le monde, entre les murs de notre foyer – qui n'était hanté par rien d'autre que les souvenirs contre lesquels je me battais afin de les oublier – nous étions ivres de liberté, deux jeunes femmes amoureuses, redevables à personne et pouvant vivre comme nous le désirions.

À cette époque, j'avais un petit cercle d'amies de l'école, des jeunes femmes qui comme moi étaient venues d'autres régions du pays pour se réinventer, consacrer leur vie à l'art. Aucune de nous n'était en chasse d'un mari, ce qui était radical en ce temps-là, comme appartenir à une société secrète. Nous restions debout toute la nuit à peindre, à parler et à écouter de la musique et, grâce à leurs encouragements, je m'enfonçais plus profondément dans cet endroit désagréable qui faisait de moi une meilleure artiste. Mes professeurs de l'école étaient effarouchés par mon travail qu'ils qualifiaient d'"explicitement féminin". Ils disaient que si je poursuivais dans cette voie, je ne serais jamais prise au sérieux en tant qu'artiste (ha!). Leurs critiques ont fini par me faire quitter l'école. Avec le recul…

Je vais arrêter là. Diego m'appelle. Je crois qu'il a trouvé mon trésor.

Il n'est que sept heures du soir, mais je vais bientôt aller me coucher parce que je soupçonne que je vais être réveillée cette nuit. (J'espère avoir tort.) Je n'ai pas vraiment d'appétit, alors je vais me contenter d'un repas léger, du thé et des toasts. La boîte en bois que Diego a déterrée est dehors, sur le patio à l'arrière. Je lui ai donné son chèque et je l'ai renvoyé chez lui il y a des heures, mais je n'ai pas eu le courage de sortir et de l'ouvrir.

Milieu de la nuit

J'ai une indigestion à cause des deux cheeseburgers que j'ai engloutis. Lola m'a mise en garde contre le fait de manger la mort, mais j'ai été incapable de résister et maintenant je les éructe, ces esprits de vaches mortes.

Ce n'est pas à cause de l'indigestion que je me suis réveillée, aussi déplaisante soit-elle. Je me suis réveillée pour la même raison que je suis réveillée chaque nuit : *toc toc.*

Je devrais tout simplement ignorer ma visiteuse, mais ce n'est pas facile. Ma mère hurlait lorsque ses visiteurs venaient la nuit parce qu'elle était témoin des horreurs qu'ils avaient subies. Désormais, je ne crois plus que ma mère rencontrait vraiment des fantômes. Je crois plutôt qu'elle était très à l'écoute des souffrances d'autrui – elle avait peut-être un excès d'empathie, cette femme qui entendrait les cris d'agonie de sa mère sa vie entière, un hurlement au début, qui s'était atténué mais ne disparaîtrait jamais. Lorsqu'elle s'était installée dans la maison de mon père, elle était restée à l'écoute de la souffrance, mais aussi de l'injustice, de la domination et de la violence ; elles la hantaient.

J'ai peut-être tort, mais c'est ce que j'ai fini par croire en écrivant dans les carnets – qu'elle n'avait jamais réellement vu de fantômes. Ce qui ne signifie pas qu'ils n'étaient pas réels.

Je n'ai, moi non plus, jamais vu mon fantôme, mais je sais qu'elle est là, dehors.

Toc toc.

Il y a des années, aux alentours de la ménopause, Lola et moi sommes devenues amies avec un couple marié du Danemark qui passait l'été ici. Pour être exacte, Lola est devenue amie avec eux; à cette époque de ma vie, je ne m'occupais pas beaucoup des autres. C'était un couple hétérosexuel, et la femme, du nom de Margit, était venue un après-midi à la parfumerie et avait commandé un des parfums sur mesure de Lola. Elle voulait qu'il sente comme une cathédrale gothique, Notre-Dame ou Canterbury, car c'étaient les endroits qu'elle préférait visiter, froids, lugubres et sombres, disait-elle, l'histoire gravée dans leurs murs. Elle se sentait déprimée, coincée dans un Nouveau-Mexique perpétuellement lumineux tandis que son mari, dont je n'arrive pas à me souvenir le nom (je me rappelle rarement les maris), était venu faire des recherches quelconques en rapport avec les bombes atomiques conçues à Los Alamos : Little Boy et Fat Man.

Lola, voulant impressionner Margit, qui était plutôt glamour, s'était échinée durant des semaines sur ce parfum, bien plus longtemps que pour fabriquer ma fragrance de Bellflower Village (que j'avais refusé de sentir, ce qui avait provoqué notre première dispute – j'avais fini par jeter le flacon par la vitre d'une voiture en marche, filant avant que ses vapeurs ne puissent me suivre). Lorsque le parfum avait été prêt à être livré, Margit nous avait invitées à dîner dans la maison qu'ils louaient sur Canyon Road et Lola avait insisté pour que je l'accompagne malgré mes tentatives pour me faire excuser.

Je portais ce que je portais toujours, une longue robe noire toute simple en lin, mes cheveux tressés descendant dans mon dos. En arrivant à la maison, je me suis sentie quasiment amish. Margit, qui à l'époque devait avoir la soixantaine, arborait une superbe chevelure blanc-blond qui lui tombait aux épaules. Je la vois encore nous accueillir en chemisier cintré et pantalon, avec des bijoux en argent exactement à la bonne place. Aussi soigneusement entretenue qu'un bonsaï, et pareillement élégante et discrète.

La maison était nichée au milieu d'arbres qui procuraient un peu d'obscurité à Margit, mais elle était illuminée par des bougies posées sur toutes les surfaces. Elle me fit comprendre immédiatement qu'elle savait qui j'étais, qu'elle et son mari avaient vu mes œuvres dans des musées à Londres et à Paris. Je n'aimais pas qu'on me reconnaisse, qu'on me scrute. Margit s'aperçut que j'étais mal à l'aise et fit son possible pour détourner la conversation de ma personne ; je finis par bien l'aimer. Pendant le dîner, la discussion se retrouva monopolisée par les bombes atomiques et les parfums de fleurs blanches, mais durant tout ce temps, Margit et moi avions entamé un dialogue silencieux, nous lançant des regards entendus tandis que nos conjoints parlaient sans arrêt et se mitraillaient de questions à propos de leur travail, tous deux d'une curiosité sans fin. C'était une façon de flirter assez amusante.

À la fin du repas, j'allai à la cuisine avec Margit pour préparer le café.

— Fat Man s'est trouvé un public, dit-elle. Vous et Lola risquez de passer la nuit ici.

— Fat Man ?

— Ne parlons pas de bombes. Si j'entends encore un mot au sujet des bombes…

— Vous allez exploser, rétorquai-je, et elle rit.

— Exactement. Parlons peinture. (Elle me posa des questions sur un de mes tableaux.) *Asters maritimes* ? C'est bien de vous, non ?

Je hochai la tête et me détournai. Si Lola avait été là, elle aurait dit : "Oh, ne faites pas attention à Sylvia, elle déteste parler de son travail."

Elle avait le truc pour arrondir les angles quand je décevais les gens.

— Vous avez représenté une telle solitude dans cette œuvre, poursuivit Margit. Les asters sur le pré-salé, tout seuls. Ça m'a fait pleurer, mais je ne sais pas pourquoi.

— Et c'est bien ?

— Je pense. Je ne pleure pas facilement. Ça a touché quelque chose en moi. Le tableau est magnifique et mélancolique. C'est probablement ainsi que je vous décrirais vous aussi.

Elle me fit un clin d'œil et me précéda hors de la cuisine avec le plateau de cafés. Je ne pouvais m'empêcher de penser à la façon dont la plupart des artistes célèbres sont généralement traités, courtisés et flattés ; ça ne peut pas être bon pour leur art. Malgré tout, à petite dose, c'est agréable.

Deux jours plus tard, Lola partit passer une semaine à Montréal, pour assister à une conférence et rendre visite à une cousine. La seconde nuit après son départ : *toc toc*. Impossible de dormir. À l'époque, les coups étaient moins forts, comme si on tapait sur une touche de piano dans un coin éloigné de la maison, mais je n'arrivais pourtant pas à dormir, sachant que ma visiteuse était dehors.

Le lendemain matin, Margit m'appela pour m'inviter à déjeuner. Elle s'excusa pour l'invitation de dernière minute et me demanda si ça m'ennuyait de venir chez elle, son mari ayant pris la voiture. En temps normal, j'aurais dit non, comme je le faisais pour à peu près toutes les invitations, d'autant plus que j'étais épuisée, mais je dis immédiatement oui à Margit. Je me sentais seule sans Lola et j'avais apprécié Margit comme j'apprécie rarement les gens.

La maison sentait le ragoût de poisson que Margit préparait pour le déjeuner.

— Il n'y a que Lola qui est végétarienne, c'est bien ça ? demanda-t-elle, et j'acquiesçai, me transformant en carnivore dès que Lola était absente.

Je m'interrogeais sur ce qui changeait chez elle lorsqu'elle était loin de moi.

Margit et moi nous assîmes avec des tasses de thé sur d'énormes coussins devant la cheminée kiva du salon pendant que le ragoût mijotait. La maison était moins étincelante durant la journée, mais les arbres à l'extérieur filtraient la lumière du soleil qui dessinait de jolies formes sur les murs et les meubles.

— Vous avez l'air fatiguée aujourd'hui, Sylvia, dit Margit.

J'appréciais sa franchise.

— Je n'ai pas dormi la nuit dernière. Parfois, je ne dors pas bien quand Lola n'est pas là.

— Oh ? Et pourquoi, d'après vous ?

Je haussai les épaules. Je ne voulais pas lui donner la raison.

— Allez, insista-t-elle. Explorons ça ensemble.

Je ris.

— Vous êtes quoi, psychiatre ?

— Oui… en fait, oui.

Je me demandais si elle plaisantait, mais non. Elle m'expliqua qu'elle avait fermé son cabinet pour l'été afin de partir en voyage avec son mari, mais que son travail lui manquait et qu'elle s'ennuyait.

— Dites-moi pourquoi vous n'arrivez pas à dormir quand Lola n'est pas là. Donnez-moi quelque chose à faire.

Était-ce la raison de son invitation : m'évaluer ? Elle avait l'air impatiente, assise en face de moi dans une robe d'été blanche, les épaules dissimulées par un haut blanc au crochet.

Je n'avais pas envie de parler de moi, mais, en même temps, je ne voulais pas la décevoir. Je me sentais toujours attirée par elle et j'avais envie de profiter encore du poids de son attention. Si je voulais être entièrement honnête avec moi-même, je reconnaîtrais que c'était ce pour quoi j'avais accepté son invitation : continuer d'être désirée.

— Eh bien, commençai-je, me sentant acculée.

Habituellement, j'étais plutôt directe, mais elle m'avait troublée. Le dernier psychiatre à qui j'avais parlé était le Dr Westgate lorsque j'avais vingt ans, ce qui à l'époque, datait d'une trentaine d'années. Je ne m'étais jamais ouverte à un autre médecin ni à quiconque en dehors de Lola, ne voulant pas exposer l'abîme de mon esprit et laisser les prétendus professionnels de la médecine fouiller à l'intérieur. J'avais réussi à m'en sortir sans aide professionnelle. M'en sortir, mais peut-être pas m'épanouir. J'ai eu du succès, sans aucun doute, et je suis parvenue à ne pas totalement craquer, mais je souffre d'attaques de panique, d'anxiété sévère (parfois débilitante), de périodes d'agoraphobie et (comme le prouve ce journal) d'irritabilité chronique.

Margit attendait ma réponse, alors je finis par lâcher :

— Vous croyez aux fantômes ?

Je voulais bien jouer le jeu pendant que nous attendions que le déjeuner soit prêt, lui jeter un ou deux os à ronger, sinon la viande. Elle partirait à la fin de l'été et je ne la reverrais jamais.

— Que voulez-vous dire par fantômes ?

— Quand Lola est absente, un fantôme me rend visite.

— Comme c'est fascinant, dit-elle en plissant les yeux, m'examinant comme elle avait dû examiner *Asters maritimes* au musée de Londres. De quelle manière se manifeste-t-il ?

— Elle tape à la fenêtre de ma chambre la nuit.

— Elle ? Ça signifie que vous savez qui c'est ?

— Peut-être.

— Mais vous ne voulez pas me le dire ?

— Non.

— D'accord, consentit-elle en se levant du coussin et en s'asseyant sur une chaise, prenant une position officielle. Que dit Lola du fantôme ?

— Je ne lui en ai jamais parlé. C'est le seul secret que j'aie pour elle.

Je trouvais injuste de le partager maintenant avec Margit, c'était davantage une trahison que n'importe quel flirt.

— Sylvia, avez-vous vu le fantôme qui vous hante ?

— Non, elle reste dehors. Je ne fais que l'entendre.

— Lui avez-vous parlé ?

— Non.

— Pourquoi ?

— Elle est en colère après moi. J'ai peur de sa colère.

— Je vois. Et depuis combien de temps vous rend-elle visite ?

— Presque trente ans.

Margit était incrédule.

— Un fantôme en colère tape à votre fenêtre depuis trente ans et vous ne lui avez jamais parlé ? Vous ne lui avez jamais demandé ce qu'elle voulait ?

— Je sais ce qu'elle veut. Je n'ai pas besoin de demander.

— Et que veut-elle ?

Je réfléchis à la manière dont je pourrais le formuler puisque aucun langage adéquat n'existait pour ça.

— J'imagine qu'on pourrait dire… je ne vois qu'une façon de l'expliquer : elle veut me dévorer.

Margit me regarda avec avidité, impatiente d'explorer cette déclaration bizarre.

— Vous dévorer ?

Je détestais la façon qu'elle avait de me regarder. L'attrait qu'elle avait eu se fanait, une belle-de-jour flétrie sur sa tige. Je posai ma tasse de thé sur la table basse et m'assis sur le canapé.

— Oubliez ce que je vous ai raconté, dis-je, essayant d'être désinvolte. (Mais la révélation gênante avait tout changé entre nous.) Le déjeuner est bientôt prêt ? Ça sent bon.

— Sylvia, je ne peux pas vous aider si vous ne me racontez pas toute l'histoire.

— Personne ne raconte jamais toute l'histoire, déclarai-je, refermant la porte qui, durant quelques minutes, du moins, s'était entrouverte.

Mais là, la porte s'est ouverte en grand. J'ai peur d'avoir peu de chance de pouvoir la refermer. Elle laisse entrer la brise – non, un véritable mistral – et je n'aime pas ça.

Toc toc.

Si je me bouche les oreilles, je l'entends encore. Ça doit signifier quelque chose.

Toc toc.

Je suis assise dans le salon, dans mon confortable fauteuil de vieille personne, ce carnet en équilibre sur mes genoux, toutes lumières éteintes excepté la lampe sur la table près de moi. Nous sommes toujours en pleine nuit, la maison enveloppée de ténèbres, à l'intérieur et à l'extérieur. La boîte en bois que Diego a déterrée est dehors sur le patio, libérée de sa tombe. Mais je n'ai pas osé aller la chercher.

Le loquet a vibré. Je sais que ce n'est qu'une question de temps avant qu'elle entre.

— Va-t'en, je lui ai dit.

Je ne lui ai jamais parlé, mais ça me fait du bien de suivre le conseil de Margit après tant d'années.

— Laisse-moi tranquille, l'ai-je grondée.

Durant quelques instants, tout a été silencieux. Mais je ne crois pas qu'elle m'ait vraiment laissée tranquille. Je crois que son soudain silence était dû à sa surprise devant ma reconnaissance de sa présence. Peut-être que pour elle c'était un signe.

Les femmes de ma famille ont toujours été à la recherche de signes.

18 août 2017 – Abiquiú, Nouveau-Mexique

Le téléphone m'a réveillée à 7h30.

— Sylvia ? a dit Rebecca. Je viens de parler à Kenji. Comme je m'en doutais, Colt ne va pas accepter deux millions.

— Montez à trois millions, ai-je dit, et j'ai raccroché.

Brutal, effectivement, mais on ne peut pas réveiller quelqu'un en plein sommeil et s'attendre à ce qu'il soit agréable.

Avec beaucoup d'efforts, je me suis extirpée du fauteuil inclinable du salon où j'ai passé la nuit. Mon corps était encore plus douloureux que la veille après ma chute et j'avais de larges bleus sur mon bras et ma jambe droits. Je me suis préparé une tasse de café et j'ai claudiqué jusqu'au jardin où je me suis assise sur une des chaises en rotin avec son coussin rembourré aux motifs de lierre. J'ai toujours aimé ce jardin. Les murs en stuc qui en délimitent le périmètre, avec le portail au fond, forment une démarcation nette entre la civilisation à l'intérieur de la maison et le monde sauvage juste au-delà. Lola et moi avons planté des arbustes tout autour, des vauquelinia de Californie et du buis et il y a aussi, naturellement, des fleurs, des rosiers et des roses trémières, ces dernières semblant sorties d'un conte de fées avec leurs tiges aussi hautes que moi.

Mais ce matin, quelque chose n'était pas à sa place – la boîte en bois que Diego a déterrée. Elle était posée à côté de moi sur le patio. Il l'a nettoyée afin qu'elle ne soit pas couverte de mottes de terre, mais elle est sale d'être restée enfouie si longtemps. J'ai levé mon pied gauche chaussé d'un chausson d'été léger et j'ai poussé la boîte, seulement pour entrer en contact avec elle. Rien ne m'a sauté dessus, non pas que je m'y attendais, mais je suis assez facilement effrayée, d'où le fusil sous le lit.

J'ai terminé mon café tout en m'armant de courage, puis je me suis levée et j'ai tiré le taquet de la boîte et soulevé le couvercle. À la façon dont j'ai sursauté et me suis détournée, on aurait pu croire qu'un petit corps était niché à l'intérieur. Et j'imagine que c'était le cas, en un sens.

J'ai sorti ce qu'il y avait dans la boîte, le sac à main de chez Bonwit Teller, tout ce que j'avais avec moi le jour où j'avais quitté le Connecticut. Le cuir était terne et craquelé, mais remarquablement bien conservé. En soixante ans, je n'avais rien touché qui avait appartenu à Iris Chapel, pourtant, là, comme par magie, se trouvait son sac à main. Je l'ai transporté à l'intérieur et je l'ai posé sur mon bureau.

À peine étais-je assise que le téléphone a sonné. C'était Rebecca.

— Sylvia, ils ont dit non à trois millions.

— Montez à cinq et rappelez-moi. Je dois y aller, ai-je dit avant de raccrocher.

J'ai tendu la main pour ouvrir la fermeture Éclair, mais je l'ai retirée, soudain effrayée, me demandant si j'aurais dû laisser le sac tranquille. Lola et moi l'avions enterré ensemble et, à l'époque, elle avait trouvé ça bizarre. Je lui avais parlé de mon passé dans les semaines qui avaient suivi notre rencontre, elle avait dit me croire et je n'avais jamais insisté – si elle avait des doutes, je ne voulais pas le savoir. Elle m'avait dit comprendre pourquoi j'étais devenue Sylvia, mais estimait morbide l'idée d'un faux enterrement pour la personne que j'avais été. J'avais essayé de lui expliquer que je n'avais pas besoin d'un enterrement en soi ; le problème était que je ne pouvais pas garder les objets avec moi. J'avais besoin d'une rupture franche, mais je ne pouvais pas non plus les jeter. Finalement, malgré tout, j'avais été contente de l'enterrement – en un sens, la fin d'Iris méritait d'être marquée par une cérémonie.

J'ai reposé la main sur la fermeture Éclair, mais le téléphone a sonné à nouveau, me faisant sursauter.

— Eh bien, Rebecca, ça a été rapide, ai-je dit en décrochant.

— Sylvia ?

C'était Lola.

— Oh, ai-je dit en riant, ayant l'impression qu'elle m'avait surprise en train de faire une chose que je n'aurais pas dû faire.

Ce qui, en un sens, était vrai.

— Pourquoi est-ce que tu attendais un appel de Rebecca ?

— Ce n'est rien, ai-je dit, mais je savais que Lola ne le croirait pas. Je te dirai quand tu rentreras. Ne t'inquiète pas.

— Maintenant, je vais vraiment m'inquiéter. Tu vas bien ?

— Je suis seulement fatiguée, ma chérie.

— J'ai un cours dans quelques minutes, mais je me suis dit que je ferais bien de t'appeler pour te rappeler que l'homme de la National Gallery of Art vient cet après-midi.

— Quel homme ?

— Il vient de Washington, D.C. pour récupérer Abigale. Tu as oublié ? a-t-elle demandé, mais elle savait déjà que c'était le cas.

— Oui, mais je serai à la maison.

— J'ai appelé Diego et je lui ai demandé de venir pour être avec toi.

Lola, toujours perspicace, sait que je n'aime pas que des hommes entrent dans la maison lorsque je suis seule. Je ne fais confiance à Diego que parce que c'est un Guerrero.

— Sylvia, je rentre bientôt. Je crois que ça va être mon dernier long voyage. Je suis épuisée.

— Bien, ai-je dit. C'est bien. Pas que tu sois épuisée, mais je n'aime pas quand tu t'en vas.

Je ne suis pas croyante, mais je prie pour qu'elle ne meure pas avant moi. Je ne pourrais pas le supporter.

— Tu as l'air bizarre, a-t-elle dit. Dis-moi ce qui se passe.

Je me suis sérieusement demandé ce que je pourrais lui raconter en quelques minutes avant son cours. J'avais envie de lui dire quelque chose, de lui fournir un indice sur ce qui se passait, mais je ne voulais pas l'effrayer. Finalement, de façon un peu trop énigmatique, j'ai déclaré :

— J'ai bien peur que Sylvia Wren ne m'échappe.

Lola est restée silencieuse un instant.

— Qu'est-ce que ça signifie ?

— Je n'en suis pas très sûre, mais j'ai l'impression de perdre mon emprise sur elle.

— Sur elle ? Mais c'est toi, Sylvia. Elle n'est pas quelqu'un d'autre.

— Vraiment ? Je veux dire, est-ce que Sylvia est vraiment moi ?

Un silence, un trop long silence, puis j'ai entendu le cliquetis d'un clavier.

— Je rentre.

— Tu n'as pas besoin de faire ça, lui ai-je dit, même si j'en mourais d'envie.

— Le site web de la compagnie aérienne dit qu'il y a un vol à huit heures ce soir pour Houston. De là, je peux être à la maison vers midi demain. Ça ira d'ici là ?

— Oui, lui ai-je promis.

Mais comment peut-on promettre à quelqu'un que ça ira ?

Je suis restée assise un moment, la voix de Lola toujours fraîche dans mon esprit, ne voulant pas la laisser partir avant d'être prête. Puis j'ai ouvert le sac et, sans regarder, j'ai plongé la main dans l'intérieur satiné. J'ai sorti le premier objet que mes doigts ont agrippé, un flacon en verre, et j'ai su ce que c'était avant de le voir : le parfum à la lavande d'Aster. Ensuite est venue sa brosse, retenant encore ses cheveux ; la bague de Rosalind ornée d'un camée en corail et ses peignes en écaille de tortue ; le livre de Calla contenant ses poèmes écrits à la main et sa bague en pierre de lune ; un des romans scabreux de Daphne ; le journal intime de Belinda et le troglodyte, toujours enveloppé dans le mouchoir. J'ai sorti le petit oiseau marron de son linceul et j'ai touché ses plumes encore douces. "Mon homonyme", ai-je dit en l'embrassant sur le front avant de le poser sur le rebord de la fenêtre.

Dans l'une des poches intérieures, j'ai trouvé l'enveloppe contenant la mèche de cheveux de Zelie que je n'ai pas ouverte, incapable d'en supporter la vue. De la poche de devant, j'ai sorti le tableau de Daphne, *L'Iris blanc*, un peu écaillé par endroit, mais toujours étonnement beau. Une grande partie de ma vie, de mon succès, peut être attribuée à ce tableau. Le voir déterré après toutes ces années était incroyablement émouvant, à couper le souffle.

Il y avait un dernier objet dans le sac, mes doigts l'avaient effleuré, mais je ne pouvais supporter de le regarder, pas encore.

Lorsque tous les objets ont été disposés sur mon bureau, sauf un, je les ai parcourus des yeux comme une archéologue devant un ensemble de minuscules os. En les examinant, tirés des profondeurs pour la première fois depuis six décennies, j'ai eu peur d'être submergée par l'émotion et j'ai combattu l'envie dévorante de me précipiter à nouveau en haut de la colline. (Je savais que si je le faisais, je pourrais vraiment me tuer.)

J'ai pensé à me préparer une tasse de thé (un maigre substitut), mais le téléphone a sonné et j'ai presque bondi de frayeur.

— Sylvia ?

C'était Rebecca.

— Colt acceptera cinq millions et demi.

— Marché conclu.

— Vous ne voulez pas en parler à Lola ? a-t-elle demandé, et j'ai poussé un soupir audible.

Pourquoi est-ce que tout le monde doute toujours de moi ?

— Lola n'est pas ma mère, ai-je répondu en tentant de garder mon sang-froid. Je n'ai pas besoin de sa permission.

— D'accord, alors. Je vais dire à Kenji de conclure l'affaire à cinq millions et demi.

Nous avons discuté de paperasserie pendant quelques minutes. Lorsque j'ai raccroché, je débordais d'une vitalité frémissante, dont je ne savais que faire. J'ai attrapé la bague en pierre de lune de Calla et je l'ai glissée à mon doigt en respirant plusieurs fois à fond.

Mes sœurs étaient plus près maintenant. Je pouvais sentir leur présence.

Afin de me préparer à la venue de l'homme de la National Gallery, je suis allée dans le bureau de Lola à l'autre bout de la maison pour récupérer Abigale Calisher. Les murs du bureau de Lola sont couverts d'œuvres d'art encadrées, d'affiches et de photographies laissant à peine d'espace blanc visible. Au centre d'un des murs, une nouvelle affiche a été récemment ajoutée : celle d'une rétrospective qui a eu lieu en février au MOMA pour marquer mon quatre-vingtième anniversaire. *Sylvia Wren à quatre-vingts ans : une icône américaine* dit-elle en lettres grasses noires au-dessus de mon tableau le plus célèbre, *L'Iris mauve*. J'avais refusé d'accrocher l'affiche dans mon bureau, le mot "icône" me donnant envie de rentrer sous terre. Mais Lola, naturellement, l'adore.

— Un homme n'éprouverait aucune gêne, avait-elle dit, comme si c'était important.

Sur un autre mur se trouve *La Terre d'enchantement*, la peinture des pétales de roses que j'avais vue il y a plusieurs dizaines d'années dans la galerie de New York. J'étais tombée dessus par un pur hasard ce jour-là et, pourtant, elle avait été largement responsable de mon départ pour le Nouveau-Mexique et, par conséquent, en un sens, responsable des soixante dernières années de ma vie.

Le tableau n'avait pas été vendu à l'exposition de New York et avait donc été renvoyé à la Palace School où il avait été mis en vente dans la boutique de l'école. Je l'avais vu le jour de mon inscription. Il ne coûtait qu'environ cinq dollars – il n'était, après tout, que l'œuvre d'une étudiante anonyme – et je l'avais immédiatement acheté. C'était le premier objet possédé par Sylvia Wren. Un professeur m'a appris plus tard que l'"anonyme" qui l'avait peint était une femme prénommée Grace, qui ne l'avait pas signé par peur que son mari le voie, ne comprenne ce que les pétales signifiaient et se mette en colère. Je n'ai jamais rencontré Grace; son mari s'est engagé dans l'armée et ils sont partis au Texas quelques semaines avant mon arrivée à Santa Fe, mais je lui ai dédié *L'Iris mauve*. POUR GRACE, ai-je écrit au dos au crayon, QUI N'EST PLUS ANONYME.

J'ai tendance à éviter le bureau de Lola, même lorsqu'elle est absente et qu'elle me manque terriblement, parce que c'est comme un musée de ma vie. J'ai parcouru les murs des yeux, à la recherche d'Abigale Calisher, avant de la trouver à la droite du bureau. Le titre complet du tableau est *Le Dernier Regard d'Abigale Calisher vers le ciel*, mais Lola l'appelle seulement Abigale, comme si elles étaient de vieilles amies. Abigale Calisher a réellement existé et elle a été pendue durant les procès des sorcières de Salem. Jeune, célibataire et vivant avec une amie, elle vendait pour survivre des concoctions d'herbes – pommades, onguents et eaux fortifiantes –, ce qui avait conduit aux accusations de sorcellerie. Lola avait lu un livre sur les procès des sorcières et m'avait parlé d'Abigale, avec qui elle se sentait des affinités en tant que fabricante de potions et de femme dont les autres trouvaient le mode de vie menaçant. Son intérêt m'avait poussée à peindre la scène, mon unique tableau situé en Nouvelle-Angleterre, exposé une fois dans un musée de Berlin dans les années 1980.

En fait, Abigale n'est pas dans le tableau – il est réalisé de son point de vue alors qu'elle se tient sur le gibet. Il y a une foule ; on peut supposer qu'ils observent ce qui va lui arriver, mais le tableau ne montre que le sommet de leurs têtes. Son regard est dirigé vers le ciel, qui est d'un bleu jacinthe éclatant et qui, j'imagine, ressemble aux fleurs qui poussent dans son jardin.

J'ai ôté la peinture du mur et j'ai soufflé sur la poussière déposée sur le haut du cadre. Je ne sais pas pourquoi Lola a accepté qu'il soit exposé à la National Gallery, mais c'est elle qui discute de ces choses-là avec mes représentants et je ne remets pas en question ses décisions. J'aimerais l'accrocher dans le musée qui sera consacré à ma vie et à mon œuvre – qui n'est plus une idée abstraite, mais un endroit que je viens d'acheter pour plus de cinq millions de dollars.

Je ne reverrai probablement jamais le gâteau de mariage. Je n'ai pas quitté le Nouveau-Mexique depuis 1987, lorsque Lola et moi sommes parties camper à Yellowstone. Mais j'imagine Lola dans la maison et j'aime l'imaginer là, coiffée d'un casque de chantier, disant quoi faire aux ouvriers qui rénovent ma maison de famille, réparent les dommages qu'ont dû causer les cadres de chez Colt et la restaurent telle qu'elle doit être.

J'ai commencé à me faire une idée de ce musée, à le parcourir dans ma tête, à réfléchir aux tableaux qui devraient s'y trouver. Les toiles représentant des fleurs seront dans les chambres de l'aile des filles. Certaines sont érotiques, d'autres non, mais c'est le spectateur qui doit décider de ce qu'il voit. J'y ajouterai *L'Iris blanc* pour rendre à Daphne son dû. Dans le salon des filles, j'aimerais exposer une série de mes tableaux de corps de femmes, leurs organes reproducteurs faits de fleurs. Dans l'un d'eux, les ovaires sont des dahlias, l'utérus un iris d'Allemagne et les trompes de Fallope des guirlandes de marguerites. Dans les années 1960, ils étaient considérés comme osés (ce sont eux qui m'ont conduite à quitter l'école) et m'ont fait connaître en tant que peintre ; dans les années 1970, un des tableaux s'est retrouvé en couverture du magazine féministe *Ms.*

Dans les appartements de ma mère, je pourrais accrocher mes toiles de la mariée sans tête. La série en comporte six, un glissement d'une femme à un paysage, d'une jeune mariée au Cerro Pedernal, la mesa près de chez moi qui ressemble à un cou sans tête. Une des mariées sans tête a servi de couverture à un roman, un de ces ouvrages féministes vendus à plusieurs millions d'exemplaires dans les années 1970, si bien que pendant un moment, cette image était partout, non seulement dans les librairies, mais dans les aéroports, les supermarchés et les drugstores, et elle a pénétré l'esprit des gens comme peu d'œuvres contemporaines l'ont fait. Mon épanouissement en tant qu'artiste coïncide avec la montée du mouvement féministe, ce qui par la suite a contribué à ma renommée.

Ces anciennes œuvres, ces œuvres qui m'ont rendue célèbre, Sylvia Wren a été les chercher dans le puits profond des expériences partagées des filles Chapel, même si je n'ai jamais consciemment admis l'avoir fait. À l'époque, Iris m'était encore bien plus proche – j'avais été Iris plus longtemps que Sylvia, contrairement à maintenant, où c'est l'inverse. À ce moment-là, lorsque je peignais, je m'autorisais à accepter ce qui me hantait ; le passé ne se présentait pas sous forme de souvenirs, mais d'images que je transformais en art. D'une certaine façon, peindre ces souvenirs ressemblait à mes conversations avec le Dr Westgate – j'avais l'impression d'expulser quelque chose. Plus tard, j'ai pu m'intéresser à d'autres sujets et je suis devenue Sylvia à part entière. C'est du moins ce que je pensais. Jusqu'à récemment.

Mes premières œuvres sont considérées comme une célébration libératrice et progressiste du corps des femmes et de la sexualité, mais elles sont remplies d'une grande douleur lorsque l'on sait ce qui les sous-tend – la sous-couche, si vous voulez. Je pensais pouvoir me purger du passé à travers mon art, mais le passé est toujours là. En réalité, je l'ai sous-estimé. J'ai fui du Connecticut au Nouveau-Mexique, mais, finalement, je ne suis jamais arrivée nulle part – je ne fais que continuer à fuir.

Je suis retournée à mon bureau, Abigale Calisher à la main. Je me suis assise et j'ai sorti le dernier objet du sac, la photographie encadrée de ma famille à l'hôtel de Terrapin Cove durant l'été 1949. Puisque j'avais enterré la seule photographie que j'avais d'eux, je n'avais pas vu leurs visages depuis si longtemps que j'ai pleuré. Sylvia Wren n'a pas la réputation de pleurer – elle a tendance à être dure, impénétrable.

La photo de famille est en noir et blanc, mais je vois mon père dans son costume marron et ma mère dans sa robe blanche. Mes sœurs et moi portons nos robes d'été colorées ; Aster et Rosalind sont déjà des femmes, Calla et Daphne ont l'air de nous en vouloir de devoir poser avec nous pour la postérité et moi, encore innocente, je tiens la main de Zelie et je souris.

Sur la photo, mes parents sont tous deux bien plus jeunes que je le suis désormais – aucun d'eux n'a atteint mon âge. Environ trois mois après mon arrivée au Nouveau-Mexique, j'avais été réveillée par un troglodyte qui tapait contre la fenêtre de ma chambre et je sus que ma mère était morte. Ce matin-là, j'appelai la maison de repos St Aubert, prétendant être une de ses amies, bien qu'elle n'en eût aucune, et l'infirmière m'apprit qu'elle était morte durant la nuit. ("Son cœur l'a lâchée", dit l'infirmière, ce qui était une façon bizarre de le formuler. "Ce n'est pas surprenant, répondis-je, sachant tout ce qu'il a enduré.")

La mort de mon père survint six ans plus tard. Lola, qui revenait d'un voyage à Boston, m'avait tendu un exemplaire du *Boston Globe* qu'elle avait acheté à l'aéroport, ouvert à la page nécrologique. En haut, un gros titre annonçait le décès de mon père : LE GRAND PATRON DE CHAPEL FIREARMS MEURT À SOIXANTE-DIX ANS.

— Qu'est-ce que ça dit ? lui demandai-je, ne voulant pas lire moi-même l'article.

J'étais dans mon atelier, en train de travailler à l'une de mes mariées sans tête ; j'avais continué pendant que Lola lisait.

— Cancer, avait-elle lu. Ça dit : "Précédé dans la mort par sa femme bien-aimée et cinq filles." Aucune mention de sa fille restante.

— Sa fille restante a été rayée de l'histoire, rétorquai-je d'un air cynique, même si ce n'était pas ce que je ressentais.

Je ne savais pas ce que j'aurais dû ressentir.

— Sylvia, dit Lola ce jour-là, en posant le journal. Si on allait se promener ?

Je devais sembler monstrueuse : une femme qui ne pleurait pas la mort de ses parents. Mais Sylvia Wren n'avait pas de parents. Elle était seulement dure.

— Je vais bien, vraiment. Je veux juste travailler.

L'art était le seul langage que je possédais, la seule façon d'exprimer mes sentiments, mais ce n'est pas suffisant pour ce que j'affronte en ce moment.

Au dos de *L'Iris mauve*, j'avais écrit : "Pour Grace, qui n'est plus anonyme". Mais n'est-ce pas ce que j'ai été toutes ces années – anonyme ? Peut-être que Sylvia Wren est juste un synonyme d'anonyme. Après tout, je n'ai jamais signé une œuvre de mon vrai nom. Je suis, comme Eliza Mortimer me l'a rappelé, un fantôme.

Je me suis levée et je suis allée à ma bibliothèque. Il m'a fallu un moment pour trouver ce que je cherchais, les mémoires de Johnnie Marquis, que j'ai lues récemment. C'est un artiste d'environ mon âge, bien que moins célèbre, connu dans sa jeunesse (ce qui en années masculines se prolonge au moins jusqu'à quarante ans) pour ses extravagances autant que pour ses œuvres, faisant la fête dans les clubs de Manhattan, mettant à sac des chambres d'hôtel et ayant même une fois, dans les années 1970, tenté de détourner un avion avec ce qui se révéla être un pistolet à eau. Devenu vieux, il avait décidé de se ranger et d'épouser une fille assez jeune pour être sa petite-fille, produisant une série d'enfants fabriqués avec du vieux sperme gris ayant depuis longtemps dépassé la date limite de consommation. C'est ce qu'on considère être à la page, de nos jours.

J'ai retourné le livre, à la recherche du nom de l'éditeur, que j'avais oublié. J'ai repéré le logo familier H&V en bas, puis je me suis rappelé : Harth & Vaudrey. Ce sont les éditeurs les plus prestigieux des États-Unis pour ce qui est des livres écrits par des artistes ou à leur sujet. Je les ai imaginés publier mes carnets, un vrai virage après les vies de Marquis et de ceux de son espèce. Mon histoire serait assez radicalement différente.

Réfléchir à la possibilité de partager mon histoire m'a fait repenser aux vers d'un poème parlant de l'artiste Käthe Kollwitz, que j'aime particulièrement, écrit par Muriel Rukeyser.

Que se passerait-il si une seule femme disait la vérité sur sa vie ?
Le monde s'ouvrirait en deux.

J'ai passé ma vie à fuir mon passé, craignant que si je reconnaissais la vérité, le monde – pas le monde au sens large, mais le mien – ne s'ouvre en deux. J'avais peur qu'affronter mon passé crée en moi un gouffre si profond que je ne serais jamais capable de remonter à la surface. Et j'avais raison en un sens. J'ai rempli les carnets et désormais je suis au fond de ce gouffre, totalement engloutie. Mais à ma grande surprise et à mon grand soulagement, il y a de la lumière au fond.

Sous cette lumière, je vois assez distinctement ce que je dois maintenant faire. Je dois partager la vérité sur ce qui nous est arrivé à moi, ma mère et mes sœurs. Mes œuvres racontent une partie de l'histoire et les carnets la compléteront. Alors, je serai entière ; alors je pourrai m'extirper de ce gouffre.

J'ai composé le numéro de Rebecca à New York, sachant qu'elle devait commencer à en avoir assez de moi, ce qui m'était égal.

— J'ai besoin que vous fassiez quelque chose pour moi, lui ai-je dit lorsqu'elle a répondu. J'ai écrit mes mémoires et j'espère que Harth & Vaudrey les publieront.

— Vous avez écrit l'histoire de votre vie ? a demandé Rebecca, incrédule.

— Ma vie jusqu'à l'âge de vingt ans.

— Votre vie avant que vous soyez célèbre.

— Ça compte malgré tout, Rebecca, ai-je répliqué, toujours aussi sèche. Si on veut me connaître, ce qui m'est arrivé durant mon enfance est un bon début.

Ce qui est vrai de n'importe qui.

— Je suis littéralement stupéfiée. Vous êtes si secrète. Vos mémoires vont valoir une petite fortune.

— J'imagine. Mais je me fiche de l'argent.

Elle a ri.

— Oh, Sylvia. Jamais aucun de mes autres clients ne m'a jamais dit ça. Vous êtes merveilleuse. Vraiment.

— J'en doute fortement.

— Que voulez-vous que je fasse, exactement ?

— Je traverse une période spéciale depuis quelque temps. Vous l'avez peut-être remarqué.

— Oui, effectivement.

Elle était sérieuse, maintenant.

— J'ai écrit mes mémoires dans trois carnets. Lola peut se charger de la publication avec mon agent. Vous savez que c'est elle qui s'occupe de ça. Ce que j'aimerais, c'est que vous gardiez les carnets en sécurité pour l'instant.

— Je ne comprends pas très bien.

— Si quelque chose m'arrivait, j'ai besoin de savoir qu'ils seront publiés. C'est important pour moi d'en être sûre.

— J'espère que vous n'êtes pas malade ?

— Non, c'est juste que (je déteste mettre en mot mes craintes) si je n'étais plus là pour une raison ou une autre, je crains que Lola n'honore pas mon souhait de publier les carnets. Elle pourrait avoir peur que j'aie pris une décision hâtive, que je n'aie pas été lucide. Elle ne voudrait pas que ma réputation soit ruinée.

— Ruinée ? (J'ai entendu de l'inquiétude dans la voix de Rebecca.) Mais comment…

— Je n'ai rien fait d'horrible. Ne vous inquiétez pas, je ne suis pas une tueuse en série.

— Bien sûr que non, a-t-elle répondu, mais elle n'aurait probablement pas été surprise qu'on découvre un jour des cadavres enterrés dans mon jardin.

Je vis recluse, je dois bien cacher quelque chose.

— On ne peut jamais savoir ce que fera quelqu'un sous le coup du chagrin, ai-je expliqué. (J'imaginais mes carnets se consumant dans la cheminée.) Je préfère que vous ayez les carnets en lieu sûr, accompagnés d'une lettre de ma main déclarant que j'aimerais qu'ils soient publiés afin qu'il n'y ait pas de malentendu. D'accord ? Vous et Lola pourrez discuter quand elle rentrera du Brésil.

— Compris, a dit Rebecca. Ils seront en sécurité avec moi.

Après cet appel, je n'ai pas pris le temps de réfléchir à ce que j'étais en train de faire. J'ai rédigé une lettre stipulant ma volonté que les carnets soient publiés, Harth & Vaudrey étant mon premier choix en tant qu'éditeurs. J'ai ajouté un paragraphe concernant la propriété récemment acquise à Bellflower Village et précisé que j'aimerais qu'elle devienne un musée consacré à mon œuvre et un centre d'enseignement pour des jeunes défavorisés. J'ai emballé le tout dans un petit paquet adressé à Rebecca, à son cabinet juridique. Puis je l'ai tenu un moment entre mes mains, soupesant le poids de ma vérité.

L'homme de la National Gallery n'est pas resté longtemps. Il était concentré sur son travail et n'a pas perdu de temps en flatteries, ce qui a été un soulagement. Il a empaqueté Abigale Calisher avec l'aide de Diego et l'a chargée dans la camionnette.

— Faites attention à elle, ai-je dit, n'aimant pas l'idée qu'elle prenne un vol pour Denver, puis un autre pour Washington D.C.

Lorsqu'il a été parti, Diego est rentré dans la maison avec moi. Il avait apporté deux cakes à la courgette que lui et Jade avaient faits le matin. Ils étaient enveloppées dans du papier sulfurisé, comme des cadeaux, mais il n'avait pas eu le temps de les déballer avant l'arrivée de l'homme du musée. Ceci fait, il m'a assise sur une chaise dans la cuisine.

— Vous mangez correctement ? m'a-t-il demandé en sortant un des cakes.

En fait, je n'avais pas mangé de la journée. Je ne sais pas comment, mais il sent ces choses-là.

— Je survis.

— Je vois les bleus sur vos bras. Vous êtes sûre que vous n'avez pas besoin d'un médecin ?

— J'ai mal, mais il n'y a pas de dégâts, l'ai-je rassuré en baissant les manches de ma robe noire.

J'avais oublié de dissimuler mes hématomes ; l'homme du musée a dû penser que je suis une vieille femme battue.

Diego m'a coupé deux tranches de cake à la courgette et, pendant qu'elles grillaient, il m'a préparé une tasse de thé. Je l'ai laissé faire. J'avais besoin, ne serait-ce que quelques instants, qu'on s'occupe de moi – même si jamais je ne l'aurais admis.

— Si vous permettez, a dit Diego, vous n'avez pas l'air vous-même.

— Je ne suis pas moi-même, lui ai-je répondu en acceptant gracieusement la tasse de thé. Vous n'avez pas idée.

J'avais envie de rire.

J'ai quasiment englouti les deux tranches de cake et il m'en a coupé d'autres.

— Je savais bien que vous n'aviez pas mangé, a-t-il dit en me regardant depuis l'autre bout de la table tout en jouant machinalement avec l'élastique vert au bout de sa barbe.

Lola et moi payons correctement Jade et Diego pour les travaux qu'ils effectuent pour nous, mais nous ne les payons pas pour qu'ils s'inquiètent à ce point. Je trouverais ça touchant si ça ne m'agaçait pas autant qu'on soit aux petits soins pour moi.

Après avoir terminé ma collation, j'ai dit à Diego de me suivre dans mon bureau. Je lui ai tendu le paquet contenant les carnets et je lui ai demandé d'aller directement à Española et de les expédier par le courrier de nuit.

— C'est très urgent, ai-je dit. Je vous paierai en plus.

— Aucun problème, mademoiselle Wren. Je dois y aller de toute façon, j'ai une course à faire pour Jade.

— Merci de tout cœur.

J'étais soulagée que les carnets soient en route pour New York dès ce soir.

Nous avons repris la direction du salon et, sur un coup de tête, j'ai décroché un de mes tableaux du mur, un pétunia mauve foncé, une de mes toiles érotiques.

— Tenez, ai-je dit en le lui tendant. C'est pour le bébé.

Il me l'a pris des mains et l'a examiné. Au bout d'un moment, en comprenant ce qu'il était en train de regarder, il s'est agité, mal à l'aise.

— Euh, a-t-il dit, semblant à court de mots. (Les jeunes n'aiment pas penser aux vieux comme à des êtres sexués. Ça les horrifie.) C'est gentil de votre part, mais le truc, c'est que Jade a décoré la chambre du bébé avec des canards et je ne pense pas que ça s'accorde.

— Non, Diego, je ne parlais pas de décoration pour la chambre du bébé.

Je me suis raidie. Comme la plupart des gens du village, ses grands-parents ne se sont jamais beaucoup souciés de ma célébrité d'artiste, ce que j'ai toujours trouvé agréable ; je me suis dit qu'il était possible que Diego ne sache pas vraiment qui je suis, ce qui est très bien, mais dans ce cas particulier, il a mis ma patience à rude épreuve.

— Ce tableau vaut une quantité d'argent astronomique. Alors, prenez-le et un jour, après ma mort, vendez-le, il vaudra encore plus.

Il semblait abasourdi, les yeux rivés au pétunia, se demandant probablement comment ça pouvait valoir de l'argent.

— Vous êtes sûre ?

— C'est pour l'avenir du bébé, ai-je dit en lui tapotant l'épaule.

Après avoir discuté quelques instants du tableau, moi lui répétant sans cesse que je voulais qu'il l'ait, je l'ai mis dehors. J'avais hâte d'être seule, comme toujours, mais en regardant Diego se diriger vers le portail de l'entrée avec le tableau et le paquet, je me suis mise à redouter la solitude qui m'attendait et la nuit à venir.

Ayant la maison pour moi seule, je me suis mise au lit en me disant que je pourrais faire la sieste, mais mon esprit était trop agité pour que je puisse dormir. Alors je suis restée là, étendue sur le dos, à fixer le grand tableau sur le mur face au lit – *L'Iris mauve*, que je n'ai jamais cédé à un musée bien qu'il ait beaucoup tourné. J'avais une trentaine d'années lorsque je l'ai peint. Lola a été mon modèle. Elle est le seul corps de femme que je connais en dehors du mien, mon paysage favori. Elle et notre histoire d'amour sont exposées dans des musées du monde entier.

Étendue dans mon lit cet après-midi, incapable de dormir, fixant l'iris, je voyais Lola entrer dans la chambre, ressemblant à ce qu'elle était lorsque nous nous sommes rencontrées. C'est dans cette chambre que nous avons fait l'amour pour la première fois. C'était Noël et tout à l'extérieur était tapissé de neige, le rouge flamboyant des collines temporairement éteint sous une couverture blanche. Nous étions inséparables depuis des mois, mais nous étions jeunes et sans aucune expérience, et le désir que nous éprouvions l'une pour l'autre nous laissait honteuses, en état de conflit intérieur. Cela semblait tellement contre nature de vouloir faire ça avec une autre femme, et, pourtant, nous le voulions toutes les deux.

— Tu as peur ? m'a-t-elle demandé cette première fois, en embrassant la cicatrice sur mon bras – mon envie désespérée de fuir la vie que j'avais menée était inscrite sur mon corps, gravée là à jamais.

— Je n'ai pas peur, ai-je répondu, sachant que tout se passerait bien.

D'une façon ou d'une autre, je le savais. Lorsque je m'étais enfuie, j'avais cru que ma destination était le Nouveau-Mexique, mais c'était elle. J'avais enfin trouvé ma place.

Cet après-midi-là, avec Lola, j'ai éprouvé des sensations que je n'avais jamais éprouvées, sa peau touchant la mienne alors qu'on me touchait rarement, son corps réchauffant le mien quand j'avais froid depuis si longtemps. Je me sentais heureuse et comblée, et pour la première fois je me suis demandé si les tourments enracinés si profondément en moi pourraient être apaisés.

Lorsque nous avions enfin été silencieuses et immobiles, regardant tomber la neige, une voix avait surgi dans ma tête, une des voix que je croyais avoir enterrées.

“C'est quoi la vie, sans amour ?”

Zelie. Elle m'avait posé cette question seulement quelques mois auparavant et, sur le moment, je n'avais pas pu lui répondre, je n'avais même pas compris la question. Mais dans les bras de Lola, j'ai compris que Zelie ne pouvait supporter d'affronter une vie sans être touchée, sans la chaleur d'un autre. L'amour n'était plus une idée abstraite.

J'ai pleuré pour ma sœur cet après-midi-là – je ne l'avais jamais correctement pleurée et elle méritait mieux que ça – mais, à compter de ce jour, je me suis rarement autorisée à penser à elle.

C'est ma dernière soirée seule et j'ai décidé de préparer un ragoût de haricots noirs pour le dîner. Diego m'a rappelé que je ne m'occupe pas bien de moi, alors je suis allée au marché à pied chercher les ingrédients et, de retour à la maison, j'ai émincé les oignons, l'ail et le céleri avec mon bras douloureux en réfléchissant aux événements de la journée.

Lorsque le ragoût a été prêt, j'en ai apporté un bol sur le patio pour voir le soleil se coucher, la lumière se reflétant sur le paysage d'une façon qui continue de me fasciner. Mais je n'ai pas été tentée d'attraper mes tubes de peinture, n'éprouvant aucun désir artistique. J'ai été consumée par l'écriture, voilà le problème ; ce que je vois et ressens maintenant cherche à s'exprimer non pas par des couleurs et des images, mais par des lettres. Ces lettres tant redoutées.

Depuis que j'ai parlé à Rebecca il y a quelques heures, je n'ai pas regretté ma décision de publier les carnets. Mais je suis en train de vivre une sorte de deuil. Ce n'est pas un chagrin profond, comme lorsqu'on se jette sur une tombe pour hurler, mais plutôt une peine par anticipation, plus silencieuse. Je suis certaine que lorsque mes carnets seront publiés, ma vie fera à jamais ombrage à mon art, un sort qui frappe tant de femmes artistes. Pour moi, c'est le pire.

Je sais que la réaction à la vérité que je raconte dans mes carnets sera l'incrédulité. J'entends encore la voix du Dr Westgate il y a tant d'années : "Je peux vous assurer que ce que vous croyez qu'il est arrivé à vos sœurs ne s'est pas produit." Cette incrédulité, ce désaveu est la raison pour laquelle tant de femmes préfèrent se taire. C'est pour cette raison que je crains que Lola, si je ne suis pas là, choisisse de brûler les carnets. Lola, qui m'a toujours protégée, voudrait m'épargner d'être considérée comme une folle, comme ma mère l'était, mais de façon très publique. Dans le monde entier.

Mais je crois que j'ai fini par comprendre que c'est mon destin d'être une de ces folles. Une de ces femmes qui disent la vérité, aussi terrifiante soit-elle. Une de ces femmes qui se tiennent à l'écart de la foule, se concentrant non pas sur les visages en colère et désapprobateurs, mais au-dessus d'eux, sur le ciel d'un bleu jacinthe éclatant qui ressemble aux fleurs qui poussent dans son jardin.

Milieu de la nuit

Ce sera ma dernière entrée dans le carnet violet. Je l'ai emporté avec moi dans le salon, ayant été réveillée pour la raison habituelle. Seule la lampe est allumée. Je suis bien enveloppée dans le joli peignoir en soie vert émeraude que Lola m'a rapporté d'un voyage au Japon. Elle y était allée pour recevoir une récompense prestigieuse en mon nom, me représentant comme toujours tandis que je restais cachée au loin à la maison où j'ai passé la plus grande partie de ma vie.

Ma visiteuse est là. Elle a frappé aux fenêtres et a secoué les loquets, plus bruyante que jamais. Elle sait que je suis là, assise dans cette pièce à peine éclairée, et que je l'ignore. Je suis à l'intérieur et elle est dehors. Il en est ainsi depuis longtemps.

Je parcours des yeux le salon, tentant d'ignorer son tapage. Malgré les rénovations que nous avons entreprises dans la maison, les meubles chics remplacés par de plus confortables, le salon est semblable à ce qu'il a toujours été. Je vois la collection de flacons de parfum anciens de Lola, le tableau représentant Ghost Ranch et une carabine Chapel 1870 qu'elle avait achetée avant de me connaître, accrochée au-dessus de la cheminée, pareille à un doigt recourbé. C'est comme si je venais juste d'arriver, en 1957, amoureuse, une vie pleine de possibilités s'ouvrant devant moi.

J'étais jeune, alors, et maintenant je suis vieille. Avec le recul, je m'aperçois que j'ai eu globalement la vie pour laquelle je me suis tellement battue. Je savais qu'elle devait avoir de l'importance.

[Lola, si tu lis ça, sache que tu es ce qui a compté le plus. Zelie avait raison – une vie sans amour n'est pas une vie.]

Maintenant, la maison tremble. Ce n'est pas surprenant – la terre tremble depuis des semaines, des fissures s'ouvrent partout autour de moi. Iris en a assez d'être ignorée. Elle est en colère d'avoir été laissée dehors si longtemps. J'ai cru que si j'écrivais à son sujet, elle serait satisfaite, mais elle veut davantage. Elle veut la vie qui lui appartient de droit.

“Elle vient te chercher”, aurait pu m'avertir ma mère. Mais je n'ai plus peur.

Il est temps de poser mon carnet et d'ouvrir la porte…

NOTE DE L'AUTRICE

Le titre de ce roman* est emprunté à *The Cherry Robbers*, un poème de D.H. Lawrence, qui a vécu à une époque au Nouveau-Mexique.

Comme c'est évident pour certains lecteurs, Belinda Holland Chapel est très vaguement inspirée par la vie et la légende de Sarah Winchester. *Captive of the Labyrinth: Sarah L. Winchester, Heiress to the Rifle Fortune*, de Mary Jo Ignoffo, m'a été utile pour apprendre ce qu'a été la véritable vie de Sarah Winchester. Aucun autre personnage des *Voleurs d'innocence* n'est inspiré par des individus réels liés à l'industrie des armes à feu, qu'ils appartiennent au passé ou au présent.

Iris Chapel/Sylvia Wren n'est pas une version romancée de Georgia O'Keeffe, mais il est clair que son influence a été importante dans le roman. Bien que la vie de ma protagoniste soit extrêmement différente de celle de O'Keeffe, et qu'elles auraient eu cinquante ans d'écart, j'ai cependant tiré mon

* Il est question du titre de l'édition originale, en anglais, *The Cherry Robbers*, littéralement "les voleurs de cerises". Le terme *cherry* est compris ici dans son sens argotique, la virginité.

inspiration des tableaux représentant des fleurs de O'Keeffe et de sa maison à Abiquiú au Nouveau-Mexique. Dans le monde des *Voleurs d'innocence*, Georgia O'Keeffe n'existe pas et Sylvia occupe (un peu) cet espace. En tant qu'autrice de fictions, je me réserve le droit de réarranger le monde comme il me sied, et c'est ainsi que les œuvres de Georgia O'Keeffe et sa vie au Nouveau-Mexique ont été des dons que j'aimerais accepter avec reconnaissance.

Pour écrire au sujet d'Iris Chapel, une aspirante artiste dans le New York des années 1950, le livre suivant m'a été d'une aide extraordinaire : *Ninth Street Women: Lee Krasner, Elaine de Kooning, Grace Hartigan, Joan Mitchell, and Helen Frankenthaler : Five Painters and the Movement That Changed Modern Art*, de Mary Gabriel.

En écrivant, j'ai beaucoup pensé au roman de Richard Yates, *La Fenêtre panoramique* et à son adaptation au cinéma sous le titre *Les Noces rebelles*. J'ai surtout pensé à April Wheeler, sainte patronne des femmes au foyer blanches dans le Connecticut résidentiel des années 1950.

Deux poétesses ont été primordiales pour m'aider à créer l'univers du roman – H.D. (Hilda Doolitle) et Emily Dickinson. J'ai du mal à imaginer combien ce roman aurait été différent sans leur influence et leurs mots. Ainsi, je voudrais citer les ouvrages suivants : *Collected Poems* 1912-1944, par H.D. édité par Louis L. Martz ; *The Complete Poems of Emily Dickinson*, d'Emily Dickinson, édité par Thomas H. Johnson ; *The Gardens of Emily Dickinson* de Judith Farr et Louise Carter ; *Lives Like Loaded Guns: Emily Dickinson and Her Family's Feuds* de Lyndall Gordon ; et *Mon Emily Dickinson* de Susan Howe, édité par Ypsilon.

REMERCIEMENTS

UN grand merci à mon éditrice, Naomi Gibbs, pour son travail rigoureux et attentif qui m'a aidée à transformer *Les Voleurs d'innocence* en un roman tel que j'avais toujours espéré qu'il serait. Je remercie aussi tout le monde chez Mariner Books pour avoir tant fait pour défendre mon livre.

Ma plus sincère gratitude va à mon agente littéraire, Alice Tasman, qui est une avocate féroce de mon travail, à Jennifer Weltz et tout le monde chez JVNLA pour tout ce qu'ils accomplissent. Je remercie aussi mes co-agents internationaux, mes éditeurs et mes traducteurs.

Pour m'avoir aidée de bien des façons, je remercie du fond du cœur : Jenna McGrath, Susan Scarf Merrell, Helen Maryles Shankman et Michelle Walker, qui toutes m'ont offert des retours précieux sur le roman ; Alice Mattison qui a roulé avec moi dans tout New Haven et m'a montré l'ancienne usine Winchester et Betts House ; Anita Taylor et William Vandegrift pour avoir sans cesse pris de mes nouvelles ; David Hough, mon correcteur ; et Lauren Wein, qui a acheté le manuscrit. Je dois aussi remercier la chatte Shirley, qui chaque jour était roulée en boule sur mon bureau tandis que je révisais ce roman au cours des mois les plus tristes et solitaires de la pandémie.

256 Larry McMurtry, *Et tous mes amis seront des inconnus*
255 Wallace Stegner, *Vue cavalière*
254 Piergiorgio Pulixi, *L'Illusion du mal*
253 Helene Bukowski, *Les Dents de lait*
252 JoAnne Tompkins, *Ce qui vient après*
251 Mark Haskell Smith, *Elephant crunch*
250 Tiffany McDaniel, *L'été où tout a fondu*
249 Alan Le May, *La Prisonnière du désert*
248 Oakley Hall, *Warlock*
247 Peter Swanson, *Chaque serment que tu brises*
246 Giulia Caminito, *L'eau du lac n'est jamais douce*
245 Christina Sweeney-Baird, *La Fin des hommes*
244 John D. Voelker, *Testament d'un pêcheur à la mouche*
243 Maren Uthaug, *Et voilà tout*
242 Ross Macdonald, *La Face cachée du dollar*
241 Pete Fromm, *Le Lac de nulle part*
240 Julia Glass, *Conte d'automne*
239 Giorgio Scerbanenco, *Vénus privée*
238 Elliot Ackerman et James Stavridis, *2034*
237 Thomas Savage, *La Reine de l'Idaho*
236 Kathleen Dean Moore, *Sur quoi repose le monde*
235 Walter Tevis, *L'Arnaqueur*
234 Paul Tremblay, *La Cabane aux confins du monde*
233 Mario Rigoni Stern, *Histoire de Tönle*
232 Kate Reed Petty, *True Story*
231 William Boyle, *La Cité des marges*
230 Keith McCafferty, *Le Baiser des Crazy Mountains*
229 Elliot Ackerman, *En attendant Eden*
228 John Gierach, *Même les truites ont du vague à l'âme*
227 Charles Portis, *True Grit*
226 Jennifer Haigh, *Ce qui gît dans ses entrailles*
225 Doug Peacock, *Marcher vers l'horizon*
224 James McBride, *Deacon King Kong*
223 David Vann, *Komodo*
222 John Farris, *Furie*

221 Edward Abbey, *En descendant la rivière*
220 Bruce Machart, *Des hommes en devenir*
219 Mark Haskell Smith, *À bras raccourci*
218 Winston Groom, *Forrest Gump*
217 Larry McMurtry, *Les Rues de Laredo*
216 Terry Tempest Williams, *Refuge*
215 Wallace Stegner, *La Vie obstinée*
214 Piergiorgio Pulixi, *L'Île des âmes*
213 Giulia Caminito, *Un jour viendra*
212 Julia Glass, *Refaire le monde*
211 David Heska Wanbli Weiden, *Justice indienne*
210 Alex Taylor, *Le sang ne suffit pas*
209 Ross Macdonald, *Le Frisson*
208 Tiffany McDaniel, *Betty*
207 John D. Voelker, *Itinéraire d'un pêcheur à la mouche*
206 Thomas Berger, *Little Big Man*
205 Peter Swanson, *Huit crimes parfaits*
204 Andy Davidson, *Dans la vallée du soleil*
203 Walter Tevis, *L'Homme tombé du ciel*
202 James Crumley, *Le Canard siffleur mexicain*
201 Robert Olmstead, *Le Voyage de Robey Childs*
200 Pete Fromm, *Chinook*
199 Keith McCafferty, *La Vénus de Botticelli Creek*
198 Tom Robbins, *Jambes fluettes, etc.*
197 Nathaniel Hawthorne, *La Lettre écarlate*
196 Jennifer Haigh, *Le Grand Silence*
195 Kent Wascom, *Les Nouveaux Héritiers*
194 Benjamin Whitmer, *Les Dynamiteurs*
193 Barry Lopez, *Rêves arctiques*
192 William Boyle, *L'amitié est un cadeau à se faire*
191 Julia Glass, *Jours de juin*
190 Mark Haskell Smith, *Coup de vent*
189 Trevanian, *L'Été de Katya*
188 Chris Offutt, *Sortis des bois*
187 Todd Robinson, *Une affaire d'hommes*

151 Benjamin Whitmer, *Évasion*

150 Glendon Swarthout, *11 h 14*

149 Kathleen Dean Moore, *Petit Traité de philosophie naturelle*

148 David Vann, *Le Bleu au-delà*

147 Stephen Crane, *L'Insigne rouge du courage*

146 James Crumley, *Le Dernier Baiser*

145 James McBride, *Mets le feu et tire-toi*

144 Larry Brown, *L'Usine à lapins*

143 Gabriel Tallent, *My Absolute Darling*

142 James Fenimore Cooper, *La Prairie*

141 Alan Tennant, *En vol*

140 Larry McMurtry, *Lune comanche*

139 William Boyle, *Le Témoin solitaire*

138 Wallace Stegner, *Le Goût sucré des pommes sauvages*

137 James Carlos Blake, *Crépuscule sanglant*

136 Edgar Allan Poe, *Le Chat noir et autres histoires*

135 Keith McCafferty, *Meurtres sur la Madison*

134 Emily Ruskovich, *Idaho*

133 Matthew McBride, *Frank Sinatra dans un mixeur*

132 Boston Teran, *Satan dans le désert*

131 Ross Macdonald, *Le Cas Wycherly*

130 Jim Lynch, *Face au vent*

129 Pete Fromm, *Mon désir le plus ardent*

128 Bruce Holbert, *L'Heure de plomb*

127 Peter Farris, *Le Diable en personne*

126 Joe Flanagan, *Un moindre mal*

125 Julia Glass, *La Nuit des lucioles*

124 Trevanian, *Incident à Twenty-Mile*

123 Thomas Savage, *Le Pouvoir du chien*

122 Lance Weller, *Les Marches de l'Amérique*

121 David Vann, *L'Obscure Clarté de l'air*

119 Jake Hinkson, *Sans lendemain*

118 James Crumley, *Fausse Piste*

117 John Gierach, *Sexe, mort et pêche à la mouche*

116 Charles Williams, *Hot Spot*

115 Benjamin Whitmer, *Cry Father*
114 Wallace Stegner, *Une journée d'automne*
113 William Boyle, *Tout est brisé*
112 James Fenimore Cooper, *Les Pionniers*
111 S. Craig Zahler, *Une assemblée de chacals*
110 Edward Abbey, *Désert solitaire*
109 Henry Bromell, *Little America*
108 Tom Robbins, *Une bien étrange attraction*
107 Christa Faust, *Money Shot*
106 Jean Hegland, *Dans la forêt*
105 Ross Macdonald, *L'Affaire Galton*
104 Chris Offutt, *Kentucky Straight*
103 Ellen Urbani, *Landfall*
102 Edgar Allan Poe, *La Chute de la maison Usher et autres histoires*
101 Pete Fromm, *Le Nom des étoiles*
100 David Vann, *Aquarium*
99 *Nous le peuple*
98 Jon Bassoff, *Corrosion*
97 Phil Klay, *Fin de mission*
96 Ned Crabb, *Meurtres à Willow Pond*
95 Larry Brown, *Sale Boulot*
94 Katherine Dunn, *Amour monstre*
93 Jim Lynch, *Les Grandes Marées*
92 Alex Taylor, *Le Verger de marbre*
91 Edward Abbey, *Le Retour du gang*
90 S. Craig Zahler, *Exécutions à Victory*
89 Bob Shacochis, *La femme qui avait perdu son âme*
88 David Vann, *Goat Mountain*
87 Charles Williams, *Le Bikini de diamants*
86 Wallace Stegner, *En lieu sûr*
85 Jake Hinkson, *L'Enfer de Church Street*
84 James Fenimore Cooper, *Le Dernier des Mohicans*
83 Larry McMurtry, *La Marche du mort*
82 Aaron Gwyn, *La Quête de Wynne*
81 James McBride, *L'Oiseau du Bon Dieu*

80 Trevanian, *The Main*
79 Henry David Thoreau, *La Désobéissance civile*
78 Henry David Thoreau, *Walden*
77 James M. Cain, *Assurance sur la mort*
76 Tom Robbins, *Nature morte avec Pivert*
75 Todd Robinson, *Cassandra*
74 Pete Fromm, *Lucy in the Sky*
73 Glendon Swarthout, *Bénis soient les enfants et les bêtes*
72 Benjamin Whitmer, *Pike*
71 Larry Brown, *Fay*
70 John Gierach, *Traité du zen et de l'art de la pêche à la mouche*
69 Edward Abbey, *Le Gang de la clef à molette*
68 David Vann, *Impurs*
67 Bruce Holbert, *Animaux solitaires*
66 Kurt Vonnegut, *Nuit mère*
65 Trevanian, *Shibumi*
64 Chris Offutt, *Le Bon Frère*
63 Tobias Wolff, *Un voleur parmi nous*
62 Wallace Stegner, *La Montagne en sucre*
61 Kim Zupan, *Les Arpenteurs*
60 Samuel W. Gailey, *Deep Winter*
59 Bob Shacochis, *Au bonheur des îles*
58 William March, *Compagnie K*
57 Larry Brown, *Père et Fils*
56 Ross Macdonald, *Les Oiseaux de malheur*
55 Ayana Mathis, *Les Douze Tribus d'Hattie*
54 James McBride, *Miracle à Santa Anna*
53 Dorothy Johnson, *La Colline des potences*
52 James Dickey, *Délivrance*
51 Eve Babitz, *Jours tranquilles, brèves rencontres*
50 Tom Robbins, *Un parfum de jitterbug*
49 Tim O'Brien, *Au lac des Bois*
48 William Tapply, *Dark Tiger*
46 Mark Spragg, *Là où les rivières se séparent*
45 Ross Macdonald, *La Côte barbare*

44 David Vann, *Dernier jour sur terre*
43 Tobias Wolff, *Dans le jardin des martyrs nord-américains*
42 Ross Macdonald, *Trouver une victime*
41 Tom Robbins, *Comme la grenouille sur son nénuphar*
40 Howard Fast, *La Dernière Frontière*
39 Kurt Vonnegut, *Le Petit Déjeuner des champions*
38 Kurt Vonnegut, *Dieu vous bénisse, monsieur Rosewater*
37 Larry Brown, *Joe*
36 Craig Johnson, *Enfants de poussière*
35 William G. Tapply, *Casco Bay*
34 Lance Weller, *Wilderness*
33 Trevanian, *L'Expert*
32 Bruce Machart, *Le Sillage de l'oubli*
31 Ross Macdonald, *Le Sourire d'ivoire*
30 David Morrell, *Rambo*
29 Ross Macdonald, *À chacun sa mort*
28 Rick Bass, *Le Livre de Yaak*
27 Dorothy Johnson, *Contrée indienne*
26 Craig Johnson, *L'Indien blanc*
25 David Vann, *Désolations*
24 Tom Robbins, *B comme Bière*
23 Glendon Swarthout, *Le Tireur*
22 Mark Spragg, *Une vie inachevée*
21 Ron Carlson, *Le Signal*
20 William G. Tapply, *Dérive sanglante*
19 Ross Macdonald, *Noyade en eau douce*
18 Ross Macdonald, *Cible mouvante*
17 Doug Peacock, *Mes années grizzly*
16 Craig Johnson, *Les Camps des morts*
15 Tom Robbins, *Féroces infirmes retour des pays chauds*
14 Larry McMurtry, *Texasville*
13 Larry McMurtry, *La Dernière Séance*
12 David Vann, *Sukkwan Island*
11 Tim O'Brien, *Les choses qu'ils emportaient*
10 Howard McCord, *L'homme qui marchait sur la Lune*

CET OUVRAGE A ÉTÉ COMPOSÉ PAR
ATLANT'COMMUNICATION
AU BERNARD (VENDÉE).

ACHEVÉ D'IMPRIMER EN SEPTEMBRE 2024 SUR LES PRESSES
DE NORMANDIE ROTO IMPRESSION S.A.S., 61250 LONRAI
POUR LE COMPTE DES ÉDITIONS GALLMEISTER
13, RUE DE NESLE, 75006 PARIS

IMPRIMÉ EN FRANCE

DÉPÔT LÉGAL : AVRIL 2024
N° D'IMPRESSION : 2404103